研究叢書39

ツェラーンを読むということ

詩集『誰でもない者の薔薇』研究と注釈

中央大学人文科学研究所 編

中央大学出版部

Paul Celan : Die Niemandsrose
© 1963 S.Fischer Verlag GmbH,Frankfurt am Main.
By arrangement through The Sakai Agency

Marc Chagall : 《La Chute de l'ange》
1923/33/47 ,huile sur toile, 148×189cm
(Collection de Kunstmuseum Basel)
　　　　　　《La Maison brule》
1913, huile sur toile, 107×120cm
(Collection de Guggenheim Museum in New York)
© ADAGP, Paris & SPDA, Tokyo, 2005

Paul Celan 1960, Foto: Wolfgang Oschatz
© Wolfgang Oschatz
Der Herausgeber dankt Wolfgang Oschatz sehr herzlich
für die freundliche Erlaubnis, sein Foto von Paul Celan
in diesem Band wiederzugeben.

まえがき

　ツェラーンを読むとはどういうことなのであろうか？　あるいは言い換えるなら、なぜツェラーンを読むのであろうか？

　ヨーロッパ現代詩における最も大きな存在の一人である、との評価が定まりつつあるように見えるパウル・ツェラーン。散文のカフカと並び称されもする、そのツェラーンの詩は難解である。ドイツ人にも解らないので、彼の詩はドイツ文学史のなかで「秘教的な詩」、あるいは「密閉封印された詩」とみなされている。とにかくわからないのだ。「繰り返し読んで下さい。そうすれば自ずと解るようになります」というツェラーンの言葉に頼るしかないのだが――しかしそれでもわからないので読者は困惑する。しかし読者は困惑しながらも彼の詩にひきつけられるのである。

　それはなぜなのか？　「それは、これほどまでに知的であり、しかも緻密で優れた技巧を用いながら、しかし修辞に堕することなく、詩を詩として成立させるある真正な力の存在をその核に感じさせる」からである。理由の一つをかつて記した文章から引用すれば上記のようになるだろうか。ナチによる迫害を受け両親を殺された後に、ディアスポラの被差別ユダヤ人として、パリに住むことを選んだ、旧ハプスブルク帝国領に属する東欧辺境出身の、ドイツ語を母語とする詩人。彼はみずからの体験に言葉を与える。あるいはみずからの体験を言葉でひらこうとする。「アウシュヴィッツ以後なお詩を書くことは野蛮だ」との思想家の論難を意識しながら。

　その彼の言葉、いわゆる抒情性からは距離があり、むしろ異和感すら与える彼の詩句の一語一語を、立ち止まって真近から拡大鏡でゆっくりと観察する人間は、いかに精緻に言葉が織り上げられ構造化されているかに気づかされ、嘆

声を発するのである。「構造化」には、今まさに使用している自分の言語を、言語論的に省察する、その省察の次元が入り込んでいる。

そしてそれらいわば表の防禦層（シールド・バリアー）を形作るものの陰にあって、その背後の奥深くから、剥き出しの震える魂が、ときにその姿を垣間見せる。

誤解を恐れず言えば、この精緻な言葉の構造物をひらいていく営みには、味わいがあり、読み手を「堪能させる」何ものかがある。たとえその言葉が現実に傷つき、その結果として得られた、限りなく痛ましいものであったとしても。

「詩」と名付けることばの群れがもつ審美的魔力、その「遊戯性」。これらを書き手であるツェラーンはもちろん承知していた。読み手と暗黙裡に共有するいわば芸術上の約束事と認識していたはずである。

一語一語の言葉の結び付け方、その言葉の織り上げ方、構造化の仕方、またあるいは、そもそもその一語一語の言葉が孕む「意味」、それらをできうる限り明らかにすることが、読み手のもつ拡大鏡の数を豊かにすることになるだろう。詩の言葉、あるいは「他者」といいかえてもいい、その言葉の理解のためには、ツェラーンが『子午線』講演で引用したように、「魂の祈りである注意深さ」が必要とされる。その労苦を払うことをツェラーンの詩のもつ「難解さ」は要求している。「それでも詩なのか？」という読み手からの問いかけに、「これが詩だ」と彼は答えているのだ。

そのツェラーンの要求、ないし挑発に乗って、いわばできうる限り謙虚にツェラーンの詩句に向かい合う試みを、本書はしていることになる。

例えば、ツェラーンの詩の言葉には実に多くの死者たちが登場する。その死者たちの言葉をどれほど私たちは受け取り、ひらくことができているのか？ それは私たちがいかに謙虚になりえているか、その謙虚さがどれほどの純度のものであるか、あるいはまたその謙虚さがどれほど能動的な強さをもったものであるか、にかかっているといえるだろう。

本書で扱っているツェラーンの詩集『誰でもない者の薔薇』は、衆目の認めるところ、ツェラーンの代表的詩集である。その詩集全編に注釈をつけることを、私たち「パウル・ツェラーン研究」チームは目指してきた。

　ツェラーンは植物を愛し、また岩石や結晶、氷河など地学関係の事物に興味を示していた人である。また医学準備学校に通い人体を「モノ」としてみる訓練も受けていた。そして辞書や事典を読む人でもあった。彼の語学力、記憶力の見事さはよく知られている。すなわち7ヶ国語にわたる詩の翻訳から推測されるように、彼の実作と、彼の翻訳とは密接な関係のうちにある。彼の思い描く文学の共同空間には、文学の歴史の中に生きてきた様々な詩人たちが、その姿を現している。

　これらの該博な知識をもとに、自己引用を含む引用の織物が織られ、また自己の実人生上の出来事が、何の説明もなくいきなり詩の中に入り込んでくる。

　そしてユダヤ人であるとの自己意識から生まれたユダヤ思想との対決。また同時代の反ユダヤ主義との闘い。あるいはまたグスタフ・ランダウアーなどに共感を寄せた世代が示す社会関係へのまなざし。それらもまた彼の詩が孕む要素である。

　これら様々に絡み合っている実に多くの要素を解きほぐすためには、できる限り多数の拡大鏡が必要とされる、というのが私たちの実感であった。その実感こそが私たちをこの注釈作業に向かわせた原動力であるといえる。

　私たちが注釈書刊行をめざして研究会を重ねていた同じ時期、偶然にドイツでもレーマン編集の『ツェラーン詩集〈誰でもない者の薔薇〉注釈』が刊行された。当初は「素手」でツェラーンの詩に向かい合わなければならなかったものが、一定の注釈が可能なほどには、資料や研究の蓄積がなされてきたこと、そしてまた他方、一定の注釈を踏まえた上で、改めてもう一度ツェラーンの詩に向かい合いたいという欲求が生まれていること、これら二つの要素が輻輳して、洋の東西を問わず同様の試みに研究者を向かわせたのではないかと思われる。

本書第Ⅰ部として、詩集『誰でもない者の薔薇』論がまず置かれている。

　最初に詩集全体の見取り図とでも言うべき「詩集解題」がくる。次いでこの詩集がロシア詩人オシップ・マンデリシュタームに捧げられていることから、詩集とマンデリシュタームの関係が論じられる。ユダヤ性について触れられているのは、この詩集で「ユダヤ的なるもの」への傾きが強く現れているからである。次いでこの時期書かれたツェラーンの重要な詩論『子午線』とこの詩集の関係が示され、またツェラーンが詩集執筆時期にどのような状況にあったのかが手紙を手がかりに明らかにされる。最後にハイデガーとツェラーンの関係が主にハイデガーの側から述べられる。

　本書第Ⅱ部は、詩集『誰でもない者の薔薇』全編の注釈集である。

　ドイツ語原詩と、日本語訳が示される。次いで［詩の理解のために］必要と思われること、すなわち、詩の成立日時、草稿と決定稿との異同、詩が書かれた時期の詩人の状況、そのほか注釈者が詩の理解のために必要と判断した内容が記されている。ここに注釈者の詩の理解の仕方が示される場合もある。

　次にくるのが［注釈］である。まず訳詩の行数を示す数字と共に注釈個所が太字で見出しとなり、その後に注釈が記される。

　本書第Ⅲ部は、ツェラーン年譜である。ただし詩集『誰でもない者の薔薇』執筆時期に焦点を当てたものとなっている。

　ツェラーンは、ヨーロッパモダニズムの手法に通暁し、その伝統総体のひどい重さを自らの背に負いながら、その最後に位置している詩人である。もし力のある読み手なら、彼の詩に内包されているアルキメデスの点を探り当て、その点を支点として、これまでの慣習的見方を覆し、ユダヤ人という被差別者、しかもディアスポラのユダヤ人という視点から、ヨーロッパ近代をいわば裏面からひらいてみせることも可能となるだろう。

　「詩」と呼ばれる彼の言葉が、様々な要素を含みながら精緻で知的難解な修辞を駆使して記されていることは、すでに述べたとおりである。その言葉をひらくことは困難に満ちている。その困難さの壁に一つ一つ立ち向かい、幾ばく

かでもその困難さを取り除こうと試みたのがこの注釈詩論集である。それはまた同時に、私たち一人一人がどのように「ツェラーンを読んだか」の記録ともなっている。その一人一人の名前は、論文の場合には目次にではなく各論文の巻頭に、注釈の場合には各注釈の末尾に記されている。またそれとは別に、奥付けの執筆者紹介欄に、論文と注釈の双方を含めた担当箇所がまとめて示されている。

　もし私たちのこの試みが、ツェラーンの詩を読む際に遭遇せざるを得ない困難さを、幾分かでも軽減するために役立つことがあるとするなら幸いである。

　2006年1月

中央大学人文科学研究所「パウル・ツェラーン研究」チーム

責任者　北　　彰

凡　　例

1. ツェラーンの詩の出典表示は、7巻本全集の巻数と頁数で示される。[Ⅱ, 21 AW] は、第2巻の21頁であることを意味している。AW は詩集名の略記である。以下詩集名の略記の仕方を示す。SU は『骨壺からの砂』、MG は『ケシと記憶』、SS は『閾から閾へ』、SG は『言葉の格子』、NR は『誰でもない者の薔薇』、AW は『息の転回』、FS は『糸の太陽』、SP は『雪のパート』、LZ は『光の強迫』、ZG は『時の農場』、EG は『日が暮れて』、FW は『初期作品』、NL は『遺稿詩』である。

2. 出典が欧文文献の場合は、著作者名、発行年、引用頁数の順で表記される。例えば [Allemann 1987, 35] とあれば、Beda Allemann が1987年に記した著作の35頁ということである。くわしい著作名については第Ⅱ部『誰でもない者の薔薇』注釈末の引用文献一覧で確認のこと。文献は著者名のアルファベット順に並んでいる。もし同一著作者に複数の文献が示されている場合には、発行年で探し求めている文献を特定することになる。

3. 著作者名が略号で示されている場合がある。例えば、ツェラーンと妻のジゼル・ツェラーン゠レトランジュとの往復書簡集などは、[CGB Ⅱ, 153] と示される。略号については第Ⅱ部『誰でもない者の薔薇』注釈末の引用文献一覧を参照。Ⅱ, 153 は第2巻の153頁を意味する。辞書や事典類も略号で示される。例えば [Grimm 10, 435] はグリム大辞典第10巻435頁であることを、[JI, Ⅲ, 565] はユダヤ事典第3巻565頁であることを意味する。以下に主なものを記す。

    [HKA, 354] ツェラーンの歴史批判版全集第6巻第2分冊（『誰でもない者の薔薇』）354頁。

    [TCA, 355] ツェラーンのテュービンゲン版歴史批判版全集『誰でもない者の薔薇』355頁。

    [TCA/M, 495] ツェラーンのテュービンゲン版歴史批判版全集の『子午線』495頁。

[KNR, 215] レーマン編集の『誰でもない者の薔薇』注釈集215頁。

[KG, 156] ヴィーデマンの注釈つきツェラーン全詩集156頁。

[GA, 156] ヴィーデマンの『パウル・ツェラーン、ゴル事件』156頁。

[CGBⅡ, 153] ツェラーンと妻のジゼルの往復書簡集ドイツ語訳第Ⅱ巻153頁。ただしフランス語の原本使用の場合 [CorrespondenceⅡ, 153] となる。

[CSB, 234] ツェラーンとネリー・ザックス往復書簡集234頁。

4．本書注釈部分の構成は以下のとおりである。
　　ドイツ語原詩・日本語訳詩・［詩の理解のために］・［注釈］

5．［詩の理解のために］は、詩の成立日時、草稿と決定稿との異同、詩が書かれた時期の状況、そのほか注釈者が詩の理解のために参考になると判断した内容が記されている。また注釈者の詩の理解の仕方が示されることもある。

6．［注釈］ではまず訳詩の行数を示す数字とともに注釈個所の日本語訳が太字で見出しとして記される。次いで注釈が示される。

7．［注釈］の中で使われた引用文献は、［　　　］括弧で表示される。

8．出典が日本語文献の場合は、著作者名、発行年、引用頁数の順で表記される。ただし引用文献一覧にあげられている著作が一点のみの場合には発行年を省く。

9．聖書の引用の仕方は次のとおりである。
　　［イザヤ　1, 5］イザヤ書第1章第5節。［イザヤ　1, 5-10］イザヤ書第1章第5節から第10節まで。

10．詩句の引用は引用者訳による。このため本書注釈部分で示された詩集『誰でもない者の薔薇』の個々の詩の訳と異なる場合がある。

11．原則としてドイツ語原詩は原詩として、日本語訳詩は訳詩として独立した形をとっている。ただし詩によって原詩と訳詩の左右の行の照応関係を勘案し、必ずしも厳密に独立した形をとっていない場合もある。

目　　次

まえがき
凡　　例

第Ⅰ部　詩集『誰でもない者の薔薇』論

1．詩集『誰でもない者の薔薇』 ……………………………… 3
2．詩集とマンデリシュターム ………………………………18
3．詩集『誰でもない者の薔薇』第3部、第4部におけるユダヤ性 …42
4．『子午線』のいくつかのテーマ ……………………………64
　　　ツェラーンの詩と詩論
5．詩集とツェラーンの手紙 ……………………………………80
　　　伝記的スケッチのために
6．ハイデガーの詩人解釈とツェラーン ……………………103

第Ⅱ部　詩集『誰でもない者の薔薇』注釈

詩集第1部
1．かれらの中には土があった　Es war Erde in ihnen ……………167
2．深みに沈むという言葉
　　　Das Wort vom Zur Tiefe-Gehn ……………………………171
3．ワインと喪失のときに　Bei Wein und Verlorenheit …………175
4．チューリヒ、シュトルヒェンにて
　　　Zürich, Zum Storchen ………………………………………179
5．三人で、四人で　Selbdritt, Selbviert ……………………………187
6．こんなに多くの星が　Soviel Gestirne …………………………191
7．おまえは彼方にいる　Dein Hinübersein ………………………199

8. 私の両手に　Zu beiden Händen ……………………………206
9. 十二年　Zwölf Jahre ……………………………………212
10. あらゆる想念を抱いて　Mit allen Gedanken …………215
11. 堰　Die Schleuse …………………………………………219
12. 沈黙する秋の香り　Stumme Herbstgerüche …………223
13. 氷、エデン　Eis, Eden …………………………………226
14. 頌歌　Psalm ………………………………………………230
15. テュービンゲン、一月　Tübingen, Jänner ……………235
16. ヒューミッシュ　Chymisch ……………………………244
17. 詐欺師と泥棒の歌　Eine Gauner- und Ganovenweise ……251

詩集第2部

18. きらめく樹木　Flimmerbaum …………………………259
19. 漂移性の　Erratisch ………………………………………267
20. いくつかの　手に似たものが　Einiges Handähnliche …272
21. …泉がざわめく　…rauscht der Brunnen ………………276
22. それはもはや　Es ist nicht mehr ………………………282
23. ラディックス、マトリックス　Radix, Matrix …………285
24. 黒土　Schwarzerde ………………………………………291
25. 扉の前に立ったひとりの男に
　　Einem, der vor der Tür stand …………………………296
26. 大光輪　Mandorla ………………………………………304
27. 誰でもない者に頬ずりして　An niemand geschmiegt …311
28. 二つの家に分かたれた、永遠のもの
　　Zweihäusig, Ewiger ……………………………………315
29. シベリアの地の　Sibirisch ………………………………321
30. ベネディクタ　Benedicta ………………………………326
31. 研ぎすまされた切先で　À la pointe acérée ……………332

詩集第3部

32. 明るい石たちが　Die hellen Steine……………………342
33. アナバシス　Anabasis ……………………………345
34. ブーメラン　Ein Wurfholz ………………………353
35. ハヴダラー　Hawdalah……………………………358
36. 巨石記念碑［メンヒル］　Le Menhir ……………364
37. サーカスと城塞のある、午後
　　　　Nachmittag mit Zirkus und Zitadelle ………370
38. 日のあるうち　Bei Tag……………………………374
39. ケルモルヴァン　Kermorvan ……………………378
40. わたしは竹を切った　Ich habe Bambus geschnitten ……385
41. コロン　Kolon……………………………………389

詩集第4部

42. 何が起きたのか？　Was geschah? ………………396
43. ひとつになって　In eins …………………………400
44. 冠をかぶらされて引き出され　Hinausgekrönt ……408
45. 不滅だった、言葉が私から、落下したところへ
　　　　Wohin mir das Wort ………………………418
46. レ・グロブ　Les Globes …………………………423
47. ユユディブリュ　Huhediblu………………………429
48. 小屋の窓　Hüttenfenster …………………………438
49. 痛みという音綴　Die Silbe Schmerz………………452
50. コントルスカルプ広場　La Contrescarpe…………461
51. すべては違っている　Es ist alles anders …………469
52. そしてタルーサの書をたずさえて
　　　　Und mit dem Buch aus Tarussa ……………482
53. 宙に漂って　In der Luft …………………………495

詩の成立日時一覧 ……………………………………………506
　　引用文献一覧 …………………………………………………511
第 III 部　ツェラーン年譜
　　ツェラーン年譜 ………………………………………………531

　あとがき
　引用詩索引
　執筆者紹介および執筆分担

第Ⅰ部　詩集『誰でもない者の薔薇』論

1．詩集『誰でもない者の薔薇』

相 原　　勝

1．詩集の出版時期と詩集の構成

　詩集『誰でもない者の薔薇』は、ツェラーンが正式に認めた8冊の詩集のうちの第4番目の詩集で、1963年10月末、S. フィッシャー書店から出版された。全部で53編が収められている。4部構成となっており、第1部17編、第2部14編、第3部10編、第4部12編である。

2．詩集の成立過程

　それぞれの詩は、第3詩集『言葉の格子』刊行直後の、1959年3月5日から、その4年後の、1963年3月末にかけて成立した。後に大きな変更が加えられたとしても、詩集自体は、最初の成立の日付に基づいて、ほぼ成立順に配列されており、全体の半数以上は1961年に成立している[1]。また、この詩集の成立時期に成立し、最終的にこの詩集に収められなかった詩が15編あり、それらは他の場所でも発表されることなく、遺稿として残された[2]。ツェラーンの詩集のうちで、この第4詩集が独特な位置を占めているというのは、まず第一に、その成立期間がきわめて長く、その期間中、多くの、しばしば病気による中断、何週間、部分的には何ヶ月もの空白があるということである。

　詩集に収められている多くの詩は、具体的なきっかけに基づいて成立しており、大部分の詩に記されている日付が、詩の内実を知るための重要な指標となっている。特に第3部は、最後の詩「コロン」［Ⅰ, 265 NR］を除いて、

1961年7月、8月に家族で滞在したブルターニュに密着していることが明らかなものである。もちろん日付も含めこうした伝記的な痕跡は、公表される詩として成立する時点で、周到に抹消される。なお、第1部、第2部はおおむねパリ、第4部は大部分ツェラーンの別荘があったノルマンディーのモアヴィルで成立している。

　ところで、第1部から第3部は、当初、次のような時を示す副詞が表題として付されていたが、後に放棄された。すなわち、第1部は〈いぜんとして (Immer noch)〉、〈すでにもはや (Schon nicht mehr)〉、第2部は〈すでにもはや〉、〈いぜんとして〉、第3部は〈いつも (Immer)〉というものであった。このことは、詩集を連作詩的（チクルス）に構成しようというツェラーンの構想をうかがわせるものである。そして事実、後に触れるように、個々のテキストのみならず各部は、モチーフ、テーマ、手法的に、互いに密接に関連し合っているのである。

3. タイトルと献辞

　ツェラーンはかなり早い時期から詩集にタイトルを与えようとしていた。最初の詩が成立した1959年3月の時点で、フランス語の『ヌーヴォー・ポエム (新詩集 Nouveux Poèmes)』、同じ年の7月には『現在地 (Stationen)』というタイトルを付している。またこの間『誰でもの薔薇 (Jedermannsrose)』というのも考えられた。そして最終的に1961年1月31日、『誰でもない者の薔薇 (Die Niemandsrose)』となった。このタイトルは、同年の1月5日に成立した詩「頌歌 (Psalm)」[Ⅰ, 225 NR] の中の言葉からとられたものである。『新詩集』にしろ、『誰でもない者の薔薇』にしろ、ツェラーンが生涯もっとも強いつながりを持ちつづけた詩人リルケに対する暗示をここに容易に見て取ることができる[3]。ちなみに、最終的に第4部に収められることになる5編の詩は、当初、リルケの「ドゥイノの悲歌 (Duineser Elegien)」を思わせる「パリの悲歌 (Pariser Elegie)」、ないし、「ヴァリスの悲歌 (Walliser Elegie)」という表題を付された連作詩として構想されていた。またこの頃 (1961年3月

26日－4月7日）家族は、スイスのヴァリス州にあるモンタナに滞在しており、リルケゆかりの地、ラーロン、シエール、ミュゾットなどを訪れている[4]。

　タイトルは、「誰でもない者」と「薔薇」が結合されており、あらかじめこの詩集の中心的な特徴である、さまざまな対照的なものが構成する〈意味の複合体〉を表明している。たとえば生、豊かさ、美の具体化として、文学の象徴としての「薔薇」が、空ろなこと、不確かなこと、不定のことの総括概念としての「誰でもない者」とひとつになるということ、つまり、極端な対照性を呼び出し、それらを互いに結びつけるというあり方である[5]。

　しかし「薔薇」だけをみれば、極端な対照性を呼び出し、それらを互いに結びつけるばかりではなく、この詩集の中では非常に多くのテーマと結びつけられている。その際に、聖像学的、神話学的、また文学的なコンテキストなどが含まれており、さまざまな暗示に満ち満ちている。たとえばソロモンの雅歌の愛する者の形象として、カバラ（ゾーハール［光輝の書］）の中で示される薔薇＝イスラエル共同体＝神の存在、あるいはまたイエスの受難、殉教者の苦難の象徴。文学的関連では、カフカの短編『村医者』のローザ、すでに述べたリルケの薔薇の詩、またマンデリシュタームによって代表されるアクメイズムのスローガン「シンボリズムから離れよ、生きた薔薇、万歳！」、ダンテの『神曲』中の薔薇のなかに悠然と座している神の母といったもの。また薔薇が古代から、沈黙という象徴的意味を担っているなどなど。

　これに対し、「誰でもない者」の方はこの詩集では、ユダヤ教の神学や神秘主義からのコンテキストがまず重要である。「無（Nichts）」ないし「誰でもない者」は、神のごときものの相ないし顕現を表しているのである。そのほか不確実性の表現として、固定できない「あなた（Du）」の表示として、「誰でもない者」がそこに向かって開花するつかみ所のない相手の表示としても現れる。この関連でまた、『対話者について』というエッセイの中で述べられ、ツェラーンによってブレーメン賞受賞講演でうけつがれたマンデリシュタームの「対話的なもの」も想起される。その講演では「投壜通信(ビン)」という比喩によって、詩は「誰でもない者」と「誰でも」の間を移動する、あるいは〈途上

にある〉としている（詩集表題の草稿のひとつは、「誰でもない者の薔薇：誰でもの薔薇」となっていた）。また、伝記的側面からみればこの時期ツェラーンは、ゴル事件によって激しい精神的危機の状態にあった。「誰でもない者」はその際、反ユダヤ主義という無名の「誰でもない者」＝大衆によって迫害されるという、その「誰でもない者」であると同時に、そのことによって詩人を「誰でもない者」（＝非存在の者）にしてしまおうとする、その「誰でもない者」ともなっているのであろう（1962年2月8日、マルグル＝シュペルバー宛の手紙では「私は文字通り、……〈存在しない人間〉なのです」と、ゴル事件による迫害を訴えている）。これ以外にも神話や文学における関連テキスト、たとえば、『オデュッセイア』（第9巻408）、それとつながりのあるアドルノ／ホルクハイマーの『啓蒙の弁証法』、エミリィ・ディキンソンの詩「わたしは誰でもない人！（I'm Nobody!）」なども想起される。

　ところでこの詩集にはタイトルのほかに、「オシップ・マンデリシュタームの思い出に（Dem Andenken Ossip Mandelstamms）」という献辞が付されている[6]。もともとは、ヘルダーリン、ダンテ、マンデリシュタームの作品からとられた言葉がモットーとして構想されており、また、詩集の二つの部の前にはシェークスピアのソネット（か、マンデリシュタームの詩）とデスノスの詩をそれぞれ引用しようという構想もあった[7]。しかし詩集刊行直前、文学雑誌《ノイエ・ルントシャウ》第74巻第1号にこの詩集の中の6編を発表し、その際、それらの詩の前に「オシップ・マンデリシュタームの思い出に」という献辞の言葉を置き、詩集として刊行する際にこの献辞だけを残し、ほかの構想はすべてすてさられたのである。

　ユダヤ系ロシア詩人マンデリシュターム（1891-1938）は、ツェラーンの詩と詩法に最も大きな影響を与えた人物の一人である[8]。この詩人は、1934年にスターリン批判の詩によって流刑に処せられ、その流刑期間を終えた後ふたたび反革命活動の罪名で逮捕され、ラーゲリで亡くなった。ツェラーンにとってマンデリシュタームは、詩法に関してだけではなく、迫害されたユダヤ詩人、「時代の証言者」という人物像としても重要な存在であった。そしてツェラー

ンはこの詩人を、追放と亡命の運命が刻印されている同時代詩人全般の、いわば典型、ないし代表として捉えているのである。この献辞は従って、そうした意味あいが含まれている。すなわち、「思い出に」という言葉も、マンデリシュタームを代表とするそうした運命の人々、あるいは、そうした詩人への思い出という、この詩集の特徴、「詩人はすべてユダヤ人」を示しているといえるのである（この「詩人はすべてユダヤ人」という言葉は、この詩集に収められている詩「そしてタルーサの書をたずさえて」［Ⅰ,287 NR］のモットーとなっているもので、女性詩人マリーナ・ツヴェターエワの言葉「世界の中で最もキリスト教的なこの世界では、詩人はすべてユダヤ人だ」から引用されたものである）[9]。

4．詩集成立の背景

さて次に、この詩集成立の背景について述べてみたいと思う。

すでに少し触れたことであるが、1953年8月に始まり、ことに1960年10月の、ツェラーンのビューヒナー賞受賞前後に、新聞、雑誌誌上で激しく論じられたゴル事件、これは、ツェラーンがイヴァン・ゴルの作品を剽窃したという根拠のない罪をきせられた誹謗・中傷事件であり、実は、この詩集はこの事件が一番高まった、まさにその真っ只中で書かれたものなのである。ツェラーン自身はこの事件をすべて、ドイツばかりでなく、全ヨーロッパで復活している〈反ユダヤ主義〉によるものであると捉え、強い迫害妄想に襲われ、1962年末にはついに精神病院に入院するという事態に到るのである[10]。そこでツェラーンは、こうした実存的な危機を克服し、新たな道を見出すために、大きく見て次の二つの方向を取った。そしてまさにその方向がこの詩集の内容を成すものなのである。まず第一は、〈ユダヤ人である〉とはどういうことかという問題の追求。そして第二はロシア文学との集中的な取り組みである。

まず第一の問題、〈ユダヤ人であるとは〉という問いは、つまりは、〈ユダヤ人としてのアイデンティティー〉の模索ということを意味している。ツェラーンは、ゴル事件の開始と重なる50年代中頃以降、それまでよりも、自分が〈ユ

ダヤ人〉であることを強く意識するようになってくる。そして反ユダヤ主義によって引き起こされた自らのユダヤ性への自覚が、ユダヤ神秘主義、さまざまなユダヤ哲学・思想・文学にツェラーンを近づけてゆくのである。その中にはたとえば、マルティーン・ブーバー、フランツ・ローゼンツヴァイク、マルガレーテ・ズースマン、ゲルショム・ショーレムなどがいる。この間の、ユダヤ主義との並はずれて集中的で批判的な取り組みが、さまざまな形で詩となってゆくのである。ツェラーンの詩集の中でこの詩集ほど、ユダヤ性の問題が前面に現れている詩集はほかにはない。

　もう一方のロシア文学との集中的な取り組みもまた、やはり、〈反ユダヤ主義〉に直面して、自身が〈ロシア詩人である〉という自覚を強めていくということと呼応している[11]。マンデリシュターム作品との取り組みは50年代後半に始まっており、この詩人の詩の翻訳の主な部分は、1958年初夏と、1959年初めの数ヶ月に成立している。これは第3詩集『言葉の格子』完成に向かっている時期でもあった。1960代にふたたびマンデリシュタームに取り組んだのは、主に、詩法的な事柄への関心からだった[12]。マンデリシュタームのほかに、エセーニン、ブロークといったロシア作家の作品を翻訳することによっても、ロシアに対する意識が強化されてゆくのである。またこの頃、ロシア文学史・精神史に関する著作も広範に読んでいる。さらに、当時出版された現代ロシア文学のアンソロジー（これが詩集中の、さきに触れた一編の詩のタイトルともなっている『タルーサの書』であるが）との取り組みがある。このアンソロジーは、ロシアで初めて、追放された詩人の作品を公表したという画期的なもので、マンデリシュタームのほかに、パステルナーク、ツヴェターエワなどが収められている。

　献辞に掲げられたマンデリシュタームは、いわばツェラーンにとって、ユダヤ人であることとロシア文学が模範的に結びついた存在だったのである。

　ところで、以上のようなユダヤ性およびロシア文学との集中的な取り組みばかりでなく、この時期は、シュペルヴィエル、アンリ・ミショー、ルネ・シャールの作品とも取り組んでおり、こうした詩人たちのテーマや手法も、い

わば間テキスト的な構造をつくりあげて[13]、この詩集では大きな役割を演じている。また、翻訳作業も、〈移動〉、〈越境〉というこの詩集に現れる重要なモチーフに見られるように、ツェランは向こうへ渡す（Über-setzen）こと（「わたし」から「あなた」へ）としての翻訳として、詩作との密接な関連のうちにあると考えていたのである（対話としての詩、投壜通信としての詩、詩は「あなた」への途上にあるということ、言葉の開放性、まさにツェランが講演で述べた考え方である）。この詩集が成立した時期に、アポリネール、ボードレール、ランボー、マラルメ、エリュアール、ヴァレリー、メーテルリンク、シュペルヴィエル、シャール、ミショー、シェークスピア、ディキンスン、キャロル、エフトシェンコ、すでに挙げたロシア詩人など実に多くの詩人の作品の翻訳を発表している。この時期にはまた、ユダヤ人のアイデンティティーの問題を中心テーマとしている散文『山中の対話』（1959年）と、ツェランの詩法を理解するうえで最も重要な、ビューヒナー賞受賞講演『子午線』（1960年）が成立していることも忘れてはならない。

5．詩集のモチーフ、テーマ

ここでこの詩集の全般的な特徴を述べてみたい。

まず第一は、すでに前の節で触れたことであるが、対話としての詩という考え方である。呼びかけられること、一人の他者に向かって語ること、一人の他者を言葉で出迎えること、これは様式的にもテーマ的にも、この詩集ではほとんどの詩に見られるものである。がこのことは同時に、関係性の不確定さ、不明瞭さをも示している。つまりツェラン自身が述べているように、「呼びかけられることでしか現れない言語空間」［Ⅲ, 186］であり、「現実は存在しない、現実は求められ、獲得されようとしている」［Ⅲ, 168］ということである。この観点からみれば、詩集のタイトルともなっている「誰でもない者」は、一方では、否定されたさまざまな権威を示し、他方では、言葉の運動の不確かな基点を示している。あるいは、「無化された個人」の総体として、近代における疎外された人間の具体化されたものとも考えられる。

第二に、独特なコスモゴニー（宇宙進化論）である。自分を方向づけるために「存在のさまざまな輪郭を描くこと」（『ブレーメン賞講演』、［Ⅲ, 186］）が、コスモゴニーという形で詩集に現れる。創造と復活の多様な変形である。たとえば、旧約聖書『創世記』の中の、「大地、大気、光」のモチーフの融合といったもの、あるいはユダヤ・キリスト教的神秘主義や、またそれとの関連で、「復活」ないし「言葉の解放」という未来派とアクメイズムの観念。この詩集で志向された「創造」は、ユートピアの独自な形である。これもまた、対話としての詩と同様、定めがたい、開かれた言語空間の形式として理解される。この詩集が「大地」と「大気」、つまり「かれらの中には土があった」で始まり、「宙に漂って」で終わっているのも偶然ではない。

　第三に、空間的な次元の造形。たとえば天－地（Himmel－Erde）の関係が上－下の関係ではなく下－上の関係に対応しているといった反転、あるいは逆説。こうしたことは、西－東、広い－狭い、近い－遠い、自由な－拘束されているといった対立関係についても同様である。また、空間を形作るのに、地理上の名前が頻出するのもこの詩集の特徴である。地名では、パリ、チェルノヴィッツ、ポントワーズ、サダゴラ、ブレスト、ヴィテブスク、クラクフ、プラハ、チューリヒ、タルーサ、テュービンゲンなど。河川では、オカ川、セーヌ川、メーメル川、ライン川など。また地域名では、ブコヴィーナ、ノルマンディー、ベーメン、シベリア、コルキス。これらのものは偶然に選ばれたものではなく、むしろ地理的な場所と時間的な日付と実存的な経験が「ひとつになって（In eins）」［Ⅰ, 270 NR］使われているのである。それぞれの地名はたんに同定できる町や地域ではなく、詩集の言語宇宙内でのトポスであり、その中で展開された位相である。そして、そうした場所や日付は、「子午線」という形象と呼応しながら現れてくるさまざまな糸や網状のモチーフで結びつけられ、「上方へ」「地上へ」といった方向を示す副詞の助けを借りて、「移動、遍歴する（wandern）」、「行く（gehen）」、「騎行する（reiten）」といった動詞によって担われる（日付、場所、線はいつもまた、個々人の経験、記憶、実存と関係づけられている）。つまり、こうして構成された言語空間はダイナミッ

クなものであり、絶えざる運動の中にある。因果律がなく、確固とした地盤がなく、空間的には底知れず、人間の共同体においては根無し草ということになる。

　最後の、第四に、時間という次元。詩は記憶から書かれる。個人、あるいは一共同体というものの明確な時間の体験から、1月20日（ビューヒナーの短編小説『狂ってゆくレンツ』はこの日付から始まるのであるが、この日は同時に、1942年のヴァンゼー会議でユダヤ人問題の「最終的解決（＝抹殺）」が決定された日でもある）のような日付から書かれる。詩はさまざまな時間の位相を総合する。つまり、史的に異なっているものの同時性を際立たせるのである。マンデリシュタームと同じようにツェラーンにおいても、特に石のモチーフによってこのことを示している。石は両詩人によって、その地質学上の層形成ということから、太古以来そのままのものと、さまざまな年代層のものを同時に代表しているものの具現化、具体化として理解されるのである。そして石は、言葉の存在と置き換えることができる。それは、つねに閉じ込められ閉ざされていると同時に、世界に開かれている。

　結局、詩集の言語宇宙を総括的に述べるならば、絶えず世界に開かれ、「あなた」に向かっての過渡的な現れ方をする。つまりは、不特定の対話者、誰でもない者に向けての「薔薇の開花」である。こうすることで、自分の進む方向を確認してゆく（この意味で、「遍歴」のモチーフの優位性がこの詩集の統一性を保証している）。

　さて次に、詩集の4部構成の各部のモチーフとテーマについて述べてみたい。

　まず第1部では、この詩集にとって中心的な表現、モチーフ、テーマが奏でられ始める。つまり、「新たな世界の創造」[Ⅰ, 211, 225 NR] と「知っている、知らない」[Ⅰ, 212, 214, 217 NR] というモチーフと、それと関連する存在の根拠への問い、そしてさらにそのことと結びつく、ネリー・ザックスとの対話を含むユダヤ神学、神話学、神秘主義との批判的な論議である。この部は、4部のうちユダヤ的なコンテキストと一番集中的に結びついている。また「掘る」、「深みに沈む」という冒頭2編のモチーフ設定によって、記憶と想起とい

うテーマが呼び起こされる。そしてこのことは自分の初期の詩のモチーフ、テーマに対する返答という、この詩集の多くの詩が持つもうひとつの特徴をも指し示している[14]。

　第2部は、第1部の最後の詩「詐欺師と泥棒の歌」［Ⅰ, 229 NR］でなされた「語の切断」という側面が引き継がれ、強化され、変形が加えられる。この「語の切断、分離」が、同時に詩人およびユダヤ民族の運命と関連づけられる。つまり、孤立化と離散というテーマが入ってくるのである。そしてこのことは、〈否定を示す表現〉が増大することでさらに強められる[15]。また、このことと結びつくのが、「規定しがたさ」というものの強調である。そして第1部に現れた「深みに沈む」というモチーフがこの強調により強められ、「無」や「深淵」との格闘となる。これが結びの詩「研ぎすまされた切先で」［Ⅰ, 251 NR］において逆の方向、つまり地上ではなく奈落としての天への動きとなり、「空を露出させ」「星の言葉」と結びつき、第3部、第4部の中心的イメージを果たすことになるのである。また「規定しがたさ」、「名づけがたさ」という側面の拡大は、たとえばユダヤ的なものから、人間的なものへ（「大光輪」［Ⅰ, 244 NR］というようなテーマ領域の拡張という形で同時に現れる。またここでは「開いている」ということが初めて強調されてくる。この第2部には、ゴル事件に対する直接的な応答をした詩「……泉はざわめく」［Ⅰ, 237 NR］や、自分の詩への批評に対する反論の詩「扉の前に立ったひとりの男に」［Ⅰ, 242 NR］も含まれている。またマンデリシュタームとの、特にマンデリシュタームの詩論との論議（「黒土」［Ⅰ, 241 NR］）が優勢となってくる。

　第3部は、成立史的な観点から見て、統一体となっている。つまり、冒頭で触れたように、最後の詩以外はすべて、1961年夏、ツェラーン一家がブルターニュのケルモルヴァンに滞在した折に成立したものである（「ケルモルヴァン詩篇」と呼ばれる）。しかしさらに重要な、詩集全体の中での統一性という点からみれば、第1部と第2部に対して〈応答する〉という形をとっている、ということである。モチーフ的に目を引くのはまず、地球的なものから宇宙的なものへの拡大である。第1部、第2部が、大地、粘土質の土、石、畑地のよう

な地球上の構成要素を重視しているのに対し、ここでは、星、空、大気といった宇宙空間の側面が前面に現れ、第4部ではさらに多くなる（ここの大気空間のイメージの原形は、初期の詩「死のフーガ」に現れる、殺害され焼かれ煙となってしまった死者たちの「墓」となった空である）。また「掘る」「深みに沈む」という第1部への応答として、上昇と下降という運動が強調される。「大気を通り抜けて」石が星となる［Ⅰ, 255 NR］。星は、光を運ぶ存在であるばかりでなく、ユダヤの星として、苦難と死が定められている者の徴でもある。星のモチーフはツェラーンの全作品において全般的に重要な役割を果しているが、この詩集では特に、重い―軽い、暗い―明るいといった二元性によって、強烈に、多種多様に練り上げられている。星の中で、大地と大気が、石と息が、つまりは詩集の中で呼び出されたさまざまな相や次元が融合するのである。そしてそこに見られる増大してゆく星の使用は、物質的なものから精神的なものへ、現実の経験的なものから言語宇宙への移行を同時に指し示している。第3部の最後の詩「コロン」は第4部冒頭の詩へとモチーフが継続している。すなわち、「眠り」から「目覚め」、闇から光への移行である。

　さて最後の第4部は、「言語的な宇宙」の開放が詩的な形態を獲得している。この第4部の特徴は、長詩ということであり、また、薔薇のモチーフが一番多く現れてくるということである。「誰でもない者」に向けての薔薇の開花である。他の3つの部との関係でみれば、実現の予告に対する返答である。たとえば第4部冒頭の詩「何が起きたのか？」［Ⅰ, 269 NR］は、他の3つの部の要約であり、宇宙的次元の開幕を示している。長詩は総合を求めようとする様式であり、この様式の中でまたもや星のモチーフが独特な形で現れてくる。星として、深みと闇から現れ出てくる言葉と詩が、星座の配置の中で造形され、ロシアとフランスの文学が含み入れられたコンテキストの中でも現れるのである。またこの第4部の詩は、相互に密接に結び合っているのだということも見落とせない特徴である。

6．詩集の位置づけ

　さて最後に、この詩集のツェラーン作品全体の中の位置づけについて、簡単に触れたいと思う。

　最初に述べたように、この詩集は、ツェラーンが正式に認めた8冊の詩集のうちの4番目の詩集で、中期の作品を代表している。と同時に、ツェラーンの全作品のいわば頂点を形作っており、転換点であるとみなすことができる。この詩集はそれまでに書かれたものの要約であり、批評であり、これから書かれるであろうものの予見である。ツェラーン自身がある人との対話の中で述べたように、この詩集は第3詩集『言葉の格子』と第5詩集『息の転回』の間の「間奏曲」であり、いわば中断である[16]。そしてユダヤ詩人ツェラーンが、ゴル事件をきっかけにして、その決定的な危機を克服してゆくために、激しい苦味をともないつつ、一時期この詩集のタイトルでもあったように、自らの「現在地」を確認しようとしている独特な詩集なのである。

---

1) 59年3編、60年10編、61年28編、62年11編、63年1編である。つまり59／60年と62／63年にそれぞれ4分の1ずつ、61年（特に5月が最も豊かな執筆時期）に半数以上ということになる。一番はやいのは「深みに沈むという言葉（Das Wort vom Zur-Tiefe-Gehn）」［Ⅰ, 212 NR］の1959年3月5日、一番最後は「小屋の窓（Hüttenfenster）」［Ⅰ, 278 NR］の1963年3月30日。また詩の推敲の最後の日付は1963年4月25日（「すべては違っている（Es ist alles anders）」［Ⅰ, 284 NR］）である。
2) これらの詩は現在『遺稿詩』（Paul Celan : Die Gedichte aus dem Nachlass, Suhrkamp Verlag, 1997）に収められている。
3) 『誰でもない者の薔薇』というタイトルはただちに、リルケの有名な墓碑銘を思い起こさせる。Rose, oh reiner Widerspruch, Lust, / Niemandes Schlaf zu sein unter soviel / Lidern.（薔薇、おお純粋な矛盾、このようなおおくの瞼のおくで、／誰でもない者の眠りであるという／よろこびよ。）Rainer Maria Rilke, Sämtliche Werke BandⅡ, Insel Verlag, 1974, S. 185.
4) 1961年の復活祭の前日の土曜日（4月1日）、ツェラーンは、モンタナで、「ヴァリスの悲歌」をすでに書き始めていた。ノートによれば、この開始は、その前日の

「聖金曜日（復活祭直前の金曜日）」（3月31日）、ラーロンにあるリルケの墓を訪れた日であった。ツェランが妻に、日記に口述筆記させたところによれば、「ヴァリスの悲歌」は同年12月19日に書き終えたという。

5) 詩集のタイトルだけをみれば、第3詩集『言葉の格子（Sprachgitter）』以降、すべて二つの語の組み合わせという形をとる。すなわち、『息の転回（Atemwende）』、『糸の太陽（Fadensonnen）』、『光の強迫（Lichtzwang）』、『雪のパート（Schneepart）』。

6) 献辞のある詩集は、この詩集以外では、妻ジゼルに捧げられている第2詩集『閾から閾へ（Von Schwelle zu Schwelle）』だけである。

7) ヘルダーリンからは讃歌「ライン河（Der Rhein）」の第4連47-49行目「……何故ならお前は生を開始したときのまま、留まっていくと思われる故に」（小磯　仁訳）、ダンテからはイタリア語原文のまま、『神曲』地獄篇第32歌第12行「叙述が事実からはずれないようにしてほしいものである」（野上素一訳）、マンデリシュタームからはツェランのドイツ語訳で、詩「1924年1月1日」の第6連3-4行目「…何世代もの人々から、まるで見知らぬ人々から、おまえの血のなかのカルシウムで、草を摘むこと、夜の葉を摘むこと！……」。第1部にはツェランの訳した、「君が非難されるのは欠点があるからではない、むかしから中傷の矛先は美しいものに向けられた。世間の猜疑心は美の勲章のようなもの、清らかな大空に飛ぶどす黒い鴉だ。」（柴田稔彦訳）で始まるシェークスピアのソネット70番かマンデリシュタームの詩、「夜、家の前で」の最終行、「大地はより真実に、より恐ろしいものになるだろう」。第3部には「私はあの時代を通り抜けて来た死者だ」で始まる、やはりツェラン訳のデスノスの詩「墓碑銘」。

8) ツェランはマンデリシュタームの中に、中心のテーマ形成（流謫と故郷としての詩、想起としての詩、対話と出会いとしての詩、手仕事としての詩、途上としての詩）にふさわしいモチーフ（息、石、星、手など）と手法（たとえば間テキスト的構成化、メタファーとイメージの批判）を見出した。これらはしかし、マンデリシュタームの詩との決定的な出会い以前に、ツェランが書いた詩の中にすでに見て取ることができるものでもある。

9) このマンデリシュタームへの献辞についてツェランは、1965年7月に、マイネッケにこう語ったという。「〈詩的なものを担った〉人々へのひとつの敬意のしるしと考えています。」Meinecke, Dietlind : Wort und Name bei Paul Celan, Verlag Gehlen. Bad Homburg v. d. H. 1970, S. 167（Anm. 4）.

10) ゴル事件については以下を参照。Barbara Wiedemann (Hrsg.) : Paul Celan—

Die Goll-Affäre. Dokumente zu einer >Infamie<. Frankfurt a. M. Suhrkamp, 2000；拙論：ツェラーンのいわゆる〈ゴル事件〉について［日本ツェラーン協会「ツェラーン研究」創刊号、1999年、19-43頁］。

11）　1962年2月16日付ラインハルト・フェーダーマン宛の手紙で、ツェラーンはロシア語でこんなふうに署名している。「レーオ（父の名）の息子・パウル・ツェラーン／ドイツの不信心者たちの領域の中のロシア詩人／ひとりのユダヤ人にすぎません」。精神的危機にあったツェラーンは、「わたしはユダヤ人」であると同時に「ロシア人である」と自らを規定しているのである。In memoriam Paul Celan, In : Die Pestsäule 1 (1972/73), H. 1. S. 18. また、1962年3月22日のペートレ・ソロモーン宛の手紙では「ぼくの希望は東方にあります」と記している。Solomon, Petre : Briefwechsel mit Paul Celan 1957-1962, In : Neue Literatur, 32Jg. H. 11. Nov., 1981, S. 66., 78.

12）　ドイツ語圏で初めてマンデリシュタームを翻訳紹介したツェラーンの『マンデリシュターム詩集』（1959年刊行）は、40編の詩からなりたっている。この本刊行以後のツェラーンは、この詩人の詩の新たな翻訳をわずか5編しか公表していない。しかし、マンデリシュターム作品の翻訳と試訳が、遺稿の中には数多く残されていた。

13）　文学的テキストでは、シェークスピア、ダンテ、ヘルダーリン、ジャン・パウル、ビューヒナー、リルケ、アポリネール、ヴェルレーヌ、ツヴェターエワ、ネリー・ザックス、エンツェンスベルガーなどからの引用、暗示。またこの詩集は、聖書、神学と神秘主義の著作、ブーバー、ローゼンツヴァイクといった革新的なユダヤ哲学者の著作など、そうした著作への暗示に満ち満ちている。間テキスト的構造化という形式が、この詩集のおおきな特徴なのである。

14）　「かれらの中には土があった」［Ⅰ, 211 NR］←「死のフーガ」［Ⅰ, 41 MG］、「三人で、四人で」［Ⅰ, 216 NR］←「ハコヤナギ」［Ⅰ, 19 MG］、「12年」［Ⅰ, 220 NR］←「旅の途上で」［Ⅰ, 45 MG］、「きらめく樹木」［Ⅰ, 233 NR］←「ハコヤナギ」［Ⅰ, 19 MG］、「いくつかの手に似たものが」［Ⅰ, 236 NR］←「花」［Ⅰ, 164 SG］、「…泉がざわめく」［Ⅰ, 237 NR］←「水晶」［Ⅰ, 52 MG］、「ひとつになって」［Ⅰ, 270 NR］←「シボーレト（合言葉）」［Ⅰ, 131 SS］など。

15）　「もうけっして（Nimmer）」［Ⅰ, 233 NR］；「誰でもない者（niemand）」［Ⅰ, 239, 245 NR］；「無（Nichts）」［Ⅰ, 239, 244 NR］；「偽りの夜（Aber-Nacht）」・「偽りのおまえ（Aber-Du）」［Ⅰ, 239 NR］など。

16）　1967年12月のアルフレート・ケレタートとの対話。この対話の中でツェラーンは、

次の第5詩集『息の転回』が第3詩集『言葉の格子』と直接つながっており、この『誰でもない者の薔薇』はあまりにも自分自身に拘泥しすぎている、と述べたという。Kelletat, Alfred : Hermeneutica zu Celan, anläβlich seines ≫Psalms≪. In : Abhandlungen aus der Pädagogischen Hochschule Berlin, Bd. 1. 1974, S. 301.

2．詩集とマンデリシュターム

関口裕昭

1．はじめに

　詩集『誰でもない者の薔薇』の巻頭には、「マンデリシュタームの思い出に(Dem Andenken Ossip Mandelstamms)」という献辞が記されている。この献辞に端的に現れているように、詩集はマンデリシュタームへのオマージュという体裁をとっており、彼の名前や彼にちなんだ地名、固有名などが随所に鏤(ちりば)められている。両者の関係を解明することは、詩集を理解する上で欠かすことはできない。

　詩集に先立って1959年に出版された『マンデリシュターム詩集』は、40篇の詩を収めた、ドイツ語で読める最初のまとまった訳詩集である。これについてツェラーンは、「マンデリシュタームの詩をドイツ語に訳すことは、私にとって、自分の詩と同じくらい重要な意味を持ちます」[1]と述べている。1960年には「オシップ・マンデリシュタームの詩」というラジオ放送用のエッセイを執筆しており、同年3月19日に北ドイツ放送（NDR）より流された[2]。これは短いながらも、一人の詩人について書かれたツェラーン唯一の詩論として注目される。さらにツェラーンは知人への書簡でも、このロシア詩人への偏愛を次のように述べている――「マンデリシュタームはこの数十年間でもっとも偉大なロシアの詩人でしょう。彼こそまさに形而上学者であり、彼を発見し、翻訳したことを私は少し誇りに思います」[3]。あるいは「(翻訳したロシアの詩人の中で) マンデリシュタームに最も親近感を抱いていることをここで告白してもよ

ろしいでしょうか」とも述べている[4]。

このようにマンデリシュタームに対するツェラーンの思い入れは並々ならぬものがあったが、詩集の出版後は、その関心は少なくとも表面的には徐々に薄れていったように見受けられる。これはヘルダーリンへの深い関心が、死ぬ直前まで続いたのとは対照的である。

蔵書のマンデリシュターム関連書に記された一番早い購入の日付は「57年5月」とあるから、この頃から読み始めたと考えてよいだろう。そして58年から59年にかけて集中的に翻訳に取り組み、59年に訳詩集を刊行した後、新たに訳された詩はごくわずかである（61年に1篇、63年に2篇、67年に1篇のみ）。すなわちマンデリシュタームの翻訳は、詩集『誰でもない者の薔薇』成立の初期とほぼ重なるわけであり、マンデリシュタームとツェラーンの関係を解明することは、本詩集に込められた本質的な問題を考察することにもなる。

ツェラーンとマンデリシュタームの関連を扱った研究文献は、すでにかなりの数に達している。ツェラーン詩学の核心にも迫るテーマであるだけに、様々なアプローチからの論文が陸続と発表されてきた[5]。本稿では、紙面が限られているので、以下の3点に重点を絞って考察を進める[6]。すなわち、最初に、両詩人の経歴や作品の傾向の類似点、および詩集『誰でもない者の薔薇』に散見されるマンデリシュタームからの引用や暗示について述べる。次に、「薔薇」や「黒土」、「鶴」といった詩的形象から影響関係を探り、インターテクチュアリティの問題についても言及する。最後に、ツェラーンの詩論とマンデリシュタームのそれを比較し、「投壜通信」や「対詁」といった詩学上の概念について考察することにしたい。

2．ツェラーン／マンデリシュターム──その類縁性、縷められた引用

では最初に、経歴から見た両詩人の類似点と、詩集に引用あるいは暗示されたマンデリシュタームの詩について述べる。

マンデリシュタームは1891年ワルシャワのユダヤ人家庭に生まれた。しかし生後すぐ家族とともにペテルブルクに移住し、当地で成長したので、彼はこの

都市を自分の故郷とみなしていた。象徴主義への批判から起こったアクメイズムの中心的存在として詩作に没頭、1913年には処女詩集『石』を、1922年には第二詩集『トリスチア』を刊行して広く知られるようになった。ロシア文学の他に、ギリシア、イタリア、フランス文学にも精通していた彼の詩は、しばしば「博物的」と呼ばれ、古今東西の文学からの引用や暗示が随所に縷められている。詩作の他に、ダンテやヴィヨン、同時代のロシア文学や詩作についての優れた評論、『アルメニア紀行』などの紀行文、『時のざわめき』に収められた散文詩のように薫り高い珠玉の短編小説等がある。ドイツとの関わりも深く、若い頃にゲーテやシラーを耽読し、バッハやベートーヴェンに捧げたオードがある。1910年には2学期の間、ハイデルベルク大学で古代フランス学を学んだ。その経歴に眼を移せば、「オイレンシュピーゲル事件」と呼ばれた翻訳の剽窃事件に巻き込まれたことがあり、重い精神障害に陥って自殺未遂をしている点でも、ツェラーンと共通している。また彼も、最愛の母を脳出血のために20代半ばで失っている。スターリンを揶揄した一篇の詩がもとでシベリア流刑となり、1938年にルビャンスクのラーゲリで不幸な人生を閉じたことは、ツェラーンにとっても同じユダヤ人として、また詩人がたどるべき運命として、深刻に、そして共感を持って受けとめられたことは想像に難くない。

　詩集『誰でもない者の薔薇』には、マンデリシュタームの名前が二度現れる。「サーカスと城砦のある、午後」［Ⅰ, 261］では「マンデリシュターム」として、「すべては違っている」［Ⅰ, 284 ff.］では「オシップ」というファーストネームで。これ以外にも、後で考察するように、マンデリシュタームを暗示する表現や、彼の詩からの引用は詩集の随所に認められる。

　最初に詩集が計画された時点では、マンデリシュターム色がさらに強調される予定であった。例えば彼のシルエットを詩集の扉に印刷することも検討されていた[7]。また、結局、最終稿には取り入れられなかったが、詩集の巻頭には『モスクワ・ノート』から「（なんという苦痛だ）血の中に石灰を入れ、縁なき種族のために／草と夜の薬草を摘み取ることは」という詩句がモットーとして掲載される予定であった［HKA, 27］。

さらに個々の詩の冒頭にも、当初、マンデリシュタームの詩の一節を掲げようとしていた例が幾つかある。例えば「詐欺師と泥棒の歌」［Ⅰ，229 f.］には、決定稿からは省かれたが、草稿段階では「私は自分の唇に美を塗りつけるだろう／侮蔑の黒い印が私を無にするだろう」［HKA，119］というマンデリシュタームの詩の一節が引用されており、その下に次のようなロシア語のメモがあった。「ヴォローネジ-ヴォール-ノーシ（Воронеж-вор-нож）」［HKA，117］。これは、ヴォローネジというマンデリシュタームが流刑の身を過ごした地名を、「ヴォール（泥棒）」と「ノーシ（ナイフ）」に分解した言葉遊びで、タイトルにもある「泥棒」と「ナイフ」から連想される首切りと行為が、詩を展開させる原動力となっているのである。

　この詩の後半（16行目以下）ではまた、Mandelstamm——ツェラーンは最後のmを意図的に2つ重ね、「アーモンドの幹（一族）」とその名前をドイツ語で解釈した——の一部 Mandel（アーモンド）を用いた言葉遊びがある。

Denn es blühte der Mandelbaum.	アーモンドの樹が咲いていたからな。
Mandelbaum, Bandelmaum.	アーモンドの樹、バンデルマウムが。
Mandeltraum, Trandelmaum.	アーモンドの夢、トランデルマウムが。
Und auch der Machandelbaum.	そして杜松の木も。
Chandelbaum.　［Ⅰ，229 f.］	ハンデルの樹も。

　この言葉遊びのヒントになったのは、おそらく、モーツァルトの三重奏曲「Das Band（リボン）」の冒頭にある "Mandel, wo ist Bandel?" であろう。しかし、楽聖が無邪気な遊び心からたおやかな旋律を紡ぎだしていくのとは対照的に、ツェラーンの言葉遊戯は「遊び」の域を超え、言葉を解体させながら、狂気の域まで達しているといえる。Bandelmaum には「悪党（Bande）」や「紐（Band）」が隠されていることから絞首台と首をつるロープが連想され、Machandelbaum（杜松の木）からは、継母に首を切り落とされ、杜松の木の下に埋められる子供を描いたグリム童話で最も残酷な物語「杜松の樹につ

いて」(KLM, 47) が思い出される。Chandelbaum には、夙に研究者たちが指摘しているように、「恥辱 (Schande)」や「さらし柱 (Schandpfahl)」といった語の響きが込められているのだろう[8]。「アーモンド (Mandel)」は、その形をした眼がユダヤ人の身体的特徴となることから、ユダヤ人自身の暗喩にもなる[9]。このようにマンデリシュタームの引用や名前は、詩集全体に播種(はしゅ)されているのである。

3. 薔　薇

では次に、マンデリシュタームから受け継いだモチーフ、形象を検討する。まず詩集のタイトルの一部にもなった薔薇 Rose は、これまでの研究ではリルケの墓碑銘やユダヤ神秘主義の文脈との関連で論じられることが多かったが、マンデリシュターム自身もしばしば用いた形象である。例えば、アクメイズムの初期のスローガンは「シンボリズムから離れろ、生きた薔薇万歳!」と謳われている。薔薇の形象が効果的に用いられたマンデリシュタームの詩をツェラーン訳で見てみよう。

IHR SCHWESTERN SCHWER UND ZART, ich seh euch
　　　　　　　　　　　　　　　　　　　　　－seh dasselbe.
Die Imme und die Wespe taucht in die Rose ein.
Es stirbt der Mensch, und kalt wird der Sand, der glutdurchschwelte,
die gestern helle Sonne － schwarz trägt man sie vorbei.

O Waben, schwere Waben, o Netzwerk, zart gesponnen.
Deine Name － nichts ist schwerer ein zweites Mal gesagt!
Mir bleibt nur eine Sorge － die einzige und goldne:
das Joch der Zeit－was tu ich, daβ ich dies Joch zerschlag?

Ich trink die Luft wie Wasser, trink Trübes, Strahlenloses.

Die Zeit — gepflügt, die Rose, die nun zu Erde ward...
Still drehn sich mit den Wassern die schweren zarten Rosen—
zum Doppelkranz geflochten die Rosen Schwer und Zart!　　［V，109］

重さと優しさという姉妹よ、ぼくは君たちが同じものに見える。
ミツバチとスズメバチは薔薇の花に潜り込む。
人間は死に、燃え尽きた砂は冷たくなる。
きのう明るかった太陽は、黒くなって運び去られる。

おお蜂の巣、重い蜂の巣、優しく編まれた網の目。
君の名前を、二度言うことほど重いものはない。
ぼくに残されたひとつの憂い、たったひとつの黄金の憂いとは、
時間の軛だ、その軛を破壊するには、何をすればいいのか？

私は水のような空気を飲む、濁った、光線を通さないものを飲む。
時間が一犂で起こされる、すると薔薇が大地になった……。
水とともに静かに回る、重く優しい薔薇たち。
二重の花輪に編みこまれた、薔薇の重さと優しさ！

　薔薇、蜂、砂、太陽、大地、そして詩を貫いて流れる宇宙的時間……。壮大な、そして多彩なイメージに溢れた詩である。この詩が難解であるのは、全体が比喩で構成されているからである。しかし例えば「薔薇」は、19世紀までの詩によくあったように愛や恋人を象徴しているわけではない。言葉の観念的なレベルでの象徴性よりも、むしろここでは「重さ」を持った薔薇の実在性が強調されている。同じことは、「黒くなって運び去られる」「太陽」についてもいえるだろう。ひとつひとつの言葉が、確固とした物質性を獲得することが、アクメイズムの理念であった。アクメイズムが象徴主義の批判から成立したことは、次のマンデリシュタームの言葉にもはっきりと伺える。「薔薇と太陽、雌

鳩と娘を例にあげてみよう。シンボリストにとって、これらの形象は、それ自体では一つとして興味の起こるものではなく、薔薇は太陽の比喩、太陽は薔薇の比喩であり、雌鳩は娘の比喩、娘は雌鳩の比喩なのだろうか？　形象は剝製のように内臓を抜き取られ、別の中身が詰められている。シンボリズムの『交感の森(コレスポンダンス)』ではなくて、剝製の工房があるのだ。このような事態を、職業的なシンボリズムは招いてしまったのである。」[10]

　ツェラーンも先述したラジオエッセイで、マンデリシュタームの詩における「具体性（Gegenständlichkeit））」、「対象性（Gegenständigkeit）、「現前性（Gegenwärtigkeit）」を認め［TCA/M, 215］、高く評価しているが、それは日常世界の彼方に「絶対詩」を標榜したゴットフリート・ベンなどとは異なり、言葉をあくまで現実との連関の中でとらえようとした証左といえるだろう。

　マンデリシュタームの原詩を詳細に分析したキューゲルは、この詩を未来の妻ナジェージダに宛てた恋愛詩と解釈している。ツェラーンの訳詩を読むと、そのような恋人像を内包しながらも、10行目の「大地になった薔薇」という、「大地＝母」を彷彿させるより大きな存在に向かって語られているように思われる。この女性存在はいったい誰であろうか。ツェラーンの訳詩を検討しながら考えてみたい。

　冒頭の「重さと優しさという姉妹よ（Ihr Schwestern Schwer und Zart)」は、原文の反意語ながら音声的にも似た「重さ（тяжесть(チヤージヤシチ)）」と「優しさ（нежность(ニエージナシチ)）」(これは「軽さ」とほぼ同意）を独訳に反映させたものである。「重さ」と「優しさ」を音声的に共有できる言葉はドイツ語に見当たらないため、「姉妹」と「重さ」が類音語で表現された。しかしこの組み合わせは音声レベルにとどまらず、「姉妹（女性）＝重さ」として、訳詩全体のテーマに大きく関わってくる。

　ところでSchw-で始まる一連の語は、schwerやSchwesterの他にも、「Schwermut（憂鬱）」「schwarz（黒い）」「Schwarzerde（黒土）」「Schwalbe（燕）」など、マンデリシュタームの翻訳で、そしてツェラーン自身の詩でも、互いに密接な関連を持つ重要な形象として現れる。その背後には、アクメイズ

ムが重視した存在が持つ実在性、「重さ」があることはいうまでもないが、さらにこれは「ゴル事件」と呼ばれる剽窃疑惑に巻き込まれた詩人の沈痛な心情を反映して、詩集で繰り返し言及されている[11]。

　第3、第4行では時間のサイクルについて述べられている。人は生まれ、死に、太陽は昇り、沈み、砂は太陽に暖められ、やがては冷えていく……。キューゲルはこう述べる。「サイクルをなす時の最も平凡な例証は人の一生である（人間的）。次に砂が来る（地球的）、そして最後に太陽（宇宙空間）である。人間が文中で一番重要性の低い姿であるべきだということは巨大な荘厳さの印象を与える。」[12] キューゲルは詩の時間的重層構造を的確にとらえているが、この「人間」を普遍的な人間と理解するのなら、訳詩の文脈からはややずれるのではないか。次の4行目で「黒くなって運ばれていく」（原文では「黒い担架(ノルシキ)で運ばれる」早川眞理訳）──すなわち死んで運ばれていく──のは、おそらく恋人と思しき、ある女性だろうからである。この人の死はそれほど「重い」のである。

　この4行目の「（黒くなって運び去られる）太陽」にもう少しこだわってみよう。マンデリシュタームの詩には、「黒い太陽」や「黒い光線」といった表現がしばしば出現する。例えば、マンデリシュタームが母フローラの死去に際して書いた詩では、次のようになっている。「ユダヤ人の声たちは、沈黙しない、／母よ、それはなんと鳴り響いていることか。／私は揺りかごの中で眼を覚ます、／太陽の黒い光線を浴びて。」[V, 95] ツェラーンはおそらくこれを受けて、『息の転回』の最初のチクルスの詩で「けれどもあなたの中には／生まれつき／もうひとつの泉が泡立っていた、／黒い光線となった／記憶をたどって／あなたは明るみへと上ってきた」[II, 27] とやはり母を回想しながら書いている。

　「黒い光線」は同じ詩の前半部に現れる、おそらくは生を具現する「白い糸杉」と明白なコントラストをなし、死をイメージする。「泡立っていた」というのもマンデリシュタームの詩「SILENTIUM」の最終連「この泡のままでいるのだ　アフロディテよ／言葉よ、行け、音楽は、とどまれ。／心よ、始ま

りと大地から生まれでた／心よ、差じるがよい」［V，57］を踏まえている。死んでしまった「あなた」は、泡の中から生まれ出たアフロディテのように、その生命の根源である泉にまで遡って、もう一度、今度は言葉の世界で別の生を生き直そうする——ツェランの詩はこう読めるのである。

問題の詩から少し回り道をして考察を進めたのは、他でもない、詩の奥底には亡くなった母——マンデリシュタームとツェラーン双方の——への追憶が隠されているのではないか、と推測するからである。勿論、そこに恋人の面影を完全に否定するわけではない。しかしツェラーンの訳詩では母親のイメージがより色濃く打ち出されているように思われる。いずれにしても「重さ」と「優しさ」を備えた地母神的な女性は、今はすでに亡く、「時の軛」（「時の重荷」）に抑えられて地中深くに眠っている、と読み取ることができる。詩人の任務は、彼女を地中から明るみへと掘り起こすことにあるのだ。

第3連1行目「私は水のような空気を飲む、濁った、光を通さないものを飲む」（原文では「暗い水を飲むようにぼくは少し濁った空気を飲む」中平耀訳）は、中平が卓抜に読み解いているように、「『暗い水』とは歴史が重く堆積した時間の厚みの比喩であり、『少し濁った空気』とは時間の表装の比喩」と見てよいだろう[13]。すなわち「水」や「空気」と呼ばれてはいるが、より重い、地層、それも時間という地層ととらえると、「犂」で時間を引き起こすという次の行のイメージもすんなりと理解される。なおツェラーン訳の最終行には出ていないが、原文では花輪を編む主体としての「あなた」が記されている[14]。

極めて難解な詩ではあるが、以上の考察をまとめると、多彩な形象群の中にも、「薔薇—大地—母—愛」という隠されたイメージの連鎖を見出すことができる[15]。もっともこの詩が扱っているのはそれだけではなく、「時間」という大きなテーマ、それも「犂で時間を起こす」という詩論的な問題に繋がるわけであるが、これについてはツェラーンの詩「黒土」で検討することにしたい。

4．黒　土

Schwarzerde, schwarze　　　　　黒土、黒い

Erde, du, Stunden-	大地、あなた、時間の
Mutter	母よ
Verzweiferung:	絶望――
Ein aus der Hand und ihrer	手と、手の
Wunde dir Zu-	傷口からあなたへと
Geborenes schließt	産み落とされたものが
deine Kelche.　　[Ⅰ，241]	あなたの萼(うてな)を閉じる。

　「黒土」はマンデリシュタームにとって詩論上極めて重要な概念である。彼の評論「言葉と文化」には「詩とは時間の深層、時間の黒土が表面に露わになるように時間を爆破する犂のことである」と書かれている。ツェランもラジオエッセイでこの部分を踏まえて次のように書く。「詩は――マンデリシュタームはあるエッセイでそれを犂と呼んでいます――時間の一番下の層を掘り起こし、『時間の黒土』が地表に現れるのです」［TCA/M，219］。

　また死の前年までの3年を過ごした流刑地ヴォロネジで書かれた詩「黒　土」(チェルノジョーム)には、「犂で起こされた肥沃な耕地のなんと気持ちよさそうなことよ、／(…)／やあ、元気かい、黒土よ、雄雄しくあれ、目を大きく開けて……／労働の中の寡黙な沈黙よ」(中平耀訳)[16]とある。詩人はこの「黒土」を耕す農夫であり、詩はそこで育つ作物ともいえるだろう。

　ツェランの故郷ブコヴィーナ地方も、ロシアからウクライナにかけて広がる肥沃な黒土層に含まれている。ロシア語のチェルノジョーム（чернозем）は、その響きからしてツェランに生まれ故郷チェルノヴィッツ（Czernowitz）を想起させたに違いない。しかし、「黒土」はすぐに「黒い／大地」と言い換えられ、切断された、あるいは断層面が露わになったその土地は、もはや穀物を実らせる肥沃な大地ではなく、炭化した死者たちで黒くなった、恐ろしい風景と成り果ててしまっている。「絶望（Verzweiflung）」という言葉には、詩の1～3行目に表れたschwarze/Erde/du/Stunden/Mutterという5

つの単語の断片（er/z/w/un）が共鳴していると解釈することもできる[KNR, 171]。

　詩では、ふたたび「母」、それも「時間の母」に言及されているが、これは黒土とどのような繋がりを持つのであろうか。ツェラーンの地学好きは有名で、詩作の際に手元に置いてしばしば参照したという地学のハンドブック『地球の発展史』にも「黒土」に関して次のような詳しい解説がある。「……滋養分に飛んだ、しばしば数メートルにも及ぶ厚い表土層は、母石（Muttergestein）の上に直接載っている。（……）黒土はヨーロッパからアジア大陸にかけて、特にウクライナから南シベリア、及び北アメリカに広がっている」[17]。この記述が、詩の理解のためにヒントを提供してくれるように思われる。黒土の地下深くにある母石は、長い年月をかけて地層の奥で硬く石化したものであるが、おそらく強制収容所で死んだツェラーンの母の記憶と繋がるのであろう。これが詩では「時間の母」という、より普遍的なものに高められている。この時間、「絶望」の時間を、「犂」によって爆破させ、地上の明るみに出すのが詩である、と先に引用したマンデリシュタームの詩論を援用して読み換えることができるのではなかろうか[18]。これは先に見た「黒い光線」とほぼ同じ、記憶を言葉によって蘇らせるという働きをしているといえるだろう。

　第2連の傷ついた「手」は誰のものであろうか。言及されてはいないが「あなた」に向かい合っている「私」のものとも、「あなた＝母」のものとも考えられる。おそらく両方であろう。そしてこの手が、花びらの外側に形成される「萼」となって——Kelchには「聖杯」という意味もあり、ここからキリストの受難を読み取ることもできよう——詩を「生み落と」すのである。ツェラーンが詩を「手仕事（Handwerk）」とみなしていた［Ⅲ, 177］をここで想起すべきかもしれない。詩では具体的な花の種類については述べられていないが、おそらくこれは「薔薇」であろう。

5．鶴のモチーフと間テクスト性

　次にマンデリシュタームからツェラーンが受け継いだ形象として鶴を考察す

る。ツェラーンは初期から晩年まで、鶴を詩に6回用いているが、様々なバリエーションが見られて興味深い。一方、マンデリシュタームにとって鶴は、詩作そのものの隠喩ともなった燕ほど頻出するわけではないが、やはり独特の地位を占めている。少なくとも、ツェラーンが訳した詩ではそうである。まず、詩集『誰でもない者の薔薇』における鶴の形象を確認しておくことにしよう。

Bei Tag	日中に
Hasenfell-Himmel. Noch immer	兎の毛皮の空。依然として
schreibt eine deutliche Schwinge.	鮮やかな翼が書き続けている。
Auch ich, erinnere dich,	私もまた、思い出しておくれ、
Staub-	塵の
farbene, kam	色をした女よ、
als ein Kranich.　　［I, 262］	鶴になってやって来た。

　この短い詩は、詩集第3部の他の大部分の詩と同じく、1961年夏に、詩人が家族とともに休暇を過ごしたブルターニュ地方で書かれた。陽光に照らされた渺茫たる空を背景に、「兎の毛皮」や「塵の色をした女」が描かれており、何処となく不安な雰囲気も漂う詩であるが、中心にあるイメージは鶴である。
　冒頭の「兎の毛皮の空」とは、刻々と形を変える雲に兎を発見したのであろうか。しかし文脈から判断して、そのようなのどかな風景を歌っているとも思われない。筆者はこれが博覧強記の作者による次の書物からの引用と推測する。ツェラーンの蔵書にあるルドルフ・カスナーのアンソロジー『天国と地獄の間の結婚』には「永遠のユダヤ人」と題された短編がある。これは三十年間も毛皮を売り続ける、不遇で孤独なユダヤ商人キッシュの物語であるが、その中で次のような文章にぶつかる。「背中には兎の毛皮（Hasenfell）を入れた袋を担いでいた。杖を持たず、彼は足早に歩んだ。」「彼の前を飛び跳ねるクロー

バ畑の兎と背中に担いでいる兎の毛皮との間には、キッシュにとってなんら解明されるべき関係は無かった。それは２つの異なる世界であり、その一方は彼には全く関係のない世界だった。」[19]

　カスナーの文脈で用いられた「兎の毛皮」を先の詩に援用して考察してみるならば、このように理解できるだろう。すなわち、「兎の毛皮の空」とは、ディアスポラとしてのユダヤ人、雲のように道なき道を放浪し、実際の地上の自然からは疎外されたユダヤ人がたどった道である、と。さらに思い出されるのは、ツェランがマンデリシュタームを、先述のラジオエッセイで「臆病者 (Hasenfuβ)」（直訳すれば「兎の足」）と呼んだこと、またマンデリシュタームが育った第二の故郷、水の都ペテルブルクは、かつて「兎　島（ザーヤチイ）」と呼ばれた要塞を基盤にピョートル２世が建築した都市であることである。いずれにせよ、兎は迫害され続けるユダヤ人の生きざまと重なる。

　さて詩に戻ると、「空」は３行目で「書き続けている翼」——おそらく羽ペンのメタファーでもあろう——によって描かれつつあるキャンパス、あるいは白いページとも理解できる。もっともそれは純白のページなどではなく、「兎の毛皮」の色をした、濁った灰色あるいは褐色の、後半に登場する鶴の灰色とも結びつく、不安と死に彩られた空ではある。

　詩の第２連では、「鶴 (Kranich)」を中心に、「私 (ich)」や「お前を (dich)」という人称代名詞が星座のように配置されている。その核にあるのが「私」という主体であり、３つの語を結ぶのが「書く」という行為である。すなわち「私」が死者である「お前」——「塵」はツェランにおいては灰と化した骨、死者を想起させるのでここでも「塵の色をした女」は死者であろう[20]——、その「お前」に向けて詩を書くことと、渡り鳥である鶴が「私」から「お前」へと翔んでゆく行為が重なり合っているのである。

　ここで興味深いのは、鶴の形象が、この詩の直前に置かれ「マンデリシュターム」の名前にも直接触れた詩「サーカスと城砦のある、午後」の「クレーン (Kran)」から生まれていることである。クレーンが重力に逆らって、原則的に物を上下にしか動かせないのに対し、それに「私 (ich)」が加わった「鶴

(Kranich)」は、空間を自由に移動し、「私」の想いを「お前」に伝えることができる。

　ツェラーンの詩における鶴のモチーフの変容も興味深いテーマであるが、ここではマンデリシュタームとの関連を重視して、その翻訳詩に目を向けてみたい。ツェラーンがマンデリシュタームを翻訳したのは、1958年5月から翌年4月にかけてであり、この中でも58年の5月、6月には集中的に22編が翻訳された。この時期は詩集『誰でもない者の薔薇』の執筆時期――第Ⅰチクルスの詩篇が書かれた時期――に重なる。「不眠。ホメロス」をツェラーン訳で見よう。

SCHLAFLOSIGKEIT. HOMER. Die Segel, die sich strecken.
Ich las im Schiffsverzeichnis, ich las, ich kam nicht weit:
Der Strich der Kraniche, der Zug der jungen Hecke
hoch über Hellas, einst, vor Zeit und Aberzeit.

Wie jener Kranichkeil, in Fremdestes getrieben－
Die Köpfe, kaiserlich, der Gottesschaum drauf, feucht－
Ihr schwebt, ihr schwimmt －wohin？　Wär Helena nicht drüben,
Achäer, solch ein Troja, ich frag, gält es euch？

Homer, die Meere, beides : die Liebe, sie bewegt es.
Wem lausch ich und wen hör ich？　Sieh da, er schweigt, Homer.
Das Meer, das schwarz beredte, an dieses Ufer schlägt es,
zu Häupten hör ichs tosen, es fand den Weg hierher.　　　[Ⅴ, 91]

不眠。ホメロス。ぴんと張り詰めた帆。
私は船舶目録を読んだ、私は読んだ、私は先には進めなかった――
鶴の群れ、若い雛たちの群れ
ヘラスの空高く、かつて、昔、遠い昔。

あの鶴の楔のように、まったく未知のものを目指して
皇帝の頭(こうべ)は、神の水泡に、濡れ、
お前たちは浮かび、泳ぐ——何処へ？　ヘレネーがあそこにいなければ、
アカイア人よ、訊くが、そんなトロヤは、お前たちに価値はあるのか？

ホメロスも、海も、ともに、愛がそれらを動かす。
誰に私は耳を傾けるべきか？　見よ、ホメロスは沈黙し、
海は、黒く雄弁をふるい、この岸打ち寄せる、
私は枕元で轟きを聞く、それはこちらに向かってくる。

　詩集『石』に収められた、しばしば議論の的となってきた問題の詩である。原詩は６脚のヤンブスで荘重な響きを持ち、ツェラーンもこの韻律を独訳に保存している。ホメロスの『イリアス』はいうまでもなく、タラノフスキーが指摘してきたように[21]、この詩には、プーシキンやレールモントフ、その他様々の古典作品からの引用が縷められている。いわば「引用の織物」としての詩、インターテクチュアリティの範例といえる。鈴木正美は、こうした傾向を踏まえ、従来この詩が「私（抒情詩的自我）」が不眠を慰めるためにホメロスを読み、徐々に睡魔がやってきて波音だけしか聞こえなくなる——と理解されてきたことに異議を唱え、「波のざわめきは（……）眠りを誘うものではなく、かえって詩人に多くの文学的伝統を想起させ、詩人はますます興奮している」と述べている。そして「詩はこうしてさまざまなテキストが響きあうことで出来るのだということをうたった『詩作についての詩』であった」と結論している[22]。ツェラーンの詩の特徴にもそのまま通用する、極めて示唆に富む指摘といえるだろう。ここではタラノフスキーや鈴木の研究を大いに参考にしつつ、ツェラーンの翻訳を独立した一篇の詩として、別の視点から読んでみよう。
　ツェラーンも最終行を「枕元で轟き（tosen）を聞く」と訳しているので、鈴木がいうように、「私」の意識は波音によってますます冴え返り、覚醒していくと理解できる。しかし訳詩内部にも明瞭な対立構造に目を向ければ、

「海」は睡眠に、「ホメロス」は覚醒ととる、従来の解釈に立つ理解もまた可能であろう。

　この詩を、「詩論としての詩」、インターテスチュアリティの範例としての詩とみるならば、海は死者たち、すなわち過去の作家や詩人の言葉たちが、いつかはある作家によって引用される、つまりは再生させられることを待ちながら、ざわめき、浮遊する場としてとらえることができる[23]。これに対して、上空高く飛ぶ鶴の群れは、『イリアス』第2書で敵陣へ突進するギリシアの軍勢を鳥の群れにたとえたことを踏まえているにせよ、海とは対蹠的な覚醒状態を指すと考えられる。マンデリシュタームの原文で「鶴の群れ」は、2行目の「船舶名簿」とほぼ同格の関係にあると理解できるので、「読む」行為と結びつく。

　ではツェラーンの訳ではどうか。彼は「鶴の群れ」を Der Strich der Kraniche と訳している[24]。Strich には確かに「（鳥や魚の）群れ」という意味もあるが、見出し語のだいぶ後のほうに来る派生的な意味であり、元来は動詞 streichen の名詞形、「塗ること、筆を動かすこと、線を引くこと、線」がその主たる意味領域である。すなわち「書く」ことと深い関連がある。「鶴の群れ」を「船舶名簿」の言葉たちと置き換えれば——その際、鶴の群れがその形態からアルファベットや文字のシンボルとなったことも思い出すべきだろう——、マンデリシュタームにおいて「読む」領域にあった「鶴」が、ツェラーンにあっては「書く」という、より能動的な地位にまで高められていることになる。これは先に見た詩「日中に」でも明らかである。ツェラーンにとって詩を書くとことは、引用することによって、言葉（死者）を忘却から救い出し、「鶴の群れ」のように一篇の詩にまとめる行為だったとはいえないだろうか。

　さて本論の冒頭で引用した、マンデリシュタームの詩の翻訳が自分の詩を書くことに匹敵するという、ツェラーンの言葉を思い出しながら、訳詩のリズムをもう一度考察してみよう。6脚のヤンブス、すなわちアレクサンダー詩節を構成するために、ツェラーンの訳詩では「私（ich）」が6度も繰り返されるという特徴的な形が生じている。バフチンを援用するなら、「言葉は、対話の中で、その生きた応答として生まれ、対象において他者の言葉と対照的に作用し

あう中で形式を与えられる」[25]のである。この執拗に反復される「私」の中に、原詩の「抒情詩的自我」と訳詩のそれとが、さらにいうならばマンデリシュタームとツェラーンという2つの主体が対話し、融合しているといえる。この2つの主体は、どちらか一方の優位性はなく、互いに寄りかかりあった、両面的な言葉である。音声的に見ても、「私（ich）」は、sich（1行目）、nicht（2行目）、Kraniche（3行目）、Kaiserlich（6行目）などの語として、全テクストにわたって散種されており、最終行ではこれらが「私」の耳の中に「轟き」として迫ってくる。この「轟き」は、様々なテクストが交響する「複声的な言葉」（バフチン）[26]ともとらえられるであろう。

　ツェラーンが引用を詩法の中心に置くのは、すなわちインターテクスチュアリティをはっきり自覚して詩作し始める時期は、マンデリシュタームとの出会いとその翻訳に携わった時期とほぼ一致する。勿論、『言葉の格子』やそれ以前の詩にも引用はしばしば認められるが、頻度と重要性においては格段の差がある。詩集『誰でもない者の薔薇』で、引用や暗示を通して詩集の骨格を支える中世の3人の詩人ダンテ、ペトラルカ、ヴィヨンは、実はマンデリシュタームを経由して引用されているのである[27]。鶴はこのように、インターテクスチュアリティのシンボルとして、ツェラーンの詩の中で独特の位置を占める。

6．詩　　論

　1958年2月、ブレーメン文学賞受賞に際して語られた挨拶でツェラーンは次のように述べている。「詩は言語の発現形式であり、そえゆえ本質的に対話的なものであるので、いつも希望に溢れているとは限らないにしても、いつかどこかで、岸辺に、もしかすると、心の岸辺に流れ着くことを信じて投げられる投壜通信（Flachenpost）のようなものであるのかもしれません」［Ⅲ，186］。

　すでに多くのの研究者が指摘しているように、「投壜通信」については、マンデリシュタームが詩論『対話者について』（1913）のテーマとしており、ツェラーンがこのエッセイから大きな影響の下にこれを書いたことは疑いない[28]。

マンデリシュタームはそこで次のように述べる。

「人にはそれぞれ友人がある。詩人たちが友人たちに向けて、自分に身近な人びとにむけて語りたがらないのはなぜだろう。航海者は遭難の危機に臨んで、自分の名前と自分の運命を記した手紙を壜に封じ込め海へ投じる。幾多の歳月を経て、砂浜をそぞろ歩いていて、わたしは砂に埋もれた壜を見つけ、手紙を読んで遭難の日付と遭難者の最後の意思を知る。わたしにはそうする権利がある。私は他人宛の手紙を開封したりはしない。壜に封じ込められた手紙は、壜を見つけたものへ宛てて書かれているのだ。見つけたのは、わたしだ。つまり、このわたしこそ秘められた名宛人なのだ。」(早川眞理訳)[29]

ここにはツェラーンの詩論にとって本質的な概念が、3つ記されている。すなわち壜の中の手紙に記された「名前」「運命」「日付」である。これらの概念はツェラーンの詩の中で、ひとつの詩論的連鎖の中で機能している。

まず言葉は、名詞への、したがって「名前」への傾向を持つとツェラーンは考える。ただし、これは自然への命名行為が詩になるという、自然抒情人とは一線を画している。言葉の一つ一つが神秘的なヴェールに覆われた曖昧模糊としたものではなく、確固とした実在性、肉体を持った存在をめざしている点で、アクメイズムの主張とも重なる。

『パウル・ツェラーンにおける言葉と名前』でツェラーンの詩における名前の機能を深く考察したマイネッケは、次のように述べている。「名前は言語性の内部の具現化である。それは呼びかけと発話の可能性を準備する。」さらに少し後で、「死者は〈名前によって命を与えられる〉、名前によって、死者はひとつの存在、ひとつの〈解読されるべき〉存在を獲得する、紛れもなく〈明らかな〉ものよりも」[30]と述べる。

ツェラーンの詩には、名前もなく死んでいった無数のユダヤ人の同胞を忘却から救い出し、彼らに「呼びかけ」、「ひとつの（人間）存在」の証として、彼らにもう一度、いわば墓碑銘として名前を与えるのが詩である——、という考えがあるように思われる。多くの固有名詞、それも専門的な知識なしにはほとんど理解不可能な人名や地名がしばしば登場し、読者を拒絶しているようにも

見えるが、それは「名前」として自己の実在性、肉体性を主張し、「解読される」ことを待っているのである。

「運命（Schicksal）」が言葉としてそのまま詩に用いられることは少ないが、『マンデリシュターム詩集』への「訳者ノート」にも用いられている。「彼がそこで絶命したか、あるいは《タイム誌》の「文芸特集号」が報じているように、シベリアからの帰還後、ヒトラーの軍によって占領されたロシアの土地で、他の多くのユダヤ人と運命をともにしなければならなかったか、最終的な答えを出すことは今まだ不可能である」[V，623 f.]31)。

ハイデガーを耽読していたツェラーンにとって、「運命」とは、語源的にも繋がる「命運（Geschick）」や「歴史（Geschichte）」といった意味領域でとらえられていたのであろう。ただし現実の歴史でいうならば、やはり「ユダヤ人」の「運命」すなわち、「アウシュヴィッツ」ということになる。ユダヤ人としての意識がそれほど強くはなかったマンデリシュタームにツェラーンが傾倒したのは、詩に対する考え方が一致しただけではなく、迫害を受け、流謫の末、スターリン粛清によって非業の死を遂げたという最期が、すべての詩人が負わねばならない「運命」と受けとめられたからであろう。

「日付（Daten）」については、「もしかするとどの詩にも、その〈１月20日〉が書き込まれているといえるのかも知れません」[Ⅲ，196]という『子午線』の夙に知られた一節が思い出される。〈１月20日〉、それは、ビューヒナーの短編『レンツ』の冒頭で主人公が「山に入った」日であり、1942年１月20日にヴァンゼー湖畔でユダヤ人の「最終解決」すなわちその殲滅が決められた日でもあった。ツェラーンはすべての詩に、この日付が記入されているというのである。

これらを繋ぐ詩の本質的な機能が「対話」であり、おそらくツェラーンの詩論の一番核心となる概念であろう。マンデリシュタームも『対話者について』で「対話を欠いた抒情詩は存在しない」とその重要性を強調している。ではこの「対話者」、上の引用でいうなら壜の「名宛人」、詩の読者であり、ツェラーンが「話しかけられたもの、名づけられることで〈あなた〉となったもの」

[Ⅲ，198] と呼んだ存在は、マンデリシュタームのエッセイではどのように位置づけられているのであろうか。そこでは「手紙も詩と同じように、これといってはっきりと一定の人間に宛てられているわけではない」（早川訳、前掲書140頁）と述べられている。あるいは「具体的な対話者は、詩の翼を奪う」とも言っている。つまり「対話者」は顔の見えない、不特定の他者ということになる。

　マルティヌ・ブローダは、マンデリシュタームのエッセイで用いられている対立概念「誰も……ない（никто）／誰かあるひと（некто）」に注意を喚起し、ロシア語に習熟していたツェラーンなら、これに気づかなかったはずはないと述べる[32]。詩は誰か特定の「ある人」に向けて書かれたものではない。「後の世の読者」（同書、140頁）に書かれたものなのである。しかし「誰にも向けられていない」ということは、決して対話者の存在を否定することではなく、「砂に埋もれた壜に気づいた人」が「その名宛人」（同書、140頁）ということであり、詩は「謎に満ちた、複数のあなた（Du）」へ宛てられることになる。こうして「誰でもない者」は「誰かある人」というポジティヴな、より広く開かれた対話の可能性へと転化されているのである。『誰でもない者の薔薇』という詩集のタイトルの「誰でもない者」には、従来定説となってきた「（非在の）神」への呼びかけだけでなく、不特定の、可能性をはらんだ読者へも向けられたものなのである。

7．結びにかえて

　ツェラーンがマンデリシュタームから学び取ったものを一語で言うなら、それは詩における「対話」である。1960年10月22日、ダルムシュタットで行われたビューヒナー賞受賞講演『子午線』でも、その重要性は繰り返し強調されている。「詩は対話となります、しばしば絶望的な対話です。この対話の中で初めて、語りかけるものが形成されます。」［Ⅲ，198］

　これを遡る7ヶ月ほど前に書かれたエッセイ「マンデリシュタームの詩」——2人の対話形式で書かれている——には、『子午線』とほとんど同じ表現

が数多く見られる。このラジオエッセイが『子午線』の基礎作業となったことは間違いなく、『子午線』にはマンデリシュタームの詩学のエッセンス―「対話」―が含まれることになる。

「対話」は、ツェラーンとマンデリシュタームという枠を超え、詩人と読者、ひいては「私（Ich）」と「あなた（Du）」の間で行われる「投壜通信」のように秘められた「出会い」の可能性をはらんだダイアローグとなる。『子午線』というタイトル通り、この言葉の道筋は、主客の対立を超えて、絶えず往復する円環運動となる。そしてこの「対話」はさらに、言葉そのものの奥で交響する「複声的な言葉」（バフチン）となって、インターテクスチュアリティの要素をもツェラーンの詩にもたらしたのである。

このようにマンデリシュタームは、詩集『誰でもない者の薔薇』が形成されていく上で、そしてその後の彼の詩作の方向性を左右する上で、まさに決定的な影響を与えた詩人であった。

1) Victor Terras/Karl S. Weimar : Mandelstam and Celan. A Postscript. In : Germano-Slavika 2 (1978), S. 365.
2) Paul Celan : Die Dichtung Ossip Mandelstams. In : Paul Celan : Der Meridian. Endfassung － Entwürfe － Materialien. Hg. von Bernhard Böschenstein und Heino Schnull. Unter Mitarbeit von Michael Schwarzkopf und Christine Wittkop. Frankfurt a. M. 1999. S. 215-221.
3) Celans Brief an Rudolf Hirsch am 5. 6. 1958. In : Paul Celan － Rudolf Hirsch. Briefwechsel. Hg. von Joachim Seng. Frankfurt a. M. 2004. S. 38.
4) Celans Brief an Gelb Struve am 29. 1. 1959. In : Paul Celan. Hrsg. von Werner Hamacher und Winfried Menninghaus. Frankfurt a. M. 1988. S. 11.
5) その中でも特に重要な論考は、オルシュナーとイワノヴィッチによる次のもので、これらの中には他の関係論文についてもよくまとめられている。L. M. Olschner : Der feste Buchstab. Erläuterung zu Paul Celans Gedichtübertragungen. Göttingen 1985. Christine Ivanović : Das Geheimnis der Begegnung. Dichtung und Poetik Celans im Kontext seiner russischen Lektüren. Tübingen 1996.
6) ツェラーンとマンデリシュタームの関係のより包括的な考察については、以下の

2．詩集とマンデリシュターム　*39*

拙論を参照のこと。関口裕昭「黒土に咲く薔薇の言葉—ツェラーンとマンデリシュターム（1）」（中央大学人文科学研究所『人文研紀要』第43号、2002年）、同「子午線をめぐる燕たち—ツェラーンとマンデリシュターム（2）」（『人文研紀要』第47号、2003年）、同「時の『中庭』に—ツェラーンとマンデリシュターム（『人文研紀要』第52号、2004年）。同「詩集とマンデリシュターム」（日本独文学会研究叢書25「『詩人はすべてユダヤ人』—ツェラーン詩集『誰でもない者の薔薇』集中討議」）。本稿もこれらの論考（特に最後のもの）と一部重複することをお断りしておく。

7）　Vgl. "Fremde Nähe". Celan als Übersetzer. Eine Ausstellung des Deutschen Literaturarchivs. Ausstellung und Katalog : Axel Gellhaus u. a.（＝Marbacher Kataloge 50）. Hg.von Ulrich Ott und Friedrich Pfäfflin. Marbach a. N. 1997. S. 350 f.

8）　Vgl. Jean Firges : Den Acheron durchquert ich. Einführung in die Lyrik Paul Celans. Tübingen 1998, S. 43.

9）　例えば「マンドルラ（大光輪）」［Ⅰ，244］という詩でもMandelを用いた言葉遊びが反復され、「お前の眼はアーモンドに向かい合っている」とある。また「子午線」の草稿の中にも、「アーモンドの目（Das Mandelauge）」という表現が何度か見られるが、「アーモンドの眼をした美女」が、「トレブリンカやアウシュヴィッツの死者」に重ねあわされている［TCA/M，128］ことに注目すべきであろう。

10）　マンデリシュターム（斉藤毅訳）：言葉と文化（水声社）1999年、87頁以下。訳を若干変えた。

11）　典型的な例として「ユエディブル」の冒頭「重く、重く、重（Schwer-, Schwer-, Schwer-）／苦しくのしかかってくるもの／言葉の道、言葉の林道の上に」［Ⅰ，275］が挙げられよう。

12）　ジェイムス・L．キューゲル（荒木亨訳）：象徴詩と變化の手法（東海大学出版会）1981年、146頁。

13）　中平耀：マンデリシュターム読本（群像社）2002年、156頁。

14）　中平も同書（157頁）で主語を省略して受身に訳したツェラーン訳に触れている。そのように訳した理由は、訳詩ではそれまで「女性＝薔薇」ととらえていたのに、ここで別の主語「あなた（女性）」を持ち出すと矛盾が生じると考えたからであろう。次に考察する詩「黒土」でも、黒土から咲いた花（薔薇）が、「母」と呼ばれ、同じテーマがさらに探求されている。

15）　前掲書、158頁。

16）　前掲書、367頁。

17) Die Entwicklungseschichte der Erde. Leipzig 1955, S. 595.
18) マンデリシュタームが「黒土」をどのようにとらえていたかを知る上で、もうひとつ重要な詩「蹄鉄を見つけた者」がある。その第5連をツェラーン訳で引いてみる。「空気は暗い、水のように、そしてすべての生き物はその中で泳ぐ、魚のように／鰭で道をかき分けながら、球体の中を、／確固たる、弾力のある、少し暖められたものの中を—／車輪が動き、馬がおびえるクリスタルの中を、／ネアイラの湿った黒土は、毎夜、新たに掘り返される、／フォーク、三叉、鍬、犂で」［V, 135］。最初の「空気は暗い、水のように」は先に考察した薔薇に関する詩の第3連、「私は水のような空気を飲む、濁った、光線を通さないものを飲む」と明らかに関連する。つまり、マンデリシュタームにおいて、空気、水、大地（「湿った黒土」）は、それぞれ明確に分離できない、混沌とした重層的なものとしてとらえられている。「水」は「歴史が重く堆積した時間の厚み」であり、「空気」は「時間の表層の比喩」という中平の解釈を思い起こせば、「大地（黒土）」とは、空気、水の下で、さらに重く時間が堆積して「確固」となった層（したがって「球体」とは地球）と理解することができる。

　興味深いのは、ツェラーンがマンデリシュタームと出会うずっと以前、初期の詩「死のフーガ」で書いた「早朝の黒いミルク　ぼくらはそれを夕べに飲む」というイメージも、遠いところで「濁った」「水」を飲むマンデリシュタームと繋がらないかということである。引用等の直接の影響関係以外に、ユダヤ的想像力の古層に遡って両者を比較することは今後の課題である。

19) Rudolf Kassner : Hochzeit zwischen Himmel und Hölle. Hamburg 1965, S. 99 ff. ツェラーンが所蔵していた同書には指摘した部分に下線などの書き込みがある。発行年から判断すると、当該の詩を書いてからこの部分を読んだことになるが、1961年当時にこのテクストを他の版で読んでいた可能性も否定できない。詩に用いられた「塵（Staub）」という表現も引用した文の間に2回用いられている。
20) Vgl. Theo Buck : Celan und Frankreich. Aachen 2002, S. 31 f.
21) Kilil Taranovsky : Essay on Mandel'stam. Cambridge 1976. S. 18 ff.
22) 鈴木正美：言葉の建築術—マンデリシュターム研究Ⅰ（群像社、2001年）、134頁以下を参照。引用部分は146頁。
23) 海を引用がざわめく世界文学の記憶の貯蔵庫と見ることについては、次の拙論を参照のこと。Hiroaki Sekiguchi : Hölderlin in der modernen Lyrik—Felix Philipp Ingold und die lyrische Umgebung heute. In : Studien zur deutschen Literatur und Sprache.（『ドイツ文学研究』）31（1999), S. 71-80.

24) ちなみにデュトリ訳では dies Nestvoll Kranich となっている（Nest には巣、隠れ家、かたまり、群れなどの意味がある）。Vgl. Ossip Mandelstam : Frühe Gedichte 1908-1915. Aus dem Russischen übertragen und herausgegeben von Ralph Dutli. Zürich 1998, S. 169.
25) ミハイル・バフチン（伊藤一郎訳）：小説の言葉（新時代社）1979年、43頁。
26) ミハイル・バフチン（望月哲男・鈴木淳一訳）：ドストエフスキーの詩学（ちくま文庫）1995年、393頁。ツェラーン研究においても間テキスト性が論じられる際、バフチンがしばしば引き合いに出される。例えば次の文献を参照のこと。Michael Eskin : Ethics and Dialogue. In the Works of Levinas, Bakhtin, Mandel'shtam and Celan. NewYork 2000.
27) ダンテとヴィヨンに関しては、それぞれ「ダンテについての対話」「フランソワ・ヴィヨン」という評論が、ペトラルカについては「フランチェスコ・ペトラルカ」という4編のソネットがある。詳細については拙論「黒土に咲く薔薇の言葉」176-181頁を参照のこと。
28) さらに1957年10月にヴッパータールで行われた文学者会議「文芸批評の批判的考察」に参加したことも、何らかの影響を与えたと考えられる。この会議では「投壜通信」というテーマについても議論された。Vgl. Uwe Eckardt : Paul Celan und der Wuppertaler Bund. In : Geschichte im Wuppertal, 4. Jg. 1995, S. 90-100.
29) オシップ・マンデリシュターム（早川眞理訳）『石』（群像社、1998年）138-139頁。訳を若干変えた。
30) Dietrind Meinecke: Wort und Name bei Paul Celan. Berlin 1970, S. 33 u. 61.
31) 59年に彼はこのように推測していたが、64年になってマンデリシュタームがシベリアで死んだことを知り、手元の訳詩集の引用した部分を線を引いて消し、その下に「オシップ・マンデリシュタームは1938年シベリアで死んだ。/1964/P.C.」とメモしている。Vgl. "Fremde Nähe". S. 346.
32) Martine Broda : "An Niemand gerichtet" Paul Celan als Leser von Mandelstamms "Gegenüber". In : Werner Hamacher und Wintried Menninghaus (Hrsg.) Paul Celan. Materialien. S. 209 ff.

3．詩集『誰でもない者の薔薇』第3部、第4部におけるユダヤ性

冨 岡 悦 子

1．四つの詩群について

　詩集『誰でもない者の薔薇』53編の詩は、全体として緊密に関連しあうチクルス（連作詩）を構成しているが、これをユダヤ性の観点から見ると、それぞれ特色を持った四つのグループにまとめることができる。

　第1群として考えられるのは、1959年から1960年9月にかけて書かれた詩である。詩集巻頭に置かれた「彼らの中に土があった」［Ⅰ，211］、「チューリヒ、シュトルヒェンにて」［Ⅰ，214］、「おまえは彼方にいる」［Ⅰ，218］、「堰」［Ⅰ，222］などを含む第1部前半の詩である。これらの詩と執筆時期が重なるのが、ユダヤ性の問題に正面から取り組んだ散文『山中の対話』である。さらに、この時期に交流を深めたネリー・ザックスとの文通と対話が第1群の詩の成立に大きく関与している。

　この第1群には、ユダヤの神の義に関わる思考と対話が直截な形で刻印されている。とりわけ1960年5月に書かれた詩「チューリヒ、シュトルヒェンにて」は、ネリー・ザックスとの実際の対話を再現する形をとりながら、「ヨブ記」に通ずる神義論的問いかけが提示されている[1]。ツェラーンの詩をユダヤ神秘主義カバラの聖典『ゾーハール（光輝の書）』にたとえたザックス[2]との対話は、ツェラーンに内在するユダヤ性を際立たせる上で大きな役割を果たしたと言えよう。

3．詩集『誰でもない者の薔薇』第3部、第4部におけるユダヤ性

　ユダヤ性の観点から見て第二のグループを形成しているのは、1961年前半に書かれた詩群である。「頌歌（プサルム）」［Ⅰ，225］、「詐欺師と泥棒の歌」［Ⅰ，229］、「ラディックス、マトリックス」［Ⅰ，239］、「大光輪」［Ⅰ，244］、「二つの家に分かたれた、永遠のもの」［Ⅰ，247］を含む詩集第1部後半から第2部にわたる詩群であるが、時期的には1960年10月のビューヒナー賞受賞講演『子午線』の後に成立している。

　第2群の詩は、神義論的問いかけにカバラ思想の宇宙観とレトリックが付加されており、全知全能の神の不在が強調されている。その上で、追放と迫害の運命に晒された人々はユダヤ人と同列に置かれ、「人間」と名指されるようになる。デラシネとしてのユダヤ性の普遍化が、この連作の中で浮上するのである[3]。聖書の記述を反転させる、いわば反聖書的詩空間を展開する一方で、ユダヤ的なものをめぐる詩人の思考は深まりを見せている。

　第三のグループとして、1961年の7月から8月にかけてブルターニュで書かれた第3部の詩が連作を構成している。第一、第二の詩群に比べ、ユダヤ的なものを直截に示す語彙は極端に少なく、「ハヴダラー」［Ⅰ，259］、「巨石記念碑（メンヒル）」［Ⅰ，260］にユダヤ教儀式に関わる言葉があらわれるが、その手法はユダヤ性に関しては秘儀的に映る。本論第2章では、ヘブライ語のタイトルを冠した詩「ハヴダラー」を取り上げ、ユダヤ人としてのアイデンティティの掘り下げと東方への憧憬を深めてゆく詩の方向性を追った。

　第四のグループとして考えられるのは、1961年10月から1963年3月にかけて成立した第4部所収の詩である。詩集『誰でもない者の薔薇』の中で最も長い時間をかけて書かれた詩群であるが、このグループにおいて再びユダヤ的語彙が頻出するようになる。「冠をかぶらされて引き出され」［Ⅰ，271］、「小屋の窓」［Ⅰ，278］、「痛みという音綴」［Ⅰ，280］、「すべては違っている」［Ⅰ，284］、「そしてタルーサの書をたずさえて」［Ⅰ，287］、「宙に漂って」［Ⅰ，290］といった長詩には、明確にユダヤ的なものを強調する言葉がちりばめられている。

　本論第3章では、第4群の中で最もユダヤ的語彙が多い詩「小屋の窓」を取

り上げた。第1群の詩に見られた神義的問いかけの口調が陰をひそめ、ここでは苦難の歴史を担った宇宙的叙事詩が実現されている。第4群の詩、とりわけ長詩「小屋の窓」は、4年間を費やして完成された詩集『誰でもない者の薔薇』がユダヤ性においてどのような地点に到達したかを示している。本論は日本独文学会研究叢書所収の「詩集のユダヤ性」の続編として、ツェラーン第四詩集後半のユダヤ性の内実に迫る試みである。

2．東方憧憬――詩「ハヴダラー」読解

　詩集『誰でもない者の薔薇』第3部10編の詩は、末尾に置かれた詩「コロン」を除き1961年夏に別荘のあるブルターニュで書かれている[4]。先に触れたように、この第三の詩群ブルターニュ＝ケルモルヴァン詩編において、語彙の上で明確にユダヤ的なものは他の詩群に比べ最も抑えられている。詩集第1部、第2部に顕著だった神の義を問い迫る口調は、ここでは採られていない。

　その一方で、ブルターニュ＝ケルモルヴァン詩編には故郷チェルノヴィッツからロシアを含めた東方への想いが、ブルターニュの夏の風景に織り込まれながらあらたに表出されてくる。マンデリシュタームの名を初めて完全な形で呼びかけている「サーカスと城砦のある、午後」[Ⅰ，261]、「おまえたち　近くにあるものと　私は遠くに行く――／私たちは　故郷よ　おまえの罠にかかる。」という詩句のある「ケルモルヴァン」[Ⅰ，263]といった詩で詩人は東方への想いを表明している。

　故郷チェルノヴィッツからブカレスト、ウィーンを経てパリに住み、西ヨーロッパの同化ユダヤ人の生活を続けてきたツェラーンにとって、東方を思うことは東方ユダヤ人の出自と向き合うことを意味していた。東方憧憬の色濃い第3部ブルターニュ＝ケルモルヴァン詩編の中で、ユダヤ教儀式の祈りをタイトルとした詩「ハヴダラー」をどのように読むことができるだろうか。

　「ハヴダラー」という語はヘブライ語で「分離」をあらわし、安息日ないしは祭日の儀式の終わりに唱えられる祈りの言葉である。聖と俗を分離する機能を持つこの祈りは、創世記に記述されている神の創造行為、光と闇を分離する

創造行為に起源がある。聖なる光の時空を安息日ごとに顕現させ、日常の世俗空間と切り離す上で、「ハヴダラー」の祈りは安息日を締めくくる重要な役割を果たしている[5]。

　少年時代のツェラーンは、母方の祖父の家で伝統に従った安息日を過ごしていたという。美しい歌声で「ハヴダラー」のメロディーを歌っていた、という叔母の証言もある[6]。ユダヤ教を信仰する東方ユダヤ人の家庭に育ったツェラーンにとって、「ハヴダラー」の伝統的なメロディーは家族の記憶と結びついているはずだ。だが生家の記憶は、歴史の災禍に蹂躙されたまま、戦後を生き延びたユダヤ人ツェラーンの痛点となり続けている。

　詩「ハヴダラー」には、タイトルと関連した安息日の食事の光景が描かれている。詩の末尾「おまえは食事の支度をする、空席の／椅子たちと　それらの／安息日の輝きに―／／敬意を表して。」［Ⅰ，259］という詩句から、失われた故郷と失われた家族の記憶が刻まれていると読むことができる。「安息日の輝き」は週末ごとに灯された蠟燭の光であり、「空席の椅子」は預言者エリヤあるいは死者のために椅子を空けておくという安息日の決まり事を反映しているとひとまずは考えることができる[7]。

　だが、失われた故郷の安息日の光景を現出させることが、この作品の最終的な到達点であるとは思えない。詩人はその安息日の食卓が「空気の織物」の上に存在していると書いている。ささえる底のない空虚の上に安息日の食卓があり、同席する人間についての描写はない。「空気の／織物の上で　おまえは食事の支度をする」という詩句から読みとれるのは、望郷の想いだけではない。

　そもそもこの詩は、「空気の織物」がどのように編まれたかについて、多くの言葉を重ねている。詩の冒頭は、「空気の織物」の材料となる糸の由来について語っている。

　　その一本の、その／たった一本の／糸を、それを／おまえは張りめぐらす―その糸で／紡ぎくるまれたものよ、／外側へ、かなたへ、／拘束のなかへ。［Ⅰ，259］

「糸」を張り渡す者が同時にその「糸」に紡ぎくるまれている、という状態が詩の第1連に描かれている。さらに「糸」を張りめぐらす方向は、外側と内側の逆方向、自由と拘束の逆方向にあるとされている。詩集全体に見られる逆説的な言辞がここでも駆使されるが、イメージとして糸を吐き出し糸の繭の中にくるまれるカイコの姿を喚起しながら、「糸」はここでも言葉のメタファーである[8]。言葉に対して能動的でもあり受動的でもある「おまえ」とは、詩のテキストを編み上げる詩人にほかならない。

こうした読みをささえるのは、「拘束」と訳した「Gebundne」が「gebundene Rede（韻文）」すなわち詩を示唆しうること、テキストの語源 textura がラテン語で織物を意味しているといった語義の上での連関である。この詩が語り起こす対象は、詩のテキスト生成の過程である。

> 丈高く／紡錘たちが立っている／荒地の中へ、木々が―／下から、ひとすじの／光が　空気の／織物に結ばれている、その上でおまえは食事の支度をする、空席の／椅子たちと　それらの／安息日の輝きに―／／敬意を表して。[Ⅰ，259]

カイコの繭を想起させる微小な世界から、上に引用した第2連は一挙に広大な空間へ移行している。それをつなぐものは、「空気の織物」の材となる「糸」である。この広大な空間に「丈高く立つ」のは、「糸」を巻きつける複数の「紡錘たち」であり、それはすぐさま「木々」と言い換えられている。垂直に立つ「紡錘」＝「樹木」に巻きつきながら「ひとすじの光」が、「空気の織物」となってゆく。「空気の織物」を構成するのは、上昇する「光」としての「糸」にほかならない。

強調されているのは、「光る糸」が「下から」上方へ、すなわち自然光と反対の方向に、地面から空に向かっていることである。「光る糸」は巨大な「紡錘」を経て、空中に「空気の織物」を形成している。その場所について詩は、「Unland」と名づけているが、「荒地」と訳したこの語は、「Land（土地）」の

否定、「非在の土地、どこにもない場所」と理解することもできる。実際、草稿段階では「Land」であったものが、決定稿で「Unland」と書き換えられていることも、こうした読みの可能性を許容している[9]。

「Unland（非在の土地）」の方向に浮かぶ「空気の織物」とは、詩のテキストである。その上には、安息日の食卓と椅子が置かれている。「Unland（非在の土地）」とは、ユートピアの別称なのだろうか。ツェラーンは1960年10月ビューヒナー賞受賞講演で、Utopie（ユートピア）について、原義の「どこにもない場所」を強調するために「u（非）」と「topie（場所）」をハイフンで分離した上で次のように語っている。

　　事物たちと語るとき、私たちはいつも、それらの事物たちの「どこから」と「どこへ」をも問いかけています——「未解決のままである」「終わることのない」問いかけ、開かれたもの、空虚なもの、自由なものを指し示す問いかけです——私たちははるか外に出てしまっています。
　詩もまた、この場所を求めるのだ、と思います。
　……（中略）……
　場所（トポス）の探求？
　　そうなのです！　しかも探求されるべき場所の光の中で——ユートピア（U-topie）の光の中で。
　そして人間は？　そして生き物は？
　この光の中で。
　何という問いかけでしょう。何という要求でしょう。
　引き返すべき時です。　　　［Ⅲ, 199］

1961年7月に書かれた詩「ハヴダラー」は、ビューヒナー賞講演の約1年後に書かれた詩である。ツェラーンはこの詩でも自らの詩論を具現化しているはずであり、詩の「Unland（非在の土地）」と詩論の「U-topie（どこにもない場所）」は、同義的に捉えることができる。否定の接頭辞を持ったこの二つの

語は、詩が求め目指すべき場所である。「光る糸」によって編まれた「空気の織物」は、言葉によって構成される詩のテキストのメタファーであることは先に触れたが、その詩のテキストの上に描かれた安息日の食卓の光景は、「どこにもない場所」に顕現することによって、もはや何人も破壊し得ぬものとなり、「どこにもない場所」にあるからこそ、あらゆる権威と権力から遠くあることができる。

　さらにこの詩にはもうひとつ、ビューヒナー賞講演で展開した詩論と連関するメタファーが仕掛けられている。先に言葉と詩のテキストのメタファーであるとした「糸」と「織物」は、ビューヒナー賞講演のキーワードである「子午線」と呼応関係にある。講演の最後で、「子午線」は次のように語られている。

　　みなさま、私は何かを見つけます、私がみなさまの前でこの不可能な道を、この不可能なものの道を歩いてきたことへの少しばかりの慰めとなる何ものかを。
　　私は見つけます、結びつけるものを、詩のように出会いに導くものを。
　　私は何かを見つけます、言葉のように非物質的なもの、しかも地上的であり、陸地にあるもの、円を描くもの、二つの極を越えて自らに立ち戻るものを、しかも──愉快なことに──熱帯地方をも横切っているもの。私は見つけます……子午線を。［Ⅲ, 202］

　子午線とは、地球表面上における位置を明示するために経度が等しい地点を結んだ経線のことである。観測者から見た南北の方向を縦に結ぶ経線には、その対概念として、緯度が等しい地点を結んだ緯線がある。場所の観測のために地球上に引かれた仮想の線であり、「言葉のように非物質的なもの、しかも地上的であり、陸地にあるもの」である。ツェラーンは上に引用したように、子午線を「結びつけるもの」として語り、自らの詩のメタファーとしている。詩「ハヴダラー」において詩のテキストのメタファーとなった「織物」もまた、たて糸とよこ糸、経糸と緯糸で構成されている。「光る糸」という「非物質

なもの」は、地球をめぐる仮想の大円、「子午線」の換喩であったと考えることができる。

ビューヒナー賞受賞講演に先んずること一年前の1959年10月、ネリー・ザックスはツェラーン宛の手紙の中で「子午線」という語を書き送っている。

　パリとストックホルムの間には、痛みと慰めの子午線が通っているのです[10]。

「痛みと慰めの子午線」は、何度でも出会いを求めて架け渡されてゆく。それとまったく同じように、「痛みと慰めの光の糸」は繰り返し張り渡されなければならない。そして無数の「光の糸」によって編まれたその場所は所有され得ず、それゆえに権力から遠い場所であるはずだ。あらかじめ所有と権力から免れ得た場所とは、否定の接頭辞を孕むユートピアの光のもとにある。ツェラーンの詩が名指す「U-topie（ユートピア＝どこにもない場所）」からは、唯一神の権威もまた払拭されている。

自らの詩論を具現化したこの詩に、ツェラーンはなぜユダヤ教儀式の言葉「ハヴダラー」というタイトルを冠したのだろうか。この祈りの名が持ち出された契機として、少年時代の安息日への追想があったことは、ハルフェンが指摘する通りであろう[11]。しかし、「ハヴダラー」という語にはそれとは別種の負荷がかけられている。先に触れたように、「ハヴダラー」とは安息日の終わりに唱えられる祈りであり、ヘブライ語で「分離」をあらわす。作品全体を詩の生成過程の描写と考える時、「ハヴダラー」という語は、沈黙から詩の言葉が発語される移行段階の寓喩と理解できるのである。

さらに、「ハヴダラー」という語とツェラーンの詩の技法との符合が考えられる。詩集『誰でもない者の薔薇』において顕著な技法のひとつに、「語の切断」がある。上記の詩で例を示せば、「空気の／織物」がそれに該当する。「語の切断」という技法は、ツェラーンの詩に頻出する「切断された身体」とも対応しているが、これは全体性を失って流浪するユダヤ人の離散の運命に対応し

ている。
　もともと聖と俗、祭儀と日常を「分離」する祈りであった「ハヴダラー」を、離散の運命の寓喩とするところにツェラーンのユダヤ教へのシニカルな態度が読みとれる。この詩の末尾で、「安息日の輝きに」と「敬意を表して」というなめらかに続くべき信仰の言葉が分断されていることも、ユダヤの神への距離を明示している。その上でなお、安らかな住まいの象徴として安息日の光景を断片的であれ現出させることは、詩人にとって切実なことであった。なぜなら、亡命と離散の運命に晒されたひとりの東方ユダヤ人ツェラーンにとって、東方の故郷での安息日の団欒は永遠に失われたものであったからである。ここにも、ツェラーンが抱えていたユダヤ性の複雑さが観取できるのではないか。

3．ヘブライ文字の家──詩「小屋の窓」読解

　短期間に集中的に書かれた第3部の詩とは対照的に、長詩を含む第4部12編は1961年10月から1963年3月にわたる約一年半の月日をかけて成立している。対照的なのは詩の成立期間だけではなく、ユダヤ性との関連においても顕著で、第4部にはユダヤ的語彙が直截な形で頻繁に登場するようになる。その中でも、詩集53編の詩の中で最後に書かれた「小屋の窓」には、ユダヤ的なものを明示する語が最も多くあらわれている。

　49行のこの長詩は、広大な時空をめぐる探求の物語を描いている。その探求の全過程を通して、「人間にーしてーユダヤ人であるもの」、「ゲットーそしてエデン」、「ダヴィデの盾」、ヘブライ語の第一文字と第十文字「アレフとユート」、ヘブライ語の第二文字で「家」を意味する「ベート」とその中の「光とともにある食卓」という語がちりばめられている。

　詩「ハヴダラー」のテーマを引き継ぎながら、あるいは同質のメタファーを駆使しながら、詩「小屋の窓」には別な要素が付加されている。それは人間の歴史へのまなざしであり、そのまなざしを持続させることによって、この長詩は叙事詩的広がりを獲得している。

　詩「小屋の窓」は、次のように始められている。

目は、暗い—／小屋の窓として。目は集める／かつて世界であったもの、世界であり続けるものを。さまよう／東方を、／宙に漂う者たちを、／人間に—して—ユダヤ人であるものを、／雲—の—民を、磁石のように／引き寄せる、心の指で、／おまえのもと、地球へと—［Ⅰ，278］

　ツェラーンの詩においてユダヤ人の運命が語られる時、記憶と結びつく「目」は重要な役割を果たすことが多い。たとえば、「ユダヤ人」という語を明示した第2部の詩「大光輪」でも、「目」が冒頭に置かれている。かつて「アーモンド」というメタファーによって暗示された「目」は、その内側にあるものの存在が問われたが[12]、それとは対照的にここで「目」は外側の世界を収集し、「磁石のように」引き寄せるものとなっている。「目」が集めるものは「さまよう東方」、「宙に漂う者たち」、「人間に—して—ユダヤ人であるもの」、「雲—の—民」と名指されている。それは、安住の地を失い離散の運命にある人間たちであり、その多くは死者であるはずだ。

　流浪の運命にある人間を「永遠のユダヤ人」と呼ぶように、ツェラーンのこのテキストにおいても、ユダヤ人は安住の地を失った者たちの象徴である。「暗い目」が集める「さまよう東方」とは、離散の運命にある東方ユダヤ人であり、「宙に漂う者たち」とは地上に住処を持てなかった、あるいは今も持つことのできない亡命者、難民を指している。さらに、ハイフンで切断されている「人間に—して—ユダヤ人であるもの」という語には、繰り返し人間の尊厳を剥奪され命を断たれたユダヤ人の歴史が反映している。同じくハイフンで切断されている「雲—の—民」は、ツェラーン初期の代表作「死のフーガ」の一節「するとおまえたちは煙となって空へのぼる／そこには雲の墓がある／そこは寝るのに狭くない」［Ⅰ，42］の反復であり、絶滅収容所の焼却炉で焼かれた犠牲者が喚起されている。

　「暗い目」の使命は、こうした不遇の人間たちを「地球」へと「磁石のように引き寄せる」ことにある。詩の冒頭で、この「目」は詩のタイトルと同じ「小屋の窓」と言い換えられてもいる。「小屋」と訳した「Hütte」は、かろう

じて雨露をしのげる陋屋、ほったて小屋を指す語であり、高地ドイツ語の「Haut（皮膚）」がその語源である。その貧しい住まいの「窓」が、内部に闇を抱えたまま外に開かれている。その闇の中へ、使命を負った「目」は「心の指」で救済を求める者たちを集めるのである。「心の指」とは、詩人の手にほかならない。

　死者たちを記憶し想起し続ける詩人の「暗い目」が望むことは、彼らとの共生である。再生した死者との共同体を夢見る「暗い目」のもとに、地球もまた引き寄せられてくる。

　　おまえのもと、地球へと——／おまえは来る、おまえはやって来る／私たちは住むだろう、住むのだ、［Ⅰ，278］

　壮大な宇宙空間を背景とした虚構が語られている。かりに詩がここで締めくくられていたとしたら、前章で取り上げた詩「ハヴダラー」の鏡面像が描かれたに過ぎない。詩「ハヴダラー」が詩の生成過程をテーマにした詩であったのに対し、長詩「小屋の窓」は詩の存在根拠を問うものとなっている。その存在根拠とは、詩が死者を記憶し死者の再生しうる場所となりうるか、という点にかかっている。

　詩「小屋の窓」において、人間の苦難の磁場として見開かれた詩人の「暗い目」はトポスを探し求める。そのために必要なのは、死者たちが遭遇した出来事を記憶し、災禍の渦中で彼らが想起したものを共に想うことである。共苦を担うものとしてあらわれるのが、「何か」という不定代名詞であり、それはすぐさま疑問詞付きで「ひとつの息」、「ひとつの名」と言い換えられている。

　　何かが／／——ひとつの息？　ひとつの名？／／それは　孤児のなかで動きまわる／踊るように、不恰好に、［Ⅰ，278］

　「何か」と名指されたものは、変幻自在に姿を変えうる「非物質的なもの」

3．詩集『誰でもない者の薔薇』第3部、第4部におけるユダヤ性　53

である。それは、ビューヒナー賞受賞講演で「言葉のように非物質的なもの、しかも地上的であり、陸地にあるもの、円を描くもの、二つの極を越えて自らに立ち戻るもの」と定義された「子午線」と符合する。ここでもまた、「結びつけるもの」としての「子午線」は換喩を求め、補強されるのである。

　詩「小屋の窓」は、「詩のように出会いに導く子午線」である「何か」を主語として置いた後、詩の末尾までその行方を追う形で進行する。空中を自在に動く「子午線」は、さらに「天使の翼」という形象に言い換えられる。だが、それは天上的な聖性を剥奪され、地球の戦火に傷ついた姿として描かれている。

　　天使の／片翼は　見えないものによって重くなり／皮を剥がれ傷ついた足で、頭を／逆さにバランスをとる／あそこにも、ヴィテブスクにも降った／黒い雹に晒されて。［Ⅰ, 278］

「天使の片翼」という不可視なものとともに、ここで地上に実在する地名が名指されている。「ヴィテブスク」は、画家マルク・シャガールの故郷として知られている白ロシアの町である。ユダヤ人の受難を描いたシャガールの絵「天使の墜落」とこの箇所との符合も指摘されているが[13]、「ヴィテブスク」という固有名はそうした連想喚起とともに死者の追悼のために挙げられた名であろう。ナチスのポグロムのためにユダヤ人住民のほとんどが殺された町、あるいは戦争のために破壊された町として、「ヴィテブスク」は同じ災禍に晒されたすべての町と結びつけられている。それらを「結びつけるもの」は、「子午線」のメタファーとしての「天使の翼」である。

　「天使の片翼」が見下ろす地球は、惨憺たる黙示録的光景を呈している。「頭を逆さに」した「天使」は、その様を天空から目撃し、記憶する。「天使の片翼」を重くする「見えないもの」とは、災禍の記憶にほかならない。無防備な住民を巻き込み、人間としての尊厳を奪う戦争の記憶は、「天使の翼」を「重く」する。だが、片翼だけの傷ついた「天使の翼」は、飛行をやめず探索をやめない。

天使の片翼は動きまわる、動きまわる／探し求める、／下方を探す、／上
　　方を探す、遠くを探す／その目で、／アルファ・ケンタウリ星を、アルク
　　トゥルス星を持って下りてくる／墓という墓の光線も引き寄せる、［Ⅰ,
　　278f.］

　共苦を担う「天使の片翼」は地球圏を離れ、太陽に最も近い恒星である「アルファ・ケンタウリ星」、34光年彼方の赤色巨星「アルクトゥルス星」に達する。ここで4.3光年、あるいは34光年の彼方にある恒星が名指されているのは、「天使の片翼」が「子午線」のメタファーであったことと深く関連している。
　子午線は、地球上の一地点と南北極点が交わった大円を意味する経線と同義に考えられることが多い。先に引用したビューヒナー賞受賞講演でも、ツェラーンはもっぱらこの意味で「子午線」をイメージしていた。だが、ここにあらわれる「子午線」は、球面天文学上の座標基準のひとつとして考えられている。天空の恒星は、むろん太陽だけではない。太陽が子午線を通過すれば、太陽時の正午となるが、別な恒星が南中すれば、その恒星時となる。「アルファ・ケンタウリ星」、「アルクトゥルス星」という別の恒星がここで名指されたのは、太陽の相対化、すなわち唯一のもの、中心となるものの相対化が必要とされたと考えられる。
　地球圏からはるか彼方の巨大恒星の光線も集めて、共苦を担う「天使の片翼」は地上の「墓という墓」へ急降下する。地の底から、死者たちからの合図が「光線」となって発信されている。共苦は「出会いに導くもの」であり、ツェラーンの詩のメタファーである「子午線」の使命である。死者たちが目撃し想起したものが、さらに名指されてゆく。

　　天使の片翼はゲットーへ行く、エデンへ行く、／彼が、人間が住むのに必
　　要な／星座を摘み集める、ここで、／人間たちのもとで、［Ⅰ, 279］

　「ゲットー」は、ヨーロッパの諸都市においてユダヤ人を隔離し居住させた

一区域である。ナチス政権下では、強制収容所、絶滅収容所へ移送される前段階の居住場所として利用され、特にポーランドのゲットーでは、食糧不足と衛生状況の悪化のために多数の死者が出たという。「天使の片翼」はユダヤ人の苦痛の集積した場所におもむき、そしてさらに太古からユダヤ人の夢見てきた楽園「エデン」に向かう。「ゲットー」と「エデン」は対極的な場所であるが、どちらも人間の営為に必要な「住む」場所であることに変わりはない。「片翼の天使」が「摘み集める」ものが、死者たちの記憶の収集であることがここでも確認されている。

　流浪の歴史へのまなざしとともにさらに必要とされるのは、流浪の者たちを結びつける徴である。「星座」は、人間がばらばらの星を結びつけて意味を与えた図像である。恒星「アルファ・ケンタウリ星」をアルファ星とするケンタウロス座も、恒星「アルクトゥルス星」を首星とする牛飼い座も、ギリシア神話がその意味を付与している。流浪のユダヤ人の神話とは、創世記にほかならない。

　　　天使の片翼は文字を／歩測する、死すべき運命にして／不死なる文字の魂
　　　を　歩測する、／アレフへ向かう、ユートへ向かう、さらに先へと進む、
　　　[Ⅰ, 279]

「人間たちのもとで集められた星座」とは、「文字」によって形成された書物であることがここで示されている。ツェランがパラドクシカルな語法を選ぶのは、謎として提示するのが最も注意深い方法であると判断された時である。「死すべき運命にして／不死なる」という形容詞は、「文字の魂」の物質性と非物質性をあらわしていると同時に、この詩がテーマとしているトポスの探求にとって「文字」が不可欠の役割を果たしていることを示している。

　そして、ここで示された星としての「文字」は、ヘブライ語第一文字の「アレフ」であり、同じくヘブライ語第十文字の「ユート」である[14]。「アレフ」という子音は喉頭開始音、つまり息に過ぎない。ショーレムは『カバラとその

象徴的表現』の中で、「アレフとはいわば、すべての音がそこから分節化されてくる基本の音である。実際カバラ学者たちはつねに子音アレフを他のあらゆる文字の精神的根源と考えていた。アレフがその本質においてアルファベット全体を含み、同時に人間の言説のあらゆる要素を含みこんでいるからである。」と叙述している[15]。

　ヘブライ語第十文字「ユート」は、ユダヤの神ヤーウエを示す四文字の最初の文字である。ユダヤ教世界では、一般には口にすることを許されていない聖なる神の名の頭文字であるが、ドイツ語で「Jud（ユート）」の音はユダヤ人をあらわす「Jude（ユーデ）」を容易に連想させる。実際ツェラーンは、散文『山中の対話』の冒頭で、ユダヤ人を「Jud（ユート）」とし、「そのユダヤ人とともに発音できない名前もやって来た。」［Ⅲ，169］と書いている。「ユート」という「文字」に、ユダヤ人とユダヤの神が含意されていることの証左と考えられる。

　トポスの探求のために神の名の断片が示された後で、時空を自由に駆けめぐる「天使の片翼」が神殿に関わる名へと接近する。

　　天使の片翼は　それを　ダヴィデの盾を作り、それを／一度燃え上がらせ、／／それを消失させる―［Ⅰ，279］

「ダヴィデ」の名は、ユダヤ民族がエルサレムに神殿を築いた黄金時代の記憶と結びついている。イスラエルを栄光に導いたダヴィデ王の名は、その一方でユダヤ人迫害の歴史の象徴的存在となった。元来ユダヤ王ダヴィデの武具を飾る紋章であった六芒星「ダヴィデの星」は、差別の徴として矮小化され、ナチス時代には黄色のワッペンとして着用が強制された。パラドクスを内在させるユダヤの徴が喚起され、その炎上と壊滅が影絵のように再現されている。そこで詩は、ようやくトポス探求の終着地点にたどり着くのである。

　　そこに　それは立っている、／目に見えない姿で、立っている／アルファ

とアレフのもとに、ユートのもとに、／ほかの人々のもとに、／すべてのもののもとに――／おまえ、／／ベートのなかに――それは／食卓のある家だ／／光そして光とともに。[Ⅰ, 279]

ここには、ツェラーンの詩のメタファーである「子午線」が探し求めた場所が記されている。それは、詩の完結部分が示すように、「ベート」すなわち「光の灯る食卓のある家」である[16]。二本の蠟燭を食卓に置く安息日の光景が、ここにもまた呼び起こされている。宇宙空間を経めぐって探し求められたトポスは、壮麗な神殿や豊穣な楽園ではなく、ささやかな光のもとにある東方ユダヤ人家庭の食卓を彷彿とさせるつつましい住まいである。

「食卓のある家」と名づけられている「ベート」とは、ヘブライ語第二文字であり、創世記の最初の文字でもあり、「家」を意味する語でもある。詩が探し求めるトポスは、「文字」の中に、「文字」で編まれたテキストの中にしか存在し得ないことがここでも記されるのである。「ベート」、「アレフ」、「ユート」というヘブライ文字の名が、それぞれの意味を担ってこの場所に並べられている。その一方で、それらと共存するものとしてギリシア語第一文字の「アルファ」が連ねられている。「アルファベット」はギリシア語の最初の二文字を結合したものであるが、その起源にはむろんセム語のひとつであるヘブライ語も関わっている。「アルファベット」におけるヘブライズムとヘレニズムの太古の出会いを想起させる点においても、この到達点は「どこにもない場所としてのユートピア」の再生に関わっていると考えられるのではないか。

ビューヒナー賞受賞講演の約二年半後に完成したこの詩において、ツェラーンは自らの詩のメタファーである「子午線」の空間を拡大させているが、それは自らの詩空間の絶対化では決してなかった。人間の苦難の歴史を担おうとするツェラーンの詩は、死者たちとの共同体を獲得しようとする過程で、あらゆる権威を用心深く否定するものでなければならなかったのである。なぜなら、離散と迫害の歴史を途絶させるために、権威と所有への欲望は根幹から否定される必要があったからである。長詩「小屋の窓」が強調するつつましさは、神

を含めた権力に対する否定の身振りでもある。

　長詩「小屋の窓」は、強度を増したパラドクスと緻密なメタファーの連関によって構築されているが、権力を無化するトポスは、そうしたパラドクスとメタファーの積み重ねによって到達した場所として表現されている。権力を志向するイデオロギーにも思想にも加担しないために、ツェラーンのパラドクスはブラックホールのような磁力を持ち、その磁力によって人間の負の歴史を担おうとする。それを実現させたのは、言葉をただひとつの住処とする姿勢の強化であったと思われる。

　二千年にわたって国土を持たず、モーセ五書をアイデンティティとし続けたユダヤ人を文字の民と呼ぶことがある。ツェラーンの詩のユダヤ性を考える時、文字の民としての誇りが詩人をささえ続けたのではないかという思いがよぎる。ユダヤ教およびユダヤの神への否定の身振りが徹底したものであっても、ツェラーンの言語宇宙創造への情熱は聖書にみなぎるものとどこか通底している。聖書の言語宇宙に沈潜したカバラ神秘主義者たちの語法に、ツェラーンの詩が似通うことがあるのは、言葉を唯一の住処とする姿勢を共有しているからであろうか。

4．脅かされるトポス

　詩集『誰でもない者の薔薇』の53編の詩は、第1部から第4部までほぼ成立順に詩が配列されている。例外的にその配列が変えられているのは、前章で取り上げた第4部の長詩「小屋の窓」と詩集の最後に置かれた詩「宙に漂って」である。草稿から1963年3月30日以前に成立したとされ、最後に書かれた「小屋の窓」が48番目に置かれ、第4部の中で一番早く成立した長詩「宙に漂って」（1962年3月19日成立）が末尾の53番目に配置されている[17]。成立順に配列する方針を何故この部分で変更したのだろうか。

　その根拠として考えられるのは、第一に詩集全体の構成への配慮である。詩集『誰でもない者の薔薇』は、1行目に「土（大地）」の語を持つ詩「彼らの中に土（大地）があった」によって始められている。その対概念である「宙

（空）」を１行目に含む詩「宙に漂って」が掉尾を飾るのは、広大な時空を舞台とするこの詩集にふさわしい配置であると思われる。さらに、第二の根拠として反ユダヤ主義への詩人の危機感が作用していたと考えられる。

　詩「宙に漂って」は、この詩集に集められた多くの詩と同様、迫害され離散した者たちに捧げられている。地上に安らかな住処を持つことができなかった死者のために、この詩もまた、「場所の探求」が描かれている。

　　　追放された者とともに／子午線は渡りゆく――／太陽に舵をとられた苦痛に／吸い／つかれながら、その苦痛は国という国を兄弟にする／愛する／遼遠の地の／南中時の言葉にしたがって。あらゆる／場所が　ここであり、今日である、絶望から／輝きが来る、［Ⅰ，290］

　詩集の中で「子午線」という語が唯一あらわれるこの詩において、すでに1960年のビューヒナー賞受賞講演の概念は拡大されている。「子午線」と交点を結ぶのは、地球の時刻の基準となっている「太陽」のみではない。「遼遠の地」すなわちほかの恒星の「南中」が、その基準を相対化し、地上の幸福を享受できなかった人間の「苦痛」に別な基準を差し出すのである。実際、この詩の草稿には次のようなメモが記されている。

　　　子午線、半円――おまえはそれを補完しなければならない。別な、心の目に映る魂の太陽たちのもとで、そこでは、あらゆる遠さが同じ近さにある、誰でもない者の薔薇の「かつて」と「いつも」とともに[18]。

　共苦を担う「子午線」は球面天文学の空間を得て、死者たちとの共同体の場所を探し求める。「あらゆる場所」の「ここ」と「今日」が、そのトポスであると名指されるのである。だが、つねに更新される現在は、たえず失われるものでもある。48番目に配置された詩「小屋の窓」は、「ベート」という場所の獲得を提示し完結したが、末尾に置かれた詩「宙に漂って」は対照的な終わり

方をしている。ここで、獲得されたトポスは、脅威に晒されているのである。

　　生涯異邦人である者たち／星たちが精液のように飾り、重く／浅瀬に横たわりながら、その肉体は積み重なって敷居となり、堰となる─あの／／浅瀬に住む者たち、それを越えて／びっこを引く神々がこちらへ／つまづきながらやって来る─／誰の恒星時に遅れて？［Ⅰ，291］

　死者の再生が、あるいは再生の可能性が語られ、それらの死者が「永遠のユダヤ人」であり、絶滅収容所のユダヤ人であることが暗示されている。「生涯異邦人である者たち」と同格の「浅瀬に住む者（Furtenwesen）」はツェランの造語であるが、「Furt」は「歩いて渡れる浅瀬」を意味し、その語源はラテン語の「porta（門、入口）」、「portus（港、避難所）」にさかのぼる。離散と迫害の運命に耐えた死者たちが「敷居」となり「堰」となって確保した住処は、ここでもまた壮麗な神殿や豊穣な楽園として描かれていない。

　その住処にやってくる者たちは、「びっこを引く神々」と呼ばれている。この事態を、全能の唯一神の不在と理解することもできる。詩集『誰でもない者の薔薇』には、ユダヤ教ないしはキリスト教の神への疑義、その全知全能の力への疑念が一貫して主張されている。詩集末尾に置いた詩において、神への疑義をシニカルに繰り返したと読むことは可能である。

　だがその一方、「びっこを引く神々」にナチス政権の側近で足が不自由だったゲッベルスのイメージを重ねる時、それは差し迫った恐怖の表現であったと読むことができる[19]。第三帝国のプロパガンダ、ヨーゼフ・ゲッベルスは、ユダヤ人迫害の先鋒に立ち、絶滅計画を具体化した人物のひとりである。ナチスの側近ヨーゼフ・ゲッベルスは死んでも、巧妙にユダヤ人迫害を仕掛けてくるゲッベルスのような男たちは次々にあらわれてくる。根絶することのない反ユダヤ主義へのツェランの恐怖心が、ここで語られているのではないか。

　死者との共同体の探求という同一のテーマを追いながら、詩集を締めくくる詩「宙に漂って」と48番目の詩「小屋の窓」は相反する読後感を与える。成立

が最も遅い詩「小屋の窓」がユダヤ的なものを刻印したトポスの獲得を示していたのに対し、詩集末尾の詩は、その永続の困難を告げている。だが、「ベート」という名を付されたトポスが、あらゆる権威を無化させる場所として描かれている以上、永続の保証はそもそも前提となってはいない。

この点から類推して、成立順に配置する方針を掉尾の詩に関して変更した理由について第三の根拠が考えられる。それは、ユートピアとトポスの相対化に関わることである。ツェラーンは1960年の講演で、詩の求める場所（トポス）を「探求されるべき場所の光、ユートピア（U-topie）の光」との関連において語っていた。詩が提示したトポス「ベート」あるいは「浅瀬」もまた、「ユートピア（U-topie）の光」の痕跡に伴われていた。しかし、ツェラーンの詩に揺曳する「ユートピア」には、神的存在に保証された楽園や天国のイメージが断ち切られている。これは、否定の接頭辞によって1960年の講演でも強調されていた点である。

ビューヒナー賞受賞講演でのツェラーンの「ユートピア」をめぐる語法に、グスタフ・ランダウアーの「トポスとユートピア」からの影響が指摘されている[20]。そもそもバイエルン・レーテ共和国崩壊時に虐殺されたドイツ系ユダヤ人アナーキスト、ランダウアーの名は、この講演の始めに挙げられていた［Ⅲ，190］。ランダウアーは「トポスとユートピア」において、「トポス（Topie）」を安定状態、「ユートピア（Utopie）」を革命状態と規定し、「革命とはひとつのトポスからもうひとつのトポスへといたる道」[21]としている。

ランダウアーは、「ユートピア」をギリシア語の語源にもどって「トポスにあらざる場所、非トポス」と捉えている。さらに、「どんなトポスにも、ユートピアが伴っている。そして、このユートピアにもまたひとつのトポスが伴う。そしてそれが次々に繰り返される。」[22]と述べられているように、「ユートピア」は徹底して相対化されている。その対概念である「トポス」もまた、「すべての安定、すべての満足を生み出す場であり、また同時に、すべての飢餓、すべての居住、すべての浮浪性を生み出す場である。」[23]として相対化され、パラドクスを孕む場とされているのである。

自らを「ペーター・クロポトキンやグスタフ・ランダウアーの著作と共に育った人間」［Ⅲ190］と呼ぶツェラーンが、ランダウアーの主著のひとつである「トポスとユートピア」に青年時代から親しんでいたことは十分に考えられる[24]。ランダウアーは、ツェラーンの詩のユダヤ性を理解する上で不可欠な思想家マルティン・ブーバー、ゲルショム・ショーレムに影響を与えた人物でもあり、ツェラーンの第七詩集『光の強迫』に見られるマイスター・エックハルトとの接点を考える上でも要となる存在であったと考えられる。

ランダウアーの提示した「ユートピア」は、むろん革命運動と社会運動の文脈の中で描かれているが、相対化による権威の否定という点においてツェラーンの詩と通底するものがある。この観点から見ると、ユートピアの光のもとにあるトポスの獲得で完結していた詩「小屋の窓」は詩集の最後に置かれるべきではない。なぜなら、獲得されたトポスも断片として暗示されたユートピアも、つねに相対化されねばならないからである。容易に権威として機能しうるユートピアの危険を、あるいは安住の地としてのトポスが持つ排除の論理を、ナチス時代をユダヤ人として生きたツェラーンは知悉していた。詩集『誰でもない者の薔薇』を貫くユダヤ性とは、権威のラディカルな相対化にその本質があるのではないだろうか。そしてそれは、20世紀の詩の普遍的なテーマでもあったはずである。

1) 冨岡悦子「詩集のユダヤ性」、北彰編：日本独文学会研究叢書第25号〈詩人はすべてユダヤ人―ツェラーン詩集『誰でもない者の薔薇』集中討議〉日本独文学会、2004年、31頁以下参照。
2) CSB, 23.
3) 冨岡「詩集のユダヤ性」、38頁以下参照。
4) TCA, 169. 第3部の中で、「コロン」だけは、約半年後の1962年2月に成立している。
5) KNR, 232 f., 235 f.: KG, 695.
6) Chalfen 1979, 41 f.
7) KNR, 235.

3．詩集『誰でもない者の薔薇』第3部、第4部におけるユダヤ性　*63*

 8) 糸を紡ぐモチーフは、第一詩集『ケシと記憶』（たとえば「アーモンドを数えよ」［Ⅰ，78］）から第五詩集『息の転回』（たとえば「糸の太陽たち」［Ⅱ，26］）まで用例は多い。
 9) TCA, 88.
10) CSB, 25.
11) Chalfen 1979, 41 f.
12) 冨岡「詩集のユダヤ性」、39頁以下参照。
13) KNR, 313：KG, 708.
14) KNR, 317：KG, 708.
15) Scholem 1973, 47.
16) 「ベート」にイスラエル共同体としてのシェキナーが重ねられているとの指摘もある。KNR, 319.
17) TCA, 169.
18) TCA, 144.
19) KNR, 375：KG, 717.
20) Janz 1976, 227.
21) Landauer 2003, 33, 40. グスタフ・ランダウアー（大窪一志・訳）『レボルツィオーン』同時代社、2004年を参照。
22) Landauer 2003, 32.
23) Landauer 2003, 32.
24) ツェラーンのユダヤ思想関連の読書については、冨岡「詩集のユダヤ性」、35頁以下を参照。

4. 『子午線』のいくつかのテーマ
ツェラーンの詩と詩論

水上藤悦

1. はじめに

　パウル・ツェラーンはふしぎな自己沈黙に包まれた詩人である。まずこの詩人は、殆ど詩だけを書き続けた詩人である。ツェラーンには、自らの個人的体験を書き記した自伝的文章、自己の作品について語ったエッセーや文学評論のようなものが殆どない。この詩人には過去を追想する文章はなく、戦時中の想像を絶する苦難の時代の体験についても自ら口にしたことはないと思われる。詩以外で発表された唯一の散文作品といえる『山中の対話』はこの詩人における散文がどのようなものとなるかを端的に示すものといえる。それは詩作品と変わらぬ難解さをもった「秘教的」な散文となっている。ツェラーンの「初期作品」が1989年になってようやく刊行された時、ペーター・フォン・マットはその書評でおよそ次のようなことを書いている。「初期作品」が刊行された時、読者はそこにツェラーンの近づきがたく難解な作品を解き明かしてくれるような「小さく便利な解読コード」のようなものを期待していたが、そうした期待はみごとに裏切られた。ツェラーンという詩人は「初期作品」の「最初のページから存在していた」のであると[1]。最近では妻ジゼルとの『往復書簡集』をはじめとして、数多くの書簡集、伝記的資料が出版されている。しかしそうした多くの「研究資料」を読んであらためて確認されることは、そこにはツェラーンの自らの作品についての自己注釈や、自伝的な回想のようなものが

殆ど見当たらないことである。

　ひたすら詩を書き続け、自らの生涯や作品については沈黙を守るツェラーンの詩人としての行き方にある種の変化が認められるようになるのは1950年代の末頃からである。ツェラーンがドイツの公衆に向かって初めて、自分が東欧出身のユダヤ人であることを控えめな言い方で公表したのは1958年1月に行われたブレーメン賞受賞講演であった[2]。以後ツェラーンは、極めて断片的な形ではあれ、自らの作品のあり方、その根底にある「詩学」について少しずつ語り始めている。同じ1959年の8月に書かれた『山中の対話』は、ツェラーンがユダヤ人、あるいはユダヤ主義の伝統との対話を試みた散文としてとりわけ注目に値する作品である。のちにふれるように、この時期のツェラーンは、詩、文学に関するいくつかのエッセーを書くことを構想していた。それらのプランは最終的には1960年10月に行われたビューヒナー賞受賞講演『子午線』のなかに組み入れられていくのだが、自らの詩の独自のスタイル、詩作の固有のあり方を詩論という形で明確にし、理解させようとするこうしたツェラーンの試みは、おそらく同じ時期に深刻化していた「ゴル事件」の展開と無関係ではない。少なくともツェラーンは同じ時期に、自らの詩作品に対して向けられた無理解と非難、誹謗に激しい衝撃と焦燥、詩人としての深刻な危機感を抱いていたのである。

　ここで、本論が扱う『子午線』講演が行われ、詩集『誰でもない者の薔薇』が書かれた1960年頃の詩人の伝記的状況を、その生涯の年譜を辿りながら振り返っておこう[3]。1960年という年は、ツェラーンにとって重大な事件が重なり、その生涯を決定する深刻な危機をもたらした年であったといえる[4]。この年の4月初めに、クレール・ゴルは大衆文芸誌《叛場詩人》にツェラーンの詩を公然と誹謗する「公開書簡」を掲載する。これによって詩人に対する個人的中傷を含む剽窃非難は、多くの作家、批評家、文学者を巻き込む一種の社会的事件となり、ツェラーンは以後、自らの作品に対して向けられる様々な疑惑と否定的評価に、ドイツ社会全体に広がる反ユダヤ主義、社会的な迫害を感じ取っていくことになる。ツェラーンがビューヒナー賞受賞の知らせを受けたのはその

一月後の5月初めである。同じ5月の末にチューリヒでのネリー・ザックスとの最初の出会いがある。ザックスとはその後さらに6月中旬にパリで再会しているが、彼女は帰国後の8月、迫害妄想を伴う精神病に陥り、精神病院に入院する。ツェラーンは9月1日にストックホルムの病院にザックスを見舞おうとするが、面談できないまま帰国。5月、8月、9月、10月とこの年ツェラーンはくり返しドイツ、オーストリアに旅行し、親しい友人たちと誹謗文書に対する対応策を話し合っている。その一方でマンデリシュタームをはじめとする数多くの詩の翻訳をしているが、すでに3月にもマンデリシュタームをドイツで初めて紹介する原稿を書き、北ドイツ放送で放送している。10月22日、ダルムシュタットで『子午線』講演。11月に詩人の親しい友人であるデームス、カシュニッツ、バッハマンらによる誹謗文書への「反論」が《ノイエ・ルントシャウ》に掲載されるが、剽窃疑惑の非難とそれに対する抗議、反論の応酬は以後もくり返され、拡大していく。1960年末までにツェラーンは『誰でもない者の薔薇』に収められた53編の詩のなかで13編を完成させている。

ダルムシュタット、オットー・ベルント・ホール。ビューヒナー賞授与会場。『子午線』講演が行われた。
〔2003年9月23日　相原　勝　撮影〕

2．「ゴル事件」

　ツェラーンにとって「ゴル事件」とはクレール・ゴルによる単なる個人的な誹謗中傷事件ではなかった。何よりもその社会的な反響、自らの作品に対する疑惑の社会的な広がり方に、ツェラーンはかつてのユダヤ人迫害を思い起こさせるような不気味で執拗な社会的圧力を感じ取っていたと思われる。異様で近づきがたいツェラーンの作品には、その最初の詩集からこの詩人に対する根本的な無理解と不信感が付きまとっていた。例えば、1954年5月の《メルクール》誌に掲載されたH. E. ホルトゥーゼンの『ケシと記憶』についての次のような否定的論評は、剽窃疑惑と直接結びつくものではないが、その根底にあるものはツェラーンの作品に対する同質の敵対的な無理解と疑惑である。「今日のようなシュールリアリズム的解放の時代にあっては、〈大胆なメタファー〉、とりわけあの忌まわしい属格メタファーを駆使することで殆どあらゆることを証明できるし、それらすべてを真に受けるような人々もいつもいるものである。才能ある詩人たちは思い上がりから〈夢の紙屑籠〉とか、〈約束の白い穀粉〉、〈時の白い髪〉というようなメタファーを用いる。それらはとうてい成功しているメタファーとはいえない。それらは本物ではない詩的取替え子（poetische Wechselbälge）、レトルトのなかで生み出されたような作為的な物なのだ。そうしたメタファーを生み出している衝動は、単なる何でもいい恣意性（X-Beliebigkeit）の気分に左右されているように思われるのである。」[5] こうした否定的批評から受けたツェラーンの衝撃の深さを理解するためには、今日この詩人に対して与えられている高い評価や「ホロコーストの詩人」という一般的イメージのすべてを一度忘れ去る必要があるかもしれない。ホルトゥーゼンが当時ツェラーンについてどの程度の知識を得ていたか不明であるが、少くともその批評が、詩人の語られることのなかった生涯の体験のすべてを無視し、否定していることは確かである。ツェラーンの難解な詩的表現は無内容な言語遊戯にすぎない。それはどのような現実にも根ざしていない、いわば現実から遊離した言葉であり、ただ「何でもいい恣意性」によって結びつけられた詩的表現にすぎない。したがってその「大胆なメタファー」は偽物であり、

「真に受ける」ことのできないものである。ツェラーンの詩は詩的表現とそれが意味するものとの自明で透明な関係を一貫して拒絶している。ホルトゥーゼンの否定的批評はそうした不可解で「非現実的な」詩的世界に対する拒否反応としては決して例外的なものではなかったと思われる。

　マリー・ルイーズ・カシュニッツは、ツェラーンのビューヒナー賞受賞に際して行った講演のなかで、この詩人の詩的表現の「作為性（Künstlichkeit）」、その容易に近づきえない詩的イメージについて次のように述べて弁護している。「この詩人はそのスタイルがどのように変わろうともつねに内的な世界を呼び出しています。外部の世界ではありません。彼はしかしその様々な内的な体験に外部の事物の形姿と動きを与えています。それがはじめから異様でまた魅惑的なところでした。彼は外部世界を自らの内部の奥深くに取り込み、そこで極めて大胆な仕方で取り扱っているのです。彼の抒情詩の小宇宙のなかには、そのあらゆる表現上の作為性（Künstlichkeit）にもかかわらず、何ら無理をしたところはありません。それがおのずから光を放つようになるまでじっと待てるだけの忍耐強ささえあれば、その閃きを感じさせてくれないようなものは何もないのです。」[6] カシュニッツは、ツェラーンの詩的世界がいかに「外部世界」との関係を欠いているように見えようとも、そこには「極めて大胆な仕方で」変容された現実的体験があることにあらためて注意を促している。ツェラーン自身、とりわけ「ゴル事件」以後、自らの詩的世界と「外部世界」との深い結びつきを示唆し、また強調するようになっていく。詩作における「日付」の意味について語り、自己の作品のすべてに成立の日時を書き込み、その「外部世界」の見えない詩的世界のなかに、固有名詞と歴史的現実からの引用を取り込んでいくようになるのである。詩集『誰でもない者の薔薇』はおそらくツェラーンのそうした芸術的志向が最も際立っている作品であるということができる。ブレーメン賞講演でツェラーンは、自らの詩の言葉が過去の歴史的出来事をくぐりぬけてきた言葉であることを確認しながら、次のように述べている。「詩は無時間的なものではありません。確かにそれは無限性への要求を掲げています。それはしかし時間を突き抜けて手をのばそうとするの

です。——それを突き抜けてであって、それを飛び越えてではないのです。」[7]

3．「芸術への敵意」

　ツェラーンは『子午線』講演の冒頭で、まず芸術に対する根本的懐疑という問題を取り上げている。ビューヒナーが古典的演劇に向けた深い懐疑と批判を、ツェラーンはそこで「芸術のラディカルな問題化」として読み解いている。それは詩人自身の作品に向けられた不信と敵意とを、芸術の根本的問題として主題化しようとする試みでもある。「芸術とは、思い起こしてください、マリオネット的な、弱強5詩脚の——この性質はピグマリオンや彼が作り出したものを引証することで、神話学的にも実証されますが——子供のできないものなのです。」[8] この講演冒頭の言葉には、すでにふれたホルトゥーゼンの否定的批評につながる芸術作品の問題化があるといえる。すなわち人工的なこしらえ物でしかない作品という批判である。『子午線』は決してホルトゥーゼンに対する「反論」として書かれているわけではない。ツェラーンの作品は無内容なものではなく、その「大胆なメタファー」が醜悪な偽物、「詩的取替え子」であるわけでもない。しかしその詩的世界が美しいイメージや自然的な生命感情とは殆ど関わりのない「作為的な（künstlich）」世界であることは否定できない事実なのである。その詩的スタイルは「作為性（Künstlichkeit）」を本質的特徴としている。ホルトゥーゼンにおいては確かに芸術の危機はあっても、「芸術のラディカルな問題化」はありえない。というのもこの批評家にとっては芸術の表現する思想がどのようにいかがわしいものになろうとも、作品のなかには詩人によって具体化された「美しいもの」、「真実なるもの」はやはり存在する、したがって成功したメタファー、無細工ではない美しいイメージは存在するのである[9]。自然的生命とは無縁の「マリオネット」のような芸術というツェラーンの芸術の基本的イメージは、伝統的な芸術論が殆ど暗黙のうちに前提としてしまうそうした伝統的観念を根底から否定するものであり、まさにそうした意味でツェラーンは芸術をラディカルに「問題化する」のである。

B. ベッシェンシュタインが編集、出版した『子午線』講演のために書かれた草稿には、「芸術への敵意（Kunstfeindlichkeit）」と題された見出し語のついた遺稿断片があるが、そこには例えば次のようなテキストが書き残されている。「芸術、それは作為的なもの（das Künstliche）、わざとらしいもの（das Erkünstelte）、合成されたもの、こしらあげられたものである。それは自動人形がたてる人間と被造物のものとは思われないギイギイなる音であり、すでにここにサイバネティクス、信号を受けとるマリオネットといえるものがある。」[10] なぜ芸術は深刻な懐疑と敵意の対象となっていくのか、ツェラーンはその根本的理由をビューヒナーが芸術のなかに聞き取った「自動人形がたてるギイギイなる音」のなかに見出す。講演の最初に取り上げられるのは、ビューヒナーの『ダントンの死』で殆ど暇つぶしのように語られる芸術論であるが、ツェラーンはそこに自らの詩作が前提とし、また出発点ともしている芸術の終末的状況を描き出している。その非人間的現実のなかでは芸術に関する議論そのものがもはや真剣なものではありえない。「芸術について話すのはたやすい」とツェラーンはそうした状況を言い当てる常套句を引用するように言う。芸術という「変幻自在の、執拗に、長生きし続ける、いうなれば永遠の問題」についての議論は、終わることのできない、無限に続くおしゃべりでしかありえないのである[11]。それゆえにツェラーンの『子午線』の芸術論においては、そうした議論にどのように入り込むかはそもそも問題とはならない。問題はそのような状況からいかに離脱できるか、なのである。ツェラーンは、革命下の芸術談義の場に居合わせながらも、もはやそれをきちんとは聞いていない人物、じっと耳を傾けてはいても、もはやその内容を理解することのない人物に照明をあて、そこから自らの芸術のあり方を導き出していく。リュシルはそうした人物の代表的形姿であり、彼女が劇の最後に発するおよそ不条理な言葉は、ツェラーンにとって自らの詩的行為の「原型」を示す言葉となっている。それは人間のすべての行動を操作する必然性のメカニズム、その非人間的な歴史的過程をくまなく規定し、呪縛する現実必然性の連鎖を一瞬断ち切ってみせる「自由の行為」である。そしてそれがツェラーンにとっての詩の言葉の最初

の「一歩」、出発点なのである[12]。

4．「芸術のラディカルな問題化」

　B．ベッシェンシュタインによれば、ツェラーンにはビューヒナー賞受賞の知らせを受けるかなり以前から、「自らの詩についての思索を書き記そうとする様々な試み」があったとされている[13]。1960年6月に書かれたメモは、少なくともこの時期に次のような4つのエッセーを書くプランがあったことを推測させる。すなわち「1．ビューヒナー講演　2．暗さ　3．マンデリシュターム　4．若きパルクの独訳」である[14]。ツェラーンはこうしたいくつかのエッセーのための腹案を抱えながら、最終的には9月末から10月初めにかけての極めて短期間に講演原稿を書き上げていったとされる。4つのエッセーの構想のなかで、「暗さ（Dunkelheit）」と「マンデリシュターム」は講演のなかに取り込まれている。4番目の「若きパルクの独訳」に関するエッセーだけが、実際には書かれることのなかった散文であるが、しかしその理由もまた、その翻訳論の主要テーマが講演のなかに織り込まれてしまったためであると考えられる。なぜなら「若きパルクの独訳」に関するエッセーとは、おそらくこの詩人のヴァレリーの芸術思想との対決を主題としたものであったと推測されるからである。ツェラーンはヴァレリーの『若きパルク』を1959年の1月から7月にかけて独訳し、同年秋に《ノイエ・ルントシャウ》誌に発表している。ヴァレリーの作品のなかでも最も難解とされ、リルケが翻訳することのなかったこの代表的詩篇の翻訳をツェラーンは文字どおりヴァレリーとの芸術的対決と感じ取っていたと思われる。マンデリシュタームとの衝撃的な「出会い」を体験しつつあった同じ時期に、ツェラーンはヴァレリーの詩と詩人に関する多くの文献を読み、その詩論を研究している。

　ツェラーンの翻訳詩は決してヴァレリーの詩的スタイルに忠実なものではなく、むしろそれを意図的に「裏切る」ものであったといえる。というのもそのドイツ語の翻訳詩に内在する「詩学」は、ヴァレリーの「詩学」とはむしろ対立するこの詩人の固有のものであったからである。『子午線』講演がまず語ろ

うとする「芸術のラディカルな問題化」というテーマはヴァレリーの詩論、芸術思想そのものをも根底から問い直そうとするものであったと考えられる。講演には「ヴァレリー」の名前は現れてこない。しかしツェラーンは「マラルメ」という名前を引き合いに出して「芸術のラディカルな問題化」について次のように問いかける。「すでにビューヒナーのもとに――そう今わたしは問わねばなりません――この被造物の詩人のもとに、もしかするとまだ半ば抑えられた、もしかすると半ば無意識のものでしかない、しかしそれだけによりラディカルな――あるいはまさにそれゆえに言葉の本来の意味でラディカルな芸術の問題化が、この方向からの問題化があるのではないでしょうか。それは今日のすべての詩文学（Dichtung）が、もしさらに問い続けようとするのであれば、必ず立ち返らなければならない問題化なのではないでしょうか。他の、いくらか飛躍した言葉でいえば、私たちは、今日多くの場所で行われているように、前もって与えられているもの、無条件に前提とされるべきものから出発することができるのでしょうか。私たちは、まったく具体的に申し上げます、とりわけ――例えば――マラルメを徹底して最後まで考え抜かなければならないのでしょうか。」[15] ツェラーンにとって芸術はもはやいかなる意味でも「無条件に前提とされるべきものから出発する」ことはできなくなっている。もはや芸術の自明な価値や存在意義ではなく、むしろ芸術に対するラディカルな懐疑と敵意こそが今日すべての芸術論が引き受けなければならない基本的前提なのである。講演のために書かれた草稿断片には『若きパルク』の翻訳にふれた次のような言葉が書き記されている。「ビューヒナーのこの芸術に対する敵意（Kunstfeindlichkeit）――若きパルクの翻訳者にこのような告白をすることをお許し下さい――を私は分かちあうものです。」（下線原文）[16]

5．「暗さ」

1960年の前半にツェラーンが抱いていた4つのエッセーのプランのなかで、「暗さ（Dunkelheit）」というテーマは、ベッシェンシュタインによれば時期的に最も早くから構想された、中心的なテーマであった[17]。草稿断片として残

された遺稿には、「詩的なものの暗さについて」という見出し語を与えられた原稿束（A）があり、1959年の夏頃から書き始められたと推定されている。「暗さ（Dunkelheit）」とは不可解さ、曖昧さ、陰鬱、神秘性、疑わしさ、を意味する言葉であるが、ツェラーンの詩はその異様な「暗さ」のために、戦後のドイツにおいて、無理解と疑念の対象とされてきたといえる。ツェラーンは自らの詩作品を包むそうした「暗さ」について、詩論という形で自らの考えを表明するエッセーを構想していたと考えられるのである。ツェラーンにとって「暗さ」とは、単に詩的スタイルの難解さや複雑さではなく、「詩的なもの」の最も根源的なあり方、いわばその本質的な構成要素を意味するものであった。「暗さ」に関する遺稿断片には、「詩文学の生まれついた暗さ（Kongenitales Dunkel）」（下線原文）[18]という言葉が書き記されている。「生まれついた（kongenital）」という語は、その成立とともに発生した、という意味で選択された言葉であると思われるが、この詩人にとって詩の「暗さ」とはまさにそのような意味で、「詩的なもの」の成立と同時に作品に「生まれつく」ものであったのである。

「詩的なものの暗さについて」というエッセーは、実際には書かれることはなかった。しかし詩の「暗さ」についてのツェラーンの思索の一部は、『子午線』のなかに次のように殆ど「唐突に」取り入れられている。「皆さん、今日では詩文学に対してその〈暗さ〉を非難することが一般的になっています。——この場で唐突ですがお許し下さい、しかしここで突如として何かが開けたのではないでしょうか、ここでパスカルの言葉を引用することをお許し下さい。それは私がしばらく前にレオ・シェストフの本で読んだものです。〈明瞭さが欠如していることで私たちを非難しないで下さい。私たちはそれを信奉しているのですから。〉これは私が思うに、生まれついた（kongenital）と言わぬまでも、しかし詩文学に——おそらく自ら企図した——ある遠さあるいは異郷からの出会いのためにつき備わっている暗さなのです。」[19]『子午線』講演の文体的特徴のひとつは、そこで多くの引用、あるいは引用語句が殆ど間欠的にくり返されることである。それらの簡潔で断片的な引用はそれ自体ある独自の

「暗さ」をもっているといえるが、決して恣意的なものでも偶然的なものでもない。ここでツェラーンは、パスカルの言葉をシェストフの著作から引用している。最近出版されたツェラーンの哲学書の読書記録によれば、ツェラーンは1959年の12月から1960年1月にかけてパスカルの全集および『パンセ』を原文で読んでいる[20]。すなわちツェラーンは「パスカルの言葉」を直接パスカルの原典から引用することもできたのであり、事実ツェラーンの引用は原典を参照した痕跡が見て取れるものである。ツェラーンはまた1959年から1961年にかけてシェストフのフランス語著作の殆どすべて（と思われる）を読破している。ツェラーンの引用は決して単なる引用ではなく、パスカルからシェストフを経て自らの作品にいたるひとつの精神的な「出会い」の痕跡を、引用という形式で書き残そうとしたものと考えることができる。ツェラーンは「パスカルの言葉」を原典ではなく、シェストフの仏語著作から引用してみせる。シェストフが引用する「パスカルの言葉」には原文とは異なる、誤りといえる部分があるのだが、ツェラーンはその部分を、原典を参照して訂正した上でさらに自らの手で書き換えるという極めて手の込んだ引用の仕方をしている。ツェラーンの引用はシェストフと詩人自身の書き換えの産物であり、いわば二人の詩人の手の痕跡が残っている引用なのである[21]。

　ツェラーンが引用している「パスカルの言葉」を原典の『パンセ』断章に従って全文を引用すれば次のようなものでる。「預言者たちはイエス・キリストについて何を語っているのか。彼は明らかに神であると言うのか。否、彼らはこう言っている。彼はほんとうに隠れた神である。彼は理解されないだろう。人々はそれが彼なのだとは考えもしないだろう。彼は躓きの石なのであり、多くの人はそれに躓くであろう、などなどと。明瞭さが欠如しているからといって、人々が私たちをもはや非難しないでほしいものだ。私たちはそれを信奉しているのだから。しかし、と人々は言う。そこには暗さ（des obscurités）があると。——しかしそれが無ければ人々はイエス・キリストに躓くことはないであろう。その暗さは預言者たちの断固とした意図のひとつなのだ。」[22] ここで主題化されているイエス・キリストの「預言者」たちの言葉の「暗さ」とい

う問題とツェラーンの詩の「暗さ」との照応関係は明白である。ツェラーンの詩の「暗さ」もまたこの詩人の「断固たる意図のひとつ」なのである。ツェラーンの引用の命令文「私たちを非難しないでください（Ne nous reprochez pas）」はパスカルの原典にも、シェストフの引用にもない構文である。そこでより直接的な言い方で聴衆、あるいは読者に向かって語りかけているのはツェラーン自身であるといえる。少なくともそこで問題となっている「私たち」とはキリスト教の「預言者たち」ではなく、詩の「暗さ」を「信奉する」「私たち」である。「私たちはそれを信奉する（nous en faisons profession）」とは本来自らの信仰あるいは信条を告白する、公に表明するという意味で用いられる表現である。「預言者たちの」言葉は「隠れた神」、不可解で計り知れない現実、「深淵」について語ろうとする言葉である。そのようなかつて存在したことの無い現実について語ろうとする言葉は「暗さ」を免れることはできない。「別のもの」、新しい現実との「出会い」を志向するツェラーンの詩もまたそうした「暗さ」——多くの人々が理解しない、「多くの人がそれに躓く」「暗さ」を自らの詩のあり方として引き受けているのである。

6．「注意深さ」

　ツェラーンは「パスカルの言葉」を引用しながら、自らの詩の「暗さ」を「出会い」という『子午線』講演全体の中心的テーマと結びつける。詩には未だ現前していない現実のもつ「暗さ」が内在しているのだが、それは「出会い」という「明るさ」の瞬間への動きと方向性を孕んでいるものなのである。「子午線」とは「出会い」をめざすそうした円環的な道程に対して与えられた象徴的なイメージであるといえる。「別のもの」を志向する詩のあり方についてツェラーンは講演で次のように語る。「詩（Das Gedicht）はある別のもの（ein Anderes）をめざします、それはこの別のものを必要としています、それは対するもの（ein Gegenüber）を必要とするのです。あらゆる事物、あらゆる人間が別のものを志向する詩にとっては、その別のもののひとつの形姿となるのです。」[23]　ここには「ある別のもの」を認めることのできるひとつの眼差

しについて語られている。「別のもの」はかつて存在したことのないもの、あるいはかつてそのようなものとして認知されたことのないものである。あらゆる事物においておよそ知覚の対象になりえなかったものが、ある張りつめた眼差し、詩人の心的姿勢の前には現前するのである。ツェランは講演のなかでそうした詩人の「別のもの」に向けられた眼差しのあり方を「注意深さ(Aufmerksamkeit)」という言葉で取り上げている。

ツェランは「注意深さ」についても、この詩人に特徴的な引用をしながら、次のように語っている。「〈注意深さとは〉、ここでヴァルター・ベンヤミンのカフカ・エッセーに従ってマルブランシュの言葉を引用することをお許しください、〈注意深さとは魂の自然的な祈りなのです。〉」[24] ツェランはここでも「マルブランシュの言葉」をベンヤミンのカフカ論という媒体を通して引用している。ツェランはしかし、ここでは「マルブランシュ」を引用しているというよりはむしろ、「ベンヤミン」の言葉を引用しているといえる。「注意深さ」に関する思想的注釈ともいえるこの引用には、「カフカ」、「ベンヤミン」という二人のユダヤ人作家の名前が書き込まれていなければならないのである。ツェランにとって、「注意深さ」が何であるかを実際に実践してみせている作家がカフカであり、そしてその作品に「注意深さとは魂の自然的な祈りである」という思想を読み解いているのがベンヤミンである。ツェランはここでも原文を書き換えながら引用しているが、対応するベンヤミンの文章は次のようなものである。「もしカフカが祈らなかったとしても——私たちはそれを知ることはできないが——しかしそれでもこの作家には、マルブランシュが〈魂の自然的な祈り〉と呼んでいるものが、最高度に備わっていたのだ。すなわち注意深さである。そしてそのなかにこの作家は、聖者たちが彼らの祈りのなかに包み込むように、あらゆる被造物を包み込んだのである。」[25] マルブランシュからカフカの間にはバロックから現代へ、「聖者たち」から芸術家への転位がある。そのことを確認した上でベンヤミンはカフカが「あらゆる被造物」に対して向ける「注意深さ」のなかに、ある「祈り」の姿勢を認めるのである。バロックのカトリック神学においては、「魂」は根源的に罪悪によって汚

4. 『子午線』のいくつかのテーマ　77

され歪められた世界のなかに閉じ込められている。ベンヤミンはカフカの描く世界のなかに、殆ど自然的な罪悪によって歪められたもの、権力によって抑圧されたもの、腐敗したものの形象を見出している。「注意深さ」とはそのような世界に閉じ込められて生きる無力な人間が、不気味な世界の現実に対して示す救済を求める祈り――「せむしの小人」に対する子供の祈り――の姿勢なのである。

　ツェラーンはカフカの断章のなかに「祈りの形式としての書くこと」という言葉を見出し、講演のための草稿断片のなかに次のように書き記している。「〈祈りの形式としての書くこと〉と私たちはカフカのもとに読み、心うたれます。それもまたさしあたって祈ることではなく、書くことを意味するものです。組み合わされた両手では書くことはできないのです。」(下線原文)[26] ツェラーンにとって――すくなくとも「さしあたって」――「書くこと」は「祈ること」ではありえない。しかしベンヤミンがカフカに読み取った「祈りの形式」としての「注意深さ」をツェラーンの書く姿勢に認めることはできるのであり、講演はそのことを示唆している。「注意深さ」とは悪意に満ちた不気味な世界に生きることを強いられた無力な人間が示すことのできる抵抗の姿勢でもある。救出あるいは救済のチャンスは「注意深さ」のなかにしか見出されない。それはかつてカフカとベンヤミンが閉じ込められていた世界、不安に満ちた不可解な世界に対する極度に目覚めた姿勢、中断されることのない精神集中を意味する言葉である。「ゴル事件」以後ツェラーンは、現実に、そうしたかつてのユダヤ人迫害を想起させる不気味な世界のなかにあって、極度の精神的緊張を強いられていた。講演のための草稿断片にツェラーンは「詩－終わりのない徹夜の祈り (eine endlose Vigilie)」と書き付けている。深い闇夜のなかにあって、途切れることなく目覚め続ける姿勢、そうした詩人の精神的姿勢をツェラーンは「カフカのもとに」読む。「ひとりの者、このひとりの者に私たちの誰もがなりうる、〈ひとりの者が存在していなければならない〉とカフカは書いている、〈ひとりの者が目覚めていなければならない。〉」[27]

[略号は注釈部分と同じである。]

1) Matt, Peter von : Eine Stimme hebt an. Paul Celans Frühwerk. In : Die verdächtige Pracht. München/Wien, Hanser, 1998. S. 262-267.
2) Ⅲ, 185.
3) 年譜は主に次の文献の年譜を参考にした。Paul Celan/Gisèle Celan-Lestrange, Briefwechsel. Hrsg. v. Bertrand Badiou. 2. Bd. Frankfurt a. M., Suhrkamp, 2001. イスラエル・ハルフェン（相原勝・北彰訳）『パウル・ツェラーン　若き日の伝記』未來社，1996年。
4) Vgl. Wiedemann, Barbara : Das Jahr 1960. In : Paul Celan: Biographie und Interpretation, hrsg. v. Andrei Corbea-Hoisie. Konstanz: Hartung-Gorre, 2000. S. 44-59.
5) H. E. Holthusen, Ja und Nein. München 1954. 引用は次の文献に拠る。Paul Celan—Die Goll-Affäre. Dokumente zu einer >Infamie<. Hrsg. v. Barbara Wiedemann. Frankfurt a. M., Suhrkamp, 2000. S. 208.
6) Kaschnitz, Marie Luise : Zwischen Immer und Nie. Frankfurt a. M., Insel, 1971. S. 309.
7) Ⅲ, 186.
8) TCA/M. 2.
9) Vgl. Holthusen, H. E. : Das Schöne und das Wahre in der Poesie. In : Das Schöne und das Wahre. München, Piper, 1958. S. 5-37.
10) TCA/M. 149.
11) Ibid.
12) Ibid., 3.
13) TCA/M. Ⅶ（Editorisches Vorwort）.
14) Ibid., ⅩⅠ.
15) Ibid., 5.
16) Ibid., 154. なおツェラーンの『若きパルク』の翻訳についてはベッシェンシュタインの次の論文を参照。Böschenstein, Bernhard : Celans Junge Parze als Vorarbeit zum Meridian. In : Stationen. Hrsg. v. Jürgen Lehmann u. Christine Ivanović. Heidelberg, C. Winter, 1977. 119-128.
17) TCA/M. ⅩⅠ, 282.
18) Ibid., 85.
19) Ibid., 7.

20) Vgl. Paul Celan : La Bibliothèque philosophique, établi par A. Richter, P. Alac e. B. Badiou. Paris, Éditions Rue d'Ulm, 2004.
21) ツェラーンとシェストフの書き換えの詳細については次の文献を参照。Brierly, David : ≫Der Meridian≪ Ein Versuch zur Poetik und Dichtung Paul Celans. Frankfurt a. M., Bern, New York, Lang, 1984.
22) Pascal : Œuvres Complètes. Texte établi e. annoté par J. Chevalier. Paris, Éditions Gallimard, 1954. S. 1276.
23) Ibid., 9.
24) Ibid.
25) Benjamin, Walter : Franz Kafka. In : Gesammelte Schriften. Bd. II · 2 Werkausgabe Bd. 5. Frankfurt a. M., Suhrkamp, 1980. S. 432.
26) Ibid., 72.
27) Ibid., 91.

5. 詩集とツェラーンの手紙
伝記的スケッチのために

北　彰

1. はじめに

　1959年3月に詩集『言葉の格子』が刊行された。その同じ3月から1963年3月にかけて書かれた詩によって編まれ、同年10月に出版されたのが詩集『誰でもない者の薔薇』である。

　この間、ツェラーンは一体どのような人生を歩んでいたのか、残された手紙を手がかりに彼の実人生の輪郭を大まかに描きとる試みをして見たい。大まかに描きとられたその輪郭の中で彼の実人生に思いを潜め、その思いの中に詩集を置き、改めて詩集に収められた一つ一つの詩と向かい合うための準備としたい。伝統的な「伝記的文学研究」の一環と位置付けられるであろうこの試みをとるように私を促したのは、妻ジゼルとの往復書簡集その他の資料が次々と刊行され、新たな事実が明らかになりつつある最近の事情である。

　この時期、それは彼の人生の大きな曲がり角だった。すなわち彼の精神病が発病した時期だったのである。そしてまた、ツェラーンの詩が、イヴァン・ゴルの詩を剽窃したものであるとしたイヴァンの妻クレール・ゴルによるツェラーン攻撃が激しさを増した時期でもあった。1960年および61年の2年間で、10紙ほどにわたり15を超えるツェラーン批判や擁護の記事が載ったのである[1]。

　一方で明るい出来事もあった。それまで定職を持たなかったツェラーンが、

ソルボンヌ大学独文学科教授クロード・ダヴィッドの斡旋により[2]、1959年にエコール・ノルマルのドイツ語教師として任用されたのである。ベーダ・アレマン[3]の後任であった。また1960年には、ドイツ文学界における栄誉ある賞、ビューヒナー賞を授与されている。受賞記念講演『子午線』はツェラーンの詩論であるが、この時期に『山中の対話』を含め二つの重要な散文が書かれていることは、銘記されるべきであろう。

人との出会いについていうなら、まずあげられるべきは、1959年4月のペーター・ソンディとの出会いであろう[4]。彼は生涯ツェラーンの良き支持者であった。同じ4月にソンディは同じくツェラーンを生涯にわたって支え続けたジャン・ボラックをツェラーンに紹介している。

詩集第1部に収められた詩との関係が深いネリー・ザックスとは、1960年5月にチューリヒで初めて会い、6月にはパリに彼女を迎えている。9月には精神状態の悪化したザックスを見舞うためにストックホルムを訪問した。

1959年7月に実現しなかった出会いが、散文『山中の対話』成立のきっかけとなったテオドール・アドルノとは、1960年5月にゴル事件対応をめぐり会っており、10月にはフランクフルトで彼の著書を献呈されている。わずかに先立つ同年9月には、若い時代から著

サン゠ジェルマン・デ・プレにあるホテル「サン゠ペレ」。ブーバーとここで会ったが、対話はツェラーンを深く失望させた。
〔2003年8月27日 相原 勝 撮影〕

作に親しんでいたマルティーン・ブーバーをパリの彼の止宿先のホテルに訪ねているが、真の対話ができなかったことに激しく失望している。

1962年5月にはボラックの仲立ちでユダヤ神秘思想の碩学ゲルショム・ショーレムと会い、翌年63年5月には、次の詩集『息の転回』との関連を論じられているマルガレーテ・ズースマンとチューリヒで会っている。

ツェランが翻訳を手がけているジュール・シュペルヴィエルや、アンリ・ミショーと初めて出会ったのも、詩集『誰でもない者の薔薇』執筆のこの時期であった。

それにしても手紙を読みながら改めて強く感じさせられたのは、この時期におけるゴル事件のツェランに及ぼした重い影響である。ゴル事件に対応するべくツェランは様々な人々に会い、行動し、そして手紙を書いていた。この時期、彼がゴル事件のために費消した時間は莫大なものであったように見える。ヴィーデマンは詩集『誰でもない者の薔薇』そのものを、反ユダヤ主義――ツェランはゴル事件を〈反ユダヤ主義〉の一つの現れと見なしていた――への解答であり、時代批判と〈抵抗〉のための独自の戦略と結びついたものであると位置付けている[5]。

この時期のツェランの迫害妄想（パラノイア）の発現過程は、新資料によってかなり明らかにされたが、この精神疾患の原因がゴル事件にあるのか、それともたまたま発症の時期を同じくしただけなのかは私の理解の外にある。ただし病気の発症が器質的原因によるものであるとしても、病気の発現の仕方にはゴル事件が深く関わっていたと思われる。

2．レンツ宛の手紙――ツェランの精神状態を理解するために

多くの手紙の中から、ツェランの精神状態を理解するために、一つのケーススタディとして、ツェランが1962年1月にジークフリート・レンツ宛に書いた手紙を詳しく見てみたいと思う。

ツェランとレンツは1952年に開かれた47年グループの会合で知り合ってい

る。以下部分的につなぎ合わせた引用である。

　「私に対してたくらまれてきたこと、それはレンツ、深刻な、とても深刻なことなのです。(その一つのやり口は、〈裏表のある二重の演技〉です)。それは何よりまず捏造に基づいています。最悪の誹謗中傷です。それはナチやまたいわゆる親ユダヤ主義者たちの関与のもとに信じがたい果実を稔らせてきたのです。(ユダヤ人、あるいは括弧つき〈ユダヤ人〉も関与しています)。最近になってそれはついに〈最終解決〉の段階にまで到達してしまいました」[6]。(1962.1.27)
　「あなたをびっくりさせてしまったことが恥ずかしく、また狼狽しています。本当のところあなたもまた欺かれているのだろうと思っていました。というのも私を陥れようとする試みが、たいそう多くの反響を公に呼ぶことができたからです。《ツァイト》や《ヴェルト》、《クリスト・ウント・ヴェルト》や《フォアヴェルツ》、その他多くの〈機関〉において、実に様々な形で〈しかも倒錯した形で〉この試みがなされました。あなたを欺こうとする人たちはいっぱいいるのです、ジークフリート・レンツ、世の名士たちも直接的に、あるいは間接的に関与しているのです」。
　「私は誇張などしていません、ジークフリート・レンツ。これらすべてがいかに信じがたいものと見えてしまうか、それもわかっています——いかに信じがたく思われようともしかしそれは事実なのですが。しばらくの間、私が泥棒なのか(《ヴェルト》)〈文学上の抜け道を知っている一族〉で〈文学的いかさま師〉(《言語及び文学のためのアカデミー年報》)なのか、あるいは〈詐欺師〉なのか——半分くらいはそういった類の人間なのか、が議論され、その議論の後に作品公刊が止められ私は抹殺されたのです。しかもその際なお残っていた私の属性すべてが剥奪され、その後——〈最終解決〉に私はなぞらえているのですが——私の(もしこのような苦い冗談が許されるのなら)〈絶対的な〉廃棄へと至ったのです。つまり私は存在していないのです(だからこそクローロ氏もチューリヒの新聞

《タート》紙であんなふうに書けるのです）。私が書いたものは出版にこぎつけることができたものであっても、無視されるか、そうでなければただ〈無断借用〉されるに過ぎないのです。そうです、パウル・ツェラーンは存在していないのです」

「それに加えて私は、ヘーゲルの引用をもとに、気狂いであると言われるのも当然だとされてしまいました。シュレーアス氏はすでに《フォアヴェルツ》紙上で私の〈発病〉について公にしています——いまやそれが科学的にも哲学的にも基礎付けられたのです——私は誇張なぞしていません。それと平行して当然のことながら〈心理的嫌がらせ〉もなされました——手紙や電話、あるいはまた本に記された献辞というような形をとって〈パウル・ツェラーンのために、その夜へ、など〉。親愛なジークフリート・レンツ、私は繰り返します、これらすべてのことをあなたがお信じになれないだろうことを私は知っていると。——しかしこれは真実なのです、親愛なるジークフリート・レンツ。そしてこれらすべての背後には文学的陰謀と一般的に言われている以上のことが潜んでいるのです。これらすべてのことはドイツにおける〈ドイツばかりではないのですが〉展開によって支えられています。私がユダヤ人であることがおそらく決定的な役割を演じているのですが。あなたもおわかりのように、ジークフリート・レンツ、私はユダヤ人です。こう申し上げても、それで自分がユダヤ人の代表であるとか、あまつさえユダヤ人の弁護人であるとか、特にそう言いたい訳ではありません。私はただユダヤ人であるだけなのです。しかし私は、ユダヤ人という存在を生きてきました。そしてこの生きてきた人生を携えて——そこにはまた書かれたものも含まれますが——私は言葉から見て自分の居場所だったところ、まだなお自分の家であり続けているところ、ドイツへと向かったのです。何の遺恨も持たずにです、ジークフリート・レンツ。私たち全員が居合わせているこの今日という日に、等しく私は全員と握手を交わしました。なぜなら私は自分に言い聞かせていたからです、とりわけ以前にはこの手が友人の手として握手を交わしていたのを

自分は目撃したのだから、この手にチャンスを与えなければならないのだと。——それさえも、ジークフリート・レンツ、歪曲されてしまったのです」。

「私はユダヤ人です。そして私はいままさに体験しなければならないことを体験せざるを得ないのであり、むしろそれゆえ一層それだけ私はユダヤ人とならざるを得ないのです。ユダヤ的なるものとは人間的なものの一形態にしか過ぎないと思うのですが——しかしとにかくそれは一つの形をとったものではあります。私は当然自分がユダヤ人であるということに組します——それが私の〈参加〉であり、私の責任です」[7]。(1962.1.30)

以上長々と引用したが、この手紙に当時のツェラーンの精神状況がよく反映されており、また彼が抱えていた多くの問題がここに収斂しているからである。以下その問題を一つ一つ取り上げ個別に論じながら、彼の精神状態について見てゆきたい。

3. 裏表のある二重の演技——不信と猜疑の行方

ツェラーンにとってゴル事件において問題なのは誹謗・中傷を繰り返すクレール・ゴルおよびその周囲の人間たちばかりではなかった。味方のふりをしながら、その実、敵に通じている人間たち、彼がこの手紙の中で「裏表のある二重の演技」と呼んでいる振舞いをしている人間たちも問題だったのである。

「味方のふりをしている敵」という判断はもちろんツェラーン独自のものである。実際はツェラーンのためを思うツェラーンの側に立つ人間たちであった。例えば彼をいち早く支援してくれたエンツェンスベルガーやイェンス。彼らをもツェラーンは「味方のふりをしている敵」に分類してしまうのである。

例えばイェンスの場合。

1961年6月9日付けの週刊誌《ツァイト》に、イェンスは「ある詩人に対する軽率な非難」と題するツェラーン擁護の記事を掲載した。引用したレンツ宛の手紙で、《ツァイト》における試み、として言及されているものである。

この論説は、1961年1月28日にツェラーンがテュービンゲンにイェンスを訪ねた際、イェンスがツェラーンに執筆を約束したものであった。二人はゴル事件について詳しく話し合い、ツェラーンの側からは多くの資料が渡された。掲載前にツェラーン自身目を通し、ツェラーンの側からなされた訂正要求にイェンスが応えたりしている。

　こういった経過をたどりながら掲載されたものであるにもかかわらず、しかしイェンスがこの論説の掲載された《ツァイト》をツェラーンに送っても、ツェラーンは感謝の手紙、いや受領した旨の返事すらイェンスに出していないのである。ツェラーンが第三者に語っていたことから推測すると、彼はイェンスが、とりわけデールの報告書を批判しなかったことに不満を感じていたらしい[8]。

　デールの報告書は一般にツェラーンに対する剽窃嫌疑を晴らしたもの、と評価されているのだが、ツェラーンにとってはクレールの犯罪を明確に処断していない極めて不十分なものであり、非難に値するものだった。

　おそらくツェラーンに対するイェンスの善意に出たこの試みも、ツェラーンにとっては自分の思いや希望を百パーセント履行していないがゆえに、味方のふりをしてその実自分に対する中傷を振りまく悪質な試み、敵側の振舞いの一つ、になってしまうのである。このようにしてツェラーンとイェンスの関係は断ち切られていく。

　詳説するのはこのイェンスの例だけに止めるが、フィッシャー出版社のルードルフ・ヒルシュ、シュツットガルト在住の友人ヘルマン・レンツ、作家のギュンター・グラスなど、他の多くの人々との関係も、同様な理由で破局に向かうのである。とりわけ1962年3月に、ウィーン時代からの親友クラウス・デームスとの交友が断たれているのは痛ましい限りである。

　第三者から見るなら、ツェラーンを助けるための行為としか判断できないものを、ツェラーンは信じられず、味方のふりをしているだけの「敵」の行為とみなす。しかもそういったツェラーンの判断は、同様な論理を適用しながら多数の者に向けられている。ツェラーンが信じられないのは、一人だけではな

い、殆どの者を信じられないのだ。彼の不信や猜疑の念が尋常のものではないことが推測される。

　しかもこの猜疑と不信の念は、一人一人の人間のみならずドイツ文学界という、制度的存在にまで向けられていく。すなわち、この時期すでに述べたように、ツェラーンに対してドイツ文学界における栄誉ある文学賞であるビューヒナー賞が授与されているのだが、それもツェラーンがチェルノヴィッツ時代からの友人アインホルンに宛た手紙で記しているように、ヒトラー時代から始まり現代ドイツのネオナチたちによって受け継がれてきた策動による、ユダヤ人敵視政策を止めたように見せかけるための「アリバイ工作」[9]に過ぎないものとみなされるのである。

　レンツ宛の手紙の中で、ツェラーンが「倒錯した形でなされている」「私を陥れる試み」と言っているものがこれにあたる。常識的にはまず考えられない判断と言えよう。

　単なる猜疑と不信から出る行為なら、それは日常の私たちの生活にありふれたことである。仮に上述の事柄を、その日常の範囲に収まるものとしてもいい。しかし次に示されているようなクローロの例に移ると、ツェラーンの言葉を、日常の私たちの生活の範囲内に収めておくことに困難を覚えてくる。

　「クローロの例」とは、手紙の中に見える「最終解決」という言葉に関わっている。この言葉は、もちろんナチのユダヤ人問題「最終解決」と重ね合わせて使われている。1962年1月20日の《タート》誌で、同時代の詩人カール・クローロは、「近午の抒情詩人は〈もはや存在しない〉人間であるかのように見える」[10]と書いていた。この表現をツェラーンは自分への当てこすりととったのである。また同じ文章の中でクローロが使っている比喩がツェラーンには自分がかつて講演『子午線』で使用した比喩と見えた。つまりクローロは出典を明示することなく自分の言葉を無断借用しているのである。

　これら一連のクローロの行為を、ツェラーンは、自分がもはや存在しない人間なので、自分の文章を引用しても出典を明示する必要などないのだ、とクローロが自らの行為によって示しているもの、と受け取ったのである。つまり

それはツェラーンにとって、自分の存在の抹殺であり、「最終解決」であった。クローロ宛てにツェラーンは皮肉たっぷりの辛辣な手紙を書きかけている。しかし結局その手紙は投函されることはなかった[11]。

このクローロの例から明らかになるのは、ツェラーンが、人々の片言隻句を含め、あらゆる自分の身の回りの事象を、いかにゴル事件に収斂させ、関係妄想のうちに捉えていたか、ということである。

猜疑と不信、それは自分の内面にある「相手への信頼」を打ち壊すことであり、自分の内面にある、存在している何ものかへの自分の「信」、そのものを破壊することである。一種の自己破壊と言える。

自己内面に存在する何ものかへの信頼、その信頼に対する自分の関係を断ち切ってしまったとき、人は寄る辺のない空間に漂い出す。

そもそも人間が持つ信頼、その信頼を確証させる内的根拠は明確な形を持たない。明確な形を持たぬ内的根拠を信ずることができなくなったとき、人はもはやどのような行為、どのような言葉をも信ずることができなくなってしまう。すべてのものは疑わしいものに変貌してしまうのである。ツェラーンのありようは、人間関係における信・不信のこの構造をあからさまに示している。

ところで、ツェラーンは、ナチの迫害から逃れた映画監督エルヴィーン・ライザーに、次のように嘆くことがあったという。「私がかかっている精神科の医者たちは、私の抑鬱症状が、チェルノヴィッツにおける体験や、両親に対する罪責感と関係があることを理解してくれない」[12]と。

ナチ占領下のチェルノヴィッツにおいて、強制移送が行われると予想された夜、ツェラーンは用意した隠れ家に身を隠すよう両親を説得した。それに応じなかった両親を自宅に残し、自分を追いかけてきてくれることを信じて、彼は一足先に家を出た。しかし再び自宅にもどって見ると、自宅に人の気配はなく、すでに両親とも強制移送されてしまった後だったのである。「なぜあのとき自分は両親と共に家に残らなかったのか？」

後々まで彼はこの自問自答に苦しめられた。

　私が気になるのは、彼の両親に対するこの罪責感、とりわけ深く愛していた母に対するそれが、自己不信へと転化することがなかったかどうか、ということである。前章で述べた、他者に向かっている攻撃的な不信や猜疑と、自身に向かっている罪責感とは質が違うように見える。しかしもし仮に、彼の罪責感が自己不信へと転化し、その自己不信が、他者に対する不信とつながり合い絡まり合って、人間全体の不信へと、その暗い穴を内面に深く穿っていくことがあったとするなら、それは信じる支えもなく、黒々と口をあけた「深淵」、その「深みに沈む」だけとなる。恐るべき事態であると言わねばならない。

4．薄れていく空気、閉じていく空

　すでに述べたようにツェラーンは身の回りの出来事すべてを「ゴル事件」に収斂させ関係妄想のうちに捉えていた。すべてが関係していて、みんながつるんでいる。この世界の背後には、どす黒い邪悪な悪意に満ちた存在、例えばネオナチがおり、すべてのものの背後にあって糸を引き、あるいは、至るところに網を張りめぐらせている。ツェラーンにとって「世界」とは、いわばこのような「悪」の世界、悪に満ち満ちた世界、ないし「敵」そのものとして現象していたのではないか。

　このような状況の中で、この人なら信頼できる、と思った人間にツェラーンは自分が陥っている状態を打ち明けるのである。他の人には黙っていてほしい、という言葉を添えながら。「一つお願いです。どうかこれらすべてのことを誰にもお漏らしにならないでください。今まで起こったこと——そして今なお起こりつつあることに鑑みると——もう一度はっきりとこのようにお願いしなければなりません。誰にもこのことをお話にならないでくださいと」[13]。レンツ宛の手紙に添えられたこの言葉、それは敵に自分の動きが知られることを恐れるがゆえの言葉であったろう。

　思いのたけをこのように打ち明けておきながら、しかしレンツの返事の中に、ツェラーンの判断からして「敵」の陣営に属する人間の名前がレンツの友

人や知人として記されていることがわかると、それだけでもうレンツは「敵」に属する人間として分類されてしまうのである。ツェラーンはもはやレンツに返事を出さず、そこで二人の関係は終わりとなる。

　レンツとツェラーンの関係は、ケース・スタディとして取り上げた一つの例に過ぎない。すでに名をあげた他の友人や知人たちとのあいだでも、同じような経過がたどられ、やがて関係が破綻していく。その同じパターンが繰り返され、また繰り返されてゆくのである。

　このようにして空は少しずつ閉じてゆき、周囲の壁は狭まり、空気は薄くなっていく。それはやがて1962年9月5日付けのソロモーン宛の手紙にあるように「自分の身の回りに真空地帯ができる」[14]までになってしまうのである。何と言う息苦しさ、何と言う閉塞感、何と言う孤独だろうか。この世界はツェラーンにとって「異郷」に止まらず「敵そのもの」と化してしまうのである。

　敵であるからには自分の最も大切なものに攻撃を仕掛けてくるのは自明なことである。最愛の一人息子エリックが、ナチに誘拐されないかツェラーンが気遣っている様子を、1960年にザックスと連れ立ってツェラーンに会ったレナットソンが、すでに伝えている[15]。このように追い詰められた彼が「敵」に向かって防衛のための攻撃に出るのは、時間の問題であったろう。ソロモーンに宛てた手紙を書いてから3ヶ月と経たぬ1962年12月、彼はゴル事件の片割れと見なした通行人に襲い掛かり、やがて精神病院に入院することになるのである[16]。

5．精神の病と詩作

　1959年12月23日付けのヒルデスハイマー宛書簡の中で、ツェラーンは自分が「被害妄想の詩人」と噂されていることを承知している旨すでに記していた[17]。1960年に、ツェラーンが息子エリックが襲われないかどうか不安を抱いていたことは、ネリー・ザックスと共にツェラーンに会ったレナットソンが伝えるとおりである。

　おそらくこのあたりの時期から彼の周囲の近しい人々の間ではツェラーンの

精神状態に対する危惧の念が語られていたと思われる。

　1961年秋には重い精神障害のため精神科受診を考えたこともあった[18]。レンツ宛書簡でシュレーアスの記事についてツェラーンは言及しているが、シュレーアスは論説の中で「崩壊」とか「天才」という言葉を使用しており、これらの言葉遣いが、「発病を公にした」というツェラーンの理解になるのであろう[19]。シュレーアスが実はツェラーンを中傷する意図を隠し持っていて、一見してツェラーン擁護の論説と見せかけた文章の中に、自分の発病を当てこすった表現を挿入したのだと解釈したと思われる。

　手紙から見る限り、ツェラーンは詩人ペーター・ヨコストラが自分に献呈した詩集『星に降る』に書き込んでいる献辞もまた、自分の病気を当てこすったものと解釈している。「あなたの夜。あなたが私を呼ぶ。私は聞く。わが友パウル・ツェラーンとジゼル・ツェラーンに」[20]という献辞に見える「夜」を、精神の薄明を指すもの、自分の病を当てこすったものと解したのである。

　上述した事実から推測されるのは、ツェラーンはこの時期まだ自分の精神の病を、病としては認めていなかったということである。1961年秋に精神科受診を考えたと言われるが、どのような状況下だったのか、またどのような自己認識の下で考えられたことなのかは不明である。自分の精神状態が「病」なのかもしれないという疑いをツェラーンは抱いたのであろうか？

　仮にそうであったとしても、レンツ宛のこの手紙の文面からは、彼のその自分に向ける嫌疑は表立ったものとしては現れていない。

　おそらくこの時期のツェラーンにあって、自分を精神病者と認めること、自分の精神病を受け入れることは、自分の言葉、自分の詩を否定することと等価に見えていたのではないか。それゆえにレンツ宛のこのような手紙が書かれたのだと思われる。

　また他者が自己を精神病とみなすそれ自体が反ユダヤ主義の策謀の一つであり迫害に他ならなかった。

　しかし先にも触れたようにツェラーンの周囲の身近な他者はツェラーンの精神状態に懸念を持ち、ツェラーンの言葉をいわば括弧で括って聞き取っていた

であろう。要するに不信の念を持って聞き、その不信は逆にツェラーンの他者に対する不信を増幅したであろうと推測される。

　ツェラーンをとりかこむ空気はますます希薄になっていったであろう。

　詩集『誰でもない者の薔薇』公刊の後、ツェラーンは65年11月には妻のジゼルを殺害しようとし、67年１月には自殺を図っている。ツェラーンに殺される可能性を予測したジゼルは67年３月頃に次のようなメモを残していた。「もし私が死ぬようなことがあれば夫に伝えてください。私はあなたを欺いたことは一度もないし、あなたがどのように考えようとも、なおあなたを愛し続けていたのだと」[21]。また同じく４月には次のような手紙をツェラーンに書き、別居を提案している。

　「あなたの愛がどれほど深いものであるか私にはわかっています、だからあなたも私の愛を疑わないでください。あなたの悲劇、あなたの運命のことで私の頭は一杯なのです。しかしこの深刻な事態にあって私があなたの助けにならないのだと思うとわたしの気力は萎えてしまうのです。とりわけ私があなたのそばにいることがあなたにとって耐えがたいことであるということ、そして私たちのあいだに生じてしまった無理解という壁、この完全な孤独、またこのような悲劇的な状況を生み出さずにはおかなかった挫折を体験しなければならなかったということ、それらのことすべてが私の持つ力を超えることなのです」[22]。

　つまりツェラーンは言葉の通じる相手のいない完全な孤独の中に入り込んでいったということになる。『誰でもない者の薔薇』執筆後、誰も信じられるものがいなくなる恐ろしい孤独への途上に彼はあった。家族の離散、究極のディアスポラである。しかしながら他方またエリックやジゼルと営まれる愛しい日常生活を再び取り戻したい、との哀切な願いを繰り返し繰り返し語ってもいたのであった。

　『誰でもない者の薔薇』執筆当時ツェラーンは、すでに見てきたように、自分が精神の病に冒されていることを認めようとはせず、激しく拒否していた。

そのツェラーンも詩集刊行後やがて自分の病を認め受け入れていくようになる。自分の病を受け入れ、観察し、記述し、抵抗しながら書き付けられていく「詩」と呼ばれる言葉。「ツェラーンの後期の詩は、詩人が自らの〈狂気〉を自らの詩作によって主題化し証言するというかつてない〈芸術の領域を押し広げる〉詩的実践を展開している」[23]。

この状況の中で妻や息子への回路は、その回路を破壊しようとする強まる孤独に拮抗して、どのように開かれていたのだろうか。彼の孤独およびその認識としての詩作に対して、いわば実生活における大地ともいうべき家族に対する愛情や、広い意味における人間との関係性は、一つの拮抗する錘として言葉の中にどのようにして存在し、詩作および認識にあたって彼の言葉を開いていく機能を持ち合わせていたのであろうか。

6．ユダヤ人であること、あるいは反ユダヤ主義

ゴル事件の当事者クレールはユダヤ人であり、ユダヤ人クレールがユダヤ人ツェラーンを攻撃しているのだが、ツェラーンはこれを反ユダヤ主義の策謀と捉えている。ユダヤ人にも括弧つき「ユダヤ人」もおれば、ナチ時代に同胞を売り渡したユダヤ人もいたのだから、ユダヤ人であることはそれ自体で完全な免罪符とはならず、また「反ユダヤ主義的策謀」をしないという保証とはならない、というのがツェラーンの言い分であろう。レンツ宛の手紙の中に「ユダヤ人あるいは括弧つき〈ユダヤ人〉も関与しています」という言葉が出てくる所以である。なるほどユダヤ人同士を闘わせて「ゴル事件」を大掛かりなキャンペーンに仕立て上げ、「反ユダヤ主義」を煽るために、この醜い事例を最大限利用するのは、反ユダヤ主義者にとっては実に好都合なことであろう。投函されなかったサルトル宛の手紙では、「ゴル事件」を「ドレフュス事件」にさえなぞらえて見せるのである[24]。

しかしそれにしてもゴルの文学的誹謗・中傷を「反ユダヤ主義の策謀」とツェラーンが理解したのはなぜなのだろうか。「反ユダヤ主義」とは無関係の、単なる剽窃をめぐる誹謗中傷、とそう理解するのが、ごく自然なありかた

だと思われるのだが。彼はこの剽窃をめぐる誹謗中傷を、自分勝手に「反ユダヤ主義」と結びつけ、その独り善がりの思い込みを得々と吹聴して訴え続ける。その姿は滑稽とすら見える。しかし本人は真摯なのだ。

　ここに現れている亀裂、そこにこそツェラーンの心理ないし精神構造に存在するコンプレックスの核心があるように見える。自分がユダヤ人である、という意識が彼のこころの核心に存在し、彼の実存をいかに深く重く規定していたかが推察される。事実レンツ宛のこの手紙でも自分はユダヤ人であると繰り返し告げ、またこの事実こそ問題の核心にあるものなのだ、という認識を示している。

　精神病理学的に言うなら、迫害を受けてきたユダヤ人と迫害を受けている自分を結びつける、迫害ないし被害妄想の結節点としてユダヤ人問題があったということなのであろう。いずれにしろツェラーンは、「ゴル事件」の展開につれて高まっていく恐ろしい内的圧力の下で、ユダヤ人であるとはどういうことか、己のアイデンティティの問題として考えざるを得なくなっていったように見える。

　ここで精神状態が悪化する直前1962年10月23日に、妻ジゼル宛に書かれたツェラーンの一通の手紙を紹介したい。いかに深く自分がユダヤ人であることを彼が意識していたかが表れている。それはまるで永訣の朝に書かれた手紙のようだ。

　　私の最愛の人、あなたは私の妻です——勇敢にもあなたは一人の詩人の妻でいてくれます。あなたが詩人の妻でいてくれること、しかもこれほど勇敢でいてくれることに私は感謝しています。あなたはまた私の子供の母でもある。エリックの母なのです。こんなにも勇敢でいてくれてありがとう。わたしの最愛の人。あなたはもうご存知ですが、呪われた詩人の妻なのです——二重にも三重にも〈ユダヤ人〉である呪われた詩人の。ありがとう、ジゼル・ド・レトランジュ、すべてを背負ってくれて。ありがとう、愛する人、ありがとう、ジゼル・ド・レトランジュ、こんなにも勇敢

に私の妻でいてくれて。ありがとう、エリックの母でいてくれて[25]。

　ツェラーンのこころに、「ユダヤ人」という意識が、いかに深く重く刻印されているか、それが、この手紙には鮮明に示されている。また同時に、一人一人の人間の背後にあって、一人一人の人間の意識を決定づけている、ヨーロッパにおける差別の歴史をも感じさせるものとなっている。

7．「人間」であること
　ところでレンツ宛の手紙にあるようにツェラーンはユダヤ人の代表者意識とか弁護人意識は持たず、ただ一人のユダヤ人として立とうとしている。それはまたユダヤ人も非ユダヤ人も同じ人間だ、という認識に裏打ちされた行為でもあった。
　この「人間」とは、しかしそれ自体はひどく抽象的で、ゆるい輪郭を持った言葉である。差別され迫害されることへの反発と抵抗の基盤としての「人間であること」。それを私はいわゆるヨーロッパの理念的なヒューマニズムに関係づけて考える前に、端的にそこにある最も即物的な裸の素朴な自己の存在、その存在に対する誇り、ないしその存在が抱く直接的な感情として捉えたいと思う。これは書簡や詩に接して得た直観的な印象である。
　自分が一人のユダヤ人であることを受け入れ、そのまま外部世界の人間と対等な人間として「立つ」こと、人間関係すなわち社会に「参加」すること、それがツェラーンに取っては人間であることだったのではないか。だから自分に先立って反ユダヤ主義をも含みこむ形ですでに存在している外部に適応して、同化ユダヤ人として身を処していくことは、外部に屈服していくことではあれ、決して自分を「人間」として立たせる道ではなかったのである。
　先に触れたような「ゴル事件」という外圧が強まれば強まるほど、その外圧に抗して精神的内圧は高まり、それだけ激しくツェラーンは「一人のユダヤ人という人間」として自分を「立たせ」なければならなかったはずである。それ自体がひどい消耗をもたらす試みだったと思われる。

ツェラーンの手紙には、しばしば「人間的な」とか「人間的なもの」といった言葉が現れる。この「人間的な」という言葉を以上のように理解したいと思う。

　人間が人間に手渡そうとするその言葉、それが「詩」である。このレンツ宛の手紙で記されている「握手」も、1960年5月18日付ハンス・ベンダー宛の手紙で言われたように、本質的に「詩」とかわりないものである[26]。ここではまた彼の「母語」であるドイツ語に対する態度、母語でしか「詩」は書けないのだとする彼の態度も明らかに示されている。掘り起こされ耕されるべき肥沃な大地としての言葉、その母語はツェラーンの場合母を殺した敵の言葉でもあった。レンツ宛の手紙からは、ツェラーンがこの母語であるドイツ語によって改めて交わそうとした握手が、いままさに相手によって再び手ひどく裏切られつつあるのだ、という認識が伝わってくる。

8．マンデリシュターム、あるいは東方憧憬

　ところで詩集『誰でもない者の薔薇』はマンデリュシュタームに捧げられたものであった。チェルノヴィッツ時代の旧友エーリッヒ・アインホルンとの文通が再開されたのは1962年、詩集執筆時期にあたる。ツェラーンはやがて当時モスクワに住んでいたアインホルンを仲立ちにしてマンデリシュターム夫人と文通することになる。以下何通かのアインホルン宛の手紙から、部分的な引用をつなぎ合わせてみたい。

　　「もう14年もパリに住んでいるが、ぼくの思いはしばしば故郷にあって
　　かつての旧友たちのもとにある」「2、3年前からロシア語はぼくにとって
　　たいへん身近なものになった——主にロシア詩を読んできたからなのだ
　　が。何よりいま心にかかっているのはマンデリュシュタームの翻訳だ。と
　　ころでマンデリュシュタームの未亡人がモスクワ郊外に住んでいるという
　　のは本当だろうか？」[27]

ディアスポラのユダヤ人の一人であるツェラーンの「東方憧憬」ともいうべき故郷への思い、ロシア文学への思いが語られている。自らを「ロシア詩人」と称することもあった[28]。

すでに述べたようにツェラーンは「ゴル事件」の圧迫下、精神的に苦しい状況に置かれていた。こういった苦悩や孤独感の増大に比例する形で、記憶の中にしか存在しない非在の「故郷」、そのふるさとへの思いがより強められていったとも推測できる。あるいはその思いは、記憶の中へ時間を遡り、自己の来歴を改めて確認しようとする行為につながっていきもしたであろう。作品「コントルスカルプ広場」に見られるように、かつて自分が書いた詩の自己引用をしたり、12年前パリに到着した同じ日に、「十二年」と題した詩を書いている。ここには端的にツェラーンの心の傾きが表れているように見える。

マンデリシュタームが対話の相手として存在する言語空間、それを「故郷」の枠としながら、その広がりの中に立ち現れてくる言葉を拾い上げているツェラーンの姿が思い浮かぶ。

ツェラーンは、自分のマンデリュシュターム翻訳を批評してくれた人宛に出した1961年5月の手紙で、マンデリュシュタームについて次のように語っていた。「私にとってマンデリュシュタームは一つの〈出会い〉でした。兄弟のようなものだったのです。この言葉の最も畏敬に満ちた意味で。ここには〈子午線的な〉多くの証しが存在するのです」[29]と。

9. おわりに

1959年10月11日、ツェラーンがちょうど詩集『誰でもない者の薔薇』に収められることになる詩を書き始めていた頃、ベルリンの新聞《ターゲスシュピーゲル》に、ギュンター・ブレッカーの手になる『言葉の格子』書評が掲載された。〈死のフーガ〉にしろ〈ストレッタ〉にしろ、いずれも現実からかけ離れたものであり、楽譜を実験的に演奏してみせているようなものだ、とそれは述べていた[30]。

この書評にツェラーンは怒り、また深く傷ついた。この書評に答える形で書かれたのが、ついに公刊されることがなく、死後未完詩篇に収められた詩「オオカミマメ」[31]である。

「――おお ドイツに咲く花たちよ、おお わたしの心は、光が自らを吟味する、欺かれることのない水晶となろう、もし ドイツが」というヘルダーリンの言葉と、「――ちょうどユダヤ人たちの家並みに（廃墟となったエルサレムを記憶するため）常に何かしら未完のものが残されねばならぬように――」というジャン・パウルの言葉をモットーとして引いた後、詩の前半は次のように記されている。

　　門を下ろせ――
　　家の中には薔薇がある。
　　家の中には
　　7本の薔薇がある。
　　それは家の中にある
　　メノラだ。
　　私たちの
　　子供は
　　それを知りながら眠っている。

　　（遠く、ミハイロフカ、
　　ウクライナで、
　　彼らが父と母を殺した――
　　何が
　　咲いていたろう、そこに、何が
　　咲いているだろう、いまは？　何の
　　花が、お母さん
　　そこであなたに辛い思いをかけたのだろう

その名のゆえに？
ねえ、お母さん
あなたはその花をオオカミマメと呼んでいた、
それをルピナスとは呼ばなかった。

きのう
彼らの中の一人がやってきて
あなたを殺した
もう一度
私の詩の中で。
お母さん。
お母さん、誰の手と
ぼくは握手をしたのだろう、
あなたの
言葉を携えて
ドイツへ赴いたというのに？

　ツェラーンの詩とは思えないほどに直截的でわかりやすい。
　第3連で、詩の中で母をもう一度殺した、と記しているのが、ブレッカーの批評に対するツェラーンの怒りの表明である。母の死を含め現実そのものから生み出された詩句を、現実とかけ離れたものである、と見なすことは、存在した現実を認めず否定することであり、それは同時に母の存在の否定、彼女が殺されたことの否定、であった。つまり母は、「もう一度殺された」のである。
　ツェラーンはアインホルン宛の手紙の中で次のように記していた。「ぼくは自分の存在と無関係な詩句はこれまで1行たりとも書いたことはない——君はわかってくれると思うが、ぼくはぼくなりの仕方で、リアリストなんだ」と[32]。
　つまりツェラーンの詩は、現実に傷つきながら書かれたものであり、虚構と

は対蹠的なものである、ということだ。

　そしてまた、単なる実験や言葉遊びの位相からしか詩を捉えようとしない見方、ないし皮相浅薄ないわば「かんぐり」とでも言うべき見方から批評すればことたれりとする態度、に対するツェラーンの怒りもまた感じられる。詩はそういうものではない。およそ異なる次元に属する真面目なもの、「真実」なものである。ハンス・ベンダー宛の書簡が示しているように、一人の人間が「真実」と信じたものを、読み手に、読み手の心に、読み手の「魂」に伝えようとする「真実の握手」なのだ——こういったツェラーンの思いからするなら、目の前にある詩に対して謙虚に向かい合うことからほど遠いブレッカーの批評は、「批評」にも値しない卑しい「かんぐり」でしかなかっただろう。

　「真実」なら受け渡しができるはずと信じ、「真実」の手を差し伸べ握手を求めた自分に、浅薄極まりない次元で、「手」が差し伸べられてきたのである。母の死という現実を伝える「母に関わる言葉」、母から受け渡された「母の言葉」ドイツ語で、ドイツ語を母語とする人間に向かい合った時に！　しかもその母を殺したのはそのドイツ語を母語とする人間だったのだ。

　一体自分は誰と握手をしようとしたのか？　握手ができると信じた自分が愚かだったのか？　ツェラーンの怒り、絶望に限りなく接近した自問自答の、その問がここには響いている。

　詩の第1連では、7本の燭台が枝分かれして付いている、ユダヤ教の宗教祭具の蠟燭台メノラの火が灯され、部屋の中に置かれている。自分がユダヤ人であることの端的な表明であり、また自分の子孫も、ユダヤ人であることをアイデンティティとしていくことのいわば宣言である。

　「ユダヤ性」そして「真実」。この二つは、この未公刊詩篇「オオカミマメ」以後書かれていく詩篇『誰でもない者の薔薇』すべてに通底していくものとなる。しかもその「真実」は、すでに述べてきたように、友人との交友の断絶という代償を払っても真摯に求めなければならないものだった。たとえ「真実」の中に、他人から見て「妄想」が入り込んでいようとも、である。ギュンター・グラスと絶交した際に、ルードルフ・ヒルシュ宛の手紙の中で、ツェ

ラーンは次のように記していた。

「愛のために真実を断念することはできないのです！」[33]と。

1) 相原勝「ツェラーンのいわゆるゴル事件について」(『ツェラーン研究』創刊号、1999年) 40頁。および Wiedemann, Barbara : "Es ist eine lange, unglaubliche, bitter-wahre Geschichte". Claire Golls Angriffe auf Paul Celan : Gründe und Folgen, Ein Essay, In : Paul Celan-Die Goll Affäre, Suhrkamp, 2000, (以下書名はGAと略記する) 参照。
2) Paul Celan-Gisèle Celan Lestrange : Briefwechsel Bd. 2, Frankfurt am Main, 2001, Br. 650, Anm.. 1, S. 374. (以下書名はCGBⅡと略記する)
3) アレマンは1957年から58年まで、エコール・ノルマルのドイツ語講師を務めており、58年にツェラーンと知り合っている (CGBⅡ, S. 155, Br. 191, Anm. 12.)。ツェラーン夫妻の書簡集からは、二人のアレマンに対する信頼と、親愛の情が良く伝わってくる。
4) 以下、ミショーとの出会いに至るまで、CGBⅡ, S. 385以下の年譜参照。
5) GA, S.. 852 ff.
6) GA,. S. 554.
7) GA, S. 556 ff.
8) GA, S. 559.
9) Paul Celan-Erich Einhorn : Einhorn-du weißt um die Steine―, Briefwechsel, Berlin, 2001, S. 7. 以下CEBと略記。
10) GA, Anm. 5, S. 560.
11) GA, Anm. 5, S. 560.
12) Erwin Leiser : Leben nach dem Überleben, Dem Holocaust entronnen-Begegnungen und Schicksale, Beltz Athenäum. 2. Aufl., 1995, S. 75 f..
13) GA, S. 559.
14) Petre Solomon : Briefwechsel mit Paul Celan 1957-1962, in : Neue Literatur, Jg. 32, Hft. 11, Nov. 1981, S. 68 f. S. 78 f..
15) Eva-Lisa Lennartsson : Nelly Sachs och Hennes Vänner-Mina Personliga Nimen, in Fenix, Jg. 2, Nr. 3, 1984, S. 89.
16) CGBⅡ, S. 449.
17) Barbara Wiedemann : Das Jahr 1960, in : Hrsg. Andrei Corbea-Hoisie : Paul

Celan. Bibliographie und Interpretation, Konstanz, 2000, S. 47.
18) CGB Ⅱ, S. 445.
19) GA, S. 557-561, S. 381.
20) GA, Anm. 10, S. 561.
21) CGB Ⅱ, S. 471.
22) CGB Ⅰ, S. 439.
23) 水上藤悦「パウル・ツェラーンの＜妄想＞」(『ツェラーン研究』第4号、2002年) 73頁。
24) GA, S. 544 f..
25) CGB Ⅰ, S. 140.
26) Paul Celan : Gesammelte Werke in fünf Bänden, Bd. 3, Frankfurt am Main, 1983, S. 177.
27) CEB, S. 7.
28) 1962年2月16日付けランハルト・フェーダーマン宛手紙。In memoriam Paul Celan, In : Pest Säule 1 (1972/73), H. 1, S. 18.
29) CEB, S. 6.
30) Paul Celan, Rudolf Hirsch : Briefwechsel, Frankfurt am Main, 2004, S. 265 f..
31) Paul Celan : Die Gedichte aus dem Nachlass, Frankfurt am Main, 1997, S. 45.
32) CEB, S. 6.
33) Paul Celan, Rudolf Hirsch : Briefwechsel, Frankfurt a. M., 2004, S. 102.

6．ハイデガーの詩人解釈とツェラーン

古 田 裕 清

　ツェラーンは1952年以降、ハイデガーの著作を入念に読み込んだ[1]。彼の54年秋の読書ノートにはハイデガーへの敬意に満ちた手紙の草稿が記されている[2]。この手紙が実際に送られたか否かは定かでない。だが、この頃に両者の個人的接触が始まったのは確かである。ハイデガーは56年、自身のヘーベル論考を「感謝とともに」ツェラーンに献本している[3]。58年には、ツェラーンがウルムに新設の造形大学に就職できるようハイデガーが尽力した（結局これは失敗した）[4]。更に同年暮れには、ハイデガーが自身の70歳記念にツェラーンが詩を献呈してくれるよう所望している（ツェラーンは結局断った）[5]。

　これらの接触は手紙の交換や第三者を介しての間接的なものだった[6]。両者が初めて顔を合わせたのは67年7月である。このとき、朗読会を行うためフライブルクにやって来たツェラーンを、ハイデガーはトットナウベルクの山荘に招待した。ツェラーンはこの体験を『トットナウベルク』という詩に結実させた。68年6月、そして自殺直前の70年3月にも、朗読会でフライブルクを訪れたツェラーンはハイデガーと対面している。

　ツェラーンに何らかの影響や触発を与えた作家や哲学者は数多い。ハイデガーもその一人だろう。ツェラーンの50年代後半以降の詩や60年の詩論『子午線』には、ハイデガーの思索から受けたインスピレーションの痕跡が随所に認められる。他方、ユダヤ人であるツェラーンには、かつてのナチス協力者としての責任を自覚しないハイデガーの態度が許せなかった。ハイデガーに対する

両義的な態度は、ツェランが初対面時にハイデガーに対して取った行動[7]にも、「トットナウベルク」という詩の内容[8]にも、表れている。自殺までの半年間ツェランが住んだパリの住居には、その頃に書いたらしい、ハイデガーを非難する短い手紙の草稿が残されていた。詩作と思索には真摯に責任を取る意志が備わるはずだが、この点であなた（ハイデガー）は詩作と思索を決定的に弱体化させる態度を取った、とそこには記されている[9]。

　ツェランは自身のハイデガー受容について豊富な一次資料を遺しており、これらは既に多くのツェラン研究者により主題化されている。では、ハイデガーの側からツェランを見たらどうだろうか。ハイデガーは30歳以上も年下のユダヤ人詩人を早くから高く評価していた。だが、ツェランの詩作をハイデガーは具体的にどのように読み、受けとめたのか。これに関しては一次資料がほぼ皆無で[10]、数少ない第三者の証言から窺い知れるのみである。例えばオットー・ペゲラーは次のように報告している[11]。ツェランの個人的な知己だった彼は、59年夏と61年4月にハイデガーを訪問し、一緒にツェランの詩を読んだ。このときハイデガー（既に齢70に達していた）はツェランをヘルダーリンや古代ギリシアとの関係で捉えようとし、詩集『閾から閾へ』中の「沈黙からできた証言（Argumentum e silentio）」やマンデリシュタームの翻訳詩「不眠。ホメロス（Schlaflosigkeit. Homer）」に関心を示した、という。肉親をナチスの手で奪われたツェランの生い立ちを話すと、ハイデガーはじっと聞き入っていた、とペゲラーは述べている。また、『誰でもない者の薔薇』出版後の64年、ツェランは難しい、とハイデガーが嘆息するのをペゲラーは耳にしている。更に、ツェラン自殺後の72年、ペゲラーはツェランとヘルダーリンの関係についてハイデガー（既に齢80を越えていた）と対話する機会を持った。ハイデガーは即座に「トットナウベルク」を取り上げようとしたが、対話は『誰でもない者の薔薇』の冒頭部分（「テュービンゲン、一月」まで）を巡って幾つもの難問に直面し、紛糾したという。

　存在を巡る思索を生涯一貫して進めたハイデガーがツェランの詩と出会ったのは、既に老境に入ってからであった。ハイデガーはツェランの詩作を如

何に読んだのか。ツェラーンから見たハイデガーではなく、ハイデガーの側からツェラーンを読むと、何が言えるか。これが本稿の主題である。以下では先ず第１章において、ハイデガーの言葉についての考え方を概観する。彼の考え方は20年代初頭から戦後にかけて、核心的な部分において不変であり[12]、これが彼の詩人解釈の土台となっている。続いて第２章において、ハイデガーによる詩人解釈（ヘルダーリン、リルケ、トラークル、ゲオルゲ）の特徴を確認する。最後に第３章において、ハイデガーから見たツェラーンを取り上げる。ツェラーンとハイデガーには共通点もあるが相違の方が大きい、という見方が、従来の比較研究の定番的結論である[13]。本稿の結論も例外ではない。本稿では、『誰でもない者の薔薇』にある二つの詩を題材に、ハイデガーの立場から見えてくる両者の距離を特徴付ける。

1．言葉についてのハイデガーの考え方

　ハイデガーは存在を巡る思索を20年代から晩年にかけて様々な形で進めたが、その何れの時期においても言葉という問題に直面した。先ず、この思索の道を簡単に辿りたい。

　ハイデガーによる存在への問いを共有するには、先ず彼の用語法を的確に把握せねばならない。そのために、次のような具体例から出発しよう。我々がパソコンに向かって書き物をしているとき、我々はパソコンの画面やパソコンの乗っている机、我々が座っている椅子、パソコンの置いてある部屋などと関わりを持っている。その際、パソコンが書き物をするためのものであり、机がパソコンを支えるためのものであること、椅子が座るためのものであること、等々は自明のこととして我々に理解されているはずである。また、我々がパソコンに打ちこむ文書内容（学術上の文書であっても、日記であっても、創作であってもよい）にも、我々は関わりを持っている。文書を打ちこむ際、我々は例えば法律や数学に固有な抽象概念、或いは身近な風景や歴史的事実、或いは想像上の世界、等々と関わりを持っている。また、こうした文書内容を、書いている我々自身は理解しているだろう。

同様に、山道を歩いているときも、眠っているときにも、我々は様々なもの（在るもの、存在するもの）と関わっている。それは路傍の草花であったり、鳥のさえずりであったり、寝具であったりするだろう。我々は、この世に存在する限り、いつも何らかの仕方で様々なもの（在るもの、存在するもの）と関わっている。こうした「様々なもの」を、ハイデガーは一括して「存在者（Seiendes）」と呼ぶ。また、路傍の花や寝具が如何なる仕方で存在しているか（気分を和ませてくれるものとして、身を包んで保護してくれるものとして、等々）、特に意識されることはなくとも、さしあたりたいてい我々の体は会得しており、この意味で、我々に理解されている、と言えよう。存在者がどのように存在するのか、についてのこうした我々による理解を、ハイデガーは「存在理解（Seinsverständnis）」と呼ぶ。存在者が存在する、とは、我々がその存在を理解する限りで言えることである。我々の存在者との関わりは如何にして可能となるのか。我々の存在理解とは如何なることであるのか。そして、存在とは如何なる事柄であるのか。存在を巡るハイデガーの思索はこのようにして始まった。

　存在への問いはハイデガーの独創ではない。存在は、西洋哲学では古代ギリシア以来その中心問題であった。個々の在るものではなく、在るものとしての在るもの（on he on）とは何か。これがアリストテレスの形而上学の主題であった。キリスト教の伝統では、ego sum qui sum（我は在るものなり）という聖書の神の言葉、そして被造物としての在るもの（存在者）が如何に在るか、を巡って思弁が繰り返された。デカルトは、自然学の絶対確実な基礎付けとなる形而上学の領域がego cogito, ego sum（我思う、我在り）により得られたと信じ、近世の主観性の哲学を準備した。

　こうした西洋哲学の伝統を受けて、ハイデガーは存在への問いを再提起した。なぜ再提起が必要なのか。理由は二つある。第一に、存在を巡る過去の学説（存在論）は、我々の日常的な存在理解に光を当ててこなかった。存在とは如何なる事柄か、を明らかにするためには、この存在理解を解明することが欠かせない。第二に、従来の存在論では、存在者を実体（ousia、眼前存在者）と

して、存在を実体の現前（parousia、眼前存在）として把握する古代ギリシア以来の伝統が無批判に継承されてきた。これは存在への問いに対する一定の答えだが、日常的な存在理解を素通りして提出された不十分なものである。日常的な存在理解を直視して存在への問いを再提起する必要がある。存在者（在るもの）と存在（在ること）を区別し、後者は我々の日常的な存在理解を基盤として可能となることをしっかりと見据えよう。こうした考えに立って20年代のハイデガーの思索は展開される。

1.1　20年代…言葉と現存在

　フッサールのもとで学んだハイデガーは、デカルト的な主観性の哲学（確実性を求める認識論）を維持する師への批判を通して、存在への問いを先鋭化させた。絶対確実な認識を行う主観（即ち我々自身）はそれ自身、一つの存在者である。だが、この存在者は如何にして存在しているのか。「主観性」という概念は認識論の文脈から出てきた。この概念では我々の日常的な存在理解という側面が照射されない。存在への問いという文脈で我々自身を把握するタームとして、ハイデガーは「主観（主体）」「主観性」「自我」「私」「人格」「人間」などのタームをことごとく拒絶し、「現存在（Dasein）」という語を選ぶ。この語は、存在者と関わり存在を理解する我々自身を端的に指し示す用語として意図されている。

　存在理解とは如何なる事態か、先の具体例で再確認したい。我々が椅子に座ってパソコンで書き物をするとき、パソコンは書くための道具であり、椅子は座るための道具である。即ち、我々の身近には多様な存在者が道具として存在（Zuhandensein）しており、我々はそれらが如何なる道具であるか身をもって会得（理解）している。我々の日常は、こうした道具の使い方が会得（理解）された上で成立している。また、その際、我々はさしあたりたいてい道具に気を留めてはいない。椅子やパソコンに気を留めるのは、椅子やパソコンが壊れたときぐらいのものである。椅子やパソコンと関わりながら意識に主題化されているのは、むしろパソコンの入力内容（法律学や数学などの抽象的

理論、空想、歴史的事実など）である。通常、入力内容はあたかも眼前に存在するかの如く主題化され、我々はこれについてあれこれ考えを巡らせる。この際、入力内容が眼前に存在（Vorhandensein）することを我々は了解（理解）している。また、道具として関わっていた椅子を審美的にしげしげ見つめるようなときも、我々は主題化した対象（眼前存在者）としての椅子と関わっていることになる。存在理解とは、存在者と我々との具体的な関わりの中でアプリオリに成立している事態である。

存在への問いかけにおいては、先ず存在を理解する現存在自身の在り方を解明せねばならない、とハイデガーは考える。この解明を実行に移したのが『存在と時間』[14]中の現存在分析論である。我々自身（現存在）が在る（存在する）、とは如何なることか。それは如何なる構造を持っており、如何にして可能となっているか。これを明確化するのが現存在分析論の課題である。同書の分析結果は次の通りである。我々が存在者と関わりながら存在する、という事態は、世界内存在という基本構造を持っている。現存在は、各自がその都度何らかの存在者と関わり、その都度既に何らかの状況へと投げ出されて（geworfen）在り、またその都度何らかの可能性を自らの実存として実現させつつ（何らかの可能性へと自分自身を投げ出しつつ、entwerfen）在る。例えば、道具と関わりつつ、眼前存在者を見つめつつ、また自分自身の在り方を真摯に見つめつつ、という具合に。その都度投げ出され、また自らを投げ出しつつ在る、というこの現存在（我々自身）の在り方をハイデガーは関心（Sorge）と呼ぶ。これはライプニッツのモナドロジーを踏襲した見方である。我々の各自はその都度何らかの可能性を実現しつつ存在するモナドである、とライプニッツは考えた。ハイデガーはこの発想を現存在分析論に引継ぎ、更に時間という観点を接木する。即ち、自らを先へと（vor）投げ出しつつ既に（schon）投げ出されて在る、という現存在の在り方（脱自態、Ekstaseと呼ばれる）は、時間の流れに身を置く我々の姿そのものである。現存在の存在は時間性（Zeitlichkeit）という地平において可能となっている。

『存在と時間』は言葉を二つの側面から捉える。一つは現象学という方法概

念である。同書は現存在分析の方法として現象学を提唱した。現象学は勿論フッサールから継受した用語だが、ハイデガーはギリシア語の語源に立ち返り、「現象（phainomenon）」と「学（logos）」の二つの部分に分けてその意味を厳格に規定する。後者のロゴス概念は古代ギリシア哲学の中心概念の一つで、「理性」や「比率」など多様な意味を持つが、ハイデガーはこの概念の原義が「（何かが）自らを示す（見せる）ままにする」ことだ、と断定する。存在論の方法としての現象学は、存在者の存在が自らを示すままに委ね、記述すること、とされる。『存在と時間』は、現存在を主題とし、その存在が自らを示すがままに語って見せた結果の集積である。存在が自らを示すのに委ねる語り、という考え方は同書で解釈学（Hermeneutik、即ち、存在の語りを伝令するヘルメスの声を聞くこと）とも呼ばれるが、これは「言葉を語るのは人間ではなく存在である」という後期の考え方に直結する。

　もう一つの側面は、現存在（存在理解）に備わる本質的構造としての語り（Rede）である。ハイデガーのライプニッツ的な考え方によれば、我々の日常生活や学問的な世界解釈は、我々の各自がその都度の自分自身を何らかの可能性へと投げ出し（企投し）、その可能性を自分自身の現存在において実現する、という仕方で成立している。また、実現されるべき可能性は、我々自身の在り方に留まらない。我々以外の数多ある存在者（道具存在者、眼前存在者）の存在可能性も、我々に理解できるものとしてのみ我々に開かれ得る。我々自身を含むあらゆる存在者の在り方（存在）が存在可能性として我々に開かれ、企投可能な仕方で理解されている、このことが（現存在分析論から見た）我々の存在理解に他ならない。これらの存在可能性は、理解可能である以上、何らかの仕方で分節されているはずである。存在者の存在のこの分節をハイデガーは「語り（Rede）」と呼ぶ。『存在と時間』は、我々の主題的・主体的言明に先立って存在理解が既に分節されており、この分節が音声化された言語の存在論的基盤となっている、と考えたのである。この考え方も「言葉とは第一義的には我々が語るのではなく、存在が語る」という後期の考え方につながる。

1.2 30年代…言葉と歴史性

　存在者と関わる中で我々が用いる言葉は、一定の歴史を背負った自然言語（例えば日本語、ドイツ語、或いはその方言など）であらざるを得ない。言葉と歴史のつながりを『存在と時間』は解明しなかった。これを30年代のハイデガーは見極めようとする。

　言葉と歴史のつながり、というと、比較言語学的視点から「言語は歴史的に変化する」という連想が働くかもしれない。ハイデガーは、こうした言語学的発想で言葉を捉えることを拒絶する。言語学は経験科学の一つである。ハイデガーによれば、経験科学は特殊な存在理解（眼前存在者の眼前存在という理解）を前提に成立している（この存在理解を土台としてのみ可能となる）。だが、現存在は眼前存在者ではない。現存在の存在も、現存在により理解された限りで可能となる存在そのものも、そして存在の自己分節としての言葉も、経験科学を通して捉えることはできない。ハイデガーの視点は、経験科学で把握可能な言葉ではなく、現存在の存在理解を分節する言葉（Rede）という次元のみに注がれる。

　『存在と時間』は、現存在の存在そのものとしての時間、存在理解とRedeの分節を可能にする地平としての時間性が、歴史性（Geschichtlichkeit）という別側面を持つことを指摘していた。また同書は、歴史性が生起（Geschehen、誕生から死まで伸び広がった現存在に備わる動き）に根ざしていることも指摘していた。だが、歴史性はRedeとどう関わるか、という問題を同書は展開していない。31/32年冬学期講義[15]で、ハイデガーは歴史と真理の関係について新たな視点を打ち出す。プラトン以降の欧州哲学では、真理概念は「悟性と事象の一致」（20世紀の言語哲学では「言語と実在の一致」）と規定されている。だが、プラトン以前のギリシアでは、存在者が隠れを取り去られて明るみにもたらされること（aletheia）こそが真理だと理解されていた。これは、現存在に生起する事柄（Geschehen、Geschehnis）として真理を把握する理解である。つまり、現存在の歴史性に根ざした真理概念が、西洋哲学の元初（Anfang）にあった。

同講義は沈黙と言葉の関係についても新たな視点を打ち出す。古代ギリシア人たちは現存在の存在理解の根本体制を"psyche"と呼んだ、と指摘した上で、プシュケーとは、音声化することなく（黙したまま）自らに存在者の存在を語る、という我々の在り方を指す、と講義は指摘する［34：280 f.］[16]。33/34年冬学期講義[17]では、生起する事柄として沈黙と言葉が把握される。黙る、とは、存在者が全体として（Seiendes im Ganzen）[18]迫り来るのを緊張して引き受けることである［36/37：110 f.］。黙ることで根源的な沈黙が生起し（geschehen）、この沈黙の中で現存在は全体としての存在者を言葉（Wort）にもたらす。この意味で、言葉（Wort）は沈黙の証人（Zeuge）であり［36/37：111］、沈黙は言葉の根源である。ここには、言葉が「静けさの響き」であるとする50年代の考え方の萌芽がある。言葉は生起し、歴史的に継承される。生起という点で、言葉と真理はつながる。

　34年夏学期講義[19]では、言葉と歴史の関係が敷衍される。時間性と一体となった歴史の生起は、存在者を告げ知らせる（künden）、と講義は述べる［38：159］。ここで言う「告げ知らせ」とは、出来事についての知識や情報ではなく、言葉の根源のことである。美しい谷、荒々しい山々など、あらゆる存在者は、言葉がなければ存在を失う［38：169］。言葉があるところにのみ、世界は開ける［39：62］。存在者が存在者として明るみにもたらされるという生起こそが、言葉である。ここでハイデガーが注視しているのは、個人の主体的な言語使用、即ち発話や意思表示の媒体としての言葉ではない。むしろ、共同体（この時期のハイデガーは「民族」と呼んだ）のあらゆる成員に理解可能な語彙が（言わば制度的に）如何に成立しているか、とりわけドイツ語という自然言語（及びその言語共同体）の語彙がどのように世界を開き、世界を解釈しているか、という点に彼の目は注がれる。

　同講義は、根源的な意味で生起する言葉、即ち世界を実存可能性として開くことそのものとしての言葉は、何よりも詩人の言葉である、と述べている［38：170］。翌34/35年冬学期講義[20]も、詩人の言葉（詩作）こそが民族にとって根源的な言葉だ、と述べる［39：64, 217］。詩人の言葉は人間の歴史的現存在を

全体としての存在者[21]に曝す［39：59］。詩人の言葉の中で、存在者の開示が生起し［39：62］、存在が自らを告げる［39：66］。ここには、「言葉は存在の家」という40年代半ばに公にされた発想が既に述べられている。人間は、言葉のおかげで存在の証人となる［39：61 f.］。我々が言葉を主体的に使うのではなく、逆に、言葉が我々の各々を所持する［39：23, 67］。我々が主体的に使う言葉、伝達の手段となる言葉は、詩人の言葉が日常性の中で磨耗し、堕落した姿にすぎない。

詩人の言葉はかくして民族に存在を開き、その生起が歴史となる。34/35年冬学期はヘルダーリンを主題化する（その理由は後述 **2.1** で詳述）が、ハイデガーの考えでは、ヘルダーリンはドイツ民族に実存可能性（存在）を開こうと詩作した稀有の詩人であった。彼が開いた実存可能性を自らの存在への問いに定位することがハイデガーの狙いであった。

言葉と歴史性のつながりを照射することで、ハイデガーは当初、実存可能性に着目する現存在分析論の補完を目指していたようである。だが、このつながりは現存在分析論の中で位置付けられずに終わった[22]。35年夏学期以降は、『存在と時間』の枠組みが講義で積極的に言及されることもなくなる。翌36年から38年にかけて、ハイデガーは真理と歴史という観点を掘り下げ、『存在と時間』とは別の仕方で存在への問いを提起する『哲学への寄与』[23]を執筆した。存在への問いに対して、古代ギリシアでアナクシマンドロス以降に据えられた一定の答え（存在者を現前するものと捉え、存在を現前性と理解するもの）が、ニーチェに至るまでの西洋の思考と存在者との関わりを支配してきた。この答えは、存在者が隠れ（lethe）なく明るみにもたらされることこそが真理（aletheia）である、という真理の理解に基づいている。この答えを、ハイデガーは存在への問いにおける第一の元初（Anfang）[24]である、と考える。これに対して、ハイデガー自身は別の元初への移行を準備しようとする。別の元初は、存在者の aletheia ではなく、存在そのものの aletheia を経験し、存在そのものが現成（Wesung）[25]する土台を与えようとする［65：179］。存在そのものの現成を『哲学への寄与』は「性起（Ereignis）」と呼ぶ［183, 250 ff.］。

だが、言葉についての考え方という点で同書は30年代前半の考え方から前進していない。

1.3 40年代以降…言葉と性起

『哲学への寄与』は、古代ギリシア及びヘルダーリンとの対話を通して、存在の歴史という見方を敷衍した。この対話から得られた「性起（Ereignis）」という視点を基に、40年代のハイデガーは存在を巡る思索を再度新たに進め直す。沈黙と詩作に焦点を合わせた30年代の言葉についての考え方は40年代以降も受け継がれる。戦後の著作で目新しいのは、言葉と性起（Ereignis）の関わりが敷衍される点である。

性起を巡る思索が初めて公言されたのは49年のブレーメン連続講演である。その第一講演[26]は、もの（Ding）を対象（客観）と捉えるプラトン以来の西洋哲学の伝統的見方（近代科学による理論的説明もこの見方を共有する）が、ものの本質を破壊し、ものをものでなくしてしまう、と批判する。ものとは何か。例えば、壺（Krug）。壺は、水を受け取り、保ち、そして注ぎ出す。水は、地のまどろみを宿す泉から来る。地は、天から雨や露を受け取る。泉の水には、天と地が宿る。葡萄酒にも、地の滋養と天の陽光が詰め込まれている。注ぎ出された水は、人間たちの喉を潤す。或いは、祭りに際して、神々へと供えられる。水が注ぎ出されることのうちに、天と地、神々と人間たちが宿り留まる（verweilen）。これは、眼前に存在する（vorhanden）、ということではない。天と地、神々と人間たちがそれぞれ自らに固有な領分（sein Eigenes）へともたらされ性起する（ereignen）こと、そして四方界（Geviert）として集まり一つになることである [166]。これにより、壺は初めて壺としての存在を得て現成する（als Krug wesen）。壺の本質は、四方界が注ぎ出すものとして集まり、宿り留まることである。これが、壺が（対象や客観としてでなく）ものとしての存在を得て現成する（als Ding wesen）、ということに他ならない。

この講演で、ハイデガーは存在者を「もの」と呼び、存在を「四方界」と呼ぶ。ものは、四方界を性起させつつ、一つに集め、宿り留まらせる。これに応

じて、四方界はそれぞれの仕方で（あのもの、このもの、という仕方で）宿り留まる。このことを、ハイデガーは「ものがものとなる (das Ding dingt)」、「ものが世界のものとなる (das Ding dingt die Welt)」と言う。四方界の性起とは、我々が「世界」と呼ぶところのものに他ならない [172]。これは後期ハイデガーの悪名高い造語の一例である。この造語は、しかし、我々がものや世界を対象化する以前の姿、即ち、もの（存在者）や世界（存在）が我々の身近にある原初的な姿を把握しようとして、ハイデガーが大真面目に語った結果である。

　ものと世界についてのこうした考え方は、30年代以降のヘルダーリン解釈を通じて培われたもので（後述 **2.1** 参照）、『存在と時間』の枠組み（世界内存在としての現存在）に取って代わるものである。同書では、我々にとって最も身近なものは世界の内部にある道具であり、「内」という道具（存在者）と世界（現存在の構成契機）の関係は、頽落（存在者との関わり）、被投、企投という三次元の構造を持った関心 (Sorge) という人間現存在の在り方に帰着した。他方、ブレーメン講演以降は、我々にとって最も身近なのは四方界が宿り留まるもの (Ding) であり、もの（存在者）と世界（存在、四方界）の関係は「区別 (Unter-Schied)」と呼ばれる [US 25][27]。これは、ものと世界は異なるのだが、互いの内へと入り込み、一体となっていることを指している。ものと世界の区別が、世界をはらむ (gebärden) べくものを性起させ、ものを授ける (gönnen) べく世界を性起させる。

　身近なものと根源的な言葉の関わりに『存在と時間』は光を当てなかった。存在理解を分節する語り (Rede) が、例えば個別的な道具存在を如何に分節させているか（或いは、させ得るのか）、同書は展開していない。ブレーメン講演以降は、この関わり（それは四方界の性起と言葉の関わりでもある）に詩作という観点から光が当てられる。詩作の言葉が名指す (nennen) ことにより、名指されたものは、四方界を集めて留まらせるべく、呼びかけられる。詩作の語りは、ものを呼び、四方界を呼ぶ。それだけではない。詩作の言葉は、両者の区別そのものをも呼び出す [US 28]。この区別は、一方では世界が授

ける中にものを落ち着かせ、他方ではもので満足するべく世界を静めることで、二重の静けさ（Stille）を与える。両者の区別の中で静けさが性起する。また、両者の区別は、ものと世界を集め、両者が一体となるよう呼びかける。この呼びかけは響き（läuten）である。人間たちのあらゆる呼びかけ（言葉）は、根源的には、ものと世界の区別からの呼びかけである。言葉とは、区別から性起する静けさが発する響きである。

　ここには、30年代の言葉についての考え方（沈黙こそが言葉の本質であり、言葉とは人間が語るのではなく存在が語る、その語りに耳を傾けるのは詩人である、という考え方）が「性起」という新たな衣を纏って表明されている。言葉とは、我々自身という存在者と一定の関係にある別の存在者（音声、文字、意味など）ではない。本来的な言葉とは静けさの響き（沈黙）であり、それは四方界が出会い合う道（存在）を、四方界の一つに過ぎない我々に開く［US 215］。人間とは静けさの響きに委ね渡された限りのものである。人間が言葉を（表現の手段として）語るのではなく、言葉が自ら語る、と50年代のハイデガーは述べるが、それはこのことを指している。他方、静けさの響きは死すべき人間たちの語りを必要とする。人間たちの語りはものと世界を名指して呼び出し、来るべく命令する。この命令を純粋に体現する語りが詩作の語りである。詩は日常言語の洗練された形ではない。使い古された詩が日常言語である、と言われねばならない［US 30 f.］。では、静けさの響きは如何にして破られ、音声を持つ制度化された言語の形をとるに至るのか。ハイデガーはこれを解明していない。彼はただ、音声を持つ言葉が静けさの響きへ立ち返ったとき、存在が与えられる、と強調するのみである［US 216］。

2．ハイデガーによる詩人解釈

　「静けさの響き」という考え方は、30年代以降のヘルダーリンとの対話中で暖められ、50年のトラークル論で初めて明言された。これらの詩人解釈には、20年代の言葉についての考え方が脈々と受け継がれている。これは、20年代の考え方が30年代以降は詩人解釈にも適用された、ということだろうか。或いは、

30年代以降の詩人解釈の中で、後期ハイデガーの言葉についての考え方が新たに生じた、と考えるべきなのか。こうした問いかけは不毛だろう。ハイデガーの存在を巡る思索の中では早くから言葉が中心的な位置を占めていたし、彼は同様に早くから詩に親しんでもいた。ヘリンクラートがヘルダーリンのピンダロス訳詩集を出版した1910年、そしてヘルダーリンの後期讃歌が公刊された14年、当時まだ学生だったハイデガーは地震のような衝撃を受けたという［US 182］。

2.1　ヘルダーリン

　思索と詩作の親近性にハイデガーが最初に言及したのは31/32年冬学期講義である［34：64］。そこでは偉大な詩人としてホメロス、ウェルギリウス、ダンテ、シェークスピア、ゲーテが列挙されるが、ヘルダーリンの名はない。この時期に集中して行われたヘーゲル解釈、そして古代ギリシア解釈を進めるうちに、学生時代に親しんだヘルダーリンとの徹底的な対話がハイデガーにとって不可避となっていったようである。この対話は、存在と民族の関わりを考える過程でのヘルダーリン再発見であった（前述 **1.2** 参照）。詩人は存在を開き、これを実存可能性として民族の現存在の中に企投する［39：214］ことで、民族と存在を仲立ちする。他の詩人と比べて、ヘルダーリンはドイツ民族の存在（実存可能性）を最も遠い所まで先駆けて企投した［39：220］。これが、ハイデガーの結論であった。

2.1.1　34/35年冬学期講義[28]

　民族と存在の媒介は30年代のハイデガーの大きな課題であった。『存在と時間』は多くの誤解を受け、ハイデガーは講義で何度も誤解を正そうとした。中でも、存在への問いとは各自が自らの現存在において実践すべき行為である、という点が強調される[29]。この問いが誤解のない仕方で各自に引き受けられ、共有される共同体の実現を、ハイデガーは夢見たのだろう。この夢がナチスへの期待に投影され、彼が一時ナチスに協力したことはよく知られている。だが、

これは世俗政治的なレベルに留まる夢ではない。この夢は、存在への問いと共同体の関わり、という根深い問題に関係する。『存在と時間』は「共同存在（Mitsein）」という用語で共同体に触れたが、十分に展開しなかった。30年代前半のハイデガーは、共同体を「民族の（歴史的）現存在」という語で主題化する。ヘルダーリンは民族について、神々について、そして民族と神々をつなぐ者としての詩人について、多くの詩を残した。この詩作に、共同体に存在への問いを共有させるためのカギをハイデガーは求めた[30]。

表題の講義は、ヘルダーリンの詩作が存在への問いかけを実践し、読者（民族）をこの問いへと誘っている、そして彼の詩作の中で存在が開示されている、との認識で進められる［6］。ハイデガーは、詩作が「我々個々人の最も固有なる本質を覚醒させ、引き締め、これにより個々人を自らの現存在の根底へと引き戻すこと」［8］である、と言う。詩作が持つこうした力の領域に、読者は自ら立たねばならない［8, 213］。

その際、ハイデガーはヘルダーリンの言葉を語義通りに受けとめ、存在への問いの用語に置き換えていく。例えば、「あたかも祝いの日の明けゆくとき」[31]の一節（神の荒れ狂う嵐の下にこうべをむき出しにして立ち尽くし、父の閃光を自らの手でつかみ、これを詩の形で民族に手渡す者こそが詩人である、という部分）は次のように解される。即ち、神の荒れ狂う力の前に立ち尽くす、とは、我々の現存在が存在の恐るべき力に曝されることに他ならず［31］、その力を言葉で捕捉し手懐け、民族に手渡す者が詩人である［30］。また、「追憶（Andenken）」中の「留まるものは　詩人たちが打ち建てる（stiften）」が引用され、詩人は存在を打ち建てる、と解される［32 f.][32]。「神々の目配せが民族の言葉の礎石（Grundmauer）に据え付けられることで、たとえさしあたり民族は予感（ahnen）していなくとも、民族の歴史的現存在に存在が打ち建てられる。」［33][33]

こうした導線を張り巡らせた後、講義は「ゲルマニア（Germanien）」と「ライン（Der Rhein）」を解釈する。解釈は『存在と時間』以来ハイデガーが重視してきた根本気分という観点から行われる。同書は、現存在がその都度投

げ出されてある在り方（実存範疇）として気分を把握し、これを「情態性（Befindlichkeit）」と呼んだ。更に、同書は、現存在の在り方（存在）を分析（概念化）するに際して、不安という気分に着目し、これを土台として関心の構造を分析していった。分析の土台となる気分（情態性）は根本気分（Grundstimmung、根本情態性）と呼ばれた。根本気分とは、決して移り気なその都度の感情のことではない。それは存在者[34]と関わる我々自身の在り方をまざまざと我々に思い知らせ、明るみに出す役割を果たす通奏低音のような気分である。

「ゲルマニア」と「ライン」も或る根本気分から詩作されている、とハイデガーは言う［15］[35]。「ゲルマニア」は、古代の神々がもはや再来し難い仕方で過去のものとなったことを敬虔に悲しみつつ、しかも、神々が荒ぶる姿で到来しつつある予感に震える詩人の心を詩う。遥か東方に向けられた詩人の目に、インドゥス河からイタリアを越えてドイツへと飛来した鷲が現れる。鷲はゲルマニア（ドイツを象徴するローマ神話上の女性）に、眠りと沈黙から目覚めて語れ、未来の神々が来るのは近い、司祭として神々を迎え入れ、廻りの国々の王と民たちに指南を与えよ、と呼びかける。この詩の根本気分は、敬虔な悲しみ（聖なる喪の悲しみ、heilige Trauer）［87］と、到来する神々の攻めたてを厭わぬ覚悟（bereite Bedrängnis）［103］だ、とハイデガーは解する。

敬虔な悲しみは、希望と目標を失った寄る辺なさや、焦点の定まらない注意力散漫ではなく、しっかりと地に足がついた気分である［93］。それは、過ぎ去った神々を呼び覚ますことを断念する、という悲しみの中で、全体としての存在者をまざまざと見せつける［82］。詩人は、民族の歴史的現存在に神々が欠落していることを経験し、神々の言葉が自らのこうべに襲いかかるのでは、と疑い、待つ［100 ff.］。過ぎ去りし神々は、かつてあったものとして、詩人にとっては未だ現成（wesen）している［107］。他方、神々が詩人のこうべに降臨するとき、神々は過去のものとしてではなく、将来するものとして現れる。これは、『存在と時間』が敷衍した時間性の構造そのものである［109］。詩を読む我々は、詩作の持つこの時間性を我がことだ（自らの姿だ）と悟らねばな

らない［112］。詩人は、我々全てに成り代わって語っているのだから［101］。

　この根本気分は、詩人が身を置く「形而上的な場所」から生ずる、と講義は言う［15, 144］。この場所は、全体としての存在者と関わる我々の在り方が、我々自身にまざまざと思い知らされる場所である［15, 288］。読者は、詩人が呼び起こした根本気分により、こうした場所へ連れ出される［137, 146］。詩人はその場所を摑ませようと必死で語る［120］。

　また、この場所は民族の歴史的現存在の在処であり、民族の歴史的現存在が決定される場所だ、ともハイデガーは言う［116］。この場所をヘルダーリンは「祖国」と呼んだ。彼の言う「祖国」とは、抽象的・超時間的理念ではなくドイツ民族［120］、そしてその現存在に備わる歴史性［121］である。

　他方、形而上的な場所は「形而上的な危機という場所」とも呼ばれる［135］。自らが提起した存在への問いを同時代人たちが共有してくれない、という焦燥感をハイデガーは常々感じていた（この焦燥感は彼のナチスへの過剰な期待の原動力でもあった）。存在への問いを共同体が正しく問わぬまま放置するのは、ハイデガーにとって歴史的現存在の危機であった［134］。ヘルダーリンはこの危機を彼に先駆けて見通していた、「ムネモーシュネー（Mnemosyne）」草稿[36]冒頭の3行（「我々は予兆（Zeichen）である」）がこれを端的に語っている、とハイデガーは言う［134］。この3行は、根本気分に捉えられることなく、存在を語る言葉を喪失した我々が、にもかかわらず存在に開かれた予兆であると詩っている、と解釈される、［135］。民族の歴史的現存在は存在の問いという自らの使命を忘却している［135］。この危機を民族に先駆けて告げるべく、ヘルダーリンはひとり形而上的な場所を見据え、語る。その姿にハイデガーは自らの姿を重ね合わせる。

　講義のもう一つの主題である「ライン」は、アルプスから運命のままに流路を変えて北海へと流れ下るラインを一人の半神にたとえる。スイスの山中では、この半神は苦しみもがき、自らを産んだ母なる大地と父なる神を呪い、狂乱して流れ下るが、ドイツに入ると静かに農地や都市を潤して流離う。だが、半神ラインは狂おしい奔流であった自らの根源的な姿を忘れない。他方、人間には、

自らの根源（身のほど）を忘れて思い上がる者が何と多いことか。詩人は半神のことを思う。だが、身のほどをわきまえ、自然に帰り万物と交流する者（ルソーにたとえられる）には、神々と人間たち、そして万物の調和ある至福の安らぎが訪れるであろう。この讃歌は友人シンクレーアに捧げられている。

「ライン」は半神の存在を企投し、打ち建てる。半神とは、神であり人でもある中間的存在者で、人を超えた者として神の言葉を受け取る［174 f.］。半神は、神々を予感する限りでは神々の方を向き、死すべき人間に向かっては情熱を呼び起こすべく鼓舞する［180］。詩人が半神を思う、とは、神と人の双方の存在に跨る半神の受苦を分かち持つことである［181］。これが、「ライン」が詩われる根本気分である。これは「ゲルマニア」が詩われる根本気分（敬虔なる悲しみ、厭わず攻めたてを受けること）と別物ではない［182］。そこでは、過ぎ去りし神々の、或いは到来する神々の、超絶した力が、そして神々に迫られるこの力を受け取る人間の切迫した危機が、同時に開けているからである。

以上を確認した後、ハイデガーは「ライン」を一節ずつ解釈する。例えば、第１連が詩う河は、決して何かの比喩（Bild）ではなく、河そのものであり、故郷の大地である、と強調される［195］。また、第２連は詩人が根源に耳を傾ける様子を語っている。神は何もないところに根源を開き、愛し哀れむ。人間は根源を前に恐れ慄き逃げ去る。だが、詩人は神でも人間でもない。彼は、根源がアルプスの山で縛り付けられ、源から飛び出さんとする様子に耳を傾ける。それは、根源的な存在を開き、打ち建てることに他ならない［201］。

第４連冒頭（「純粋に生まれ出でしものは謎だ」）は特に入念に解釈される。「純粋に生まれ出でしもの（das Reinentsprungene）」は、生まれ出でしものが生まれ出ずる根源、そして生まれ出でし者自身（半神）、の何れをも指している。だが、両者は相異なり、争う［241］。根源とは、母なる大地と父なる天の閃光との対立である。他方、根源から生まれ出でた後には、生まれ出でし者が曝される危機と、生まれ出でし者の受ける滋育の対立がある［245］。半神の存在には、大地、閃光、危機、滋育という四つの力が内的に統一されている、とハイデガーは言う[37]。ここには、戦後の四方界という考え方の萌芽がある。

そして、内的に統一された半神の存在は謎だ、とヘルダーリンは言う。この謎を隠れなく開いて見せる（打ち建てる）ことが詩作の本来の課題だ、とハイデガーは強調する［250］[38]。

2.1.2　41/42年冬学期講義[39]と42年夏学期講義[40]

この両講義でも、7年前の講義と同様、ヘルダーリンがドイツ民族と存在への問いを仲立ちする詩人として捉えられる。根本気分がヘルダーリンの詩作を規定している、という解釈の基本ラインも変わらない。だが、7年前の講義が『存在と時間』の枠組みを大筋で維持していたのに対して[41]、この両講義はこの枠組みを使わず[42]、代って存在の歴史（元初と性起）という観点からヘルダーリンの言葉を取り上げている。

　両講義では、ハイデガーのヘルダーリン読解が通常の詩人解釈と根本的に異なることが強調されている。例えば、彼の読解は文学(史)研究ではない［52：2］。詩人の体験、意識、感情が詩に表現され結実する、という（通常の文学研究の）見方をハイデガーは拒絶する［52：4 f.］。彼の考えでは、ヘルダーリンの言葉（Wort）は詩人自身の意図や心中のイメージを突き超えて詩作している。ヘルダーリンの言葉が名指しているのは、詩人（主観）の前にある対象（客観）ではなく、また詩人の創作物でもない。それは詩人自身を圧倒し、詩人自身も従順に帰属（Zugehörigkeit）せざるを得ないもの、即ち存在である［52：7］。

　また、詩人の伝記（詩作の伝記的把握）も拒絶される。伝記的事実にこだわると、詩人の言葉そのものがないがしろにされる可能性がある［52：28］。例えば、ヘルダーリンがフランスで家庭教師職に失敗して帰国後、主任司祭修習過程に在籍した事実［52：61］や、帰国後は次第に精神異常を来したという事実から、彼の詩作内容を説明することは差し控えられる［52：43］。それでは詩作の言葉に耳を傾けたことにはならないからである。

　また、比喩（Bild）や象徴（Sinnbild, Symbol）、アレゴリーやメタファーとして詩を解釈することも拒絶される。この拒絶は7年前の講義でも表明され

ていた［39：195, 254］。7年後の講義は、比喩や象徴が「比喩（象徴）するもの」と「比喩（象徴）されるもの」の区別を前提する表現形式であることを拒絶の理由とする。この区別はプラトンに由来する形而上学的な区別（感性で覚知可能なものと、感性で覚知不可能なものの区別）であり、これを克服することをハイデガーは目指しているからである［52：34；53：17 f., 28 f.］[43]。比喩（象徴）とは形而上学的発想の概念であり、こうした観点でヘルダーリンは読解できない、彼の詩作は形而上学の外にある、と講義は強調する［53：20 f.］。更に、比喩するものと比喩されるものは、この対立軸に置かれる以前に、何れも詩作された言葉（Wort）として語られるはずである［52：39 f., 10, 25］。この言葉にこそハイデガーは耳を傾けようとする［52：82］。これが、詩作を思索することに他ならない［52：12］。

　ハイデガーは、ヘルダーリンの詩作を哲学に作り変えたり、哲学のために利用しようとしているのではない。彼は詩が自らを語るがままに委ねておこうとする［52：12］。詩作の言葉は、自らに固有な真理の空間へと我々を誘う［52：37］。この空間に立ち入って詩を把握しようとしても、失敗する可能性がある。我々が何を言っても憶測にすぎないからである。それゆえ、厳密な意味での解釈（Auslegung）ではなく、省察に値するヘルダーリンの詩の特徴を幾つか指摘すること（Anmerkungen）しかできない、と講義は自戒する［53：2］。詩作の言葉の中では、元初的なるもの（捉えて放さないもの、das Anfängliche）が性起する（sich ereignen）、とハイデガーは言う［52：14］。元初（Anfang）とは、汲み尽くし難く豊穣にして且つ唯一無二なるものである［52：15］。元初的なるものの性起に耳を傾けるには、通常の我々の言語活動（科学や日常会話など）より高度な厳格さが要求される。

　その厳格さは講義を通して具体的に示される。冬学期講義が取り上げる「追憶」は、フランスのボルドーからドイツに帰った詩人が、彼の地を想起して詩う。詩人が最も愛する北東の風に託してボルドーの地へ挨拶が送られ、河や森、祝日の様子、道を吹きそよぐ風などの、かつて彼の地で見た光景が詩われる。その自然の中で安らぎながら、杯を受けて憩い、友と語り合うのは何と甘美な

一時であろうか。だが、その友はどこにいるのか。彼らは源泉を求めて彼の地から船出し、遥かインドへと孤独な旅に出た。大洋は記憶を消し去るが、また記憶を返してもくれる。後に残された詩人は、友を想い、持続するもの（源泉、根源にあるもの）を打ち建てる。

この詩は、聖なるもの（祭り）を待ち焦がれる、という根本気分に規定されており、これは「ゲルマニア」や「ライン」の根本気分とされた「敬虔なる悲しみ」と同じものである、と講義は指摘する [52：130 f.]。「追憶」では、冒頭の北東の風がこの気分をもたらす。風に託して詩人がボルドーへと挨拶を送るのも、根本気分に規定されてのことである [52]。ボルドーの光景には、柏やポプラ、水車小屋や農家に続いて、やがて祝日の女性たちが現れる。祝日には、通常の仕事が中断され、祭り（Fest）が行われる。祭りとは、神々と人間たちの婚礼、出会い（Entgegenkommen）という出来事（Ereignis）である [69]。

祭りという出来事の根底には、祝祭的なもの（das Festliche）の性起（Ereignis）がある。神々と人間たちの出会いは、祝祭的なものの性起により初めて可能になり、また気分付けられる。これを指してハイデガーは、祝祭的なものは元初的に（捉えて放さない、始まりとして、anfänglich）性起する、と言う [70]。この性起は聖なるもの（das Heilige）から送られる元初的挨拶である。ここでは、聖なるものが挨拶を送り、神々と人間たちが挨拶を受ける。これを受けて初めて、神々と人間たちは互いに挨拶を送り合うことができる。「追憶」で詩人が挨拶を送るのは、この元初的挨拶に規定されてのことである。

「追憶」は祭りの核心を第2連末尾（「そして緩くうねる径から径へ　金色の夢を重くはらんで　眠りに誘う風が渡る」）で語っている。この一節はボルドーの光景を描写しているのではなく、古代ギリシアとその祭りを語っている、とハイデガーは言う [95]。「追憶」で本当に挨拶を送っているのは、詩人ではなく聖なるものであり、挨拶を送られているのは、ボルドーの光景ではなくギリシアにかつてあった神々と人間たちの出会いだ、と彼は考える [81]。この出会いは、決して単なる過去のものではない。それはかつてあったものとして、

今も現成（west）しており［81］、将来するものとして語られている［96］。これは7年前の講義で「ゲルマニア」中に指摘された時間性と歴史性の構造に他ならない。ヘルダーリンの考える祭りは、歴史性という構造の中で我々に開かれている［68, 77］。しかも、ヘルダーリンは「追憶」で、かつてあったギリシアの祭りが現成し将来するのを、ドイツ民族を代表して我が身に引き受け、語っている、とハイデガーは考える。

　第2連末尾の「眠りに誘う風」とは、神々と人間たちを各々にとって固有なるものに安らわせる風であり、冒頭の「北東の風」（ドイツからギリシアに向かう風）とは異なり、ギリシア特有の風である［105］[44]。「夢」とは、人間たちが自らに固有なるものを（将来するべきものとして）予期することだ、と解される［121］。「重く」とは、自らに固有なるものの重みである。これを我がものとし、自由に使いこなすには、異質なるものとの対決が必要である。この対決は「緩くうねる径から径」で果たされる［124］。「金色の夢」とは、ギリシアにとって最も固有なるものである祭りの到来［146］を指す。祭りの到来をヘルダーリンは或る私信で「天上の炎」と呼び、ドイツ民族に最も固有なるものとしての「叙述の明晰さ」と対比させたことがある[45]。叙述の明晰さは、叙述されるべきものを受け取った後に初めて開花する。ヘルダーリンはギリシアから祭りの到来を受け取って明晰に叙述し、これを通してドイツ民族に最も固有なものを我がものにせんとした［131］。これとパラレルに、ハイデガーは次の課題を自らに課す。即ち、祭りの到来によりギリシアに開示された存在（第一の元初）と対決し、別の元初の到来を準備しつつ語るのである[46]。

　翌夏学期講義は「イスター（Der Ister）」を取り上げる。イスターはドナウのラテン名である。ドナウはドイツ南部から東進しルーマニアで黒海に注ぐ。だが、詩人はこの河が東から流れてくるようだ、と詩う。まるでインドからギリシアを経て多くの事物がドイツに到着したのと同じように。遥か下流で、この河はかつて避暑を求めたヘラクレスを誘った。雨を集めて流れる河はみな、天の子であり、至高なるものの喜びである。だが、アルプスの高山から駆け下りるラインが、その上流部では荒れ狂わんばかりに激しく流れるのに、低山に

源を発するイスターは山に纏わりつき、ゆったりと忍耐強く、自由を奪われているように見える。しかし、イスターは満足している。

「イスター」が詩う河は、物理的存在者ではなく [53：22]、何か別のものの象徴でもない [30]。詩人が河を名指す (nennen)、とは、河が現成するよう呼び出し (zu seinem Wesen rufen)、この現成を据え付ける (gründen) ことだ、と講義は言う [24]。「イスター」第1連15行目以下は、人間たちが住まう場所を決めるのが河だ、と詩うが、これをハイデガーは語義通り受けとめ、河とは人間が大地の上に故郷として安らえる住処 (Ortschaft) だ、と言い換える [23, 39]。勿論、ハイデガーの言う「大地 (Erde)」も物理的存在者（地球）ではない。それはむしろ、大地の神ヘルタの如く [36, 52]、神々しい。他方、河は神々でも人間でもない [39]。半神ヘルクレスを客に招くイスターは、自らも一つの半神である。これは、7年前の「ライン」講義以来の見方である。

また、ヘルダーリンは「民族の声 (Stimme des Volks)」で消えつつあるものとしての河、予感に満ちたものとしての河を詩っている。消えつつあるものとして、河はかつてあったもの (das Gewesene) へと向かう途上にある。予感に満ちたものとして、河は来るべきもの (das Kommende) への途上にある [33]。だが、予感はかつてあったものへ向かうものでもあり、また河が消え行く先は来るべき先でもある、とハイデガーは言う [34]。つまり、河には人間現存在と同様に歴史性の構造が宿る [51]。河の歴史性は「流離 (die Wanderschaft)」と呼ばれる [35]。河は流離の象徴ではなく、流離そのものである。

住処である河、流離である河に、歴史性を持つ人間現存在の根底 (Grund) がある、とハイデガーは言う [51]。河を詩うヘルダーリンの関心は、安らえる故郷を見出すこと (Heimischwerden) に集中する [60, 84]。河は人間にとって最も固有なるもの（故郷、安らぎ）へと人間をつなぎとめる。だが、河のなすことは誰も知らない、と「イスター」末尾は詩う。つまり、人間には安らえる故郷が隠されたまま (Unheimischsein) である [24, 79, 155]。安ら

ぎを得るには、異質なるものとの対決が必要である。こうして、「イスター」の読み方は「追憶」の読み方と重なってくる。ヘルダーリンとハイデガーにとって、対決すべき異質なるものとは、かつてあった元初としてのギリシアである［67］。

半神たる河は詩人自身でもある、という 7 年前の講義の見方はここでも不変である。河が予兆（Zeichen）を必要としている、と「イスター」第 3 連が語る際の「予兆」とは、詩人に他ならない［187］。他方、詩人が詩作するのは聖なるものであり［173, 193］、聖なるものは神々と人間たちを超えて現成（west）する［203］、と言う所に、7 年間のハイデガーの歩みがある。河は天の子でありながら、母なる大地の如くでもあり、またその子でもある［198］。ここには四方界（Geviert）という考え方が実質的に述べられている。

7 年前の講義は、神々と人間たちの間にある詩人、存在の声を人間たちに仲立ちする者としての詩人、これに焦点を当てたのがヘルダーリンである、と強調した。7 年後の講義では、これに加えて、古代ギリシアと現代ドイツが対蹠的な関係に置かれる。古代ギリシアにおいて第一の元初が到来し、現代ドイツにおいて別の元初の可能性が開かれる。別の元初に耳を傾けることが追憶に他ならない。『哲学への寄与』の見方に、この時期のヘルダーリン解釈は定位される。この見方は、7 年前の講義が土台としていた『存在と時間』の枠組みを包み込み、覆い尽くし、それに取って代わった[47]。

2.1.3 戦後のヘルダーリン論

戦時中の二つの講義は、戦後に発表された全てのヘルダーリン論の原型である。「四方界（Geviert）」という用語の外は戦後の論考に目新しい点はない。以下では、51 年の講演「詩作により人間は住まう」[48]と 59 年の講演「ヘルダーリンの天と地」[49]を概観しておく。

51 年講演はヴァイブリンガー伝「美しき紺碧の中で（In lieblicher Bläue）」の 24－38 行を紐解く。この箇所は次のように詩う。あくせくした生活の中から天を仰ぎ見て、かくありたい、と言うことが人間には許される。神との純粋な

絆が心にある限り、人間は神と競い合って（sich messen）も悪くない。神は知られざる者、しかも天の如く開かれし者。神は人間の尺度（Maß）である。功績が幾らあれども、詩作の中で人間は地の上に住まう。神の似姿たる人間は、満天の星の影より純粋だ。尺度は、地の上には存在しない。

　講演はこの詩を語義通りに受けとめ、「詩作により人間は住まう（dichterisch wohnet der Mensch）」という一節に注目して存在を巡る思索に引きつけていく。

　ここで言う「詩作」とは、現実からの逃避、余暇の過ごし方、それにつけこむ文学産業とタイアップした職業詩人の生業、等々とは無縁の事柄である。また、「住まう」とは、住居問題や日常生活の喧騒、あくせく働いて実績を積み重ねること、儲けを蓄えること、現世的な功績や業績を上げること、などを意味するのではなく、人間の現存在に根拠（土台）を据えること（gründen）を指している。この土台を据えるのが「詩作」である。

　詩作とは、詩人の内面の表現ではなく、測ること（messen）である。測る、とは、科学的な計測のことではない。計測は、量的尺度を対象に当てて数値を読み取ることである。だが、測ることにとって量は本質的でない。人間は地の上に留まり、天を仰ぎ見る。天と地のあいだこそが、人間の住むべき土台である。この「あいだ」とは、天と地を包み込む空間のことではなく、あらゆる空間概念の根源を意味する。測るとは、尺度（量的な尺度である必要はない）を手に取り、この「あいだ」を開くことだ、とハイデガーは言う［190, 192］。ヘルダーリンは、尺度とは神であり、神とは知られざる者だ、と語っている。尺度を手に取る、とは神に摑みかかることではなく、むしろ、自らを隠そうとする神に耳を傾け、神を隠されたもの(謎)として守ることである。地の上、天の下で響き、輝き、花咲く全ての直中に、神は異質なる者、知られざる者として自らを送り込む。詩人は、地の上、天の下の光景とともに、知られざる者としての神をも自らの言葉に呼び出す。

　ここで言う「神」が存在を意味するのは明らかである。あいだを測ることで詩作は人間に土台を据える、とは、（30年代の用語を使えば）詩作の言葉が実

存可能性を開いて企投する、ということに他ならない。
　59年講演は草稿「ギリシア (Griechenland)」(第3稿) を紐解く。この詩は、ギリシアへの旅を終えてドイツに帰還した詩人の前に、天と地、そして聖なるものが、静かな喜びという気分の中で現れる様子を詩う。天に轟く稲妻や雷、嵐や雨には、神の現前が隠されている。また、稲妻や雨は地に響く。それは天のこだまである。詩人は地に立ち天へ呼びかける。それは聖なるもののうちに身を隠す神へと向かっての呼びかけでもある。
　講演は、草稿冒頭の「命運の声たち(Stimmen des Geschiks)」とは天と地、神と人間という四方の声を指す、と言う。命運は四方を互いへと送りつけ、相互をつなぎとめる中心であり、四方を自らの内へと捉えて放さない (anfangen)。この意味で命運とは元初 (Anfang) である [171]。元初とは神々と人間たちの出会い (婚礼) であり、四方界の内的な全体[50]である。天上なるものたちが地上なるものたちへと踊りかかるこの出会いは詩人の立つドイツへも到来する。祖国へと帰還した詩人はこの到来を期待する。この解釈は、四方界という用語の登場以外、40年代の講義内容の繰り返しにすぎない[51]。

2.2　リルケ

　ハイデガーは27年夏学期講義で『マルテの手記』を引用したことがある。これは、実存範疇としての気分を理解させるための題材としての好意的引用だった。20年後の46年、存在の歴史という見方を完成させた彼は、リルケの詩を主題とする講演[52]を行った。この講演では、リルケがニーチェによる形而上学完成を土台として語っており [271]、存在の歴史の中でヘルダーリンより劣った地位にある、と断言される [272]。また、リルケの詩作はニーチェによる形而上学完成の敷衍なくして解釈 (Auslegung) が不可能であり、講演では24年作の即興詩 (無題)[53]の解明 (erläutern) を試みる、と表明される。自らの詩人論が解釈に遠く及ばない、というこの姿勢は、既に戦時中の講義で示されていた。
　この即興詩は動植物と人間を対比する。自然が生物たちをおぼろげな欲望の

冒険に委ね、土や枝で守ることをせぬように、我々もまた我々の存在の根源に好かれてはいない。我々の存在も、我々を冒険に委ねる。ただ我々は、植物たちや動物たちよりも遥かに冒険を欲する。ときには生命そのものよりもより冒険的、一息だけ余計に冒険的でさえある。これは自利のためではない。このことにより、守られていなくとも、我々には純粋な諸力の重力が働くところで安全が与えられる。結局のところ我々を守ってくれるのは、守られていないという我々の存在そのものだ。我々の存在そのものが我々を脅かすのを目の当たりにしたとき、我々は我々の存在を開けへと差し向けた。どこか最遠の広がりの中で、法則が我々に触れる場所で、この存在を肯定するために。この肯定こそが我々を守ってくれる。

　講演はこの詩を語義通り受け取り、存在を巡る自らの言葉へと置き換えていく。動植物にとっての自然と、我々にとっての根源を対比する箇所（冒頭～5行目）は、動植物という存在者の存在（自然）と、人間という存在者の存在（根源）との対比だと解される。古代ギリシア以来、西洋では存在者の存在が「自然」という概念で把握されてきた、とハイデガーは考える。また、詩の冒頭にある「自然（Natur）」はライプニッツの意で用いられている、と指摘される。ライプニッツは自然を原初的能動的意志（vis primitiva activa）と理解した。この理解は、自然（存在）を全体としての存在者[54]と見なした上で、その本質が意志である、と把握するもので、ハイデガーによれば典型的な近世的存在理解である。

　動植物と人間が等しく冒険に委ねられている、という箇所（2行目、5行目）は、リルケが動植物の存在（自然）と人間の存在（根源）を等しく冒険として理解していることを示している［275］。冒険は意志から生まれる。リルケは、ライプニッツ同様、存在者の存在を意志として理解していることになる。また、自然は「重力」（11行目）の働きや「開け（das Offene）」（14行目）とも呼ばれるが、「重力」とは通常の物理学の概念ではなく意志のことであり、「開け」とはハイデガーが語る「存在の開け」とは別物である。ハイデガーはリルケの26年の私信[55]（動植物の意識状態は混濁したもので、世界を絶えず対

象として見据えているわけではない、これに対して我々人間の意識状態はより高いもので、世界を絶えず対象として見据えている、私の言う『開け』とは動植物の意識状態に特有な、記述できないほど開かれた自由さのことだ、との内容）を引用した上でこう断ずる。即ち、動植物と人間の存在を意識と把握した上で、両者の意識状態を混濁・非混濁で差別化するリルケの用語法は、やはりライプニッツに象徴される近世特有の考え方である [281]。

　5～7行目の「我々は植物たちや動物たちよりも遥かにこの冒険とともに歩む」は次のように解される。動植物は自らの開けを対象化することはなく、自らの冒険を対象化して認識することもない。他方、自らが冒険とともに歩むことを、人間は自らの眼前に立てて表象し（vorstellen）、意識し、意志する。人間は世界を対象化し、足りないものを作りだし、必要に応じて利用するのみならず、自分自身の働きをも対象化し、利用する。人間の意志の前では全てが対象化され、利用されるべき素材となる。大地や大気は原料となり、人間自身も素材となる。これは技術の本質であり、第二次大戦をもたらした現代科学や全体主義国家、現代人の思考パターンや世界についてのイメージは、全てここからの必然的帰結である、とハイデガーは考える。人間がこうした意志への冒険に委ねられ、この冒険とともに歩むことを、リルケは見通している [289]。

　世界を対象化することで、人間は自由な開けに言わば背を向ける（Abschied）。開けに直面する動植物は、自然から守られていない、とリルケは言う（3行目）。他方、開けに背を向けた人間も守られてはいない（13行目）。これは、対象化を徹底するあまり世界から聖なるもの（das Heilige）が消失することを意味する、とハイデガーは解する [291]。この消失を危機と受けとめ、聖なるものの到来を待って自ら存在の深淵へと足を踏み入れたのはヘルダーリンであった。リルケの7～9行目にある「時には生命そのものよりも冒険的でさえある」とは、存在の深淵へと足を踏み入れる詩人を指しているようにも見える。

　だが、リルケにとって「より冒険的」とは、より意志が強いことに他ならない。より意志が強い者は安全（Sichersein）をもたらす、とリルケは言う

(10〜12行目)。この「安全」とは、防御壁を構築して得られるものではなく、むしろそうした構築をする心配そのものがなくなること、即ち、対象化という仕方で存在者と関わるのを止め、開けへと向き直ることである（14行目）。そして、開けへと向き直った我々の存在は、法則が我々に触れる所で肯定される（16行目）。ハイデガーは、この法則とは死である、と言う［300］。死が我々に触れる所で、我々は開けへと向き直り、自らの存在を肯定する。こうして向き直ることで、開けは聖なる性格を帯びてくる［312］。だが、この肯定は、我々の存在を現前するものとして承認することにすぎない、ともハイデガーは言う［299］。

　開けに背を向けた世界の対象化は、計算する意識（デカルトが言う「思惟」、自己意識）から生ずる。即ち、リルケが言う「守られることなき存在」とは、人間存在を意識と把握する近世的理解に基づいて語られている。この存在を開けへと向き直す、とは、意識内部での転換、或る意識から別の意識への転換を意味する。このリルケの用語法はパスカルのそれに従っている、とハイデガーは指摘する［302］。パスカルはデカルトに対抗し、計算する理性の論理とは異なる心情の論理を強調した。心情の論理とは、計算する意識に内的なものよりも心情（意識の一種だが、理性とは異なる）に内的なものこそがより奥深い、という仕方で、意識に内的なものを擁護する考え方である。パスカルはここに愛されるべきものの領域を確保しようとした。リルケもこれに倣い、愛されるべきものは理性で計算可能なものを超えたところ、即ち開けの全体にある、と考える。この開けの全体は心情の内部空間に現前している。リルケの言う「向き直り」とは、理性の対象の意識への内部性を、心情空間への内部性へと転換するだけのものである。

　だが、この向き直りは言葉を通して生起する。デカルトとパスカルの形而上学を引きずるリルケにとっても、人間が冒険的なのは、語る限りにおいてである。一息だけ余計に冒険的であることも、語ることにおいてそうである。リルケの考えるより意志の強い者たちとは、確かに詩人である。彼らの語りの中で、開けは聖なるものとなる。彼らの語りは、守られることなき存在（聖なるもの

の欠如）を聖なるものへと差し向ける。だが、彼らが語る聖なるものは心情空間の内部にある。リルケの詩は、このような近世的限界の中で聖なるものの跡を追う詩人の冒険を語っていることになる。

　以上の解明で、ハイデガーはリルケの言葉を語義通り受けとめ、存在を巡る自分自身の言葉で置き換えている。リルケが用いる近世哲学的な概念把握は、存在の歴史（形而上学批判）というハイデガーの枠組み内へとスムーズに位置付けられている。だが、このような概念批判という視点からの解釈はリルケにとって余りにも外的な上げ足取りだ、と言えなくもない。ハイデガーの解釈は、一見リルケに寄り添っているかに見えるが、実際には概念批判的な視点からリルケを突き放しているからである。しかし、この上げ足取りは少なくとも興味深いとは言わねばなるまい。同時代の哲学的概念に頼って詩作したリルケは見事に足元をすくわれた。哲学的概念を無批判に多用する詩作は、ハイデガーのような概念批判を前にすると脆くも解体され得る。ハイデガーのリルケ論はこうした詩作への警鐘と取れなくもない。

2.3　トラークル

　リルケと違い、トラークルは哲学的概念の使用から縁遠い詩人である。ハイデガーは50年代に二つのトラークル論を発表した[56]。ここでも、40年代の講義で述べられた詩人解釈の方針が繰り返される。即ち、詩は作者の人格や固有名とは関係ない [18]。トラークルの詩は、トラークルの心の動きや世界観、想像力の産物を表現したものではない。また、実在した冬の夕べの光景を描写するものでもない。ハイデガーは言葉を表現や伝達の手段（道具）と見なす言語観を相変わらず徹底して拒絶している。言葉は音声や文字という存在者ではない。それは道具でもない。では、言葉とは何か。それは、我々が故郷として安らう（heimisch）住処（Ortschaft）である [13]。このことを最も純粋に具現するのは詩である [16]。住処に着目するこの見方も既に42年夏学期に述べられていた。

　50年の講演はトラークルの「冬の夕べ（Ein Winterabend）」[57]を取り上げ、

その一言一句を存在を巡る言葉に置き換えてゆく。第1連では、夕べの鐘が長く響き渡る黄昏時、窓辺に降り注ぐ雪、多くの人々の家とその中に用意されている食卓が名指される。詩が名指すことで、雪や食卓は言葉へと呼び（ins Wort rufen）出され、我々に現前する（anwesen）。勿論、詩を読む我々の眼前に、雪や食卓が物理的存在者として現実に出現するわけではない。この意味では、雪や食卓は不在（abwesen）のままである。雪や食卓が呼び出される場所は、不在のまま保たれた現前である［21 f.］。雪や食卓は、こうした場所へと詩により呼び出され、人間たちに関わるものとなる。雪は人間たちを暮れんとする天の下に連れて行く。夕の鐘の響きは、人間たちを死すべき者として神々の前に連れ出す。家と食卓は、死すべき人間たちを地につなぎとめる。詩が名指すものは、天と地、人間たちと神々（四方界）をこのように集め、留まらせる。このことを指して、ハイデガーは「ものがものする（das Dingen der Dinge）」と言う（前述 **1.3** 章参照）。ものを呼び出すことで、詩の語りは四方界（世界）をも呼び出す。ものは、死すべき者たちの一人一人を、世界とともに訪れる。

第2連では、暗い小道を行く幾人かの者たちが呼び出される。彼らは食卓のある家の門に来る。恩寵の木が地から冷たい生気を吸い上げ、金色に花咲かせている。冷たい生気は天から地への贈り物である。恩寵の木が育む実は死すべき者たちに喜びを与える。この箇所でも、四方界（世界）が呼び出されている。四方界は、門や暗い小道にその本質を授け（gönnen）、これらのものは逆に四方界を担う（tragen）。ものと世界は、並列する二つの存在者ではなく、相互に異なるままに互いへと入りこみ、内的な仕方で（innig）一つになっている。これをハイデガーは区別（Unter-Schied）と呼ぶ（前述 **1.3** 章参照）。

ものと世界が呼び出されることで、本当に呼び出されているのは両者の区別である。第3連では、流離人が静けさに包まれて入ってくる。敷居が痛みで石と化した。敷居は内部と外部を分ける建造物の土台だが、内部と外部はつなぎとめられている。これをつなぎとめるのが痛みである。痛みに襲われたものは引裂かれるが、ばらばらになるわけではなく、むしろ石の如き硬さでつなぎと

められる。ここで言う痛みとは、人間の感覚のことではない。それはものと世界の区別そのものである。この区別は、痛みに耐える敷居の上で混じり気ない明るみをもたらす。この明るみの中で、食卓の上にパンと葡萄酒が輝く。パンと葡萄酒は、天と地の恵み、神々による死すべき者たちへの贈り物である。パンと葡萄酒には、四方界（世界）が集められ、留まる。こうして、第3連はものと世界の区別そのものを呼び出す。この呼び出しが、言葉の本質である[28]。

　このように、「冬の夕べ」の一つ一つの言葉が存在を巡るハイデガーの枠組みへと吸い寄せられる。15年以上に及ぶヘルダーリン解釈で培われた「四方界」、そしてヘルダーリン自身のタームである「内的な（innig）」などの語は、トラークルの言葉を定位するのに十分な威力を発揮している。存在を巡ってハイデガーが編み出した概念装置は、哲学的概念だけでなく、トラークルの用いる日常語をもかく定位して余りある射程を持っている。

　続く53年の論文は、トラークルの個々の詩ではなく、詩人が立つ詩の場所（der Ort des Gedichtes）を照射する。詩の場所は水面に波を引き起こす振動の原点であり、ここから詩の言葉がうねり立ち、個々の詩が生み出される。場所に着目するこの見方は既に34/35年冬学期講義が示していた。53年の論文には「トラークルの詩の検討（Erörterung）」という副題が付されている。Erörterungという語は、詩の場所を照射し、見つめ、その在処（Ortschaft）が何かを問いかける、という意味で用いられている（42年夏学期講義と同じ考え方）。他方、詩人の残した個々の詩は、解明（Erläuterung）の対象である。

　この論文で、ハイデガーは「魂の春（Frühling der Seele）」や「夢の中のセバスティアン（Sebastian im Traum）」中の「異郷者（ein Fremdes）」に着目し、これが「訣別せし者（Gesang des Abgeschiedenen）」中の「訣別せし者（孤独な死者）」と同義だと指摘した上で、異郷者の孤独（死、訣別）こそがトラークルの詩の場所であり、異郷者がトラークルの詩作を気分付けている、と言う［US 52］。「異郷の（fremd）」とは、何処かへ向かう途上にあることを意味し［41］、その向かう先は死者たちの静寂と沈黙だ、と解される[58]。

異郷者とは誰か。「狂った者が死んだ……あの異郷者が埋葬される……墓の中であの白い魔術師が彼の蛇たちと戯れている」（「詩篇（Psalm）」）。彼は墓の中で生きている。「あの人はメンヒスベルクの石の階段を降りていった　青い微笑みを顔に浮かべ　そして奇妙にも蛹となって　彼のもっと静かな幼年時代へと向かい　そして死んだ」（「夭折せし者たちに（An einen Frühverstorbenen）」）。異郷者（訣別せし者）が向かう先は幼年期、つまり彼の故郷である。「少年エリスに（An den Knaben Elis）」では、異郷者は「エリス」と呼ばれる。ハイデガーは、エリスが太古（die Frühe）へと旅立った死者、しかも生まれざる者だ、と述べた上で［55］、ここに自らの時間性・歴史性分析を読み込む［56 f.］。即ち、かつてあったもの（das Gewesene）がエリスに現成するもの（das Wesende）として到来（ankommen）する。「生まれざる者は自らの安らぎに浸る」（「陽気な春（Heiterer Frühling）」）。かく安らいながら、生まれざる者は生きる。

　こうして、異郷者は、ヘルダーリンにおける存在と民族の仲立ち者である詩人（半神）とパラレルに解釈される。トラークルは異郷者を「青い」という色彩語としばしば結びつける（「春の魂」など）が、彼が言う青みとは聖なるもの（das Heilige）だ、とハイデガーは指摘する。「聖なる青みの中で輝く歩みが響き続ける」（「幼年時代（Kindheit）」）。「獣の顔が　青さの前で、その神聖さの前で　こわばる」（「夜の歌（Abendlied）」）。青さとは、聖なるものの比喩（Bild）ではなく、聖なるものそのものである［44］。こうしてトラークル解釈はますますヘルダーリン解釈と軌を一にすることになる。

　トラークルは、異郷者を追う少数の者たちについても語っている。「緑濃き夏はかくも衰え　異郷なる者の歩みが銀色の夜に響く　青い野獣が彼の行く小径を覚えているなら　彼の霊的な幾年のよき響きを」（「夏の衰え（Sommersneige）」）。「青い野獣」とは異郷者とともに聖なるものを追う人間たちに他ならない［46］。「夭折せし者へ」は彼らを「友」と呼んでいる（「そして庭に友の銀色の顔が残った　葉陰であるいは古い石のあいだで耳をそばだてながら」）。友は、異郷者を招き寄せ、歩みをともにし、親しく語らう［46］。異郷

者は、自らが歩む霊的な幾年のよき響き（die Wohllaut）に思いを馳せる。この響きを、友は音声ある言語にもたらす。これが詩作である、とハイデガーは言う[70]。異郷者を追うことで自らも異郷者となる友こそが詩人なのだ、とハイデガーは解するのである。

　異郷者と彼を追う者たちは、従来の人間たちを逸脱した者たちである。他方、従来の人間たちは腐敗して堕落した者たちであり（「死の七つの詩（Siebengesang des Todes）」）、腐敗した種族は滅ぶ（「年（Jahr）」）。腐敗した種族を特徴付けるのはプラトン以来の形而上学である、とハイデガーは考える。トラークルが異郷者を指して「霊的な（geistlich）」と呼ぶこともこれと関係する。この語は通常「聖職者の」「宗教的な」を意味するが、トラークルの用語法は異なる[58]。類義の形容詞に「精神的な（geistig）」があるが、この語はプラトンの伝統では「物質的（stofflich）」の反対語であり、感覚的なるものと感覚を超越したものとの対立により意義付けられている。プラトン的な対立軸を引きずる語でエリスと彼を追う者たちを形容することはできない。それゆえ、トラークルは敢えてgeistlichと言うのだ、とハイデガーは考える。同様な理由で、「魂は地上では異郷の者」（「魂の春」）をプラトン的（魂＝形而上的なるもの、地上＝感覚的なるもの）に解してはならない。

　異郷者の魂は青み（聖なるもの）を凝視し、この凝視に伴う痛み（「雷雨（Das Gewitter）」）が彼の精神を支配する。「誇らかなる悲しみ　精神の熱い炎を強大な痛みが養う　未だ生まれぬ孫たちを」（「グロデーク（Grodek）」）。「孫たち」とは、堕落した人間たちの子孫ではない。それは生まれざる者の太古から由来する、来るべき種族である。異郷者は、死すべき者たちの本質（現成）を太古へと連れ戻し、将来する種族が背負うよう、守り隠す。これがトラークルの詩の場所たる孤独（訣別）である[66]。これは、訣別せし者が置かれた心的状態でも、訣別せし者が滞在すべき空間でもない。

　最後に、トラークルが立つ詩の場所の住処（Ortschaft）をハイデガーは問う。異郷者が歩んでいった国は、夕暮れの国（Abendland、西洋）である。トラークルは「夕暮れの国」と題される詩を二つ残している。その一つ「夕暮れ

の国の歌（Abendländisches Lied)」は、対立する種族がもっと静かな幼年期へと回帰することで、一つの種族（ein Geschlecht）になる、と詩う。夕暮れの国は、プラトンやキリストより太古にあり、我々が太古の元初（der Anfang der Frühe、太古が摑んで放さないこと）へと移行する場所である[79]。トラークルの詩作には歴史性が欠けている、としばしば言われるが、夕暮れの国を詩うトラークルの詩作は、優れた意味で歴史性を見据えている、とハイデガーは考える。彼にとってのトラークルは、別の元初が性起し、命運として到来することを詩う詩人である。

存在へと独り歩み出でた異郷者と、その響きに耳を傾ける詩人。この読み方がヘルダーリン解釈の延長にあるのは明白である。色彩語や感覚語などトラークルの詩作が用いた日常語は、全て語義通りに受けとめられ、存在を巡るハイデガーの言葉（とりわけ歴史性の構造）で言い換えられ、ハイデガーが提示する単一の枠組みへと厳格に定位される。

しかも、ハイデガーが着目するのは、個別者トラークルの言葉というより、むしろ（ハイデガーに言わせれば）個別者トラークル自身をも圧倒したであろう存在の開けとしての言葉である。トラークルの言葉は、徹底してハイデガー流の人間本質論へと定位されている。民族へ存在を仲立ちする言葉、共同体の成員に存在（実存可能性）を開いてみせる（言わば）制度としての言葉をトラークルに読み入れたハイデガーにとって、苦しみの果てに戦場で自死を選んだ個別者としてのトラークルは眼中にない。

2.4 ゲオルゲ

ハイデガーはゲオルゲに戦時中の講義で言及したことがある [52：45]。だが、それはヘルダーリン編纂者ヘリングラートの知己としてのゲオルゲへの言及であり、詩人ゲオルゲへの言及ではなかった。ゲオルゲ最後の詩集「新しい国（Das neue Reich）」所収の「言葉（Das Wort）」を主題とする論考をハイデガーが発表したのは50年代後半である[59]。

この詩は言葉についての経験を次のように詩う。詩人である私は、我々の国

の辺縁にある源泉へと驚嘆や夢を持っていき、ノルンが名前を泉から探し出すのを待つ。私は名前を摑み取り、人間の国へと送り出す。あるとき豊かで美しい装身具をノルンのもとへ持っていくと、彼女は長いこと名前を探した後、泉には何もないと告げる。すると装身具は私の手を離れて永遠に失われ、人間の国はこの宝を得る道を断たれる。私は悲しみの中で諦め（断念）を学んだ。即ち、言葉（Wort）の途切れる所には如何なる事物も存在しない。

　ハイデガーはこの詩を語義通り受けとめる。57年末からの連続講演では、言葉についてのゲオルゲの詩作による経験を、思索により経験することが試みられる。言葉についての経験とは、言葉について経験科学的な（言語学、音声学、心理学などによる）知識を得ることではない。ハイデガーによれば、言葉とは人間現存在が本来留まる場所である。この場所、即ち現存在の最も内なる骨組み（Gefüge）としての言葉に触れることをハイデガーは目指している。彼の言う思索とは、一定の方法に従う現代科学の思考とは異なる。50年代のハイデガーにとって、思索とは問いかけではない。それは、問いかけられるべきものが語りかけてくるのに呼応し、耳を傾けることである。言葉について語るのではなく、言葉が自らを我々に語りかけてくるのに耳を傾ける、これが彼の目指す思索である。

　ゲオルゲは、言葉（Wort）が途切れるところに事物はない、という経験をした。彼が経験したのは、言葉と事物（存在者）との関係である。これは、二つの眼前存在者の関係ではない。言葉はそもそも存在者ではなく、物を包み込む仕方で我々から物へ向けられる一つの関係（Verhältnis）である［170, 188］。言葉がなければ、世界は闇に消え去り、私もまた「私」と呼ばれることなく消え去る［177］。言葉のおかげで存在者に初めて存在が与えられる［164］。このことを指してハイデガーはかつて「言葉は存在の家」[60]と言った。

　ノルンは存在者に名を付け、その存在を打ち建てる（stiften）が、言葉そのもの（装飾具）に名を付けることに失敗した。存在者でないものに名は付けられない。だが、これが失敗したとしても、言葉にはあらゆる存在者に存在を与えるという強大な力が備わったままである。この強大な力に思索が耳を傾け

る、とは、我々が既に立っている在処（Ortschaft）へ戻ること（Schritt zurück）に他ならない［190］。思索により経験される言葉は、ものをものとして現れさせ、四方界（世界）を開く、静けさの響きである（前述 **1.3** 参照）。ハイデガーはここでも存在を巡る自らの言葉へとゲオルゲの詩作を吸着させている。

　58年5月の講演では、ものがものとして初めて存在を与えられる、という言葉の力が、Be-dingnis と呼ばれる［232］。言葉は、既に現前する存在者に名前（ラベル）を付けるための道具ではない。ものがものとして初めて存在を与えられることを、古代ギリシアではロゴスと呼んだ。プラトンやアリストテレス以降、言葉は存在者の一つ（眼前存在者）と見なされてきた。この伝統を転換させ、ロゴスを巡る新たな元初をハイデガーは目指す。

　二つの講演で、ハイデガーはゲオルゲの詩をもう一つ取り上げている。それは「新しい国」最終部である「歌謡」冒頭の詩（無題）である［194, 234］。何と大胆で軽やかな足取りが歩むことか、先祖の残したメルヘンの庭の中を。何と力強い起床ラッパを銀のホルン奏者は吹き鳴らすことか、まどろみを続ける言葉（Sage、伝説）の茂みへと。何と心地よい息吹が忍び入ることか、消え去ったばかりの悲しみの魂へと。

　この詩の第1連が語る歩み、第2連が語る呼び声、第3連が語る息吹は、何れも言葉が我々を支配するあり方である。悲しみとは、言葉のないところに存在はない、という断念がもたらした悲しみである。だが、この悲しみは詩人に心地よい息吹を吹き込む。これは詩人が言葉への関わりを学ぶことである。これにより、悲しみは消え去る。かの断念は、存在を与える言葉の秘密（Be-dingnis）を諦めずに見つめる、ということである［235 f.］。

　既に老境に達したハイデガーにとって、ゲオルゲ解釈はヘルダーリン解釈の所産を自在に使いこなす余興であったろう。個別者としての詩人ではなく、詩人が語る人間の本質、即ち存在の開けに視線が向けられていることも、ヘルダーリン解釈以来不変である。

3. ハイデガーの詩人解釈はツェラーンとどう出会ったか

　ちょうどゲオルゲ論に取り組み始めた頃、ハイデガーはツェラーンに関心を寄せるようになる。ペゲラーの報告を聞く限り、ハイデガーは59年時点でもゲオルゲを読んだようにツェラーンを読もうとしていたらしい。つまり、古代ギリシアやヘルダーリンを土台に、四方界や静けさの響きという見方で、である。ペゲラーとの対話で興味を示した「沈黙からできた証言（Argumentum et silentio）」や「不眠. ホメロス（Schlaflosigkeit. Homer）」をハイデガーは具体的にどう読んだのか。その読みは、ペゲラーがツェラーンの生い立ちをハイデガーに語って聴かせることを通して放棄されたのか、或いは変化したのか。これらの問いには、ペゲラー本人に尋ねることである程度は答えられるのかもしれない。

　だが、本稿の目的はこれらの問いに答えることではない。トラークルやゲオルゲを読むようにツェラーンを読むことは、ハイデガーには結局のところ不可能だった。なぜか。少なくとも三つの理由が考えられる。第一に、ツェラーンはハイデガーより30歳以上も年下である。既に死去した過去の詩人の作品をどう解釈しても、作者から反論されることはない。だが存命の若い詩人の場合、そうはいかない。解釈は慎重にならざるを得ない。

　第二の理由は、ツェラーンがハイデガーの著作を精読し、ハイデガーの言葉から受けたインスピレーションを詩作へと転換させた詩人であること。しかも、ツェラーンは、存在を巡るハイデガーの言葉の意図を汲み取って忍耐強く歩みをともにする、という哲学書生的な態度でハイデガーを受容したわけではない。むしろ、ツェラーンにとってハイデガーの言葉は、インスピレーションの数ある源泉の一つにすぎない。このような仕方で自らの思索に接近し、応答してくる詩人の作品を、ハイデガー自身はどう受けとめたらよいのか。

　第三の理由は、ツェラーンの詩がハイデガーには読み辛い特徴を持っていること。以下で、ハイデガーからのインスピレーションを感じさせる「テュービンゲン、一月（Tübingen, Jänner）」と「頌歌（Psalm）」（何れも『誰でもない者の薔薇』所収）を題材として、この特徴を確認したい。この特徴を見極め

れば、ツェラーンがハイデガーに接近しようとした詩人であるように見えても、その詩作が立ち尽くす地点は結局のところハイデガーの思索に必ずしも近いものではなかったことが明らかとなろう。なお、本稿の目的は、冒頭に述べた通り、あくまでハイデガーから見たツェラーンである。本稿ではハイデガーの存在を巡る思索から見た限りで二つの詩を考察したい。

3.1 「テュービンゲン、一月」

盲目になるよう
説き伏せられた目。
その目の「一つの
謎である　純粋に
ほとばしり出たものは」、その目の
記憶
潤んで幾重にもなったヘルダーリン塔の、かもめが
飛び交う中で。

酔いが廻った指物職人たちが訪れるたびに
これらの
言葉が浮かび上がる

やってきたなら
やってきたなら　一人の人間が
やってきたなら　一人の人間が　きょう
ひげを蓄えて
族長の。彼は　恐らく
彼がこの時代について語るとしたら
彼は

恐らくは
ただ　どもり　どもるに違いない
いつまでも　いつまでも。

「パラクシュ　パラクシュ」

　この詩は、61年1月にテュービンゲンへ夜行で日帰り旅行をした直後に書かれた[61]。ツェランは50年代からたびたび知人の住むテュービンゲンを訪れており、ヘルダーリンにも深い関心を寄せていた。この詩には「ライン」の一節と、ヘルダーリンが精神異常を来した後にしばしば語った（意味不明な）言葉「パラクシュ」が引用されている。また、「記憶」は「追憶」を想起させ、「一人の人間」が「どもる」という一節は「パンと葡萄酒」の一節（「乏しき時代に詩人は何のためにあるか」）をほのめかしているようにも見える。

　50年代半ば以降、ツェランはヘルダーリンのみならず、ハイデガーのヘルダーリン解釈をも熟知していた。ハイデガーは「ライン」や「追憶」、「パンと葡萄酒」を直接取り上げている。それゆえ、この詩はハイデガーへの応答として読むことができる。ハイデガーの解釈により幻惑された目で「ライン」を読み、その同じ目で実在するヘルダーリン塔を見ると、ぼやけて何重にも重なって見えるほどだ。ヘルダーリン自身も、現代のこうした解釈を目の当たりにすると、口籠もる以外にないだろう[62]。こう読むならば、この詩はハイデガーの解釈に対する批判的メッセージ、言わば揶揄であることになる。だが、読み方を少し変えると、目が眩むようなハイデガーの解釈に対する感嘆のメッセージとしてこの詩を解することもできる[63]。

　勿論、この詩はハイデガーと切り離して読むことも可能である。族長のひげをはやした人間とはユダヤ人であり、この人間がナチスによるユダヤ人虐殺という同時代の惨事を目の当たりにして口籠もっている。ツェランは『子午線』で、詩作とは自らが辿った時刻を記憶し続けるよう努めることだ、と述べている。ハイデガーとの関係がどうであれ、彼が体験した同時代のユダヤ人の

惨事がこの詩でも暗示されているのは確かだろう[64]）。

　こうした多様な読みが可能となるのは、ツェラーンの詩が読者を多様な仕方で個別性へと差し向けながら語っているからである。例えば、2行目の「目（Augen）」。この語を使うことで、ツェラーンは「目とは何か」というハイデガー好みの本質論を提起しているわけではない。目が見るためのものだ、という点をツェラーンはナイーヴに前提しているようである。「盲目となるよう説き伏せられた目」という一節は、むしろ、読者を次の問いに誘う。即ち、この複数の目は、誰の目か。独我流のヘルダーリン論を盲目的に受容するようハイデガーから説き伏せられたツェラーン自身の目か？　同様に説き伏せられた他のヘルダーリン読者やハイデガー読者たちの目か？　或いは、ヒトラーたちの巧みな弁舌により扇動されたかつてのドイツ国民の目か？　そのナチスにより受難を強要されたユダヤ人たちの目か？　何れの読み方も可能であるように見える。つまり、「目」という語は、固有名詞ではないにもかかわらず、何らかの個別者を暗示する仕方で語られている。しかも、その個別者が誰なのか、幾つかの可能性が開かれたままにされている。

　また、13行目の「一人の人間」。「一人の人間がやってきたなら」という一節は、その人間とは誰か、という問いへ読者を誘う。それは、精神異常を来したヘルダーリンの庇護者となってくれた指物職人ツィマーがヘルダーリンを訪問する様子を暗示しているのか？　それとも、詩人ヘルダーリン自身がこの現代へとやってきたなら、と言っているのか？　或いは、戦争中の惨事の犠牲者としてツェラーンの記憶に刻まれた特定のユダヤ人（ツェラーンの肉親？　友人？）のことなのか？　はたまた、単にユダヤ人であるのみならず、モーゼの如き預言者のことなのか？　ここでも多様な読み方が可能である。「一人の人間」は、「目」と同様、何らかの個別者を暗示する仕方で語られている。

　ここで言う個別者の暗示とは、勿論、語の指示対象が特定できない、ということではない。「目」が目を指し、「人間」が人間を指すこと（シニフィアンとシニフィエとの対応関係）、この指示（対応）関係が制度としての自然言語では共時的にほぼ固定されていること、をツェラーンの詩は所与として前提して

いる。だが、「目」や「人間」という一般名辞は、敢えて様々な個別者を暗示させつつ、敢えて多様な文脈を開く仕方で、語られている。これはツェラーンの他の詩にも言えることで、彼の自覚的な詩作の方法と言える。

　読みの多様性は、詩が進むにつれて増幅される。例えば、「目」は「潤んで幾重にもなったヘルダーリン塔の記憶」に結びつけられる。ここでも、潤みや記憶の本質が問題視されるというより、むしろ、なぜ潤むのか、誰の目が潤むのか、という問いへと読者が誘われている。この目がハイデガーのヘルダーリン論を読む者（ツェラーン自身を含む）の目であるのなら、潤みはハイデガーによる幻惑、しかも塔が幾重にもぼやける程の幻惑により引き起こされるのだろう。だが、この幻惑が驚嘆に値するのか、否定されるべきものか、何れの読みも開かれている。他方、この目が受難のユダヤ人の目であるなら、その潤みはナチスによる称揚対象とされたヘルダーリンを思っての悲しみの表れであるかもしれない。

　更に、「一人の人間」はなぜ「どもる」のか。「一人の人間」がヘルダーリンであるのなら、現代に流通しているハイデガーによる解釈に驚いてヘルダーリン自身がどもっていることになる。これは、個々の人間（個別者）の命運を黙殺して人間の本質のみを問い続けたハイデガーに対する、個々の人間（個別者）の側からの抗弁かもしれない[65]。他方、「一人の人間」がユダヤ人であるのなら、ナチスの犯罪行為を目の当たりにして言葉を失っていることになる。それが預言者であるのなら、ホロコーストを招いた現代という時代を目の当たりにして、ユダヤ人を導く預言者はもはや出現しえない、というメッセージとなろう。

　この詩は、指し示す個別者のぶれに訴えて読みの可能性を増幅させる一方、ナチスを体験した一人のユダヤ人としてのツェラーンが辿った時刻を確実にその可能性の中に刻み込んでいる。一般名辞を使って個別的な事象を暗示するこうした詩形は、通常、アレゴリーと呼ばれる。では、この詩が語る「目」や「一人の人間」は隠喩や比喩なのだろうか。そうではない。この詩の書かれる三ヶ月前に講演された『子午線』で、ツェラーンは比喩や隠喩に対して批判的

な発言をしている。詩が語るのは、知覚されたもの、知覚されるべきものである。知覚されたもの、知覚されるべきものとは、詩人にとって他者である。その他者へ向かって、詩は語りかける[66]。「目」は、詩人が知覚した他者としての目を直接的に名指している。「一人の人間」にも同じことが言える。ここには比喩や隠喩の介在する余地はない。ハイデガーが比喩やメタファーを拒絶することをツェラーンは熟知していた[67]。この点で、ツェラーンはハイデガーと見方を共有する。

　だが、ツェラーンが知覚した他者としての目や一人の人間は、ぶれの中に置かれている。「目」とは誰の目か、「一人の人間」とは誰か、読者は問わざるを得ない。ツェラーンの詩論自体もこの問いを要求している。ツェラーンにとって、詩は孤独な者の語りであり、他者との出会いである。彼は詩を書くことで徹底的に一人の個別者たらんとしており、その詩には彼の辿った日付が刻印される[68]。そして、彼の詩は、同様に日付が刻印された個別者としての他者（ぶれの中にある）へと語りかけているようである。読者自身も、日付が刻印された個別者としてツェラーンと向き合うよう要請される。

　ツェラーンは、詩論を見る限り、日付を背負った或る個別者が、別の個別者（詩の語る言葉、そして読者）へと語りかける、という視座に徹して言葉を捉えているようである。これはハイデガーの言葉についての考え方とは異質である。ハイデガーの視座は、誰もが共有し得る存在解釈としての言葉、即ち制度としての言葉、言葉の本質論を向いている。確かに、ハイデガーは、制度としての言葉が人間各自のその都度の個別性に委ねられる形で成立していること、つまり、制度としての言葉が個別的な現存在なしにはあり得ないこと、を重視していた。だが、ハイデガーの視座は、あくまで、あらゆる「各自」にとって理解可能な言葉（自然言語の概念）がどのようにして可能になるのか、を見据えている。20年代のハイデガーは、こうした言葉とは実存可能性の企投（存在解釈）に他ならない、と考えた。30年代の彼は、我々が引き受けるべき実存可能性を誰よりも先駆けて企投するのがヘルダーリンの詩作だ、と考えた。他方、ツェラーンは、制度としての言葉をナイーヴに前提して詩作しながら、制

度からは必然的に抜け落ちてしまう個別者の視点を徹底的に守ろうとしているかの如くである。

　ツェラーンの詩は、日付の刻印の中で語りかける個別者（ツェラーン）が、ぶれの中にある個別者（目や一人の人間）を、別の個別者（読者）へと委ね渡す語りである。こうした詩作をハイデガーの本質論的な視座から読み込むのは困難である。ハイデガーの詩人解釈は、詩人の全作品を語義通り受けとめ、そこに幾つかのキーワード（ヘルダーリンの「祖国」、リルケの「天使」など）を見出し、このキーワードを（語義通り受け取ることにより）介して存在を巡る思索（人間の本質論）へと引きつける。だが、ツェラーンの詩にキーワードがあるだろうか？　キーワードがあるとしたら、それはワード（言葉）というより、言葉にならぬもの、即ち、彼のどの語りにも直接は語られぬまま暗示されている彼固有の日付ではないか。意味という本性的に普遍性を要求するもの（社会的拘束性を持った制度）に頼りながらも、常に暗示される以外にない個別的な日付を読者へ委ね渡そうとしたのがツェラーンの詩作の特徴ではないか。普遍性を媒体としながら徹底した個別性を追求したのがツェラーンの詩作ではないか。他方、ハイデガーの目線は、徹底して（哲学特有の）本質論に向かっている。実存主義書と誤解された『存在と時間』ですら、あらゆる個別者に共通する本質の解明を目指すものだった。

　ツェラーンを強いてハイデガーが解釈するとどうなるのか。次の二つに一つだろう。即ち、語義通り捉えさせてくれない言葉の折り重なりを前に、比喩やアレゴリーを批判した論拠を持ち出して「形而上学的な詩作」と断罪するか。或いは、生き残りユダヤ人としての悲しみを根本気分として、一つ一つの言葉のぶれを丹念に追いかけ、そこに何らかの存在の開けを無理にでも見出すか。

　ハイデガーは愚直なまでに自然言語の意味（少なくとも共時的には制度内部で或る程度固定された意味）を真に受けた。そして、存在への問い（本質論）という文脈で、この意味を問い詰めようとした。他方、ツェラーンはやはり自然言語の意味をナイーヴに前提することから出発するが、彼の詩作は絶えずその意味の向こうにある個別者を見据えている。それは、あたかも、制度として

の意味を真摯なまでに愚弄し、揺さぶるかの如くである。両者の土俵は全く異なっている。

　言葉についての考え方に関する以上の違いの他に、この詩がハイデガーへの一種の応答であることも考慮せねばならない。ハイデガーのヘルダーリン解釈に対して、ツェラーンはハイデガー的な解釈が困難な詩作「テュービンゲン、一月」で応答した。この詩作にハイデガーはどう言葉を返せばよいか。この問題を更に浮彫りにするのは「頌歌」である。

3.2 「頌　　歌」

　　誰も大地と粘土から我々をこねることはない
　　誰も我々の塵を祝福することはない
　　誰も
　　称えられよ、誰でもない者よ
　　汝がいとしいゆえに我々は花咲きたい
　　汝に向かって
　　一つの無、我々はそれであった、それである、そしてこれからも　花咲きながら
　　無である薔薇　誰でもない者の薔薇
　　めしべは魂の如く明るく
　　おしべは天の如く淫らで
　　花冠は赤い
　　紫色の言葉で染められし
　　我々が刺の上で、おお刺の上で歌い語った紫色の言葉で

　この詩では、神が人間を創造するという創世記のモチーフから神が除去され、「誰でもない者」で置き換えられている。我々を創造し、我々の後ろ盾となってくれる超越者は、（旧約聖書とは裏腹に）実際には存在しない。こうした置

き換えには、ツェラーンが辿った時刻の記憶、即ち守られるすべなく起こったユダヤ人の受難が暗示的に刻み込まれている。血を連想させる末尾の一節は、これを否が応でも想起させる。

　この詩は、旧約以外にも多くの触発を受けて書かれたはずだが、その一つにハイデガーの講義・講演録『根拠律』[69]があると思われる。この書は、キリスト教の文脈では、神は存在者が存在する根拠とされてきた。このことを近世哲学の伝統の中で最も簡明に定式化したのはライプニッツの根拠律である。『根拠律』は、この根拠律（あらゆる存在者の存在には理由・根拠がある）を否定するかに見える17世紀の神秘主義者アンゲルス・シレジウスの詩（「薔薇は理由なく存在する　花咲く故に花を咲かせる　おのれを気にかけることもなく見られることも欲しない」）を取り上げる。ツェラーンは『根拠律』を57年の公刊直後に購入して精読した。根拠となる神が不在のまま花咲く薔薇である、という「頌歌」のモチーフは、この神秘主義者の詩から採られたように見える[70]。

　ハイデガー自身は、この詩が根拠律に反するものでは必ずしもない、と言う。ライプニッツの定式化した根拠律は、人間が自らの表象能力を発揮して存在者と関わる限りで、あらゆる存在者に根拠を見出す、ということを述べている。即ち、我々が存在者を認識する能力を支配する原理として、ライプニッツの根拠律は定式化されている。他方、人間以外の生物や事物には、こうした根拠を見出す能力はない。薔薇は、自らが花咲くことの根拠を表象したり、問いかけたりすることはない。だが、薔薇が花咲くことに根拠がないわけではない。アンゲルス・シレジウスの詩は、薔薇が花咲くことの根拠は、まさに薔薇が花咲くことそのもの、つまり薔薇が薔薇である（薔薇としての存在）ことだ、と語っている。根拠律は、（ライプニッツが言うように）我々が存在者を認識する能力を支配する原理ではなく、我々に開けた存在そのものの原理である、とハイデガーは説き進む。ハイデガーによれば、アンゲルス・シレジウスは存在の原理としての根拠律を詩っていることになる。

　「頌歌」は、『根拠律』におけるハイデガーのこの見解への拒絶的応答として

読むことができる。拒絶には三つの要点がある。第一に、我々は人間ではなく、薔薇である。第二に、我々の存在には根拠がない。第三に、我々は存在すらしていない（無である）。

　第一の点。ハイデガーは人間と他の動植物を峻別する（前述 **2.2** 参照）。ライプニッツの根拠律は人間の表象能力に備わるもので、薔薇の表象能力には備わらない。ハイデガーの考える存在の開けも、人間には備わるが薔薇には備わらない。これに対してツェラーンは、我々は人間ではなくむしろ薔薇だ、と言う。これはどういうことか。ツェラーンは、ある人間を暗示する際に植物（花）の名を用いることがしばしばある。「トットナウベルク」でも、自らとハイデガーを指して「オルキス（淫らな雄）」と呼びかけている。これは比喩ではない（前述 **3.1** 参照）。我々は薔薇の如くあるのではなく、薔薇なのである。我々は、誰でもない者により、人間としてではなく、薔薇として創造された。人間でない以上、我々には（ハイデガーの言うように）あらゆる存在者の根拠たる存在が開けている、などということはない。これは我々が存在する根拠（神）などない、という第二点に関係する。

　第二点は神の不在に他ならない。だが、これはニーチェの言う神の死とは根本的に異なる。というのも、ツェラーンは同時に、不在である神を「誰でもない者」という仕方で人格化し、称え、いとおしんでいるからである。これは、存在しない根拠を称え、いとおしむことであり、称える対象の不在に苦しむ敬虔さの吐露である。神の不在、根拠の不在は、ハイデガーに対する強烈なアンチテーゼである。というのも、ハイデガーは、キリスト教の神は（ニーチェと口調を合わせて）死んだとしながらも、ヘルダーリンとともに聖なるもの、来るべき神々（存在そのもの）への期待に溢れているからである。ハイデガーの四方界という考え方をツェラーンは熟知していた。だが、聖なるもの、来るべき神々など、あり得ない。しかも、あり得ないものとしての神を称えたい。この緊迫した分裂（両義性）に苦しむツェラーンは、四方界の響きに愚直なまでに耳を傾けようとするハイデガー（書斎と別荘で平穏に思索の生涯を送った哲学者）が我慢ならなかったのかもしれない[71]。

第三点（我々は存在すらしておらず、むしろ無である）は、存在を巡るハイデガーの思索が追い求めるものの拒絶に他ならない。ツェランがハイデガーを精読した、ということは、彼がハイデガーの問題提起を真に受けて、存在を巡る歩みをともにした、ということを意味しない。むしろ、ハイデガーの問題提起をツェランは意図的に拒絶したのではないか。存在というハイデガーの問題提起は、彼のナチス加担を阻止し得なかった。これは、ツェランの目には、ハイデガーの問題提起に潜む脆弱さ、無責任さと写ったはずである。ハイデガーが耳を傾ける存在とは、一人一人の人間の生きた時刻が刻印される、という意味での実存（徹底的個別）ではなく、あらゆる人間に共通する本質である。ツェランはこの本質論的志向に胡散臭さを感じていたのかもしれない。
　「頌歌」は、以上のような文脈で、ハイデガーへの応答として読める。つまり、徹底して個別者の立場に立ち、ハイデガーの思索を根底では拒絶し、ハイデガーを徹底的に個別者として捉えた上で投げ返した応答として、である。ハイデガーは「頌歌」をどう読み、どう答えるか。存在を巡る思索に立ち尽くして読むか、或いはこの思索を離れて、ツェランと同じ個別者として読むか、という選択肢しかあるまい。前者の答え方は可能だろうか。ヘルダーリンやトラークルと同様に、ツェランを「四方界の語りに耳を傾ける詩人」として把握し得るだろうか。言葉の上でどれほど神（聖なるもの）が否定されていても、聖なるものはやはり暗示され、待たれている、という読み込みは可能だろうか。それとも、個別者にこだわるのは形而上学の証しであり、その意味でツェランはニーチェと同様に形而上学の終末に位置付けられる詩人、というレッテルを貼られることになるのか。
　公式には、ハイデガーは何れの選択肢も示さなかった。ハイデガーはツェラン論を公にしなかった。存在を巡るハイデガーの思索は、結局のところ哲学的な概念批判である。概念批判という作業は、その本性上、個別的な事件を体験した個別者の声に関心を持たない。ハイデガーにとって、ドイツ人もユダヤ人も、現存在であり、四方界の一つである死すべき者たちであることに変わりない。それがゆえにこそ、ユダヤ人差別・迫害はハイデガーにとって全くの

ナンセンスであった。他方、ハイデガーの眼差しには、アウシュヴィッツすらも概念批判の対象でしかない。そして、アウシュヴィッツに対する概念批判は、ハイデガーにとっては既に戦時中の講義で表明した近代批判・技術批判[72]に他ならず、それに尽きる。ヘルダーリン、リルケ、トラークルの詩は、こうした概念批判により解釈が可能なものだった。だが、ツェラーンは徹底して個人的な日付にこだわり、概念性を意図的に愚弄するかの如く詩作した。彼の詩は、個別的な日付とそこで起こったことを暗示し、弾劾する政治的詩作である。これは、ハイデガーの目線で見ると、ナイーヴな実存主義（克服されるべき形而上学）以外の何物でもない。また、個別者が語りかける詩、というツェラーンの詩観も、個人の体験の表現という克服されるべき考え方を体現したものに他ならない。61年にペゲラーと『子午線』の原稿を読んだ際のハイデガーの反応は知られていないが[73]、ハイデガーの当惑は想像に難くない。

4. 結　語

『誰でもない者の薔薇』公刊から4年後、ハイデガーはツェラーンと初めて面会した。ハイデガーの山荘を訪問したツェラーンは「トットナウベルク」という詩を書き、ハイデガーに贈呈した。この詩に作者のハイデガーに対する両義的な態度が込められている（謝罪の言葉への期待であり、同時に失望の表明である、また警告でもある）ことはよく知られている。この両義性をハイデガーは即座に感じ取っただろう。だが、彼は動じなかった。その理由は、彼がナチス協力の責任を問われても動じなかった理由と同じである。

70年3月にツェラーンと最後に面会した後、ハイデガーは「ツェラーンは病気だ（krank）、治らない（heillos）」と言った、と伝えられている[74]。この「heillos」は、単に「病気が治らない」ということではなく、「ツェラーンには聖なるものがない」という意味でもあったのではないか。ツェラーンは、ハイデガーの言う聖なるもの、来るべき神々を意図的に拒み、受難の個別者に留まらんと詩作した。ハイデガーの言葉は、自分の詩人解釈の定型にツェラーンが納まらない、自分にツェラーンは解釈できない、という表明でもあったのでは

ないか。

　最晩年のハイデガーは、ツェラーンから受け取った「トットナウベルク」に自身の序文を添えて、妻に献呈した。トットナウベルクの山荘を切り盛りし、ハイデガーに思索のための環境を整えてくれた妻への感謝が、序では述べられている。この事情を伝えるペゲラーは、ハイデガーがツェラーンとの出会いを私的なものとして留め置きたかったのだろう、と推測している[75]。この推測は正しいと思われる。ハイデガーがツェラーンに取り得る最良の友好的対応は、存在を巡る思索により解釈する（本質論を突き進む公式見解の中に定位する）ことではなく、個人的交友と思い出（日付）に自らの側でも留め置くこと、ツェラーンと同じ一人の個別者として振舞うこと、だったのだろう。

　ツェラーンはハイデガーの著作から多くのインスピレーションを得ながら詩作した。しかも、ツェラーンは、ハイデガーが生涯かけて積み上げてきた詩人解釈、即ち概念批判的な詩人解釈では、読めない言葉を敢えて語ろうとした。存在を巡る本質論的な思索に敢えて挑戦し、存在そのものすら拒絶せんとする徹底した個別者として、アレゴリーの乱舞をハイデガーに浴びせかけたのである。メタファーや比喩、アレゴリーをあれほど講義で批判したハイデガーは、ツェラーンのアレゴリー詩作に対して批判的言葉を投げかけることはなかった。それは、ナチスの犠牲となった個別者ツェラーンの半生に対する、ハイデガーなりの敬意の表し方であったのではないか[76]。

付　ハイデガーとツェラーン　関連年表

（ハイデガーはH、ツェラーンはCと略記）

1952年　Cが『ケシと記憶』出版（Hは高く評価、ただし初めて手にしたのがいつかかは不明）、3月にSein und Zeit [SZ, 49年版]、8月にWas ist Metaphysik を精読。

1953年　Cが2、3月にSZ を精読、7、8月にHolzwege [50年刊] を精読。8月20日にBrief über den Humanismus、9月にVom Wesen der

Wahrheit を入手。11月23日に Erläuterungen zu Hölderlins Dichtung [EH, 51年刊] を友人から入手。

1954年　5月にHを訪問した手塚富雄が6月にC来訪。Cが9月に Einführung in die Metaphysik [53年刊] と Was heiβt Denken? [54年刊] を精読、恐らく EH も精読。秋の読書ノートにHへの敬意に満ちた手紙の草稿。10月、レーヴィットのH解説書を精読。

1955年　C『閾から閾へ』出版（Hは "Argumentum e silentio" を評価）。Hがノルマンディで Was ist das‐die Philosophie? 講演、途中パリでCの知己シャールと初対面。

1956年　Cが6月6日に Zur Seinsfrage [56年刊、"Null-meridian" というエルンスト・ユンガーの語に事寄せた論考] 読了。9月20日付け郵便でHがヘーベル論 [56年講演] を「感謝の気持ちとともに」Cに献本。11月23日、Was ist das‐die Philosophie? [56年刊] と Vorträge und Aufsätze [VA、54年刊] を入手。

1957年　ペゲラー、パリでCと初対面。Hがエクス来訪、シャールと懇意に。Cが5月9日に Der Satz vom Grund [57年刊、アンゲルス・シレジウスの詩を主題化] 購入、精読。

1958年　1月26日にCがブレーメン文学賞講演。8月14～16日にCが出版者ギュンター・ネスケとパリで面会（Hの70歳記念の詩を依頼?）、8月24日にネスケが Identität und Differenz をCに献本。11月頃、Hがウルムでの講演とCのウルム就職を企図、失敗（翌年Cはパリ高等師範学校に就職）。C所有のセルシー講演本に「58年11月23日G」の記載（Gはネスケか?）、11月24日からHへ書簡（Felstiner が「Glenn の許諾を得て」と断って報告）。年末、Hの70歳記念の詩をCは結局拒絶。Hが年末からゲオルゲ講演。

1959年　Cが『言葉の格子』出版。ペゲラーが夏にHと初対面、Cの詩を一緒に読む。Cが8月に VA を精読。11月、HがCに Unterwegs zur Sprache [57年刊] を献本。この年発行のシャールの独訳詩集にCによる翻

訳も掲載。
1960年　10月22日、Cのビューヒナー賞講演『子午線（Meridian）』。
1961年　1月27日、剽窃誹謗事件に関連してCが夜行でTübingenにとんぼ返り旅行（イェンス訪問）、直後に"Tübingen, Jänner"を書く。ペゲラー、4月末にHと再度対面、『子午線』原稿を贈呈（Hはビューヒナー全集を取り寄せて待っていた）、Cを一緒に読む（2回の訪問でペゲラーがCの生立ちをHに詳述）。8月にHがCにNietzsche献本、9月15日付けでCが返礼としてHに『言葉の格子』献本。
1963年　『誰でもない者の薔薇』出版（ユダヤ教研究の痕跡、旧約に疎いHには難解）
1965年　Hがオイゲン・フィンクの60歳記念にCによるヴァレリーの詩の独訳を贈る。
1967年　7月24日にCのフライブルク朗読会、CとHが初対面。翌日トットナウベルクでAus der Erfahrung des Denkens ［65年版］をHがCに献本。後日、朗読と訪問への感謝の印としてHがWas heiβt Denken? ［61年版］献本。
1968年　1月、CがTodtnauberg限定版をHに献本、HがWegmarken（67年刊）で返礼。6月、Cがフライブルク再訪、Hと再対面。トットナウベルク再訪、湿原を散策。
1970年　3月26日にCがフライブルクで朗読会、Hと3度目の対面、記念にHがKunst und Raum献本。私的な集まりでCの朗読をHが正確に繰り返すも、Cに咎められる。数日後、バウマンにH「Cは病気だ。治らない（heillos）」。その後、HはCにZur Sache des Denkens ［69年刊］献本。5月にC自殺、その直前にHへの非難に満ちた手紙の草稿。
1972年　ペゲラー、Hと『誰でもない者の薔薇』を「テュービンゲン、一月」まで論ずる。
70年代半ば　HがCから献本されたTodtnaubergに序文を付し、妻エルフリーデに献呈。

1) 中央大学人文科学研究所編『ツェラーン研究の現在』（中央大学出版部、1998年）、350頁及び410-412頁参照。どの著作がいつ頃読まれたか、については本稿末尾の年表 [Otto Pöggeler und Christoph Jamme, "Der glühende Leertext". Annäherungen an Paul Celans Dichtung, Wilhelm Fink, 1993 や関口裕昭『ツェラーンとハイデガー』（慶応大学独文学研究室編『研究年報』12号、1995年3月刊などを参考に作成] を参照。なお、本稿を出版に回す直前、次の二つの文献が出版された（中央大学の北彰先生からのご教示による）。Hadrien France-Lanord, Paul Celan et Martin Heidegger. le sens d'un dialog, Fayard, 2004 及び Alexandra Richter, Patric Alac et Bertrand Badiou, La bibilothèque philosophique. Paul Celan, édition rue d'Ulm, Presses de l'école normale supérieure, 2004 である。前者はツェラーン研究者としての立場からツェラーンとハイデガーの往復書簡や相互の作品の入手・精読時期、手書きの書き込みなどを調査したものである。後者にはツェラーン所有のハイデガー作品への書き込みが網羅的に記録されている。残念ながら、本稿末尾の年表作成に際しては反映させることができなかった。

2) Robert André, Gespräche von Text zu Text. Celan-Heidegger-Hölderlin, Felix Meiner, 2001, S. 224. このノートは南仏滞在時にハイデガーの著作を読んで書かれた。

3) このヘーベル論考はマールバッハにある Deutsches Literaturarchiv 所蔵のツェラーン蔵書に含まれており、1956年9月20日付け消印のあるハイデガーからツェラーンに宛てた封筒が挟み込まれている、とのことである［関口前掲論文（注1参照）41頁］。ツェラーンの『ケシと記憶』［52年刊］はハイデガーのお気に入り詩集だった [Gerhard Baumann, Erinnerung an Paul Celan, Suhrkamp, 1986, S. 59)。ツェラーンがハイデガーに手紙を送ったとすれば、ハイデガーが好意的に受けとめて対応しただろうことは想像に難くない。

4) ペゲラーの回想による [Otto Pöggeler, Der Stein hinterm Aug. Studien zu Celans Gedichten, Wilhelm Fink, 2000, S. 8, 47, 161]。ハイデガーはこの際、自身もウルムでパウル・クレーについての講演を企図したが、ツェラーンの就職と同様に実現しなかった。ツェラーンは翌59年、パリの高等師範学校ドイツ語教師の職に就いた。

5) 同様の献呈詩をハイデガーはインゲボルク・バハマンやルネ・シャールにも所望した（前者は断り、後者は快諾した）という [John Felstiner, Paul Celan. Eine Biographie, aus dem Englischen von Holger Fliessbach, C. H. Beck, 1997, S. 199]。

6) Felstiner は、58年11月24日付けのツェラーンからハイデガーへの書簡（友人のクラウス・デームスの詩を同封したもの）を Jerry Glenn の許諾を得て目にした、と述べている［注5の文献、S. 199, 396］。両者の往復書簡の一部は［France-Lanord, 2004］（注1参照）に掲載された。

7) 67年の初対面時、ツェラーンはハイデガーと一緒に写真に収まるのを拒否した［注3記載の Baumann の文献、S. 63 参照］。また、70年3月に少人数での集まりでツェラーンが詩を朗読した際、ハイデガーが（第三者の耳で聞く限り）落ち度ない仕方でその詩を繰り返したのに対して、ツェラーンは強烈に非難したという［Baumann 同書、S. 79 f.］。

8) 思索する者より来たる言葉（存在を開く言葉？ ナチス加担の贖罪の言葉？）への期待を胸に抱きつつ、ツェラーンが山荘の客人帖に署名した様子を語るこの詩が、ハイデガーへの複雑な思いから書かれていることは、既に多方面から指摘されている通りだろう。

9) Robert André, op. cit.（注2記載文献）、S. 226.

10) 或いは、少なくとも現時点まで公にされていない。ハイデガーは生前の公刊著作でツェラーンに言及しておらず、死後に刊行が始まった全集にもこれまでのところ直接的言及はない。ペゲラーは、ハイデガー所有の『子午線』に次のような書き込みがあることを報告している［vgl. Otto Pöggeler, Schritte zu einer hermeneutischen Philosophie, Alber, 1994, S. 436］。ラインホルト・レンツは天を自らの下に開ける「深淵」とするため、逆立ちして歩こうとしたのだ、とゲオルク・ビュヒナーは語っているが、ツェラーンはこれを自分自身の詩作で引き受けた（これはペゲラーの要約で、書き込みの正確な記録ではない）。なお、注1で言及した France-Lanord の新著によれば、ハイデガー所有のツェラーン著作は6冊しか残っていない（同書259頁以下参照）。また、France-Lanord の新著はハイデガー所有の『子午線』中の書き込みに幾つか言及している（同書71、84、163、171頁参照）。しかし、France-Lanord が引用する書き込みは極めて断片的で、ハイデガーのツェラーン理解を裏付ける要素となるに足らない。

11) Vgl. Otto Pöggeler, Spur des Worts, Alber, 1986, S. 249 und ders., Der Stein hinterm Aug（注4参照）、S. 8, 161, 166. 61年4月にペゲラーはビュヒナー賞講演である『子午線』の原稿を携えて訪問したが、ハイデガーはビュヒナー全集を取り寄せて待っていたという。

12) 筆者はこの主題を以下の三篇、『形相と言葉。ハイデガーの形式的告示に関する一考察』［京都大学実践哲学研究会編『実践哲学研究』10号、1989年、1－23頁］、

Wittgenstein und Heidegger. "Sinn" und "Logik" in der Tradition der analytischen Philosophie, Königshausen und Neumann, 1996 並びに『言葉と論理　ハイデガーが現代論理学を超えて求めたもの』［中央大学人文科学研究所編『人文研紀要』52号、2004年、181-208頁］でそれぞれ異なった観点から取り上げたことがある。ハイデガーの言葉についての考え方を十全に明確化するには、彼の全集公刊の進捗を待たねばならなかった。学長時代とその直後の34年夏学期の講義録が公刊された98年から2001年になって、彼の考え方の一貫性が一次資料の上でも漸く明らかとなった。

13) 例えばOtto Pöggeler（注4及び注11記載の文献）やGerhard Baumann（注3の文献）。
14) Martin Heidegger, Sein und Zeit, Max Niemeyer, 1927
15) Martin Heidegger, Gesamtausgabe Band 34, Klostermann, 1988
16) 以下、全集への参照は巻号（ここでは第34巻）と頁数（ここでは280頁以下）で略記。なお、通常は「魂」や「心」と訳されるギリシア哲学のキータームをハイデガーが敢えて彼の存在論的訳語で捉え直している点に注意。
17) Martin Heidegger, Gesamtausgabe Band 36/37, Klostermann, 2001
18) Seiendes im Ganzen（全体としての存在者）とは、机や椅子などの個々の存在者ではなく、個々の存在者の総体（集合）でもない。これを理解させるため、ハイデガーは退屈や不安を持ち出す［vgl. "Was ist Metaphysik ?", in : Martin Heidegger, Wegmarken. 2. Auflage, Klostermann, 1967, S. 109 f.）。我々が退屈すると、あらゆる存在者がそもそも存在者としては我々の気を引いてくれない状態に陥る。また不安の中では、あらゆる存在者がそもそも存在者として頼り甲斐がなくなり、我々は無の深淵に直面する。この「あらゆる存在者がそもそも存在者として」という見え方が「全体としての存在者」である。
19) Martin Heidegger, Gesamtausgabe Band 38, Klostermann, 1998
20) Martin Heidegger, Gesamtausgabe Band 39. 2. Auflage, Klostermann, 1989
21) Seiendes im Ganzenについては上記の注18参照。
22) 現存在分析論と結び付けようとする例外的な発言として36/37：219参照。
23) Martin Heidegger, Gesamtausgabe Band 65, Klostermann, 1989
24) 本稿はAnfangを「元初」と訳すが、この語は「始まり」「初め」「発端」の他、「取りかかる」「摑んで放さない」の意にもなることに注意すべきである。古代ギリシアが出した最初の答えが、後の欧州哲学のあらゆる概念把握を摑んで放さない、この答えはそのくらい強く我々を縛っている、という意味がハイデガーの用いる

Anfang には込められている。

25) 本稿は動詞 wesen を「現成する」と訳すが、31/32年冬学期にこの動詞がプラトンの真理概念との関係で初めて使われた文脈を想起すべきである [34：322]。そこでは、aletheia が「覆いを取り除く」という生起であったことを受けて、この生起（歴史性）の中で真理が如何にその本質規定を受け取ったか、という文脈で動詞 wesen が使われた。後の『哲学への寄与』では存在について、更に50年代には存在を語る言葉についても wesen が用いられる。そこでは、本質規定を受け取ったものとして持続し（währen）、留まり（weilen）、我々に襲いかかり（angehen）、存在の歴史の中で我々を規定する、という意味で使われている [vgl. Martin Heidegger, Unterwegs zur Sprache, Neske, 1959, S. 201]。

26) ハイデガーはこの講演を改稿し翌年ミュンヘンで再度講演、改稿版を出版した（"Das Ding"[Martin Heidegger, Vorträge und Aufsätze, Neske, 1954 所収]、本稿はこの頁数を参照)。原版は Martin Heidegger, Gesamtausgabe Band 79, Klostermann, 1994 所収。

27) US とは Martin Heidegger, Unterwegs zur Sprache（注25参照）の略記（以下同じ)。ここで言う「区別」とは、二つの存在者間の区別ではなく、存在者と存在の区別である。これは、20年代のハイデガーが存在論的差異（ontologische Differenz）と呼んだところのものの後継概念と言える。この区別がものと世界の内的な一体性とされるところにヘルダーリンの影響がある（「内的な（innig）」という語については下記注37参照）。

28) 注20の文献参照。本文2-1-1の括弧内記載数字は、この文献の頁数を指す。

29) Vgl. Martin Heidegger, Gesamtausgabe Band29/30, Klostermann, 1983, S. 425-430

30) 政治闘争に敗れたから詩人解釈に走ったのだ、という言い方は可能だろう [ファリアス『ハイデガーとナチズム』[山本訳、名古屋大出版会、1990年]。だが、詩作への着目が、(たとえ消極的であるにせよ) 存在への問いを各自が引き受けることで共同体に共有され、共同体変革をもたらすための手段であったことも確かである。

31) "Wie wenn am Feiertage..." [Friedrich Hölderlin, Sämtliche Werke und Briefe, Deutscher Klassiker Verlag 1992, Band 1, S. 239]。本稿ではハイデガーが取り上げたヘルダーリンの詩は全てこの3巻版の全集を参照したが、以下では詩の一つ一つについて原典参照を行わない。本稿の意図を十全に達成するためには、ヘルダーリンの詩そのものを省察した上でハイデガーの解釈を（文学史的にではなく哲学的に）批判する必要があり（こうした批判の嚆矢として現在でも輝きを失ってい

ないものに、Beda Allemann, Hölderlin und Heidegger, Atlantis, 1954 がある)、この敷衍（及び二次文献の批判的検討）作業では詩の原典への言及（校訂上の問題も含めて）は不可避である。だが、この作業は膨大な紙面を要求し、ツェラーンとの関係を主題とする本稿では不可能である（同じことは、本稿以下で取り上げたリルケ、トラークル、ゲオルゲについても言える）。

32) この講義は "stiften" を二つの意味で解釈している [214]。一つには、まだ存在せぬものを、自ら語ることでその現成（Wesen）において初めて企投し（entwerfen）、民族の現存在に実存可能性として供すること。もう一つは、こうして語られたことを、存在の開かれた現成（Wesen）への追憶として民族の中に留め置くこと。なお、"stiften" 解釈については次の注33及び注46も参照。

33) 同様の置き換えは続く。「美しき紺碧の中に（In lieblicher Bläue）」（ヴァイブリンガー伝）の「功績がいくらあろうと、人間は大地で詩人として住まう」という部分は、現世的な功績（存在者との関わりに没頭して得られる事柄）と、詩人として大地に住まうこと（存在に曝されて在ること）との区別と解される [36]。「詩人として（dichterisch）」とは、「全体としての存在者の只中で、歴史的現存在としての人間の存在構造（Seinsgefüge）を根底から担うこと」、「人間の歴史的現存在が根本的に生起すること（Geschehen）」と敷衍される [36]。これを受けて、「人間の歴史的現存在を詩人は先駆けて経験し、初めて言葉にもたらす」「民族の歴史的現存在は、詩人が民族の中に置いた存在により、根底から担われ、導かれる」、即ち「詩人は存在を打ち建てる（stiften）」と敷衍される [184]。

また、「宥和するものよ（Versöhnender der du nimmergeglaubt）」第三稿から「多くのことを人は学び知った。多くの天上なる者たちの名が語られる、我々が一つの対話となり、互いの言葉に耳を傾けるようになってから」という部分が引用され、ここで言う「対話（Gespräch）」が解釈される。対話とは、歴史の中で起こる何らかの出来事（情報交換）のことではない。逆に、この対話が生起することで初めて時間と歴史が可能となる [69 f.]。我々が対話となって初めて、我々は自らを開示する存在者へと曝され、存在者の存在そのものが我々に出会うことが可能となった」[72]。情報交換ができるためには、「存在者が我々の誰にとっても予めその存在において開示（offenbar）されていること」[72] が必要である。この存在開示は共同体の根源である。この意味で存在を打ち建てる（stiften）ことが詩作だとされる。

34) 根本気分の中で我々が関わりを思い知らされる存在者は、「全体としての存在者」と呼ばれる（注18参照）。

35) 根本気分は詩人の語る企投を気分付ける、とも言われる［39：223］。
36) この詩には二つの別稿があり、ハイデガーが引用するのはその一つである［Friedrich Hölderlin, op. cit.（注31の文献）, S. 364 f., S. 1033］。
37) こうした相反するものが調和して内的に統一されている、という考え方は、ヘラクレイトスからヘルダーリンが得た考え方だ、とハイデガーは言う［39：124］。アレテイアのうちに存在者が存在者として露わになり、存在者の存在が現成（west）する［39：126］。そこでは存在の様々な本質的な力がぶつかり合う。このぶつかり合い（戦い）の中で、神が神として、人が人として、調和して存在するに至る［39：125］。これは後の四方界の原型となる考え方である。なお、「内的さ（innig）」という語について注44参照。
38) この講義は要旨が36年にローマで講演、51年に出版（"Hölderlin und das Wesen der Dichtung"［Martin Heidegger, Erläuterungen zu Hölderlins Dichtung, Kolstermann, 1951 所収］され、ツェラーンにも53年以降知られていた。「テュービンゲン、一月」が引用する「ライン」の一節の解説はこの講演には収められず、全集版講義録が1980年に刊行されるまで公にはならなかったが、内容的には同書所収の"Andenken"（43年の論文、特にS. 139）で述べられており、実質的にはツェラーンに知られていた。
39) Martin Heidegger, Gesamtausgabe Band 52, Klostermann, 1982
40) Martin Heidegger, Gesamtausgabe Band 53, Klostermann, 1984
41) 34/35年冬学期では、我々の存在が被投性（Geworfenheit）であるのみならず企投（Entwurf）である、と明言されていた［39：175］。また、現代科学を克服するために別の形而上学が、即ち存在の新たな根本経験が必要だ、とも言われている［196］。他方、理解（Verstehen）とは、説明不可能なものをそのまま残しておくこと、謎を謎として残しておくこと、という（『存在と時間』の考え方を離れる）言い方もなされている［247］。
42) 「存在理解」という語が稀に出てくる程度である［53：94, 100］。
43) 形而上学という理由での比喩やメタファーの拒絶は戦後も一貫している（vgl. US 207）。
44) 「追憶」は祝日を冬から夏への移行期である3月に位置付ける。移行期とは和解の時である。和解は、自らに固有なるもの（das Eigene）から異質なもの（das Fremde）へとお互いが移行し、再び自らに固有なるものへと帰り来ることで、お互いを認め合うことである［86］。祭りにおける神々と人間たちもこうして和解し、自らに固有なる領分に甘んずる。祭りにおいて、神々と人間たちは三次元空間

に位置を占める眼前存在者ではなく、お互いがそれぞれの本質（現成）への途上に進み出る仕方で存在する［88 f.］。ヘルダーリンはこれを「運命（Schicksal）」や「内なる（innig）」という語でも呼んでいる、とハイデガーは解する［90 f.］。"innig"という語については注37参照。

45) 1801年12月4日ベーレンドルフ宛書簡［Friedrich Hölderlin, op. cit. Band 3, S. 459 f.］。

46)「追憶」後半部分も同じ視点から解される。第3連で詩人が所望する杯を満たす「暗い光」とは、ギリシアの天上の炎に他ならない［149］。同連にある「求められるべき対話」とは神々と人間たちの出会いであり［157］、「語られるべき心からの思い」とは敬虔なる悲しみ、聖なるものを待ち焦がれる思いだ、と解される［158］。第4連が尋ねる友とは、異質なるものとの対決へと共に乗り出す友である。それは詩人自身でもある［169］。詩人たちは航海により対決へ乗り出し、源泉（豊穣なるもの、最も固有なるもの）を我がものとする［175］。第5連は、ギリシアの炎を再び南仏の光景に託して語る。友らが向かったインドは、詩人にとってはゲルマン人たちの最も遠い故郷である［185］。末尾の「打ち建てる（stiften）」とは、聖なるものの元初的な到来が語られ、言葉の中に土台を据えられ、死すべき人間たちに贈られることであり、これを果たすのが詩人の役目とされる［193］。なお、7年前の講義は"stiften"を実存可能性の企投と解釈していた（上記注32参照）。こうした『存在と時間』的な見方は40年代の講義からは消失している。

47) この両講義とほぼ同時期にハイデガーは三つのヘルダーリン論を講演や論文として公にした（すべて注38記載の文献に所収）が、内容的には以上の講義の域を出ていない。

48) "...dichterisch wohnet der Mensch..."［Martin Heidegger, Vorträge und Aufsätze, Neske, 1954所収］

49) "Hölderlins Erde und Himmel"［Martin Heidegger, Erläuterungen zu Hölderlins Dichtung. 2. Auflage, Klostermann, 1971所収］

50) 上記の注37と注44参照。

51)「ギリシア」を読む我々に、四方界の内的な全体が偉大なる元初として出現することは拒まれている、と講演では述べられる［178 f.］。現代技術は、天を宇宙と捉え、地を地球と把握することで、四方界の全体を誤った仕方で出現させてしまう。四方界という命運は、静けさのうちに我々を襲っている。しかし、我々は技術を使いこなすことで命運を回避しようとするばかりで、命運の声に耳を傾けることすらできない、と講演は言う。こうした現代技術批判も、戦時中のヘルダーリン講義の

繰り返しである［vgl. 53：51 f.］。
52) "Wozu Dichter ?"［Martin Heidegger, Holzwege. 6. Auflage, Klostermann, 1980 所収］
53) 24年8月に Lucius von Stoedten 男爵に献呈された詩で、原詩は Rainer Maria Rilke, Sämtliche Werke. Band 2, Insel, 1956, S. 261所収、和訳は『リルケ全集』（河出書房新社、1990年）第2巻619頁以下。
54) 上記の注18参照。30年代以降のハイデガーは存在の歴史という見方を展開する中で、古代ギリシア以来の自然概念を次のように考えるようになる。即ち、自然概念は存在そのものを把握しようと意図するものでありながら、実際には全体としての存在者を把握したものにしかなっていない。この考え方は哲学史的に異論の余地あるものだが、その是非についてここで検討することはできない。
55) 26年2月25日付けロシア人読者への書簡（出典は注53の文献、S. 281参照）。
56) 50年の講演 "Die Sprache" と53年の論文 "Die Sprache im Gedicht" で、何れも Martin Heidegger, Unterwegs zur Sprache（上記注25の文献）所収。
57) トラークルの原詩は Georg Trakl, Dichtungen und Briefe. Band 1 (Otto Müller, 1969) 所収、本文中の和訳詩題名は中村朝子訳の全集（青土社、1983年）に拠った。
58) 「つぐみが異郷者を下降（Untergang）へと誘った」（「夢の中のセバスティアン」）。「安息と沈黙へと沈み行く（geht unter）」（「輝く秋（Verklärter Herbst）」）。
59) 57年末〜翌年初頭にかけての3回の連続講演 "Das Wesen der Sprache" と58年5月の講演 "Das Wort" で、何れも Martin Heidegger, Unterwegs zur Sprache（上記注25の文献）所収。ゲオルゲの和訳は『ゲオルゲ全詩集』（富岡近雄訳、郁文堂、1994年）所収。
60) "Wozu Dichter"（注52参照）, S. 286 など。
61) このとき、ツェランは60年のゴル夫人による告発に端を発する剽窃誹謗事件の只中にあり、旅行は彼を弁護してくれるワルター・イェンスに会うためのものだった。「テュービンゲン、一月」はツェランが絶句する他なかったこのいわれなき剽窃誹謗事件と関連して読むことも可能だが、本稿はこの読みの可能性を意図的に考慮から外すことにする。
62) ラクー・ラバルト『経験としての詩』（谷口博史訳、未來社、1997年）60頁。
63) ラクー・ラバルト前掲書（注62参照）52頁参照。幻惑、めまいこそがこの詩の主題だ、と彼は言う。それはヘルダーリンのパトスを前にしてのめまいであり、またそれを増幅させたハイデガーのパトスの前でのめまいでもある（同書80頁）。

64) Paul Celan, Gesammelte Werke Band 3, Suhrkamp, 1983, S. 198. ユダヤ人ツェラーンにとって、自分の日付としての一月はユダヤ人問題の最終解決がナチスにより決定された1941年1月20日（ヴァンゼー会議）と不可分であった（Robert André 前掲書（注2参照）や Reinhard Zbikowski, "Schwimmende Hölderlintürme", in : Otto Pöggeler und Christoph Jamme 前掲書（注1参照）による）。
65) このように読むならば、「一人の人間」が「どもる」とは、ハイデガーによる「パンと葡萄酒」の一節（「乏しき時代に詩人は何のためにあるか」）の解釈に対する痛烈な揶揄となるだろう。ハイデガーはこの一節を、乏しき時代の詩人がそれでもなお存在の開け（かつてあった神々の到来）を待ち続ける、と解する。他方、ツェラーンは、乏しき時代の詩人はハイデガーの強引な解釈に絶句するしかない、と読んでいることになる。
66) Paul Celan, op. cit. （注64参照）, S. 199 f.
67) 例えば、ツェラーンが57年に精読した『根拠律』[Martin Heidegger, Der Satz vom Grund, Neske, 1957] の S. 86-89 参照。
68) Paul Celan, op. cit. （注64参照）, S. 196.
69) 注67記載の文献。
70) ラクー・ラバルト前掲書（注62参照）, 81頁参照。
71) ツェラーンは67年9月にスイスの精神科医フェルデンクライスの診察を受けたが、医師はツェラーンが「信仰がないのに不気味なほど深い敬虔さを持っている」と語ったという［Otto Pöggeler 前掲書（注4参照）, S. 173］。
72) 上記注51参照。
73) ペゲラーは、『子午線』へのハイデガーによる書き込み（上記注10参照）を引用した上で、ツェラーンも存在の開けに身を置こうとしているとハイデガーは考えたのだ、と述べている［Otto Pöggeler 前掲書（注4参照）, S. 176］。ハイデガーがこのようにツェラーンを読もうと努力しても、その努力は実を結ばなかった、という点が本稿の主張である。
74) Baumann 前掲書（注3参照）, S. 80.
75) Otto Pöggeler 前掲書（注4参照）, S. 177 f.
76) 本稿は2003年夏頃にほぼ完成したが、印刷に回される直前の2005年夏、中央大学の北　彰先生からのご教示（上記注1参照）とご批判を受け、若干の手直しを行った。文責が筆者にあるのは当然だが、ご多忙にもかかわらず貴重なお時間を割いていただいた北先生に感謝申し上げたい。なお、ハイデガー特有の用語をどのように日本語に訳すか、について残念ながら日本では統一的な見解が成立していない。本

稿では筆者が長らく身を置いていた京都系の訳語を用いたので、東京系の訳語に慣れておられる方には読み難い結果となった。ご寛容をお願いしたい。

第Ⅱ部　詩集『誰でもない者の薔薇』注釈

詩集第1部

1/53

ES WAR ERDE IN IHNEN, und
sie gruben.

Sie gruben und gruben, so ging
ihr Tag dahin, ihre Nacht. Und sie lobten nicht Gott,
der, so hörten sie, alles dies wollte,
der, so hörten sie, alles dies wußte.

Sie gruben und hörten nichts mehr;
sie wurden nicht weise, erfanden kein Lied,
erdachten sich keinerlei Sprache.
Sie gruben.

Es kam eine Stille, es kam auch ein Sturm,
es kamen die Meere alle.
Ich grabe, du gräbst, und es gräbt auch der Wurm,
und das Singende dort sagt: Sie graben.

O einer, o keiner, o niemand, o du:
Wohin gings, da's nirgendhin ging?
O du gräbst und ich grab, und ich grab mich dir zu,
und am Finger erwacht uns der Ring.

1 **かれらの中には土があった、**そして
2 かれらは掘った。

3　かれらは掘りに掘った、かれらの昼は
4　そのように過ぎ、かれらの夜はそのように過ぎた。そしてかれらは神を讃えなかった、
5　神はすべてこれらがお望みだったと、かれらは聞いた、
6　神はすべてこれらをご存じだったと、かれらは聞いた。

7　かれらは掘った、そしてもう何も聞かなかった—
8　かれらは知恵を持たなかった、歌を作り出さなかった、
9　どんな言葉もひねり出さなかった。
10　かれらは掘った。

11　静けさがやって来た、嵐もやって来た、
12　全世界の海がやって来た。
13　わたしは掘る、あなたは掘る、そして虫けらも掘る、
14　すると、向こうで歌っているものが言う—かれらは掘っている、と。

15　おお、一人のお方、おお、どの者でもない、おお、誰でもない、おお、あなた—
16　どこへも行かなかったので、どこへ行ったのだ？
17　おお、あなたは掘る、そしてわたしは掘る、そしてわたしはあなたに向かってわたしを掘り続ける、
18　するとわたしらの指の輪が目を覚ます。

［詩の理解のために］

　1959年7月27日、パリで成立。クラウス・ヴァーゲンバッハと共同編集による学校教科書版の『ツェラーン詩選集』(1962年) のために書かれた詩。5連からなるこの詩の初出は、東ドイツの文学雑誌 «Sinn und Form» (1962年) 14巻5/6合併号701頁で、1行目がスモールキャピタル (小型大文字) になっていない。この詩集に収められることになる「……泉はざわめく」［Ⅰ, 237 NR］、「扉の前に立ったひとりの男に」［Ⅰ, 242 f. NR］とともに発表されている。また同号にはツェラーン訳による、エヴゲニー・エフトゥシェンコの詩「バービイ・ヤール」［Ⅴ, 280］も掲載されている。発表

される前のもとの表題は「束ねられた者たち（Eingeflochten）」であった。すでにこの表題から、ツェラーンが訳したジャン・ケロールの脚本によるアラン・レネの映画『夜と霧』の一場面を思い起こさせる。つまり、死んだユダヤ人たちが土の上に投げ出され、薪とともに束ねられて焼かれ、煙をはいているシーンである。また、この詩は初期の詩「死のフーガ」［Ⅰ，41 MG］の基本的なモチーフである、収容所でユダヤ人たちが昼夜を問わず大地を掘りかえしている、という情景とつながる。詩はすべて「そして（und）」の強調による並列的な文章となっており、旧約聖書の連禱的な詩篇詠唱風を思わせる。こうしたリズムや動詞の語形変化のような表現も、初期の詩へ省察を加えてさらに展開するという、この詩集全般のひとつの特徴を示している。詩集全体からみるとこの冒頭に置かれた詩は、詩集末尾におかれた「宙に漂って」［Ⅰ，290 NR］とモチーフ的に対照的となっており、詩集のワクを構成している。

［注釈］
1－2　かれらの中には土があった、そして／かれらは掘った。
　強制収容所で、昼となく夜となく掘り、心の中はその掘るべき大地だけとなる。聖書の「主なる神は土のちりで人を造り、命の息をその鼻に吹きいれた」（創世記 2,7）を暗示し、それを逆転し、息のかわりに土を吹き入れた［Birus 1997, 52］とみることもできる。「かれら」という人称代名詞の不特定性は、ここで描かれている光景の異様さに対応している［Meuthen, 224］。

3－6　かれらは掘りに掘った、かれらの昼は／そのように過ぎ、かれらの夜はそのように過ぎた。そしてかれらは神を讃えなかった、／神はすべてこれらがお望みだったと、かれらは聞いた、／神はすべてこれらをご存じだったと、かれらは聞いた。
　二つひと組となっている決まり文句のような文章は、「詩の理解のために」で述べたように、詩篇詠唱風なスタイルである。内容的には、楽園追放［創世記 3，17－19］以来の生涯にわたる反復的な苦しみを示しているが、その背後には生命の抹殺への恐怖がある（初稿では、3－4 行初めの「かれらの昼」、「かれらの夜」の個所が、「そのようにかれらの命は消えた（so ging ihr Leben dahin）」であった）。大地を「掘る」ということは、意味も目的もない苦痛にみちた出来事として描かれている［Meuthen, 224］。「かれらは神を讃えなかった」以下は、バビロン捕囚において、シオンと神を讃えるこ

とを拒絶する、という形での忠誠の形式(詩篇第137篇)に従っており、この捕囚は今も終わっていない。以上のような聖書への暗示から、この詩集全体を、救済史(天地創造からイエス受難まで)の〈修正〉、反聖書と捉える見方もある [Janz, 136]。

7－10　かれらは掘った、そしてもう何も聞かなかった―／かれらは知恵を持たなかった、歌を作り出さなかった、／どんな言葉もひねり出さなかった。／かれらは掘った。

「もう何も聞かなかった」は初稿では、「年をとらなかった (wurden nicht alt)」という直接的に死を示す表現であった。「知恵」で作りだしたり、ひねりだしたりしたものは、そこにはない。否定詞を重ねて語ることで、「歌」や「言葉」はそういうものではないことを強調。ここで、創世記の原罪が暗示されている。8－9行をこの詩の中心と捉えるならば、この詩は、神から与えられた言語能力(コミュニケーション能力)から閉め出された人間を問題としており、その結果、再び土で作られた時点にひきもどされる、とみることもできる [Janz, 135]。

11－14　静けさがやって来た、嵐もやって来た、／全世界の海がやって来た。／わたしは掘る、あなたは掘る、そして虫けらも掘る、／すると、向こうで歌っているものが言う―かれらは掘っている、と。

2－3行目が規範となっている繰り返しの表現。「静けさ」は第3連の内容(言葉の喪失)に対応している。ノアの大洪水を思わせる。ツェラーンはしばしば、ファシズムの比喩として自然の大災害を描く [Janz, 136]。11行目、Stille と Sturm は頭韻。11行目と13行目は脚韻をふみ、しかも auch まで共通している。13行目は文法的な人称変化を示しているかのような表現で、「わたし」と「あなた」が「虫けら」と同等の存在に扱われている。Wurm は Warum(なぜ)を連想させ、「なぜ」という疑問自体が「掘る」という響きをもつ。それまでの過去形が、ここから現在形となる(つまり12行目と13行目の間に、いわばこの詩の中間休止がある [Szondi, 432]。)強制収容所は今も「現在形(現実)」なのである。「向こうで歌っているもの」の「向こう」という位置規定語によって、そこまで語られていたこととはまったく別の位置にあるものが強調される。つまり、「掘っている者」と「歌っているもの」が強く対比される。この「歌っているもの」はなぜ中性名詞なのか。おそらく強制収容所で気楽に歌を歌い、自分たち

に穴を掘ることを命じている者は、すでに人間という存在を逸脱しているので、中性名詞化されているのであろう。

15-18 おお、一人のお方、おお、どの者でもない、おお、誰でもない、おおあなた―／どこへも行かなかったので、どこへ行ったのだ？／おお、あなたは掘る、そしてわたしは掘る、そしてわたしはあなたに向かってわたしを掘り続ける、／するとわたしらの指の輪が目を覚ます。

　イローニッシュに、逆説的に「一人のお方」を讃えるという形。人間から離れ去ってしまった神は、もはや「誰でもない者」となる［Janz, 136］。あるいは、ユダヤ人たちは、機械的に殺され、「誰でもない者」である［Glenn, 111］。「おお (o)」は loben、Gott（2節）、dort（4節）のoの音と響きあっている［Meuthen, 227］。16行目は詩の中で唯一疑問文である。この疑問文の答えは、第4部冒頭の詩「何が起きたのか？」［Ⅰ, 269NR］の2連目初めに「どこへ行ったのだ？　消え去らなかった者たちに向かって行ったのだ。」と書かれている［Bayerdörfer, 159］。17行目は13行目のバリエーションである。生き残った者である「わたし」が「あなた」に向かって、自分自身の内面を掘り続ける。最終行、「わたしら」のそれぞれにはめられている指輪が目覚めるということは、「わたし」と「あなた」がまだ一体として語られるような「わたしら」とはなっていないということである。が、あなたに向かって掘り進むことで、この指輪の象徴性は、「あなた」と「わたし」の方向を示しているだろう。つまりは自己のアイデンティティーの探索を示している。また指輪は、円環的な「子午線」上の結びつき、連帯をも示しているのであろう。

（相原　勝）

2/53

DAS WORT VOM ZUR-TIEFE-GEHN,	1 深みに沈むという言葉、
das wir gelesen haben.	2 私たちが読んだ言葉。
Die Jahre, die Worte seither.	3 あれから多くの年月、多くの言葉。

172　第Ⅱ部　詩集『誰でもない者の薔薇』注釈

Wir sind es noch immer.	4　私たちは今なお変わらない。
Weißt du, der Raum ist unendlich,	5　そう、空間は果てしない、
weißt du, du brauchst nicht zu fliegen,	6　そう、おまえは飛ぶ必要もない、
weißt du, was sich in dein Aug schrieb,	7　そう、おまえの目に書きこまれたも
vertieft uns die Tiefe.	のが、
	8　私たちの深みを深いものにする。

[詩の理解のために]

　1959年の3月5日に書かれたこの詩は詩集『誰でもない者の薔薇』に収められた詩のなかで最初に成立した詩である。初稿にはフランス語で「あなたの3月19日の誕生日の祝いに、わが愛する人に」という献辞が添えられている。1963年3月にこの詩の表題として「ドイツ語の時間」というタイトルが考えられた異稿が残されているが、シュヴェリーンによれば、それはこの詩が、ツェラーンが結婚してまもないころ妻ジゼルにドイツ語の詩をいっしょに読みながらドイツ語を教えた思い出を記念するものであるからである [Schwerin, 77 f.]。その後この詩と、とりわけそのなかの「私たちは今なお変わらない」という詩句は二人の往復書簡のなかで特別な意味をもつ言葉として合言葉のようにくりかえし引用されている [CGB Ⅱ, 146]。「ドイツ語の時間」において詩人が「おまえ」に伝えたのは自分がそのなかで生きているドイツ語の詩的世界、とりわけ自己の詩作のあり方であったと思われる。「深みに沈むという言葉」はツェラーンの詩のあり方の最も根本的な志向を言い当てている言葉である。詩人はその言葉をともに「読む」ことによって自己の詩的世界を共有するという幸福な時間をもったということができる。二つの詩節からなるこの詩は基本的に対句的構造をもち、それぞれの詩節はさらに二つの対句にわけられる。

[注釈]

1　深みに沈むという言葉、

　シュヴェリーンはこの言葉の由来するテキストとして当時ツェラーンが妻ジゼルとともに呼んでいたゲオルク・ハイムの次の恋愛詩をあげている。[KNR, 60]

Deine Wimpern, die langen,　　　（おまえの睫、長いその睫
Deiner Augen dunkele Wasser,　　おまえの目の暗い流れ
Laβ mich tauchen darein,　　　　わたしをその中に沈めさせよ、
Laβ mich zur Tiefe gehn.　　　　わたしをその深みに沈めさせよ。

　二つの詩のあいだには確かに興味深い近親的関係が感じられるが、しかしそこにあるのは直接的影響関係、あるいは「引用」というよりはむしろある種の自己確認といえるものである。「深み（Tiefe）」はツェラーンが初期から晩年の詩にいたるまで最も好んで用いている言葉のひとつである。すでに彼の初期散文作品『エドガー・ジュネ夢の夢』のなかでツェラーンは詩作とは「深みからけっして立ち去ることなく、その暗い源泉とどこまでも対話を交わし続けようとする」ことであると述べている［Ⅲ，157］。また詩作とは「手の仕事」であるとするハンス・ベンダー宛の手紙のなかでも「それはそもそも根底というものをもっているでしょうか。そこにあるのは自らの深淵と深みなのです」［Ⅲ，177］と述べられている。詩作にはもはやどのような「根底」もありえないという認識は現代詩人としてのツェラーンがもっていた最も基本的な洞察であった。端的に言えば詩作とはツェラーンにとって「深みに沈む」ことであったのである。

4　私たちは今なお変わらない。
　原詩の Wir sind es noch immer はかつての状態が「多くの年月、多くの言葉」にもかかわらず「今なお変わらず」に存続していることを表す。「それである」の「それ」は「深みに沈むという言葉」を指すとも、その言葉を「読んだ」時の「私たち」のかつてのあり方を受けているとも考えられる。ツェラーンは深刻な精神病の進行に苛まれていた1965年の4月15日妻宛の手紙で次のように書き記している。「私のあなたに対するすべての愛は私のなかに変わることなく存在しています。あの最初の瞬間と変わることなく大きなものとして。私たちの愛のなにひとつとして失われてはいないのです。私たちは今なお変わらないのです。」［CGB Ⅰ，206 f.］同じ年の5月8日ツェラーンは妻の説得に応じて再び精神病院に入院することになるが、その直後の病院から妻にあてた手紙では次のように書き送っている。「私たちの子供とともに、そして子供のためにともに戦うための元気も再びもどってきました。詩も私たちを助けてくれるでしょう。私たちはつねに詩の言葉のもとにあります。私たちはつねにそのなかにあるのです。」

[CGB I，225] 書簡集の注釈者が記しているようにこの手紙の最後の部分は「私たちは今なお変わらない」というドイツ語の詩句の変形されたフランス語訳といえるものである [CGB II，186]。「私たち」はかつて「深みに沈むという言葉」が存在したところに、その言葉のなかに「今なお変わらずに」存在しているのである。なおこの詩句は同じ時期に書かれた「凝視繊糸、感覚繊糸」[II，88] でも引用されている。

5－6　そう、空間は果てしない、／そう、おまえは飛ぶ必要もない、

　Weiβt du（そう）という語句は「ドイツ語の時間」を想像させる「いいかい、知っているだろうか」という意味の会話的言い回しであるが、詩の後半で語られるのはドイツ語についてではなく詩作についての詩人の考えである。注釈が指摘しているように「飛ぶ」という行為は詩集の最初に置かれた「彼らの中には土があった」のなかの中心的語彙である「掘る (graben)」という行為に対立する運動として考えられる [KNR, 59]。「空間 (Raum)」はここでは詩が生まれる、あるいは創造できる「空間」と解釈できる。ツェランにとって詩作とは「飛ぶ」ことによってではなく、「深みに沈む」ことによって詩的空間を作り出していく行為なのである。

7－8　そう、おまえの目に書きこまれたものが、／私たちの深みを深いものにする。

　「おまえの目に書きこまれたもの (was sich in dein Aug schrieb)」という言葉は「読む」という行為に関していわれたツェランの独自の言い回しと思われる。ツェランは「読む」という行為を「目」の行為として捉えているのである。ドイツ語には「記憶に書きこまれる (sich ins Gedächtnis einschreiben)」という言い方があるが、「書きこまれる」にはそこから消え去ることがないというニュアンスが感じられる。最後の行は「深みを深いものにする (die Tiefe vertiefen)」という特徴的な表現で「深みに沈む」というこの詩の主題に立ち返っている。「深み」とは詩人にとっての「空間」である。「深いものにする (vertiefen)」は日本語の「深める」と同じように日常的に用いられるドイツ語であるが、その基本的な意味は「掘る」と同じく下方に向かって自己の空間を押し広げていくことであるといえる。「下方に向かって」とはもはや「根底」というものが見えない深淵に向かってということに他ならない。「自らを深める (sich vertiefen)」は日本語でいう「沈潜する」、「没頭する」という意味をもつがそこにはやはり底なしの深みというものの存在が感じとられる。なおこの詩節の後半は1965

年の11月21日に妻ジゼル宛に書かれた手紙では次のように書き換えられている。

Weißt du, nur was ich dir zuschwieg,	（そう、わたしがおまえに口を閉ざしたものだけが
hebt uns hinweg in die Tiefe.	私たちを深みに向かって引き上げる。）
[CGB I, 283]	

（水上藤悦）

3/53

BEI WEIN UND VERLORENHEIT,	1	**ワインと喪失のときに、**
bei beider Neige:	2	その両方を傾け飲み干しながら——
ich ritt durch den Schnee, hörst du,	3	私は馬に乗って雪の中を行った、あなたも聞こえるだろう、
ich ritt Gott in die Ferne — die Nähe,		
er sang,	4	私は神に乗って遠い―近くまで行った、彼は歌った、
es war		
unser letzter Ritt über	5	それは
die Menschen-Hürden.	6	人間のハードルを越えていく
	7	私たちの最後の騎行だった。
Sie duckten sich, wenn	8	彼らは身をかがめて、
sie uns über sich hörten, sie	9	頭上を越えていく私たちを聞いた、
schrieben, sie	10	彼らは書いた、
logen unser Gewieher	11	偽って、私たちの嘶きを
um in eine	12	自分たちのイメージで描いた言葉のひとつに
ihrer bebilderten Sprachen.		

13 書き換えた。

[詩の理解のために]
　成立は1959年3月15日。幾つかの異稿があり、主な変更点を挙げると、3行目の「あなたにも聞こえるだろう」が「あなたも知っているだろう（weisst du）」に、4行目の「近くまで（in die Nähe）」が草稿ではなく、13行目（原文で）の「イメージで描いた」が「わかりやすい（verständliche）」となっていた［HKA, 54］。
　ペレルスが指摘しているように、詩の下敷きには旧約聖書の「エレミア書」がある［Perels, 352］。「それゆえイスラエルの神、主はわたしにこう言われる。『私の手から怒りの酒の杯を取り（nimm diesen Becher Wein voll Zorns von meiner Hand）、わたしがあなたを遣わすすべての国々にそれをのませよ。』」(25-15)「(…) 近くにいる者にも遠くにいる者にもそれぞれ（in der Nähe und Fernen）、すなわち地上のすべての王国に飲ませ、最後にシェシャク（バビロン）の王が飲む」［エレミア 25, 26］。「あなたは、これらの言葉をすべて彼らに預言して言うがよい。『主は、高い天からほえたけり（Der Herr wird brüllen aus der Höhe）、聖なる宮から声をとどろかされる。その牧場に向かってほえたけり（er wird brüllen über die Hürden）、この地のすべての住民に向かって、酒ぶねを踏む者のように叫び声をあげられる。』」［エレミア 25, 30］
　なおこの詩には、妻ジゼル・ツェラーン＝レトランジュがツェラーンの没後1975年に、イタリア語訳の限定版のためにエッチングを制作している。雪の荒野を背景に、巡礼者、あるいは避難民の群が前かがみになりながら歩んでいくように読み取れる作品である。

[注釈]
1-2　ワインと喪失のときに、／その両方を傾け飲み干しながら──
　二つの名詞「ワイン」と「喪失」の結合は、ワインによる酩酊と、それに続く忘我、孤独の連続的な関係を示唆している［KNR, 62］。ワインが飲み干されるに連れて、その空の部分にあたる「喪失」が逆に満たされていくわけである。ボラックはこの冒頭部から、詩を「酒宴の歌」と位置づける［Bollack 1989, 25］。
　この2行には音声的にもさまざまな工夫がこらされており（ei の音が6度も繰り返される）、「ワイン（Wein）」にはおそらく「泣く（weinen）」がエコーしている。

Neige はドイツ語では「傾き、没落」になるが、フランス語では「雪」を意味する。3行目で「雪」が出てくるのはこの理由による。さらにこれと発音が似た英語の neigh は「(馬の)嘶き」を意味し、11行目に Gewiher として現れる。Neige にはまた「(グラスの底の)残り」という意味もあり、das Glas bis zur Neige austrinken で「グラスを底まで飲み干す」となる。

3 私は馬に乗って雪の中を行った、あなたも聞こえるだろう、

騎行(馬乗り)のモチーフは「詩作」そのものの換喩として、ツェラーンの詩ではしばしば見られる。詩集『誰でもない者の薔薇』でも「そしてタルーサの書をたずさえて」「宙に漂って」の2篇で用いられている。reiten の語源(中高ドイツ語では riten)をたどると、「動く、対象を進ませる」となり、ツェラーンの詩論、すなわち詩が常に「途上に」あり、動きを伴っていることとも対応する [KNR, 62 f.]。なお、この詩と1960年8月11日にネリー・ザックスに宛てた書簡で幾つかの重要な類似点が見られ、そこでは翻訳を馬乗り(Reiten)にたとえている。「時々小休止をして、エセーニンの詩に戻ります。その翻訳はエリックの馬乗りの指導のおかげで進捗しました、もちろん、ギャロップではなく、本当に遅々とした歩みですが」[CSB, 56]。「雪」はツェラーンにおいて忘却や死を暗示するが、ここでは白いページとして書く行為とも関連している。詩「アッシジ」[Ⅰ, 108 SS] でも、雪の中を歩く驢馬と詩作の進行が重ね合わされている。

「あなた(du)」とは誰を指すのであろうか。ツェラーンの詩の多くは「私」と「あなた」の間の対話形式をとる。とりわけ『山中の対話』では「あなたも聞こえるだろう(Hörst du)」という問いかけそのものが「あなた」として扱われている。ここでの「あなた」は、詩に対話的機能を付与するだけでなく、「神」や「彼ら」(8行目)ではない、「私」に心理的にも近しい存在であり、詩の進むべき方向性を与えている。

4 私は神に乗って遠い―近くまで行った、彼は歌った、

神が絶対的な至高の存在ではなく、人間の行為の対象として扱われている例はツェラーンの詩でしばしば遭遇する。「神に乗っ」たというのは、「私」が「神」と一緒に馬に乗ったのではなく、ペガサスのような「神自身が馬である」ものに乗ったと考えるのが詩の趣旨にも合う。歌っている「彼」とは、この「神=馬」であろう [Züfle, 454]。

「私」は、おそらく詩的言語そのものでもある「神＝馬」を操って「遠く」まで騎乗するが、それは同時に絶えず神の「近く」にいることでもある。「遠く─近く」のパラドックスは、この騎行が円環状をなすからだとも考えられる［Bollack 1989, 32］。さらに次のハイデガーの文も参照のこと。「存在はあらゆる存在者よりも、より遠いものであり、それにもかかわらず人間には、どんな存在者よりも、近いのである。たとえ存在者が、岩であれ、動物であれ、（…）天使や神であろうとも。存在は最も近いものである。」［Heidegger 1949, 22］

5－7　それは／人間のハードルを越えていく／私たちの最後の騎行だった。

　Hürde は「ハードル、柵」あるいは「編み細工、（果物などを並べる）すのこ」。この詩では最初の意味で用いられているが、「編み細工」として格子状のもの（「言葉の格子」）が含意されている可能性も否定できない。語源的に見れば、ルターは「動物が囲われた場所」としてもこの語を使っており［Grimm, 10, 1956 f.］、強制収容所にまるで動物のように監禁された人間を暗示しているのかもしれない。「人間のハードル」とは、おそらく人間の列がハードルになった状態を指す。「アナバシス」［Ⅰ, 256 NR］の「Spalier（両側の人垣）」と似たイメージである。馬との関連からは、馬のハードル競技も連想される。

　「最後の騎行」からは、2行目の Neige（没落、終末）も関連して、「終末論的な世界観」と詩人の孤独な戦いが読み取れる。これは「私たち」の最後の賭けとも、「人間たちの彼方」［Ⅱ, 26 AW］へ跳躍することによって、新たな視点をえようとする果敢な試みとも読みうる。

8－9　彼らは身をかがめて、／頭上を越えていく私たちを聞いた、

　ここで初めて現われる「彼ら」とは誰か。「身をかがめて」「私たちを聞いた」から、「彼ら」が少なくとも「私たち」とは離れた、下の場所にいることがわかる。「彼らは『あなた』の複数ではなく、区別のできない大量の人間」［Bollack 1989, 28］であり、しかも「私を理解せず、敵対する側にある人間たち」である。「聞く」という「彼ら」の行為は、3行目の「あなたも聞こえるだろう」とは一線を画す。「私（たち）」の近しい存在である「あなた」が、詩に対話性を与え、声なき声、雪の中を歩く足音（詩作）に耳を澄ましているのに対し、「彼ら」はその表面上の音だけを聞き取り、「私た

10-13 彼らは書いた、／偽って、私たちの噺きを／自分たちのイメージで描いた言葉のひとつに／書き換えた。

　bebildert(en) は、本来は「挿絵をつける、図解する」という意味であるが [Duden, 1, 424]、ここでは Bild が「絵画、写真、表象、イメージ」などさまざまな意味を持つことも考え合わせて「イメージで描いた」と訳した。この言葉を用いた背景には、おそらく、型どおりのメタファーを使用していた同時代の詩人たちへの批判もあると思われる。「彼ら」は彩りはあるが表面的なイメージ言語に「私」の言葉を取り込もうとするが、ツェラーンにとっては「灰の像に忠実な (aschenbildwahr)」[Ⅱ, 63 AW] 言葉が重要であった。

　「噺き」は「エレミア書」の文脈からすると、人間には理解できない神エホヴァの怒り声ということになる。すなわち人間には、神の声が、声ならぬ轟き、「噺き」としてしか聞こえないのである [Firges, 87]。しかし別の見方をすれば、難解な語法を駆使した「私」の詩語が、ドイツ人──この場合「彼ら」がそれに当たる──には理解できない maulscheln（ユダヤ訛りのわけのわからないドイツ語）としてしか受け取られていない、と読むこともできるだろう。

　詩人である「私」は、神の馬を駆りつつ、そのような「彼ら」を軽々と飛び越えて進んでいく。その行く手は何処か。未踏の言葉の領域であるのか、それとも死者たちの世界であるのか──、その答えは個々の読者の、捕らわれないイメージに委ねられている。

（関口　裕昭）

4/53
ZÜRICH, ZUM STORCHEN　　　チューリヒ、シュトルヒェンにて
Für Nelly Sachs　　　　　　ネリー・ザックスに

Vom Zuviel war die Rede, vom　　1　多すぎることが問題だった、少な

180　第II部　詩集『誰でもない者の薔薇』注釈

Zuwenig. Von Du	2	すぎることが。あなたと
und Aber-Du, von	3	あなたではないものが、明る
der Trübung durch Helles, von	4	さによって曇らされることが、ユ
Jüdischem, von	5	ダヤ的なものが、あな
deinem Gott.	6	たの神が。
Da-	7	そのこと
von.	8	が。
Am Tag einer Himmelfahrt, das	9	昇天祭の日に、ミュン
Münster stand drüben, es kam	10	スターはそこに聳え、いくつか
mit einigem Gold übers Wasser.	11	の黄金が水上に顕れた。
Von deinem Gott war die Rede, ich sprach	12	あなたの神が問題だった、私は語った
gegen ihn, ich	13	彼に対して、私は
ließ das Herz, das ich hatte,	14	自分が持っていた心をひらいて
hoffen:	15	望むようにさせた—
auf	16	つまり
sein höchstes, umröcheltes, sein	17	その至高の、死に喘ぐ、その
haderndes Wort -	18	告発する言葉を—
Dein Aug sah mir zu, sah hinweg,	19	あなたの目は私のほうに向けられ、
dein Mund		彼方を見つめた、
sprach sich dem Aug zu, ich hörte:	20	あなたの口は
	21	目に語りかけた、私は聞いた—
Wir	22	私たちは
wissen ja nicht, weißt du,	23	もちろん知らないのです、本当のところ
wir		
wissen ja nicht,	24	私たちは

was	25	もちろん知らないのです、
gilt.	26	何が
	27	信頼できるのかを。

[**詩の理解のために**]

　後述するタイトルからも想像されるように手書きの第一草稿にはパリ1960年5月30日とあり［TCA, 14：KG, 674］、精神的な支えとしていたネリー・ザックスとの宗教的対話が描かれる。しかしそこには「神」に対する詩人の「喘ぎ」が聞き取れるのみで、決してザックスとの慰藉に満ちた出会いとはならなかったことが読み取れる。

[**注釈**]
チューリヒ、シュトルヒェンにて

　1960年5月26日に、ドロステ＝ヒュルスホフ女流詩人賞を受けるためにドイツに行こうとするネリー・ザックスとチューリヒで初めて対話［KG, 675］した際にうまれた詩である。マルガレーテ・ズスマンの著書『ヨブ記とユダヤ民族の運命』がこの詩の成

チューリヒ、ホテル ツム・シュトルヒェン。ここでザックスと会った。
〔2000年5月20日　関口裕昭 撮影〕

立に影響しているとする意見がある［KNR, 65 : Emmerich 121］。

ネリー・ザックスに
　二人が出会う前、ザックスは「パリとストックホルムとの間には痛みと慰めとのメリディアンが通っています。」［CSB, 25］と書き送り、詩人同士の心の交流を確かめているだけでなく、さらにほとんどキリスト教的な和解の精神を語るかに見えたザックスに詩人が求めていたものを暗示する［Emmerich 121］。「詩は他者になろうとする、詩はこの他者を必要とする、詩は相対する者が必要なのだ。」［Ⅲ, 198］と語られているような場が詩には求められている［Kuschel 1991, 284］。

1－2　多すぎることが問題だった、少な／すぎることが、
　Zuviel と Zuwenig は秤のようにひとつのテーマを測量する。この命題は詩の最後の was／gilt にかかることがここですでに予想される。

2－3　あなたと／あなたではないものが、
　これは詩人にとっての詩が対話または出会いに他ならないことを語っている［Kuschel 1991, 286］。「詩は（…）本質的に対話的であり、いずれどこかで陸地に、おそらくは心の陸地に打ち上げられる投壜通信である。」［Ⅲ, 186］とあるのは、詩人はこの地球という荒野の海のなかに詩という「投壜通信」を投げ入れることで誰かの心を摑んでほしいという出会いの希望を持つのである。Du の重層低音が 2 回連続することで 4 行目の Trübung が連想される。

3－4　明る／さによって曇らされることが、
　Trübung の ü という響きが u と共にこの詩では頻繁に出現してまさに陰鬱な風景を創り出している。Helles は、光と闇との相剋を超えて、出エジプトの紅海横断を想起させるが、音韻的には堅固な城砦（Fels）をも連想させる。それはユダヤ精神の本質であり、同時に 10 行目の Münster が指示するようなキリスト教的なもののユダヤ教への干渉［KNR, 66］であるかもしれない。

4－5　ユ／ダヤ的なものが、あな／

　この詩の核心を成している行であるが [KNR, 66]、その神がモーゼ的律法世界の代名詞なのか、それとも律法以前に燃える柴のなかに顕れた神そのもののことを指すのかは明瞭でない。5－6行目に「ユダヤ的なもの」と「あなたの神」とが分かれて置かれているのはユダヤ性と神とを別の次元で理解したいという詩人の意識が働くからであろう。

6　たの神が。

　所有代名詞により「あなたの神」は私の神とは違うという点が強調される [KNR, 66]。Gott で終止符が打たれており、神を「わたしの神」でないものとして理解しようとする姿勢である。また deinem と小文字で書かれていることからも神に対する詩人の距離感が感じられる。そこには「神」という超越性は欠けている。

7－8　そのこと／が。

　von がこの8行目で総計7回使われている [Simon 1987, 492]。7という数字がユダヤ的なものの象徴であることは明らかである。しかしながらその最終的な数字を完成するはずの von がこの8行目でハイフンのあとに切り離されていることで、吃った雰囲気をもたらすことは否めない。しかも「あなたの神が」と前の行で言いながら、von ihm ではなく da-von であるのは、否定的な詩人の神観念を暗示する。

9　昇天祭の日に、

　手書きの第一草稿で Am Himmelfahrtstag einer Himmelfahrt とされていたが Himmelfahrts(-tag) だけすぐに消された [TCA, 14]。それでも不定冠詞（einer）は一回性の体験を物語るというよりは [KNR, 67] 相対化されるために残されている。それは「あなたの神」は詩人の神ではないからだ。

9－10　ミュン／スターはそこに聳え、いくつか／

　drüben は trüben とも聞こえるが、対話する二人からリマト川によって隔てられた大聖堂が、あたかもユダヤ性とキリスト教との緊張感を物語るようであり、stand という過去形によって示されるその抗いがたい尖塔の翳に流れる川に絶望的な暗さを与えてい

る。

11　の黄金が水上に顕れた。
　黄金と水との組み合わせは詩人において珍しくはない［KNR，67］。神の光としてのZiw の顕現を指摘することもできるが［Bahr 1986, 189：Kuschel 1991, 285：KG, 675］、むしろここではキリスト教とユダヤ性、或いは Du と Aber-Du との結び付けが課題となる。ザックスの詩「湖上の光」［Sachs 1988, 176 f.］、ザックス宛の手紙［CSB, 58］に描かれた「壁に顕れた金色の輝き」に言及されることもある［Dinesen 1986, 198］。もしこの光が神であれば、神を言語によって示すのが詩人の仕事である［Dinesen 1985, 122］という意見は、まず Du と Aber-Du との溝を埋めるような詩的言語的行為がなされなければならないということを前提とする。旧約でも黄金は試練を意味する［ザカリア 13，9：マラキ 3，3］が、黄金の顕現は詩人にとっては恩寵ではなく、これから始まる苦難を意味していたのではないか。

12　あなたの神が問題だった、私は語った
　「私は語った」という創世記の記事（Gott sprach）を思わせる独特な響きを持つこの箇所で、詩人は「あなたの神」に対抗しようと「語る」のである。ここで初めて詩的自我が強烈に動き始める［KNR，67］。

13　彼に対して、
　小文字で ihn と書かれているために、神は詩人と、或いは人間と同列に置かれている。

13－14　私は／自分が持っていた心をひらいて
　前の行の ihn のすぐ後に置かれた ich が同じ行内に置かれることで神と詩人との緊張感は高まる。ließ によって人間としての心を客体化して、神の視点で眺めようとする試みなのである。

15　望むようにさせた―
　心をして使役させるという姿勢が多弁を避ける詩人の姿［Kuschel 1991, 288］だと

すればこの詩はキリスト教的な意味での詩人の心霊修業とも言える ［Kuschel 1991, 283］。しかし希望とはまた裏切られることをも含んでいることが確認されなければならない ［Hamm, 302］。

16-17　つまり／その至高の、死に喘ぐ、

　ここで連想されるのはキリストの十字架であるが、「死に喘ぐ」には苦痛の中にこそ天の力が認識されるという宗教的体験として捉え ［Kuschel 1991, 278］、苦痛を共にする神として捉える ［Kuschel 1991, 289］ という解釈がある。ザックスの「天はおまえのところで／痛みを学ぶ。／おまえは恩寵の中にある。」［Sachs 1988, 267］ という一節がこの文脈では読み取れる ［Kuschel 1991, 278］。

17-18　その／告発する言葉を―

　ヨブ記を想起させる ［KNR, 68］、血を流すうめきごえ、喘ぎである。受肉したキリストの断末魔の叫びとして、見捨てられた人間の存在そのものの風景である。

19　あなたの目は私のほうに向けられ、彼方を見つめた、

　ここ第三連では対話者のからだが詩の言葉の身体性として受け取られている。それは交流することのできる言葉を持つ人間存在の可能性のしるしである ［Hamm, 220］。刑場に引かれるキリストのペテロに注がれた「目」［ルカ 22, 61］ を想起させる。

20　あなたの口は

　「口」は1行目と12行目にわたって出てきた die Rede であり、また18行目の Wort に繋がっている。「あなたの」という所有代名詞は独立させられており、言葉を発するからだの象徴である。

21　目に語りかけた、私は聞いた―

　12行目の「私は語った」と同じ動詞（sprach）が使われるが、ここでは主語が「あなたの口」であって「あなたは」ではない。それは言葉が身体性として認識されたあかしであり、或いは「言葉は肉となった」［ヨハネ1, 14］のようにキリスト教的な発語の意義性をも示唆する。詩の言葉は人間によって食べられるもの、つまり「目に」見え

るものとして掲げられることになる。他者（Du／Aber-Du）とは、自分がその眼差しから逃れることができず、また答えを与えなければならず、さらに不在でありながらも共に語れる者［Voswinckel 1998, 40-42］である。その他者の言葉を受容することはまた苦悩に「喘ぐ」口に自らを重ね合わせることでもある。

22 私たちは

書簡における神への懐疑が根拠となっている［KNR, 68 f.：CSB, 41］。この箇所で顕れた「私たちは」という一人称複数形は依然として2－3行目「あなたと／あなたでないもの」を取り込んだままである。

23 もちろん知らないのです、本当のところ

「本当のところ」という口語的な挿入によって「私たち」はdu（或いはDu/ Aber-Du）との密接な関わり合いを確認する。「もちろん」によってもまたさらにこの「私たち」と「あなたと／あなたでないもの」との摩擦、矛盾に満ちた関係が再確認される。それによって、喘ぎ苦しんでいる（「その至高の、死に喘ぐ、」）言葉を主体とした人間存在の身体性が露呈される。しかしその言葉の弱さはまた同時にヨハネ的な肉となった言葉（「あなたの口」）の喘ぎとしても捉えられる。

24－27 私たちは／もちろん知らないのです、／何が／信頼できるのかを。

22行目から最終行にいたる詩形が十字架の形象をしていることを指摘する解釈がいくつかある［Simon 1987, 493：Krämer 1979, 129：Schwarz 1966, 57］。それは「告発する言葉」でありながらも、十字の形によって「あなたの神」と「私たち」との交差する緊迫感をこの詩が物語っているからである。詩人の「テネブレ」［Ⅰ, 163 SG］、つまり暗闇は肉となった言葉の悲劇をこの十字架の影で見つめようとする［Kuschel 1991, 279］。

（富田　裕）

5/53
SELBDRITT, SELBVIERT　　　　　三人で、四人で

Krauseminze, Minze, krause,　　　1　縮れ薄荷　薄荷　縮れて
vor dem Haus hier, vor dem Hause.　2　この家の前で　家の前で。

Diese Stunde, deine Stunde,　　　　3　この時刻　おまえの時刻
ihr Gespräch mit meinem Munde.　　4　それと交す対話　私の口と。

Mit dem Mund, mit seinem Schwei-　5　その口と　その沈黙と
　　　　　　　　　　　　　gen,
mit den Worten, die sich weigern.　6　拒む言葉と。

Mit den Weiten, mit den Engen,　　 7　遠くのものと　身近なものと
mit den nahen Untergängen.　　　　 8　間近ないくつもの破滅と。

Mit mir einem, mit uns dreien,　　 9　わたしひとりと　わたしたち三人と
halb gebunden, halb im Freien.　　10　なかば拘束され　なかば戸外で。

Krauseminze, Minze, krause,　　　 11　縮れ薄荷　薄荷　縮れて
vor dem Haus hier, vor dem Hause.　12　この家の前で　家の前で。

［詩の理解のために］
　1960年6月11日成立。初稿から決定稿にいたるまで、異同はない［TCA, 16］。この詩は、先行する詩「チューリヒ、シュトルヒェンにて」［Ⅰ, 214 NR］と次に続く「こんなに多くの星が」［Ⅰ, 217 NR］と並び、ネリー・ザックスとの出会いと交流によって生まれたとされている。その根拠のひとつとして、それぞれの詩が書かれた日付が、チューリヒとパリでのザックスとの親交の時期と重なることが挙げられる。ツェラーン自身の「覚え書」と詩の成立の日付を照らし合わせてみると、「チューリヒ、シュトルヒェンにて」はツェラーンがチューリヒからパリに帰った日（1960年5月28日）の直後

に書かれ、それに続く「三人で、四人で」はザックスがツェランを訪ねてパリに到着する日（1960年6月13日）の直前に書かれ、さらに「こんなに多くの星が」がザックスのパリ出発の日（1960年6月17日）の直後に成立している。また、ザックスとの親交がこの詩の成立に深く関わっていると考える根拠として、ザックスの詩集『そしてそれ以上だれも知らない』所収の「エン・ドルの時刻」との関連が挙げられる［KNR, 70：CSB, 46 f.：Sachs 1988, 215 f.］。その詳細については、［注釈］の各項目で触れることとする。

　詩集『誰でもない者の薔薇』全体から概観して、この詩の大きな特徴は韻律詩という点にある。この詩集の中に、韻を踏んだ詩は5つ見出せるが、その最初に置かれたのが、この「三人で、四人で」である。2行1節で整然と行分けされ、各行は強弱のリズムのトロカイオスで4拍にそろえられている。さらに冒頭の2行は、最終行でそのまま繰り返され、「魔法の呪文」あるいは「童謡のような数え歌」が形式の上で意図的に演出されている［Meuten 1983, 269：KNR, 70］。脚韻もほぼ完全に踏んでいるこの詩は、ブコヴィーナ時代のツェラン初期の詩（たとえば「墓の近く」［Ⅲ, 20 SU］）を彷彿とさせるが、ほぼ10年を経て採用された2行詩というこの形式は、「ドイナ」と呼ばれるルーマニアのもっとも有力な民謡詩節と同一のものである。「ドイナ」は1行目に植物の名を織り込むが、ツェランもまたその習慣を踏襲している［KNR, 70 f.］。呪文のような数え歌のようなこの詩が、耳に心地良い一方で、「沈黙」、「破滅」という語がことさら際立つ［佐藤 1990, 171］。その手法は、ツェラン初期の傑作でやはり2行詩の「ハコヤナギ」［Ⅰ, 19 MG］を想起させる。

［注釈］

三人で、四人で

　チューリヒでネリー・ザックスにはじめて会った際に、ツェランは妻とひとり息子を同伴した。ツェランはザックスと会った1960年5月の「チューリヒ滞在メモ」で、自分たち家族を「三人で」と表現している［CSB, 40］。「三人で」というのはツェランの一家、それに「愛する姉」ネリー・ザックスが加わって「四人で」という解釈に立てば、ザックスを迎えたパリでの親密な空間への期待が込められていると考えられる。また、このタイトルは、キリスト教美術で固定的に使われている「Anna Selbdritt（聖母子と聖アンナの三体図）」を意図的にアイロニカルに使っているとも考えられる

[CSB, 71：Bollack 2000, 289]。三世代の家族の肖像を想起させるこのタイトルは、初期の詩を彷彿とさせる詩の形式とあいまって、収容所で死んだ母への想いを偲ばせるものとなっているからである。1890年生れのネリー・ザックスは1895年生れの詩人の母とほぼ同年代であり、先に挙げた初期の詩「墓の近く」、「ハコヤナギ」は殺された母に捧げた詩であった。

1－2　縮れ薄荷　薄荷　縮れて／この家の前で　家の前で。
　詩の冒頭から、詩全体の特性である呪文のような、数え歌のような反復が強調されている。「縮れ薄荷」と訳した「Krauseminze」は、スペアミントなど、縮れた葉と独特の香りを持つシソ科ハッカ属の総称である［KNR, 71］。北半球の温帯に自生していたハッカ属は、古代の頃から庭で栽培されていたという。また、この植物の葉が鋸歯を持つこと、花が桃色から淡藤色や白などの唇形花であること、食用、薬用として古代から重用されていたことは、4行目以下の「口」と関連づけて考えられる。この植物をカーリミントと呼ばれる縮緬薄荷（学名　Mentha spicata crispa）に限定する必要はないであろう。ネリー・ザックスは、詩「エン・ドルの時刻」の中で、「血の縮れ薄荷」という語を使っている。それは、サムエル記上28章の死者を口寄せるエン・ドルの女を題材にした長詩であるが、この植物は神に呪われ没落するサウル王の過失のメタファーとなっている［Sachs 1988, 215 f.：KNR, 71］。

3－4　この時刻　おまえの時刻／それと交す対話　私の口と。
　冒頭で強調された詩の場所「この家の前で」に続き、詩の時刻がここで示される。それは、「時刻の句切り＝切断」による「いま」の空間化であり、その切断がここでは韻律化されている［Derrida 1986, 97］。先行する詩「チューリヒ、シュトルヒェンにて」を引き継ぐ形で、対話としての詩という性格がここでもあらわれている。ザックスの詩「エン・ドルの時刻」との対話もここでは含まれていると考えられるが、それは現在化され、「おまえ」を呼びさます「時刻」へと普遍化されている［KNR, 71 f.：Bollack 2000, 289］。

5－6　その口と　その沈黙と／拒む言葉と。
　ここでの「対話」が、「沈黙」と「拒絶」をともなうことが示唆されている。対話者

は、互いに語り合うことができない非在の死者である可能性もある［平野 2002, 48］。対話者をザックスとザックスの詩に限定するとしても、その対話が、「沈黙」と「拒絶」をはらむことは、先行する詩「チューリヒ、シュトルヒェンにて」でより明確にあらわれていた。

8　間近ないくつもの破滅と。

「間近な」と訳した「nah」を時間的に使う場合、「近い将来の」という一般的な使い方の他に、「近い過去の」という用法もある。呼びさまされた「おまえの時刻」が、サウル王のものであれ、ザックスのものであれ、あるいは非在の死者のものであれ、それは一様に過去に起きた「いくつもの破滅」が含まれることになる。「破滅」という抽象名詞を複数形で使うことは稀であるが、これは、ザックスの上記の詩集『そしてそれ以上だれも知らない』の連詩のタイトルから採られたとする指摘がある。ザックスのこの詩集の中で、連詩「いくつもの破滅」は、連詩「エン・ドルの時刻」の次に配置されている。「破滅」は過去のものではなく、間近な未来にも待ち受けている、という危機感は、当時ザックスとツェラーンが共有するものであった［Sachs 1988, 224 f.：KNR, 72］。

10　なかば拘束され　なかば戸外で。

このアンビヴァレントな表現は、ここで交される会話についての最後の規定である。それは、家の中と外といった対話者たちのいる場所を示しているとも考えられるし、あるいはその会話の持つ制約と自由をあらわした語とも受け取れる。意図的に採用された韻律詩というこの詩の特性を考えるならば、整然たる形式と語られていることの不穏さの際立った対照を、この語によって強調していると読める［KNR, 73：Bollack 2000, 291］。詩学用語で、「gebunden」が「韻律形式の」をあらわし、「frei」が「自由詩行 Freie Verse」の「自由な」をあらわすことも、語の選択の上で、ツェラーンの意図のうちにあったと思われる［平野 2002, 50］。

（冨岡悦子）

6/53

SOVIEL GESTIRNE, die
man uns hinhält. Ich war,
als ich dich ansah - wann? - ,
draußen bei
den andern Welten.

O diese Wege, galaktisch,
o diese Stunde, die uns
die Nächte herüberwog in
die Last unsrer Namen. Es ist,
ich weiß es, nicht wahr,
daß wir lebten, es ging
blind nur ein Atem zwischen
Dort und Nicht-da und Zuweilen,
kometenhaft schwirrte ein Aug
auf Erloschenes zu, in den Schluchten,
da, wo's verglühte, stand
zitzenprächtig die Zeit,
an der schon empor- und hinab-
und hinwegwuchs, was
ist oder war oder sein wird - ,

ich weiß,
ich weiß und du weißt, wir wußten,
wir wußten nicht, wir
waren ja da und nicht dort,
und zuweilen, wenn

1	こんなに多くの星が
2	私たちにさしだされて。私が
3	あなたを見つめたとき—それはいつ?—
4	外の
5	別の世界にいた。
6	おお　これらの道　銀河系の
7	おお　この時刻　それは　私たちの
8	夜々の重さを量って
9	私たちの名前の重荷へ加えてよこした。それは
10	—私は知っている—本当ではない、
11	私たちが生きたということは、ただ
12	ひとつの息だけが　盲いたまま　動いた、
13	「そちら」と「そこではない場所」と「ときおり」のあいだを、
14	彗星のように　ひとつの目が唸り飛んだ、
15	光が消えたものの方へ、峡谷に
16	そこ　日が灼熱して燃え尽きたところに
17	乳首のようにみごとに　時が立った、
18	それをつたって　はやくも　上に　下に
19	向こうがわへ　成育した、いま
20	あるものが　かつてあったものが

nur das Nichts zwischen uns stand,
　　　　　　　　　　　　fanden
wir ganz zueinander.

　　　　　　　　　　いつかあるであろうものが—

21　私は知っている
22　私は知っている　そして　あなたは
　　　　知っている　私たちは知っていた
23　私たちは知らなかった　私たちは
24　たしかにそこにいた　そして　そち
　　　らにはいなかった
25　そして　ときおり
26　無だけが私たちのあいだに立ったと
　　　きに　私たちは
27　あますところなく親しみ合った。

［詩の理解のために］

　1960年6月19日成立。第2節の冒頭部分に類似した原稿が、1958年に書かれていた形跡がある［TCA, 18］。詩が書かれた日付がネリー・ザックスのパリ滞在（1960年6月13日から17日）の2日後であることから、「チューリヒ、シュトルヒェンにて」［Ⅰ, 214 NR］、「三人で、四人で」［Ⅰ, 216 NR］に続き、この作品もザックスとの「詩による対話」のひとつと考えられている。先行する詩「三人で、四人で」と同様、ネリー・ザックスの詩「エン・ドアの時刻」との関連も指摘されている［KNR, 70, 74］。さらに、この詩が成り立つ上で寄与しているものとして、ジャン・パウルの最後の小説『彗星』の「宇宙の夢」、さらに、リルケの『ドゥイノの悲歌』第8歌の名も挙げられている［KNR, 74 : Schulze 1993, 219］。また、ツェラーン自身の初期作品「星たちの歌」［Ⅵ, 131 FW］との関連を指摘する論者もある［Schulze 1993, 218］。ダイナミックな展開が見られるこの詩は、緊密な連関性を持って構成されている詩集『誰でもない者の薔薇』の中で、宇宙的な広がりを持つ最初の詩であり、詩論『子午線』との関連を含め、さまざまな詩の先触れとなっている感がある［生野, 109］。詩の形式の面からみても、その変化の激しい構成は第4部の長編詩と通底するものがあり、とりわけ第4部3番目の「冠をかぶらされて引き出され」［Ⅰ, 271 NR］との連関は明白である。また、詩の終わり近くにあらわれる「無」は、詩集『誰でもない者の薔薇』

の中でここにはじめて登場し、以後「頌歌」［Ⅰ, 225 NR］、「ラディックス、マトリックス」［Ⅰ, 239 NR］、「扉の前に立ったひとりの男に」［Ⅰ, 242 NR］、「大光輪」［Ⅰ, 244 NR］といったツェラーンの代表作にあらわれることになる。こうした一連の詩が持つ否定性を対象に、その背景と意味を問う研究書もある［Schulz 1977, 97-214］。

[注釈]
1－3　こんなに多くの星が／私たちにさしだされて。私が／あなたを見つめたとき―それはいつ？―

　冒頭から読者は、圧倒的な量の星を何者かにさしだされた「私たち」の現在に立ち会わされることになる。その現在について他には何も知らされないまま、星の光に囲まれた「私たち」の過去が瞬時に現在化する場に読者は立ち会うことになる。こうした過去の現在化は、第2連の過去形で書かれた宇宙空間への導入の役割を果たしている［KNR, 75］。

　「星」と訳した「Gestirn」は、太陽、月、星などの天体をあらわす他、特に占星術上の星座、星がつかさどる運命を意味する語である。これを特に星座と考えると、「大熊座」、「琴座」、「白鳥座」、「天秤座」、「射手座」、「ベレニケの髪座」が詩の中に織り込まれていたツェラーンの初期作品「星たちの歌」への暗示が考えられる［Schulze 1993, 218］。この詩の草稿は、ブコヴィーナ時代の恋人ルート・クラフトに、「ぼくの唯一のひとルートに、1943年12月6日の誕生日に」という献辞のもとに送られたものであり、紙片の下には「大熊座」の絵が詩人自身によって描かれていたという［KG, 906］。先にも触れたように、この詩は詩集『誰でもない者の薔薇』の中で宇宙空間を対象とする最初の作品であるが、それは、第2部の「漂移性の」［Ⅰ, 235 NR］、第3部の「ブーメラン」［Ⅰ, 258 NR］、第4部の「茘をかぶらされて引きだされ」［Ⅰ, 271 NR］、「不滅だった、言葉が私から、落下したところへ」［Ⅰ, 273 NR］、「小屋の窓」［Ⅰ, 278 NR］、「痛みという音綴」［Ⅰ, 280 NR］、「そしてタルーサの書をたずさえて」［Ⅰ, 287 NR］、「宙に漂って」［Ⅰ, 290 NR］といった作品に受け継がれ、さまざまな形に変奏されていくことになる［KNR, 75］。

4−5 外の／別の世界にいた。

「外の (draußen)」という語を、先行する詩「三人で、四人で」[Ⅰ, 216 NR] の「家の前で」、「戸外で」との連関で考えると、それは、危機的な状況を暗示するものということになる [KNR, 75]。それと同時に、制約された韻律詩から逸脱したダイナミックな自由詩を、韻律詩の直後に配置することの意図を強調しているとも読める。

過去形で語られる「私」のいる場所が、「外側」と規定され、複数形で示された「別の世界」であることについて、それが「法外な体験」を示唆しているとする論者もある。それは、ブーバーが『我と汝』の中で、その危険を説く「汝」の瞬間の魅惑的な体験であり、ツェラーンの詩の中に「つねに新たに繰り返される根源的体験の表現」であるとしている [Meuthen 1983, 243]。「我を忘れさせる出来事」[Meinecke 1970, 244] に遭遇した「私」の体験は、この第1連では静かな調子で語られているが、第2連ではその出来事がまったく違う調子で歌い上げられることになる。また、リルケの『ドゥイノの悲歌』第8歌の冒頭部分「すべての目で生きものは／開かれた世界を見ている。私たちの目だけが／いわば逆の方向を向いている、そして生きもののまわりを／かれらの自由な出口のまわりを　罠のようにぐるりと取りまいている／外側にあるものを (was draußen ist)、私たちは動物の顔から知ることができるだけだ」[Rilke 1987 Ⅰ, 714] との照応関係も読み取ることができる。リルケの第8歌では、「外側にある開かれた世界」とは、「死から自由な」「純粋空間」のことである。

これに加え、この箇所は、『子午線』の中の次の箇所との関連が指摘されている [KNR, 75；Lacoue-Labarthe 1986, 98]。「詩は……対話となります――それはしばしば絶望的な対話です。この対話の空間の中で、はじめて語りかけられるものがかたちづくられます。それは、語りかけ名づける〈私〉のまわりに集まってきます。……詩の〈ここ〉と〈いま〉においてなお、……このような直接性と身近さにおいてなお、詩は自らにとって、〈別のもの〉にとって固有なものを語らせるのです。――すなわち、その時を。

私たちがこのように事物たちと語り合うとき、私たちはいつも事物たちの〈どこから〉と〈どこへ〉をも問いかけています。……そしてそれは、開かれたもの、空虚なもの、自由なものを指し示す問いかけなのです。――私たちは、はるか外に出ています (Wir sind weit draußen)。詩もまた、このような場を探しているのだと信じます。」[Ⅲ　198 f.]

6　おお　これらの道　銀河系の

　先に触れたように、第2連冒頭に類似した草稿が以前に書かれているが、そこには、「この　この／ざわめきも　銀河系の　そこから／私たちは聞く、それは／聞き取れない、と。」とある [TCA, 18]。「銀河系の (galaktisch)」は、ギリシア語でミルクの意の「gala」を含み、16行の「乳首のようにみごとに (zitzenprächtig)」をあらかじめ示す語となっている。また、「これらの道」は、銀河をあらわす Milchstraβe（ミルクの道の意）との連関で捉えることができる [KNR, 75]。6行目から始まる第2連は、大気圏外の風景を悲歌的な強い調子で現出させている。それは、先に引用した『子午線』が語るように、語りかけられ名づけられたものが、語りかけるもののまわりに集まる様を示している。

7-9　おお　この時刻　それは　私たちの／夜々の重さを量って／私たちの名前の重荷へ加えてよこした。

　この詩行には、ネリー・ザックスの「エン・ドアの時刻」の最終連「星たちの秤にかけられて／炎に曲げられた苦悩の虫は／神の重さを正確に量る―」への暗示が読み取れる [KNR, 75：Sachs 1988, 220]。ここでは、「重さを量ること」が、命名の行為に重ね合わされている。この詩が書かれた1960年6月は、『子午線』の原稿に着手した時期に当たるが、命名と対話と時の関係性は、同年10月の『子午線』であらたに語られることになる。

9-11　それは／―私は知っている―本当ではない、／私たちが生きたということは、

　「外の、別な世界」にいた「私たち」の実存の真実について、問いかけがなされている。初期の詩「星たちの歌」に見られた忘我の体験が、はっきりと想起されている一方で、それへの疑念が同時に語られている [Schulze 1993, 218]。さらに、「わたしは知っている」という現在形の挿入は、悲歌的な調子で想起された過去の出来事を中断する機能を果たしているが、それは、第3連の前触れともなっている [KNR, 76]。

11-13　ただ／ひとつの息だけが　盲いたまま　動いた、／「そちら」と「そこではない場所」と「ときおり」のあいだを、

　「私たち」の忘我の体験は、疑念をさしはさまれ、中断された上、「盲いたまま　動く

息」が確かなものとして言語化されることになる。だが、それは自立した主体として把握され、「私たち」と確かな関係を持っているわけではない [KNR, 76]。この詩行は、リルケの『ドゥイノの悲歌』第8歌に歌われている次の箇所との関連が考えられる [Schulze 1993, 219]。「私たちはかつて一度も、たった一日といえども、／花々が無限にひらく純粋空間に／向き合ったことはない。わたしたちがいつも向き合っているのは世界だ、／それが〈否定のないどこでもない場所 (niemals Nirgends ohne Nicht)〉であったことはない——この純粋なもの／見張られぬものをひとは呼吸し／無限に知るのであって、渇望するのではない。」[Rilke 1987, 714] さらに、同じ第8歌には、動物や死にゆく人、恋人たちだけが近づくことができる「純粋空間」が遠いことを嘆いて、「ここでは すべてが隔たりであり／そちらには 息があった (dort wars Atem)。」[Rilke 1987, Ⅰ, 714] という箇所がある。リルケの『ドゥイノの悲歌』での「息」は、神の霊プネウマあるいはルーアハを指すと考えられるが、ツェラーンのテキストにおける「息」は、方向を持たず聖性への志向性を奪われている。その迷走をあらわす3つの副詞の名詞化のうち、「そちら」は、リルケのテキストと共鳴していると思われる。また、「盲いたまま」という語は、続く14行の「目」、15行の「光が消えたもの」と連関している [KNR, 76]。

14−15　彗星のように　ひとつの目が唸り飛んだ、／光が消えたものの方へ、

　やはりここでも、「彗星のように唸り飛ぶ目」は、「私たち」との関係を切り離され自立した主体として扱われている。その一方で、鎖のようにつながれた語と語の連関は継続され、「彗星」と「目」は、「光が消えたもの」へ、さらに16行の「灼熱して燃え尽きた」へと受け継がれてゆく。これに加え、この「目」は、第1連3行の「私があなたを見つめたとき」をさかのぼって示している。語の用例などから、第3詩集『言葉の格子』所収の「けれども」[Ⅰ, 182 SG] との類似性が見られる。また、第2連全体の大気圏外の風景は、ジャン・パウルの小説『彗星』の「宇宙の夢」と関連しているとの指摘がある [KNR, 76]。ジャン・パウルの「宇宙の夢」では、「ここ」という思念と「かしこ」という思念を両翼に宇宙空間を飛び続ける「私」は、銀河や彗星を足下に「かぎりない浄福とよろこび」に満たされている。やがて地球に帰還する「私」は、慈愛に満ちたまなざしでこちらを見つめる「幼子イエス」を地上に見出す、という夢を見る。目覚めた後も幸福感につつまれている「私」は、「輝かしく満ちたりた創造の内に

あって、死と生とはなんと素晴らしいことか」と感嘆し、創造主に感謝を捧げる [Jean Paul 1963, 682-686]。ジャン・パウルの「宇宙の夢」の浄福感は、先に挙げたツェラーン初期の作品「星たちの歌」と通い合うものがある。

15－17　峡谷に／そこ　目が灼熱して燃え尽きたところに／乳首のようにみごとに　時が立った、

　複数形の「峡谷」、「乳首のようにみごとに」という語は、ここで表象される「世界空間」がエロティシズムをともなっていることを語っている。ここに、ツェラーンの初期の作品から途絶えることなくあらわれる「姉の形姿」のバリエーションを見る論者もある [Meuthen 1983, 245]。特に、「峡谷」という語は、詩集『誰でもない者の薔薇』の中で、「世界空間」が現出する詩「巨石記念碑」[Ⅰ，260 NR]、「不滅だった、言葉が私から、落下したところへ」[Ⅰ，273 NR]、「冠をかぶらされて引き出され」[Ⅰ，271 NR] に、「天の峡谷」、「青い峡谷」という形でふたたび姿をあらわすことになる [KNR，77]。だが、「目が灼熱して燃え尽きたところ」に静止した中心として立つ「時」とは何か。それは、少なくとも『子午線』で語られていた「詩に固有のもの」であり、方向を失って動く「息」に指標を与えるものであると思われる [Ⅲ，199]。

18－20　それをつたって　はやくも　上に　下に／向こうがわへ　成育した、いま／あるものが　かつてあったものが　いつかあるであろうものが―

　この詩行は、「ヨハネの黙示録」の冒頭に記された全能者の定義、「今おられ、かつておられ、やがて来られる方」[黙示録 1，8] を踏まえていると考えられる [Meuthen 1983, 245]。また、ジャン・パウルの「宇宙の夢」にあらわれる「イシス」の神殿には、「私はかつてあり、今あり、いつかあるであろうものすべてである。」という碑文があるという [Jean Paul 1963, 686, 1292]。また、この箇所は、詩集『誰でもない者の薔薇』第1部14番目の「頌歌」[Ⅰ，225 NR] の「ひとつの無であった私たち、今ある私たち、あり続けるであろう私たち、花咲きながら」という表現に受け継がれている。

198　第II部　詩集『誰でもない者の薔薇』注釈

21－23　私は知っている／私は知っている　そして　あなたは知っている　私たちは知っていた／私たちは知らなかった
　最終連の冒頭は、第2連で中断の機能を果たしていた9行の現在形「私は知っている」を、繰り返すことよって始まっている。また、動詞の活用を並べた用例は、「かれらの中には土があった」［I，211 NR］にも見られた用例である。「私たちは知っていた／私たちは知らなかった」という箇所は、ツェラーンの語法に特徴的な肯定と否定の対置であり［KNR，77］、読者は一種の宙吊り状態に置かれることになる。また、この箇所は、ネリー・ザックスに捧げられた「チューリヒ、シュトルヒェンにて」［I，214 NR］の最終連を想起させるが、そこでは、「知る」という語は、「信じる」という語に「あらがう言葉」［I，214 NR］であった可能性がある。大気圏外に広がる「外側の別の世界」での「我を忘れさせる出来事」への詩人の懐疑的な問いかけが、ここではっきりと介入してくることになる。それは、ツェラーンの詩空間にとってなくてはならないリルケの「純粋空間」やジャン・パウルの「宇宙の夢」への、神学的詩学的批判ともなっている。

23－24　私たちは／たしかにそこにいた　そして　そちらにはいなかった
　第2連13行の「そちら」と「そこではない場所」という副詞の名詞化が、ここでは逆転された上、通常の副詞として使われている。第2連では「私たち」と必ずしも関連があるとはいえない「息」が主体として置かれていたが、ここでは「そこ」と「そちらではない」という場所をあらわす副詞は、「私たち」が存在していた場所を指定するものとして使われている［KNR，77］。最終連冒頭で「外側の別の世界」に介入した「私」の、「知ること」への執着が、もたらした逆転といえるだろう。

25－27　そして　ときおり／無だけが私たちのあいだに立ったときに　私たちは／あますところなく親しみ合った。
　悲歌的に歌われた「外側の別の世界」の相対化がここでもなされている。同じ動詞「立つ（stehen）」の過去形を使っている17行の「乳首のようにみごとに　時が立った」と26行の「無だけが私たちのあいだに立った」は、関連し合っていると考えられる。ここから2つの解釈が成り立つ。ひとつは、「無」は「時」の否定として対置されていると読む解釈である［KNR，77］。とすれば、最終行で、時を排除した「無」の空間でし

か、完全に親しみ合うことはできない「私たち」の限界が明るみに出されたことになる。それは、リルケの「純粋空間」、ジャン・パウルの「宇宙の夢」に描かれた空間に対する問いかけであると同時に、ツェラーン自身がかつて書いた「星たちの歌」の空間への断罪でもありうるだろう。もうひとつの読みとして可能なのは、第2連17行から20行で創造主あるいは女神のイメージを重ねられた「時」を、「無」と命名したと考える解釈である。超越的存在である「時」をここであえて「無」と名づけたとすれば、それは神義論的立場でネリー・ザックスと対峙したツェラーンの姿勢と一致する。詩集『誰でもない者の薔薇』14番「頌歌」［Ⅰ, 225 NR］、26番「大光輪」［Ⅰ, 244 NR］との関連から考えるとき、「無」を全能者である神とする解釈は可能である。(ちなみに、ジャン・パウルの「宇宙の夢」では、帰還する「私」の眼下で地球に「立っていた」のは、「幼児イエス」であった［Jean Paul 1963, 686］。)

　最後に付け加えると、二度繰り返される「ときおり (zuweilen)」という雅語は、ジャン・パウルの「宇宙の夢」でも使われている副詞である［Jean Paul 1963, 683］が、3行目の「いつ？」という問いへの応答であると考えられる［KNR, 78］。この語の曖昧さを、ツェラーンはアイロニーをこめて強調しているのではないか。「ときおり」という語は、詩集『誰でもない者の薔薇』22番目の「それはもはや」［Ⅰ, 238 NR］で、「それはもはや／ときおり　あなたと共に／時刻の中に沈めた／この重さではない。」という形で再度あらわれることになる。

（冨岡悦子）

7/53

DEIN HINÜBERSEIN heute Nacht.
Mit Worten holt ich dich wieder, da bist du,
alles ist wahr und ein Warten auf Wahres.

1　**おまえは**
2　**彼方にいる**　今夜。
3　言葉でわたしはおまえを取り戻す、するとおまえはそこにいる、
4　すべては真実であり、真実なるものを
5　待つことだ。

200　第II部　詩集『誰でもない者の薔薇』注釈

Es klettert die Bohne vor	6　豆の木が
unserm Fenster: denk	7　われわれの窓の前をよじのぼる。思
wer neben uns aufwächst und	うがよい
ihr zusieht.	8　誰がわれわれとならんで成長し、そ
	して
Gott, das lasen wir, ist	9　豆の木を見つめているか。
ein Teil und ein zweiter, zerstreuter:	
im Tod	10　神は、とわれわれは読んだ、
all der Gemähten	11　一部と第二の散逸した部分である。
wächst er sich zu.	12　すべて刈り取られたものの
	13　死の中で
Dorthin	14　彼は成長して自分となる。
führt uns der Blick,	
mit dieser	15　そこへ
Hälfte	16　視線がわれわれを導く、
haben wir Umgang.	17　この
	18　半分と
	19　われわれは関わっている。

［詩の理解のために］
　成立は1960年6月20日。その日付のある自筆原稿の末尾には「第一稿（Erste Niederschrift」という記載がある。この第一稿及びカーボン紙による写しをふくめた3種のタイプ原稿には、一箇所の行の変更——決定稿の2行目のheute Nachtが、2行目から3行目にわけられている稿があり、そこではNachtがnachtになってる——以外に本文に大きな改変はないが、第一稿には「シェキナー（Schechina）」というタイトルがあった。本文解釈の上で、このタイトルは参考になると思われるので、ここではシュパイアーによるシェキナーの説明を簡単に紹介しておきたい［KNR, 79］。
　ツェラーンが、ユダヤ思想に関して依拠するところの多かったショーレムの認識によれば、シェキナーは、まず世界に遍在し、活動する神そのものであった。それがシェキナー概念の発展とともに人格化され、神とシェキナーの間に分離が生じた。神のエマナ

チオ（流出）である10種のセフィロート（球体）の中で、シェキナーは神の女性的出現であるという。ヴィーデマンは、ショーレムの『カバラとその象徴的表現』から「シェキナーの流謫という観念は『タルムード』の《イスラエルがおもむいたいかなる流謫にあっても、シェキナーは彼らとともにあった》に遡る。ただし、この言葉の意味するところは、神の臨在は、いついかなるときも流謫するイスラエルとともにあった、という以上のものではなかった。これがカバラになると、<u>神自身のある部分が神自身によって流謫させられている、という意味になる。</u>」という部分を引用して、末尾の下線部にツェラーンが囲みをつけていると報告している［KG, 676］。

　第一稿に記載された1960年6月20日を成立日時とすると、その直前の6月13日から、17日にかけて、ツェラーンはパリでネリー・ザックスと会っている。それ故にこの作品は、ユダヤ的なものについて、超越及びそれに対する詩的なものの関係についての、手紙や詩によるザックスとの対話の部分とみなされるし、第一稿に書かれていてのちに消されたタイトルが「シェキナー」であったことも、それを示唆している［KNR, 80］。

［注釈］
1－2　おまえは／彼方にいる　今夜。

　ジゼル・ツェラーン＝レトランジュによれば、この詩の出発点となったのは、彼女の血行障害が原因となった失神であった［KG, 675］。失神状態は「彼方にある」ことである。heute Nacht は日本語にすると、ふたつの意味がある。昨夜と今夜である。ペゲラーは前者［Pöggeler 1986, 283］、ヴォロスキーは後者［Wolosky 1987, 369］と解している。筆者は、ジゼルの失神と即物的に結びつけて――それほど長時間続くとは思えないので――一応今夜と訳した。

　ペゲラーは、Hinübersein に対して、etwas ist hinüber, ich bin hinüber. といえば、それぞれ「何かが使い古されてためになった」、「私は日々の仕事でクタクタになりもう眠るしかない」の意もあるといって、必ずしも超越的な意味ばかりではないことを示唆しているが、その時点では、先にあげたジゼルの証言は、明らかになっていなかったように思われる。だからといってペゲラーの見方が成立しなくなるわけではないが［Pöggeler 1986, 282］。

3-5　言葉でわたしはおまえを取り戻す、するとおまえはそこにいる、

「おまえを取り戻す」からは、オルフォイス伝説が、そこからまた、当然リルケの「オルフォイスへのソネット」が想起される［KNR, 80］。

4-5　すべては真実であり、真実なるものを／待つことだ。

ドイツ語の文型を追って、上のように和訳すると、やや意味が取りにくいが、「すべてが真実であり、すべてとは、真実なるものを待つことなのだ」とすると、やや読み取りやすくなる。もう一歩進めれば、「真実を待つことが真実なのだ」と読める。

6-9　豆の木が／われわれの窓の前をよじのぼる。思うがよい／誰がわれわれとならんで成長し、そして／豆の木を見つめているか。

ツェラーンは、息子のエリック・ツェラーンと植物の成長を観察するために、窓の下に豆の木を植えていた［KNR, 81］、［KG, 675］。こうした伝記的事実と、作品の中での豆の木と成長のモチーフが、どのくらい離れているかを読者は、もちろん最終的には見るべきだろう。ジゼルの血行障害による失神が、「おまえは／彼方にいる　今夜。」とどのくらい離れているかを心にとどめておくべきであるように。その意味では、この作品の最初のタイトルが「シェキナー」だったことも伝記的事実である。しかし、ジゼルの失神も、エリックと豆の木も、元タイトルも、現在のテキストそのものからは、まったくうかがうことができないという単純な事実こそ、もっとも忘れてはならないことであろう。「読んでください！　とにかくくりかえし読んでください。そうすればおのずから解るようになります」（イスラエル・ハルフェンが、ツェラーンの詩の解釈について尋ねたときの、ツェラーン自身の返答）［ハルフェン 1979, 322］。ただし、ジゼルの失神とエリックの豆の木というふたつの家庭的出来事と、「シェキナー」という元タイトルの抽象・宗教性の距離は、ツェラーンの詩作法の一面として興味深いものがある。

とりあえず、解釈の手がかりとして、試行錯誤的に伝記的事実を借りるとすると、第一連の「おまえの (dein)」、「おまえを (dich)」、「おまえは (du)」は、当然、妻、或いはもう少し拡大して、恋人ととれる。したがって、第2節の「われわれの窓」、「われわれとならんで」以下、「われわれ」は、夫婦、或いは恋人同士になる。窓辺にならぶふたりは、ツェラーンならずとも恋人、夫婦のイメージに親しい。

しかし、その窓辺にならぶふたりが、目の前にのびる豆の木を見ているとなると、そ

の豆の木は、広く知られた「ジャックと豆の木」、つまり「少年と豆の木」への連想を伴って、エリックと豆の木の伝記的事実を別にしても、これを父子像と見るのは自然である。さらに、その父子である「われわれ」のひとり、子である「おまえ」が、第1節で書かれたような「彼方にある」存在ならば、その子は、エリックではなくて、1953年に誕生まもなく死亡した長男フランソワである可能性もある。血行障害で失神した妻であろうが、夭折した子供であろうが、いずれも「彼方にいる」「おまえ」という呼びかけにふさわしいとなると、ここでは伝記的事実を消し去ってしまってもいい。「われわれとならんで成長し、そして豆の木を見つめている」「誰か」は、その問いかけのような詩句に対する次節の冒頭が「神（Gott）」で開始されることから、「神」であると考えられる。しかし、窓辺のわれわれとならんで成長している誰かを子供と考えて、窓辺にならぶのを、われわれ二人と子供の計三人と考える解釈もある [Pöggeler 1986, 282]。もっとも、2連目の「成長する（aufwächsen）」と、後出の3連目の「成長して（zuwachsen）」を関連づけて考えれば、後者の主語「彼（er）」は、「神」であるから、2連目の「誰」も「神」ということになる。

　さてここでもう一種の資料を取り上げてみたい。

　1997年の編集としてKGに掲載されている「われわれは」という詩で、NRと同時期の作品とされている。

wir werden	われわれは生きていく
leben: du,	だろう。おまえ、
mein Sohn, und du,	わたしの息子よ、そしておまえ
Geliebte, du	愛するひとよ、おまえ
seine Mutter, und mit euch	彼の母よ、そしておまえたちと
ich—in diesem	わたし　この
eurem	おまえたちの
gastlichen Land:	もてなしのいい国。
in Frankreich. Mit	フランスで。その国の
seinen Menschen, mit	人たちと共に、
allen Menschen.	すべての人たちと共に
Es klettert die Bohne, die	豆の木がよじのぼる、あの

weiβe und die	白くそして
hellrote－doch	明かるい赤色の―しかし
denk auch an die	やはり思うがよい
Arbeiterfahne in Wien－	ヴィーンの労働者の旗を―
vor unserem Haus	われわれの家の前で
in Moisville.　　　[KG, 472]	モアヴィルの。

　この詩が、「おまえは彼方にいる」と密接な関係があるのは一目瞭然である。同じ素材を基にしておそらくは、まず「われわれは」が書かれ、それが展開されて「おまえは彼方にいる」になったのだろう。形式も内容も、はるかに複雑になっている。詩作法の面で興味深い問題はいくつかあるが、今、「おまえは彼方にいる」の第2節と比較したとき、「われわれは」の第1節では、人間の規定が、きわめてはっきりしている。夫であり、父である「わたし」と、息子と、その母であり、「わたし」の妻である「愛するひと」である。

　人間関係だけでいえば、ここに描かれているのは、一般的な家族像である。

　しかし、「おまえは彼方にいる」の出発点となったとジゼルが証言した彼女の病気については、こちらではまったく触れられていない。したがって彼女の病気から発想されたと覚しき「おまえは彼方にいる」の第1節に、素材的には、関わりのなかった「われわれは」を結びつけたものと推定される。

　しかし問題はそこから先にある。「われわれは」を読むことによって、「おまえは彼方にいる」の何かが決定されるであろうか。答は否定的である。いや否定的といって不適当なら、答は流動的といい直してみてもいい。

　たとえば前述したペゲラーの解釈は、たしかに窓辺にならぶのを子供をふくめた三人と見ている。だからといって、それが、「おまえは彼方にいる」の解釈として唯一の正解とは断定しがたい。

　ここで煩をいとわず「われわれは」を引用して少々こだわってみた理由は、「おまえは彼方にいる」の前半部分と後半部分の対照性のためであって、それについては、あとになってから触れてみたい。

10-11　神は、とわれわれは読んだ、／一部と第二の散逸した部分である：

　上のように訳したが、テキストはふた通りに読める。すなわち、神はひとつの部分と、第二の散逸した部分のふたつからなるとする解釈Aと、神は何かのひとつの部分、それも第二の散逸した部分の方だとする解釈Bである。Aではひとつの部分と第二の部分があわさってひとつの神となり、Bでは神よりさらに大きいものが想定されて、神はその一部分ということになる。

　この詩集におさめられた「二つの家に分かたれた、永遠のもの」にある「彼を放っておけ、全部を持つように、半分そしてさらに半分と」を見ると、「永遠なる者」がふたつに分裂しいるさまからして、A、ふたつに分裂している神ととるべきかもしれない。あとで触れるが、第4節目にある「この半分と (mit dieser Hälfte)」も、それを示唆している。しかし、あえていえば、異教徒の筆者には、神を何かの半分とするBの解にも注意をひかれるところがある。

　また「第二の」は、ein zweiter Teil であるから、「われわれは読んだ」の関連から、書物の第2部 der zweite Teil が、当然連想される。書物としての神、神としての書物である。

　シュパイアーは、「散逸した神」から、ふたつの方向をさぐっている。第一は、オルフォイス神話である。トラキアの女たちによって「引き裂かれた」神としてのオルフォイスであり、もちろん、それはリルケの「オルフォイスへのソネット」と結ばれる。第二はカバラにおいて展開された思想である。それに従えば、神は唯一であるとともに、散逸したものでもあるという [KNR, 82]。「シェキナー」という元タイトルはこの面にかかわってくる。

　13世紀の「ゾーハルの書」となると、本来、神そのものであったはずのシェキナーは、すでに否定的でデモーニッシュな面とかかわりを持ち、暗い破壊的な性格をも備えるようになった。ヴォロスキィによれば、神は、「この第二の散逸した部分」を以て人間の時間に介入し、歴史の過程に関与する [Wolosky 1987, 370 f.]。

　コロンを置いて改行された以下の3行は、そのような神を描いている。

12-14　すべて刈り取られたものの／死の中で／彼は成長して自分となる。

　この部分全体の述語動詞 zuwachsen には、ふつう sich を伴った再帰用法がない。3格とともに使った場合、主語がその3格の手に帰るの意であるから（たとえば、

Alles wächst ihm zu. すべてが彼のふところに入る。）、Er wächst sich zu. は「彼は自らのものとなる」、神が神自らのものとなると、分裂した神の統一と考えられる。

　ただし「すべて刈り取られたものの／死の中で」という規定が置かれているから、たしかにこの神は、「死と破壊の神」[KNR, 82] でもある。刈られることは、死神の鎌にあるように、死の寓意である。

15－19　そこへ／視線がわれわれを導く、／この／半分と／われわれは関わっている。

　「そこへ (dorthin)」の hin は 2 行目の hinüber の hin に呼応した遠心的志向の表現である。「そこへ」——われわれが彼方を見る一方で、関わりを持つのは、神の「第二の、散逸した」方の部分である。ここは、事実、真実というより、神の不可知性を知りながら、そのことに絶望しないという意志、むしろ積極的にそのことを見据えている詩人の覚悟・決意であるように響く。

　こうして最後まで読み直して、振り返ってみると、改めてこの作品に描かれたふたつの世界の対照性に驚く。とりわけ「われわれは」と重なる第 2 連の平凡な家庭の風景と、第 3 連・第 4 連の神学的・神秘学的想念。たとえば、第 3 連・第 4 連を念頭に置いて、第 1 連を読み直してみると、俄かに「彼方にいるおまえ」は誰かと問い直してみたくなる。それは、ジゼルであり、あるいはエリックであり、フランソワであり、日々の労働によって疲労した人間であるかもしれなかった。しかし、第 3 連・第 4 連からの影を落してみれば、当然この「おまえ」は神の色彩を帯びることになる。日本語の訳としては「おまえ」は不適当だから、「あなたは彼方にいる　今夜」となる。遠くにいる神、それを言葉で取り戻す。詩人は言葉でしか神とかかわることができない。

　ジゼルの血行障害とエリックの豆の木から出発した詩人は、ずいぶん遠くまで来てしまった。

（佐藤俊一郎）

8/53

ZU BEIDEN HÄNDEN, da　　　1　**私の両手に**
wo die Sterne mir wuchsen, fern　　2　星々が生まれ育った、

allen Himmeln, nah
allen Himmeln:
Wie
wacht es sich da! Wie
tut sich die Welt uns auf, mitten
durch uns!

Du bist,
wo dein Aug ist, du bist
oben, bist
unten, ich
finde hinaus.

O diese wandernde leere
gastliche Mitte. Getrennt,
fall ich dir zu, fällst
du mir zu, einander
entfallen, sehn wir
hindurch:

Das
Selbe
hat uns
verloren, das
Selbe
hat uns
vergessen, das
Selbe
hat uns--

3 あらゆる天から遠く
4 あらゆる天から近く―
5 何と
6 そこで目覚めていることか！　何と
7 世界が私たちにひらかれてくること
　　か、私たちの
8 真中を貫いて！

9 おまえはいる、
10 おまえの眼のあるところに、おまえ
　　は
11 上にいる、おまえは
12 下にいる、私は
13 外に出ることができる。

14 おおこの移ろい行く空虚な
15 もてなし好きの中心部分よ。互いに
　　別々に、
16 私はおまえに転がり込みおまえのも
　　のとなり、おまえは
17 私に転がり込み私のものとなる、互
　　いに
18 転がり落ち、私たちは
19 透かし見る―

20 同じ
21 ものが
22 私たちを
23 失うのを、その
24 同じものが

25 私たちを忘却するのを、
26 その
27 同じものが
28 私たちを──

[**詩の理解のために**]

　最初の草稿に記されている日付は1960年7月1日。同じ日にネリー・ザックス宛に手紙を出している。「〈ユダヤ人のぶなの木〉という本が今あなたへと向かっています。2、3日前本屋で突然私の目の前に現れたのです。ほかのもの（Anderem）を捜している最中に──そうです、これはここに同じもの（das Selbe）が残っているということの証しです──私はこの本を引っ張り出しました。この本を出版させたフレヒトハイム家の人々はおそらくユダヤ人です」[CSB, 48] とある。「同じものが残っているということの証し」とはどういうことなのか難解な部分である。本来捜していた本ではなかったが、内容から見て本来求めていた内容を持つものだと解った本に偶然遭遇した、ということなのか。それとも「同じもの」は、本詩最終連の中の「同じもの」を指していると考えるべきなのか。とするとツェラーンはドロステ・ヒュルスホフの著作『ユダヤ人のぶなの木』を偶然発見したことを、自作詩の内容を裏書する出来事と受け取ったことになる。書いたばかりの詩と偶然の出来事とが関連していることに心動かされ、読み手に文意が正確に伝わるかどうかお構いなしにそのことをここに挿入したわけである。ヴィーデマンはそう解している [KG, 676]。「ほかのもの（Anderem）」が『子午線』で触れられている das Andere と関連している可能性もある。

　冒頭に提示されている、両手の先から星々が生まれ育つイメージは鮮烈で美しいものであるが、この詩は難解である。ボラックによれば「人称代名詞のはたらきは、おそらく解釈者を最も当惑させ迷わせる困難なものである」が、この詩は「おそらくまさに眩暈を引き起こすような思索を要する一例となっている」[Bollack 2000, 19]。私とおまえとの間の、それはおそらく事物に向かって語りかけられる言葉をも含み込んでの、対話の可能性、その言葉の交わされる場、についての認識を得ようとしているものであろう、との推測はつく。「詩は対話であり、新たな世界の出現は異なる者同士を包み込む。私の固有性と他者の固有性がそこでは実現されつつ交わり合う。自他をつなぐ、そのような空間をこの詩は描き出そうとしている。同じ世界が二人に開かれ、私とおまえ

とは同じものを分かち合っている」[鍛冶, 167 f.]と鍛冶は大筋で述べている。これに対し生野は、場を問題としながら、「〈わたしたち〉は根拠が〈わたしたち〉を喪失し忘却したことを、主客転倒の状況を見通してしまう」そして「一旦は二人の共在を許すかに見えた、空虚の場、世界の裂開、虚の場で」この詩は終わってしまうのだ[生野, 115 f.]と述べている。詩が向かう「外部」に着目して「こんなに多くの星」「お前は彼方にいる」「冠をかぶらされて引き出され」を論じつつ、詩人が「存在の外へ逸れながら立ちあがる弦の旋律となって、はじめから宇宙空間に、しかも異次元の虚空にでてしまっている」[生野, 102]とも生野は述べているが注目すべき指摘であろう。

[注釈]

1 私の両手に

草稿では、「左手に」とあった[CTA, 22]。mir があるため「私の」両手と解したが、論理的には、私の片手とおまえの片手をあわせた二つの手、すなわち「私たちの手」でもありえる。一人の人間の両手と解すれば、手で物を掴む主体は両手の中央(die Mitte)に来ることになる、との指摘もある[KNR, 85]。

2－4 星々が生まれ育った、／あらゆる天から遠く／あらゆる天から近く―

草稿では、星ないし天のヴァリエーションとして、地獄(Höllen)と置かれていた[KNR, 22]。地獄の対義語は天国。とするなら天ではなく天国と解するべきなのかも知れない。しかし Himmel に宇宙のイメージが強いので天という訳語をあててある。自分の手を自分の詩のための犠牲とし、捧げものとしていた(詩「十二年」を参照)ツェラーンにあって、「手仕事」の結果として詩は得られていた。その詩を書く手の先から星々が、銀河が生まれ育っている。詩人が直接宇宙と向かい合い、見出され紡ぎ出された言葉が、輝く星々となって、黒々とした宇宙の闇の中で生成していくイメージである。「天から遠く」と「天から近く」が同時に成立しているのは、文字通り天のあらゆるところを示すと言うよりも、ツェラーン特有の撞着語法と解したい。近い距離も例えば電子顕微鏡の世界から見れば遥かな距離である。物理的には無限に近づきながら、心理的には無限に遠ざかるときがある。

12-17　私は／外に出ることができる。／おおこの移ろい行く空虚な／もてなし好きの中心部分よ。互いに別々に、／私はおまえに転がり込みおまえのものとなり、おまえは／私に転がり込み私のものとなる、

　この「外」とは何か。『子午線』の次のような言葉が想起される。「私たちは常に事物がどこからやってきて、どこへ向かうのかという問いかけをしています。〈開かれたまま〉で、〈終わりにたどり着くことのない〉問いかけ、そしてまた開かれた場、空虚な場、解き放たれた場を指し示す問いかけです——私たちは遥か外にいるのです。詩もまたこういった場を求めているのです」［Ⅲ, 199］。

　前の詩行で「私」と「おまえ」とは上下に位置を変えながら「愛技に似た、それも無重力空間の支えなさの中でのような動き」［生野, 115］をしていた。鍛冶は、この二人のいる空間内で「私」が自分自身から外に出て、「おまえ」になるのだと見る。突き詰められた愛の行為の中で「私」が「おまえ」となり、「おまえ」が「私」となる、その空間内での合一である。しかしそれはむろん私の「完全な融解ではな」く、「〈ぼく〉が〈きみ〉のものとなり、〈きみ〉が〈ぼく〉のものになる」対をなす両者の自在な交通を許すようなものである［鍛冶, 169］。

　しかしこの二人のいる空間が、「移ろい行く空虚な中心部分」、と批評されていることが気にかかる。私の眼が「私とおまえのいる空間」から外にはみ出てしまい、その外部からこの両者のいる空間を対象化し批評しているとは考えられないだろうか。

　もてなし好き、客好きという言葉からは誰であるかを問わずどのようなものをも客として引き入れる曖昧宿も連想される。

　私たちの只中に開かれた世界、その世界内空間、その深みの中で、私とおまえの出会いの場としてあるこの中心は、この二者の繰り広げる運動の中でその位置をより深く変え、〈終わりにたどり着くことなく〉移っていくのではないか。その〈運動そのもの〉が〈構造〉としてここで示されているのではないか。「移ろい行く中心部分」という表現が子午線を想起させるとの指摘もある［Mayer H. 1969, 71］。

　「転がり込みおまえのものとなり」と訳した原語は zufallen、期待していないもの予想していなかったものなどが手に入る、というのが原義である。二人の存在する空間が二人の動きから生まれる成果を必ずしも保証するものではないことが解る。

　この二人の関係を考察するために『子午線』で述べられている「別なもの（das Andere）」と「抒情詩における私」の関係を以下に引用しておく。「詩は別なものの許

へ行こうとします。詩はこういった別なものを必要とします。詩には相手が必要なのです。この別なものへと向かう詩にとっては、すべての事物、すべての人間は、この別なものの形をとって現れます。詩は対話となるのです——しばしばそれは絶望的な対話ですが。この対話の空間内で話しかけられたものが初めてその姿を現わします。その姿を現わしたものに話し掛け、その姿を現わしたものに名前を付ける私の周りに、その話し掛けられたものは集まるのです」[Ⅲ, 198]。

遺稿詩の中に「空虚な中心部（Die leere Mitte）」[Ⅶ, 129 NL] があり、「私たちは空虚な中心が歌うのを助けた、それが上へ向かって立ち上がったとき」とある。

私たちの只中に開かれたこの空間を考えるにあたって、例えば「すべての存在を貫いて一つの空間が広がる——世界内面空間が」[Rilke Ⅱ, 93] といった詩句や [KNR, 85] ドゥイノの悲歌を引用してリルケの世界内面空間と比較検討することも可能である。

20－28　同じ／ものが／私たちを／失うのを、その／同じものが／私たちを忘却するのを、／その／同じものが／私たちを—

「その同じもの」とは何か？　生野は「それ自体」と訳し、世界の根拠と解している [生野, 115]。これに対し鍛冶は「同じもの」とは、私たちを「つなぎ、交流を可能にする何かであろう」[鍛冶, 170] と述べる。あるいは前二者とは異なり「空虚な中心部」で無限運動にも似て繰り返されていく「わたし」と「おまえ」の間の運動そのもの、あるいはこういった運動を支えている構造が変わらず同じに留まっていること、とも解しえよう。

最後の二つのダッシュをどう考えるべきかは、hat uns の hat を本動詞ととるか、あるいは hat を助動詞とし、その後に続くべき本動詞の過去分詞がダッシュで置き換えられ省略されたと考えるか、その hat の解し方の違いにも関係してくる。鍛冶は草稿においてピリオドで終わっていたことを踏まえながら hat uns. とほぼ同義に捉え、このダッシュによって「内実にふくらみが与えられ」「さらにその先への思いを誘う効果が生み出されている」とする。hat をマイネッケと同様に本動詞と解したことになる [Meinecke, 153]。

これに対し生野は hat を助動詞ととり「このダッシュの沈黙ないし言語放棄は、空虚の場、世界の裂開の場」を示すものであるとし、「絶望的な対話」のその絶望的な面を

むしろ明らかにしているものだとする。筆者の解釈は生野に近く、hat uns の後に本動詞の過去分詞が省略されたと考える。無限運動に似て繰り返されていく対話、あるいはその対話の構造を支える何ものかが変わらず続いていくことを示しているのではないか。ただし過去分詞が明示されずにダッシュに代えられたところに「変化」への可能性が孕まれたとも解しえる。この詩で記された「同じもの」をドロステ・ヒュルスホフの『ユダヤ人のぶなの木』にも見て取ったツェラーンがその偶然の一致に驚いて記したのが冒頭に示したザックス宛の手紙ではないのだろうか。

　パルメニデスの言葉、「というのも考えることと存在することとは同じことなのだから（das Selbe）」を論じながらハイデガーはパルメニデスにおける謎の言葉 τό αύτό（das Selbe）を、「基礎に横たわり、担いかつ支えているもの」[Heidegger 1954, 241] としている。ツェラーンが精読していたハイデガーの言説に、この詩節の意味を解き明かす鍵を求めるなら、「同じもの（das Selbe）」は上述したハイデガーの解釈ということになる。

（北　彰）

9/53
ZWÖLF JAHRE　　　　十二年

Die wahr-	1	その通り
gebliebene, wahr-	2	だった、その通りに
gewordene Zeile: ... *dein*	3	なった詩行—　おまえの
Haus in Paris— zur	4	パリの住まいを—
Opferstatt deiner Hände.	5	おまえの両手といういけにえの祭壇とし。
Dreimal durchatmet,	6	三度、生気をみなぎらされ、
dreimal durchglänzt.	7	三度、くまなく照らし出され。

　　　　・・・・・・・・・・・　　　　　　　　　8　・・・・・・・・・・・

Es wird stumm, es wird taub　　　　　 9　見えないところで
hinter den Augen.　　　　　　　　　　10　無口となり、耳が聞こえなくなる。
Ich sehe das Gift blühn.　　　　　　　 11　私は毒が花咲くのを見る。
In jederlei Wort und Gestalt.　　　　　 12　さまざまな種類の言葉と姿で。

Geh. Komm.　　　　　　　　　　　　13　行け。来い。
Die Liebe löscht ihren Namen: sie　　　14　愛はみずからの名を消し去り—愛は
schreibt sich dir zu.　　　　　　　　　15　みずからをおまえに譲りわたす。

[詩の理解のために]
　1960年6月6日〜7月27日にかけて成立。最初の断片のあとの草稿が、1960年7月14日にケルモルヴァンで成立。この日は、ツェラーンが1948年7月13日にパリに到着してからちょうど12年目の日にあたる。詩の表題はこのことを示している。なお、1960年秋に書かれた断片には、次のような言葉が記されている。「12年来住んでいる街パリで私に……」、「〈第3帝国〉は12年続いた」[KG, 676]。

[注釈]
1 − 5　その通り／だった、その通りに／なった詩行—おまえの／パリの住まいを—おまえの両手といういけにえの祭壇とし。
　原文イタリックとなっている個所は、12年前（1948年7月初め）に書かれた詩「旅の途上で（Auf Reisen）」[Ⅰ, 45 MG]の2行目で、自己引用（ただし「旅の途上で」ではParisとzurの間にダッシュはなく、またこの引用個所は分割されず一詩行となっている。「初期詩のみまごうことのない詩行のリズムを放棄し、より硬質な、衝撃的な言語表現となる」[Allemann 1964, 150]。分割することで現在の状況をリアルに描写しているともいえる）。この詩の6番目の異稿には、「旅の途上で 2（Auf Reisen Ⅱ）」という表題が付されていた [HKA, 80：TCA, 25]。ツェラーンへの誹謗文書がクレール・ゴルによって発表されたいわゆる〈ゴル事件〉。自分の作品（「手」で作ったもの）がイヴァン・ゴルの剽窃であるというデマの「いけにえ」として、公にさらされ

た。このことは、12年前にパリに来る「旅の途上」で予想した通りだ、ということ。マンデリシュタームに明確に見られる「その通りのまま」という、進歩信仰に対する否定は、ツェラーンの場合もところどころに見られる［Parry 1978, 87］。なおゴル事件については、［相原 1999, 19-43］および、［GA］を参照。また、この詩ばかりでなく、おおまかに言って詩集全体がこの事件との何らかのかかわりの中にある、と考えてよい。自分のこれまでの作品との関係の中で、現在の位置を確かめるというあり方もこの詩集のひとつの特徴である。

6-7 三度、生気をみなぎらされ、／三度、くまなく照らし出され。
　ツェラーン訳ヴァレリーの詩「若きパルク」405行目には、durchglänzt という語が使われている［Ⅳ, 153］［KG, 677］。1連目の引用が改行・ダッシュ・改行と3つの中断がなされ3行に分割されていること。クレール・ゴルの誹謗文書はこの詩の成立時点までに3度発表されている。1953年8月、1956年、そして1960年4月初めである（「旅の途上」の引用個所の内容が3度反復されたということ）。あるいは、それまでに刊行されたツェラーンの3冊の詩集に対する批評は、半数ほどが、難解であるということで否定的であったということ。ツェラーン自身は1960年7月のシュペルバー宛の手紙ではこう述べている。「ともかくかなり以前から、私と私の詩を破壊しようとする試みが行なわれています。この目的のために、私に、詐欺や遺産横領や、剽窃という罪を着せるのです」［PC/AMS, 54］。

8　・・・・・・・・・・・
　この詩行を軸にして、7行ずつの上下対称を形作っている。なお点線だけの詩行をもつ詩はこの詩集には以下のものがある。Ⅰ, 222, 242-243, 245, 247。この点線は、ゴル夫人の誹謗文書に対し、まだ言葉を見つけることができないことを示しているのであろうか。

9-12 見えないところで／無口となり、耳が聞こえなくなる。／私は毒が花咲くのを見る。／さまざまな種類の言葉と姿で。
　1953年8月に始まり、その後8年もの長きにわたる「ゴル事件」。誹謗文書とともに、多くのツェラーン擁護の文書も現れるのであるが、ツェラーンはそうした言葉に対

して疑念をぬぐえず、すべてを「ネオナチ」の策動と捉え、迫害妄想による恐怖感を募らせ、ついに精神異常をきたすのである。

13-15 行け。来い。／愛はみずからの名を消し去り―愛は／みずからをおまえに譲りわたす。

　「行け。来い。」はビューヒナーの『ダントンの死』中のリュシールの言葉からの引用 (Geh! Komm! Nur das sie küβt ihn und das!) [Büchner, 31.] [KG, 677]。これまで使われていた「殺害者の言葉」であるドイツ語の「愛」という言葉は捨て去り、あらたに「おまえ」に向けての「愛」という言葉がやって来るように、と願う。『子午線』講演で述べられているように、「詩は一人の他者に向かってゆく。この他者を必要とする。(…) 詩はみずから他者に語りかけようとする」[Ⅲ, 198] のである。詩集冒頭の詩「かれらの中には土があった」の結び、「そしてわたしはあなたに向かってわたしを掘り続ける、／するとわたしらの指の輪が目を覚ます。」[Ⅰ, 211NR] を想起させる。

（相原　勝）

10/53

MIT ALLEN GEDANKEN ging ich hinaus aus der Welt: da warst du, du meine Leise, du meine Offne, und ― du empfingst uns.	1　あらゆる想念を抱いてわたしは 2　この世を出て行った―そこにおまえがいた、 3　おまえ、わが、おとなしき女、おまえ、わが、開いている女、そして― 4　おまえはわたしたちを迎え入れた。
Wer sagt, daβ uns alles erstarb, da uns das Aug brach? Alles erwachte, alles hob an.	5　誰が 6　言うのか、わたしたちの目が、死して光を失ったとき、 7　わたしたちからはすべてが消滅し
Groβ kam eine Sonne geschwommen, hell	

standen ihr Seele und Seele entgegen,
                                    klar,
gebieterisch schwiegen sie ihr
ihre Bahn vor.

Leicht
tat sich dein Schoβ auf, still
stieg ein Hauch in den Äther,
und was sich wölkte, wars nicht,
wars nicht Gestalt und von uns her,
wars nicht
so gut wie ein Name?

8　すべてが目を覚ましたのだ、すべてが始まったのだ。

9　大仰にひとつの太陽が泳いでやってきた、明るく
10　心と心は太陽に向き合っていた、はっきりと、
11　断固として、黙ったまま、それらは太陽にむかって
12　その軌道を指し示した。

13　すぐに
14　おまえの陰部が開いた、静かに
15　息が天空に立ちのぼった、
16　そして雲で覆われたもの、それは、
17　それは人の姿ではなかったのか、わたしたちの方から来た、
18　それはほとんど名前とおなじものでは
19　なかったのか？

[詩の理解のために]

　初出：Die Niemandsrose. Frnkfurt a. M. Fischer 1963、19頁。手書き草稿と5種の異稿は、1960年8月14日と記されている。2個所の相違以外はほとんど印刷原稿と同じ（9行目 Gross→Groβ、2行目〈印刷ミス〉das warst du→da warst du）。

　愛と性に関するモチーフが、神秘主義のモチーフと結びついている。詩は、この世から去ること、「迎え入れてくれる」ものとして理解された女性との出会い、あの世の幻視が始まる死の瞬間、そして、最終的に、誕生のイメージと結びつけられた言語の形成というふうに展開する。明白なのは、ユダヤ神秘主義の「シェキナー」の像であり、

シェキナーとの神秘的な合一によって、シェキナーと神との間の遮断された結びつきを元に戻すことが、楽園追放後の人間の課題でもあるということ [Schulze 1976, 70-71, 74]。詩の第1連と第2連は、単に合一のイメージを想起させるばかりでなく、「あらゆる想念」から「名前」への動きとして、この関連で、重要なカバラの言語理論をも想起させる。その理論によれば、「言葉は、もっとも深い想念から明瞭な発音に至る展開の中に存在しており、…媒体である。その媒体の中で、あるいは、その媒体を通して〈神の創造的な〉エネルギーが働く」[Scholem 1977, 174-178]。この詩と同様のモチーフは、「私の両手に」[Ⅰ, 219 NR]、「漂移性の」[Ⅰ, 235 NR]、「明るい石たちが」[Ⅰ, 255 NR]に見られる。

[注釈]
2－3　この世を出て行った―そこにおまえがいた、／おまえ、わが、おとなしき女、おまえ、わが、開いている女、そして―

　呼びかけの形式については、「おまえは彼方にいる」[Ⅰ, 218 NR]の3－5行、および「明るい石たちが」[Ⅰ, 255 NR]の10－13行を参照。

4　おまえはわたしたちを迎え入れた。

　ここでの「わたしたちを」は「わたし」と「あらゆる想念」を指しているが、2連と4連は、「わたし」と女性を意味している。

6　わたしたちの目が、死して光を失ったとき、

　グリム辞典では „das auge bricht" の項で、次のように書かれている。「死んで、暗くなり、目の前で黒く漂う……いわば、眼の光と輝きがひび割れ、消滅する」[Grimm 2, 343]。ここでの詩句は、単に「消滅した（erstarb）」を変奏しているばかりではなく、同時に3連との密接なつながりの中にある。そこでは光の領域が中心的な役割を果たしている。

8　すべてが目を覚ましたのだ、すべてが始まったのだ。

　対句法によって、6行目の「すべてが消滅した」との内容的な対立をより一層際立たせる。「目を覚ます」というモチーフは、マンデリシュタームと結びついて詩集第1部

で重要な役割を果たしている。「何が起きたのか？」[Ⅰ, 269 NR] も参照。

9　大仰にひとつの太陽が泳いでやってきた、明るく

　3連の始めは、ジャン・パウルの作品の宇宙的なビジョンを想起させる（特に『ヘスペロス』[Jean Paul Ⅲ, 890] 参照。「泳ぐ太陽」というイメージもジャン・パウルの作品から取り出してきたのだろう。たとえば、『巨人』[Jean Paul Ⅲ, 119]。太陽としての神の像は、よく使われる神秘主義的な表象である。

10　心と心は太陽に向き合っていた、はっきりと、

　詩の中央で、ひとつの新しい動きが始まる。マンデリシュタームの詩法（「シベリアの地の」[Ⅰ, 248 NR] 参照）への密かな暗示によって、詩語の「誕生」がほのめかされている。また「明るい石たちが」[Ⅰ, 255 NR] では、この詩における女性と類似した特徴が見出されるだけでなく、「石が開く（Sich-Auftun der Steine）」とも語られている。

11−12　断固として、黙ったまま、それらは太陽にむかって／その軌道を指し示した。

　「黙ったまま」という言葉は、4連にある「静かに」によって生じる創造を前もって指し示している。この詩の主要なモチーフをふたたび取り上げた詩「レ・グロブ」[Ⅰ, 274 NR] にも、太陽の軌道のモチーフは現れる。

13−15　すぐに／おまえの陰部が開いた、静かに／息が天空に立ちのぼった、

　この個所は3−4行目と結びついている。ここで、「迎え入れ」られた後に、陰部が開き、「息」が立ちのぼるのである。ここでは、人間による創造の可能性が問題となっている。手稿で消された個所では、初めは「ひとつの手が天空（霊体）をつかんだ（griff eine Hand in den Äther）」であった。この身振りは、神の手と明確に対立している。「死」、「誕生」、「天空（霊体）」という組み合わせは、「レ・グロブ」[Ⅰ, 274 NR] においては、はっきりと並置されている。

16−17　そして雲で覆われたもの、それは、／それは人の姿ではなかったのか、

　「雲」あるいは「雲で覆われる」という形象は、ユダヤ人がクレマトリウム（焼却

炉）で殺害されたことと結びつけられて、たとえば、「小屋の窓」［Ⅰ，278 NR］では（煙となって）空に浮かぶ「雲の民」（Volk-vom-Gewölk）という表現となる。「雲で覆われたもの」は、同時に、「人の姿（Gestalt）」と「Schrift（文字）」を連想させる。（「コントルスカルプ広場」［Ⅰ，282 NR］21-22行目も参照せよ）。「雲」そのものについては、古典的な神の顕現のシンボルとしての意味もかかわっていると考えられる。

17-19　わたしたちの方から来た、／それはほとんど名前とおなじものでは／なかったのか？

「わたしたちの方から来た」という表現は、創造の起源が神によるものではなく、人間によるものであるということを際立たせている。「名前」という語を最後に置いているということは、詩の始まりと終わりの対立を強調している。単なる内的な想念の代わりに、具体的な創造というひとつの形が歩み入ってきたのである。その観点からすればこの詩全体は、『ゾーハール（光輝）の書』（カバラの古典的な主要著作）の一節を思い起こさせる。そこでは、天空（霊体）、静かな誕生、生み出されたものの言語の特徴というモチーフが記されている。ツェラーンは1954年、グラーゼナップの『インド人の哲学』中の「人の姿」と「名前」の組み合わせを説明している個所（目に見えるものと見えないものの区別）に下線を引いている［KG, 677］。

（相原　勝）

11/53
DIE SCHLEUSE　　　　　　　　　　堰

Über aller dieser deiner　　　　1　このあなたのあらゆる
Trauer : kein　　　　　　　　　　2　哀しみを超える——
zweiter Himmel.　　　　　　　　 3　もう一つの天など存在しない。

. . . .　　　　　　　　. . . . .

220　第II部　詩集『誰でもない者の薔薇』注釈

An einen Mund,	4　千もの言葉を話していた
dem es ein Tausendwort war,	5　口許で
verlor-	6　失っていた――
verlor ich ein Wort,	7　私は一つの言葉を失っていた
das mir verblieben war:	8　私に残されていた一つの言葉―
Schwester.	9　姉を。
An	10　多くの神々のもとで
die Vielgötterei	11　私は一つの言葉を失っていた、私を
verlor ich ein Wort, das mich suchte:	捜し求めていた一つの言葉――
Kaddisch.	12　カディシュを。
Durch	13　堰を私は越えねばならなかった
die Schleuse mußt ich,	14　その言葉を潮のなかにもどし――
das Wort in die Salzflut zurück-	15　潮から外へ出し――また潮を越えて
und hinaus- und hinüberzuretten:	救い出すために――
Jiskor.	16　イスコールを。

[**詩の理解のために**]

　1960年9月13日から翌年5月20日にかけて書かれた。草稿によれば詩の題名は当初Stockholm, Linnégatan tolv（ストックホルム、リンネ通り12番地）となっていた。ツェラーンは60年5月（アイヒマンが捕らえられた月でもある）にチューリヒやパリで家族共々ネリー・ザックスに会って以来彼女との親交を急速に深めていた。彼女の精神が危機的状況に陥ったことを知ったツェラーンは8月30日に列車でパリを発ちストックホルムで6日間を過ごす。しかしSodersjukhuset（南部病院）に入院中のザックスに会うことはできなかった。彼女が「自分のせいで迫害者をツェラーンのもとに招き寄せてはいけない」と考え彼の入室を拒絶したからではないかと推測されている。この時期ザックスは「迫害者が密かに家に入り壁で聞き耳を立てている」と信じていた。

ツェラーンの蔵書であるザックスの詩集『そしてそれ以上誰も知らない (Und niemand weiß weiter)』には「ストックホルム 1960.9.7」の書き込みがあり、ストックホルム滞在中ツェラーンがこの詩集を読んでいたことがわかる。ただし語句その他の点でこの詩集と「堰」との直接の関連を伺わせるものはない。

9月13日はツェラーン（またザックス）が長年敬愛し、とりわけ52年から60年にかけてその著作を精読したことが知られているマルティーン・ブーバーとパリのホテルで個人的に会い話を交わした日でもあった。彼はブーバーのドイツ人に対する融和的態度に落胆した。

ストックホルムの堰
〔2000年7月26日　関口裕昭　撮影〕

この詩でツェラーンはザックスの精神状態を悲しみ、激しく心を揺さぶられている。「あらゆる」「この」「あなたの」とたたみかけるようにしてザックスの「哀しみ」を示し、そのたたみかけるようにして用いられたドイツ語からは、心の激しい動きに呼応した強い音の響きが生れている。

大きく区分された第2連以下では、信仰の問題と絡めて、ザックスと比較し、自省を深めているように見える。

[注釈]
堰
　ストックホルム市街中央部にある、外海と内海とを隔てる Slussen（水門・堰）を指していると考えられる。Schleuse という言葉が使われている詩はあと一編のみ。その詩［Ⅱ, 99 AW］においても海岸が描かれテーマは詩論である。

2　哀しみ

草稿では最初「憂鬱（Schwermut）」と記されていた。

3　もう一つの天など存在しない。

「もう一つの天」と訳したが、原文を尊重すれば「第二の天」となる。「第二の天」に似た言い方として「私はキリストに結ばれていた一人の人を知っていますが、その人は14年前に第三の天にまで引き上げられました」［コリント人への第2の手紙12，2］がある。タルムードでは第七の天まであり、またコーランにも同様な表現がある。ツェラーンの親しんでいたジャン・パウルに「再生可能な地」の意味で die zweite Welt（第二世界）という用例がある。Himmel を「空」と解し「悲しみの上に広がっているこの空以外にもう一つの空はありえず私たちはこの現実を受け入れるしかないのだ」と考えるなら、「天」に孕まれている超越的なニュアンスを初めから排除することになる。

4　千もの言葉を話していた

草稿では dem es nichts galt（何ものにも値しなかった）となっていたことから、ein Tausendwort が否定的な意味合いで使われていたことがわかる。「千もの言葉」は殆ど「無」なのである。

9　姉を。

Schwester はツェラーンにとって重要な言葉である。この詩ではザックスを指すのか。二人は互いを Schwester（姉）、Bruder（弟）と呼び合っていた［CSB, 401, 56, 66］。

10　多くの神々のもとで

Vielgötterei は「多神教」の意。……rei の原義を生かせば「神などたくさんいる（と思っていた）」というように神への信仰を貶めたニュアンスとなる。

12　カディシュを。

ユダヤ教で喪に服する人々の祈り。元来アラム語で「聖なるかな」の意。五つの祈りの型があるが、完全カディシュは神の名前を聖別し褒め称え、神の国の臨在と平和を願

い、祈りを聞き届けてくれるようにと、その一部を先唱者と会衆全員が交互に唱和した。死後11ヶ月の間、および毎年の命日に喪に服している人々によって祈られた。この祈りは共同の祈りである。この点に着目し、この言葉を「失っていた」ツェラーンは、ユダヤ教の伝統の外部に立っていた（あるいは伝統からは疎外されていた）ことを自ら認めたのだとする解釈もある [KNR, 103]。

14　その言葉を潮のなかにもどし──

ツェラーン蔵書のホーマー『オディッセア』に書きこまれた下線部分、および書き抜かれた読書メモに「彼らは櫂で灰色の潮（Salzflut）をこいだ」とある [KG, 678]。潮はまた涙および消すことのできぬ哀しみの象徴とも考えられる [Neumann 1992, 37]。

16　イスコールを。

「神が記憶していてくださいますように」の意。死者を悼む最も静かで目立たぬ祈り。過ぎ越しの祭り、七週の祭り、仮庵の祭り、および贖罪の日に唱える。カディシュと比較してイスコールがひそやかな個人的な祈りであることに着目して、伝統的なユダヤ教の共同体の外にいるツェラーンにとって可能なのはこのイスコールだけなのだ、とする解釈もある [KNR, 103]。「死者を記憶していること」、その記憶を一般化して、「詩人が仕事として委託されていることは記憶することだ」、というヘルダーリンの詩 Andenken を想起する解釈もある [Neumann 1992, 38]。

（北　彰）

12/53

STUMME HERBSTGERÜCHE. Die Sternblume, ungeknickt, ging zwischen Heimat und Abgrund durch dein Gedächtnis.

Eine fremde Verlorenheit war

1　沈黙する秋の香り。
2　手折られなかったアスターが、
3　故郷と深淵の間を行った、
4　あなたの記憶をくぐり抜けて。

5　あるよそよそしい喪失が

gestalthaft zugegen, du hättest		6	形姿を得た、あなたは
beinah		7	もう少しで
gelebt.		8	生きているところだった。

[詩の理解のために]

　詩集の中でも「日のあるうち」［Ⅰ，262］に次いで 2 番目に短い詩で、1960年10月 5 日に書かれた。1960年10月22日にダルムシュタットで行われたビューヒナー賞受賞講演が行われる前に成立した最後の詩ということになる。受賞講演『子午線』に言及される「故郷」「深淵」「記憶」「喪失」「形姿」などの言葉が見られるのはそのためで、短いながらも凝縮された、詩論的な詩の側面を持つ。具体的な固有名はないものの、詩人が故郷チェルノヴィッツの思い出、とりわけユダヤ人を襲った惨劇を記憶した詩と見ることができる。

[注釈]

1　沈黙する秋の香り。

　「香り」に音がないのはいうまでもないが、あえて「沈黙する」とすることで、かつて存在した音、ないしは声が掻き消され、現在は沈黙しているとも読みうる。「沈黙する（stumme）」の背後に「声（Stimme）」のエコーを読み取る［平野、172］のはこうした流れから首肯できる。

　原文の「香り（Gerüche）」は複数形であり、秋の大気から、目に見えぬさまざまな植物や花々の存在（あるいはそれらに仮託された死者たちの痕跡）を敏感に嗅ぎ分けていることが読み取れる。秋はツェラーンにとって、過去の記憶、とりわけ母の思い出と密接に結びつき、それを呼び覚ます季節である［Glenn, 115］。初期の詩「永遠」では次のように歌われる。「僕らがそれを聞いたとき眠り込んだある言葉が、／葉叢の下に滑り込む——／秋は雄弁になるだろう」［Ⅰ，68 MG］。

2　手折られなかったアスターが、

　「アスター（Sternblume）」は夏から秋にかけて紫色の星状の花をつける。この星は、ユダヤ民族の徽章である六芒星とユダヤ人の悲劇的な運命にも繋がってゆき、アスターはユダヤの死者、とりわけツェラーンの亡き母が髣髴としてくるのかもしれない。

「手折られなかった」は、抵抗と永続性を暗示し［KNR, 105］、定冠詞つきのこのアスターだけが、手折られた他のアスターと異なり、生き延びていたことを示す。

　アスターの花が忘れがたき人の追憶の象徴となるのは、次のゲオルゲの詩にもあてはまる。「忘れるな、この最後のアスターたちのことも／野生の葡萄の蔓に巻きついた赤さを、／また、緑の生命から生き残ったものを／秋の顔のなかでやさしく克服するがいい。」(『魂の年』)［GeorgeⅠ, 121］

　ツェラーンがアスターをAsterと綴らなかった理由としては、夙に有名になったゴットフリート・ベンのアスター詩篇(「小さなアスター」「アスター」)があり、その審美的なイメージを重ね合わせて見られることを避けたことも考えられる。「酔っ払ったビール運搬人が解剖机の上に持ち上げられた。／誰かが、暗いリラ色のアスターを／その男の歯の間に挟んでやった。」(「小さなアスター」)［BennⅢ, 7］

3-4　故郷と深淵の間を行った、／あなたの記憶をくぐり抜けて。

　対置された二つの名詞は記憶の中の風景として現れる。「故郷」が起源、幸福な思い出と結びつく一方、それと対極をなす「深遠」は終焉、絶望——おそらくは絶滅収容所でのユダヤ人大量殺戮——を暗示する。両者を結ぶ記憶の空間は闇に包まれているが、言葉はこの闇を通り抜けてのみ、真実を獲得できる。「すべてが失われた中で言葉だけが失われずに残りました。しかし言葉は答えの返ってこない中を、恐ろしい沈黙を、死をもたらす発話の千もの闇を潜り抜けねばなりませんでした」［Ⅲ, 185 f.］

5-6　あるよそよそしい喪失が／形姿を得た、

　「喪失」は「ワインと喪失のときに」にも用いられた言葉であり、それと同じ文脈で理解すれば、詩の(言及されていないが)主体である「私」、抒情詩的自我に属することになる。すなわち「あなた」を失った「喪失感、悲しみ」となる。これが「疎ましい、よそよそしい(fremd)」のはなぜか。「喪失」が思いがけない、甘受しがたい、事実として認めがたいものであったなど、さまざまに読み解くことができるだろう。一方、「喪失」が「あなた」のものであるなら、それは端的に死を意味する。しかし実際は、このどちらか一方に断定はできるわけではなく、主体と客体が渾然一体とした中での喪失と思われる。「同じ／ものを／私たちは／失った」［Ⅰ, 219］わけであり、一方の喪失は他方にとっても喪失となる。「よそよそしい」は馴染み深い「故郷」とは対極

に位置し、「喪失」が「深淵」にあるものだということが推測される。

「形姿（Gestalt）」は『子午線』でも重要な概念として次のように述べられている。「詩はある別のものへ行こうとします。詩はこの別のもの、向かい側に立つものを必要とします。(…) すべてのもの、すべての人間は、別のものに向かって進んでいく詩にとって、ある別のものの形姿なのです」［Ⅲ, 198］。「形姿」はすなわち、具体的に現れた詩の言葉のことをいうのであって、ここでも「喪失」が詩を通して具現することをいう。

6－8 (…) あなたは／もう少しで／生きているところだった。

「もう少しで（beinah）」——これは Heimat（故郷）と類音関係にある——は、「ほとんど、あやうく」など、ある結果や状態にかろうじて至らなかったことを表す副詞である。本来なら「もう少しで／死んでいたところだった」というのが普通で、詩のような表現はしない。なぜなら、われわれの日常では、当然のことながら、生きている者を基準に言葉の体系ができているからである。だがツェラーンの場合、その常識が逆転している。無数の「秋の香り」が瀰漫する死者の側から世界が見られているのであり、「手折られ」なかった一本の「アスター」を基点にして、生者と死者の世界が反転する。「アスター」はすでに述べたように、詩人の亡き母の生まれ変わりであり、それは、無数のユダヤ人が死を強いられた中で、それに向かい合っている、ただ独り生き残ったツェラーンの「形姿」として浮かび上がってきたものである。

（関口裕昭）

13/53

EIS, EDEN　　　　　　　　　　　氷、エデン

Es ist ein Land Verloren,　　　　　1　「失われた」という名の国がある、
da wächst ein Mond im Ried,　　　2　そこでは葦の湿原に月が生えている、
und das mit uns erfroren,　　　　　3　そして私たちと共に凍え死んだもの、
es glüht umher und sieht.　　　　　4　それがあちこち燃え上がり、見てい

Es sieht, denn es hat Augen,
die hellen Erden sind.
Die Nacht, die Nacht, die Laugen.
Es sieht, das Augenkind.

Es sieht, es sieht, wir sehen,
ich sehe dich, du siehst.
Das Eis wird auferstehen,
eh sich die Stunde schließt.

　　　　　　　　　　るのだ。

5　それは見ている、目がついているから、
6　その目は明るい大地。
7　夜、夜、灰汁。
8　目の子、それは見ているのだ。

9　それは見ている、見ているのだ、私たちは見ている、
10　私はおまえを見ている、おまえは見ている。
11　氷は復活するだろう、
12　時間が閉じる前に。

[詩の理解のために]

　詩の成立の正確な年月日は不明。1960年11月8日の日付のあるふたつの草稿が存在する。これらの草稿と完成稿を比較すると2連目が大きく変更されている。
　韻律的に見るとこの詩は、次のように規則的な構造を持っている。
　1)　連と行：3連で各連4行という単純な構造である
　2)　各行のリズム：ヤムブス（弱強韻）で揚音が各行三つで統一されている
　3)　押韻：交代韻で男性韻と女性韻が規則的に交代する
　こうした単純で規則的な構造を持つという点で、この詩はハイネやアイヒェンドルフが用いたロマン主義の民謡風抒情詩の形式と共通している。また賛美歌やメルヘンの詩形式とも共通している。ツェラーンは少年時代から慣れ親しんできた詩の形式を用いながら、こうした形式の詩によって描かれてきたロマン主義的イメージやメルヘン的イメージを否定しようとしたと解釈することができる。
　詩の内容との関連性という点でこの詩と「間テキスト性」を持つものとして従来挙げられてきたのは次の三つの作品である。

1)　賛美歌96番の「エサイの根より（Es ist ein Ros entsprungen）」

2）ノヴァーリスの「青い花（Heinrich von Ofterdingen）」、特にその中の「鉱夫の歌（Bergmannslied）」
3）聖書の創世記2章と黙示録の22章

　1)の「エサイの根より」では、イエス・キリストの生誕とそれに伴う人類の救済がテーマとなっている。ここでキリストは"Ros"（バラの花）に喩えられている。もし"Eis, Eden"とこの賛美歌に間テキスト性があるとすれば、この詩も「救済主の誕生によるユダヤ人の救済」という方向で解釈することも可能である。しかし、単語のレベルで比較するとこの詩と賛美歌の間には明確な間テキスト性は認められない。

　2)のノヴァーリスの「鉱夫の歌」の中では「呪いによって古城に幽閉された王が、自由を求める民衆の力によって救済される」という物語が語られている。このバラードの中には「泉の明るい目が幽閉された王を見ていた」という表現がある。最終的には「海の水が古城を破壊し王と民衆を故郷に誘う」という表現もある。「泉が見る」、「水が王を救済し、民衆の帰郷を可能にする」というイメージを"Eis…"の「目の子（Augenkind）」のイメージに重ねることもできる。つまりこの詩を「氷の国に幽閉されたユダヤの民の救世主による救済」の表現として解釈することが可能となる。

　3)の旧約聖書創世記2章10節ではエデンの園の水の豊かさが、黙示録と同様「水晶のように輝いているいのちの水の川」として表現されている。この"Eis…"と聖書との間テキスト性に即して解釈すると、この詩の「氷」は「エデンの園の豊かな水が凍ったもの」と捉えることができる。従って「氷は復活するだろう」という詩行は凍土と化した「エデンの園のよみがえり」と捉えることもできる。さらに「時が閉じる前に」という最終行は「最後の審判の際に」として解釈することもできる。

[注釈]
氷、エデン

　詩のタイトルである"Eis, Eden"からはキリスト教の楽園エデンを否定しようとするツェラーンの強烈な意思が感じ取れる。旧約聖書に描かれるエデンの園は豊かな水にあふれた楽園として描かれている。そのエデンに氷を対置することによって、エデンは生命の絶えた氷の園としてイメージされるようになる。しかし「凍りついたエデンの園」を単なる死の園と解釈することもできない。ツェラーンの詩の中で氷は死者の純粋な記

憶の宿る場として描かれることもあるからである。この詩の"Eis, Eden"というタイトルはキリスト教のエデンの園のイメージを否定しながら、「凍りついたエデンの園」を顕彰するという二重性を持ったものとして解釈することができる。

1－4　「失われた」という名の国がある、／そこでは葦の湿原に月が生えている、／そして私たちと共に凍え死んだもの、／それがあちこち燃え上がり、見ているのだ。

　1連目ではまず、「失われた国（失楽園）で凍死しながらも尚、燃え上がり見つめているもの」が表現される。つまり「死を越えて生き続けるもの」が暗示される。「葦の湿原に月が生える国」という表現には、「メルヘンの国」さらには「凍てついたエデンの園」というイメージがある。

5－8　それは見ている、目がついているから、／その目は明るい大地。／夜、夜、灰汁。／目の子、それは見ているのだ。

　2連目ではこの「見ているもの」には「明るい大地である目がある」と表現され、さらに「無機的なもの」から「目の子」という人間のイメージに転換している。こうして見ると、「凍死しながら見ている」この「目の子」を、「死を越えて生きるもの」また「救済主」として捉える解釈が可能となる。「夜」は汚れの浄化をもたらす「灰汁」と同じ行に置かれていることから、「暗黒時代」と同時に「浄化の時」として解釈することができる。

9－12　それは見ている、見ているのだ、私たちは見ている、／私はおまえを見ている、おまえは見ている。／氷は復活するだろう、／時間が閉じる前に。

　3連目では「見ている」という行為が、「目の子」から「私たち」、「私」さらに「おまえ」にまで伝播していく過程がまず表現される。これは「暗黒の時代」に「明るい大地の目で見ている」という浄化行為の広がりが、最終的な「氷の復活」の前提となっているものとして解釈することができる。最後の2行は「最終的には最後の審判の際に、目の子によって氷となったエデンの園がユダヤの民と共に復活する」ことを表現したものと解釈することができる。

　こうしたエデンの園とユダヤの民の復活はしかし「氷の復活」としてしか実現できない。豊かな水と大地に恵まれたエデンの園それ自体がよみがえるわけではない。「私た

ちといっしょに凍え死んだもの」もまた永遠に氷の中にとどまるという事実は変わらないのである。

(高橋慎也)

14/53
PSALM　　　　　　　　　　　　　頌歌

Niemand knetet uns wieder aus Erde und Lehm,	1　誰でもない者が私たちを土と粘土から再び捏ね上げる、
niemand bespricht unsern Staub.	2　誰でもない者が私たち塵に息を吹き込む。
Niemand.	3　誰でもない者が。
Gelobt seist du, Niemand.	4　称えられてあれ、誰でもない者よ。
Dir zulieb wollen	5　あなたのために
wir blühn.	6　私たちは花咲こうとする。
Dir	7　あなたに
entgegen.	8　向かって。
Ein Nichts	9　一つの無
waren wir, sind wir, werden	10　であった私たち、無であり、無であり
wir bleiben, blühend :	11　続ける私たち、花咲きながら—
die Nichts-, die	12　無の—
Niemandsrose.	13　誰でもない者の薔薇。
Mit	
dem Griffel seelenhell,	14　魂の明るさを持つ花柱、
dem Staubfaden himmelswüst,	15　荒れ果てた天の花糸、

der Krone rot   16　緋の言葉によって赤い花冠
vom Purpurwort, das wir sangen   17　をつけて、
über, o über   18　私たちは歌った、緋の言葉を
dem Dorn.   19　棘の
                        20　上で、おお　その上で。

[**詩の理解のために**]

　成立は1961年1月5日。フィッシャー書店年報62年10月号に、アンリ・ミショー「コントラ！」および、エフトシェンコの「バービイ・ヤール」のツェラーン訳と共に掲載されている。「コントラ」は世界や神に対する「張りつめた絶望的にまで高まった拒絶の姿勢」のうちに「言語の垂直的爆発」[小海永二、247]を示し、「バービイ・ヤール」はショアにおけるユダヤ人虐殺をテーマとしている。なぜこれらの詩が同時に掲載されたのかその意味を考えることはこの詩を理解する上で参考になると思われる。この詩をもっぱら詩学的に読む読み方、ハイデガーなどと関わらせつつ存在論として読む読み方、カバラ神秘思想のコンテクストで読み解く読み方などあろうが、先ず何よりも例えばアウシュヴィッツのユダヤ人が、沈黙している神に向かって語りかけ、あるいは逆らっている姿を、できるだけ具体的に想像してみることが必要なのではないか。「ツェラーンはアウシュヴィッツに向けて神に対する一篇の賛歌を書いたのだ。それは同時に反-賛歌なのであるが」[Steiner, 210]。

[**注釈**]

頌歌

　旧約聖書の詩篇がジャンルとしての頌歌の源である。神に対する賛美や感謝、また嘆きを表現しているが、いずれも神に対する信仰が前提とされている。頌め賛えられる相手が「誰でもない者」すなわち非在者であることは神の存在のラディカルな否定、神への反逆、ないし裏返しの神の存在への痛切な希求と解することができる。最もへりくだった謙譲さ、その敬虔な人間の姿を、同時に神へのあてこすり、弾劾、神の存在の否定と重ならせている。渇いた切断の上に立つ無神論から成る神の存在の否定ではない。深く「宗教的」な、しかし「回心」や「恩寵」の訪れのない、どこまでも自己に執着し、傲慢とも見える果てしない「希求」のうちに、自己と神の関係を推し量り、神の存

在を問うている者の「湿った」否定である。「悲歌」の色合いが滲み出ており、「悲歌」の響きがこだましている。

1－3　誰でもない者が私たちを土と粘土から再び捏ね上げる、／誰でもない者が私たち塵に息を吹き込む。誰でもない者が。

　niemand は代名詞であり、そのまま訳せば「私たちを土と粘土から再び捏ね上げる者はいない、／私たち塵に息を吹き込む者はいない」となる。この niemand が 3 行目で語頭が大文字となり名詞化され擬人化されている。存在していない者、非在の者が、存在しているのである。その不思議な存在感が実体を持った名詞として置かれることで増している。この名詞化され擬人化された Niemand の用例は、「ラディックス、マトリックス」や『山中の対話』［Ⅲ，171］にも見られる。ツェラーンが愛読しブカレスト時代にルーマニア語に訳したカフカの短編「山への遠足」［Kafka, 27］、またツェラーンの蔵書にあるホメロス『オデッセイア』にもこの Niemand という表記が存在するので、参考にした可能性はある。言い表し得ぬ神の名のユダヤ神秘思想における表現であると解する説もある［Schulze 1976, 23：Firges, 102］。

　土や粘土からの人間の創造については、旧約聖書に「主なる神は、土の塵で人を形作り、その鼻に命の息を吹き入れられた。人はこうして生きるものとなった」［創世記 2，7］とあり、またラビ・レーヴのゴーレム創造を指摘する論者もいる［Neumann 1990, 54］。

　この詩集の冒頭の詩「かれらの中には土があった」最終詩節の O einer, o keiner, o niemand, o du における niemand も響き合ってくる。

9－11　一つの無／であった私たち、無であり、無であり／続ける私たち、花咲きながら—

　スタイナーは、「死の収容所にいるユダヤ人は無価値で取るに足らぬ存在としてあったが、しかしにもかかわらず、神に向かい合いながら、あるいは神に背きながら、花咲いたのだ」としている。ショアの中で、ユダヤ民族は、神の無関心、ないし不在、無力さを、わが身に負うことで神のために死んだのである［Steiner, 209 f.］。

13 誰でもない者の薔薇

　草稿の中にはスペルの間の間隔をあけたり、スペルの間に鉛筆で縦線を入れたものがあることから、この一語を強調する意志があったことがわかる [TCA, 34 f.]。詩集全体の題名でもある。先ず何よりリルケの墓碑銘「薔薇よ、清らかな矛盾よ、数多くの瞼のもとで、誰の者でもない眠りが得られんことを」[Rilke II, 185] が思い起こされる。遺稿のなかに詩「ヴァリスの悲歌」が存在し、また詩集の一つの章のタイトルとして「ドゥイノの悲歌」を連想させる「パリの悲歌」を考えていたこと、ツェランが深くリルケに親しんでいたことなど考え合わせるとリルケを想起することは自然であろう [KG, 672]。

　著書『形而上学とは何か』において、ハイデガーは「なぜ薔薇は咲くのか？」という問に対するアンゲルス・ジレジウスの答え「なぜという理由は薔薇にはない。咲くから咲くのだ、咲いている自分を顧みることもなく、自分が顧みられているかどうかを問うこともなく」を引用しながら人間存在について論じている [Heidegger, 1966, 35]。ツェランが所持し精読していたこの著作およびハイデガーの存在論を参照しながらこの詩を解釈する仕方がある [Firges, 104]。

　「誰のためでもなく何のためでもなく立つこと」と記したツェランの詩「立つこと」[II, 23 AW] も「頌歌」との関連でまず想起される詩の一つである [研究の現在、170]。

　「自分の読者がユダヤ教ないしハシディズムの歴史に関する知識を持ち合わせていることをあてにして」おり「ショーレムの仕事に繰り返し言及していた」[Meinecke, 20] ツェラン、および彼の蔵書などから、ユダヤ神秘主義思想、とりわけカバラのアレゴリー表現としてこの詩を解釈する者もいる。薔薇はシェキナーのシンボルであり、またイスラエル共同体のシンボルでもある [Schulze 1976, 31 : Firges, 102]。「冠をかぶらされて引き出され」に「ゲットーの薔薇」とあり、ユダヤ民族の受難をあらわしている。

14-17 魂の明るさを持つ花柱、／荒れ果てた天の花糸、／緋の言葉によって赤い花冠／をつけて、

　草稿には「魂の明るさ (seelenhell)」ではなく「魂の暗さ (seelenschwarz)」となっているものがある。「暗さ」と訳したが原義は黒色、漆黒の闇の暗さである。「矛盾

するように見えるがそうではない。黒が輝いているのだ。白い明るさは黒が濃密化するところから生まれてくる」とボラックは指摘している [Bollack 2000, 88]。

この「魂の明るさ」に生野は「女性的な魂の明るさとともに、不吉に透明な空しさと不妊性」を見ている [生野、87]。

花柱はめしべの柱頭と子房のあいだの柱状の部分であり、受粉する器官すなわち女性的なものを表している。花糸はおしべの葯を保持する柄の部分で男性的なものを示している。ここで薔薇の器官の表象は性的メタファーとなっており、生命の生殖そのものの表現である。

生殖がなされ新たな生命が生み出されていく場、花糸のある場は「荒涼として荒れ果て（wüst）」ている。しかもそれは天なのだ。ここからは詩冒頭の Niemand に通じる神の否定が響いてくる。「荒れ果てた地に変じてしまった天において、こわれやすいはかない花糸、その細い糸に神の生存、神の生き残りがかかっているのかもしれない [Steiner, 210]」。

花粉は Staub、この同一単語が詩の冒頭の塵も意味していることから、「荒涼たる空間を吹きはらわれる花粉」が同時に「世界中の空をあてどもなくさまようユダヤの民」や、虐殺された者たちの遺灰の象徴であると生野は解釈する [生野、88]。

花冠は花弁の総称、薔薇の花の全体である。この花びらの赤からは、ショアの犠牲者たちの血の色が見える。花冠に関わっては、詩「真実」[Ⅱ, 138 FS] に「谷の中の撞木杖が、高く上空に花咲いている〈否〉の、その花冠の一枚一枚を、めくる」とある。

薔薇のこれらの器官をカバラのシェキナーの概念とシンボルに当てはめ、花柱を神により受胎する魂、花糸を稔りをもたらす為に侵入する神的なもの、花冠を薔薇の花全体、そして棘を悪魔的な力と解する解釈もある [Schulze 1976, 35]。

「緋色、あるいは紫の混じった深紅の色の言葉（Purpurwort）」は、草稿で「王の言葉（Königswort）」となっていた。聖書に「そして、イエスの着ている物をはぎ取り、赤い外套を着せ、茨で冠を編んで頭に載せ、また、右手に葦の棒を持たせて、その前にひざまずき、〈ユダヤ人の王、万歳〉と言って、侮辱した」[マタイ 27, 28−29] とある。「冠をかぶらされて引き出され」[Ⅰ, 271 NR] た者と、本詩における「私たち」との関連が想起され、また「無の中に王がいる」という表現の見える「大光輪」[Ⅰ, 244 NR] と本詩との関連が指摘されている [KNR, 178]。バラと十字架を結びつける錬金術的秘密結社薔薇十字団の、苦痛や苦悩およびその解消を示す十字架と、愛と生命

のしるしとしての薔薇、に触れているツェラーンも所蔵していたE．ブロッホ『希望の原理』に注意を向ける者もいる［KG，680］。

「ただ死者のみが神の沈黙という空虚から神を救いえるのであり、血の染み透ったPurpurwortは王のごとくに死者たちからやってくる。棘の上にいる（私たち）の姿と、茨の冠をかぶらされ磔刑に処せられている十字架上の、ユダヤ人イエスの形姿が重なり合ってくる［Steiner，210］」。

また対照的に、Purpurwortを「人間の尊厳の王的証し」と考え、Niemandsroseを「絶滅の苦悩に打ち克った勝利の誉れ」のしるしとし、「存在の深淵（底のないこと）、人間存在の無目的性を超えた賛歌」がこの「頌歌」という詩であるとする解釈もある［Firges，105 f.］。

18－20　私たちは歌った、緋の言葉を／棘の／上で、おお　その上で。
　草稿では当初、「歌った」ではなく「話した」、また「言葉を交わした」となっていた。抒情性が強められている。

(北　彰)

15/53
TÜBINGEN, JÄNNER　　　　　テュービンゲン、一月

Zur Blindheit über-	1　盲目へと　説き
redete Augen.	2　伏せられた目。
Ihre - »eln	3　その目の—「純粋に
Rätsel ist Rein-	4　ほとばしり出たものは
entsprungenes« -, ihre	5　謎だ」—、その目の
Erinnerung an	6　追憶、
schwimmende Hölderlintürme, möwen-	7　カモメたちがめぐり飛ぶ—
umschwirrt.	8　水に漂うヘルダーリン塔への。

236　第II部　詩集『誰でもない者の薔薇』注釈

Besuche ertrunkener Schreiner bei	9	溺死した指物師たちの訪問、
diesen	10	これらの
tauchenden Worten:	11	浮かび上がる言葉のもとへの―
Käme,	12	やって来るなら、
käme ein Mensch,	13	ひとりの人間がやって来るなら、
käme ein Mensch zur Welt, heute, mit	14	ひとりの人間がこの世に、今日、
dem Lichtbart der	15	族長たちの
Partriarchen: er dürfte,	16	光のひげをたくわえ、やって来るな
spräch er von dieser		ら―かれが
Zeit, er	17	この
dürfte	18	時代を語るなら、かれは
nur lallen und lallen,	19	ただ　まわらぬ舌で
immer-, immer-	20	声を出すだけだろう、
zuzu.	21	いつも、いつも、
	22	いついつまでも。
(»Pallaksch. Pallaksch.«)		
	23	(「パラクシュ。パラクシュ。」)

[**詩の理解のために**]

　1961年1月29日　パリで成立。初出は、《ノイエ・ルントシャウ(Neue Rundschau)》第74巻（1963年）第1号、56頁以下［TCA, 36］。初出の雑誌では、この詩は同じく詩集『誰でもない者の薔薇』に収録された5つの詩とともに掲載されたが、マンデリシュタームの名をアナグラムで織り込んでいる「詐欺師と泥棒の歌」［I, 229 NR］と「大光輪」［I, 244 NR］にはさまれた形で、2番目に置かれている。掲載をめぐりG. B. フィッシャーと交わした手紙の中で、ツェラーンは自作の詩の前にマンデリシュタームの訳詩を置くこと、指定した詩の配列を変えないことを要請している［KNR, 119］。ただしこの配列は、詩集刊行の際には、放棄されている。

　ツェラーンの日記と日付入り手帳を参照したベッシェンシュタインによると、ツェラーンは1961年1月28日朝パリからテュービンゲンに到着し、ゴル事件に対するヴァル

ター・イエンスの書面による表明書を受け取った後、同日の晩テュービンゲンを発ってパリに戻っている。翌1月29日に、ツェラーンはこの詩をパリで書いた、ということである〔KNR, 119〕。

決定稿とそれ以前のいくつかのタイプ草稿との異同については、行構成のほかに、3箇所（タイトルと10行目から11行目、13行目と15行目の3箇所）に変更が加えられている。完成稿の行構成から見ると、この詩は第1連と第2連の前半部、第3連と最終行の後半部でシンメトリーの形で構成されている〔KNR, 119〕。この対称形を、タイトルを含め、1/8/3・3/8/1のシンメトリーな鏡像になっていると

テュービンゲンにあるヘルダーリン塔
〔2003年9月27日　相原　勝　撮影〕

し、前半部と後半部の間に中間休止 Zäsur（言葉が浮かび上がる瞬間の息の転回）があると見る論者もいる〔Zbikowski 1993, 189〕。計算された行構成というのが、論者共通の認識である。

　ヘルダーリンの作品「ライン」、「盲目の詩人」、「愛らしい青の中に」、「追想」、「ドナウの源泉に」、「パンと葡萄酒」を随所に引用、想起させ、ヘルダーリンの伝記的事象をちりばめる手法は、言葉によるヘルダーリンのコラージュといってよいだろう。だがこの詩は、コラージュという画法が想起させる遊戯的映像とは隔絶して、何よりも詩人のあり方を問う詩である。初出の雑誌で、この詩集が捧げられたマンデリシュタームの翻訳のあとに、マンデリシュタームの名をアナグラムで入れた2つの詩の間に「テュービンゲン、一月」を位置づけたこと、ハイデガーが詩人論の中で取り上げたヘルダーリンの詩が意識的に取り上げられていること、『子午線』の中で詩の未来を託された「Gegenwort（あらがう言葉）」と受け取れるヴォイツェクの錯乱の語、ヘルダーリンの錯乱の語を詩の結末に置いたことが、その根拠として挙げられる。ヘルダーリンの壮大な

長詩と、それを詩の中の詩と呼ぶハイデガーの詩論によってもたらされた「実存のめまい」こそ、「テュービンゲン、一月」の語る事柄である、とする論者もある [Lacoue-Labarthe 1986, 35]。

[注釈]
テュービンゲン、一月

タイトルは、決定稿直前の草稿まで「テュービンゲン、1月1961年」となっていた。さらに、初稿にはタイトルの横に、「ヴァイブリンガー、病めるヘルダーリン」と書き記されていた。これは、1913年、ライプツッヒで刊行されたヴィルヘルム・ヴァイプリンガーのヘルダーリンの伝記『病めるヘルダーリン』を指している [TCA, 36]。

ドイツ南西部の大学都市テュービンゲンが想起させるものは、とりわけ詩人フリードリヒ・ヘルダーリン（1770-1843）である。のちに指摘するように、詩中の語「ヘルダーリン塔」、「指物師たち」、最終行の「パラクシュ」は、学生時代（1788-1793）と長い幽閉時代（1807-1843）をこの地で送ったヘルダーリンに関わるものである。

「Jänner（1月）」という言い方は、標準ドイツ語のJanuarに対して、古語あるいはオーストリア方言の語彙である。これは、作者が1961年1月にテュービンゲンにいた、という伝記的事実を前提としているが、それだけにとどまらない。デリダも指摘するように、この「1月」という語は、日付であると同時に署名であり、謎と記憶を託されている [Derrida 1986, 73]。前年に書かれた『子午線』の中にあらわれるレンツの1月20日（狂気にとりつかれた詩人レンツを描くビューヒナー作『レンツ』の冒頭）、ユダヤ人問題の最終解決案が決定された1942年1月20日、マンデリシュタームが少年時代に遭遇した1905年1月9日の血の日曜日を、「Jänner」という語は呼び集めており、それによってテュービンゲンと彼の地、現在と過去が交互に浸透し合うのである [Zbikowski 1993, 190：KNR, 120]。

1-2　盲目へと　説き／伏せられた目。

この詩は、タイトルから最終行に至るまで、作品や伝記的な事柄を含むさまざまな形でヘルダーリンが引用されている。第1行目の「盲目」という語も、ヘルダーリンの詩「盲目の詩人」との関わりが指摘されている。1801年成立のヘルダーリンの詩「盲目の詩人」は、ヘラクレスとの関係が神話に語られている半人半馬のキローンを主題として

いるが、彼は盲目の闇を嘆きながらも「神と生きる」詩人には盲目はふさわしいものとして受け入れている。盲目の者こそが世界の本質、真実を洞察しうるという逆説が、ギリシアの世界観を継承するヘルダーリンの詩にはあらわれている。ここでツェラーンは、ヘルダーリンの詩人観を引き継ぎ、「盲目へと　説き／伏せられた目」とは「記憶を凝視する眼」[Mayer P. 1969, 162]、あるいは「盲目がふさわしいと納得させられている眼」[Böschenstein 1973, 101] と解釈することもできる。

　しかし一方で、読者の注意を喚起するのが、分断、分綴された「über-/redete」という形容詞である。この語は非分離動詞「説き伏せる、説得する überreden」の過去分詞が形容詞化したものであるが、この分綴によるアンジャンブマン（行わたり）によって、前綴りの über にも、動詞の reden にもアクセントが置かれることになる。すると、「説き伏せられた」という意が、「過剰に語られた」「氾濫する語に連れ去られた」という語に転化してくる [Zbikowski 1993, 192：KNR, 120]。したがって、この目は、「歴史の災禍を語る言葉の堆積によって盲目にされた目」[Zbikowski 1993, 193] とも読めてくるのである。

3－5　その目の─「純粋に／ほとばしり出たものは／謎だ」─、

　引用部分は、ヘルダーリンの詩「ライン」第4連1行目（46行目）である。「純粋にほとばしり出たものは謎だ。歌にさえ／この謎を解くことは許されていない。なぜなら／ラインよ　あなたは始まったときのままにとどまるだろう。どんなに苦難と厳しい規律が働きかけようとも」と続く箇所である。「なぜなら……」以下は、草稿段階で詩集『誰でもない者の薔薇』のモットーとして候補のひとつであった [TCA, 4]。

　特に目を引くのは、ここでも、ヘルダーリンの1行の詩句がハイフンによって3つに分断、分綴されていることである。この分断の意図を、一方で、ライン讃歌を歌うことができた1801年当時のヘルダーリンとの距離感と受け取ることができる。さらにはこの分断を、ヘルダーリンを詩人の中の詩人と呼んだハイデガーへの想起と考えることもできる。というのも、ハイデガーはそのトラークル論の中で「詩とは純粋にほとばしり出たものである。」と規定し、またはヘルダーリン論の中で「純粋にほとばしり出たもの」を詩作の根源と結び付けている。ハイデガーの詩人論が「思想家による詩の謎の解明」であると同時に「思想による詩の征服」であったとするならば、ツェラーンによるヘルダーリンの詩の分断は、ハイデガーの詩論批判とも受け取れる [Zbikowski 1993,

194]。他方、この分断を、聖なるものの謎にこだわるあまり、歌の可能性を奪われた狂気のヘルダーリンへの追想として読むこともできる。預言者としての詩人を信じたヘルダーリンの踏みはずしの核心を、ツェランが「ライン」第4連1行目の詩句に見出したために、分断による引用で強調する必要があったとも考えられる［冨岡 1986、108］。

このほかに、クレール・ゴルの中傷に苦しんでいた1961年1月当時のツェランの状況から、この箇所をシェークスピアの『ソネット』70番の冒頭と関連づける解釈もある［Gellhaus 1993, 6：KNR, 119］。「彼らがおまえを中傷し、傷つけるのはおまえのせいではない──／純粋なものは　すぐさま悪意の的になる。」と始まるシェークスピアの『ソネット』70番は、ツェランによる翻訳があるが［V, 337］、草稿段階でこれも詩集『誰でもない者の薔薇』のモットーの候補のひとつであった［TCA, 6］。

5-8　その目の／追憶、／カモメたちがめぐり飛ぶ／水に漂うヘルダーリン塔への。

「ヘルダーリン塔」とは、テュービンゲンのネッカー川のほとりにある実在の小さな塔である。ここに、精神を病んだヘルダーリンは、1807年から1843年の死に至るまで幽閉された。ツェランは、むろんこの実在の塔を踏まえているのだが、上記の訳では「ヘルダーリン塔」とした箇所は、原文では複数形になっている。「盲目へと説き伏せられた目」が思い起こす「ヘルダーリン塔」が複数形であることが、論議を呼ぶところである。水に映った塔が輪郭を失って揺れるネッカー川の実景を描写したもの、とする解釈［Böschenstein 1973, 102］に対して、この複数形は詩の空間をカモメのめぐり飛ぶ世界中の水辺へ広げるものだとする解釈［Zbikowski 1993, 196］もある。また、「ヘルダーリン塔」の複数化は、まるで塔のように推敲を重ねたヘルダーリン晩年の詩の原稿を暗示している、との見方もある［Zbikowski 1993, 196 f.］。さらに、この箇所には、ヘルダーリンの晩年の詩「愛らしい青の中に」の冒頭部「教会の塔の屋根をめぐり、ツバメが漂い飛ぶ」が響いていると読む論者がある［KNR, 121］。ヘルダーリンの春への讃歌にあらわれた語を、一転して真冬の風景を描写する語として使っている点に、ツェランのヘルダーリン受容のあり方が見て取れるといえよう。また、ヘルダーリン1803年の作とされる「追想」の「記憶を奪い／そして与えるのも海である。」が、この箇所に見られる水と記憶の連関に作用しているとの見方もある［Mayer P. 1969, 163］。

9－11　溺死した指物師たちの訪問、／これらの／浮かび上がる言葉のもとへの—

　タイトルに続き、詩の第2連に当たるこの箇所で草稿と決定稿との異同が見られる。草稿では、10行目から11行目の複数形「これらの浮かび上がる言葉」が、単数形で「この浮かび上がる言葉」と書かれていた。これは最終行の「パラクシュ」が2度繰り返されていることに対応していると思われるが、上記の「ヘルダーリン塔」の複数化、9行目の「指物師」の複数化に類似した機能を持つのかもしれない。

　この「指物師」は、第1連の「ヘルダーリン塔」との関連から類推すれば、ヘルダーリンの作品のファンで、のちに精神を病んだ詩人の面倒を見た指物師の親方エルンスト・ツィンマーである [Mayer H. 1969, 12 : Böschenstein, 1973, 102]。また、「指物師 (Schreiner)」は、晩年のヘルダーリンを2度にわたって訪れ、その肖像画を書いた画家ヨハン・ゲオルク・シュライナーをも指しているという指摘がある [Zbikowski 1993, 198]。しかし、「指物師」の複数化は、晩年のヘルダーリンの周辺にいた実在人物をも含め広く芸術の担い手を象徴している、と考える方が妥当ではないだろうか。ヘルダーリンは、晩年の詩「ツィンマーへ」で、指物師の親方ツィンマーをギリシアの工匠ダイダロスにたとえているし、「指物師たち」を死者となった芸術家と捉えるならば、詩人ヘルダーリンもその中に数えられることになる。とすれば、ここで想定されているのは、死者となった芸術家たちと泡のように「これらの浮かび上がる言葉」との出会いの場である。先に述べたように、「これらの浮かび上がる言葉」は当初単数形で書かれていた。それが複数形になることによって、読者はさまざまな読みの可能性を探るように仕向けられる。

12　16　やって来るなら、／ひとりの人間がやって来るなら、／ひとりの人間がこの世に、今日、／族長たちの／光のひげをたくわえ、やって来るなら—

　第1稿では、決定稿の第1連からこの第3連までは間をあけずに連続して書かれていた。また、第3連冒頭部に当たるこの箇所に、草稿と決定稿の異同が見られる。13行目と14行目の「ひとりの人間」が初稿では「ひとりの子ども」となっていた点である [TCA, 36]。草稿のまま「ひとりの子ども」の誕生が仮定されると、「族長たちの光のひげ」との関連から、ユダヤ的な文脈からは救済者＝ダビデの子孫が、キリスト教的な文脈からは神のひとり子＝イエス・キリストが強く連想されることになる。書き手としては、「族長たちの光のひげ」で充足しうると考えたのではないか。また、この接続法

2式の仮定は、第3連後半で「その人間はただ回らぬ舌で声を出すだけだろう」と続くが、その主体が「ひとりの子ども」では衝撃力を欠く、というのも書き換えの根拠として考えられる。

　この詩行が、終末論的色彩を帯びていることは明確である。14行目の「今日」という語が、キリスト教とは異なり救世主の到来をいまだない、とするユダヤ教の文脈にあることを表明している。それを補強しているのが、16行目の「族長たち」の語である。「族長たち」と訳した「Patriarchen」は、ギリシア語で「父」を意味するPaterを語源とし、一般に族長、家長の意で、ユダヤ民族の太祖アブラハム、イサク、ヤコブなどを指している。しかし、この語はまたヘルダーリンの讃歌「ドナウの源泉で」を想起させるものでもある [Mayer P. 1969, 165 f.：KNR, 121]。「ドナウの源泉で」は、ドイツ南西部に源を発しヨーロッパを西から東に横断して黒海に注ぐドナウ川の流れを幻視しつつ、ヘレニズムの神々と英雄、ユダヤの預言者たちに思いをはせ神的存在をたたえる詩の力を歌う。未完成に終わったこの詩の79行目（第5連最終行）にあらわれる「族長たち」は、「神に向かってただひとり語りかける強者」と定義づけられている。

　一方、ツェランの詩の「族長の光のひげをたくわえたひとりの人間」は、神的存在と人間の仲介者、神の預言者という聖性を与えられているのだろうか。終末論的語法でたたみかけたこの箇所に対する回答が、16行目以下の詩句となる。

16－20　かれが／この／時代を語るなら、かれは／ただ　まわらぬ舌で／声を出すだけだろう、

　ここで示される回答は、陰鬱なものである。終末論的語法で語られた「ひとりの人間」から、預言者の威厳も救世主の聖なる光輝も剝奪されている [KNR, 122]。あるいはヘルダーリンが信じたように、預言者として神的存在をことほぐのが詩人であるとすれば、ツェランのこの詩では詩人は「まわらぬ舌で声を出すだけ」の者に転落している。「まわらぬ舌で」語る「ひとりの人間」は、世界の救済に関して無能をさらけ出すほかない。一方、やはりここでもまた、ヘルダーリンの詩「パンと葡萄酒」との関連が指摘されている [Zbikowski 1993, 200：KNR, 122]。神々の栄光の時代と神的存在が人間から顔をそむけた悲惨な現在（世界の夜）を歌ったこの長詩には、有名な言葉「貧しい時代に何のための詩人か　私は知らない」が含まれている。しかし、この言葉がある第7連のあと、時がくれば回帰する神々のため、その痕跡を記憶し、イエス＝キ

リストと同一視された酒神ディオニュソスをことほぐのが詩人の使命であると歌う。ハイデガーは、リルケの死後20年を記念する講演「何のための詩人か」の中で、詩人の言葉は聖なるものの痕跡であるが、われわれにそれを経験する能力があるだろうか、われわれの時代の貧困は、ひとえにこの痕跡の痕跡を見出せるか否かにかかっている、と述べている [Heidegger 1950, 275：Zbikowski 1993, 200]。

　ツェラーンは、詩人を聖なる祭司と見たヘルダーリンを、単に揶揄するためにこの詩を書いたのだろうか。ヘルダーリンに対する距離感は確かに認められるが、事情はそれほど単純ではないはずである。預言者としての詩人の使命に押しひしがれて破綻したヘルダーリンから、ツェラーンは最晩年に至るまで目を離すことができない [冨岡 1986、109]。その一方で、ツェラーンのこの詩は、ヘルダーリンの「パンと葡萄酒」を詩人論の中核のひとつにすえたハイデガーに対する痛烈な批判でもあったと思われる [Zbikowski 1993, 201]。

21-22　いつも、いつも、／いついつまでも。

　ゲオルク・ビューヒナー『ヴォイツェク』の3つの場面「居酒屋」「広野」「兵営の一室」で、主人公ヴォイツェクが狂気に駆られて口走る言葉「immer zu, immer zu」への暗示と考えられる [KNR, 122]。この詩の前年に書かれた『子午線』でも、ビューヒナーの作品『ダントンの死』から革命家の妻の錯乱の言葉「王様万歳！」の引用が見られるが、ここで引用されているのも、妻の密会を目撃し殺害を決意して口にする錯乱の言葉である。ただし、ここでも第1連で見られたような分断が生じている。この詩が巧緻に計算された鏡像構成をとっているといわれる所以である。

23（「パラクシュ。パラクシュ。」）

　「パラクシュ」という語は、ドイツ語では意味をなさない擬音である。ヘルダーリンの伝記作家クリストフ・テオドール・シュヴァープによると、「パラクシュ」という語は、精神を病んで塔に幽閉されたヘルダーリンがよく口にした造語である。それは、あるときは承諾、あるときは拒絶の語として使ったとされている [Böschenstein, 1973, 104 f.]。一方、この語を肯定の意であるとする指摘もある [KG, 681 f.]。ヴォイツェクの錯乱の言葉に続いて、ヘルダーリンの錯乱の語を並べたことについて、錯乱の言葉こそ思想家（たとえばハイデガー）による征服を逃れ、自由を獲得するための分断であ

るとする指摘もある［Zbikowski 1993, 203 f.］。

（冨岡悦子）

16/53

CHYMISCH		ヒューミッシュ

Schweigen, wie Gold gekocht, in	1	沈黙、黄金のように煮られて、
verkohlten	2	炭化された
Händen.	3	両手の中に。

Große, graue,	4	大きな、灰色の、
wie alles verlorene nahe	5	すべての失われたもののように近い
Schwestergestalt :	6	妹の姿—

Alle die Namen, alle die mit-	7	すべての名前、すべての共に—
verbrannten	8	焼かれた
Namen. Soviel	9	名前。こんなにも多くの
zu segnende Asche. Soviel	10	聖別されるべき灰。こんなにも多くの
gewonnenes Land	11	獲得された土地
über	12	軽い、
den leichten, so leichten	13	こんなにも軽い
Seelen-	14	魂の—
ringen.	15	輪の上に。

Große. Graue. Schlacken-	16	大きなひと。灰色のひと。燃えかす
lose.		の—
	17	ないひと。

Du, damals.	18　おまえ、あのころの。
Du mit der fahlen,	19　おまえは色失せた、
aufgebissenen Knospe.	20　嚙み割られたつぼみを持って。
Du in der Weinflut.	21　おまえはワインの流れの中に。
(Nicht wahr, auch uns	22　（われわれをも
entließ diese Uhr?	23　この時計は解放したのだろうか？
Gut,	24　よかろう、
gut, wie dein Wort hier vorbeistarb.)	25　よかろう、おまえの言葉がここを通り過ぎて死んでいったのは。)
Schweigen, wie Gold gekocht, in	
verkohlten, verkohlten	26　沈黙、黄金のように煮られて、
Händen.	27　炭化された、炭化された
Finger, rauchdünn. Wie Kronen, Luft-	28　両手の中に、
kronen	29　指、煙のように薄く。冠のように、
um--	30　空気の冠のようにそれが取り巻いているものは――
Große. Graue. Fährte-	
lose.	31　大きなひと。灰色のひと。足跡の―
König-	32　ないひと。
liche.	33　王の―
	34　ようなひと。

[詩の理解のために]

　成立は1961年1月31日。初稿には、タイトルがなく、また22行目の「われわれをも」から26行目の「……死んでいったのは。」に至るまでのカッコは付されていなかった。

[注釈]

ヒューミッシュ

　マンガーによれば、ヒューミッシュは、化学と錬金術の双方に関係づけられる言葉

で、鋳造されたもの、溶かされたものを意味するギリシア語の χημεία、そしてラテン語の chymia に準拠するという。溶かされたものという原義からは、chymus（糜汁＝胃で、かゆ状になったもの）という生理学用語も連想される。文学的伝統の上では、ヴァレンティン・アンドレーの Chymische Hochzeit（1616）にまで遡ることができる [KNR, 125]。

1－3　沈黙、黄金のように煮られて、／炭化された／両手の中に。

「沈黙、黄金のように煮られて」からは、まずふたつの方向が示唆される。ひとつは「雄弁は銀なり、沈黙は金なり」の諺である。もうひとつは錬金術と結びついて、金の生成とのアナロジーにおける沈黙の生成である。しかし、この沈黙は、強制収容所を暗示する「炭化された両手の中に」ある。

4－6　大きな、灰色の、／すべての失われたもののように近い／妹の姿：

「大きな」、「灰色の」というふたつの形容詞は、通常考えられる結合としては、およそ不似合な「妹の姿」にかかっている。灰色は、同じ NR の中の「巨石記念碑（メンヒル）」に、Steingrau（石の灰色）、Grauengestalt（灰色の姿）の例があり、これらは石の無機性の表現となっている。同じ無機性は、この作の場合、2行目の「炭化された」に呼応する。焼かれ、炭化され、無機物と化した、おそらく収容所にいた妹――ただしツェラーンに現実の妹はなかった。

シュルツェは、カバラ的視点からすると、暗い妹の姿は、容易に、流謫の状況にあるシエキナーと解釈されるといっている。またゲーテの「ああ、おまえは、遠い過去の世に、私の妹か、妻であったのだ」を引用しているが [Schulze 1993, 221, 225]、読者は、妹の出自を詮索するよりも、まずは、作者とは必ずしも一致するわけではない語り手の妹としてだけうけとっておくことで十分だと思われる。「灰色の」、「大きな」の他にも、「妹」とメンヒルは結びつく。

「巨石記念碑」――メンヒルは、墓前などに建てられることがあったから、死との結びつきも強い。灰色の妹の像は、メンヒル―死の記念碑である。失われたからこそ近いという生者と死者の距離、逆説の地理学。

7−15 すべての名前、すべての共に―／焼かれた／名前。こんなにも多くの／聖別されるべき灰。こんなにも多くの／獲得された土地／軽い、／こんなにも軽い／魂の―／輪の上に。

　soviel は、soviel wie, soviel als で、他の何かと比較して同じくらいの量の、になる。本作の so をその方向でとれば、それらと同じくらいの、それらと同じくらい多くの、になる。それらは、「共に焼かれた名前」である。それらの「名前」と同じだけの「灰」。segnen は、「聖別する」で、キリスト教において、神聖なものとして他と区別すること。未来分詞になっているのは、「聖別されるべき」の意で、「魂の輪」が「土地の下にある」のは、魂が昇天するという一般的な考え方に反して、いまだ「聖別されていない」。

16−17　大きなひと。灰色のひと。燃えかすの―／ないひと。

　Große. Graue. は 4 行目の繰返しとみえて違いがある。まずそれぞれについていたコンマがプンクトに変ったこと。さらに 4 行目では小文字であった graue, の g が大文字に変ったこと。4 行目では、Groß も Grau も共に Schwestergestalt にかかっていたものが、プンクトによって独立したものになり、形容詞の名詞化と読める。女性形である。或いは複数形である。しかも文法的には、形容詞の名詞化の女性形、複数形は人間を示す。大きなひと［たち］。灰色のひと［たち］である。もちろん「大きな」、「灰色の」、「燃えかすのない」のあとに、6 行目にある「妹の姿」が省略されているだけとも読める。当詩集第 1 部の「あらゆる憩いとともに」の中には、「おまえ、わたしのひそやかひと、おまえ、わたしのひらかれたひと、(du meine Leise, du meine Offene,)、さらに第 3 部冒頭の「明るい石たちが」には、「おまえ、わたしのひそやかなひと、おまえ、わたしの真実なるひと―; (du meine Leise, du meine Wahre-:」と、形容詞の名詞化、それも女性名詞化用法が使われているが、いずれも呼びかけの 1 格であり、「ヒューミッミュ」の場合もそれらの用法を連想させる。

18−21　おまえ、あのころの。／おまえは色失せた、噛み割られたつぼみを持って。／おまえはワインの流れの中に。

　当詩集中の51番目の詩「すべては違っている」に、「内側に折り返された／彼女の胸のつぼみが／再び明かるみに出る、いのちの―／心の線に沿ってそれは目覚める／腰の

道をよじのぼったおまえの手の中で、—」とあり、性的な愛撫を暗示する表現と相まって、「つぼみ」は女性の乳を指していると読める。やがては花咲き、実となるはずのつぼみが「色失せた、噛み割られた」と形容されて、失われた未来が告げられる。

「ワインの流れ」は、まずぶどうを噛み割るからの連想だが、マンガーは、酒の神としてのディオニュソスのエクスターゼを呼び出している。しかし、より単純には、色彩からいって血の流れでもある。妹の死のイメージ。たしかにディオニュソス—エクスターゼ—死の結合は、一般的には唐突なものではないし、エクスターゼにナチの狂気を重ねることができる [KNR, 128]。

22-25　(われわれをも／この時計は解放したのだろうか？／よかろう、／よかろう、おまえの言葉がここを通り過ぎて死んでいったのは。)

カッコでくくられた5行の内で、1行目の「われわれ」は、ここまでの流れからいえば、語り手と、前連の「おまえ」、すなわち「妹」であろう。或いは、妹とは関係なく、現在の人間一般を普遍的に代表する「われわれ」とも考えられる。「われわれをも」という以上、他にも解放された者がいる。さらには「解放する」とは何を意味するか。何からの解放なのか。「解放する」は、死を意味する場合もある。すると、「われわれ」のひとりである語り手も死んでいるのだろうかという問いかけになる。「おまえの言葉が死んでいった」も死を示唆している。ただし言葉の死は、沈黙であるから、そこで、このカッコにくくられた部分が、カッコの外の、それも冒頭及び26行目の沈黙につながる。

26-30　沈黙、黄金のように煮られて、／炭化された、炭化された／両手の中に、／指、煙のように薄く。冠のように、／空気の冠のようにそれが取り巻いているものは—

26行目から28行目は、第1連の反復と思わせて、「炭化された」をさりげなくもう一度反復している。「冠」は、指をのばして掌をやや丸めた形からの連想 [Strack, 1989, 190]。しかし、収容所の業火の中で、救いを求めてのばされたまま炭化してしまった手の指である。それを冠と見るイロニー。その指は煙のように薄い。ただし、その冠をいただくものは、つまり冠がとりまくものは、ふたつのハイフンによって、示されぬままである。しかし王冠を手とすれば、その手の中のもの、王冠をいただくもの

は、すでに答えられている。それは沈黙である。「沈黙……両手の中に」。詩行の沈黙によって示されている沈黙。言葉による錬金術が、炭化して、冠のような形となった手の中に生み出した沈黙。

また、ヤンツは、ハイフンによって中断された部分について、本来であればここに置かれるべきものである「王としての人間（der König Mensch）」が、根絶されてしまって、存在しないからだといっている。彼によれば、行かえなどによる言葉の細分化は、破壊された人間の品位のミメーシスたらんとしている結果である［Janz 1979, 149］。

しかし、その沈黙を言葉にしたのが次連であるともいえる。

31－34　大きなひと。灰色のひと。足跡の―／ないひと。／王の―ようなひと。

「大きな」、「灰色の」は、すでに第2連、第4連で繰返された。だがここでは第2連の「妹の姿」、第4連の「燃えかすのないひと」に代って、初めて「足跡のないひと」があらわれる。足跡という手がかりがないために追うことができないひと。足跡のないひと（Fährtelose）は、同時に同行者のないひと（Gefährtelose）をも響かせる。「すべての共に―焼かれた名前」は、同行者にならないのだ。次いで「王の―ようなひと」は、分綴で2行にわけられるが、その liche について、中高ドイツ語の lîche が死体を意味するという指摘［KNR, 129］がある。すなわち王の死体である。

マンガーは、ハイフンを分離として受取って、ここに王と死体の、生と死の詩的結婚を見ている。先にあげたアンドレーの「化学の結婚」の投げかける影であろうか［KNR, 129］。

発音の上からいえば、Königliche が分綴されることによって生まれるものがひとつある。それは「私（ich）」である。分綴した Königliche は、［kǿnikliçə］が［køːniç］と［liçə］となり、この詩に視覚的には一度もあらわれていない ich［iç］が、音の上でたった一度だけあらわれることになる。王―私―死体の並列である。

しかし、ツェラーンの読者が、Königliche から連想するのは、『子午線』において語られる「王様万歳！（Es lebe der König!）」であろう。ビュヒナーの「ダントンの死」の第4幕の最後、革命広場のギロチンの前で、台上に消えたカミーユの恋人リュシールが叫ぶ言葉である［Strack 1991, 191］。

この場には、およそ不似合な、この言葉に対して、ツェラーンは次のようにいう。

「高い壇上（それは血の処刑台です）で語られたもろもろの言葉のあとに――な

んという言葉でしょう！
　これはあらがう言葉、「あやつり糸」を断ち切る言葉、もはや『歴史の街角に立つ走り使いや儀仗馬』に身を屈しない言葉、自由の行為、一歩足をふみ出す行為です。
　いかにもこれは——しかもこのことは、わたしがいま、つまり今日、あえて申し上げようとしていることに鑑みて決して偶然のことではないのです——ちょっと聞きには何か〈旧体制〉(アンシャンレジーム)への信条告白ででもあるかのように聞こえます。
　しかし、ここでは決して——ペーター・クロポトキンやグスタフ・ランダウアーの著作とともに育ったひとりの人間がこのことをことのほか強調するのをお許し下さい——ここでは決して君主制や保守的〈昨日〉の世界が讃えられているのではありません。
　ここで忠誠を誓われているのは、人間的なものの存在を証明する不条理なものの偉大さに対して、です。
　みなさま、この不条理なものは、これといってはっきりした名を持ちません。しかし、わたしは、これこそが……詩であると思うのです」。[Ⅲ, 190]
　長々と引用したのはほかでもない、このツェラーン自身の言葉こそ、「ダントンの死」のリュシールの叫びについて語りながら、自らの「ヒューミッシュ」の最後の２行にあらわれる、詩のこれまでの流れにとっておよそ不似合な「王一のようなひと」に対しての、最も説得力に富む、的確な解釈であると思われたからである。
　最後に至ってもう一度、形容詞の名詞化にこだわりたい。16行目、17行目のGroße. Graue. Schlacken-lose. は、その直後の18行目、19行目で「おまえ（du）」と呼びかけられている以上、複数として読むには、無理があるけれど、三度目にあらわれる、形容詞性を根本にした羅列の方はどうだろうか。
　フォスヴィンケルは、これらの形容詞を基礎にした語に触れて、それが「妹の像」にかかるのか、「魂の輪」にかかるのか、或いは、その両方にかかるのか、それとも、ひょっとすると、何かにかかる形にはなっていないのか、曖昧だといっている［Voswinkel 1974, 189］。
　しかし、すでに、16行目、17行目を何らかの対象にかかる言葉として考えずに、独立した形容詞の名詞化の女性形として受取ってみた筆者は、今度も同じ試みをしてみたい。

こちらでは、31行目以下の形容詞名詞化であるGroße. Graue. Fährte-lose. König-liche. は、16行目17行目と同じく、女性形単数として「大きなひと。灰色のひと。足跡の—ないひと。」とまず読めるとともに、これを名詞形複数として「大きなひとたち。灰色のひとたち。足跡の—ないひとたち」と読むことも可能である。そのとき、妹と同じように死んでいった多くのユダヤ人たちの姿も浮かび上がってくる。

さらにいっそう大胆な、おそらく恣意的な読み方であるが、上の単数女性名詞化と複数名詞化を同時に許容してみてはどうだろうか。

すなわち、結尾部をまず「大きなひと。灰色のひと。足跡の—ないひと。王のようなひと。」と読む。

次いで、今度は「大きなひとたち。足跡のない—ひとたち。王のようなひとたち。」と音楽にたとえていうなら、歌のルフラン、つまり繰返しのように、この4行だけを、ただし複数形として再読してみたらどうだろう。

そのとき、妹は個人でありながら、個人をはるかに越えた「大きな」運命と化す。

いや、むしろ、この4行こそ、同じ音楽にたとえるならば、ストレッタ、つまり「エングフュールング」として読んでみるべきかもしれない。「大きなひと」と読みはじめて、「王の如きひと。」と読み終る前に、新たに「大きなひとたち」と読みはじめる—もちろん、読者の方が個人という単数形である限り、ただの夢想にすぎないけれども。

(佐藤俊一郎)

17/53

EINE GAUNER- UND GANOVENWEISE GESUNGEN ZU PARIS EMPRES PONTOISE VON PAUL CELAN AUS CZERNOWITZ BEI SADAGORA

詐欺師と泥棒の歌
ポントワーズ近郊パリにおいて歌われた
パウル・ツェラーンによって
サダゴラ近郊チェルノヴィッツ出身の

Manchmal nur, in dunkeln Zeiten,　　時折ではあるが、暗い時代に、
　　　Heinrich Heine, An Edom　　ハインリヒ・ハイネ、エドムによせて

Damals, als es noch Galgen gab,	1	当時、まだ絞首台があったころ、
da, nicht wahr, gab es	2	そのころは、まさに、あったのだ
ein Oben.	3	天が。
Wo bleibt mein Bart, Wind, wo	4	俺の髭は、風は、どこに
mein Judenfleck, wo	5	俺のユダヤの印は、どこに
mein Bart, den du raufst?	6	おまえが引き抜こうとする俺の髭は？
Krumm war der Weg, den ich ging,	7	俺が歩んだその道は、曲がっていた、
krumm war er, ja,	8	それは曲がっていた、そう、
denn, ja,	9	というのは、そう、
er war gerade.	10	それはまっすぐだった。
Heia.	11	ハイア。
Krumm, so wird meine Nase.	12	曲がっている、俺の鼻はそうなる。
Nase.	13	鼻。
Und wir zogen auch nach Friaul.	14	そして俺たちはフリアウルへ行った。
Da hätten wir, da hätten wir.	15	あそこで俺たちは、あそこで俺たちは。
Denn es blühte der Mandelbaum.	16	というのはアーモンドの木が咲いていたのだ。
Mandelbaum, Bandelmaum.	17	マンデルバウム、バンデルバウム。

Mandeltraum, Trandelmaum.
Und auch der Machandelbaum.
Chandelbaum.

Heia.
Aum.

18　マンデルトラウム、トランデルマウム。
19　それからまたマハンデルバウム。
20　シャンデルバウム。

21　ハイア。
22　アウム。

Envoi

23　反歌

Aber,
aber er bäumt sich, der Baum. Er,
auch er
steht gegen
die Pest.

24　しかし、
25　しかし彼は棒立ちになる、バウムは。彼は、
26　彼もまた
27　対して立ち上がる
28　ペストに。

[詩の理解のために]
　おそらく1961年春から62年冬にかけて推敲されたものと考えられる［TCA, 40：KG, G02］。「ユダヤ人の王」と嘲弄されて殺された「誰でもない者」であるキリスト（受肉した言葉）を「詐欺師と泥棒」として考えれば、そのマンドルラの中には「死」の深淵が口を開けていることに詩人は気づかざるをえない。

254　第Ⅱ部　詩集『誰でもない者の薔薇』注釈

[注釈]
詐欺師と泥棒の歌／ポントワーズ近郊パリにおいて歌われた／パウル・ツェラーンによって／サダゴラ近郊チェルノヴィッツ出身の
　本文に対してタイトルは何度も書き直された形跡がある。「詐欺師と泥棒の歌」と最終稿でなるまでは「ドイツの歌」(Eine deutsche Weise) となっていた。そこにはフランソワ・ヴィヨンの詩人としての破天荒な生涯だけでなく [KNR, 132]、「詐欺師と泥棒」の時代であったナチス政権への暗示が込められている。さらにゴル事件との関わりで敢えて皮肉な形でゴルの名前の g をここに (Gauner　詐欺師) 用いたということも言える [Correspondance Ⅱ, 149]。フランス語をまじえて「いずこかの詩人パウル・ツェラーンによって歌われた」という手書きの草稿もあり [TCA, 43]、あてのない吟遊詩人、或いは放浪の詐欺師、泥棒のような定住性を否定した傾向がある。「ポントワーズ近郊」は「近郊」が現代フランス語の près から最終稿で emprès というフランソワ・ヴィヨンの4行詩の言い回しに直されている [Janz 1976, 145：KG, 683]。それはこの泥棒詩人の時代への意識的な同化行為である [Jackson 1984, 216]。ヴィヨンの生誕地であるポントワーズとツェラーンの母親の生誕地サダゴラとが重ね合わされている。もちろんパリ、チェルノヴィッツのような大都市をポントワーズやサダゴラのような地方都市と逆転させるような方法はすでに「詐欺師と泥棒の歌」という普遍的価値の逆転を狙う主題への暗示である [Jackson 1984, 216：ハルフェン, 34]。サダゴラがハシディズムの中心地であり [Mayer 1969, 119：ハルフェン, 15]、さらに馬の密輸でも有名なことも [KNR, 132] それ自体が内部に分裂した聖俗の要素を含む詩人の姿であったとも言える。母の生地は詩人にとっての胎内であり、その内部における分裂を彼は自己を対象にして歌ったという考えができる [Geier 1988, 241：Ⅲ, 129]。

時折ではあるが、暗い時代に、／ハインリヒ・ハイネ、エドムによせて
　『バッヘラッハのラビ』の創作にあたってモーザーに宛てて1824年10月25日に送ったものであるハイネの詩「エドムによせて」の第二連の冒頭 [Heine, 80] から引用された [TCA, 42]。最終的に引用されたハイネの詩はヴィヨンやツェラーンと同じくパリという大都会に異境の身をさらす詩人たちの姿を暗示するだけでなく [Geier 1988, 243 f.]、エドムに挑戦的な言葉を叩きつける姿勢を持っている。それはイサクの祝福を言葉そのものに対する軽視から [創世記 25, 29－34] 受けることができなかったエド

ムの始祖エサウがユダヤの敵対者であるということ以上に［Janz 1976, 145］、詩的言語に対する軽視を意味するからである。『誰でもない者の薔薇』の第１部の最後に位置するこの詩では初めてモットーが用いられた。さらに暗示・引用をこうして多用することで身体の分断を示唆するような意図が感じられる［KNR, 132］。

1－3　当時、まだ絞首台があったころ、／そのころは、まさに、あったのだ／天が。

「当時」という表現はモットーで引用されたハイネの「暗い時代」と連携する。Galgen は balgen（格闘する）を音韻的に連想させ［Steputat, 78］、ヤコブの神の人との黎明の戦い［創世記 32, 25］を思わせる。それは父イサクの祝福に象徴される言葉そのものへの執着から亡命しなければならなかったヤコブがまず最終的に通過しなければならなかった絶対的言語（祝福の完成）への挑戦であった。「当時」は過去を振り返るユダヤ的な語りの世界であるが［Schumacher 1987, 483］、またその想起の姿勢は厳しい現実であった過去に向ける身を切るような眼差しである。「絞首台」はタイトルに示された「詐欺師と泥棒」と結びつくが、それよりも言葉を発する身体の場所（器官）である「首」というものに対する抑圧であると考えられるのではないだろうか。絞首台はそれゆえに言葉に対する犯罪のしるしである。ナチス時代の言論統制に限らずエサウに代表される長子の権利の売買（祝福への軽視）もまたエドムの暗い時代への絞首台送りの思い出にある。Da-mals, ga-b, da, wahr, ga-b と -a- の息絶えるような音が続くことで「絞首台」で死に絶える言語の身体が想像される。「天」（ein Oben）にはヴィヨン的な冷笑的態度から「絞首台」という空中にぶらさがる死体への連想がなされる［Janz 1976, 146］。更に Oben には収容所の炉（Ofen）という語も音韻的に重なる。

4－6　俺の髭は、風は、どこに／俺のユダヤの毛は、どこに／おまえが引き抜こうとする俺の髭は？

髭はユダヤ・オリエント的土壌のなかでは男性の尊厳を示すものとして大切にされ、聖書的世界では髭を剃るのは尊厳を踏みにじる行為として忌避されたが、それはサムソンのように髭または髪の毛に神的ちからを認めたからである。カバラでは人間の持つ神の像の象徴として髭は尊重された［JLⅠ, 738-740］。wo また Wind の重いWの音が続き陰鬱な風景が現れる。髭がどこにあるのかを聞くのは、すでに人間としての尊厳を踏

みにじられたためである。或いは髭がまだあったとしても「俺の髭」は「引き抜こうとする」「おまえ」という存在によってすでに失われてしまったのも同然である。「俺のユダヤの印」はユダヤ人の髭と同化しているが［KNR, 133］、ハイネの『バッヘラッハのラビ』において描写されたフランクフルトのユダヤ人の黄色い印をも人間存在そのものの破壊として想起させる［Janz 1976, 148］。いずれにしてもユダヤの印はユダヤ人の尊厳をはぎ取った屈辱的な獣の印として社会的に認知されたものであったことは間違いない［JL Ⅲ, 412-416］。「風」は前連の「絞首台」「天」との繋がりで、風に吹かれて天ならぬ空中で揺れる絞首刑の罪人の死体、またその死体から髭を抜こうとする鳥の連想が働く。マンデルシュタームに対する思いがここには深く刻まれており、流刑地での厳しい冷たい「風」が認められるとも言えよう。さらにトーアベルク宛の手紙（1961年2月23日）で詩人はハシディズムの伝統を「髭のある存在」として描き出し、「髭のない存在」をゲルマン的な精神として対比している箇所がある［Correspondance Ⅱ, 149］。Die letzte Fahne［Ⅰ, 23 MG］には「おまえの彷徨う髭」（dein irrender Bart）という表現が見られる［KG, 683］。

7-10 俺が歩んだその道は、曲がっていた、／それは曲がっていた、そう、／というのは、そう、／それはまっすぐだった。

　曲がった道を行く（krumme Wege gehen）という言い回しが不正を行う、という意味であることから「詐欺師と泥棒の歌」に繋がることが指摘されている［KNR, 133］。9行目「そう」（ja）が曲がった道への反語であるという理解もある［Schumacher 1987, 484］。『神曲』の詩人のような人生の半ばの道を不安に苛まれながら行く旅人の道［地獄篇 1, 3］を認めることもできる。「…泉がざわめく」［Ⅰ, 237 NR］には5-7行目にこの「曲がる」という主題が現われる［KG, 684］。

11 ハイア。

　8-9行目「そう」（ja）とも音韻的に繋がる。さらにハレルヤ（Halleluja）とも似た音である。「頌歌」［Ⅰ, 225 NR］の「私たちは歌った、緋の言葉」にこのハイアは暗示されている。「緋の言葉」は十字架につけられた「詐欺師」キリストであり、彼に対する歌は讃歌ならぬ嘲りと軽蔑の言葉だったのだから、この文脈でのハイア或いはハレルヤは旧約詩篇の「セラ」（sela）というフィナーレまたは確認の意味で現在解釈さ

れている［JL V, 350］かけ言葉を思い出させながらも、「詐欺師と泥棒の歌」を「頌歌」として結晶させる役割を担っている。

12-13 曲がっている、俺の鼻はそうなる。／鼻。

曲がった鼻をユダヤ人の特徴とする意見は偏見の産物にすぎない［JL Ⅲ, 437］。ここではむしろ言葉の在り処としての鼻［創世記 2, 7：ヨブ記 27, 3］に注目すべきだろう。それが「曲がっている」とすれば、言葉は「まっすぐ」には出てこないのである。喉を潰す「絞首台」と同じく曲がった鼻は詩人の言葉への反逆であり、音韻的には Blase, Paraphrase, Phrase［Steputat, 112］のような言語に関する単語の響きを備えたものが鼻（Nase）である。12行目「俺の鼻はそうなる」とわざわざ挿入されているのは、「髭」と同じく所有者である「俺」の意志が届かない次元で、「引き抜かれ」（髭）また「曲がる」（鼻）という抵抗のしようのない現実への最終的な告発である。13行目に孤立して置かれた「鼻。」には、曲がる以前の「鼻」への、つまり言葉が詩人の言葉として働いていた現実への回想とそれを曲げられてしまったことへの怒りがある。

14-17 そして俺たちはフリアウルへ行った。／あそこで俺たちは、あそこで俺たちは。／というのはアーモンドの木が咲いていたのだ。／マンデルバウム、バンデルバウム。

この16世紀の傭兵の歌の置き換え（14-15行目）はまずフリアウルという地名で、Gaul（駄馬）、Knaul（Knäuel 混乱、群れ）、Maul（口）など［Steputat, 128］の傭兵、言葉、そしてサダゴラが馬の密輸で知られていたこと［KNR, 132］への音韻的な暗示がある。ここでは「詐欺師と泥棒の歌」という極めて歌謡的な要素の強い調子を繰り返しが意識している［KNR, 131］。アーモンドは「目を醒まさせるもの」「言葉に対する注意」を意味する［エレミヤ 1, 11-12］。もちろんマンデルシュタームを意識してアーモンドが書かれたであろうことも想像できる［Ivanović 1998, 60：Beese 1976, 88：Terras/Weimar 1974, 16］。屹立する十字架にアーモンドの木を重ねるという解釈もある［Geier 1988, 247 f.］。17行目「バンデルバウム」はその Band と bandeln との関わりで綱と絞首台を連想させ、baumeln とも繋がって、さらに台に吊り下げられた死体も想起させる［KNR, 134：Janz 1976, 148］。音韻的に共通した言葉遊びはこの詩集『誰でもない者の薔薇』の特徴である［Schumacher 1987, 485：KNR, 134］。

18−22 マンデルトラウム、トランデルマウム。／それからまたマハンデルバウム。／シャンデルバウム。／／ハイア。／アウム。

　グリム童話『マハンデルバウム』の悲劇的なイメージが出ている［Geier 1988, 248 f.：Goltschnigg 1985, 59］。シャンデルバウムはドイツ語の Schande（恥辱）をも暗示するならば「詐欺師と泥棒の歌」に相応しい［Geier 1988, 249］。マハンデルバウムは別名は Wacholderbaum であるが、「ペスト」（最終行）に対する薬としても用いられた［Schumacher 1987, 486］。続く名前はあたかも迫害されたユダヤの人々の名前のようにも響く。

23　反歌

　ヴィヨン的なバラードの跋句として既成価値の転換を煽る「詐欺師と泥棒の歌」に相応しい反歌である［Schumacher 1987, 487］。

24−28　しかし、／しかし彼は棒立ちになる、バウムは。彼は、／彼もまた／対して立ち上がる／ペストに。

　繰り返しの「しかし」によって人間の存在そのものの持つ困難さが強調される［Terras/Weimar 1974, 16］。「棒立ちになる」は抵抗の姿勢でありマンデルシュタームの姿としても連想される［Terras/Weimar 1974, 17］。「棒立ちになる」ことで詩の言葉は硬直した現実に対して反抗する姿勢を保つ姿となる［Geier 1988, 241］。「立つ」という行為は「無」を示すマンデルならぬ「マンドルラ」［Ⅰ, 244 NR］のなかに詩の言葉をもって切り込もうとする反抗である。ペストをユダヤ人迫害の口実にした歴史を考え合わせても［KG, 684］、「地獄下りこそはオルペウス以来の詩人の最も詩人らしい営為ではないか」［『地獄を読む』, 332］というように、地獄（ペスト）を「天」に認める目はユダヤ人である詩人にも犠牲を伴って与えられた特権である。

（富田　裕）

詩集第 2 部

18／53

FLIMMERBAUM　　　　　　　　1　きらめく樹木

Ein Wort,　　　　　　　　　　　2　ことば、
an das ich dich gerne verlor :　　3　おまえを失ってももとめた
das Wort　　　　　　　　　　　4　そのことば
Nimmer.　　　　　　　　　　　5　もうけっして。

Es war,　　　　　　　　　　　　6　かつてあった、
und bisweilen wußtest auch du's,　7　ときにはおまえもそれをおぼえてい
es war　　　　　　　　　　　　　　た、
eine Freiheit.　　　　　　　　　8　自由が
Wir schwammen.　　　　　　　　9　かつてあった。
　　　　　　　　　　　　　　　10　私たちは泳いだ。

Weißt du noch, daß ich sang ?　　11　まだおぼえているかい、わたしが
Mit dem Flimmerbaum sang ich, dem　　　歌ったのを。
　　　　　　　　　　　　Steuer.　12　きらめく樹木をもってわたしは歌っ
Wir schwammen.　　　　　　　　　　た、舵をもって。
　　　　　　　　　　　　　　　13　わたしたちは泳いだ。

Weißt du noch, daß du schwammst ?　14　まだおぼえているかい、おまえが泳
Offen lagst du mir vor,　　　　　　　いだのを。
lagst du mir, lagst　　　　　　　15　おおいもなくおまえはわたしのまえ
du mir vor　　　　　　　　　　　　に横たわっていた、
meiner vor-　　　　　　　　　　16　わたしのまえに横たわって、

springenden Seele.
Ich schwamm für uns beide. Ich
　　　　　　schwamm nicht.
Der Flimmerbaum schwamm.

Schwamm er ? Es war
ja ein Tümpel rings. Es war der
　　　　　　unendliche Teich.
Schwarz und unendlich, so hing,
so hing er weltabwärts.

Weißt du noch, daß ich sang ?

Diese —
o diese Drift.

Nimmer. Weltabwärts. Ich sang nicht.
　　　　　　　　Offen
lagst du mir vor
der fahrenden Seele.

17　おまえは横たわって
18　わたしのまえに―
19　つきでた魂のまえに。
20　わたしはふたりのために泳いだ。わたしは泳がなかった。
21　きらめく樹木が泳いだのだ。
22　それは泳いだのか。かつて
23　あたりにはたしかに水たまりがあった。それははてしのない池だった。
24　黒く、はてしなく、そのように垂れ下がっていた、
25　それはそのように世界の下方へ垂れ下がっていた。
26　まだおぼえているかい、わたしが歌ったのを。
27　この―
28　おお　この偏流よ。
29　もうけっして。世界の下方へ。わたしは歌わなかった。おおいもなく
30　おまえは横たわっていた
31　わたしのさまよう魂のまえに。

[詩の理解のために]

　詩集第2部の冒頭に置かれたこの詩の成立は1961年3月16日。タイトルとなっているFlimmerbaumという語はツェランの造語でその意味内容については様々な解釈が

ある。訳の「きらめく樹木」はあえて自然に理解できる言葉にしたものであるが、ドイツ語は意味不明の語である。ツェラーンの詩にはしばしば固有名のようにその意味の不透明な名詞が現れるが、それらの言葉は本質的に固有名と同じく翻訳不可能なものであるといえる。しかも地名などとは異なりこのタイトルは具体的に実在するものを指示するものではない。ツェラーンは「名前」を与えることを詩人に課せられた最も本質的な課題として考えていた。あえて言えば Flimmerbaum とはこの詩において実現された現実、詩的体験に対する命名、「名前」なのである。したがってその「名前」の意味はこの詩を読むという行為を通して読み解かれねばならない。この詩の注目される特徴のひとつとして詩の基本的時制が過去であることがあげられる。「まだおぼえているかい、わたしが歌ったのを。」というくり返される詩句がこの詩において実現された詩的体験のあり方を端的に示唆している。『遺稿詩』のなかにこの詩の直前の３月10日に書かれ、後に破棄された「物語」と題された詩があるが［KG, 459］、この詩のなかにも過去の経験について語ろうとする「物語」があるといえる。

[注釈]
1 きらめく樹木

　この詩の初稿では Flimmerbaum は Flimmerhaar（繊毛）となっていた。「繊毛」、あるいは「繊毛動物」のイメージはゴットフリート・ベンが講演『現代詩の諸問題』のなかで現代詩人の感覚のあり方を表現する特徴的なメタファーとして取り上げているものなので、注釈をはじめとして Flimmerbaum の造語もこのベンの詩論と関連づけて解釈されることが多い［KNR, 139 f.；Ryan 1971, 266 f.］。しかし初稿で Flimmerhaar であったとしても、Flimmerbaum への書き換えは本質的なものであったといえる。樹木のモチーフは詩集『誰でもない者の薔薇』の全体を貫く中心的モチーフのひとつである。この詩の直前に置かれている詩集第１部の最後の詩「詐欺師と泥棒の歌」の最終詩節「返歌」は次のようになっていた。

Aber,	（しかし、
aber er bäumt sich, der Baum. Er,	しかしそれは立ち上がる、樹木が。それが、
auch er	それもまた
steht gegen	立ちつくすのだ、

die Pest. ［Ⅰ，230 NR］ ペストにむかって。）

詩集第2部の冒頭に置かれた FLIMMERBAUM はまずこの樹木の基本モチーフを受けついでいるといえる。ここでの Baum は詩集が捧げられたマンデリシュターム (Mandelstamm) でもあり、マンデル（アーモンド）の木でもある。Baum を動詞化した sich bäumen には「立ち上がる」とともに「抵抗する」という意味があり、つづく行の stehen gegen と殆ど同義である。「ペスト」は中世においてユダヤ人迫害の口実とされた疫病であるが、「樹木」はユダヤ人の存在を否定する様々な迫害に抵抗して「立つ」のである。『誰でもない者の薔薇』という詩集そのものが「ゴル事件」という詩人の存在を消し去ろうとする迫害に抗して書かれた詩であった。ロビンソンが指摘しているように、ツェラーンの詩集のなかでこの詩の樹木のイメージと直接的に関連しているのはベンの詩論ではなく、詩人自身の初期の詩 ESPENBAUM であると思われる [Robinson, 220]。この詩の冒頭には次の詩行がある。

ESPENBAUM, dein Laub blickt weiβ ins Dunkel.
Meiner Mutter Haar ward nimmer weiβ. ［Ⅰ，19 MG］
（ヤマナラシよ、おまえの葉は白く暗闇をのぞいている。
わたしの母の髪はもうけっして白くなることはなかった。）

ESPENBAUM（やまならし）はポプラの木の一種でごく微かな風ににも葉がふるえざわめくところから Zitterpappel とも呼ばれている。その葉裏は白い綿毛で覆われているためにその暗い木陰のなかでは明るい陽光を浴びてふるえながらきらきら輝くのが見えるのである。FLIMMERBAUM という語のなかの FLIMMER（ちらちら光る微光）はおそらくそうしたイメージを表現した具象的な命名であったと思われる。

3-4 おまえを失ってももとめた／そのことば

「おまえを失ってももとめた (an das ich dich gerne verlor)」はわかりにくい語法であるが、ドイツ語には sein Herz an jemand verlieren（ある人に夢中になる）という言い方がある。ここでは自分にとって大切なもの、「おまえ」をあえて「みずからすすんで (gerne)」失うことで得ることを意味していると思われる。アレマンは「喪失と

忘却は獲得と追憶のための逆説的条件である」という認識はツェラーンの詩にとって「基底的な洞察」であるとしているが、ここでの「すすんで」なされる「喪失」の根底にもそうした認識があるといえる。[Allemann 1964, 146]

5　もうけっして。

　上にあげた ESPENBAUM との連関でさらに注目されるのは Nimmer（もうけっして）という語の使用である。Nimmer という語はツェラーンの詩集全体のなかでこの二つの詩以外には使われていない。Nimmer はおもにオーストリアなどで使われるドイツ語で「もはやこれからは（二度と）ない」という意味で用いられる語である。この詩句には「白く」という語が二度用いられているが、ロビンソンが述べているようにその意味は対照的であるといえる。最初の「白く」光るポプラの木には「暗闇」と対比される明るく輝く生命のイメージがある。それに対して次行の「白く」には死のイメージがある。すなわち「もうけっして白くなることはない」とは両義的な意味のある詩句で、「わたしの母の髪」は「もはやけっして」失われることがないという意味がこめられているのである。この詩の Nimmer は「もはや存在しない」という「喪失」について語りながら、同時にその「喪失」に対立する「もはや変わることがない」という意味をも表現している。詩のなかで Nimmer は明らかに Flimmer と音韻的に響きあっているが、二つの語は immer（常に変わることなく）をその内部に共有している。

8-10　自由が／かつてあった。／私たちは泳いだ。

　Es war の Es を上の「そのことば」を指す指示代名詞と読む解釈があるが、22行目以下と同じく存在を表す語法ととる。詩は過去における自由の体験について語り始めるのである。「泳いだ」はツェラーンの偏愛する海、航海のモチーフと結びついた「自由」のイメージを表現する簡潔な言葉である。「深みに沈むという言葉」と同様に、この詩の根底にも「海の詩」を読み取ることができる。ツェラーンが愛読し、自ら翻訳した二つの「海の詩」、ランボーの『酔いどれ船』とマンデリシュタームの「そこに明け始めた自由を讚えよ」においても根源的な自由の体験が広大な海の体験として描き出されている。この詩においても「泳ぐ」という行為は「自由」の体験と深く結びついている。「きらめく樹木」はとりわけランボーの『酔いどれ船』と深い関係をもっている詩であると思われる。ツェラーン自身によるこの作品のドイツ語訳には次のような詩節が

ある。

> Ich schwamm und schwamm durch blaue, durch Regungslosigkeiten –
> Europa, deine Wehren, die alten misse ich!　　　　　　　　[IV, 109]
> （わたしは泳いだ、青い、不動の海原を泳ぎ続けた—
> ヨーロッパよ、おまえの防壁、その古い壁をわたしは懐かしむのだ。）

　原詩にはない「泳いだ」という動詞とその繰り返しはツェラーン独自の詩的スタイルを作りだしている。この翻訳詩の「泳いだ」という言葉の語法とその詩的内容は殆どそのままこの詩に転用、あるいは「引用」されているということができる。古い世界から決定的に離脱していまだかつて存在したことのない別の世界に向かって突き進むこと、ランボー、ツェラーンはともにその自由な詩的創造の行為を「泳ぐ」という言葉で表現している。

12　きらめく樹木をもってわたしは歌った、舵をもって。
　「きらめく樹木をもって」は21行目にあるように「きらめく樹木とともに」でもある。「きらめく樹木」は自由の海を渡ろうとする「わたし」にとっての「舵」となる。「歌う」という行為は「泳ぐ」とともに自由な世界を生きる人間の行為であるといえるが、「泳ぐ」が常に「深淵」に呑み込まれる危険と不安に立ち向かう行為であるのに対して、「歌う」はそのような世界に生きる詩人の自由な詩的創造行為を意味している。「冠をかぶらされて引き出され」には「そして私たちはワルシャワ労働歌を歌った。」[I, 272 NR] という詩句があるが、初期ツェラーンにはクロポトキンやランダウアーに心酔していた時代があった。友人の回想によればツェラーンは解放的な気分の時にときに歌うことがあり、1968年のパリ5月騒乱のときには電話中でさえもロシアの唄、とりわけ革命歌などを歌ったという。[Felstiner, 327]

15　おおいもなくおまえはわたしのまえに横たわっていた、
　以下官能的、性的な情景を暗示する詩節になっているといえるが、冒頭のOffenには「おおいのない、むきだしの」の意味のほか、「閉ざされていない、開放された」「広々とした、果てしない」などの意味がある。第1部の詩「あらゆる想念を抱いて」

では「世界の外に」おいて出会った「おまえ」に対して、"du meine Offne"（わが開いている女）[Ⅰ，221] と呼びかけられている。なお vorliegen（まえによこたわる）という動詞はふつうの用法では書類などが使えるように整えられて提出されているという状態を意味する。

20　わたしはふたりのために泳いだ。わたしは泳がなかった。
　マイネッケが指摘するようにツェラーンの詩にはしばしば「一度語られたことが直ちに撤回されてしまう」詩句の展開がみられる [Meinecke 1970, 98 f.]。この一見論理的理解を拒む特徴的な詩的展開は、ツェラーンの詩においてはすべての言語的発話はその意味と現実性を否定する力に抵抗して「立つ」行為として存在していることを示唆するものであるといえる。そこではいわばどのような詩的発言も常に「取り消し」可能な状態にさらされているといえるのである。

22－23　かつて／あたりにはたしかに水たまりがあった。それははてしのない池だった。
　ツェラーンは『酔いどれ船』の翻訳にさいしていくつかのめずらしいドイツ語を再発見し使いこなしているが、この詩の第5節に現れる ein Tümpel（水たまり）はそうした特徴的な語のひとつである。この語は『酔いどれ船』の翻訳詩において la flache というそれ自身 めずらしい方言の訳語としてあてられた言葉である。(la flache とは「森の粘土質の土壌にできる水たまり、小沼」を意味する北フランス地方の言葉であるという。) この詩の最後に現れる「水たまり」、「はてしのない池」のイメージは『酔いどれ船』の最後の詩節に現れる「黒い水たまり」を想起させるものである。

　　Und gäb es in Europa ein Wasser, das mich lockte,
　　So wärs ein schwarzer Tümpel, kalt, in der Dämmernis,
　　an dem dann eins der Kinder, voll Traurigkeiten, hockte
　　und Boote, falterschwache, und Schiffchen segeln ließ'.　　[Ⅳ, 109]
　　(もしヨーロッパにわたしをひきつける水があるとするならば、
　　　それは黒い水たまり、冷たく、夕闇のなかの、
　　　そこで子供がひとり、悲しみに沈みうずくまって、

蝶のように弱々しいボートと小舟を船出させたのだ。)

　ここにははてしなく広がる「青い、不動の大海原」とは対比的な暗い森と夕暮れのなかの小さな「黒い水たまり」の情景が描き出されている。しかしこの対比的な二つの水のイメージには本質的な関連性を認めることができる。かつて悲しみに沈む少年が「黒い水たまり」のほとりで独り夢見ていたもの、それこそが『酔いどれ船』に描かれたはてしない大海原を航行する船の冒険であったといえるからである。ツェラーンの詩句「それははてしない池だった。／黒く、はてしなく、」はまさにこうした連関を簡潔に縮約している。「水たまり」という狭く暗い空間は孤独な少年にとって同時に「はてしのない池」として、この詩の主題となっている「はてしのない」海、自由の夢を育む空間であったのである。

25　それはそのように世界の下方へ垂れ下がっていた。

　「それは」の指示するものについては直前の「水たまり」とするもの、あるいは詩節の冒頭の指す「きらめく樹木」ととる二つの解釈があるが、ここでの「垂れ下がる」は池の暗い水面に映る樹木のイメージを表現していると考えるのが自然と思われる。「世界の下方へ（weltabwärts）」という言葉は strom-abwärts（流れを下って）［Ⅱ, 82］という表現を連想させる語であるが、ヤンツが述べているように「世界の外に向かって落ちていく」運動を言い表していると考えられる［Janz 1976, 158］。「わたしは話を聞いた」という詩では水面に映るポプラの木、「わたしのポプラ」について次のように歌われていた。

　　Ich sah meine Pappel hinabgehn zum Wasser,
　　　Ich sah, wie ihr Arm hinuntergriff in die Tiefe,　　［Ⅰ, 85 SS］
　　（わたしは見た、わたしのポプラが水面に下りていくのを、
　　　わたしは見た、その枝が深みをつかむように下へ伸びていくのを、）

この詩においても水面に映るポプラの木の枝は「深み」に向かって垂れ下がっている。

28　おお　この偏流よ。

「偏流（Drift）」は海の上を吹く風の流れによってできる海面流、「吹送流」のことで、船はこの海流に流されていくことでその本来の進路からそれ、制御できない漂流を始める。ツェラーンの詩の詩的行為は常にそれを否定し「取り消す」力にさらされている。「泳ぐ」という行為は常にそれを押し流していく歴史の強大な「偏流」に抗して生きる行為なのである。詩の最終行に現れる「さまよう魂（die fahrende Seele）」は初稿でははじめ「漂流する魂（die treibende Seele）」と記され、後に「吹き流される魂（die driftende Seele）」と修正されている。

(水上藤悦)

19/53

ERRATISCH　　　　　　　　漂移性の

Die Abende graben sich dir
unters Aug. Mit der Lippe auf-
gesammelte Silben- schönes,
lautloses Rund-
helfen dem Kriechstern
in ihre Mitte. Der Stein,
schläfennah einst, tut sich hier auf:

bei allen
versprengten
Sonnen, Seele,
warst du, im Äther.

1　いくたびかの夕べが掘りこんだおまえの
2　眼の下。唇で拾い—
3　集められた音節たちが—美しい、
4　無音の丸さが—
5　這いゆく星を助けて
6　かれらの中央へ導く。石は、
7　かつてこめかみの近くにあったが、ここで開く。

8　すべての
9　はね散らされた
10　太陽たちのもとで、魂よ、
11　おまえはあったのだ、エーテルの中に。

[詩の理解のために]

　成立日時は、草稿への記入が一定でないため特定しがたく、1961年の4月15日から5月19日までの幅があるが、5月19日は、タイトルのみという［KNR, 144］、［KG, 685］、［TCA, 50］。

　第一稿と見られる草稿には、Muta cum liquida, 1961というタイトルがついていた。「閉鎖音と流音の結合」を意味するラテン語である。閉鎖音はb、c、d、g、p、t、k、流音はl、m、n、rであるが、このタイトルについては、TCAに、「子午線」講演のためのメモに、「今日における詩の有声的なもの；語頭において；閉鎖音と流音の結合」［TCA, 50］とあるだけで、筆者の眼に触れた限りでは、研究者の論究もふくめて他に言究はない。

　「子午線」講演のメモが、講演のどの部分と関わってくるかは、そこで使われている「有声的なもの（das Austimmhafte）」を、手がかりにすると、ほぼ推定がつく。講演の結尾に近く、次のようなところがある。

　「つまりひとは、詩について思うとき、詩と連れだってこのような道を行くものなのでしょうか？　この道は単なる回り道、〈君〉から〈君〉への回り道にすぎないのでしょうか？　しかもあまたあるこれらの道の中にも、言葉が有声のものとなる（stimmhaft wird）道もあるのです。出会いの行われる道が、ひとりの感じとっている「君」へ通じるひとつの声の道が、みじめな生き物の道が。それはおそらくは存在の投企、自分自身を先立てて自分自身の許へおもむくこと、自分自身を求めること……一種の帰郷です。」［Ⅲ, 201］。

　「有声の（stimmhaft）」とは、音声学的にいえば、発音の際に声帯の振動を伴う音のことだが、ツェラーンはここで、相手に、直接通ずるの意味に、比喩的に使っているようだ。

　「有声のものとなる道」は、「出会いの行なわれる道」、「ひとりの感じとっている〈君〉へ通じるひとつの声の道」といいかえられている。

　シュパイアーは、この詩の2連にわかれた部分が明確な対照をなしていることを指摘している。それによれば第1連は、下方、暗闇という地の領域であり、これに対して第2節は、光の形象、魂の形象をふくんだ地球圏外の世界として対立している［KNR, 144］。

　また素材としての言葉、形象、主題の領域で、「私の両手に」、「冠をかぶらされて引

き出され」、「レ・グロブ」と共通するものがあり、宇宙的詩学的主題の関係では「あらゆる想念を抱いて」があげられる [KNR, 145]。

ベーダ・アレマンが、《ノイエ・ルントシャウ》に書いた「パウル・ツェラーン／誰でもない者の薔薇」[Allemann 1964, 146] は、1964年というその発表年にまず注意を惹かれる。詩集『誰でもない者の薔薇』の刊行は、1963年だから、これは、詩集に対する最も早い時期の反応、しかもツェラーン自身からの信頼も深かった研究者による反応であった。

その文章の中で、一番先に引用された詩が、この「漂移性の」である。アレマンは、ここまでのツェラーンの詩業から、詩の沈黙という主題を抽出し、それを「石化（die Versteinerung）」の概念と結びつけて、「漂移性の」を引用したのである。

ヴィーデマンによれば、1961年4月14日の「キリストと世界」紙に、「イヴァン・ゴルとパウル・ツェラーン」と題する諸者の投書がのって、ツェラーンに、ゴルへの感謝をあらわすようにと要求していた。

クレール・ゴルによるツェラーンへの剽窃非難の延長上にあたる出来事だった。成立日時で、最も早いとみなされる4月15日は、その翌日にあたる。

[注釈]
漂移性の

「漂移性の」は、地質学・地学用語で、主に氷河が流れ去ったあとに残ったことを形容する意味を持つ。

1-2　いくたびかの夕べが掘りこんだおまえの／眼の下。

「夕べ」が複数形になっているのは、それが時間的に反復されたことを示す。シュパイアーのいうように、地下、深さ、掘り下げることは、ツェラーンの場合、詩作に関するコノテーションとなる。たとえば「かれらの中には土があった」、「深みに沈むという言葉」という作品がそれにあたる [KNR, 146]。

2-6　唇で拾い―／集められた音節たちが―美しい、／無音の丸さが―／這いゆく星を助けて／かれらの中央へ導く。

「拾い集められた」は「唇で」と結びつくと唐突だが、唇は「音節たち」とは自然に

関連する。ただし、「音節たち」は、それと文法的には同格の「無音の丸さ」によって再び唐突な結びつきをあらわにする。その唐突、不自然は、「這いゆく星」というツェラーンによる新語をも合成する。「這いゆく」の地上性と、「星」の天空性の結合である。もっとも「這いゆく星」は、海のひとでを意味する言葉だったのをツェラーンが知らなかったのだとする指摘もあるし［Meinecke 1970, 269］、その周囲の「無音の丸み」から彗星を連想する論者もある［Lyon 1974, 313］。

「唇で拾い集める」姿勢を比喩的でなくて具体的にとらえれば、「這いゆく」姿勢に近い。この見方によれば、「拾い集めて」いる主体は「這いゆく星」であることになる。「這いゆく星」の地上性と天空性の結合は、同時にこの詩の前半の地上性と、後半の天空性に照応する。

6-7 石は、／かつてこめかみの近くにあったが、ここで開く：

ここで初めて、タイトルの「漂移性の」との関連が示される。「かつてこめかみの近くにあった」という過去と、「ここで開く」の現在の対比。以前あった場所から、氷河によって流されて移動し、氷河が流れ去ったあとに残された石を、ein erratischer Block（漂石）と呼ぶ。日本語では、捨子石、迷子石ともいわれる。

ツェラーンが『子午線』講演のために残したメモには以下のような文章がある。

「知覚して見つめる前に、すでに本質を見抜いてしまった者にとって、詩は全体的な——地質学的な意味でも——巨大さを持ってあらわれる；それは対立している物の暗闇で満たされている；漂移性の言語の塊（ein erratischer Sprachblock）であって、それはおまえを無言で見つめている。それは腹立たしいことである——が、それでもなお、おまえにはひとつのチャンスがある」、「唯一の希望：詩は、もう一度、漂移性のものの如く（erratisch）、そこに行きたがっている」［KG, 686］。

ここで詩は、はっきりと、漂石にたとえられている。

またこの石については、シュパイアーとヴィーデマンが共に『聖書』のヤコブの夢に触れている。『旧約聖書』の創世記28によれば、「ヤコブはその場所にあった石を一つ取って枕にして、その場所に横たわった。すると、彼は夢を見た。先端が天まで達する階段が地に向かって伸びており、しかも神の御使いたちがそれを上ったり下りたりしていた」［創世記 28、11-12］。

「ここ」がどこかは、ひとまずは、前行の「かれらの中央」、すなわち「集められた音

節たち」の中央と読める。そこは「おまえの眼の下」だろうか。「石」が「開く」という表現は、この詩集の中にもう一度見られる。「明るい石たちが」では、「明るい石たちが、ささやかな垣の野薔薇のように開く」。「石」が花と「開く」のである。そして「それらは漂う／おまえに向かって、おまえ、私のひそやかなひとよ、おまえ、私の真実なるひとよ――」と続く。これを手がかりに、「石」が「開く」は、プラスのイメージとなりそうだ。

また、この石は、「こめかみの近く」という規定、「開く」ことを考えあわせれば、眼を指している可能性もある。

8-11 すべての／はね散らされた／太陽たちのもとで、魂よ、／おまえはあったのだ、エーテルの中に。

ふつう太陽（Sonne）は単数形で使うが、ここでは複数で使われているので恒星たちの可能性もある。もちろんツェラーンの詩の世界では、「糸の太陽（たち）」（Fadensonnen）のように、太陽の複数形はあるし、太陽が恒星であることはいうまでもない。「はね散らされた」は、恒星発生の源となる超新星の爆発をも連想させる、「すべての」も複数性を強調している。

「魂」が、「エーテルの中に」「あったのだ」と時称は過去になっている。これは、捨子石、迷子石が、捨子と迷子となる以前、親の許にあった過去と照応する。標石ならば、氷河に流される以前にあった場所である。すなわち捨子石、迷子石としての魂である。エーテルは、ギリシア哲学では、宇宙・世界の原素であり、天空を充たすとされた。

最後の4行は、7行目のコロンに続いている。「ここで」「ひら」いた「石」が、示した内容ということだろうか。ツェラーンが、マンデリシュタームについてのラジオ講演のためのメモで書いているところによれば「石はわれわれより古い。〔われわれとは〕別の時代にある。それゆえに〈石〉は過去を啓示することができる」。

アレマンが見たように、石は、漂石は沈黙している。必ずやあったはずの過去を語らない。「無言でおまえを見つめている」。しかし地を「這う星」である石は、「唇で拾い集められた音節の中心」に導かれるとき、開く。そこで啓示される過去は、天の梯子を上下する天使たちの姿であろうか。いかにもそれは、ヨゼフの見た夢だったかもしれない。しかし、またそれは、石が枕となって、「こめかみの近く」でヨゼフに語った過去

だったのかもしれない。同時に、石は彼の魂にささやきかけたのである。「そのとき、おまえは、あったのだ、エーテルの中に」と。

(佐藤俊一郎)

20/53

EINIGES HAND-	1　いくつかの　手に
ÄHNLICHE, finster,	2　似たものが、暗く、
kam mit den Gräsern :	3　草むらとともにやって来た。
Rasch - Verzweiflungen, ihr	4　すばやく――絶望よ、
Töpfer！-, rasch	5　陶工たちよ――、すばやく
gab die Stunde den Lehm her, rasch	6　時は粘土をくれた、すばやく
war die Träne gewonnen -:	7　涙はかちとられた。
noch einmal, mit bläulicher Rispe,	8　もういちど、青みがかった円錐花とともに
umstand es uns, dieses	
Heute.	9　私たちのまわりにそれが立った、この
	10　今日が。

[**詩の理解のために**]

　この詩は前詩「漂移性の」と同じ1961年4月15日に書かれている。レーマン、ヴィーデマンはともにこの詩のなかに当時詩人が陥っていたゴル事件による精神的危機の「反映」を読み取る［KNR, 150 ; KG, 686］。この詩の中心にある詩句「絶望よ、陶工たちよ」、あるいは「涙」にはそうした伝記的背景が考えられる。しかしなぜ「絶望」が「陶工たち」なのか。なぜ「すばやく」でなければならないのか。

[注釈]

1-2　いくつかの　手に／似たものが、暗く、

　ツェラーンは1960年のハンス・ベンダー宛の手紙で詩作とは「手仕事―すなわち手の事柄である。」[Ⅲ, 177] と述べているが、分かち書きされた Hand はここでも詩的行為を示唆していると考えられる。レーマンは「似たもの」という表現は本当の詩ではないもの、偽りの詩を意味するとしているが [KNR, 156]、その場合この詩は偽りの詩を主題とするものになってしまう。むしろ「手」は詩人自身の「手」であり、「いくつかの」、「似たもの」という語句はその不確かさを言い表していると考えられる。「暗く」の語は暗闇に現れ出る不確かな「手」のイメージを暗示している。『言葉の格子』のなかの「花」と題された詩では「手」、「暗闇」、「言葉」について次のように歌われている。

　　　Wir waren
　　　Hände,
　　　Wir schöpften die Finsternis leer, wir fanden
　　　das Wort,　　　　　　　　　　　　　　[Ⅰ, 164]
　　　（私たちは／手だった、／わたしたちは暗闇を汲みつくし、わたしたちは見つけた
　　　　／言葉を。）

　ツェラーンにとって詩の「言葉」は「手」によって「汲み取られ（schöpfen）」、「暗闇」のなかに、それを汲みつくしたところに見いだされるものなのである。

3　草むらとともにやって来た

　ツェラーンの初期の詩「生のすべて」のなかに「草のようにすばやく伸びる」という語句を用いた次の詩行がある。

　　　Die Sonnen des Halbschlafs sind blau wie dein Haar eine Stunde vor Morgen.
　　　Auch sie wachsen rasch wie das Gras überm Grab eines Vogels.　　[Ⅰ, 34]
　　　（まどろみの日の光は朝一時間まえのおまえの髪のように青い
　　　　それらもまた一羽の鳥の墓を覆う草のようにすばやく伸びる。）

Gras と Grab は音韻的にも近接しているが、「草」は過去の追憶を覆い隠し消し去るものであるとともに、「おまえの髪のようにすばやく」伸びる生命力をもつものであるといえる。

4-5　すばやく―絶望よ、／陶工たちよ―、

　第1連の「草むら」はすでに「すばやく」過ぎていく時間が暗示されていたが、10行からなるこの短い詩のなかで「すばやく」は第2連で三度くり返されている。「絶望」は複数で多くの「絶望」に対して「陶工たちよ」と呼びかけられている。ツェラーンにおいて「絶望」は単に現実の事実ではなく、作品を創造する「陶工」なのである。

5-6　すばやく／時は粘土をくれた、

　「陶工」に対して「粘土」を与えてくれるものとして「時」が導入される。「時(Stunde)」はすでに「草むら」によって暗示されていたといえるが、消滅させる「時」であるとともに、創造を促す「時」でもある。「粘土」という語は聖書の天地創造を示唆する言葉でもある。同じ詩集のなかの「頌歌」では次のよう歌われていた。

　　Niemand knetet uns wieder aus Erde und Lehm.　　[Ⅰ, 225]
　　（誰でもない者が私たちを土と粘土から再び捏ね上げる。）

　ツェラーンにとって詩作品は「すばやく」過ぎていく「時」のなかから「かちとられる」ものなのである。

6-7　すばやく／涙はかちとられた。

　くり返される「すばやく」は詩人の創造行為が、すべてを消し去っていく時間の流れに対立する行為であることを示唆する。「涙はかちとられた」という表現では「現実というものは存在しない、現実は探し求められ、かちとられねばならないのだ。」[Ⅲ, 168] というツェラーンの言葉が思い起こされる。ドイツ語には「涙のつぼ（Tränenkrug, Tränentopf）という人間のイメージ表現があるが、「絶望」という「陶工」は「涙」から、あるいは「涙」をいれる新しい現実を作り出すのである。

8　もういちど、青みがかった円錐花とともに

　Rispeは花序で円錐花序の花をつける植物で、第1連の「草むら」のイメージに照応する。Rispengrasと言われる「草」には多くの種類があるが、「青みがかった」円錐花序の花をつける草花もある。「青」はツェラーンが好んで取り上げる色彩であるが、上にふれた「生のすべて」では、「あなたの髪」「あなたの巻き毛」の色とされている。ほかに「青」はまた眼の色として現れる。その代表的な例としては、「ポール・エリュアール追想」のなかの次の詩句をあげることができる。

　　vielleicht
　　tritt in sein Aug, das noch blau ist,
　　eine zweite, fremdere Bläue.　　［Ⅰ，130］
　　（おそらく／まだ青い彼の目には／第二の、さらに知られざる青みがさす。）

　この詩句にみられるように「青み」、「青みがかった」色彩には現実の青さとは異なる新しい現実の色彩性が暗示されているといえる。

9-10　私たちのまわりにそれが立った、この／今日が。

　umstehenは何かを取り囲むように立つこと。この語の-stehenという動詞にはツェラーン独自の強い意味がこめられていると考えられる。「立つ」というのは「すばやく」消え去って行くものに抵抗して、「もういちど」立つのである。この言葉はまた「草むら」のイメージと結びついて、生い茂る「草むら」につつまれている「私たち」の現実を思い描かせるが、その草は第1連と異なり「青みがかった」花をつけて立っている。「私たち」をつつむように「もういちど」立つ「それ」は最終行で「この／今日」という言葉で言い換えられる。ツェラーンは『子午線』講演において「詩そのものにはいつも確かにこの唯一の、一回起的な、点としての現在しかないのです」と述べているが［Ⅲ，198 f.］、ツェラーンにとって詩とは「すばやく」過ぎ去っていく一回起的な「時間」、「今日」という現在的な時間との結びつきのなかでしか成立しえないものである。レーマンが指摘するようにこの詩の時制はすべて過去形であり、描かれているのはすべて過去の出来事であるように思われる。しかし詩の最終行に現れる「今日」はまさに今、現在の「今日」、詩人がこの詩を書き記している「今日」でもあるといえ

276　第II部　詩集『誰でもない者の薔薇』注釈

る。本詩集の最後の詩「宙に漂って」でも「今日」という時間についてふれられているが、そこではこの基本主題が次のように明確に表現されている。

> Aller-
> orten ist Hier und ist Heute, ist, von Verzweiflungen her,
> der Glanz,　　　　　　　　　　　　　　　　　　[I, 290]
> (あらゆる／ところにここがあるそして今日がある、絶望から差し込む／輝きがある。)

（水上藤悦）

21/53

…RAUSCHT DER BRUNNEN　　…泉がざわめく

Ihr gebet-, ihr lästerungs-, ihr gebetscharfen Messer	1	おまえたち、祈りの、おまえたち、冒瀆の
meines	2	おまえたち、鋭く尖り立てられた祈りのメスよ、
Schweigens.	3	私の
	4	沈黙というメス。
Ihr meine mit mir ver- krüppelnden Worte, ihr meine geraden.	5	おまえたち　私の、私とともにねじ曲げられ—
	6	不具になりつつある言葉たちよ、おまえたち
	7	私のまっすぐな言葉たちよ。
Und du :	8	そしておまえ—
du, du, du	9	おまえ、おまえ、おまえ

mein täglich wahr- und wahrer-　　　　10　私の日ごとに真実へ、より真実へと
geschundenes Später　　　　　　　　　11　削がれ虐げられていく
der Rosen- :　　　　　　　　　　　　　12　バラの晩い刻よ―

Wieviel, o wieviel　　　　　　　　　　13　いくつの、おおいくつの
Welt. Wieviel　　　　　　　　　　　　14　世界が。いくつの
Wege.　　　　　　　　　　　　　　　　15　道があるのか。

Krücke du, Schwinge. Wir-　　　　　　16　松葉杖であるおまえ、翼よ。私たち
　　　　　　　　　　　　　　　　　　　　　は―

Wir werden das Kinderlied singen,　　17　私たちはわらべ歌を歌おう、それが
　　　　　　　　　　　　　　　das,
hörst du, das　　　　　　　　　　　　18　おまえには聞こえるか、
mit den Men, mit den Schen, mit den　19　人と、間と、人間と、そうだ
　　　　　　　　　　Menschen, ja das
mit dem Gestrüpp und mit　　　　　　 20　茂みとそして
dem Augenpaar, das dort bereitlag als 21　一対の目の、すでにそこにあった
Träne- und-　　　　　　　　　　　　　22　泪―と―
Träne.　　　　　　　　　　　　　　　　23　泪の。

［詩の理解のために］

　1961年4月30日一日で書かれている。4月22日にラインハルト・デールのゴル事件調査報告書が出されており、この内容をツェラーンが知って激怒して書かれたものではないかと推測される［KNR 153：相原 1999, 29］。またハンス・ベンダーにより編集された現代詩人の詩論集ともいうべき『わが詩はわがメス（Mein Gedicht ist mein Messer）』寄稿原稿の校正刷りを2月10日に戻している。メスにより切断された言葉が頻出している。

　タイトルは「水晶（Kristall）」［Ⅰ, 52 MG］からの自己引用。詩が運命的な言葉の一回性であるのに、デールの報告文においてはこの詩は文脈からずたずたに切り裂かれ

扱われていた。それに対する抗議と怒りを視覚的にもこのタイトルのつけ方で明示している。

1962年5・6月号《意味と形式》誌に「かれらの中には土があった」「扉の前に立ったひとりの男に」の詩と、訳詩「バービイ・ヤール」（別の頁であるが）と共にこの詩を掲載している。「かれらの中には土があった」は全体的詩論といえ、「バービイ・ヤール」は迫害されるユダヤ人をショアにおけるユダヤ人虐殺の事例を通して示している。「扉の前に立ったひとりの男に」は書評に対する怒りから書かれたものであり、この詩における執筆動機に通じている。一雑誌同時掲載にもし意味を見出そうとするなら、大枠の中で個別2事例の「怒りと抗議」を表したものと解することもできよう。似た例として、「頌歌」が同じく「バービイ・ヤール」とミショーの「コントラ！」と共に一雑誌に掲載された例を挙げることができる。

これとは別に、デール報告書に対する返答という見方を取らず、シュペルバーの詩を想起しながら書かれたものではないかとする解釈もある。

[注釈]
…泉がざわめく
「水晶（Kristall）」からの自己引用と考えられる [KNR, 153]。sieben Rosen später rauscht der Brunnen がもとの形。ブレンターノの「小夜曲（Ständchen）」など、ロマン派の詩人を想起する解釈もある [Neumann 1990, 20f.] が、泉や童謡などがその連想を強めるのであろう。Sieben Rosen Später はまた詩集「閾から閾へ」第1部のタイトルとなっており、詩「水晶」はツェラーンにとって大切な詩であったと推測される。「ざわめく」ないし「ざわめき」はツェラーンの詩に頻出する。音に耳を澄ませる詩人の姿が見える。「誰でもない者に頬ずりして」の「鍵のなる音」を参照。

1-4 おまえたち、祈りの、おまえたち、冒瀆の／おまえたち、鋭く尖り立てられた祈りのメスよ、／私の／沈黙というメス。
ツェラーンがクレール・ゴルの誹謗中傷に対して直接反論することをせず沈黙を守っていたことが想起される。言葉と沈黙はほぼ等価であり沈黙を言葉と言い換えてもいいであろう。ゴル事件を反ユダヤ主義のコンテクストの中で捉えていたツェラーンは、反ユダヤ主義を産んだ既成キリスト教世界への強い批判を抱いていた。「冒瀆」と見える

ほどに「鋭く尖り立てられた」ツェラーン独自の「祈り」をここでは示している。金属の冷たい光沢を示すメスが言葉を切断している [KNR 153 f.]。

5-7　おまえたち　私の、私とともにねじ曲げられ─／不具になりつつある言葉たちよ、おまえたち／私のまっすぐな言葉たちよ。

　ゴル事件により不具になりつつある言葉、恣意的に切り刻まれている言葉は、この詩の中でも切断された形で示されている。本来それはまっすぐな言葉なのであるが。「詐欺師と泥棒の歌」でも krumm（曲がった）と gerade（まっすぐな）が対照させられている。

8-12　そしておまえ─／おまえ、おまえ、おまえ／私の日ごとに真実へ、より真実へと／削がれ虐げられていく／薔薇の晩い刻よ─

　schinden は、残酷に苦しめる、搾取する意。本来動物の皮を剝ぐことからきている。Später der Rosen は詩「結晶」の sieben Rosen später rauscht der Brunnen の順序を変えた自己引用と考えられるが、Später は大文字で書かれ名詞化されている。Später ないし später には他の詩の用例も考え合わせると実に複雑で確定困難なニュアンスがある [研究の現在、81 ff.]。ツェラーンが「結晶」を書いた時点で母の死が7年前と考えていたのだとしたら sieben Rosen の背後に母の存在を考えることができるかもしれない [KNR, 155]。またツェラーンのジゼル宛の手紙には「あなたの7本の薔薇」[CGBⅠ, 164]「私たちの7本の薔薇」[CGBⅠ, 96] ほかの薔薇に関する記述が見られ、遺稿詩 Wolfsbohne にも「家の中には7本の薔薇がある」と書かれている [Ⅵ, 45 NL]。以上の事実から薔薇および7という数字がツェラーンにとって大切なものを意味していたことは明らかである。このおそらく彼にとって最も大切なもの、それゆえ畳み掛けるように何度も「おまえ」とパセティックに繰り返さざるを得ないそのものが外界に晒され、その晒された外界により「残酷に苦しめられ」ていく。しかしそれはより「真実」へ近づくための過程なのだ、とそう認識されている。

　この「おまえ」を、文字通り「結晶」という詩、ないし Später der Rosen という詩句そのもの、と取る解釈もある。詩すなわちツェラーンの生そのものが残酷に苦しめられた、ということである。

13-15　いくつの、おおいくつの／世界が。いくつの／道があるのか。

　最初の草稿では「ここは世界ではないのか？」とだけ記されていた。自分がいるこの場は当然「世界」であると思っていたが、実は「世界」ではなく、別のものなのだろうか？　という自己の状況への極限的な違和感の表出である。ここを基点にするなら、それを思い直して「なんといくつもの世界があることか、なんといくつもの〈真実〉に至る道があることか」といっていることになる。「世界」に対する否定性の強い解釈である。また、Später der Rosen を獲得しようとする戦いにおいて、いくつもの世界が現れてしまう混乱、その危険を示すものだとの解釈もある [Meinecke 1970, 111]

　全く逆に、「生命の強靭さとその現れの多様性と可能性の賛歌」である、とする解釈もある。もちろん最終詩句の泪で示されるように「いかなる代価のもとにその希望に満ちた調子が維持されているのか」は明らかなのだが [Mackey 1997, 302]。

16　松葉杖であるおまえ、翼よ。私たちは…

　du (Später der Rosen)、あるいは詩は、丁字型になって腕を支え、肉体と精神を支える杖であり、翼である。それはまたこのような現実世界の状況にもかかわらずなお歌おうとするわらべ歌へ向かう翼でもあるのか。

　最初の草稿では「砂の中を一つの松葉杖が／いくのを私たちは見た。／星が／膿の流れに身を沈めていった。／その最も暗い場所で」とある。詩「真実 (Wahrheit)」[Ⅱ, 138 FS] では「谷間にある松葉杖が〈中略〉頭上高く花咲く〈否〉の頁を、冠をめくっている」。また詩「いかさまの目印をつけられた偶然 (GEZINKT DER ZUFALL)」[Ⅱ, 115 FS] では「嘘が7つに—／燃え上がり／メスが／おもねり、松葉杖が／偽りの証しをするさまを」とある。この詩ではまた「この世界のもとで」「人間の歌」などの言葉も見え、ゴル事件ないし反ユダヤ主義に対する怒りと戦いの意思表示のコンテクストで解釈するなら「…泉がざわめく」と並べ考えることができる詩であるといえよう。いずれにしろ「松葉杖（撞木杖）」は詩人がそれに身を預け現実に触れ現実をまさぐり、次いでそれによって道を歩む道具である。「ラディックス、マトリックス」の「石に話をするように」、および「日のあるうち」の「ひとつのはっきりとした翼」の注釈も参照のこと。

17−23　私たちはわらべ歌を歌おう。それが／おまえには聞こえるか、／人と、間と、人間と、そうだ／茂みとそして／一対の目の、すでにそこにあった／泪—と—／泪の。

　「わらべ歌」は「素朴さ（無垢）」[Meinecke 1970, 111] を体現する、現実とは次元を異にする世界（文学世界）において歌われる歌であろう。「彼岸」[Höck 1970, 269] との解釈もある。この詩節の4拍強弱格の韻律は民謡や童謡などで使われ、また詩集『誰でもない者の薔薇』には、ほかにも「氷、エデン」「三人で、四人で」「サーカスと城塞のある、午後」などにわらべ歌の韻律が散らばっている [Mackey 1997, 300：U.M. Oelmann 1983, 327：Voswinckel 1974, 84]。Meine Mu-, meine Mu-, meine Mutter schickt mich her, ob der Ku-, ob der Ku-, ob der Kuchen fertig wär…（私のお、私のお、私のお母さんが私をよこす、おか、おか、おかしができたかなとね）というわらべ歌の例示もある [KNR, 156]。Menschen（人間）そのものが切り裂かれ不具と化している様子を Men, Schen と単語を裁断して表記することで示しているが、これをゴル事件への怒りの表れと解釈するのではなく現代人の状況、またショアによって人間に何がなされたのかを示すものとする解釈もある [Janz 1976, 143]。

　シュペルバー宛1962年9月12日の手紙の中でツェラーンが「あなたや友人たちに手紙を書いたり考えを述べたりするときには、韻律を呼び求めている無韻律と見えるもの——〈人間〉という言葉——が生き生きと活気づき韻律が甦ってくるのです」と書き、またシュペルバーが、詩集『時代の証人』の中の詩の一節で「〈人間〉というドイツ語には韻律があるのだろうか？」と記していることから、この部分はツェラーンがシュペルバーの詩を想起しながらドイツ語に以前はあった高貴さを取り戻そうと試みて書いた、本質的にドイツ語を巡る詩であるとする解釈もある [Mackey 1997, 301-3]。

　最後に泪と泪が平行して置かれているのは一対の目に対応している。最後の関係代名詞 das の先行詞を Kinderlied ではなく Augenpaar と取っている。この泪は冒頭の泉の水へと回帰し、涙の谷としての現世が重ねられていく。

（北　彰）

22/53

ES IST NICHT MEHR	1	それはもはや
diese	2	この
zuweilen mit dir	3	ときにおまえとともに
in die Stunde gesenkte	4	時間のなかに沈めた
Schwere. Es ist	5	重さではない。それは
eine andre.	6	べつの重さ。

Es ist das Gewicht, das die Leere
　　　　　　　　　　　　zurückhält,
die mit-
ginge mit dir.
Es hat, wie du, keinen Namen.
　　　　　　　　　　Vielleicht
seid ihr dasselbe. Vielleicht
nennst auch du mich einst
so.

7 それは空虚をおさえとめる重み、
8 おまえとともに
9 行ってしまうかもしれぬ空虚を。
10 それには、おまえのように、名前が
　　ない。おそらく
11 おまえたちは同じものかもしれぬ。
　　おそらく
12 おまえもまたいつかわたしを名づけ
　　るのだろう、
13 そのように。

[詩の理解のために]
　この詩は詩集のなかでもとくに難解な語のない、すくなくともその意味では平明な印象を与える詩であるといえる。ツェラーンには「重いもの (Das Schwere)」[Ⅰ, 90 SS] をはじめとして「重さ」を主題とした詩がいくつかある。この詩は「重さ」、とりわけ「べつの重さ」について語ろうとする詩であるといえる。しかし「重さ」という単純な語はここではツェラーンの詩に特徴的な不透明さ、不可解さをもっている。「それには、名前がない」、詩人はそれを「名づける」ことができないのである。ドイツ語の Schwermut はふつう「憂鬱」と訳されるが、注釈のイヴァーノヴィッチはこの詩の「重さ」をベンヤミンのメランコリー論を引照しながら一貫してメランコリー概念との連関において解釈しようとする [KNR, 159]。この詩の対象である「重さ」には「おまえ」とともに「名前」が存在していない。「おまえ」は「空虚」のなかに滞留してい

るように思われるが、「重さ」はその「空虚をおさえとめる重み」なのである。初稿草稿の成立は1961年4月8日。完成稿は5月8日。完成稿ではとくに第2節がほぼ全面的に書き変えられている。

[注釈]
1　それはもはや
　「それは…」という措辞はこの詩の詩的表現の言語的基本前提を示している。この「それ」は単なる形式主語ではなく、この詩全体が「それ」を主語とし、主題として展開されていく。この詩は「名前」をもたない「それ」について語ろうとする詩なのである。

2-5　この／ときにはおまえとともに／時間のなかに沈めた／重さではない。
　「それ」について語ろうとする試みはまず「もはやこの重さではない」という現在までの現実体験の否定から始められる。対句的構造をもっているこの詩は二つの詩節から成り立っていて、それぞれの詩節はさらに二つに分けられる。否定される「この重さ」は次行の「べつの重さ」と対照をなす。

7　それは空虚をおさえとめる重み、
　第1連で提示された「べつの重さ」を言い表そうとする詩句。この後半部分は初稿では次のようになっていた。

　　　Es ist das Gewicht, das das Leere braucht,　（それは空虚なものを必要とする重み、
　　　um nicht mitgehn zu müssen　　　　　　　　　おまえとともに
　　　mit dir ; es ist　　　　　　　　　　　　　　消えずにすむために。それは
　　　das Gegengewicht. Von jeher　　　　　　　　対重。かつてから
　　　hatte ich - und　　　　　　　　　　　　　　わたしには―そして
　　　auch das nahmst du mit -　　　　　　　　　　それもおまえは持ち去っていった―
　　　nur　　　　　　　　　　　　　　　　　　　　ただ
　　　dieses.　　　　　　　　　　　　　　　　　　これしかなかった。）

「べつな重さ」とは「空虚なものを必要とする」あるいは「空虚をおさえとめる重

み」である。詩人は「空虚」を保持しようとする。というのも「空虚」は「おまえ」とともに「立ち去って」しまうからである。初稿では「べつな重さ」とは「空虚なもの」に対する「対重」であるといわれている。

10-11　おそらく／おまえたちは同じものかもしれぬ。

「おまえたち」は「重み」と「おまえ」を指している。「べつな重さ」には「おまえと同じように、名前がない」。したがって詩人は二つのものを明確に区別することはできないのである。

11-13　おそらく／おまえもまたいつかわたしを名づけるのだろう、／そのように。

対句的にくり返される「おそらく」は反対の可能性について用いられていて、詩の展開はこの「おそらく」によって逆転されるということができる。この詩の最終行は何らかの「名前」、命名が期待される決定的な詩行であるが、ツェランはまさにそこに「そのように（so）」の一語を置いている。「名づける」行為であって、「名づける」ことを実現していないこの最後の言葉が与える両義的な印象についてメニングハウスは次のように記している。「この最後の語は期待を積み上げていったうえで、同時に幻滅をもたらすことを狙った言葉である。詩は《名前》を与えることをしないで、その代用語しか提示できずに、自分で崩れ落ちてしまう。」［Menninghaus 1980, 241］マイネッケはまたこの詩の詩的構成についてとくに「再帰性」というツェランの詩にみられる特徴的構造を指摘している。この詩の最後の2行によってそれまでの「おまえ」は「わたし」へと「再帰」するのである。「この〈わたしを〉は言語的に二重に相対化されている。ひとつは〈おまえ〉との関係。それまで〈おまえ〉が立っていた視点に〈わたし〉が入ることになるのである。もうひとつは〈そのように〉、したがって〈おなじもの〉との関係である。名づける行為はこの二重の関係を必要とする。それは詩の全体を再帰的に指示する。」［Meinecke 1970, 162］マイネッケが述べているように、この詩の最終行の「そのように」は直接にはまず「同じもの」を指示しているように思われる。しかし「同じもの」と言明することは決して、「名づける」行為ではない。にもかかわらず「そのように」という最後の一語は「名づける」行為を喚起し、また現実化している。ツェランはこの詩で「名前」のない「おまえ」に呼びかけ、「それ」を「名づけ」ようとするのである。

(水上藤悦)

23/53
RADIX, MATRIX　　　　　　　　1　ラディックス、マトリックス

Wie man zum Stein spricht, wie　　2　石に話をするように、
du,　　　　　　　　　　　　　　3　おまえのように、
mir vom Abgrund her, von　　　　　4　深淵からわたしに、
einer Heimat her Ver-　　　　　　 5　故郷から姉妹として
schwisterte, Zu-　　　　　　　　　6　結ばれていた女、わたしに
geschleuderte, du,　　　　　　　　7　投げ出された女、おまえ、
du mir vorzeiten,　　　　　　　　　8　わたしにかつて
du mir im Nichts einer Nacht,　　 9　わたしにある夜の空無のなかで
du in der Aber-Nacht Be-　　　　　10　偽りの夜のなかでめぐり
gegnete, du　　　　　　　　　　　11　あった女、おまえ
Aber-Du - :　　　　　　　　　　　12　偽りのおまえよ―。

Damals, da ich nicht da war,　　　13　あの時、わたしが不在だった時に、
damals, da du　　　　　　　　　　14　あの時に、おまえが
den Acker abschrittst, allein :　　15　畑地を歩測した時に、ただ一人で、

Wer,　　　　　　　　　　　　　　16　誰が、
wer wars, jenes　　　　　　　　　17　誰がいったい、あの
Geschlecht, jenes gemordete, jenes　18　種族であったというのか、あの殺害
schwarz in den Himmel stehende :　　　　された、あの
Rute und Hode - ?　　　　　　　　19　黒々と天にそびえ立つ種族であった
　　　　　　　　　　　　　　　　　　　のか、
　　　　　　　　　　　　　　　　20　男の根と睾丸で―。

(Wurzel.　　　　　　　　　　　　21　(根。
　Wurzel Abrahams. Wurzel Jesse.　22　アブラハムの根、エッサイの根、誰
　　　　　　　　　　Niemandes　　　　 でもない者の

286　第II部　詩集『誰でもない者の薔薇』注釈

Wurzel- o	23	根——おお
unser.)	24	われらの。)
Ja,	25	そう、
wie man zum Stein spricht, wie	26	石に話をするように、
du	27	おまえが
mit meinen Händen dorthin	28	わたしの両手であそこに向かって
und ins Nichts greifst, so	29	そして空無に向かって手をのばすように、そのように
ist, was hier ist :		
	30	いまここにあるものはあるのだ、
auch dieser	31	この
Fruchtboden klafft,	32	花托もまた割れ裂ける、
dieses	33	この
Hinab	34	下降は
ist die eine der wild-	35	荒野に——
blühenden Kronen.	36	花開く花冠のなかのひとつなのだ。

[詩の理解のために]

　ツェラーンは『子午線』講演のための草稿のなかで、「根底のなさ」(Bodenlosigkeit) こそ現代詩の根拠であり原理であると書き記している [TCA/M, 88 f.]。詩にはもはや「根底 (Boden)」も「根源 (Ursprung)」もないという考えがこの詩人の詩作の基本的出発点であったといえる。ツェラーンはこの詩において自己の存在の「根」を問題としている。詩集『誰でもない者の薔薇』はこの詩人がユダヤ主義との関係を根本から問い直した作品でもあった。ツェラーンはしかしユダヤ民族の伝統に回帰し、そこに自己の詩作の「根底」を見出そうとしているわけではない。詩がそこに「根」を下ろし、そこから生い立つことのできる「根底」はもはや存在しない。この詩を理解するために重要なキーワードはすでにタイトルに示されているといえる。Radix, Matrix という不思議な、しかし音調的にも印象深いそのタイトルは「根」の問題を、それがのびていく「母胎」の問題と結びつけている。そこからこの詩に特徴的な性的なイメージが展

開している。ユダヤ人の「根」に対する問いかけは、ここでは「男根と子宮」という基本モチーフと結びつけられている。ここには「男根」の支配する父権的社会の原理と「子宮」の支配する母権的な民族的、社会的原理の対立を読み取ることもできるのかもしれない。「大地」と「故郷」を「基盤」とする文化があり文学がある。ツェラーンの詩はしかしそうした詩のあり方を拒絶している。彼の詩は「深淵」とそこに現出する「空無」のなかに「根」を下ろそうとするのである。この二つの基本原理の対立は最後で「下降」と「上昇」という二つの運動のイメージとして表現されている。詩の成立は1961年5月11日とされている。

[注釈]

1　ラディックス、マトリックス

　ラディックス（Radix）はラテン語で「木の根」の意味、マトリックス（Matrix）は「母胎、子宮」のことである。それぞれドイツ語ではこの詩のなかに現れるWurzel（根）、Fruchtboden（花托）で言い換えられる。ドイツ語のWurzelには言葉の「語根」、事物の「根源」といった意味があるが、俗語では「男根」の意味もある。Fruchtbodenは文字どおりにはFrucht（果実）のBoden（基盤）と分解できる言葉であるが、18世紀から「花托」という植物学的な意味で使われるようになった。この詩で問われているのは詩の「根」、それが生い立つ「基盤」であるということができる。

2　石に話をするように、

　「石（Stein）」はツェラーンの詩のなかにくり返し現れる基本モチーフのひとつ。本詩集でも「明るい石たちが」、「巨石記念碑」、「何が起きたのか？」などの詩の中心的モチーフとなっている。また本詩集が捧げられている、マンデリシュタームの第一詩集は『石』であった。「石に話をする」という言い方は『山中の対話』でも次のように用いられている。「というのはそれは、杖は誰に向かって語るのか。杖は石に話をするのだ、そして石は ─ 誰に話をするのか。」[Ⅲ, 171]「石」は人間の話に「方向性」を与えるものとして「杖」に似た働きをもっている。『子午線』講演のために書かれた草稿ではそうした「石」の意味について次のように述べられている。「石は他者であり、人間的なものの外にあるものである、その沈黙によって石は話す者に方向と空間をもたらす。」[TCA/M, 98]

4－6 　深淵からわたしに、／故郷から姉妹として／結ばれていた女、

　「故郷」は不定冠詞がついていて、現実に存在する「故郷」ではなく、「深淵」を「ひとつの故郷」として言い換えたもの。本詩集のなかの「沈黙する秋の香り」には「故郷と深淵の間を（行った）」という詩句があるが、「深淵」と「故郷」は近接した関係にあるということができる［Ⅰ, 223］。ここでの Verschwistern には実際に「姉妹である」というよりは、「姉妹として結ばれている」というニュアンスがある。続く詩句においてさらに明らかにされていくように「私」と「おまえ」の関係は決して、自然的に結ばれた関係ではないといえる。女性形で現れる「おまえ」はラディックスに対するマトリックスの関係にあるといえるが、以下の詩行で様々に言い換えられていく。

10－12 　偽りの夜のなかでめぐり／あった女、おまえ／偽りのおまえよ―。

　「偽りの夜（Aber-Nacht）」の Aber には「虚偽、迷誤、反復」の意味がある。Aber-glaube といえば「迷信」のことであるが、Aber-Du はくり返し現れる偽りの「おまえ」を言い表した造語と考えられる。第１連の「おまえ」はくり返し言い換えられるが、「わたし」が「めぐりあった」のは「偽りのおまえ」でしかない。「偽りのおまえ」とはユダヤ主義の伝統、あるいはユダヤ教の信仰への呼びかけであるとも解釈できる。ツェラーンは両親が忠実であり続けたユダヤ教の信仰には懐疑的であった。Aber-Du はネリー・ザックスとの出会いから生まれた詩「チューリヒ、シュトルヒェンにて」にも用いられていて、「おまえと／偽りのおまえについて（語られた）」［Ⅰ, 214］という詩句がある。

14－15 　おまえが／畑地を歩測したときに、

　注釈が述べているように「畑地を歩測する」とは原初における「大地」の占有行為を示唆すると考えられる。初稿ではこの部分は単に「おまえが孤独だった時」（da du allein warst）となっていた［TCA, 58］。畑地（Acker）とは「墓地」（Toten acker, Gottesacker）を連想させる語であるが、「根」を下す「母胎」としての「大地」、種子を撒き、生命を育成する「土地」でもある。

17－19 　だれがいったい、あの／種族であったというのか、

　初稿ではこの部分は「それは私だった、あの／種族は、」（Ich wars, jenes/Geschlecht）になっていた［TCA, 58］。ドイツ語の Geschlecht（種族）はまた「性器」、「性」の意味ももつ。続く「あの殺害された、あの／黒々と天にそびえ立つ種族」という詩句は「死のフーガ」で歌われた空に向かって立ちのぼる死者たちを焼く絶滅収容所の黒煙を想起させる詩句であるが、同時に性的なイメージを喚起して、次行に続く。

20　男の根と睾丸で―。
　Rute は「鞭」を意味する言葉であるが、「男根」の意味もある。それはまた「鞭」として男性的、父権的権力の象徴でもあると考えられる。Rute にはまた「細い枝」という意味もあり、次の詩節に現われる「エッサイの根」につながっていく言葉でもある。Hode（睾丸）はドイツ語固有の単語であるが、「マトリックス」に植え付けられる精子がつくられるところとして「あの／種族（性器）」に結びつく。

22-24　アブラハムの根、エッサイの根、誰でもない者の／根―おお／われらの。
　「アブラハムの根」はユダヤ民族の「根」であり、「エッサイの根」とはイエス・キリストの誕生につながる「根」である。キリスト教美術では「エッサイの根」は横たわって眠るエッサイの体から伸びて成長する樹木の図像によって表現されるが、その典拠となっているのはイザヤ書のなかの次の言葉である。「エッサイの株からひとつの芽が出、その根からひとつの若枝が生えて実をむすぶだろう。そしてその上に主の霊がとどまるだろう、」［イザヤ 11, 1-2］この詩句では救世主イエスの位置に「誰でもない者」が置かれているといえる。「おおわれらの（o unser)」は「主の祈り（Vaterunser）」に倣った表現といえるが、この「おお（o)」を「父なる神」の不在を示す「空所」の記号とする解釈もある［KNR, 167］。

27-29　おまえが／わたしの両手であそこに向かって／そして空無に向かって
　「わたしの手で」は詩を書く手によって、すなわち詩作を通して「空無に向かって」何かを摑みとろうとするのである。「あそこに向かって」はまた第3連の「あの黒々とそびえ立つ種族」、第4連の「誰でもない者の根」に向かってでもある。

29-30　そのように／いまここにあるものはあるのだ、
　「石に話をするように」で始まったこの詩の副文は第5連でもう一度くり返され、29

行目の「そのように」であらためて受けなおされてこの詩の主文に続いていく。「いまここにあるものはある」というその主文では、それまでの詩の否定的展開を一挙にくつがえすかのように「いまここにある」という存在が強調されている。「いまここにあるもの」とはいまここに書かれているこの詩作品に他ならない。次の詩節では「この」詩について述べられる。

31-32　この／花托もまた割れ裂ける、

　「花托（Fruchtboden）」は「花床」とも呼ばれ、花の基部（Boden）、茎の先端部分のこの基部から花葉、花冠、果実が生長し、形成されていく。詩集注釈でチヴィコフは「ここで言われているのはこの詩が根を下ろしている文化や言語の基盤という意味での詩の花托のことである」と述べている [KNR, 168]。この果実の生長を生じさせる「花托」、「母体」、「大地」が「割れ裂ける」とは、そこにはもはや基盤（Boden）というものが存在しないこと、すなわちそこには「空無」が現出していることを意味している。「割れ裂ける」は詩の冒頭の「深淵」に関連する言葉である。

33-34　この／下降は

　「この下降」とは前節で示された「空無」への「下降」である。分かち書きされた「この」は詩作、詩の成立を指示していると解釈される。「下降」は本詩集でくり返し歌われる詩的行為のあり方、その運動の方向性を表現する言葉である。詩集冒頭の「掘る」行為、その次の詩で示される「深みに沈む」という言葉はそうしたこの詩集の基本主題を提示するものである。

35-36　荒野に一／花開く花冠のなかのひとつなのだ。

　初稿ではこの「下降」についての述語部分は簡潔に「花冠」となっていた [TCA, 58]。「下降」に対して「花開く花冠」は上方に向かっていく運動であることに注目する必要がある。異稿では「（この下降は）おまえを上にあげる（hebt dich）」という詩句がある [TCA, 59]。ツェランの詩では「下降」と「上昇」は相対立する二つの運動ではなく、むしろ同じ円環的な運動の異なる様相であるといえる。「野に（wild）」には自然のままに、荒々しくの意味がある。ドイツ語の Krone はラテン語の corona に由来する言葉で、植物の「花冠」のほかに「王冠」あるいは「栄冠」の意味もある。「下

降」という苦闘の勝利者に与えられる「栄冠」である。　　　　　　　（水上藤悦）

24/53

SCHWARZERDE, schwarze　　　1　黒土、黒い
Erde du, Stunden-　　　　　　 2　土であるおまえ、時間の
mutter　　　　　　　　　　　 3　層となった母である
Verzweiflung :　　　　　　　　4　絶望よ―

Ein aus der Hand und ihrer　　　5　おまえの手とその手の
Wunde dir Zu-　　　　　　　　6　傷から生まれ
geborenes schließt　　　　　　　7　でてきたものが
deine Kelche.　　　　　　　　　8　おまえのいくつもの萼を閉じるのだ。

[詩の理解のために]

　成立は1961年5月18日。この日、ハンス・ベンダー編のアンソロジー『わが詩はわがメス』掲載の「ハンス・ベンダー宛の手紙」が書かれた [Ⅲ, 177 f.]。

　表題の言葉「黒土」は、この前に置かれている詩「ラディックス、マトリックス」[Ⅰ, 239 NR]の中の「花托（Fruchtboden）」という語の詩論的なモチーフを再び取り上げているのであり、同時に、マンデリシュタームにとって詩論的に重要なシンボルをも指し示している。すなわちマンデリシュタームのエッセイ「言葉と文化」(1924)の中で、彼は文学（詩）を、時を掘り返す鋤 (Pflug)、表層を払いのけ、時の最も深い層である「時の黒土 (die Schwarzerde der Zeit)」を掘り返す鋤と呼んでいる（ツェラーンは、自分の所持していたマンデリシュタームの本のこの個所に下線を引いている）。ラジオ放送『オシップ・マンデリシュタームの文学』のタイプ原稿の中でツェラーンは、明らかにこの個所を強調しており、しかも過ぎ去った事柄の、現在へと向けられたマンデリシュタームの詩語の志向として強調しているのである。「どこから、という問いはますます差し迫ったものとなり、ますます絶望的なものとなっている。詩

──詩についてのエッセイのひとつ[「言葉と文化」]で、マンデリシュタームはそれを〈鋤〉と呼んでいる──それが、時の地層の最も深い部分を掘り起こし、〈時の黒土〉が地表に現れる」[DOM, 77]。Schwarzerde という語を分解することで、ツェラーンはマンデリシュタームの言葉から離れるが、それは、ツェラーンがいわば、マンデリシュタームの言葉を鋤き返し、schwarze / Erde として現実化する（具体的な概念に立ち返らせる）ことによってなのである。そしてこの土の「黒」はもう、マンデリシュタームの場合のような肥沃さの徴ではない。ツェラーンの場合、絶望の、そして傷ついた土が描かれるのである。

　分離と結びつきを同時に意味しているコロンの後に、第２連で、第１連において黒土を通して呼びかけられている絶望ということの詩法上の帰結が続く。すなわち「手から生まれたもの」が──ツェラーン特有の詩的言辞に従えば、これこそが詩ということなのだが──「Du（おまえ）」で語りかけられている「黒土」の、「夢」を「閉じる」のである。

[注釈]

1　黒土、

　ロシア語の černozem の翻訳。ブコヴィーナ地方を含む、南ロシア、ウクライナ、北東バルカンという広大な地域の、20 メートルにも及ぶたいへん肥沃な腐植土層。ツェラーンの生まれたブコヴィーナ地方の町チェルノヴィッツは、語彙的には、Schwarzerde とつながりがある（černyj = schwarz）。Schwarzerde（Černozem）はまた、マンデリシュタームのいわゆる「ヴォローネジ・ノート（Woronescher Hefte [1935-37]）」の中の「第一のノート」の冒頭を飾る、よく知られた詩の題名でもある。湿潤の黒土を賛美するその詩は、農耕と春を礼賛し、突然の生命力の横溢を記録しており、マンデリシュタームの最後の流刑の地、南ロシアの黒土地帯の中央にあるヴォローネジ（Voronež）で成立した。この町の名前もロシア語の voronoj（schwarz）を思い起こさせる [Čivikov, 171]。

　以上のことから、この詩は、マンデリシュタームを媒介にしつつ、故郷の町チェルノヴィッツへの思いが背後にあることがわかる。

1-2　黒い／土であるおまえ、

(1)　語の分解と語のアンジャンブマン（句またがり）が複合語（Schwarzerde）のもともとの意味をはっきりと示し、この複合語が、マンデリシュタームによって規定された詩論的領域から、ツェラーンの詩のコンテクストの中へ移される。マンデリシュタームの肥沃な黒土が、恐ろしい、史的事実を通りぬけて「黒くされた」土（＝焼かれた死体）にかわる［Čivikov, 171］（マンデリシュタームの「黒土よ…不敗であれ（Schwarze Erde, ... du sei unbesiegt）」が、ツェラーンでは、第１連のようになる。絶望的で屈折した心情が、形式上、詩行の断ち切り、詩の只中の個々の語彙の文字通りの破壊の中に表れている［Simon, 482 ff.］。（この詩の前に置かれた詩「ラディックス、マトリックス」［Ⅰ, 239 NR］の中にある「耕地（Acker）」の形象も参照せよ）。言葉に対するマンデリシュタームの基本的な信頼と、ツェラーンの根本的な不信が両者を区別する［Werberger, 14 f.］。

(2)　「黒土」という語の喚起作用は、メランコリーと結びつくギリシア語、メランヒトン（Melanchthon＝Schwarzerd）を想起させる。そして、この語は、語の分割によって、続く詩句で述べ呼びかける主体のメランコリーの具体性へと結びつける［Ivanović, 1996, 85］。

2-4　時間の／層となった母である／絶望よ―

(1)　グリム辞典には、マルティーン・ルターの即席造語として、"Stundenvater" という合成語が記載されており、しかも、「永遠なる父（der ewige Vater）」に対する否認とされている［Grimm 20, 536］。ツェラーンの詩的語彙の中では、「時間（Stunde）」は一貫して、具体的に経験された時とつながりがある。schwarze/Erde と Stunden-/Mutter のリズム・音響上の平行は、意味上の結びつきの網を生じさせる。その網の中で、「真っ暗な、悲劇的な時間（schwarze Stunden）」と「母なる大地（Mutter Erde）」という文学的常套文句（トポス）が共鳴する。そして結びの言葉「絶望（Verzweiflung）」は、この語に含まれている基音（z, w, er, un）をもつ４つの語（schwarz; Erde ; Stunden; mutter）の、意味・音響が織り込まれたオーケストラである。詩行を視覚的に見ると、詩行の分割によって独立させられた構成要素である「母（Mutter）」は、「土（Erde）」の下にいる――おそらく殺害された母のモチーフの、言葉で表せない造形であろう［Čivikov, 171］。

(2) Verzweiflung（絶望）という語は他に、この詩集中の2編（ただし複数形）［Ⅰ, 236, 290 NR］と、遺稿詩集『雪のパート』の2編［Ⅱ, 353, 400 SP］にみられる。

(3) この詩集ではほとんどいつも、ユダヤ的な「私」がユダヤ的な女性である「おまえ」に語りかけている。この詩の「おまえ」は、シェキナーとも考えられる。ユダヤ神秘主義においてシェキナーは、人々の母、娘、妹、神の恋人と呼ばれ、性のシンボルであり、ユダヤ主義の母権性的な要素である。この詩ではシェキナーのこうした、神話的な、「万物の母」という観念が暗示されている。そしてここでは、「おまえ」は絶望の人格化であり、自分の子供たちのまわりで泣いているシェキナーという形象が考えられているのであろう［Günzel, 174 f.］。

(4) ツェラーンのブレーメン賞受賞講演（1958年）の次のような言葉が思い起こされる。「手の届くもの、身近なもの、失われていないものとして、このひとつのもの、言葉が、多くの死者たちのただ中で残りました。言葉は失われぬまま残ったのです、そうです、あらゆる出来事にもかかわらず。しかし、言葉はみずからの返答欠如性の中を、おそろしい沈黙の中を、死をもたらす何千もの弁舌の中を通りぬけて行かねばなりませんでした。言葉は通りぬけていったのです、そして起こったことに対して一語も発することができませんでした。通りぬけ、再び明るみに出ることが許されたとき、言葉はこうしたことどもによって《凝縮》されたのです」［Ⅲ, 185 f.］。このことから、「時間の層となった母」という言葉はツェラーンにとっての「母語（Muttersprache）」であるドイツ語を指しているとも考えられる。

(5) Stunden-/mutter という語は、Stundenfrau（時間雇いの家事手伝い女）、Stundenbuch（時禱書）、Stundenzeiger（時計の時針）といった言葉を喚起させる。また -mutter をもつ Perlmutter（真珠母、真珠層［貝殻内面の美しい光沢のある層］）という語の連想から、詩の訳を「時間の層となった母」としてみた。

5-7　おまえの手とその手の／傷から生まれ／でてきたものが

ツェラーンは〈詩〉を強調して、「手の事柄（Sache der Hände)」、「手仕事（Handwerk）」と呼んでいる（「ハンス・ベンダー宛の手紙」［Ⅲ, 177］。Zu-/geborenes における詩行の分割は、「おまえ」に向かっての過去分詞の目標および方向を強める（「ラディックス、マトリックス」［Ⅰ, 239 NR］の中の "Zu-/geschleuderte" 参照）。この

場合、zu はまた、「geschlossen（閉じた）」の意味としても読まれるべきである。したがって「閉じる (schließt)」はここですでに、血筋によって運命づけられたもの（"Zu-/Geborenes"）、と捉えることもできるだろう [Čivikov, 171 f.]。Zu- は、「閉鎖・運動の方向・行為の目標・添加・付加・運動の継続・促進・授与・帰属」の意味があるが、ここではそのすべてが含まれているように思われる。

8　おまえのいくつもの萼を閉じるのだ。

(1)　植物学上の意味を含む言葉（「ラディックス、マトリックス」[Ⅰ, 240 NR] の中の「花冠（Kronen）」を参照）を再び取り上げるとともに、キリスト教のシンボルと信仰告白（聖痕をつけられた手 (stigmatisierte Hand)、苦しみの杯 (Kelch des Leidens)）、とりわけ、ほんの少し後に成立した詩「ベネディクタ」[Ⅰ, 249 f. NR]」とつながるイエスの最後の晩餐の犠牲のテーマを暗示する「傷 (Wunde)」と関連がある。"Kelche" という複数形はもちろん、イエスの苦難というシンボルの領域を拡大している。同様に、血で満たされた「いくつもの大きな／ゲットー・薔薇の萼 (Kelche der großen / Ghetto-Rose)」（「冠をかぶらされて引き出され」[Ⅰ, 271 f. NR] を参照 [Čivikov, 172]。

(2)　「萼、杯 (Kelch)」という言葉は「絶望 (Verzweiflung)」に対応する。Kelch を「世の辛酸をなめつくさなければならない (den bitteren Kelch bis zur Neige leeren müssen)」という慣用句の中の「考えられうるあらゆる辛苦」、あるいはあまりひどい目にあいたくない「この杯を私から去らせてください」(den Kelch an jemandem vorübergeht) [マタイ 26, 39] という言いまわしの意味で理解すれば、「萼を閉じる」とは、「脅威的な厳しい運命、苦しみが避けられる」という意味であろう。「おまえ」は「手とその手の傷から生まれでてきたもの」によって、苦難から守られるということである [Markis, 52]。

(3)　この「閉じること」とは、——ツェラーンの場合しばしば使われる〈骨壺 (Urne)〉のモチーフにおいてのように——保つという行為を意味しているのかもしれない（詩はまさに、書くことと語ることによって生きのびるということ [Meinecke, 198]）。しかしまた他方では、詩の自己抹消という読みもまた考えられるように思われる——絶望的な行為の中での、あるいは彼の挫折の表現としての。残されているいくつかの前段階の異稿がこうした読みを喚起する（後に削除さ

296　第II部　詩集『誰でもない者の薔薇』注釈

れた異稿のひとつは "schließt" ではなく "blüht [花咲く]" だった)。

(相原　勝)

25/53

EINEM, DER VOR DER TÜR　　　1　扉の前に立ったひとりの男に、とある
　　　　　　　　STAND, eines
Abends :　　　　　　　　　　　　2　夕暮れ―
ihm　　　　　　　　　　　　　　　3　その男に
tat ich mein Wort auf- : zum　　　4　私は私の言葉を開いた―
Kielkropf sah ich ihn trotten, zum　5　奇形の子の方へ彼がのろのろと歩く
halb-　　　　　　　　　　　　　　　　のを私は見た、
schürigen, dem　　　　　　　　　6　でき
im kotigen Stiefel des Kriegsknechts　7　そこないの
geborenen Bruder, dem　　　　　　8　兵士の泥まみれの長靴の中に
mit dem blutigen　　　　　　　　 9　生まれた兄弟の方へ、
Gottes-　　　　　　　　　　　　10　血まみれの
gemächt, dem　　　　　　　　　　11　神の
schilpenden Menschlein.　　　　　12　性器もつ
　　　　　　　　　　　　　　　　13　奇声あげる小人の方へ。

Rabbi, knirschte ich, Rabbi　　　　14　ラビよ、私は歯ぎしりした、ラビ
Löw :　　　　　　　　　　　　　　15　レーヴよ―

Diesem　　　　　　　　　　　　　16　この者の
beschneide das Wort,　　　　　　　17　言葉を切り取れ、
diesem　　　　　　　　　　　　　18　この者の
schreib das lebendige　　　　　　　19　こころに生きた
Nichts ins Gemüt,　　　　　　　　20　無を書き込め、

diesem	21	この者の	
spreize die zwei	22	2本の	
Krüppelfinger zum heil-	23	不具の指を　救いを	
bringenden Spruch.	24	もたらす文句へ広げよ。	
Diesem.	25	この者の。	

・・・・・・・・・・・・・　　　26　・・・・・・・・・・・・

Wirf auch die Abendtür zu, Rabbi.　　27　夕暮れの扉をたたき閉めよ、ラビ。

・・・・・・・・・・・・・　　　28　・・・・・・・・・・・・

Reiß die Morgentür auf, Ra- -　　29　朝の扉をときはなて、ラ――

［詩の理解のために］

　1961年5月20日に着手され、5月23日に手が加えられ、9月20日に決定稿の形になる［TCA, 64］。初稿が書かれた5月20日に、「Judenwelsch, nachts（ユダヤ訛りを、夜に）」［Ⅶ, 54 NL］が書かれているが、詩集には採用されていない。ヴィーデマンによると、この日の《フランクフルター・アルゲマイネ》紙にツェラーンのエセーニンの翻訳に対する書評が掲載され、評者のホルスト・ビーネクは不正確な引用をした上で、ツェラーンはエセーニンの詩を歪曲したとして非難した［KG, 688 f.］。同じ日に成立した二つの詩に見られる語調の激しさは、こうした批判への反応と考えることもできる。初稿には、「Que sont mes amis devenus?（わが友らはどうなってしまったのか?）」というフランス語のタイトルが掲げられていたが、これは13世紀フランスの詩人リュトブフの「嘆きの歌」からの引用である［TCA, 64］。この「嘆きの歌」には、シャンソン歌手レオ・フェレが曲をつけている。ツェラーンは、フェレの歌を聴きにキャバレーによく足を運んだというが、ゴル事件後は友人たちの言動に失望すると前述のリュトブフの歌の一節を口にしたらしい［CGB Ⅱ, 88, 122：Schöne 2000, 33 f.］。また、初稿の冒頭部分「Einer- vielleicht/kommt einer, vielleicht/〔wieder?〕kommt er wieder?/Welcher kommt?／ひとりの男が　もしかしたら／ひとりの男が

来るだろうか　もしかしたら／彼が再び来るだろうか？／誰が来るのか？」も、タイトルと同様、第 2 稿以降削除されている。また、草稿のひとつに、「G. G.」という献辞が見られるが、ヴィーデマンは、1956年から1960年までパリに暮らし、ツェランと交流があったギュンター・グラスの名を想定している［KG, 689］。初出は、1962年、東ドイツの文芸誌《意味と形式》5・6 合併号［TCA, 65］。同時掲載は、エフトシェンコの詩の翻訳 1 編と「かれらの中には土があった」［Ⅰ, 211 NR］、「…泉がざわめく」［Ⅰ, 237 NR］の 2 編［KG, 673］。

　詩の前半を構成する第 1 連、第 2 連は、過去形で語られ、四人の人物の寓話の形を取っている。そのうちのひとりが、「ラビ・レーヴ」という固有名を持っている。詩の後半は、「私」から「ラビ・レーヴ」への懇願の形を取り、すべて命令形で書かれている。詩集『誰でもない者の薔薇』の中でも、「ラビ・レーヴ」という固有名と共にユダヤの民間伝承を想起させるこの詩は、ユダヤ性をモチーフにした詩として、あるいはその寓話性において、特に目を引く詩のひとつである。

[注釈]

1−4　扉の前に立ったひとりの男に、とある／夕暮れ―／その男に／私は私の言葉を開いた―

　初稿にあるタイトルから、詩的主体である「私」と「ひとりの男」は、友人か同じ共同体に属す者たちであると推測される。この匿名の存在について、デリダは、カフカの寓話「掟の門の前」に登場する「田舎からやってきたひとりの男」を連想した［Derrida 1986, 123］。「掟の門」の前で入門の許可を待ち続けたあげく息絶える男の話を、カフカに深い共感を持っていたツェランが下敷きにしたことはむろん考えられる。だが、ツェランのテキストでは、カフカの物語とは逆に、「ひとりの男」は迎え入れられ、「私の言葉」を「扉」のように開いてもらう。カフカの寓話と比較するなら、ここでは少なくとも扉＝言葉の開放があったと考えられ、「私」によって、客人である「ひとりの男」に一種のイニシエーションが行われたと考えられる。言葉を開く「私」の行為が、人造人間ゴーレムの創造を連想させると初めて指摘したのは、ノイマンの1968年の文献であった［Neumann 1968, 44 f.］。プラハのラビ・レーヴの伝説を前面に出したノイマンの解釈に対し、オットー・ペゲラーはそれに加え、ロマン派に見られる芸術作品の象徴としてのゴーレムという文脈を解釈に取り入れた。ペゲラーによると、この

詩は詩の生成に関わるメタ詩ということになる [Pöggeler 1986, 342 f.]。いずれにせよ、ここで明確な出来事は、「ひとりの男」と「私」の間に、言葉に関わる接触があったことである。そして、言葉を開かれる者と言葉を開く者の関係が、ゴーレムとプラハのラビ・レーヴの関係を想起させるということである。ノイマンは、プラハのゴーレム伝説に加え、預言者エレミアのゴーレム創造についても触れている [KNR, 174]。

5 奇形の子の方へ彼がのろのろ行くのを私は見た、

ここに 3 人目の人物が登場する。「Kielkropf（奇形の子）」は、民間伝承で悪魔にすりかえられた子を意味する。産褥中に小人か妖精によって取り替えられ、新生児の代わりに残された醜い子、手におえない乱暴な子という説明が、迷信辞典にある [KNR, 175]。この醜い「奇形の子」のもとへ、言葉を開かれた「ひとりの男」はのろのろと近づく。「ひとりの男」と「奇形の子」の出会いが示唆されるが、その二人の様子を見つめ証言するのは、言葉を開いた「私」である。言葉を開いた「私」に、プラハの高僧ラビ・レーヴあるいは預言者エレミアを擬し、言葉を開かれた「ひとりの男」にゴーレムを擬すことは文脈上可能である。一方、ロマン主義的ゴーレムとの関連をこの詩に見るペゲラーは、「ひとりの男」を人間の手で創造されたゴーレム、すなわち芸術作品のシンボルであると指摘する [Pöggeler 1986, 345]。ロマン主義者によるゴーレム像とは、見境なく破壊を続け、やがて創造主の高僧まで殺してしまう手におえない怪物である。このような解釈の流れでは、できそこないの作品としての人造人間が「奇形の子」へ接近することは、何らかのカタストロフィーを予告していることになる。むろん言葉を開く「私」は、創造者たる芸術家であり、同時に自らの作品に破壊される運命を負っている。なお、「Kielkropf（奇形の子）」の形容詞「kielkröpfig」の用例が、『子午線』の草稿 [TCA/M, 127, 128, 130] に見られるほか、同義語「Wechselbalg（取り替え子）」が、1961年4月1日から1962年1月25日に書かれた長詩『ヴァリスの悲歌』[Ⅶ, 71 NL] に見られる [KG, 689]。

6-9 でき／そこないの／兵士の泥まみれの長靴の中に／生まれた兄弟の方へ、

ここで、「ひとりの男」と「奇形の子」が兄弟であることと、「奇形の子」の出生の場所が明かされる。しかし新生児にとって、「兵士の泥まみれの長靴」は誕生の場として尋常な場所とはいえない。醜い外見のみならず、「奇形」の鬼子の素性を物語る叙述で

ある。また、「halbschürig（できそこないの）」は第3の人物「奇形の子」の特質を規定する語であるが、この語はもともと、半年に二度刈り取られる羊の毛の粗悪さを意味し、のちに質の悪い、劣等のという意に使われるようになったという。語源的に見て動物を形容する語であり、「奇形の子」が人間として半端な存在であることをこの語は強調している。さらに、「兵士」との関わりは、戦争、暴力、破壊と「奇形の子」との生まれながらの結びつきを示している [Pöggeler 1986, 343：KNR, 175]。

10-13 血まみれの／神の／性器もつ／奇声あげる小人の方へ。

　「奇形の子」に割礼が施されたことを示す記述である。割礼は、痕跡を消し去ることのできない方法で身体を傷つけるため、ある集団への終身的な帰属を示す有効な手段である。ユダヤ教徒の割礼は、特定集団への帰属という意味で典型的なものであり、生後8日目に行われる。聖書はこれを掟とし、割礼は神との契約のしるしであり、また同じユダヤ共同体への所属のしるしと見なされる。もともとは、アブラハムが息子イサクを割礼した故事にならった宗教儀礼とされている。ユダヤ教徒の重要な宗教儀礼を受けた「奇形の子」は、ユダヤの出自のものと考えるのが自然であろう。詩の中で「神の性器」と記述される由縁も、以上の宗教的背景にある [KNR, 175]。ペゲラーは、割礼を受けた「奇形の子」をユダヤ人とユダヤ人の運命のシンボルと考えている。ナチス政権下ではユダヤ人連行の際、割礼の有無が決定的であったという [Pöggeler 1986, 344]。

　また、「奇声をあげる」と訳した「schilpen」はもともと、鳥のさえずりの音を表す擬声語で、チュッチュッとさえずるの意である。民間信仰では、「Kielkropf（奇形の子）」は言葉を話せず、意味をなさない音声を発するのみとされる。言葉を開かれた「ひとりの男」＝ゴーレムが近づいた「奇形の子」は、かくも無残な有様である。このような救いがたい惨状の中に置かれている「奇形の子」＝ユダヤ人を、「ひとりの男」＝ゴーレムは救うことができるのか。血縁で結ばれたこの二人の「兄弟」の接近は、何を生み出しえたのだろうか。

14-15 ラビよ、私は歯ぎしりした、ラビ／レーヴよ—

　詩全体の中央に位置する14行目で、プラハに実在し、ゴーレムを造ったとされる伝説のラビ・レーヴの名が呼ばれる。ノイマンは、この伝説の背景として、タルムードの伝

承に伝わる預言者エレミアによる人間創造の話があるという。エレミアと息子ベンビラは、人造人間の額に emeth（真実）という言葉を書きつけた。すると人造人間＝ゴーレムは動き出すが、その額から最初の文字 e を消し、meth のみが残ると人造人間は崩壊して、もとの土くれとなった。というのも meth は、死を意味するからである [KNR, 174]。これを踏まえて伝説化されたのが、プラハのゴーレム伝説である。この伝説は、プラハでは18世紀中頃に実在の高名な人物ユダ・レーヴ・ベン・ベザレル（1520-1609年）に結びつけられ伝説化した。ショーレムの「ゴーレムの表象」によると、プラハの高僧ラビ・レーヴのゴーレム伝説は以下のとおりである。レーヴ師は一体のゴーレムを造り、一週間みっちり主人のために働かせた。しかし被造物は例外なく安息日には休むので、ラビ・レーヴは安息日に入る前に生命を授ける神名を取り去ってゴーレムを再び粘土に変えた。あるとき、ラビはゴーレムの額から最初の文字を取り除くことを忘れた。一方、ユダヤ教徒は礼拝のためにすでにシナゴーグに集まり、安息日のため「詩篇」92番を朗誦しているところだった。まさにそのとき、ゴーレムが巨大な力を振り回して暴れだし、家を揺さぶり暴れまわった。ラビ・レーヴが呼び寄せられ、師は荒れ狂うゴーレムに突進し最初の文字をもぎ取った。するとゴーレムは土となって崩壊した。ラビは安息日のために「詩篇」92番をもう一度唱えるよう命じた。以後「詩篇」92番を二度朗誦することは、プラハのアルトノイ・シナゴーグの慣習となった [Scholem 1973, 257 f.]。ノイマンの指摘以降、いわば定説となっているプラハのゴーレム伝説との関連を、ギュンツェルはマールバッハでのツェラーン蔵書調査に基づいて疑問を投げかけている。それによると、ツェラーンがショーレムの「ゴーレムの表象」を読んだのは1967年のことで、この詩が書かれた1961年当時には読んだ形跡がなく、ツェラーンはゴーレム伝説をロマン派の作品から採り入れたのではないか、とギュンツェルは推測している [Günzel 1995, 192]。ゴーレム伝説は、19世紀はじめドイツで、グリム兄弟、ブレンターノ等ロマン派文学者によって採集され翻案されたが、ロマン派によるゴーレム伝説とプラハの伝説との相違は、ラビがゴーレムと共に死ぬ点である。人造人間創造というタブーとユダヤ人蔑視に関わる重要な相違である。

　こうした伝説をまとう「ラビ・レーヴ」に、いわばその模倣者である「私」は助けを求めるのだが、その背景には、第１連で物語られた二人の「兄弟」への「歯ぎしり」をするほどの憤りがあるはずである。厳密にいえば、ことの発端となった「私」の行為、言葉を開いたことに対する憤りが、ここで表明されている。事態は「私」が望まない方

向に進み、そのきっかけを作った「私」は自らの無力を認め、神の擬似的創造力を持つという伝説の「ラビ・レーヴ」に助力を請わねばならない。以下に続く詩の後半部はすべて、詩的主体から「ラビ・レーヴ」への強い要請の言葉である。

16-17 この者の／言葉を切り取れ、

　ラビ・レーヴに向けられるこの懇願は、上記のゴーレム伝説をここでも想起させる。「この者」とは、言葉によって動き言葉によって死滅させられるゴーレムと断じてよいのではないか。ここでの「言葉」は、4行目の「私の言葉」と同一のものと考えられる。ゴーレムに言葉を与えて動かした「私」は、ゴーレムと「奇形の子」の何ものも生み出さない接触に苛立つ。「奇形の子」をユダヤ人とその歴史的運命の象徴と考えると、その惨状にのろのろ近寄るだけの自分の詩にツェラーンはある断罪をしているのではないか。ノイマンは、この「言葉の切り取り」を割礼と結びつけて考え、第1連で語られた肉体に加えられる割礼ではなく、精神の割礼が要求されていると述べている。すなわち、ユダヤ共同体へのイニシエーションの希求が語られていると指摘している [KNR, 174]。

18-20 この者の／こころに生きた／無を書き込め、

　伝説では、言葉を切り取られたゴーレムは死滅するが、ここでは新たな創造が求められている。「ラビ・レーヴ」の手により神の真実の言葉を与えられたゴーレムの「Gemüt（こころ）」（初稿では「Seele（魂）」[TCA, 64]）に、神秘思想特有のパラドクス「生きた無」が書き込まれなければならないとの要請がなされている。神に関わるこのようなパラドクスは、詩集『誰でもない者の薔薇』に少なからず登場する。たとえば、「頌歌」[Ⅰ, 225 NR]、「大光輪」[Ⅰ, 244 NR] に見られる「無」は、同一あるいは類似の文脈の中にあると思われる [KNR, 176]。

21-25 この者の／2本の／不具の指を　救いを／もたらす文句へ広げよ。／この者の。

　ラビに向けられた以上3つの要求のうち、この3つ目の命令形はメシア信仰の高まりを明確にしている [KNR, 176]。指は文字を書き記す肉体器官であり、当然言葉と深い関係にある。したがってこの要求は、私の損なわれた言葉をメシアを求める祈りの文

句へ導け、と読むこともできる。(草稿段階では、「文句」の代わりに「呪い」の語が書かれている [TCA, 64]。) ノイマンは、「救いをもたらす祈り」の前提には、「不具」があり、「不具」であるからこそ救いへの希求があるとしている [KNR, 176]。「ヨブ記」との関連も当然考えられる [Pöggeler 2000, 91]。「…泉がざわめく」[I, 237 NR] に、「おまえたち　私とともに／不具になる言葉たち、おまえたち／私の真直ぐな言葉たち」という類似した用例がある [KNR, 176]。

27　夕暮れの扉をたたき閉めよ、ラビ。

　詩の冒頭にある「夕暮れ」に回帰する「夕暮れの扉」とは、何を指すのか。第1連の「とある夕暮れ」の「扉」と同一のものと考えれば、「ひとりの男」に言葉を開いた「私」の行為がここで明確に断罪されたことになる。さらに、惨状を呈するこの世＝現在を暗示する「夕暮れ」に対しても、「私」は擬神的力を持つ「ラビ」に向かって断罪を要請していると読める。「Abend」に、Abendland（西洋）を重ねて、「夕暮れの扉」を「西への扉」であるとする指摘もある [Firges 1999, 93：金子　2003, 42]。フィルゲスは、東欧ユダヤ人であるツェランの出自を重ねあわせ、ツェランのこれまでの同化的態度の修正への決意を読み取っている。この箇所は、初稿では、「この男は―／彼はふたたび／来るだろうか。」となっていた。

29　朝の扉をときはなて、ラ――

　高まりを見せて、不意に途切れるラビへの最後の要請。この最終行に関してノイマンは，詩篇92章3節との関連を指摘している。詩篇92番は、上記のとおりプラハのゴーレム伝説でも重要な役割を果たしている。ノイマンはさらにキリスト教の賛美歌の一節「大国をときはなて」との関連も示唆している [KNR, 176 f.]。しかしここで見逃しえないのは、ラビへの懇願が途切れていることである。ユダヤ神秘思想へのイニシェーションを語り、メシア願望を表白しながら、そこからも距離を取らざるをえないツェランの詩の位置がこの中断によって告白されていると考えられる。一方、「朝の扉」を「東方への扉」とし、その解き放ちは「東の方へと向けて対話と連帯を求めて歩を進めようとする姿勢」[金子　2003, 45] とする指摘もある。なお、この最終行は初出の際には削除されている [KG, 689]。

　　　　　　　　　　　　　　　　　　　　　　　　　　　　（冨岡悦子）

26/53

MANDORLA　　　　　　　　大光輪

In der Mandel-was steht in der　　　　1　アーモンドの中―アーモンドの中に
　　　　　　　　　　　Mandel?　　　　　　は何がある？
Das Nichts.　　　　　　　　　　　　　2　無がある。
Es steht das Nichts in der Mandel.　　　3　無がアーモンドの中にある。
Da steht es und steht.　　　　　　　　4　そこにはそれがある　そしてある。

Im Nichts-wer steht da? Der König.　　5　無の中―そこには誰がいる？　王が
Da steht der König, der König.　　　　　　いる。
Da steht er und steht.　　　　　　　　6　そこには王がいる、王がいる。
　　　　　　　　　　　　　　　　　　7　そこには彼がいる　そしている。

　　Judenlocke, wirst nicht grau.　　　8　ユダヤ人の巻き毛、おまえは白く
　　　　　　　　　　　　　　　　　　　　ならない。

Und dein Aug-wohin steht dein Auge?　9　そしておまえの目―どこへおまえの
Dein Aug steht der Mandel entgegen.　　　目は向けられている？
Dein Aug, dem Nichts stehts entgegen.　10　おまえの目はアーモンドに向かい合
Es steht zum König.　　　　　　　　　　う。
So steht es und steht.　　　　　　　　11　おまえの目、それは無に向かい合
　　　　　　　　　　　　　　　　　　　　う。
　　　　　　　　　　　　　　　　　　12　それは王に向けられている。
　　Menschenlocke, wirst nicht grau.　13　そのようにおまえの目はある　そし
　　Leere Mandel, königsblau.　　　　　　てある。

　　　　　　　　　　　　　　　　　　14　人間の巻き毛、おまえは白くならな
　　　　　　　　　　　　　　　　　　　　い。
　　　　　　　　　　　　　　　　　　15　からっぽのアーモンド、王の青に。

[詩の理解のために]
　1961年５月23日成立。４つの手書き原稿と３つのタイプ原稿があり、初稿の後半部は大部分削除されている。日付はタイプ原稿の２つに記されており、双方とも1961年５月23日とある。同じ日に、先行する詩「扉の前に立ったひとりの男に」[Ⅰ, 242 NR] の一部分を引き続き執筆 [TCA 66：KNR, 178]。1961年７月20日に、クラウス・デームスにツェラーンはこの詩の草稿を送っている [KG, 689]。初出は、《ノイエ・ルントシャウ》誌74巻１号、1963年、57ページ。この詩を形式から見ると、類似した構文が繰り返されているのが目を引く。４つの語「アーモンド」、「無」、「王」、「目」は、それぞれ４回、「立つ」は14回繰り返されており、詩全体に呪文のような数え歌のような効果を出している。ときに、強弱のトロカイオスのリズムがあらわれることもあり、最終連は脚韻を踏んでいる。こうした形式と詩の内容の乖離は早くから指摘されている [Schulz 1977, 112 f.] が、これを旧約聖書、詩篇24章と比較する論者もある [Stadler 1989, 163 f.]。詩集『誰でもない者の薔薇』の中でも論議されることの多い詩であるが、第１部の「頌歌」[Ⅰ, 225 NR] との関連が特に指摘されている [KNR, 178]。

[注釈]
大光輪
　「Mandorla（大光輪）」は、アメンドウ、アーモンドを意味するイタリア語であるが、この語について２つの方向の知識がないと詩は読者に開かれてこない。ひとつは、この語がキリスト像、マリア像の全身をとりまくアーモンド形あるいは卵形の装飾を意味する美術用語であるという予備知識である。「Mandorla（大光輪、大光背）」は頭部のみを囲むNimbus（光輪、光背）とは異なり、聖像の全身を包み込むのが特徴である。このアーモンドの実の形の装飾は、初期キリスト教時代にさかのぼり、特に中世には聖性の表象としてさかんに用いられた。シェーネによれば、ツェラーンはノワンス、ブルゴーニュ地方のベルゼーラーヴィーユの礼拝堂にある壁画の大光輪（大光背）について語ったことがある、とのことである [Schöne 1974, 154 f.]。実在の大光輪の壁画が、詩作の契機になった可能性も考えられる [KNR, 179]。さらにもうひとつ、あらかじめ読者に要請されている予備知識として「Mandorla」が目の表現として使われているという点である。イタリア語でも occhi a mandorla は、主に東洋人およびユダヤ人の特徴とされる「切れ長の目」を意味するが、これはアーモンドの実の細長い形体か

ら連想された比喩表現である。実際この詩より前に書かれたツェラーンの詩に、「アーモンドの目の細い影」［Ⅰ，110 SS］、「死者のアーモンドの目」［Ⅰ，121 SS］という表現が見られる［KNR，179］。さらに、『子午線』の草稿にも、「アーモンドの目」の用例が見られる［TCA/M，128］。

1　アーモンドの中─アーモンドの中には何がある？

　タイトルのイタリア語「Mandorla」は、1行目以降詩の中で使われることはなく、ドイツ語に翻訳された「Mandel（アーモンド）」が一貫して使われる。二重の意味を付与されたタイトルを引き継いで、ここで「アーモンド」は樹木全体や花ではなく、細長い楕円形の果実を指している。したがって、第1行目は二通りの問いかけ、「大光輪の中─大光輪の中には何がある？」という問いと「ユダヤ人の目の中─ユダヤ人の目の中には何がある？」という問いが提示されている。この詩より前に書かれた詩にあらわれる「アーモンド」は、ユダヤ人とユダヤ人の死者の記憶と関わっており、「苦いもの」［Ⅰ，78 MG］とされている［KNR，179］。

　キリスト教美術とユダヤ民族に結びつけられた「アーモンド」は、地中海沿岸に自生する樹木であり、旧約聖書にも数回にわたって登場する。アーモンドについては、旧約聖書にいくつかの記載が見られる。土地の名産物として名が挙がる［創世記 43，11］ほか、アーモンドの杖が一夜のうちに芽吹き実をつけたというアロンの奇跡をめぐる記述［民数記 17，8］、預言の任を与えられたエレミヤを見張るものとして神はアーモンドの枝を名指している記述［エレミヤ 1，11］を見ると、アーモンドがイスラエルの土地と聖性に結びつけられていることが分かる。さらに「マンデル」の音の中に、詩集を献じたユダヤ系のロシア詩人オシップ・マンデリシュタームの名を聞き取ることも作者の要請するところであろう［KNR，179］。

2─7　無がある。／無がアーモンドの中にある。／そこにはそれがある　そしてある。／／無の中─そこには誰がいる？　王がいる。／そこには王がいる、王がいる。／そこには彼がいる　そしている。

　「アーモンド」の中には「無」があり、「無」の中には「王」がいるという「アーモンド」の内部についての定義がなされている。数え歌のようなリフレインは、初稿では弱弱強のアナパイストスのリズムによって、より強調されていた。口ずさめるようなリズ

ムをツェラーンが決定稿で避けたのは、ナンセンス詩に見えてしまうのを避けるためではないかと思われる。だが、同じ動詞 stehen の執拗な繰り返しは、何を伝えようとしているのだろうか。

「アーモンドの中には何がある？」という問いに対する答えとして示された「無」と「王」は、「アーモンド」を「大光輪」と取るか「ユダヤ人の目」と取るかによって異相を呈してくる。「大光輪」の中に「無」があると読めば、そこに聖性と神の栄光を体現する聖像が存在せず、「無」の中にある「王」は否定性を帯びる。つまり「大光輪」の内部をめぐっての対話は、神、とりわけイエス・キリストの冒瀆と揶揄に関わっていると考えられる。イエス・キリストを「王」と呼ぶ場合想起されるのは、ローマの兵士たちによる「ユダヤ人の王、万歳」というイエスへの嘲りであり、「ユダヤ人の王、ナザレのイエス」と書かれた十字架の捨て札である。このようなキリスト教の神への揶揄には、ユダヤ人絶滅を実行した「アーリア人種」のキリスト教徒への告発がこめられているはずである。あるいは、屈辱の中で殺されたひとりのユダヤ人、ナザレのイエスの人間としての苦難を示唆しているとする指摘もある ［Neumann 1968, 37 f.：Meuthen 1983, 260］。

一方、「ユダヤ人の目」の中に「無」があると読めば、カバラ神秘主義の聖典『ゾーハルの書』に示されたエン・ソフ（隠れたる神）との関連が浮上してくる。この詩をカバラ神秘主義のコンテキストで読み込もうとする研究者は、ここでの「無」を隠れたる神エン・ソフの無（ヘブライ語でアイン ajin）に結びつけて考えている。さらにカバラの文脈で読み進むなら、神の「無」の中にある「王」は、被造物に示される神の10の形セフィロートのひとつケテル（ヘブライ語で王冠の意）ということになる ［Schulze 1976, 5 f.：Meuthen 1983, 260：KNR, 179：Firges 1999, 94 f.］。（実際、ツェラーンは1957年にショーレムの『ゾーハル』の解説書『創造の秘密』を購入しているし、1957年から1960年にかけて、ツェラーンはブーバーの著作と平行してショーレムの著書に傾倒したという ［Günzel 1995, 79］。）このような解釈に従えば、ここにはカバラの神についての認識が写し取られていることになる。さらに、マイスター・エックハルト、ヤーコプ・ベーメの否定神学との関連に触れる指摘もある ［Schulze 1976, 5 f.：KNR, 179：森 1996, 141：Firges 1999, 94 f.］。

このように、「アーモンド」を「大光輪」と取るか「ユダヤ人の目」と取るかによって、2つの方向に詩を読むことができるのだが、ツェラーンはそのどちらをも意図して

いたはずである。同じ動詞の繰り返しは、テキストの二重性の強調のために使われた技巧であるように思われる。

8　ユダヤ人の巻き毛、おまえは白くならない。

　詩の中央に位置するこの詩句は、髪が白くなる前に生命を断たれたユダヤ人の死者たちへの呼びかけとなっている。灰色にならないユダヤ人の髪は、「私の母の髪は白くならなかった」[Ⅰ, 19 MG] という初期の詩の一節を想起させるが、ふつう「ユダヤ人の巻き毛」は敬虔なユダヤ男性のこめかみの巻き毛を指す [KNR, 180 ; KG, 690]。初稿ではこの第3連は括弧に入れられ、以下のような4行構成であった。「赤いユダヤ人の巻き毛、おまえは白くにならない／黒い毛の一房、おまえは青い／ふたたび鉄条網が芽吹く／血と酢が―空のぬるさで。」[TCA, 66] 初稿にある「鉄条網」は強制収容所および絶滅収容所を想起させ、「芽吹き」はその復活を思わせる。「酢」は、十字架上のイエス・キリストにローマ兵が与えた酸いぶどう酒 [マタイ 27, 48：マルコ 15, 36] を連想させる。ここにはキリスト教の救世主を、迫害されたひとりのユダヤ人とする見方があるように思われる。初稿でのユダヤ人の受難についての記述は、髪による暗示以外破棄されたことになる。

　初稿との比較において明らかなのは、当初この詩はやはり歌のリズムを持って生まれてきた（この3連目で強弱のトロカイオスに転調し、同一の脚韻が踏まれている）ことであり、決定稿である種の禁欲的な削除がなされたということである。

9　そしておまえの目―どこへおまえの目は向けられている？

　ここで「アーモンド」が、「ユダヤ人の目」の暗示でもあったことが強調され、あるいはそれに気づかなかった読者へ注意が促されている。ただしここで言われている「おまえの目」は、必ずしも第3連の「おまえ」に限定されない。ユダヤ神秘思想との関連でこの詩句を読むとすれば、神秘思想家にとって最も重要な器官「目」が登場したことになる [Schulze 1976, 11]。中でも、神の玉座を見ることによって、神の栄光と叡智を認識せんとするメルカバー神秘主義との関連も指摘されている [Schulze 1993, 216]。また、「目」と「無」は、ヘブライ語では双方ともアインという音の同音異義語である [Glenn 1973, 128 : KNR, 181]。こうした前提のもとで、この詩が書かれている可能性は高い。

10-13　おまえの目はアーモンドに向かい合う。／おまえの目、それは無に向かい合う。／それは王に向けられている。／そのようにおまえの目はある　そしてある。

　ここでも、動詞 stehen（立つ）は繰り返されるが、entgegen という副詞によって，対抗（…に反して、逆らって）の意と方向（…の方角に向かって）の意の二通りの状態が示唆されることになる［Schulz 1977，115：KNR，181］。前述したように、「アーモンド」を聖像の周りの「大光輪」と取るならば、対抗の意が前面に出て、ユダヤ人絶滅を実行し許容したキリスト教徒への告発がユダヤ人の死者の側から繰り返されていると読める。こうした読みを喚起しながら、一方で、entgegen を方向の意と取り、entgegengehen（出迎える），entgegenkommen（出迎える、歩み寄る）が暗示されているとも考えられる。「無」と「王」を内包した「アーモンド」と、「目」との出会いが語られていると読めるのである。ツェラーンは、この詩が書かれた6年後の1967年5月1日に、ショーレムの『神性の神秘的形姿について』の一文「義人は無の中に立つ。」に下線を引き、その余白にこの詩の11行の詩句「おまえの目、それは無に向かい合う。」を書き記している［Schulze 1993，216：Bollack 2000，282：KG，690］。ツェラーンのショーレムの読書記録から見ると、詩人はショーレムの著作の知識に基づいてこの詩を書いたわけではなく、あとになって自らの詩との符合を確認したらしい［Günzel 1995，94］。さらにこの箇所をイサーク・ルリアの中心概念「ツィムツム（神の自己撤退）」に結びつける解釈もある［Firges 1999，95 f.］。

　なお、第4連に当たるこの箇所の初稿は、決定稿と相当異なっている。以下に、第4連に該当する初稿を引用する。(無がアーモンドの中にある。／王が、王が無の中にいる。／おまえは鶴が漂う（飛ぶ）のを見る。／／鶴は漂う（飛ぶ）、鶴は漂う（飛んだ）、／手のように、孤独な手のように、鶴は漂う（飛んだ），／この大地の塵が鶴を運び去る／／（鶴―皇帝のように、軽やかに／神の鶴よ、私はおまえを見たのか？／鶴よ　鶴よ　上方の。）［TCA，66］「鶴 Kranich」は「王 König」と頭韻を踏んでいるため、音から喚起されたものと考えることもできる。上記の箇所も、弱強のイアンボスあるいは弱弱強アナパイストスで書かれていて、初稿は歌のリズムを意識した形を取っている。歌い上げる形を、ツェラーンは決定稿で破棄したことになる。この草稿と関連があるものとして、ツェラーンがドイツ語に翻訳したマンデリシュタームの「不眠、ホメロス」［V，91］、第3部の「日のあるうち」［I，262 NR］を挙げることができる。

14―15　人間の巻き毛、おまえは白くならない。／からっぽのアーモンド、王の青に。

　第3連の「ユダヤ人の巻き毛」が、この最終連では「人間の巻き毛」に変えられている。(草稿の過程で書き足されたこの箇所は、当初「黒い毛の一房、おまえは青い。／ごらん、芽吹いている―　鉄条網が／赤いユダヤ人の巻き毛、おまえは白くならない。」となっていた［TCA, 66］。) 第3連では、尊厳を剥奪されて非業の死を遂げたユダヤ人たちへの哀惜であったものが、ここで受難のユダヤ人を人間に普遍化することによって、人間の尊厳が尊ばれる世界への強い要請となった、とする指摘がある［Janz 1976, 132］。このような解釈において、「王の青(ロイヤルブルー)」は人間の尊厳を示す希望の色ということになる。こうした普遍化は、詩集『誰でもない者の薔薇』第4部へ、たとえば「そしてタルーサの書をたずさえて」のモットーに掲げられたツヴェターエヴァの詩句「すべての詩人はユダヤ人である」に受け継がれてゆく。

　一方、ユダヤ神秘思想の文脈からこの詩を読み通そうとする解釈［Schulze 1976, 16 f.：Meuthen 1983, 260 f.］もむろんあり、それに従えば、最終行は「神の無に満たされたユダヤ人の目、王なる神の青に。」と訳すことができる。「王の青」をカバラの『バヒールの書』にさかのぼって、聖なる色であることを解説する論者もある［Meuthen 1983, 261］。

　さらに、この詩をキリスト像を取り巻く大光輪の絵画あるいは彫像の枠組みで捉えるなら、ユダヤ人であることを希薄化されたキリスト教救世主への揶揄を読み取ることもできる。「空っぽのアーモンド」の「Mandel」に Mantel (マント)の音が重ねられているとすれば、ツェラーンがブルゴーニュあるいは他の場所で見たキリスト像の「王の青(ロイヤルブルー)」のマントが反映しているのかもしれない。脚韻を踏んで完結するこの詩は、呪文のような数え歌のような響きを残すが、呪詛と祈りが拮抗し充満したまま不条理の深みをのぞかせているように思われる。ノイマンは、「アーモンド」を「絶滅収容所のユダヤ人犠牲者の暗号」と名づけ、その上で「王」の尊厳の「青」を帯びた「空っぽのアーモンド」を、「ツェラーンの詩の暗号」と名づけている［Neumann 1968, 31, 41］。

　　　　　　　　　　　　　　　　　　　　　　　　　　　　　(冨岡悦子)

27/53

AN NIEMAND GESCHMIEGT mit   1   誰でもない者に頬ずりして
                     der Wange-
an dich, Leben.   2   おまえに，いのちよ。
An dich, mit dem Handstumpf   3   おまえに，手の切れ端で
gefundnes.   4   見出されたいのちよ。

Ihr Finger.   5   おまえたち指よ。
Fern, unterwegs,   6   遠くに，途上にあって，
an den Kreuzungen, manchmal,   7   いくつもの十字路で，ときには，
die Rast   8   四肢を投げ出しての
bei freigelassenen Gliedern,   9   休息
auf   10   「かつて」という塵枕の
dem Staubkissen Einst.   11   うえで。

Verholzter Herzvorrat: der   12   木質化した心情の蓄え。その
schwelende   13   くすぶる
Liebes- und Lichtknecht.   14   愛と光の下僕。

Ein Flämmchen halber   15   なかば嘘の
Lüge noch in   16   小さな炎がまだ
dieser, in jener   17   こちら，あちらの
übernächtigen Pore,   18   徹夜した気孔に，
die ihr berührt.   19   おまえたちがさわるその気孔に。

Schlüsselgeräusche oben,   20   上の方では鍵のなる音，
im Atem-   21   おまえたちの上にひろがる息の
Baum über euch: 22   樹木のなかに。
das letzte   23   おまえたちを見つめた
Wort, das euch ansah,   24   最後の

soll jetzt bei sich sein und bleiben.　　25　言葉はいま自分のもとにかえり，と
　　　　　　　　　　　　　　　　　　　　　どまるがよい。

・・・・・・・・・・・・・・・・・　　26　・・・・・・・・・・・・・・・

An dich geschmiegt, mit　　　　　　　27　おまえに頬ずりして
dem Handstumpf gefundenes　　　　　28　手の切れ端で見出された
Leben.　　　　　　　　　　　　　　　29　いのちよ。

[詩の理解のために]
　この詩は続く「二つの家に分かたれた、永遠のもの」と同じ1961年5月25日に成立している。二つの詩は愛のモチーフを共有しているが、「わたしたち」が現れる次の詩に対してこの詩では「おまえたち指」「おまえたち」という呼び方がなされている。詩では「いのち」から断ち切られ、引き離されている「おまえたち」の現実が描かれていると考えられるが、第20行以下では、そうしたいわば「下の方」の現実とは異なる世界の存在を示唆するかのように、「上の方」の世界が導入されている。

[注釈]
1－2　誰でもない者に頬ずりして／おまえに、いのちよ。
　「誰でもない者に頬ずりして（An niemand geschmiegt mit der Wange）」の原語はふつう「誰にも頬ずりしないで」という否定の意味で理解される。sich schmiegen（身をすりよせる）は保護、助けを求めるみぶりであり、幼い子供が母親にすりよるようなイメージを喚起する。「頬」はグリムによれば「そこで健康と美しさ、そして心情の揺れ動きを示す赤らみが現れるところ」[Grimm 27, 1755]とされる。「頬ずり」をする相手がこの短い詩行のなかで「誰でもない」から「おまえ」へ、そして「いのち」へと直接的、無媒介的に逆転していく詩的表現がとくに注目される。

3－4　おまえに，手の切れ端で／見出されたいのちよ。
　「頬ずり」には対象への温かな感情、人なつこさがあるが「手の切れ端（Handstumpf）」にはそれを否定する冷酷さがある。「いのち」として呼びかけられた「おま

え」は温かな生命感情を断ち切られた「手の切れ端」によって「見出され」る。こうした生命とそれを失ったものと、否定するものとの不可解で逆説的な結びつきはツェラーンの詩の特徴的なスタイルを成すものといえる。「手の切れ端」は詩を書く詩人の「手」である。この詩ではそれは生命から切断された「手」であり、「わたしの手」でさえない。切断された「手」は「いのち」を探し求めている。ツェラーンにとって詩作とはそうした探求の「途上にあるもの」であったといえる。そのような自己の詩作のあり方と重ね合わされた「いのち」の探求のモチーフが以下の詩行の基本モチーフとなっている。

5-6　おまえたち指よ。／遠くに，途上にあって，
　この詩では探し求める器官は「指」であるとされる。切り離された「指」は「いのち」を探し求めて「遠くに」にあるが、それはまた帰郷への「途上にある」旅でもある。以下第2連では遙かな旅のイメージが展開されていく。「十字路（Kreuzungen）」という言葉には「磔刑（Kreuzigung）」という意味もあり、あるいはまた「十字架の道（Kreuzweg）」が暗示されているとする解釈もある［KNR, 184］。「四肢を投げ出して」と訳出した freigelassene Glieder は字義どおりには「解き放たれた四肢」という意味であるが、ここでは次の「休息」との結びつきから「くつろいだ四肢（gelöste Glieder）」の意味にもかけられていると考えられる。切り離された四肢は「〈かつて〉という塵枕／の上で」くつろぎ、眠りに落ちるのであるが、シュルツが述べているようにその寓意的表現は「過ぎ去ったものへの没入」というあり方を示唆している［Schulz 1977, 199］。

12-14　木質化した心情の蓄え。その／くすぶる／愛と光の下僕。
　「木質化した（verholzt）」は「硬化して無感覚になった、麻痺した」を意味するドイツ語であるが、ここでは「硬化して木質化した」という字義どおりの意味をあわせもっている。「心情の蓄え（Herzvorrat）」という詩人の造語は Holzvorrat（木材の蓄え）などを想起させる語で必要なときに取り出して使えるようにあらかじめ蓄えておかれた心情を意味していると考えられる。そうした心情は決して明るくは燃えない、「くすぶる」のである。「愛と光の下僕」という言葉では「愛と光」を探し求める人間の心情が抑圧され歪められた道具のような存在として表現されているといえる。以下の詩行では

314 第II部　詩集『誰でもない者の薔薇』注釈

そうした不毛な愛の情景が描き出されていくが、音韻的にも Licht, Liebe は次の詩節の Lüge（嘘）に受け継がれていく。

18－19　徹夜した気孔に，／おまえたちがさわるその気孔に。

Pore（気孔）はギリシャ語の Poros に由来するドイツ語で開口部、空気が通過できる微細な「気孔」を意味する。古代ギリシャの哲学者エンペドクレスの「気孔理論」との関連性が指摘されている［KNR, 185］。それによればすべての事物の変化は「気孔」を通して外部の影響力が侵入することで実現するとされる。身体表面の「気孔」をまさぐる「指」のイメージには相手の内部に入り込み、「いのち」に触れようとする不毛な性的行為が読み取れる。

20－22　上の方では鍵のなる音，／おまえたちの上にひろがる息の／樹木のなかに。

「上の方」に聞こえる「鍵のなる音（Schlüsselgeräusche）」によって詩の展開に全く新しい次元が導入される。「息の樹木（Atem-Baum）」のなかに聞き取られるこの Geräusche（ざわめき、雑音）はシュルツが述べるように未だその意味を聞き取ることのできない「言語の現前」として解釈できるものである［Schulz 1977, 199］。「息の樹木」とは肺の気管支を言い表すメタファーであるとする解釈もあり［KNR, 185］、そこで新しい息、音、詩が生まれるところであるといえる。

23－25　おまえたちを見つめた／最後の／言葉はいま自分のもとにかえり，とどまるがよい。

「上の方」には「最後の言葉」があり、「おまえたちを見つめて」いた。この詩の初稿には「最後の言葉の錠がおりた」という詩句が書き込まれていた［TCA, 68］。「鍵のなる音」はおそらく鍵の閉められる音なのである。シュルツはここに言語の「完全なる引き上げ」［Schulz 1977, 199］を読み取っている。「自分のもとにかえり、とどまる (bei sich sein und bleiben)」とは第2連の「遠くに、途上にあって」とは反対のあり方を言い表す言葉であり、「最後の言葉」はもはや探求する「おまえたち」のもとへ降りてくることはない。続く空白行はそうした媒介する言語の空白と沈黙を表現すると考えられる。この詩はしかしそこで終わっていない。最終行では「おまえに頬ずりして、／手の切れ端で」、「いのち」は見出される。そこには言語に媒介されない「いのち」と

の直接的接触だけが残されているのかもしれない。

(水上藤悦)

28/53

ZWEIHÄUSIG, EWIGER, bist du, un-	1	二つの家に分かたれた、永遠のも
bewohnbar. Darum		の、それがお前である、出来な
baun wir und bauen. Darum		い—
steht sie, diese	2	住むことが。だから
erbärmliche Bettstatt, - im Regen,	3	我々は建てまた建てるのだ。だから
da steht sie.	4	それは立っている、この
	5	粗末な寝台の架台は、―雨のなかに、
	6	それはそこに立っている。
Komm, Geliebte.	7	おいで、愛するものよ。
Daß wir hier liegen, das	8	我々がここに横になれるように、これが
ist die Zwischenwand-: Er		
hat dann genug an sich selber,	9	間仕切り壁だ―：彼は
zweimal.	10	だから十分に満ち足りているのだ、二度にわたって。
Laß ihn, er	11	彼が
habe sich ganz, als das Halbe	12	すべてを得ることが出来るように、半分と
und abermals Halbe. Wir,		
wir sind das Regenbett, er	13	そしてもう一度半分として。我々は、
komme und lege uns trocken.	14	我々は雨の寝台である、彼が
	15	やって来てそして我々を乾かしてく

・・・・・・・・・・・・・・・・　16　・・・・・・・・・・・・・・・・

Er kommt nicht, er legt uns nicht　17　彼はやって来ない、彼は我々を乾か
　　　　　　　　　　　trocken.　　　　してはくれない。

[詩の理解のために]

　1961年5月25(26)日という成立時期がタイプ打ち原稿からわかる［TCA, 70］。人けのない寝室のなかに降り込む雨を見つめる詩人は、「彼」という神のいない空虚な王座をその寝台に重ねている。それは雅歌の欠けた世界である。

[注釈]

1－2　二つの家に分かたれた、永遠のもの、それがお前である、出来ない―／住むことが。だから

　Zweihäusig はグリム辞典［Grimm 32, 1056］によれば「雄花と雌花に分かれたポプラ、ヤナギ、アサのような植物」を示す専門用語であるが、もちろん「二つの家の持ち主」という使用方法もある［KNR, 187］。神の両性具有を示すユダヤ神秘主義の伝統からもこの表現を理解することが出来る［Weissenberger 1976, 246：Meuthen 1983, 259：Schulze 1993, 226］。例えば神の亡命を暗示するシェキナーに神の女性的、受動的本質を見ることも出来る［Scholem 1977, 135 ff.］。王女、女王、花嫁などの比喩で語られるシェキナー［Scholem 1980, 249］はこの詩の持つ雅歌の風景と反応しているのではないだろうか。さらには出エジプトにおいて砂漠のユダヤ人を導いた「二つの家」、つまり火の柱、雲の柱であるのだろうか。そうすれば亡命の民と共に歩むというシェキナーとの関連性が出てくる［出エジプト 13, 21］。或いは両性具有が天使の性質［マタイ 22, 30］を暗示することも考えられ、人間がその内面に生まれ持っている真理への欲求において発展する過程を想定したリルケにおける天使像が想起される。「永遠のもの」とはその文脈のなかでは「二つの家に」分裂した、亡命の神であるとも捉えられる。永遠という言葉によって亡命の苦悩は神のように絶対化され、「それがお前である」という決定的な表現は分裂の苦しみを敢えて具体化しようとする行為で

ある。見えないものを見えるものとして理解しようとするこうした試みは極めてユダヤ的な恣意である。この分裂を詩人は Zweihäusig と Ewiger とのあいだに置かれた二つのコンマによって示している。「おまえは彼方にいる」［Ⅰ，218 NR］でもこの「二つ」という主題が神と結ばれる［KG，690］。「出来ない—／住むことが。」は「二つの家」に分裂した雲と火との柱のあいだでは永遠には生きることが出来ない人間の姿を暗示すると同時に、16行目に置かれた点線で連想される砂漠の乾いた風景に、荒れ野の中を彷徨う人間が浮かび上がる。わざわざ否定の前綴りを2行にハイフンで分けて置いたのも「二つの家に分かたれた」永遠の存在を「誰のものでもない」神として否定形で理解しようとする詩人の姿ではないか。それはまた永遠者と人間との越えられない距離感をも語る［Kim 1969, 10］。「だから」はそうした「永遠のもの」の現実を見据えていこうとする詩人の意志である。1行目の un- と Darum とは音韻的に似通ったものがあり、否定だけでなく um という「何かが過ぎ去った」ことへの回想という状態も招く言葉である。

3-4 我々は建てまた建てるのだ。だから／それは立っている、この

　この詩集の冒頭でもすでにこうした繰り返しの傾向が見られる（Sie gruben und gruben）［Ⅰ，211 NR］［KNR, 188］。これは1行目の「二つの家に分かたれた」、10行目の「二度にわたって」とも繋がる言語風景であり、分裂した人間の否定的な神への思いと交差する。初めの baun は故意に母音の e を抜かしているが、それはおそらく1行目の否定形 un- との音韻的な連鎖を狙ったものであろう。bauen を繰り返すことで一回は建設されたものが壊された、ということが想像される。「だから」という副詞が2行目と同じく出現し、永遠者と人間との距離感が再び確認される。「それは立っている」は次行の「粗末な寝台の架台」なのだが、「それは」という人称代名詞を先行させることで「寝台」という雅歌的比喩はいっそう不確かな回想のなかへと沈むのである。「立っている」という動詞はこの詩集のなかでは頻繁に用いられる（「詐欺師と泥棒の歌」［Ⅰ，230 NR］参照）。

5-6 粗末な寝台の架台は、—雨のなかに、／それはそこに立っている。

　「粗末な」という形容詞は次の「雨のなかに」立っている孤独な寂しい風景を強めている。そこには雅歌のような華麗な象牙の褥はない。ハイフンが挿入されていることで

も「雨のなかに」という箇所はコンマの手伝いもあって愛のない不毛さを歌う。ここではエローティッシュというよりは [KNR, 189]、むしろ「寝台」という人間の生活における最も秘められたものが、その覆いを剝ぎ取られて「架台」だけで野に曝されている現実に目を向けたい。寝台の覆いだけでなく、さらに雨が降り込むように屋根までもが取り去られているのは、この詩に散りばめられた繰り返しの動詞（bauen, stehen, kommen, legen）や二重の意味を示す形容詞・名詞（zweihäusig, Zwischenwand, zweimal, als das Halbe/und abermals Halbe）によっても裏付けられた、分裂した神と人との関係を暗示している。4行目と6行目に置かれた「立っている」はそうした分裂のなかでも生きなければならない存在の悲劇を語る。音韻的には Bettstatt は Bet-statt（祈りの場所）または beten（祈る）とも繋がるだろう。そうすればユダヤ人の砂漠の祈りの場所であり、また彼らの精神的支柱でもあったモーセの幕屋［出エジプト 33, 7］が覆いを取り払われて形骸化した様子をも連想させるのではないだろうか。

7　おいで、愛するものよ。

　この呼びかけが雅歌的風景をもたらすことは否めない。例えば「十二年」［Ⅰ, 220 NR］でもこの「おいで」という呼びかけは愛との関わりで用いられている（Geh. Komm./Die Liebe löscht ihren Namen: ...）［KNR, 190］。女性形で Geliebte としているのは女性的・受動的な神性であるシェキナーの形態であるのだろうか。1行目では「永遠のもの」として男性であった形容詞的名詞に対してここでは女性形になっているのは、「二つの家に分かたれた」両性具有の永遠者「お前」を示すには相応しいからではないか。ただし「愛するものよ」の後がプンクトで終わっていることから感情が途切れた冷たい感じを与える。

8-9　我々がここに横になれるように、これが／間仕切り壁だ—：

　「間仕切り壁」という言葉が二人の関わり方の分断された様子を伝えている。「横になる」はもちろん性的な側面が挙げられるが、もう一つには旧約的な祖先の元に戻る、つまり死ぬことをも暗示する［創世記 47, 30；第二サムエル 7, 12］。これは神と人との関わりが、雅歌における「死と愛」との関わり方であるからである［雅歌 8, 6］。bauen, stehen と前節で用いられた動詞がこの節では liegen となることで、存在する者が「建てられ」「立ち上がり」そして「横になる」という神による人間創造の過程を

表しているようにも見える。雅歌にあるような愛の世界と死の王国とのあいだには「間仕切り壁」が立っている。しかしこの壁は二つの王国の無関係を意味するのではなく、むしろ表裏一体を示している。この詩のなかにある zweimal, das Halbe, abermals Halbe という間仕切りを連想させる語群には、神と人との乖離による壁というよりは [KNR, 190]、神という理解しがたい闇のなかに愛と死とのもたらす謎を解きあかさなければならない人間の神に対する告発の困難または苦悩であると言える。その苦しみが呻きのようになってハイフンを挿入させている。モーセの幕屋においても至聖所と聖所とを区切る幕があり、神と人とのあいだには壁があった。しかしそれは人間或いは動物の死という犠牲をもってのみ越えることができる幕だったわけである [レビ記 16, 2–13]。

9–10　彼は／だから十分に満ち足りているのだ、二度にわたって。

　「彼は」という人称代名詞が示すのはおそらく 1 行目「永遠のもの」である。この箇所に認められる神の自己充足 [KNR, 190] は、本来はシェキナーまたはグノーシス的なツィムツムの神の像を考えるうえでの出発点である。ツィムツムにおいては、すべてを満たしている神の創造行為のなかで、創造の場を造るために自己のなかに帰る光と、啓示のために自己から溢れ出る光の二面性とを持ち、まさに「二つの家」でもある [Scholem 1980, 287]。詩人としての姿を、生と死との境界にいる人間としての地獄巡りに譬えるならば、ダンテの誕生星座である双子座と重ねることで、この「二度にわたって」をこの詩のなかにある「半分」という風景との関連で理解することができるだろう。

11–13　彼が／すべてを得ることが出来るように、半分と／そしてもう一度半分として。

　冒頭の使役動詞は自己充足した神の像に対する詩人の告発であり、神に対する詩人の一貫した姿勢であるかもしれない。それはこの詩集の「頌歌」[I, 225 NR] に顕著である。「半分」という言葉は詩集『ケシと記憶』[I, 17 MG：III, 38 SU] においてもすでに認められる。「半分と／そしてもう一度半分として。」のように敢えて分節して書かれたこの単語は、永遠者の人間との関わりにおける「間仕切り壁」として立ちはだかり、男女のどちらでもない存在がもたらす愛の不毛さを語っている。

13-14　我々は、／我々は雨の寝台である、

　初校では「雨の寝台」ではなく「ヨルダン川」（der Jordan）となっていた［TCA, 70］。ヨルダン川はモーセが渡ることを許されなかった場所であり［申命記 32, 52］、またüber den Jordan gehen ［LbR, 106］という言い回しが、より良い存在への移動という意味を持っていることからも、約束の地を憧れるユダヤ人の風景が提出される［KNR, 191］。しかしこの川がイエスの洗礼の地であり［マタイ 3, 13］、その場所を詩人が「雨の寝台」としたことからは、詩におけるユダヤ性を薄めようとする意図的なものをも感じるのである［KNR, 191］。それはおそらくはユダヤ人という特殊な人種を選民として理解するのではなく、むしろ全人類を苦悩するユダヤ人として見ようとする意志なのである。「雨の寝台」に目を向けると、例えば「雪の寝台」［I, 168 SG］においても人間は「我々」として「横になり」「落ちていく」、つまり死の王国に奪われて地獄のなかを巡ることになる。それは5－6行目にかけて描かれた雨のなかに佇む寂しい寝台の架台に重ねられた「立ち尽くす」人間の姿である。

14-16　彼が／やって来てそして我々を乾かしてくれればいいのに。／……。

　雅歌の語法を思わせるこの箇所で、永遠者と愛するものとは同じ次元で捉えられている。それは願望法が神と人との「間仕切り壁」を取り払って、共存を望むからである。しかしながら13-14行目で繰り返された「我々」は文節によっても分断されたままであり、17行目の悲痛な声がすでにこの14-15行目では聞こえているために、共存は叶えられないままである。「雨」という孤独に濡れた「我々」を「乾かす」には、モーセが紅海を分けて捕虜の民を解放したように、火の柱、雲の柱がなければならない。しかしこの雨の「寝台」には神と人という共同体としての「我々」が営むべき愛の風景は見られず、16行目の砂漠のような点線によって暗闇のなかの人間は神との出会いもなく、願望法を虚空に向かって投げつけるだけである。これはあの「テネブレ」［I, 163 SG］における殆ど命令形とも言える願望（Bete, Herr, ／bete zu uns, ／wir sind nah.）によって描かれた祈りの場所（Bet-statt）のように、永遠に続く死の眠りを眠る「寝台」である。

17　彼はやって来ない、彼は我々を乾かしてはくれない。

　点線部分は沈黙と孤独に囲まれた砂漠であるが、この詩集ではよく見受けられる手法

である [KNR, 192]。死の眠りを意味する砂漠は音韻的な言語操作をまったく否定する点線によって表現される。これは神の顕現をさえ否定する場所であり、言葉の持つ啓示の可能性を閉じているのである。神の闇の確認とも言うべき最終行は、nicht という厳しい響きによって Nacht ともとれる音韻的な類似性を招いている。それはテネブレの闇のなかで神の空虚な王座を眺める人間の激しい告発の言葉と、死の夜を暗示する否定詞の繰り返しによって、この詩の冒頭で書かれた「二つの家」が死の眠りに覆われていることを詩人が認識した証しであろう。

（富田　裕）

29/53
SIBIRISCH　　　　　　　　　シベリアの地の

Bogengebete-du　　　　　　1　弓にかける祈り―おまえは
sprachst sie nicht mit, es waren,　2　それを共にしなかった、その祈りは
du denkst es, die deinen.　　3　自分のものであった、と今おまえは
　　　　　　　　　　　　　　　　　考えている。

Der Rabenschwan hing　　　4　鴉白鳥が
vorm frühen Gestirn :　　　　5　未明の空に浮かんでいた――
mit zerfressenem Lidspalt　　6　瞼の間隙を喰いちぎられた
stand ein Gesicht- auch unter diesem　7　一つの顔があった――この
Schatten.　　　　　　　　　　8　影のトにも。

Kleine, im Eiswind　　　　　9　凍てついた風の中に
liegengebliebene　　　　　　10　置き捨てられていた　小さな
Schelle　　　　　　　　　　11　鈴
mit deinem　　　　　　　　12　口の中におまえの白い小石を
weißen Kiesel im Mund :　　13　含みながら――

Auch mir	14	ぼくの喉にも
steht der tausendjahrfarbene	15	千年を経た色合いの
Stein in der Kehle, der Herzstein,	16	石がある、心の石が、
auch ich	17	ぼくの唇にも
setze Grünspan an	18	緑青が
an der Lippe.	19	吹き出ている。
Über die Schuttflur hier,	20	この瓦礫の地を越え
durch das Seggenmeer heute	21	菅の海を縫って
führt sie, unsre	22	今日も道が走っている、
Bronze-Straβe.	23	ぼくたちの青銅の道が。
Da lieg ich und rede zu dir	24	そこにぼくは身を横たえ、そしておまえに語りかける
mit abgehäutetem		
Finger.	25	皮膚を剝がされた
	26	指で。

[**詩の理解のために**]

　草稿から、そもそも二つの異なった独立した詩の草稿が一つにまとめられたものであることがわかる。成立日は1961年5月31日。

(1)　61年5月22日に書かれた「セルニュスキ博物館」と題された詩。パリにある中国芸術・文化史博物館である。草稿には、「(小さな、シベリア地方の、動物につける小さな鈴)」とまず書かれている。博物館を訪れたときに実際に鈴を見て、それがきっかけとなって書かれたものと推測される。決定稿の第3、4連である。

(2)　5月29日に書かれた「シベリアの地の」、またそれが「ヤクート人の」と題を変更され30日に書き継がれた詩。決定稿の第1、2、5連である。「シベリアの地の」では、例えば「ここ、おまえの言葉が一番解りやすいところ、ここはツンドラだ。ここには瓦礫が繁茂し、ここでは菅がおまえに耳傾ける」というような詩句がある。シベリア地方のツンドラ地帯がイメージされていたことがわかる。また「ヤクート人の」には、「瓦礫の大地の上の菅の海——／海にはかすかに漣が立っている——おまえの言葉、／それは空しいものではなかった。」との言葉も見える。

ツェラーンはシベリアに関する3冊の蔵書を持ち、その中の1冊『シベリア地方の人々の狩の儀式』(Eveline Lot-Falck: Les Rites de chasse chez les peuples sibériens ; Paris 1953) 98頁の「シャーマンの手の中で弓は敵対する霊に対抗する武器となった。その役割はしたがって太鼓の役割と殆ど同じである。太鼓の原始社会における用途は敵の霊を敗走させることであり、アルタイ人のもとではいずれにせよ弓が太鼓に先立って使われたのだ」と書かれた部分を指して、「2時間前に書いた詩 Bogengebete の証明」と書

弓を持つ人の祈り

き込んでいた [Parry 2001, 23-26]。また96頁から97頁にかけて弓を持った人々の祈りのさまを示す図版が載せられている [図版参照]。シベリアに関する読書メモも作っていた。以上から草稿 (2) を、これらの書物と関係付けることが許されるだろう。

　実際の博物館訪問と、シベリアを巡る思い、この二つの異なった要素が、一つに溶け合って「シベリアの地の」という詩になったと考えるのが自然なようである。マンデリシュタームと自分を重ね合わせながら詩人の運命について省察を巡らせているように見える。

[注釈]

シベリアの地の

　寒さや孤独が喚起される。流刑の地シベリアをツェラーンのパリと重ね合わせることもできる。もちろんツェラーンが深く愛しこの詩集全体を捧げているマンデリシュタームが真っ先に思い起こされよう。シベリアに流刑されたマンデリシュタームの運命に深

く思いをはせながら、具体的にシベリアの地を思い描いているツェラーンの姿が浮かぶ。石の白さが心にしみる。

凍土などの連想からシベリアが「保存の場、記憶の場」[Ivanović 1996, 303] となっているとの指摘もある。

1 弓にかける祈り

[詩の理解のために]で触れたとおり。蔵書97頁の図版を示す。狩猟の際の弓にかけられた祈り（儀式）には、それと知らずに自分が書いた詩句に込めた祈りと共通するものがあり、その事実こそまさに、自分が書いた詩句を裏書きするものであるとの直観を得たのではないか。ヘルダーリンの詩「生の行路」や、ヘラクレイトスの断片が想起されるという解釈もある [KNR, 196]。ツェラーンはヘルダーリンに親しみ、またヘラクレイトスも読んでいた。ヘルダーリンの詩における「弓（ないし虹）」は、高みに上ろうとする精神と大地（生の現実）との間に弧を描き張り渡される弓であり [Hölderlin Ⅱ. 1, 22]、またヘラクレイトスの弓は「逆方向に互いに引かれつつ自分自身を担い合って全体として一つの意味を形成している [Heraklit 51]」。

ツェラーンの星座は、射手座であるが、これも弓に関係している。

4 鴉白鳥が

鴉と白鳥という色彩の上から相矛盾するものを一つの単語にしているオキシモロンである。「黒鳥」は Der schwarze Schwan。Rabenschwan はツェラーンの造語。星座に「鴉」座と「白鳥」座がある。白鳥座は変身したゼウス。鴉はゼウスの使いで本来は銀白の翼を持っていたが、余計な告げ口をしたことでゼウスの怒りをかい、白く美しかった羽を黒く変えられ天に上げられたばかりか、いつまでも目の前にあるコップ（コップ座）の水に嘴が届かないようにされた。

「ツェラーンがおそらくマンデリシュタームに次いで深い関心を持っていたツヴェタエーワ」の詩に白鳥と鴉をテーマにしたものがあることなどからツヴェタエーワを示唆するものだとする解釈もある [Ivanović 1996, 302]。

7-8 一つの顔があった――この／影の下にも。

草稿では「見知らぬ顔」「亀裂の入った顔」「氷の冠をかぶらされた見知らぬ顔」が

「おまえのためにこの影の中に、この影の中にも立っていたのだ」[CTA 72 f.] となっていた。

9-13 凍てついた風の中に／置き捨てられていた　小さな／鈴／口の中におまえの白い小石を／含みながら――

「凍てついた風（Eiswind）」には「帰郷」[Ⅰ, 156 SG] の「凍てついた風に吹き寄せられる感情」という用例と「ハーモニカ」[Ⅵ, 158 FW] の「凍てついた風がステップの上に絞首台の光を吊るす」という用例だけがある。

鈴は金属製で内部は空洞、そこに金属片ないし小石などが入っていてそれが動くとたいてい高い澄んだ音を出す。切り込みの入れられた開口部が口である。

置き去りにされ庇護されることなく晒されていた鈴は、「強制移送後に残され、表面に緑青が吹き出たものだ」[Oelmann 1980, 354] とする解釈もある。この解釈者はまた「言葉になりきれなかったもの」「沈黙へ引きこもりたいという誘惑」を「石」が示しており、言語喪失状況や沈黙の度合い、また言葉の硬化度などの強烈さから判断してマンデリシュタームよりツェラーンの石のほうが絶望が深いとする。

「白い小石」からユダヤ人墓地の上に置かれる小石を想起する者もいる [KNR, 198]。「深淵に向かって転がっていく小石。雪。そしてそれ以上に白いもの（中略）そして小石。雪。そしてそれ以上に白いもの。」[Ⅰ, 128 SS] や、『誰でもない者の薔薇』の中の「すべては違っている」[Ⅰ, 285 NR] などに「小石」と「白」を関連づける用例が見える。

14-16 ぼくの喉にも／千年を経た色合いの／石がある．心の石が．

「千年」を、繰り返されてきた人間の長い歴史を単純に表すものと取るか。「千年王国」を予言したナチ支配の時代（ショア）を生き延びたことを示すものとの解釈もある [KNR, 198]。

Steht der Stein in der Kehle を、im Halse stecken bleiben（喉につまらせている）と同じ用法とみなし、きたるべき「至福の千年」の色合いを帯びた石が、外に出ることなく言語化もされぬまま喉につかえている様子を示しているもの [Voswinckel 1974, 39] と解する説もある。草稿では「喉の奥深く、そこで（年を経た石、灰色の、心の色をした、灰色の）心の石が育っている」[CTA, 72] とあった。

Herzstein は「夢を駆動力として（Mit Traumantrieb）」[Ⅱ, 303 LZ] に一度、また複数形 Herzsteine が「そしてタルーサの書をたずさえて」[Ⅰ, 287 NR] に、「不毛の地へ、悪しき時代へと、吐き出された独特の心の石の一つに似たものから」として一度でてくる。

21－23　菅の海を縫って／今日も道が走っている、／ぼくたちの青銅の道が。

Segge（菅）の用例は他の詩にはない。菅を葦と解し、ルター訳聖書で「紅海」が「葦の海」となっていることから、エジプト脱出の際に紅海が二つに裂け海の中に道ができた［出エジプト記 14, 21］という記述と重ね合わせ、ユダヤ民族の歴史を想起する解釈もある［KNR, 200］。

鈴が青銅製で、その鈴によって時代を越えて言葉が運ばれる様子をいうのであろうか。

25－26　皮膚を剥がされた／指で。

言葉を触知しょうとする指の皮膚が剥がされている。痛々しく傷ついているイメージである。ヤンツは、「この詩集の中では数多くの詩行や詩句の中途切断や、行変えによる言葉の分解が一貫してなされており、それによって生き物としての人間の体が切断されていることを示している」[Janz, 143] が、その用例（「ユエデブリュ」・「…泉はざわめく」参照）に並ぶものであり「詩の言葉は皮を剥がされた生き物が持つ言葉として受けとられるべきである」としている。また abhäuten（動物の皮を剥ぐ）が使われていることから人間が家畜同様に貶められていると解している。ペニスを想起しエロス的なものとの重なり合いと同時にユダヤ教における割礼との関わりも指摘されている。

（北　　彰）

30/53
BENEDICTA　　　　　　　　　　　ベネディクタ

Zu ken men arojfgejn in himel arajn　　人は天に昇り、神にそれでよいのか、
Un fregn baj got zu's darf asoj sajn ?　　問うことができるのか？

Jiddisches Lied   イディッシュの歌

Ge-　　　　　　　　　　　　　　　　1　飲み—
trunken hast du,　　　　　　　　　　2　干したおまえは、
was von den Vätern mir kam　　　　　3　父祖から私に伝わったものを
und von jenseits der Väter :　　　　　4　そして父祖の彼方から来たものを—
-- Pneuma.　　　　　　　　　　　　 5　——プノイマ。

Ge-　　　　　　　　　　　　　　　　6　祝福さ—
segnet seist du, von weit her, von　　7　れよおまえは、遠くから、から
jenseits meiner　　　　　　　　　　　8　私の彼方
erloschenen Finger.　　　　　　　　　9　消えた指の。

Gesegnet: Du, die ihn grüβte,　　　　10　祝福された—おまえは、彼に挨拶を
den Teneberleuchter.　　　　　　　　　　送った、
　　　　　　　　　　　　　　　　　　11　暗闇の燭台に。

Du, die du's hörtest, da ich die Augen　12　おまえ、それを聞いたおまえ、私は
　　　　　　　　　　　　　schloβ, wie　　　目を閉じていたので、様子を
die Stimme nicht weitersang nach :　　13　その声がもはや次のように歌いつづ
's mus asoj sajn.　　　　　　　　　　　　けなかった—
　　　　　　　　　　　　　　　　　　14　*そうであらなければならないのだ。*

Du, die du's sprachst in den augen-　　15　おまえ、おまえはそれを語った目
losen, den Auen :　　　　　　　　　　　　の—
dasselbe, das andere　　　　　　　　16　ない、牧場で—
Wort :　　　　　　　　　　　　　　　17　同じことを、違う
Gebenedeiet.　　　　　　　　　　　　18　言葉を—
　　　　　　　　　　　　　　　　　　19　祝福された。

328　第Ⅱ部　詩集『誰でもない者の薔薇』注釈

Ge-	20	飲み—
trunken.	21	干した。
Ge-	22	祝福さ—
segnet.	23	れた。
Ge-	24	祝福さ—
bentscht.	25	れた。

[詩の理解のために]

　息子エリック（1955—）の誕生日でもある1961年6月6日の成立と思われる［TCA, 74-75：KNR, 202 f.］。「祝福された」という表現が受胎告知のマリアの受けた天使祝詞となるが、その挨拶は彼女の息子が受けた「ユダヤ人の王、万歳！（«Gegrüßt seist du, der Juden König!»）」［マルコ 15, 18］の嘲笑でもある。人間の身体から生み出される言葉を追い求める苦悩の詩人はその嘲笑を甘受し共有する。

[注釈]

ベネディクタ

　男性形はベネディクトゥス（Benedictus）なので女性への語りかけである［Tück 2000, 98］。それが聖母、ネリー・ザックス［Felstiner 1986, 125］、妻ジゼル［Tück 2000, 108 f.：Lyon 1987, 180］の誰であるのかは明確ではない。しかし「三人で、四人で」［Ⅰ, 216 NR］にあるような聖母のテーマが連続していることも見逃すことはできない［Tück 2000, 98］。このタイトルが女性形であることからはさらにシェキナーの姿を連想することもできる。マリアへの受胎告知の場面からアヴェ・マリアの祈りを背景とするカトリックの影が垣間見える。［KNR, 203］。

人は天に昇り、神にそれでよいのか、／問うことができるのか？／イデッィシュの歌

　この歌詞は神義論的な内容を含んでいる［Tück 2000, 98］。それがイデッィシュ語であればなおさら中世ヨーロッパにおいて迫害されたユダヤ人の神に対するヨブ的な告発を思い起こさせ、さらにナチスによって引き起こされたイデッィシュ語の存在意義の危機［NLdJ, 404 f.］にも繋がる。16世紀末のシナゴーグにおける罪のゆるしを求める聖歌 Selicha［NLdJ, 756 f.：JL Ⅳ/2, 355-359］にこの歌詞の源流があるという

解釈がある［KNR, 203］。

1-5 飲み—／干したおまえは、／父祖から私に伝わったものを／そして父祖の彼方から来たものを—／——プノイマ。

　飲むという行為は契約という宗教的共同体［詩篇23］を想起させる［Stadler 1989, 177］。「父祖」は旧約世界を代弁する存在である。その父祖が神と交わした契約は「そして父祖の彼方からきたもの」であるべき神の息「プノイマ」によってさらに確固としたものになるはずである。「彼方から」という表現は終末世界を先取りして、「プノイマ」を前面に押し出している。ヘブライ語「ルアハ」［JL Ⅱ, 1518］ではなく、ギリシア語［Bauer, 1355 ff.：Tück 2000, 97］が用いられていることからは、キリスト教的な精神への歩み寄りが「おまえ」にはある。聖霊が「プノイマ」であれば、直前に置かれた二つのハイフンは三位一体の父と子とを示しているようでもある。手書きの原稿から印刷前の段階ではこの「プノイマ」の後ろにハイフンがあり、セミコロンを挟んで Sperma（精液）という単語が据えられていた［TCA, 74 f.：KG, 692］。「プノイマ」の前に印刷ミスからコンマが脱落した、という意見がある［Meinecke 1970, 277］。

6-9 祝福さ—／れよおまえは、遠くから、から／私の彼方／消えた指の。

　ge-trunken と同じく ge-segnet も過去分詞の前綴りが分離している。それが4行目「彼方から」という断絶の風景と重なる。「祝福さ—／れよおまえは、」は9行目「指」という祝福のしるしから天使祝詞［ルカ 1, 28］を連想させる［KNR, 204］。指が祝福のしるしであれば、それが「消えた」ということは祝福も失ったということである。「父祖の彼方」が「私の彼方」へと変化し終末は近づきつつあるが、そこに侍つのは祝福ではない。「消えた」という形容詞は天体の腐蝕を連想させる。それは詩のなかで先取りした終末に向かう地球の姿であり、すでにその前兆はアウシュヴィッツにおいて示されている。友人ザックスの『星の蝕』(Sternverdunkelung, 1949)［Sachs, 1988］もこの終末の現象を暗示したものであった。また「指」が天使祝詞のガブリエルのものでなければ、ダニエルの解きあかした神の指（ダニエル　5）として人間世界の終末（死）をも普遍的に示す。

10-11 祝福された―おまえは、彼に挨拶を送った、／暗闇の燭台に。

　gesegnet は19行目の gebenedeiet と同じくこの詩のなかで分離せずに書かれている箇所である。また grüßte は手書きの原稿では「見た」(sah) となっていた [TCA, 74]。ここではまず「祝福された」という過去分詞が置かれているだけで、誰によって何を目的としているのか判明しない。孤立した分詞がセミコロンで据えられることで祝福がとどまり、或いは過ぎ去ってしまっていることを暗示する。「おまえ」が挨拶する、という行為は天使祝詞とは反対の方向性を示す。Du, die という人称代名詞を先行詞とする表現は断定的な運命を預言するような風景を創り出す。「挨拶を送った」という「おまえ」は、マリアとは異なる積極的な行為であるが、「おまえ」がこの詩のなかで常に過去形で現れることがさらに12, 15行目でも確認される [KNR, 205]。挨拶の相手が「暗闇の燭台」であることからは、聖木曜日にマリア十五玄義の祈禱を表す15本の燭台が消されてゆくことでキリストの死が象徴されるいわゆる受難のテーマが提出される [Pöggeler 1986, 133]。この燭台の消されるべき輝きを連想する詩「テネブレ」[Ⅰ, 163 SG] が思い出され、「おまえ」の「挨拶」が、十字架の死の暗闇のなかに目を据える行為であるかのようである。ここでは専ら暗闇が凝視され、「挨拶」は「消えた指」の彼方に消え去った「父祖」の祝福を思い出すための喘ぎでしかない。

12-14 おまえ、それを聞いたおまえ、私は目を閉じていたので、様子を／その声がもはや次のように歌いつづけなかった―／そうであらなければならないのだ。

　「それを聞いたおまえ」は10行目の「彼に挨拶を送った」自らの声に反応しているのであり、「暗闇の燭台」は沈黙のなかに静まったままである。その沈黙は9行目「消えた指の」の持つ風景と共通する。さらに「指」の連想させる燭台の枝がもはや火を灯していない、ということもできる。10行目「挨拶を送った」、12行目「聞いた」、13行目「歌いつづけなかった」において共通しているのは音声的なものである。それに対して12行目後半「私は目を閉じていたので」は視覚的な側面が強調される。この対照性には不可視の神を尊重するユダヤ精神 [申命記 4, 12] が感じられる。目を閉じる行為は祈りの姿勢、またはシェキナーが誰にも目を留められない処女として描かれるのにも通じる [KNR, 205：Scholem 1973, 276]。「声」はこの詩のなかでは歌声であるだろうが、また唯一具体的な声の内容「そうであらなければならないのだ。」を表している箇所でもある。声のない場所に連帯性の欠如を見ることもできる [Stadler 1989, 177]。

イディッシュの歌「そうであらなければならないのだ。」はレコードの存在が確証されている。詩人がこの音盤を聞いたことは明らかなようであり、しかもこの音盤では14行目のこの歌詞のあとが突然途切れている [Pöggeler 1986, 132：Meinecke 1970, 276]。詩の冒頭のモットーの答えとしてのこの箇所は、イデッシュ語という孤独なユダヤ民族の延命手段である「言葉」のもたらす歴史上の悲劇的な結果だけではなく、さらに「声」だけに認識することが許された彼らの「神」の過酷な超越性への告発でもある。

15－16　おまえ、おまえはそれを語った目の—／ない、牧場で—
　12行目「私は目を閉じていたので」もこの地獄の魂の「目の—／ない」風景の暗闇と繋がる。「テネブレ」[Ⅰ, 163 SG] では空洞の目が語りかけられている [KNR, 206]。「牧場で」は詩篇23が連想されるが、「目の—／ない、」という状況設定がされることで牧場は祝福の場所ではなく、むしろ牧者のいない (augen-/losen)、保護されていない場所であることが暗示される。augen-/losen が音韻的には Namenlosen [Steputat, 313] とも連動する「誰でもないもの」を含んでいることは注目される。それはまた「牧場のない」状態 (auen-losen) と言ってもよいだろう。なぜならば Augen は Auen が g の欠けた状態であることを示しており [KNR, 206]、アウシュヴィッツやビルケナウがそのアウ (au-) という発音によって [Tück 2000, 107] 地獄の風景を彷彿とさせる言わば「欠如した」精神的風景を物語っているからである。

17－19　同じことを、違う／言葉を—／祝福された。
　Gebenedeit はマリアへの受胎告知の言葉であるが、この言葉はラテン語のタイトル「ベネディクタ」と共通し、『黒い雪片』[Ⅲ, 25 SU：Jaakobs himmlisches Blut, benedeiet von Äxten...] でも用いられた。「同じことを、違う／言葉を 」語った「おまえ」は、6－7, 10行目の gesegnet とは異なる動詞であるという事実以外に、「ベネディクタ」がマリアの受胎に用いられる表現であるように、gesegnet とは異なり人間の身体性に密接な関わりのある benedeien がここで提出されることで、5行目「プノイマ」と繋がる生命と霊とのユダヤ的な伝統世界を、詩人が「目のない」牧場という、人間の生命と霊に必要なものが欠けている状態に結び付けようとしたことを示している。19行目「祝福された。」が分割せずに書かれているのは決定的な現実との詩人の拮

抗を暗示する。「同じことを」が「違う／言葉を」によって招いているのは「言葉」の本質がそれでも変化しないことを、「言葉」だけが18行目で孤立していることから暗示される。13行目「その声」が歌いつづけなかったように、詩においては「言葉」も「声」も一回限りの永遠性に賭けているからだ。

20－25 飲み—／干した。／祝福さ—／れた。／祝福さ—／れた。
　詩の冒頭の「飲み—／干したおまえは」と関わるこの箇所は、当然ながら「プノイマ」の息吹と契約の世界に生きる風景である。最後の晩餐と並んで苦悩の象徴でもある杯を飲み干すという行為に、契約を履行するという側面と、その契約のために死を意識するという側面があるとすれば、苦難の主は誰であるのかが問われる。敢えて誰であるのかを語らない詩人の姿勢は語られざる次元への一貫した詩的意識を明白にしている [Tück 2000, 112]。19行目の gebenedeiet がキリスト教、6 - 7行目、10行目、22-23行目の gesegnet がユダヤ教の祝福であれば、最終行の gebentscht ではイデッシュ的な祝福 [Pöggeler 1986, 132：KG, 692]、つまり苦悩のなかで培われてきたユダヤ人の大地に根ざした被造物界への執着があるのかもしれない [Janz 1976, 141-142]。ただしその苦悩の暗示は例えば gebentscht の -bentsch- から連想する peitschen へと結ばれているのである。そこには詩篇23編の牧場における祝福の笞（Stecken）ではなく、キリストが十字架にかかる前に辱めを受けたように、鞭打ち [マルコ 15, 15] の苦痛が「祝福された」という表現に混じり合うのである。これはユダヤ・キリスト教からイデッシュ的な「祝福」へと受け継がれた詩人の苦悩の歴史であり、苦難のキリストの姿はこの詩のなかでは女性形のベネディクタへと重なり、マリアのように「プノイマ」への眼差しを受胎告知の苦悩のなかで深めてゆくのである。

（富田　裕）

31/53
À LA POINTE ACÉRÉE　　　　　**研ぎすまされた切先で**

Es liegen die Erze bloβ, die Kristalle,　　1　あらわになった鉱石が、結晶が、

die Drusen. 2 晶洞がある。
Ungeschriebenes, zu 3 書かれなかったことが、
Sprache verhärtet, legt 4 言語に向かって硬化し、
einen Himmel frei. 5 ひとつの空を露出させる。

(Nach oben verworfen, zutage, 6 （上に向かって歪められ、明るみで、
überquer, so 7 交差し、そんなふうに
liegen auch wir. 8 わたしたちも横たわっているのだ。

Tür du davor einst, Tafel 9 おまえがかつてその前にいた扉、板
mit dem getöteten   には
Kreidestern drauf: 10 殺された
ihn 11 チョークの星が書かれている。
hat nun ein- lesendes? - Aug.) 12 それを
  13 今、ひとつの―読んでいる？―眼が
     持つ。）

Wege dorthin.
Waldstunde an
der blubbernden Radspur entlang. 14 そこへ向かう道たち。
Auf- 15 森の時間は
gelesene 16 ぶくぶく泡音をたてる車輪の跡に
kleine, klaffende   沿っている。
Buchecker·schwärzliches 17 拾い
Offen, von 18 集められた――
Fingergedanken befragt 19 小さな、ぱっくりと裂けた
nach-- 20 ブナの実。黒ずんで
wonach? 21 開いた口、指の
  22 思いによってたずね
Nach 23 られた――
dem Unwiederholbaren, nach 24 何について？
ihm, nach

334　第Ⅱ部　詩集『誰でもない者の薔薇』注釈

allem.

Blubbernde Wege dorthin.

Etwas, das gehn kann, gruβlos
wie Herzgewordenes,
kommt.

25　取り返しのつかないもの
26　について、それに
27　ついて、すべてに
28　ついて。

29　ぶくぶく泡音をたてる、そこへ向かう道たち。

30　行くことのできる何かが、挨拶もなく
31　心になったもののように、
32　やってくる。

［詩の理解のために］

　ヴィーデマンによれば成立時期は、1961年6月10日から6月16日まで。本来、この詩は、本詩集の第3部の冒頭に置かれるはずだった。現在、「明るい石たちが」がそこに位置している。

　6種類のタイプ原稿があり、異同については、［注釈］でも触れるが、まず問題にしたいのは、初稿と決定稿の違い、それも一見して明らかな行数の違いである。決定稿はタイトルを除いて32行であるのに対して、初稿はタイトルなしの15行、決定稿は、初稿のほぼ2倍の行数である。しかもTCAに掲載された4種の異稿を見ると、その増補には、ツェラーンの詩作法の一面を窺わせる興味深いものがあるし、言葉で説明するよりも解りやすいと思われるので、初稿のテキストをかかげてみたい。細かな異同は省略する。

Es liegen die Erze bloss, die Kristalle,
die Drusen.
(Tür du und Tafel. Der
getötete Kreide-
stern : ihn

1　あらわになった鉱石が、結晶が、
2　晶洞がある。
3　（扉、おまえと板。あの
4　殺されたチョークの—
5　星。それを

hat nun ein Aug.)		6	今、ひとつの眼が持つ。)
Weg- und Bucheckerstunde:		7	道とブナの実の時間。
klein, klaffend.		8	小さく、ぱっくりと裂けて。
Finger-		9	指の—
gedanke:		10	思い。
Das		11	あの
Unwiederholbare mit		12	下でぶくぶく泡音を立てる
seinem Blubbern unter		13	取り返しのつかないもの
Etwas		14	何かが
kommt.		15	やってくる。

[**注釈**]
研ぎすまされた切先で

「鋭い尖端で」を意味するフランス語は、ボードレールの詩集『パリの憂鬱』の「芸術家の告白誦」からの引用（福永武彦訳）で、ホーフマンスタールが「自己について」で「無限なるものが心に食いこむ切先」[Hofmannstahl；1973, 233] と書いた個所、同じホーフマンスタールの『アンドレーアス』で、「(アンドレーアスは) ここで、無限が、かつての、ある明確な痛みよりももっと鋭い矢によって彼を射抜いたことを感ずる。彼には、すべてこういう無限の研ぎすまされた切先 (pointe acérée de l'Infini in sich tragen) を、内に備えている三つか四つの思い出があった。」[Hofmannsthal；1968, 204] と書いた個所に、ツェラーンがト線をひいている [KG, 693]。またマンデリシュターム放送講演のメモに「野垂れ死的なものの中にわれわれは不定詞的なものを感ずる、われわれはあの——ホーフマンスタールによってたびたび呼びさまされた——ボードレールの『無限なるものの鋭い切先』を感ずる [TCA/M 126]」と書いている。ツェラーンが、この言葉にいかに惹かれていたかがよく解るが、ただし、詩作品そのものには、ホーフマンスタールの原文や、ボードレールの原詩と、直接結びつくものは見られないようだ。ツェラーンをとらえたのは、その表現がコンテキストから切り離されても備えている直接的な衝撃性であったように思われる。

　そもそもTCA掲載の第1稿 (AE 18, 38)、第2稿 (AE 18, 37) には、タイトル

がなく、「決定稿」と銘打たれた第3稿に至って、初めてタイトルがつけられた。従って当作品の原点となったのは、ボードレール、ないしはホーフマンスタールの作品ではなく、詩想を展開していく過程で、作品とタイトルが結びついたのではなかろうか。しかも作品のどの部分が、引用と直接結びつくのかは、簡単には見究め難い。

1-5 あらわになった鉱石が、結晶が、／晶洞がある。／書かれなかったことが、／言語に向かって硬化し、／ひとつの空を露出させる。

晶洞とは、晶簇ともいい、岩石、鉱脈などの中の空洞の内面に密生している結晶のことである。上の描写の視点を考えていく上で、映画のスクリーンにたとえてみると、まず鉱石（die Erze）がうつり、それにカメラが近づくと、結晶がはっきり見え、そこで切りかえて、今度は鉱石内部の晶洞をとらえるということだろう。結晶は鉱石の外部からも見えるが、晶洞を現実に目にするには、鉱石を割らなければない。

冒頭の2行で外部から内部へ向けられた視角は、続く3行目からは、さらに内面化というより抽象化する。

「書かれなかったことが／言語に向かって硬化し」は、唐突な転換だが、あえて前2行からの脈絡の中に置けば、「硬化」を手がかりに、結晶化の過程の読みかえととれる。

人間が意識的にしつらえなかったこと＝書かれなかったことが、可視的な結晶＝言葉となる。結晶は、自然が発した無意志の、無言の言葉である。それは自然史の証明である。

「結晶（die Kristalle）」は、「水晶の夜（die Kristallnacht）」を連想させる。「水晶の夜」は、ナチが1938年11月9日から10日にかけての夜に、ユダヤ人を襲い、虐殺・逮捕し、その住居や商店、教会堂を破壊したが、この時に街頭に散乱したガラスの破片が、水晶のように見えたことから命名された。

ツェラーンは、トゥールの「医学準備学校」で医学を学ぶため、11月9日の朝にチェルノヴィッツを出発、翌10日の朝、ベルリンに到着して「水晶の夜」の結果を目のあたりにした。

ツェラーンが「水晶」と書くとき、この「水晶の夜」の体験の記憶から自由であったはずはない。彼は、彼の晶洞を検証せざるをえなかったろう。

「ひとつの空を露出させる」で、ここまでは、鉱石―地下の領域だったのが、天空に逆転する。シュルツェは「露出させる（freilegen）という言葉を、1行目の「あらわ

になった（bloβliegen）」と比較して、その能動性に注目し、『子午線』講演を想起することで、詩論的領域への示唆を指摘している。『子午線』においては、解放が詩の目的であった。「わたしは生身のレンツを求めます。彼を、人間としての彼を求めます。詩の場所のために、解放のために（um der Freisetzung）、一歩足を踏みだすことのために──、彼の姿を求めたいと思います［Ⅲ，194］」。「（詩は）現実のものとなった言葉、ラディカルではあっても同時にまた言葉によって画される境界や言葉によってひらかれる可能性を記憶しつづけるところの個人的なしるしを帯びた、解き放たれた（freigesetzt）言葉なのです［Ⅲ，197］、［KNR，210］」。

6-8 （上に向かって歪められ、明かるみで、／交差し、そんなふうに／わたしたちも横たわっているのだ。

先に初稿として15行からなる草稿をあげた。しかし、KGには、それ以前の、ほとんどスケッチとしかいえないような短章が、あげられている。それは以下の如くである。

    Es liegen die Erze bloss, die Kristalle,
    die Drusen,

    （Auch wir,
    nackt und nach oben verworfen,
    lagen.

草稿の展開を見ていくと、現テキストの冒頭2行は、このスケッチの段階からほとんど変更がなく、詩想の原点がこの部分にあったと推定される。

それに続く部分で現テキストでは消去されてしまった「裸でnackt」が、スケッチに書かれてあったのをみると、フォスヴィンケル等のいう如く、たしかにこの部分は、ナチの強制収容所で殺されたユダヤ人たちの死体を思わせる［Voswinckel，1974，66］、［Pöggeler，1986，328］。

「歪められ（verworfen）」は、「上に（oben）」があるので、上のように訳したが、シュルツは、ハイデッガーの「投企（Geworfensein）」にからめてある実存状況のみならず、彼がブレーメン・スピーチで、自分の語ることの歴史的制約として名指したこと

とのコンテキストへの留意をうながしている［KNR, 210］。

9－13　おまえがかつてその前にいた扉、板には／殺された／チョークの星が書かれている：／それを／今、ひとつの―読んでいる？―眼が持つ。）

「チョークの星」は、「殺された」という形容詞、前行までの状況からすれば、ユダヤの星（Judenstern）である。ユダヤの星は、ダヴィデの星（David[s]stern）ともいい、正三角形をふたつ組み合わせた星形で、ユダヤ教のシンボルであったが、ナチ時代のユダヤ人は、衣服に標識としてつけさせられた。

「それ」は人称代名詞の男性形 ihn であるから、「チョークの星」。「ひとつの眼」は超越的だが、「読んでいる」についた疑問符が、その超越性への懐疑を投げかける。

ちなみに、「星が眼を持つ」からは、Augenstern＝Puppille（瞳孔・ひとみ）が合成されるが、この語には最愛のものという比喩的用法がある。その方向への読みを強めれば、「おまえ」は、最愛のものとなって収容所で命を落した最愛のものがクローズアップされる。

ただし、先にかかげた草稿では、この「おまえ」は「扉」と同格の呼びかけと読むのが自然であり、すると扉＝おまえという設定になる。それだけではなく TCA に補遺としてつけ加えられた第二のスケッチでは、この部分が、「おまえ、かつて、扉よ、おまえ、板よ（Du Tür einst, du Tafel:）」となっている。一般的にはこれも、前半は Du＝Tür、後半は Du＝Tafel と読める。もちろん、強引に、Du、Tür、Tafel をそれぞれ独立させて読むことも不可能ではなかろうが、かつては扉であり、板であった「おまえ」が、決定稿では、たった一度呼びかけられる「おまえ」に変ったと考える方が興味深い。

14－20　そこへ向かう道たち。／森の時間は／ぶくぶく泡音をたてる車輪の跡に沿っている。／拾い―集められた――／小さな、ぱっくりと裂けた／ブナの実。黒ずんで

「そこへ行く道たち」の「そこ」は、テキストの前段階――収容所・ユダヤ人迫害から、さらに13行目から19行目にかけての詩句の中で、そこだけ文字がゴシックになったように読者をとらえる「森の時間（Waldstunde）」、「ブナの実（Buchecker）」の連鎖によって明確化される。Buchenwald――ブーヘンヴァルトは、ヴァイマル郊外の地名でナチの強制収容所が設置されていた［KNR, 211］。

「森の時間」は、おそらくツェラーンの造語だが、とりわけロマン派を生んだドイツの文化的伝統の感触がある。たとえばシュティフターの「森の小径」、シューマンの「森の情景」。しかし、ブーヘンヴァルトの時間もまた「森の時間」であった。

　「車輪の跡」は、収容所へユダヤ人たちを運んだ車輪の跡か。「車輪（das Rad）」は、時代や歴史の象徴でもある。

　森のロマンと森の収容所の平行性。

　「ぶくぶく泡音を立てる」は、その車輪の痕跡が、まだ完全に呼吸を止めていないが故の現象である。またblubbernには、早口に、不明瞭にしゃべるの意がある。

　「拾い集められた」は２行に分綴されて、lesen＝読むが際立つ。13行目の「読んでいる（？）」、或いは20行目の「ブナの実（Buchecker）」のBuch＝本の縁語となる。さらにその１行下の冒頭のoffenにも、Das Buch liegt offen da.（本がそこに開いて置いてある。）の用法があるように、そして、その動詞形であるöffnenに、本のページを開くの意があるように、これまた本の縁語の領域にある。

　本と収容所の平行性。

20−28　ブナの実：黒ずんで／開いた口、指の／思いによってたずね／られた──／何について？／取り返しのつかないもの／について、それに／ついて、すべてに／ついて。

　「開いた口」は、まず、落ちていて拾われたブナの実が、「ぱっくりと裂けていた」、その開口部であろう。その開かれた口を指によってさぐることをたずねることにたとえる。「開かれた」が、本の縁語であるとすれば、指は当然、本のページをめくる作業に関わる。本を開くこと、それを読むことはたずねることである。たとえば、「辞書をひく（ein Wörterbuch befragen）」。ブナの実の開かれた口は、第２行目の晶洞、鉱石の内部に開かれた空間とも呼応する。それは書かれなかった言葉が、読まれるべき言葉に向かって硬化しているのだから。

　指によってたずねられているものは、「取り返しのつかないものについて」である。「それについて」と人称代名詞に置き換えられたあとで「すべてについて」と断言される。「取り返しのつかないもの」と「それ」と「すべては等号で結ばれる」とも、或いは、「それ」と置き換えてから、いや「それ」だけではなく、「すべてについて」だと、漸層的に拡大したようでもある。

「何について？」という問いは、ふたつのハイフンを置いてからであるにもかかわらず、あっさりと「取り返しのつかないものについて」と答えられる。「取り返しのつかないものとは何か？」と問われるとき、詩のここまでをたどってきた読者は、たとえば、「収容所を中心としたユダヤ人受難の問題」と、一応は答えることができるかもしれない。

多少、補足を付加するならば、ブナの実、ブーヘンヴァルト、本と＜Buch＞を中心点とした領域の中には、当然、ツェラーンの生地であるブコヴィーナ（Bukowina）を加えておくべきだろう。ブコヴィーナは、ドイツ語に置き代えればブーヘンラント（ブナの土地。本の土地と読むには無理があろうが）になる ［KNR, 212］。

29-32 ぶくぶく泡音をたてる、そこへ向かう道たち。／行くことのできる何かが、挨拶もなく／心になったもののように、／やってくる。

「何か（etwas）」とは何か？ 答は簡単ではない。簡単に答えられないからこそ、「何か」なのだろう。先にテキストの初稿をあげたが、実は、この初稿と現テキストを比較してみたとき、最も興味深かったことのひとつは、結末の部分の相違であった。現テキストでは、8語、3行にわたった部分が、初稿では、「何かがやってくる（Etwas kommt.)」の2語にすぎない。現テキストを読んでからでも、というより、むしろ、読んでからの方がいい直した方がふさわしいほどに、初稿の印象は強烈だった。

その後第2稿、第3稿と語数がふえてゆく。たとえば第2稿からは、30行目の「行くことのできる（das gehen kann,)」と「挨拶もなく（gruβlos)」が加わる。しかし、この付加と拡大は、読解を容易にしただろうか。とりわけ、「挨拶もなく」は、初稿の強烈な印象を裏切る、＜説明＞に堕していないだろうか。初稿のたった2語こそ、まさしく「挨拶もなく」ではなかったろうか。

筆者が、最初にこの2行から受けた印象には、率直にいえば不気味なものがあった。それは、表現そのものにも備わっていると思われるが、もうひとつの理由は、この2行が、シェイクスピアの「マクベス」を思い出させたからである。その第4幕第1場で、第二の魔女が歌う。

「邪悪な何かが、この道をやってくる」

Something wicked this way comes.

たしかにブーヘンヴァルト＝ブナの森は、動かなかったにちがいないが、それはそれ

として、シェイクスピアに造詣の深かったツェラーンの脳裡にこの詩行がなかったはずはない。だが読み返す内に、不気味な印象は変ってきた。

「書かれなかったものUngeschriebenes」、「取り返しのつかないもの（das Unwiederholbaren）」とというふたつの不可能性にかかわっている場所からやってくる「何か」には、その不可能性にもかかわらず、伝えるべきものが托されているのではないかとも思えるようになってきた。

「心になったもののように（wie Herzgewordenes）」という表現は、とりわけ難解で、解釈を避けている論者は多いし、もとより、筆者の手に余るものであるが、先に書いた印象の変化を念頭に置くとき、傾聴すべき点のある論考として、ペゲラーの一節をかかげておきたい。

「強制収容所の現在の訪問者にとっても、詩人の追憶にとっても、死者たちその者は、近寄り難く、そして遠く、彼らに生を返却できるものは誰もいないし、彼らはその苦しみとともに、かつて下された判断の彼方に立っている。〈心になったもののように挨拶もなく〉という表現に、こうした最も鋭い分裂と、それにもかかわらず遠近を結ぶパラドキシーがある。この詩は、死者たちを死にゆだねているし、この世の生を、取り返し可能なものという全体に押しこめてしまっているわけではないが、殺戮にあった生は、惨状の場所から、常に遠いままに、近づいてくることはできるのだ」[Pöggeler, 1986, 332]。

（佐藤俊一郎）

詩集第3部

32/53

DIE HELLEN
STEINE gehn durch die Luft, die hell-
weißen, die Licht-
bringer.

Sie wollen
nicht niedergehen, nicht stürzen,
nicht treffen. Sie gehen
auf,
wie die geringen
Heckenrosen, so tun sie sich auf,
sie schweben
dir zu, du meine Leise,
du meine Wahre - :

ich seh dich, du pflückst sie mit meinen
neuen, meinen
Jedermannshänden, du tust sie
ins Abermals-Helle, das niemand
zu weinen braucht noch zu nennen.

1 明るい
2 **石たちが**空中をよぎる、明るく
3 白い石たち、光を
4 もたらすものたちが。
5 それらは沈もうとしない、落ちよう
　　としない、
6 当たろうとしない。それらは向か
　　う、
7 上の方に、
8 目立たぬ
9 野バラのように、それらは身を開
　　く、
10 それらは漂う、
11 おまえに向かって、わたしのひそや
　　かな女、
12 わたしの真実の女よ—、
13 あなたが見える、あなたは石たちを
　　摘むわたしの
14 新しい、わたしの
15 誰でもの手で、あなたは石たちを
16 さらなる明るさのなかへとさし入れ
　　る、誰もが
17 泣くことも名づけることも必要とし

ないその明るさのなかへ。

[詩の理解のために]
　詩集『誰でもない者の薔薇』の第3部に収められている詩の殆どは、ツェランが1961年の夏の休暇を家族とともにブルターニュ地方のケルモルヴァンで過ごした時に書かれたものであり、その意味で「ケルモルヴァン詩篇」と呼ばれる。第3部の冒頭に置かれたこの詩の初稿には「1961年7月10日、トレバビュ（Trébabu）、11時」という日付の書き込みがあり、「あなたのために、ジゼル、あなたの、わが愛する人のために」という献辞が添えられていた［TCA, 82］。ジゼルとの『往復書簡集』年譜によれば、ジゼルはこの年の1月にゴル事件による精神的苦痛から逃れられるように少なくとも1年間パリを離れてブルターニュ地方トレバビュで休養することを提案している［CGB Ⅱ, 443 f.］。6月30日には勤めていた高等師範学校（ENS）を辞職してパリを去る決意までしているが、この決定は後に撤回されている。1961年夏のブルターニュ地方での休暇は、ゴル事件による深刻な精神的苦痛から少しでも離れようとする転地療養の旅であったといえるだろう。妻ジゼルに捧げられたこの詩は詩集のなかでも例外的ともいえる「明るい」調子をもった詩である。

[注釈]
1－2　明るい／石たちが空中をよぎる、
　詩集注釈に記されているように、「〈星〉（Stern）、〈石〉（Stein）、〈言葉〉（Wort）」はツェランの詩全体における「中心的モチーフの複合体」をなす語群である［KNR, 217］。とりわけ「石」は「ケルモルヴァン詩篇」の中心的モチーフをなしているといえる。「石」は重いもの、硬いもの、沈黙するもののイメージをもつが、この詩では早のように「明るい」もの、そして軽く「空中をよぎり」、「漂うもの」として歌われている。空中に浮かぶ石のイメージはすでに『言葉の格子』のなかの「花（Blume）」にも見出されるが、この詩の「明るい石たち」は詩人がトレバビュの深夜に実際に見た明るい星空の体験から生まれたイメージなのかもしれない。

3－4　光を／もたらすものたちが。
　「光をもたらすもの（Lichtbringer）」はラテン語の Lucifer をそのままドイツ語に訳した語である。Lucifer は朝を告げる明けの明星（星の群れを支配し管理するものとさ

れる）を意味するが、また「落ちた天使」としての「悪魔」のことでもある。この詩では「石」、詩の言葉が世界の暗い夜に「光をもたらすもの」として考えられているように思われる。第2連の「それらは沈もうとしない、落ちようとしない」では本来落ちていく重さをもったものが「落ちようとしない」のであるが、そこにはパリで底なしの深淵に沈んでいく経験を経た詩人の回生の感情が読み取れるかもしれない。6行目の「当たろうとしない」には言葉のもつ攻撃的、暴力的性質が暗示されているといえる。また第3連の「あなたが見える」は「明るい石たち」によってもたらされた光によって見えるのである。

6－7　それらは向かう、／上の方に、

　ドイツ語の「上の方に向かう（aufgehen）」は星などが昇る、出現するという意味をもつ言葉であるが、ほかに植物の種子が芽生える、花が開くという意味もあって、この意味で次の「野バラ」の比喩に続いていく。

8－9　目立たぬ／野バラのように、それらは身を開く、

　「野バラ（Heckrose）」は垣根（Heck）などに生える、あるいはのびて垣根をなす野バラの一種で「イヌバラ（Hundsrose）」とも言われる「目立たぬ（geringe）」（とるにたらぬ、卑しい）バラである。「身を開く（sich auftun）」という動詞は花を開くというよりは、ドアが開く、目や心が開かれるという用法で用いられる言葉で、「石」のようにそれまで硬く閉ざされていたものが開かれるイメージがある。この詩集の「漂移性の」には「石は…ここで開かれる（Der Stein...tut sich hier auf）」という詩句がある［I，235 NR］。

11－12　わたしのひそやかな女／わたしの真実の女よ―、

　「わたしのひそやかな女、わたしの開かれた女（du meine Leise, du meine Offene）」という類似した「おまえ」への呼びかけが同じ詩集の「あらゆる想念を抱いて」に見出される［I，221NR］。ここでの「おまえ」は直接的にはこの詩が捧げられた妻ジゼルを指示すると考えられるが、ユダヤ神秘主義における「シェキナー（Schechina）」への呼びかけとも解しうる、との指摘がある。［KNR，219］。

13−15　あなたは石たちを摘むわたしの／新しい、わたしの／誰でもの手で、

　第2連で「野バラ」に喩えられた「石たち」は「あなた」によって「摘ま」れるものとなる。「誰でもの手（Jedermannshänden）」とは「誰でもない者」の手の反対語と考えられる。「手」は詩作する「手」である［KNR, 219］。「あなた」が「わたしの手」を用いるという言い方は「ラディックス、マトリックス」のなかにも「おまえが／わたしの両手であそこに向かって／そして空無に向って手をのばすように、」［Ⅰ, 240］という詩句で見出される。

16　さらなる明るさのなかへとさし入れる、

　ドイツ語のAbermals（さらなる）は「もう一度くり返して、新たに」を意味する副詞であるが、「さらなる明るさ（Abermals-Helle）」とは「くり返し現れる明るさ、くり返し新たに生まれる明るさ」を言い表している表現と考えられる。「あなたに」によって「摘まれた」たくさんの「明るい石たち」は、くり返し「さらなる明るさのなかへ」投げ入れられるのである。この「さらなる明るさ」には続く「誰もが／泣くことも必要としない」という最終行とのつながりから涙のイメージが映っているといえる。

（水上藤悦）

33/53

ANABASIS　　　　　　　　　　　アナバシス

Dieses	1	この
schmal zwischen Mauern geschriebne	2	壁と壁の間に狭く書かれた
unwegsam-wahre	3	通行不能な真実の
Hinauf und Zurück	4	上昇と下降
in die herzhelle Zukunft.	5	心の明るい未来に向かって。
Dort.	6	あそこで。

Silben-	7	綴^{シラブル}りの
mole, meer-	8	突堤、海の
farben, weit	9	色をした、遥か
ins Unbefahrne hinaus.	10	航行不能な場所へ向かって。
Dann :	11	そのとき──
Bojen-,	12	浮標^{ブイ}の、
Kummerbojen-Spalier	13	苦悩の浮標^{ブイ}の格子垣
mit den	14	その周囲で
sekundenschön hüpfenden	15	秒の美しさで飛び跳ねる
Atemreflexen── : Leucht-	16	息の反射──、光の
glockentöne (dum-,	17	鐘の音（ドゥム、
dun-, un-,	18	ドゥン、ウン、
unde suspirat	19	何故ニ嘆キ悲シムノカ
cor),	20	心ヲ）、
aus-	21	解き
gelöst, ein-	22	放たれ、取り
gelöst, unser.	23	戻された、われわれのもの。
Sichtbares, Hörbares, das	24	見えるもの、聞き取れるもの、
frei-	25	自由に
werdende Zeltwort :	26	なりゆく天幕の言葉──
Mitsammen.	27	共にあること。

［詩の理解のために］

　1961年7月27日、休暇を過ごしていたブルターニュ地方のケルモルヴァンで書かれた。

　一連の「ケルモルヴァン詩篇」の2番目の作品。ブルターニュの海辺の風景を起点に、クセノフォンの『アナバシス』を中心に据え、サン＝ジョン・ペルスの詩「アナバ

シス」、ホーフマンスタールによるペルスについての書評、それにモーツァルトのモテットなど様々なテクストを下敷きに構成された、詩の生成を空間的・音楽的にとらえた詩論としての詩である。

詩の特徴としては、動詞の過去分詞・現在分詞が多用され、定動詞がラテン語の suspirat を除いて見当たらないこと（したがって著しい名詞化が認められる）、伝統的リズム、例えばトロカイオス（1, 7, 14行）、ダクテュロス（2, 3, 15, 19, 24行）などが多用されていることが挙げられる［Speier, 58］。ツェラーンの詩の中では、最も明るい結末の詩であるといえるだろう。

［注釈］
アナバシス

もともとギリシア語の言葉（αναβασις）で、上昇や登高、高地への進軍を意味する（ana は上昇を、Basis は進行をあらわす）。有名なクセノフォン（前430〜354？）の史書『アナバシス』は、キュロス王子率いる一万数千のギリシア軍がバビロンへ侵攻、攻め入ったペルシアから敵陣を突破して、6千キロに及ぶ故国への脱出行を克明に記録している。ギリシア軍は小アジアの沿岸からバビロンをめざして内陸に遠征するが、キュロス王子が戦死した後、敵中に孤立、今度はチグリス川を遡行してアルメニアの山を越え、黒海をめざす。したがって行軍の後半は、厳密には内陸から沿岸へ至る「カタバシス（下り）」ということになるが、表題はこの上りと下りを合わせて言っているのである。

ツェラーンは1955年3月16日、パリでクセノフォンの『アナバシス』を A. Forbiger /C. Woyte の独訳によるレクラム版（Leipzig, 1943）で購入、そこには多くの書き込みが見られる［Speier, 56］。詩は同書を下敷きにして構成されている。

この他にもサン＝ジョン・ペルス（1887〜1975）の長編散文詩『遠征（アナバース）』（1924）からの影響が考えられる。これはひとりの征服者の、時間と空間を超えた内陸遠征を歌ったもので、モチーフの上でも類似した箇所がいくつかある。例えば、第7歌には「油のような光」「死者たちのためにもっと小声で（…）。『お前に語っているのだ、わが魂よ』」「広大な堤防の上に緑色青銅の騎兵隊を！」（松本信一郎訳）［ペルス, 562］など、ツェラーンの詩と共通した形象が認められる。ホーフマンスタールがこの散文詩に寄せた序文（1929）にも、以下に示すように、ツェラーンの詩と共鳴する部分がある。「この創

造的な個人は、よく踏み固められた壁のような表現の道に囲まれていて、言葉のなかに自己を投企し、言葉の霊感に陶酔し、人生への新たな通路を見出そうとしている。(…)新しい反射が、曇りかけた眼の前に浮かび上がるが、これは比類ない若返り、真の神秘である。」[Hofmannstahl PⅣ, 489 f.]

1-5 この／壁と壁との間に狭く書かれた／通行不能な真実の／上昇と下降／心の明るい未来に向かって。

　第1連は、今日、詩を書くことが置かれている困難な状況を暗示する。冒頭の「この」は、時間的（「心の明るい未来」）にも、空間的（「壁と壁の間」）にも位置づけられるが、その背後で上昇と下降（進行と退行）を繰り返しているのは、エクリチュールそのものの動きであろう。「壁と壁の間」からは、暗さと閉塞感がおのずから読み取れるが、「壁」に包囲されたゲットーや強制収容所も想起することができる。言葉はこの閉ざされた空間を脱出し、「心の明るい未来」へと脱出を図る。クセノフォンの『アナバシス』の文脈でいうなら、海への脱出路を発見するまでの、苦難に満ちた陸地の進軍過程にあたる。

6　あそこで。

　第2連はわずか1語からなるが、最初の草稿では、これを挟んで詩全体が2つの連からのみ構成されていた [HKA, 200 f.]。つまり詩のターニングポイントとなる。「あそこで」は、その直前の「心の明るい未来」を受けているとも、第3連全体を受けているとも取れる [KNR, 62]。さらにこれは、クセノフォンの『アナバシス』で、艱難辛苦の果てに黒海を発見して叫んだ言葉「海だ、海だ」にも重なる。ギリシア兵たちは、泣きながら互いに抱き合い、喜びに沸きあがる [クセノフォン, 193]。この遠征をユダヤ人のエジプト脱出に置き換えて読むことも可能だろう。黒海はツェランがブカレスト滞在中に訪れたこともあり、マンデリシュタームとも所縁が深い地名である。

　発見された海は未踏の言葉の領域でもある。これ以降、詩は陸地から海へと転回する。

7-10 綴りの／突堤、海の／色をした、遥か／航行不能な場所へ向かって。

　言葉はまだ言葉以前の「綴り」の段階にとどまっている。しかし刻々と色と形を変容

させる波のように、綴りと綴り同士は新しい言葉になろうとして分裂と結合を繰り返している。ハイフンによって結ばれながら行送りされた2つの語「綴りの（Silben-）」と「海の（meer-）」はそれを物語っている。「突堤（Mole）」は、陸地と海の境界であり、言葉の前哨基地といった役割が与えられている。この Mole には「奇胎」という別の意味もある。これも誕生と関わるが、その語源は mola（石臼）までたどることができる［Kluge, 566］。「石臼」はツェラーンの詩では死者たちの灰を挽く、「海の臼」となって現れる［Ⅰ, 166 SG］。つまりここで生まれようとしている言葉は、死者の断片を繋ぎ合わせたものであると考えられる。

海は「航行不能な場所」として描かれている。unbefahren（航行不能な）は、船員用語で「航海経験がない」という意味がある。すなわち「航行不能な」のは、実は「航海経験がない」からにすぎず、未踏の領域へ進んでゆく勇気と期待がかえって高まることになる。詩とはそのような領域へ勇気を持って踏み込む「自己の存在投企」［Ⅲ, 201］とツェラーンは考える。

11-16　そのとき──／浮標の、／苦悩の浮標の格子垣／その周囲で／秒の美しさで飛び跳ねる／息の反射──、光の

ケルモルヴァン岬付近の海に浮かぶブイ
〔1999年9月3日　関口裕昭 撮影〕

「そのとき」——ここで突然、変化が予告される。これは詩の転機、「息の転回」と呼んだ、詩語が生まれる瞬間でもあろう。「この (dieses)」で始まった詩は、「あそこで」と「そのとき」によって、言葉の進むべき方向がはっきり示されるのである。沖合い遠く、荒波に揺れて浮かぶ「浮標(ブイ)」は言葉そのもののメタファーであろう。それがすぐに、「苦悩の浮標(ブイ)」と置き換えられることによって、言葉の置かれている状況が苦難に満ちていることがわかる。浮標は海面を漂いつつ、浮きつ沈みつしているわけで、水平的・垂直的動きを兼ね備えていることは重要である。なお、ツェランがこの詩を書いたケルモルヴァンの海岸（ケルモルヴァン岬）には、切り立つ岩の下、実際に海難事故防止用の赤いブイが浮かんでいるのが確認できた（1999年9月）。もしかするとツェランが滞在した61年頃にも、同じようなブイが海に浮かんでおり、詩の発想の源になった可能性がある。

「苦悩の浮標」にはさらに「格子垣 (Spalier)」がつき、言葉の行く手を阻んでいる。しかし同時に、それを潜り抜けていくための言葉の隘路（「言葉の格子」）ともなる。「格子垣」は植物の成長を上方に促す垣根であるが、そこに絡みついた「浮標」は五線譜上で「上昇と下降」を繰り返す音符でもあろう。Spalier には「両側に人の並んだ列」というまったく別の意味もある。海に眠る死者たちが作る人垣なのであろうか、人間の柵である点では、「ワインと喪失のときに」［I，213 NR］の「人間のハードル」にも通じる。さらにこれは2行目の「壁と壁の間に書かれた」隘路にも対応する道にもなる。

「秒の美しさで飛び跳ねる／息の反射」とは、打ち寄せる波に煌く浮標のことである。浮標が「心の明るい未来」を指し示しているなら、浮標は「心(臓)」と理解することもできる。「飛び跳ねる (hüpfen)」は Das Herz hüpfte ihm vor Freude（彼の胸は喜びに躍った）という Duden の用例［Duden 4，1655］から察せられるように、「心 (Herz)」と結びつく言葉でもある。続く「息の反射」からは何らかの生命が、少なくともその痕跡が読み取れよう。ここからさらに「条件反射 (bedingte Reflex)」が思い起こされるが、マックス・シェーラーはこれを「連合的記憶」（快・不快に関わらず習慣的に反復される記憶）——ツェランは手持ちのシェーラーの本でこの語に下線を引いている——の基礎をなす重要な契機として、位置づけている［Scheler, 26］。つまり死者たちの束の間の息の吹き返しによって、過去の記憶が反射的に蘇るというのであろう。「息」については『子午線』で「詩——それは息の転回を意味するのかもしれませ

ん」［Ⅲ, 195］と述べている。そこは詩の生成する場所でもある。そのとき「光の鐘」が鳴らされる。

17-20　［光の］鐘の音（ドゥム、／ドゥン、ウン、／何故ニ嘆キ悲シムノカ／心ヨ）、

ブルターニュの民話には、海の底から美しい鐘の音が聞こえてくるという「沈める寺」の話があり、これはドビュッシーの同名のピアノ曲を通しても広く知られている。「ドゥム、ドゥン、ウン」とはこの鐘の音であろう。あるいは寄せては返す波の音とも、心臓の鼓動とも解することができる。いずれにせよこれが、原初の言葉、言葉の前段階の音である。

「ウン」という音が続くラテン語で書かれた言葉 unde suspirat cor（何故ニ嘆キ悲シムノカ心ヨ）を類音連想から導き出す。これは1773年、17歳のモーツァルトが書いたモテット「エクスルターテ、ユビラーテ（Exsultate, Jubilate）」（踊れ、喜べ、幸いなる魂よ）（KV 165）からの引用である。宗教曲とはいえ、3つの楽章からなる晴朗な協奏曲風の作品で、終楽章のアレルヤは有名である。ツェラーンはマリア・シュターダーの歌によるこの曲のレコードを持っていた［Meinecke 1970, 277］。引用はその第2楽章（アンダンテ、イ長調、四分の三拍子）から取られているが、13世紀頃成立したという作者不詳の歌詞全体は次のようになっている。「汝、処女の王冠よ、／われらに平和を与え、／情熱を慰めたまえ、／嘆き悲しむ心の情熱を（Tu virginum corana／tu nobis pacem dona,／tu consolare affectus／unde suspirat cor.）」［Mozart, 11 ff.］ツェラーンの引用した最終行では文脈上、unde は「情熱」にかかる関係代名詞であるが、それを全文から独立させて取り出したとき、「なぜ」という疑問詞へ意味が変換される。歓喜に満ちた歌詞が、引用を通して嘆きの言葉へと転調されるのである。

この明るさと悲しさが表裏一体となった二重性は、音韻の上にも反映している。原書の言葉として現れた「ドゥム、ドゥン、ウン（dum-, dun, un）」における un/um という音は、この詩の基調をなす［*un*wegsame（第3行）, *un*d（第4行）, Zuk*un*ft（第5行）, *Un*befahrene（第10行）, K*um*merbojen（第13行）, sek*un*denschön（第15行）, *un*ser（第23行）］。本来 un- は接頭辞として「否定」を意味するが、ここでは「und（そして）」や「unser（われわれのもの）」というような、結合や共有としても使われている。「ドゥム、ドゥン、ウン」にはこの両方が共鳴しているのである。

21−23　解き／放たれ、取り／戻された、われわれのもの。

　ハイフンによって分断され、行送りされた最初の2つの単語はそれぞれ、動詞 einlösen、auslösen の過去分詞である。einlösen は「(装置を)作動させる、(感情を)引き起こす」あるいは「解放する、(お金を払って)取り戻す」という意味が、また auslösen には「(小切手を)現金化する、(担保など)請け出す」という意味がある。前綴り aus- と ein- は元来「外へ」と「内へ」という反対の方向の動きを表すが、その相反する意味は解消され、共通の意味を獲得する［鍛冶, 165 f.］。これが「われわれの」という共有を準備する。

24−27　見えるもの、聞き取れるもの、／自由に／なりゆく天幕の言葉──／／共にあること。

　ハイデガーの『家の友ヘーベル (Hebel der Hausfreund)』には次の箇所に、ヘーベルからの引用に続き、「見えるもの、聞き取れるもの」が言及される。「大地──ヘーベルの文ではすべての見えるもの、聞こえるもの、感じ取れるものとして (als Sichtbares, Hörbares, Fühlbares) われわれを支え、取り巻き、勇気づけ、安心させてくれるものすべてをこの言葉で呼んでいる、すなわち感覚的なるものを。エーテル(天空)──ヘーベルの文では五官を用いずに知覚できるものすべてをこの言葉で呼んでいる、すなわち非感覚的なもの、意味、精神を。しかし完全に感覚的なものの深遠と大胆きわまる精神の空の高みに通じている道が言葉である。どういう点において、そうなのか？その言語の言葉は、言葉の響きの中で光り、文字の中で輝くのである。(中略) 言葉は、天の下の地上にいる人間が、世界の家に住んでいる領域を開いておくのである」［Heidegger 1957, 29］。

　ツェランの詩の結びは、ハイデガーのこの言語論にほぼ沿っていると見てよいだろう。地上の人間に知覚できるもの (「見えるもの、聞き取れるもの」) が、言葉を媒介として、広大な空に漂う「知覚できないもの、精神」へと広がっていく。その空に漂っているのは、おそらく死者たちであり、この死者への視線の有無がツェランとハイデガーを隔てているともいえる。「天幕 (Zelt)」はもちろん果てしない天の蒼穹を指すが、それだけではない。それは定住地を持たない放浪の民であるユダヤ人の束の間の住まいでもあり、空中に浮かんだ死者たちが住まう場所でもある。「共にあること」は、そのような死者たちとの確固とした言葉の回路を見出した喜びであり、「希望の地平

[Waterhous, 64] と読み解くこともできる。ツェラーンの詩の中では、数少ない、明るい希望に満ちた結語であるといえよう。

(関口裕昭)

34/53

EIN WURFHOLZ, auf Atemwegen,	1	ブーメラン、気道を
so wanderts, das Flügel-	2	さまよう、翼を—
mächtige, das	3	意のままにするもの、あの
Wahre. Auf	4	真実なるもの。
Sternen-	5	星の—
bahnen, von Welten-	6	軌道を、世界の—
splittern geküßt, von Zeit-	7	破片によって口づけされ、時の—
körnern genarbt, von Zeitstaub, mit-	8	殻粒によって傷痕をつけられ、時の塵によって、
verwaisend mit euch,		
Lappilli, ver-	9	火山礫よ、
zwergt, verwinzigt, ver-	10	おまえたちと共に孤児となり、矮—
nichtet,	11	小化され、微小化され、根—／
verbracht und verworfen,	12	絶され、
sich selber der Reim, -	13	運搬され、そして投げられて、
so kommt es	14	自分自身の韻となり、—
geflogen, so kommts	15	そしてやってくる
wieder und heim,	16	飛びながら、そして
einen Herzschlag, ein Tausendjahr lang	17	再び帰ってくる、
	18	一心拍の間、一千年の間
innezuhalten als	19	動きをとめて
einziger Zeiger im Rund,	20	唯一の針となるために、
das eine Seele,	21	ひとつの魂が
das seine	22	彼の

354　第II部　詩集『誰でもない者の薔薇』注釈

Seele	23	魂が
beschrieb,	24	描いた、
das eine	25	ひとつの
Seele	26	魂が
beziffert.	27	数字をつける円形の中で。

[詩の理解のために]

　成立は1961年7月30日、ケルモルヴァンにて。決定稿で6行にわたっている結尾の部分に、行分けの上で若干の異同がある。TCA所載の、第1稿と目される稿には、冒頭にキリル文字で、マンデリシュタームの「アンドレイ・ベリュイのためのレクイエム」のヴァリアントの引用があった。以下の如く4行である。

　「おまえと陸地の間に氷の絆が生じる——
　さあ飛ぶがよい、若くなるがよい、飛ぶがよい、無限に身を伸ばして。
　かれらはおまえに尋ねてはならない、あの若き人たち、未来の人たち、あの人たちは、
　おまえがあそこで、空虚の中で、純粋の中で、いかにあるかを——　おまえに、孤児に
　　向かって！」
　この詩の独訳は、KNR及びKGの両書に掲載されているが、やや異同があり、上掲の拙訳はKGによった。

[註釈]

1-4　ブーメラン、気道を／さまよう、翼を—／意のままにするもの、あの／真実なるもの。

　ブーメランは、オーストラリアの先住民が使用した「へ」の字形の狩猟用道具で投げて使うが、手元に帰ってくる性格を持つ。ブーメランについては、1959年12月27日の日付のあるフラグメントに以下のような記載がある。「この年の非常に人間的な荒野（Unland）／自身の／手で書かれたものがもどってくる、ブーメラン、／遠方から」[KG, 695]、[TCA, 86]。なお、このフラグメントの中の「荒野（Unland）」という言葉は、次の詩「ハヴダラー」にも出てくる。また詩集『言葉の格子』所載の「しかし」には、「白鳥たち、／ジュネーブで、わたしはそれを見なかったが、飛んでいた、

それは、／音を立てて、無から、ブーメランが／ひとつの魂という目的に向かっているようだった：」［Ⅰ，182 AW］とある。

しかし、この詩の場合、ブーメランの特性としての回帰性が、とりわけ強調されているとはいい難い。

回帰性は当然『子午線』への示唆でもある。「わたしは見つけます、…二つの極をこえておのれ自身に立ちもどるもの、…子午線を見つけます」。すなわち詩としての、子午線としてのブーメランである。

気道は「空気呼吸をする脊椎動物の呼気・吸気の通路。鼻腔・咽頭・気管・気管支など」［新世紀・ビジュアル大辞典］である。詩作は言葉を扱うから、詩は、気道を進むブーメランである。

「翼を意のままにするもの」は、das Flügel と mächtige を改行によってあえて分けているところから、このように訳してみた。これに「真実なるもの」という、信じられないほど直截的な規定が続く。

5－13　星の—／軌道を、世界の—／破片によって口づけされ、時の—／殻粒によって傷痕をつけられ、時の塵によって、／火山礫よ、／おまえたちと共に孤児となり、矮—／小化され、微小化され、根—／絶され、／運搬され、そして投げられて、

1行目の「気道」に対応するのが「星の軌道」である。人間の体内から発した言葉＝詩が宇宙をさまよう。その流浪は「傷痕を残され」、「孤児となって」、「矮—小化され」、「微少化され」、「根—絶され」とあるように平穏なものではない。それは「火山礫」と共に「孤児」となる。「火山礫」は、噴火の際に噴出された溶岩の破片である。

またオウィディウスの「変身物語」によれば、裁きの場において、生死・黒白を決する採決投票に用いられたという。

「孤児となって（verwaisend）」は、ツェフーン所蔵のジャン・パウルの「死んだキリストの話」にある「宇宙において、神を否定した者ほど孤独な者はいない—彼は、彼は最も偉大なる父を失って、孤児になった心で（mit einem verwaisten Herzen）悲しむのだ」という個所があり、目次に印がつけられているという［KG, 695］。また一方では、はじめ冒頭にかかげられながら消去されてしまったマンデリシュタームの詩の一節にある「孤児に向かって（dem Waisen）」を思わせる。この「孤児となって」は、その他の並列された過去分詞による規定とともに、マンデリシュタームその人の運命を

うかがわせる。ブーメランは詩語の流浪とともに、詩人の、マンデリシュタームに代表させた詩人一般の流浪を象徴的な軌跡として描く。

ブーメランの出会う対象から受ける結果が、ge 及び ver の前綴を持つ規定詞によって表現されているが、その中で最も強烈な衝撃力を備えいるのは「根—絶され（vernichtet）」であろう。全滅・壊滅・絶滅といった訳語は、一般的には、ブーメランの領域とは縁が遠い。しかしたとえば詩としてのブーメランを想定するとき、それは、言語の否定、言葉の沈黙に通ずる。或いは、当然、ユダヤ人の運命とも関わってくる。

「運搬され（verbracht）」の不定詞 verbringen を、運搬するの意味で用いるのは、《官》、すなわち官庁用語、文書用語となっている。ブーメランのことだけを思えば、「運搬され」は、「孤児となり、矮—少化され、微小化され、根—絶され」と同様にやや奇異の感を免れえないが、KG の指摘にもあるように「エングフユールング」の冒頭がこの語 verbracht ではじまる［KG, 695］のを見れば、作者の意図は自明であろう。

しかし、ブーメランが、ここで根絶されたのだとすれば、そこから帰ってくるのは、再帰してくるのは、そこまで飛んでいったブーメランではない。根絶されたブーメランに代る、非在のブーメランである。

16　自分自身の韻となり、—

全部で27行にわたって展開するこの詩のちょうど中心にあたるのが、16行目であるが、ただ行数からいって、というだけではなく、内容的にも中心をなしていることについては、研究者たちの指摘がある［KNR, 229］、［Meuthen, 1983］。

言語が否定され、詩が沈黙する地点から、帰ってくる非在のブーメランは、「自分自身の韻」である。韻とはこだまである。韻は、元来、他の場所における同じ音と対応する。他のものと一対をなすから、韻とは反響である。「自分自身の韻となり」とは、自らのこだまとなることであり、再帰的性格が強い。『子午線』に「わたしは…　わたし自身に出会いました」とあるのは、また「それはおそらくは存在の投企、自分自身を先立てて自分自身のもとへおもむくこと、自分自身を求めること…一種の帰郷です」［Ⅲ, 201］とあるのは、同じことを別の言葉でいいかえたものであろう。

15-17　そしてやってくる／飛びながら、そして／再び婦ってくる、

再び帰ってくるというブーメランの特性が、ツェラーンの興味の中心であったこと

は、先にあげたフラグメントによっても知れる。テキストの中で、その特性を明示した部分である。ある地点からブーメランが投げ手のもとに帰ってくるように、この詩自体が14行目を折返し点として、読者の方へ向きを変えるが故に、Figurengedicht に見えるとマンガーはいう [KNR, 227]。Figurengedicht とは、訳しにくい言葉だが、内容を形でも示しているという意味で図像詩とでも称するべきか。

またマンガーは、17行目の heim と14行目の Reim が、音の上で呼応しあっていることに注目している [KNR, 229]。

18-27　一心拍の間、一千年の間／動きをとめて／唯一の針となるために、／ひとつの魂が／彼の／魂が／描いた、／ひとつの／魂が／数字をつける円形の中で。

「一心拍の間」と「一千年の間」が並列されているのは、ふたつの時間の間に「或いは」を入れて読むか、または、一心拍と一千年が等号で結ばれる、別次元の時間を想定するかのいずれかであろうか。

「動きを止めて」と訳した innehalten には、問題がある。つまり「円形の中で (im Rund)」との関係が二様にとれる。解釈 A は、円形の内部で動きを中断する、解釈 B は、円形そのものを描くことを中断するの意であるが、いずれにせよ、ブーメランが動きを止めることに変りはない。

「唯一の針として」の針は、もちろん時計の針であろう。これに関しては、ジャン・パウルの「死んだキリストの話」の影響が示唆されており、以下の一節が引用されている [KNR, 230]、[KG, 695]。「上方の、教会の丸天井には、永遠の文字盤がかかっていて、数字は書かれていなかった。文字盤が自身の針となっていて、ただ一本の黒い指がそれを指し、死者たちが、そこに時を見ようとしていた。」

円形を描いたのは「ひとつの魂」であるが、それは「その魂 (seine Seele)」といいかえられる。「その (seine)」は、文法上、中性を受けるから、ブーメランを指すと思われる。従って円形を描いたのは「ブーメランの魂」であろう。

最後の3行の文型は、22行目から24行目と似ているが、動詞の時称が違っているのに注意を払うべきだろう。24行目の「描いた (beschrieb)」が過去形であるのに対して、最終行の「数字をつける (beziffert)」は現在形である。これまで描いた円形に、今、数字をつけるということになる。数字をつけた円形となれば、時計のイメージと結びつく。「針 (Zeiger)」という言葉も、そのイメージを強めている。ブーメランの形そのも

のが時計の針と似ているという指摘もある［Hamacher 1988, 116］

　これまでいわば白紙であった円形に数字を付することは、無の状態を秩序づけることである。それをブーメランがはたす、そしてブーメランが、先に書いたように詩を暗示しているならば、無の状態に秩序をもたらすものとしての詩というイメージが形成される。

　ただし、ブーメランが投げ手のもとに、回帰してくるのは、目的となった対象をとらえそこなったときだという事実が多少気にならないことはない。誤解という読者の特権を、さらに利用すれば、ein Wurfholz（ブーメラン）の -holz を、音韻をたよりに -herz に置換すると、ein Wurf-herz、「心を投げかける」になって、詩人がブーメランに托した、とはつまり「詩」に托した思いを垣間見ることができる。

　「詩は言葉の一形態であり、それ故にその本質上対話的なものである以上、いつかはどこかの岸辺に——おそらくは心の岸辺に——流れつくという（必ずしもいつも希望にみちてはいない）信念の下に投げこまれる投壜通信のようなものかもしれません。詩は、このような意味でも、途中にあるものです——何かをめざしています。

　何をめざしているのでしょう？　何かひらかれているもの、獲得可能なもの、おそらくは語りかけ得る〈きみ〉、語りかけ得る現実をめざしているのです［Ⅲ, 186,］（邦訳）」。

　投げこまれて、海をただよう壜を、空に投影すれば、それは、ブーメランになるのだろう。

　逆立ちして歩くこと、足の下に空を深淵として持つ詩人にとって、それはいかにも自然な逆転であったに違いない。

（佐藤俊一郎）

35/53

HAWDALAH　　　　　　　　　　**ハヴダラー**

An dem einen, dem　　　　　　1　その一本の、その
einzigen　　　　　　　　　　　　2　たった一本の

Faden, an ihm		3	糸を、それを
spinnst du-von ihm		4	おまえは張りめぐらす—その糸で
Umsponnener, ins		5	紡ぎくるまれたものよ、
Freie, dahin,		6	外側へ、かなたへ、
ins Gebundne.		7	拘束のなかへ。
Groß		8	丈高く
stehn die Spindeln		9	紡錘たちが立っている
ins Unland, die Bäume : es ist,		10	荒地のなかへ、木々が—
von unten her, ein		11	下から、ひとすじの
Licht geknüpft in die Luft-		12	光が　空気の
matte, auf der du den Tisch deckst,		13	織物に結ばれている、その上でおま
den leeren			えは食事の支度をする、空席の
Stühlen und ihrem		14	椅子たちと　それらの
Sabbatglanz zu - -		15	安息日の輝きに—
zu Ehren.		16	敬意を表して。

[詩の理解のために]

　1961年7月31日、ケルモルヴァンで書かれた詩。4つのタイプ原稿があり、初稿から決定稿に至るまでの異同は2つある。ひとつには、10行目の「Unland（荒地）」が、初稿では「Land（大地）」であった点、次には、草稿段階では続けて書かれていた15行目と最終行の16行目が、決定稿では離されて16行目が第3連になっている点が、異同として挙げられる［TCA, 88］。この詩は、詩集『誰でもない者の薔薇』第3部所収のほとんどの詩がそうであるように、1961年7月から8月にかけてツェラーンが家族と共に滞在したブルターニュ地方で成立した。詩集全体から見て、最も目を引くのは、ユダヤ教の儀式の固有名がタイトルに採用されていることである。ユダヤ的なものと対峙している点において、「頌歌」［Ⅰ, 225 NR］、「巨石記念碑」［Ⅰ, 260 NR］との関連が指摘されている。また、この詩は3連構成の自由韻律詩であるが、強弱弱のダクテュロスの色彩を持っている［KNR, 232］。

[注釈]
ハヴダラー

　ハヴダラーは、安息日（ユダヤ教では、金曜日の日没から土曜日の日没まで）あるいは祭日の儀式の終わりに唱えられる祈りの言葉を意味する。語義的には、ヘブライ語で「区分、分離」という意であり、この語が使われた起源をたどると、光と闇の分離に始まる神の創造行為にさかのぼるという［創世記　1，3-7］。このような起源を持つハヴダラーは、安息日や祭日の儀式において、聖と俗、光と闇、祭儀と日常の分離としての機能を果している。ハヴダラーが唱えられている間、蠟燭に火が灯され、杯にぶどう酒が注がれ、香料の入った箱（ベサミン）が手渡されるという。安息日と祭日の終わりを告げるハヴダラーの文句は、次のようなものである。「讃えられよ　なんじ　永遠なるおかた　われらが神よ／なんじは聖と俗を分かち／光と闇を分かち／イスラエルと他の民族を分かち／七日目の日と六日間の仕事の日々を分けられた。／讃えられよ　なんじ　聖と俗とを分けた永遠なるおかたよ。」［KNR, 232 f., 235 f.: KG 695］

　また、母方の叔母エスリエル・シュラーガーはツェラーンの少年時代について次のような証言をしている。「祖父のシュラーガーのところでは、土曜日の晩には、伝統に従って儀式がとり行われた。世俗的な日常を神聖な安息日と区分する意味を持つ「ハヴダラー（別れの祈禱。土曜日の夕方、ハヴダラーによって安息日を送り出すと、新しい週が始まる）」の歌を、その老人と一緒に子供たちは歌った。伝統的なメロディーはパウルに、耳のよさと、歌うときの声の美しさを実証するめったにない機会を与えた。」［Chalfen 1979, 41 f.］ちなみに、シュルツェによって「安息日の詩」［Schulze 1993, 234］と呼ばれているこの詩は、月曜日に書かれている［KG 695］。

1-4　その一本の、その／たった一本の／糸を、それを／おまえは張りめぐらす―

　第1連の前半を構成するこの箇所で強調されているのは、「糸」である。象徴事典によると、「糸」は仲介者の象徴とあるが、詩の中で描写されている行為は少なくとも2つの場所をつなぐものと受け取れる。そもそも「糸」は、アリアドネの糸、パルカ（モイラ）の運命の糸など、ヨーロッパの神話、文学において重要な役割をになうことがある。この詩の冒頭は、こうした神話を前提とした慣用表現「an einem einzigen Faden hängenden Leben（風前の灯の命）」を踏まえていると考えられる。さらに、繭の中で紡ぎ編んだあと、蝶となってそこから解放されるカイコもここで想定されている可能性

がある。カイコは、神秘思想全般で肉体から自由になる魂のシンボルであり、物質から自由になる精神のシンボルである。糸を紡ぐモチーフは、ツェランの詩では詩作行為と関連して、第1詩集『ケシと記憶』（たとえば、「アーモンドを数えよ」［Ⅰ, 78 MG］）から第5詩集『息の転回』（たとえば、「糸の太陽たち」［Ⅱ, 26 AW］）まで用例は多い。『子午線』の「芸術と共におまえのもっとも固有の狭さの中へ入れ、そして自らを解放せよ。」という言葉との関連も指摘されている［KNR, 233］。

4-5　おまえは張りめぐらす—その糸で／紡ぎくるまれたものよ、

「糸」を張りわたす者がここでは同時に「糸」によって紡ぎ包まれている、という状況が示されている。図像としては、糸を吐き出して繭を紡ぐカイコ、あるいは巣を張りめぐらすクモを想起させる。行為の主体「おまえ」は、第1連の中央に置かれ強調されているが、この「糸で紡ぎくるまれた」存在は、ただひとつのテーマにとらわれた詩人のメタファーであるとレーマンは解釈している［KNR, 233］。

6-7　外側へ、かなたへ、／拘束のなかへ。

「糸」を張りわたす方向がこの箇所で示唆されているわけだが、それは外側と内側、自由と拘束というまったく正反対の方向となっている。このようなパラドクスは、詩集『誰でもない者の薔薇』にはたびたび見受けられる重要なレトリックである。レーマンによれば、このパラドクスは、「糸」を張りわたす者が同時に「糸」によって紡ぎ包まれているという能動行為と受動状態の同時性に対応している。

また、同じく1961年のケルモルヴァン連詩のひとつ「わたしは竹を切った」［Ⅰ, 264 NR］に、「Gebundne（拘束）」との関連性を感じさせる「Ungebundnen（無拘束）」という語が見られる。当時6歳の息子エリックを暗示する「無拘束」に対し、詩「ハヴダラー」の「おまえ」は、東欧ユダヤ人出身という強いとらわれの中で詩作を続ける詩人自身であろうと思われる。さらに、第1部の「三人で、四人で」［Ⅰ, 216 NR］と同様、gebundene Rede（韻文）と ungebundene Rede（散文、自由韻律詩）という表現形態との関連も考えられる。詩全体から見た場合、「das Gebundne（拘束＝結ばれたもの）」を糸によって編まれたものと考えれば、第2連の「Luftmatte（空気の織物）」との対応が見て取れる［KNR, 233］。

8-10　丈高く／紡錘たちが立っている／荒地の中へ、木々が——

　この詩の中で、唯一の書き換え部分を含む第２連の冒頭。前述のように、「Unland（荒地）」は当初「Land（大地）」と書かれていた。この改稿にも、詩集『誰でもない者の薔薇』に特徴的な相矛盾したレトリックが背景にあると考えられる。つまり「Unland」には、通常使われている「荒地、不毛の地」という意味のほかに、Land の否定としての空、大気の意が含まれている。さらに『子午線』との関連で考えると、U-topie に対応する非在の土地、非在の国の意がこめられている［KNR, 234］。このように、Unland を多義的に受け取るとして、「紡錘」が何本も丈高く立っている情景をどのように思い描けばよいのだろうか。むろん「紡錘」の同格の主語として「木々」が置かれていることから、糸杉やポプラのような紡錘の形に似た樹木が林立する風景と考えればよいのかもしれない。けれども、「紡錘」を紡錘型の樹木のメタファーと見る一方で、やはり第１連の「糸」との関連を見逃すわけにはいかない。

　そもそも「紡錘」は、糸を回しながら撚りをかけて巻き取る道具である。プラトンは『国家論』の最後で、天につながれた「必然のつむ」について述べているが、そこで「紡錘」は、宇宙の中心で支配している必然性の象徴である。必然の姉妹であるモイラ三姉妹（ラケシス、クロト、アトロポス）は、生きているものの生命を糸を介して支配し、ラケシス（過去）は糸を紡ぎ、クロト（現在）は糸を巻き、アトロポス（未来）は糸を断つという［KNR, 234：KG 696］。実際、ツェラーンは、蔵書の『国家論』末尾にしるしをつけており、明らかに読んだ形跡があるという［KG 696］。伝統的な「紡錘」の象徴体系から考えると、詩人が紡ぎ撚りをかけている「糸」＝言葉は時間と死者に強く関わっていることになる。また、レーマンの指摘によると、Spindelbaum という複合語の分離が意識的に行われている。Spindelbaum は、ニシキギ属の樹木の総称で、代表的なものにセイヨウマユミがある。この樹木は、堅い素材のため昔から紡錘に加工されたという。「糸の太陽たち」［II, 26 AW］との構造的論理的類似も指摘されている［Gebhart 1990, 122］。

11-13　下から、ひとすじの／光が　空気の／織物に結ばれている、

　上から下へとおりてくる自然光とは逆に、ここで描かれている「光」は下から上へという方向が強調されている。垂直に立つ「紡錘」＝樹木に巻きつきながら、上昇する「糸」＝「光」の情景が展開されている。その光る「糸」が、「空気の織物」を編み上げる

のである。先に触れたように、光る「糸」を詩人の言葉ととると、「空気の織物」とは詩人の言葉で編まれた詩ということになる。しかもコンテキストから見て、「空気の織物」＝詩は、多義的に取りうる「Unland（荒地）」の領域にあると考えられる。レーマンは、この地上から空に向かって、いわば逆方向にのびる光の「糸」に、超越的存在への作者の疑義を読み取り、「テネブレ」［Ⅰ，163 SG］、「頌歌」［Ⅰ，225 NR］、「巨石記念碑」［Ⅰ，260 NR］を同傾向の詩として挙げている［KNR，234］。

13-16　その上でおまえは食事の支度をする、空席の／椅子たちと　それらの／安息日の輝きに―／／敬意を表して。

　ここではじめて、タイトルの「ハヴダラー」に直接関連する表現が出てくる。「ハヴダラー」は前述のように安息日が終わる土曜日の夕方に唱えられる祈りの言葉であるが、ここでは「食事の支度」、「空席の椅子」が安息日に強く関わる事柄として読むことができる。食事は、ユダヤ教の安息日において、特別な意味を持つとされる。それは神が与えたと伝えられるマナの故事［出エジプト記 16，14］にさかのぼるが、白いテーブルクロスのかかった食卓にご馳走が並び、家族で静かに食卓を囲むという。また、「空席の椅子」は、預言者エリヤあるいは死者たちのために空けておく、という安息日の食事の決まり事を示している。食事の際、安息日用の特別な蠟燭が灯されるというが、「安息日の輝き」は週末ごとに灯された蠟燭の光を示唆していると思われる［KNR，235］。また、ショーレムは、「安息日に上方の世界の光が、人々が6日の間暮らした世俗の世界へ入り込む。この安息日の光は、次の週まで薄明となって消えずに残る。」と述べており、カバラの観点から見た場合、「安息日の輝き」は聖なる神的光ということになる［Scholem 1973, 186：KG 696］。

　しかしツェラーンの少年時代の記憶と結びつくはずの安息日の食卓は、ここでは「空気の織物」の上に用意される。しかもそれは、荒地あるいは非在の場所の空中に置かれている。この奇妙な安息日の風景は、一度は中断された「敬意を表して」という空疎な決まり文句［Meinecke 1970, 155］によって、ユダヤ教の儀式に対する詩人の屈折した思いを伝えている。第4の十戒としてユダヤ教徒にとって重要な儀式である安息日を、このような形で取り上げたこの詩は、中断された「敬意を表して」という語で終わっているが、その対象は神ではなく、不在の死者たちであったと考えられる［KNR，235］。

（冨岡悦子）

36/53
LE MENHIR　　　　　　　　巨石記念碑[メンヒル]

Wachsendes	1	増大してゆく
Steingrau.	2	石の灰色。

Graugestalt, augen-	3	灰色の形姿、眼のない
loser du, Steinblick, mit dem uns	4	あなた、石の眼差しよ、大地はあな
die Erde hervortrat, menschlich,		たとともに
auf Dunkel-, auf Weiβheidewegen,	5	私たちの前に現れた、人間のように、
abends, vor	6	暗く、白いエリカの道の上に、
dir, Himmelsschlucht.	7	夕暮れ、あなたの前に
	8	天の峡谷が。

Verkebstes, hierhergekarrt, sank		
über den Herzrücken weg. Meer-	9	櫃に入れられたものが、車でここに
mühle mahlte.		運ばれて来て、
	10	心の稜線の彼方へ沈んだ。海の
Hellflüglig hingst du, früh,	11	碾き臼が回った。
zwischen Ginster und Stein,		
kleine Phaläne.	12	明け方、明るい羽根をつけてあなた
		は留まっていた、
Schwarz, phylakterien-	13	エニシダと石の間に、
farben, so wart ihr,	14	小さな蛾よ。
ihr mit-		
betenden Schoten.	15	黒い、聖句箱の
	16	色をして、あなたたちはいた、
	17	ともに祈り続ける
	18	莢のかたちをして。

[詩の理解のために]
　1961年8月4日、夏の休暇を過ごしていたケルモルヴァンで書かれた。「明るい石たちが」[Ⅰ, 255 NR]に始まるブルターニュ詩篇のひとつである。決定稿に至るまで数種類の草稿が残されている。主な相違箇所を挙げると次のようになる。「石の眼差し、／後ろで沈黙した、黒い／閉じたエニシダの／莢とともに」(手稿5、1-4行)[HKA, 209]「黒く、閉じて／エニシダの莢は／櫃に入れられたものすべてと秤にかけられた、私たちは立っていた／その下に、私たちは立っていた」(手稿4、6-9行)[HKA, 210]。
　目次には最初のタイトルが「サン・ルナン付近のメンヒル (Le Menhir de St.Renan)」として挙げられていた。サン・ルナンはケルモルヴァンから北東約10キロの小都市で、郊外に広がる荒野にはメンヒルがひとつ残っており、これが詩の題材になったと考えられる。
　詩集の最も重要な形象のひとつである「石」そのものを題材にした詩。白から黒に移り変わる灰色の石のグラデーションを基調に、朝と夜、過去と現在、生と死の対比がテーマとなる。

[注釈]
巨石記念碑(メンヒル)
　メンヒルは新石器時代に、太陽信仰から生まれ、死者を追悼すると考えられている石像。「ブルターニュはとりわけメンヒル、直立した長石の代表的な土地で、至る所に無数のメンヒルが存在する。中世初期に起こった高潮による海岸地域の地盤沈下にもかかわらず、多くのものが、今日でも垂直に立った状態で残っている」[Behn, 99]。中でもカルナックの列石は有名である。
　定冠詞つきのフランス語によるタイトルは、上述したように、これがサン・ルナン近郊に残る高さ約9メートルのメンヒルを題材にしていることを暗示する。この付近にはかつて多くのメンヒルがあったが、ほとんどは第二次世界大戦により破壊され、これだけが残ったという。
　「メンヒル (Menhir)」はブルターニュ語で「石」をあらわす Men と、「長い」をあらわす hir からなる言葉である。また Men には「人間」、それも分断され傷つけられた人間という意味合いもこめられているのであろう (5行目に「人間のように」とあ

366　第Ⅱ部　詩集『誰でもない者の薔薇』注釈

る)。同じ詩集に収められた「…泉がざわめく」［Ⅰ, 237NR］にも、「人間 (Menschen)」が Men と schen に分断された例がある。

1-2　増大してゆく／石の灰色。

　2通りの解釈が可能である。Steingrau を「灰色の石」ととれば、「成長し続ける石」となり、死んで動かない石に人間を重ねあわせ、何らかの生命への意思と成長を読み取ることができる。1960年頃、ツェラーンが読んだマックス・シェーラーの『宇宙における人間の地位』には「人間生成は精神の力による世界開示への高まり(Erhebung)である」とあり、この部分にツェラーンは下線を引いている［Scheler, 41］。

巨石記念碑（メンヒル）
〔1999年9月3日　関口裕昭　撮影〕

　一方、訳出したように「石の灰色」ととると、「増大してゆく灰色」となり、石の大きさに変化はないが、灰色の濃度が次第に増してゆくと理解できる（同時に暗くなってゆく周囲も暗示されている）。実際、「白いエリカの道」(6行目) や「黒い」(15行目) など、白から黒に至るいわゆる「灰色」の濃淡、グラデーションがこの作品の主旋律となっている。これと似た内容の詩としては、フロイトをテーマにした「…どんな平和もなく」［Ⅱ, 201 FS］があり、それは「反復強迫─／カマイユ」と締めくくられている。「カマイユ」は灰色の濃淡だけによる単彩画。色彩を用いず、黒と白の濃淡だけで銅版画を製作していた詩人の妻ジゼルを意識した表現であるが、それはこの詩にもあてはまるのかもしれない。

　「灰色」は死者の灰の色でもある。死者を追悼するメンヒルは、従って墓石でもある。ベッシェンシュタインはドロステの詩「巨石墳墓（Der Hünenstein）」との類似性を指摘している［KNR, 239］。

3 − 5 　灰色の形姿、眼のない／あなた、石の眼差しよ、大地はあなたとともに／私たちの前に現れた、人間のように、

　「形姿（Gestalt）」および「眼」という表現から、石が擬人化されていることがわかる。「形姿」は詩論的にも重要な語。『子午線』では次のように述べられる。「そのとき詩は、今までよりいっそう明瞭に、個々のものの形姿となった言葉になるでしょう。」[Ⅲ, 197 f.]「詩は別のものへ向かおうとします。どんな事物も、どんな人間も、別のものをめざす詩にとって、この別のものの形姿（Gestalt）なのです。」[Ⅲ, 198] すなわち「形姿」は、それに出会うことによって詩がかたち作られる、「人間のよう」な存在ということになろう。

　「眼のない」ことは死者の属性として、他の詩でもしばしば現れる（「ベネディクタ」[Ⅰ, 249 NR]）。「石の眼差し」とは、眼はないものの、石全体が眼差し（すなわち「形姿」）となって、迫害の歴史を目撃し続けてきたとも読みうる。

　またツェランが所蔵していたマックス・ベーン著『古代の文化（Kultur der Urzeit）』第 1 巻には、「メンヒル」について「それは東洋と地中海の類似から魂の王座（Seelenthrone）と考えた」とあり、ツェランは「魂の王座」に下線を入れている [Behn, 140]。

6 − 8 　暗く、白いエリカの道の上に／夕暮れ、あなたの前に／天の峡谷が。

　黄昏てゆく道を、「黒（暗い）」と「白」という明暗をなす 2 色——夜と朝、死と生、過去と現在を暗示する——で表現している。Heide は「（ヒースやエニシダの生えた）荒野」であり、さらに「異教徒」「異邦人」という意味もあることから、迫害と受難を受けたユダヤ人たちが歩む道を読み取ることもできる。

　Weißheide（学名 ledum palustre）というエリカ属の植物は実際に存在する。イギリスの代表的な野生のヒースで、葉の裏が灰色のことから「灰色エリカ」と呼ばれるエリカ・キネレア（Erica cirerea）はこれと同じと考えられる。ロンドン郊外の墓地ハイ・ゲートを訪問したのを機に書かれた詩「ハイ・ゲート」[Ⅱ, 262 LZ]にも「エリカ（Heidekraut）」が現れ、ツェランにとって死者を追想する花だと思われる。ヒースの花言葉は「孤独」である。

　天と地を逆転させれば、荒野にそそり立つメンヒルは、天のひび割れ、峡谷とみることもできよう。あるいはメンヒルの神秘的な力により天が裂けるのであろうか。既成の

368　第Ⅱ部　詩集『誰でもない者の薔薇』注釈

秩序を揺るがし、現実、さらに神に対する異議申し立てがなされているとも読める。なお「峡谷」は女性の性器の隠喩として用いられた詩「痙攣」［Ⅱ，122 FS］があり、ここでもメンヒルを男性の性器と見るならば、両者の性的合一が浮かび上がり、最終行への伏線にもなる。

9－11　櫃に入れられたものが、車でここに運ばれて来て、／心の稜線の彼方へ沈んだ。海の／碾き臼が回った。

　Verkebste の Kebste にはグリム大辞典によると、「妾、側女（Sklavin）」の他に、「聖遺物を入れる小箱（Reliquienkapsel）」という意味がある［Grimm11, 373 ff.］。

　「車で運ばれたもの」が「心」とイメージが重なる例は「コントルスカルプ広場」にも見られる。「かくも／多くのものが／心の背の道を／希望という名の車に／上り下りしながら運ばれてきた者に／求められる」［Ⅰ, 282 NR］。「車」はおそらく強制収用所へ向かう列車、「心」は輸送されるユダヤ人たちの心を暗示しよう。Rücke には「背中、尾根」の他に「（海や川の）水面」という意味もあり、「海の碾き臼」に繋がる。

　「海の碾き臼（Meermühle）」――海の底には塩の碾き臼があるので、海は塩辛いという伝説が想起される。この表現は「白く、軽やかに」の最後の部分にも用いられている。「海の碾き臼が回る、／氷の明るさで誰にも聞かれず／私たちの眼の中で」［Ⅰ, 166］。塩はここで涙に変容している。さらに初期の詩「遅く、深く」の「お前たちは死の碾き臼で約束した白い粉を挽く」［Ⅰ, 35］とあるのとも関連があろう。白い粉とは、死者たちの灰である。

　ツェラーンが愛用した地学の専門書『地球の歴史』の巻末の用語解説にも「海の碾き臼」が専門用語として出ている。「甌穴（Strudellocher）に似て、海岸の岩に穿たれた穴。渦状に旋回する砂や砂利の摩滅作用により生じる」［Erde, 559］。メンヒルはその形状からして、この碾き臼を挽く摺り棒とも考えられる。

12－14　明け方、明るい羽をつけてあなたは留まっていた、／エニシダと石の間に、／小さな蛾よ。

　明け方、朝日を浴びて明るく輝くメンヒルを、透き通った「蛾の羽根」に見立てて、こう表現したのであろうか。それとも実際に詩人はこの昆虫を発見したのかもしれない。Phaläne は蛾（Nachtfalter）のこと。夜になると灯火に飛来し、蝙蝠と間違えら

れるくらい大きいものもいるという [Zedler, 1727]。先述したドロステの詩にもしばしば現れる（「狩猟」「荒野の男」「月の出」など)。またツェラーンの蔵書にあるジャン・パウルの『カンパンの谷』の次の部分には下線が引かれている。「光る蛾はいわゆる髑髏であった。私は禿鷹のようにたたんだ羽を擦ってこう言った。〈彼女はミイラのお墓の国であるエジプト生まれで、だから自分も背中に死ヲ思エというしるしを背負って、嘆きの口は厳かに、我ヲ哀レミタマエと言うんだね〉」[Jean Paul Ⅳ, 615]。この文脈に従えば、蛾はここでも死者の化身と受け取れる。またダウテンダイは蛾をメランコリーの象徴として次のように歌う。「蛾は消えてゆく／闇から生まれた思想のように、／（…）／太陽を決して知ることのない夜の蛾よ、／あなたは憧れの灯に焼かれて死ななければならないのだ。」[Dauthendey, 187]

しかし一方で蛾あるいは蝶は、古来、幼虫からさなぎを経て成虫になることから、復活あるいは不滅のシンボルとみなされる。ここでも時間が夜から朝に経過したことに合わせて、死者の復活にかすかな希望が寄せられているのかもしれない。

エニシダは広くヨーロッパに分布する落葉低木で、高さ2～3メートル、多くの枝を箒状に叢生する。花は黄色、花後には縫合線上に粗い軟毛のある扁平な莢果をつけるが、熟すと黒く変化し、果実はねじれて裂け、多数の黒い種子を出す。初夏、黄金色に花咲いた艶姿とは対照的に、この黒い莢は見苦しい。草稿には Ginsterschote とあり、詩が書かれたのが8月4日であることから、ツェラーンもこの莢を目撃していたはずである。その形状からエニシダはイギリスで箒 (broom) と呼ばれ、To jump ober the broom-stick といえば、「内縁関係を結ぶ」ことを意味する。箒の柄が、魔女的な役割を演じると考えられたからであろう。9行目に「妾にされた」とうのはおそらくこの故事と関連がある。花言葉でエニシダは「人を惑わせる希望」という [春山, 103 f.；麓, 169 ff.]。

15−18　黒い、聖句箱の／色をして、あなたたちはいた、／ともに祈り続ける／莢のかたちをして。

Phyrakterien（ギリシア語；φυλακτηριου）は聖書の抜書きを記した羊皮紙の巻物を入れた、皮製の2つの聖句箱（ティフリン）。ユダヤ教徒は朝の礼拝の際、黒い革紐を、この箱が心臓の近くになるように左腕に巻き、もうひとつの小箱を額につける。箱の中にはトーラーからとられた4つの句 [出エジプト記13、1-10、11-16；申命記6、

4－9：申命記11、13－21］が手書きされている［ラーンジュ，244］。「黒い」は上述した莢の色とも関連する。

　Schoteにも「莢」の他に「馬鹿者」「作り話」「（船で用いられる）帆脚索」といったさまざまな意味がある。その語源を遡ると、「靴（紐）」「母胎（Schoβ）」という語にぶつかる［Kluge，741］。すなわち、祈りの紐——帆脚索——靴紐といった紐状のものと、小箱——莢——母胎という、内部に何かを入れる容器、あるいは身ごもった女性（「莢」もその内部に種子を抱いている点では同じ）を暗示する２つの意味範疇が共存していることになる。詩の最後でメンヒルは、死者を追想する墓石としてではなく、新しい生命をはらむ莢、母胎として、生と死の二重の意味を持つに至る。

（関口裕昭）

37/53
NACHMITTAG MIT ZIRKUS UND ZITADELLE

サーカスと城塞のある、午後

In Brest, vor den Flammenringen,
im Zelt, wo der Tiger sprang,
da hört ich dich, Endlichkeit, singen,
da sah ich dich, Mandelstamm.

Der Himmel hing über der Reede,
die Möwe hing über dem Kran.
Das Endliche sang, das Stete, —
du, Kanonenboot, heiβt »Baobab«.

Ich grüβte die Trikolore
mit einem russischen Wort —
Verloren war Unverloren,

1　ブレストで、炎の輪のまえで、
2　虎が跳躍したテントのなかで、
3　そこでわたしは、無常よ、おまえが歌うのを聴いた、
4　そこでわたしは、マンデリシュタームよ、おまえを見た。

5　空が沖合いの停泊地の上にかぶさっていた、
6　カモメがクレーンの上に舞っていた。
7　無常なるものが歌った、恒常なるものが、—

das Herz ein befestigter Ort.

8 砲艦よ、おまえは〈バオバブ〉という名。

9 私は三色旗に
10 ロシア語で挨拶した——
11 失われることは失われないことだった、
12 心はひとつの築城された場所。

[詩の理解のために]

　ブレスト、ケルモルヴァンで、1961年8月15日に成立。表題の異稿によって、この日が聖母マリアの被昇天の祝日であることがわかる。ジゼル・ツェラーン＝レトランジュの伝えるところによれば、ツェラーン一家は1961年8月、ブルターニュ半島、フィニステール県のトレバビュに休暇滞在した折、城塞のある軍港の町ブレストでサーカスを観た。港には「バオバブ」という名の船（それは「砲艦」ではなく、引船にすぎなかった）があったという［Böschenstein 1997, 241］。

　この詩はブルターニュで成立した「巨石記念碑［メンヒル］」、「日のあるうち」、「ケルモルヴァン」、「わたしは竹を切った」といったテーマ的にもつながりのある一連の詩のひとつである。ここで用いられている韻律は、歌曲的なロマン派の詩、たとえばアイヒェンドルフやハイネの詩にしばしば見られるもので、マンデリシュタームの詩にも見られる。もともとのタイトルである「Himmelfahrtstag」（［カトリック：Mariä Himmelfahrt］聖母マリアの被昇天［8月15日］を指す）は、無常（有限性）の強調、かぶさっている空、（聖霊のハトの代わりに）カモメといったものによって、キリスト教の祝日をはっきりと拒絶する観点を与えている。無常（有限性）の歌とマンデリシュタームのビジョンが結びつく。マンデリシュターム翻訳のためのツェラーンの手記に次のような言葉がある。「その果てしない無常（有限性）の中の時（Die Zeit in ihrer unendlichen Endlichkeit）」。「詩は、事物とそれ自体のはかなさを一緒に唱える時にだけ自身が持続するための展望をもつ、ということを知ること」。また『子午線』のための様々な覚書の中では、「マンデリシュターム」というタイトルのもとに次のように書かれている。「詩とは、有限と無限が互いに自分の正体を現わす場所である。まず、はかない

372　第II部　詩集『誰でもない者の薔薇』注釈

もの（死すべき運命をもつもの）の痕跡とともに、きみは持続的なものの足跡をたどる」。過去形が、聴く事、見る事、挨拶する事の中にあるこの現在の無常（有限）性（＝はかなさ）を強調する。ダッシュと現在時称によって詩の他の個所から際立たせられている砲艦「バオバブ」だけがそのことに関与していない。

[注釈]
1　ブレスト

重要なのは、ロシアの要塞の町ブレスト・リトフスクとの一致である。第二次世界大戦において、ブルターニュのブレストはドイツの潜水艦基地であり、ブレスト・リトフスクと同様、破壊された（「炎の輪のまえで」がそのことを暗示している）。この詩全体に、現在と過去、フランスとロシアが混ざり合っている。

2　虎が跳躍した

ベンヤミンの「歴史哲学テーゼ」14の中では「過ぎ去ったものへの虎の跳躍（der

ブルターニュのブレスト。城塞とクレーン。まわりをかもめが飛び交う。
〔2003年8月3日　相原　勝　撮影〕

Tigersprung ins Vergangene)」が、「現在時が充満した過去（mit Jetztzeit geladenen Vergangenheit）」を、今日的な問題として描くことになる [Lönker 1987, 216 f.]。また、マンデリシュタームはこう述べている。「私の時、私の猛獣（Meine Zeit, mein Raubtier [...]）」[V, 127] [Böschenstein 1988, 161]。

3　無常よ、

「無常化（有限化 Verendlichung）の中に私たちは、不定詞的なものを感じる、私たちはあの——ホーフマンスタールによってしばしば呼び出される——ボードレールの〈無限なものの鋭い尖端〉を感じる」（ツェラーンの書いた「オシップ・マンデリシュタームの文学」中のメモ）。

4　マンデリシュタームよ、

初期段階の草稿「その場所で、マンデリシュタームよ、おまえは、草木のように緑になった（da grüntest du, Mandelstamm）」（「なぜならアーモンドの木が花咲いたから（Denn es blühte der Mandelbaum）」[Ⅰ, 229 NR] も参照）は、マンデリシュタームを想起することで、この詩人とツェラーンの「無常」というビジョンの一致を確認している。

6　クレーン

第2連の最初の2行は、ブレストの港の情景そのものである。

8　砲艦よ、おまえは〈バオバブ〉という名。

熱帯アフリカ原産のパンヤ科の大木である「バオバブ（Baobab）」と、それと同じ母音（a, o）でつくられている語「砲艦（Kanonenboot）」、この相互のグロテスクな相違。サン゠テグジュペリの『星の王子さま』の星にはこの植物が生えており、そのユートピア的な世界との対比も喚起される [Lönker 1987, 215, 217]。サン゠テグジュペリは1929年、ブレストで過ごした [Olschner 1985, 245]。

9-10　わたしは三色旗に／ロシア語で挨拶した—

ロシアの国旗もフランス同様、三色旗（白、青、赤）である。1789年（フランス革

命）と1917年（ロシア革命）の結びつきも暗示しており、それと同時に、「被造物の反乱」としての革命に対するマンデリシュタームの初期の千年至福説（世界の終末が来る前にイエスが再臨して1000年間この世を治めるという初期キリスト教の信仰）的傾向を、ツェランが暗示しているのかもしれない [Böschenstein 1997, 243]。この個所は明らかに3行目の「無常の歌」と結びついている。

11－12　失われることは失われないことだった、／心はひとつの築城された場所。

　Verloren, Unverloren のような分詞の名詞化は、マンデリシュタームの詩語のひとつの特徴である。ツェランはこのことについて次のように書いている。「語―名前！―は、名詞的なものへの傾きを示す。形容詞が消滅し、〈不定形の〉、動詞の名詞形が支配的である。詩は時間に対して開かれたままであり、時間は参加することができ、時間は関与する」[DOM, 73]。明白な喪失の中ではじめて、真に失われることのないものが明らかとなる。そして〈心〉が、本当の「城塞」と見なされ（〈心〉はツェランにとっては、記憶の場所である）、その象徴としてブレストという名前がある [Olschner 1985, 245]。

（相原　勝）

38/53
BEI TAG　　　　　　　　　　　日のあるうち

Hasenfell-Himmel. Noch immer　　1　兎の皮―天。今もなお
schreibt eine deutliche Schwinge.　2　ひとつのはっきりとした翼が書く。

Auch ich, erinnere dich,　　　　　3　私もまた、思い出しておくれおまえ、
Staub-
farbene, kam　　　　　　　　　　4　塵の―
als ein Kranich.　　　　　　　　　5　色をした者よ、やって来た
　　　　　　　　　　　　　　　　　6　一羽の鶴として。

[詩の理解のために]

1961年8月18日の日付が入った手書きの原稿において題名は Bei Tag ではなく Trébabu, Matines が書かれてまた削除されている。Trébabu はブルターニュの保養地。Matines は Matutinum（朝課）、つまり聖務日課の第一区分で真夜中にイエスが祈ったことを思い出す言葉であり、Stella matutina つまり暁の星としての聖母をも想起させる。au matin がフランス語の表現として結局はドイツ語に移しかえられたとも考えられる [Ivanović 1994, 318]。またタイプ原稿にはさらに1961年8月18日の日付と Kermorvan の地名が入っていた。この地名はこの詩集のなかにある同名の詩［I，263 NR］を連想させる［TCA，94］。妻レトランジュの実家のあるブルターニュ地方のカトリック的伝統を無視することはできない。

[注釈]

日のあるうち

この詩集における中心テーマである目覚めていること、或いは復活が示唆されている。初期の作品では「夜」が主題であったのとは対照的である［Ivanović 1994, 319］。

1　兎の皮―天。今もなお

「兎の皮」の灰茶色が塵または鶴の色に対応する［KNR，247］。詩人が愛してやまなかったリルケも『マルテの手記』で取り上げているタピスリ「一角獣と貴婦人」には兎が全体に散りばめられているが、この絵柄をクリュニー美術館で見た詩人の瞼にも兎の映像は残っていたことだろう。兎は多産・好色であるいっぽうで神に助けを求める弱い人間の比喩であるが［LMA　4，1951 f.］、その弱さを前提にした復活（ドイツ語圏における復活祭の兎を用いる習慣）への希望をも含んでいる。また目を開けて眠る兎は「目覚めていること」を暗示する［Emblemata，482］。ただし「兎の皮」は狩猟で犠牲になった兎の姿でもあり、ブルターニュ貴族がその館に獲物として置いたものを見たことが詩人にはあったかもしれない。それはいかにも弱さの象徴であり、死と結び付けられた人間の生命そのものであったはずである。「追われる者」と「追う者」との風景がこの「兎の皮」に収縮されているとすればそれはまた友人ザックスが提出した詩的現実でもあった［Sachs 1988, 77］。「今もなお」という不変化詞は詩人が構想するこの詩集の世界の新たな始まりを示唆する［KNR，247］。それは永遠（「今もなお」）という

376　第Ⅱ部　詩集『誰でもない者の薔薇』注釈

暗闇のなかで与えられた光への微かな希望であるが、「兎の皮—天。」という犠牲の上に成り立った光なのである。Hasenfell, Himmel という二つの語は el, h という行内韻および頭韻を踏んでいるが［KNR, 247］、この el, h という音韻には Isra-el［Steputat, 173］を彷彿とさせるものがあり、さらに Ha-el, El-Elohim［NLdJ, 308］などに認められるようなユダヤ的な神の名前をも連想させる。或いは静物画（nature morte）によく描かれる狩猟の獲物としての兎の死体は虚無としての人間の営みを暗示しているとも考えられる［MEL 22, 579］。

2　ひとつのはっきりとした翼が書く。

　ギリシヤ文字の logos を連想させる λ が最終行の「鶴」の飛翔を彷彿とさせるのではないか［KNR, 248］。ロゴスは詩の言葉として生命を与えるべきプネウマ［Ⅰ, 249 NR］になるべきであるが、それは詩が「翼」として、つまり身を寄り掛からせる杖（Krücke du, Schwinge. wir--［Ⅰ, 237 NR］）として「ひとつのはっきりとした」線を描き出すためなのだろうか。この場合「書く」という行為は可視的なものであり、「天」は書かれることで示される［KNR, 248］。それはメネテケルのような神の指［ダニエル 5］として見えるのであり、また「書く」という過程によって引き起こされる紙を削る音だけでなく、「翼」としての羽ばたきが聴覚的にも感じ取れるものである。これはザックスがゾーハールによせて書いた詩「そこでゾーハールの著者は書いた／そして言葉の静脈の結び目を開いた」［Sachs, 1988, 209］を思い出させ、詩が言葉という生命の鍵を握るものであることが問われている。「シェキナーの翼」のもとに信仰深い者が庇護されるという表現もある［Scholem 1977, 143］ことから、神のイスラエルへの内住が希望されていることも考えられる。「書く」という単語はこの詩集で初出であるが［Ivanović 1994, 320］、ここでは視覚的・聴覚的要素が混在して「ひとつのはっきりした」影が「翼」によって完成する。その「翼」の影はユダヤ的な神の庇護の翼の影［詩篇61, 5：同91, 4］であるのか、それとも題名のように暗闇から光への対照を明確にすることが詩を「書く」行為であるのか、それが問われている。

3−5　私もまた、思い出しておくれおまえ、／塵の―／色をした者よ、

　1−2行目が絵画的であるとすればこの3行目から最後までは言語的な想起のイメージ（erinnere dich）を喚起する［Ivanović 1994, 319］。「思い出す」という行為が「書

く」という行為と一緒になって詩の言葉を形成するのであれば、それは極めてユダヤ的なものである［出エジプト 17, 14］。「私もまた」という副詞（auch）はその音韻からして Hauch（息）を連想させ、「私」が神の「息」（プネウマ）によって創造された「言葉」の人間である、ということもできる。「思い出す」ことで「書く」、つまり言葉の結晶としての詩が生まれる。この根源的な人間存在の創造行為は神による天地創造とも比すべきものであり、それが「ひとつのはっきりとした翼」の「天」を引き寄せるのである。「おまえ」は「塵の―／色をした者」であり、「塵の―／色」は1行目「兎の皮―天。」の喚起する灰色とも重なり合う。「塵」は最初は手書きの原稿では「砂」（Sand）と書かれていたが、すぐに削除された［TCA, 94］。「塵」はザックスにおいてもよく用いられるが［Sachs 1988, 337：例えば「白鳥」］、それ以上に女性形である「塵」からザックスそのひとへの語りかけである可能性もある［KNR, 248］。「塵」の色はいずれにしても死への傾きを持っていることは否定できないのであり、詩と死との関わりが改めて詩人のなかに認められる。それは「塵の―」というハイフンによっても、また音韻的には Staub, -farbene という二つの単語の持つ b の弱い音が「塵」として死に赴く意識を際立たせている。

5－6　やって来た／一羽の鶴として。

　「来る」という行為については詩人のなかでは中心的な課題として常に注意が払われる［Ⅲ, 169-173：KNR, 249］。それはモーセが契約を受けるために山に登るのと同じ次元で「来る」ことが重視されているからである。「鶴」は手書き原稿にはすでに書かれていたが、タイプ原稿では「悲しみを負った鶴」（gramgetragener Kranich）と書き込まれた［TCA, 95］。比喩的には嘴に石をはさむ鶴は賢明な沈黙を、爪に石をはさんで飛ぶ鶴は聡明さ、目覚めていることを示す［Emblemata, 818-826：KNR, 249］。「最後の門で」（Am letzten Tor［Ⅲ, 27 SU］）でも鶴が現れる［KG, 698］。「目覚めていること」については冒頭の「兎」との比喩的な共通性が認められる。中世以来、地中海では鶴は渡り鳥の姿で捉えられ、翼が年と共に黒くなり、飛行に疲れた仲間を運び、金の混ざった砂を運ぶ、猛禽類に対しては嘴を上に向けて威嚇するというイメージがある［LMA 5, 1471］。渡り鳥としての時を知る賢明さ、そして嘴で威嚇するという注意深さが、その加齢と共に黒くなるという翼の持つ「塵の―／色をした者」に近い色彩感覚と相まって、死という現実への明確な意識と死の色でもある「兎の皮」で

ある「天」に向けて嘴を立てる姿勢に重ねられた詩人の強烈な自意識の形象として、この詩では「ひとつのはっきりとした翼」を「書く」ことに用いられたのではないだろうか。過去形の「やって来た」がさらにこの明確な「翼」の輪郭を変えることのできない不滅のものとして死の影に対照させているのである。

(富田　裕)

39/53

KERMORVAN　　　　　　　ケルモルヴァン

Du Tausendgüldenkraut-Sternchen,	1　お前、小さな星の千金花(セントリューム)よ、
du Erle, du Buche, du Farn :	2　ハンノキよ、ブナよ、羊歯よ、
mit euch Nahen geh ich ins Ferne, –	3　お前たち近しいものたちと私は遠くへ行く――
Wir gehen dir, Heimat, ins Garn.	4　故郷よ、私たちはお前の罠に落ちる。
Schwarz hängt die Kirschlorbeertraube	5　黒いローレル桜の房が垂れている
beim bärtigen Palmenschaft.	6　髭をはやした椰子の樹幹のそばに。
Ich liebe, ich hoffe, ich glaube, –	7　私は愛する、私は望む、私は信じる――、
die kleine Steindattel klafft.	8　小さなナツメ椰子の実が開く。
Ein Spruch spricht – zu wem ? Zu sich selber:	9　格言は語る――誰に？　自分自身に。
Servir Dieu est régner, – ich kann	10　神ニ仕エルコトハ支配スルコト、――私にはそれが読める、
ihn lesen, ich kann, es wird heller,	11　私にはできる、あたりが明るくなる、
fort aus Kannitverstan.	12　ワカラナイから解放されて。

［詩の理解のために］
　1961年8月21日、ツェラーンが家族とともに夏の休暇を過ごしたブルターニュ地方ル・コンケ近郊トレバビュにある城館ケルモルヴァンで書かれた。この周辺の風景と、城館に隣接した東洋風の庭に植えられた植物が歌われている。
　形式的には「サーカスと城砦のある、午後」［Ⅰ, 261 NR］と並んで、伝統的な韻律形式で書かれた数少ない詩のひとつである。各々の詩行は、ほぼ3脚のダクテュロス（強弱弱格）で構成されており、脚韻形式はababの交差韻（ただし第1行、第3行は不完全）。奇数、偶数行がそれぞれ女性韻、男性韻で終わっている。
　異郷で遭遇した風景をきっかけにして、「私」は遠い故郷へ思いを馳せる。南国の植物群は、明るい印象を抱かせるが、それらには重層的な意味が託されていて理解は一筋縄ではいかない。詩の構想のもとになったのはおそらく、「故郷」を主題にしたハイデガーの『家の友ヘーベル』（1957）であろう。その冒頭近くで次のような文章にぶつかる。「ヘーベルはその生涯の半分以上を故郷を遠く離れて暮らした。つまりカールスルーエですら、彼にとっては遠いところだった。なぜなら、生まれ、幼年時代を過ごした土地が近くにあることは、このヴィーゼンタール人の心を抗いがたく掻き乱し、故郷へと呼び寄せたからである」［Heidegger 1957, 6］。ハイデガーの献辞――「パウル・ツェラーンのために。心からの感謝と挨拶とともに。マルティーン・ハイデガー」――が入った同じ内容の冊子（ヘーベル協会が1956年に発行した版）がツェラーンの蔵書に収められている。最終行にヘーベルの引用が置かれているのも、これと無縁ではない。

［注釈］
ケルモルヴァン
　ブルターニュ地方のル・コンケ付近にはケルモルヴァンと名のつく地名が二つ存在する。すなわち、ツェラーン一家が1960年と61年の夏の休暇を過ごしたトレバビュの城館ケルモルヴァン（Kermorvan）と、そこから約4キロ離れたブルターニュ半島のほぼ西端に位置するケルモルヴァン岬（pointe de Kermorvan）である。両者をむすぶ土地は豊かな自然が織り成す風景で、岬に至る路にはセントリュームをはじめ色とりどりの花が咲き乱れていることから、この周辺の散策を機に詩が成立したと考えられる。
　KermorvanのKerは「家、村」を、morは「海」を、vanは「男」をそれぞれ意味するので、ケルモルヴァンには「海の男の家、水夫の家」という意味が隠されている。

ブルターニュのトレバビュにある城館ケルモルヴァン
〔1999年9月3日　関口裕昭　撮影〕

1　お前、小さな星の千金花よ、
<ruby>千金花<rt>セントリューム</rt></ruby>

「千金花（Tausendgüldenkraut）」は学名 centaurium umbellatum、和名では<ruby>千振<rt>せんぶり</rt></ruby>と呼ばれる。学名はギリシャ神話で傷ついたケンタウロスを快癒させた薬草からこうつけられた。centaurium の centum は百を表わし、転じて千となり、aurum は金という意味で、ここからドイツ名が生まれた [MarzellⅡ, 321 f.]。苦い薬草で、暗紫色の5弁の花をつけるが、おそらくこの星の形がユダヤの六芒星と重ねあわされ、犠牲者を髣髴させたのであろう（「沈黙する秋の香り」[Ⅰ, 223, NR] と同じ発想で書かれた詩といえる）。1960年7月20日ネリー・ザックス宛の手紙 [CSB, 52] でもこの花は彼女に捧げられている。ケンタウロスは星座にもあり、弓を構えたその姿は、ツェランと同じ射手座生まれのザックスへの友好のしるしと考えられたのだろう [Menninghaus, 175 f.]。

2　ハンノキよ、ブナよ、羊歯よ、

ハンノキも、ブナも、羊歯も、故郷ブコヴィーナを想起させる植物として、ツェランの詩にしばしば現れる。特にブナはブコヴィーナ（「ブナの国」の意）と関わりが深

い。以下、それぞれ一例ずつ他の用例を挙げる。「故郷のコケモモの青さの／ハンノキのように」［Ⅱ, 51 AW］。「小さな、ぱっくり開けた／黒々とした／幾つものブナの実―」［Ⅰ, 251 NR］。「お前の上で輝いている言葉は／羊歯の中の甲虫を信じている」［Ⅰ, 71 MG］。

3　お前たち近しいものたちと私は遠くへ行く――

　近く（ブルターニュ）で見ている懐かしい植物たちは、詩人の想いを、時間的にも空間的にも遠く離れた故郷（ブコヴィーナ）へといざなう。故郷から遠く離れているがゆえに、それを近くに感じることができるというのである。「近く」にあるものを「遠く」に置き、「遠く」にあるものが「近く」に見えるのは、ハイデガー思想の特徴のひとつで、先述した例の他にも次のような箇所を挙げることができる。「人間がその超越の中で、すべての存在者に対して形成している根源的な遠さ（Ferne）を通してのみ、彼の内部に諸々のものへの真の近さ（Nähe）が立ち返ってくる」［Heidegger 1967, 175］

4　故郷よ、私たちはお前の罠に落ちる。

　Garn は「（紡いだ）糸」、「（漁業・狩猟用の）網」であり、jm. ins Garn で「（～の）罠にはまる」という成句がある。同じ表現をツェラーンは、1962年3月22日に友人ペートレ・ソロモン宛の書簡にフランス語で（donner dans le panneau）用いている。「ペートリカ、僕はいつも彼らの罠にかかっているんだ。」（J'ai donné dans tant de panneaux, Petrica!）［PC/PS, 66］ただし、前後の文脈を考えると、「罠」は必ずしもネガティヴに理解すべきとは限らない。「私たち」は「故郷」と再会するために、自ら進んで罠に落ちる、とも読みうる。同時に関連が推測されるのは「水夫の糸（Seemannsgarn）」という言葉で、これは「ほつれた索具を縒り合わせるときに水夫によって語られる、真実とは一致しない冒険譚」という意味。「故郷」との再会は、現実ではなく、幻想にすぎないのである。

5　黒いローレル桜の房が垂れている

　ローレルザクラ（Kirschlorbeer, 学名 Prunus padus laurocerasus）は黒海沿岸に起源を持つ常緑樹で、16世紀にヨーロッパにもたらされた。葉が月桂樹（Lorbeer）に

似ており、黒い房状の果実がさくらんぼ（Kirsch）に似ることからこの名がある。実には毒がある。

6　髭をはやした椰子の樹幹のそばに。

　1961年当時、城館ケルモルヴァンの庭にはローレル桜の隣に、髭状の繊維で覆われた椰子の樹があった（1999年夏にも確認）。東洋からヨーロッパにもたらされたローレル桜と椰子は、異質な存在として、故郷を想起させる植物として現れた千金花（セントリューム）、ハンノキ、ブナ、羊歯とは対置されている。椰子はハイネやラスカー＝シューラー同じようにここでもパレスチナを暗示し、「髭」は「詐欺師と泥棒の歌」［Ⅰ, 229 NR］や「テュービンゲン、一月」［Ⅰ, 226 NR］のようにユダヤ人の身体の特徴と見られる。

　この椰子は、8行目の記述から「ナツメ椰子」を指していると思われる（ケルモルヴァンにあった椰子の木は、その大きさからしてこの種ではない可能性もある）。ナツメ椰子はイスラエルを代表する植物で、聖書にもしばしば登場する。イスラエルの都市エリコは、ヘブライ語の「椰子の町（エロット）」という意味である。果実は甘く滋養分に富み、重要な食料となり、女性の乳房にもたとえられる。「あなたはなんと美しく楽しいおとめか。あなたの立ち姿はナツメヤシ、乳房はその実の房。ナツメヤシの木に登り、甘い実の房をつかんでみたい」［雅歌 7, 7 f.］。ナツメ椰子の羽状複葉は長く、3メートル以上にも達するという。詩の Palmenshaft は抵抗のシンボルとしてこの木の「樹幹」ともとれるが［KNR, 250］、同時に箒のような形をした「羽上複葉」を指しているとも考えられる。ナツメ椰子はまた、豊饒、正義、信仰などのシンボルとなる。「神に従う人はナツメヤシのように茂り、レバノン杉のようにそびえます」［詩篇 92, 13］。ある言い伝えによると、エジプトへ避難の旅を続けている間、聖母マリアはナツメ椰子に命じて、幼子イエスのために日陰を作るように、頭を垂れさせたという。椰子はこの命に従ったので、イエスはこの木を祝福し、使者の救いのシンボルに選び、エルサレムに入場するときには、手に椰子を持つと約束したという［モルデンケ, 168］。

7　私は愛する、私は望む、私は信じる——、

　新約聖書の次の箇所を下敷きにした表現と考えられる。「けれども信仰、希望、愛、この三つはとどまるでしょう」［第1コリント 13, 13］。ここで三度反復される「私」は、2行目に同じく三度繰り返される「お前」に対応しつつ、聖書とはその配列を逆転

させ、名詞から動詞に代えることで、伝統的な神学の秩序から解放しようとしている[KNR, 252]。ハイネにもこの教条を揶揄した詩「アンジェリク」(『新詩集』所収)がある。「樫の木は緑、青い眼をしているのは／ドイツの女たち。彼女たちはやさしく思い煩って／愛、信仰、希望にため息をつく。／私は我慢できない。理由はいろいろある。」[Heine, 39]

8　小さなナツメ椰子の実が開く。

原文にある Steindattel は、地中海とスペインの大西洋沿岸に存在する椰子の実に似た「イシマテガイ」という貝の一種を指す [Brockhaus 24, 66]。用例は「ブルターニュの素材」にもある。「(…) イシマテガイが、／下では、茂みのあいだから、蒼穹に向けて口を開く (klafft)、一叢の／過ぎ去ったものが、美しく／あなたの記憶に挨拶する。」[Ⅰ, 171 SP] ただしこの種はブルターニュ地方には存在しないという[KNR, 253]。逐語的には「石のナツメ椰子の実」となり、6行目の「椰子」との関連からもここでは「椰子の実」ととって間違いない。石——ツェラーンにとって石は死者であり言葉でもあった——が開くことは、何らかの啓示がもたらされること、あるいは傷口が再び開くことも暗示する。「開く (klaffen)」の語源をたどれば、「さまざまな音を発する」「おしゃべりする、大声でたくさん話す」となり、言葉との関連がある[Grimm 5, 894]。レーベンはここから(前行の発言に対して)「語ろうとして語ることのできない言語不可能性」を読み取っている[Loewen, 325]。

9　格言は語る——誰に？　自分自身に。

Spruch は「格言、箴言、短詩」など、凝縮された内容の短い言葉。ここでは「言葉」そのものととってもよい。「格言が語る」というのは、「格言 (Spruch)」に「語る (sprechen)」ことが含意されているので、同語反復の印象を与えるが、ハイデガーも「言葉は語る (Die Sprache spricht)」と随所で述べている (例えば Unterwegs zur Sprache, S. 255 など)。言葉の本質は、人間が語るのではなく、言葉自身が語ることによって、その都度、現前するものが立ち現れるというのである。初稿には「格言は私と壁に語る」となっており、この格言は壁に記されていると理解できる。

10　神ニ仕エルコトハ支配スルコト、――私にはそれが読める、

　ケルモルヴァンの城館のファッサードと付属のチャペル正面の石門には、フランス語でServir à Dieu est régner（神に役立つことは統治すること）と刻まれている。ツェランは前置詞àを省略し、意味を変えて引用している。ちなみに初稿ではestがc'estとなっていた。「支配すること」は言葉を支配すること。これが詩人の使命だと考える。

11　私にはできる、あたりが明るくなる、

　初稿には「お前、悲しみ（Trauer）とともに、それが読める」となっていたが、「悲しみ」は破棄された。言葉を「支配」することが、詩人の使命であり、また正確な理解に繋がるとでも言うのであろう。明るさの広がりは、言葉の支配による認識の広がりととらえられる。

12　ワカラナイから解放されて。

　「ワカラナイ（Kannitverstan）」はオランダ語。ドイツ語ではkann nicht verstehen（理解できない）となる。これはタイトルの「ケルモルヴァン」とも韻を踏んでいる。前行からの繋がり（「あたりが明るくなる」）から見るならば、フランス語の碑銘の奥に詩人の使命を読み取り、曖昧で「理解不可能」な世界からの脱出した状況をいうのだろう。しかしKannnitverstannは同時に、シュヴァーベン地方の郷土作家ヨーハン・ペーター・ヘーベル（Johann Peter Hebel; 1760～1826）の『ライン地方の友の珠玉集』（1809）に納められた一挿話のタイトルでもある［Hebel, 132 ff.］。

　これは、オランダへ行った若いドイツ職人が立派な屋敷の持ち主を尋ね、Kannitverstanという返答を、その持ち主の名前と勘違いする話である。ドイツ職人は、次に豊かな荷物を積んだ船を見つけてその所有者を尋ね、最後には葬列に出会って誰が亡くなったのかを尋ねるが、返ってくるの答えは常にKannitverstanであった。職人はKannitverstan氏の栄光と薄幸に心を痛め、自分のささやかな運命に満足することを学ぶという、「誤解を通して真の認識に至る」ユーモラスな物語である。

　ヘーベルの文脈からいえば、故郷を遠く離れながらそれを髣髴させる植物との思わぬ出会いが、「私」を故郷に戻ったと思わせるという「誤解を通しての」認識が暗示されていると読めるだろう。しかしそこから「解放されて（fort aus）」とは、そうした束

の間の誤解（と安らぎ）をも奪われていると読めないこともない。詩人の認識はそこまで醒めているのであろうか。もしそうなら、最初に提示した解釈とはおよそ反対の方向で理解せねばなるまい。さまざまな解釈の可能性を吟味することは、特にツェラーンの詩の場合必要不可欠なな作業であるが、ここではヘーベルの物語の末尾でドイツ職人が「最後に気持ちが軽くなって、その場を立ち去り（fort）」という文脈で fort aus を理解したほうが、最初に挙げた読み方と矛盾しないように思われる。

　ヴェーガーバウアーは、Kannitverstan を、「ツェラーンが自分自身もその非難にさらされており、難解（ヘルメーティッシュ）な詩を否定する元になっている、ヘルメティークへの的外れな非難」の代名詞になっていると述べる［KNR, 251］。この読み方も、そうした非難や無理解から「解放され」る意味において、最初に挙げた解釈におおむね沿っているといえよう。

（関口裕昭）

40/50

ICH HABE BAMBUS
　　　　GESCHNITTEN :
für dich, mein Sohn.
Ich habe gelebt.

Diese morgen fort-
getragene Hütte, sie
steht.

Ich habe nicht mitgebaut : du
weiβt nicht, in was für
Gefäβe ich den
Sand um mich her tat, vor Jahren, auf
Geheiβ und Gebot. Der deine

1　わたしは竹を切った。

2　おまえのために、息子よ
3　わたしは生きた。

4　この明日にとり—
5　去られた仮小屋、それは
6　立っている。

7　わたしはともに建てたのではない。
　　おまえは
8　知らない、どんな
9　器にわたしが自分のまわりの砂を入
　　れたのかを、その昔、

kommt aus dem Freien — er bleibt frei.

Das Rohr, das hier Fuβ faβt, morgen steht es noch immer, wohin dich die Seele auch hinspielt im Un-gebundnen.

10　命令と掟に従って。おまえの
11　砂は自由な外部からくるもの、それは
12　自由でありつづける。

13　ここに地歩を固める竹の管は明日も
14　なお立ち続ける。どこに向かって
15　魂がおまえを運び去ろうとも、その無—
16　拘束のなかで。

[詩の理解のために]
　この詩はケルモルヴァン詩篇のなかで最後に書かれた詩で、1961年8月23日に成立している。詩編冒頭の「明るい石たちが」は妻ジゼルに捧げられた詩であったが、この詩は当時6歳だった「息子」エリックに宛てて書かれた詩であったと思われる。竹はヨーロッパではなじみのうすい植物であるが、ツェラーンが1961年の夏家族とともに過ごしたケルモルヴァンの館の庭園には実際に竹が生い茂っていたという [KNR, 255]。「ケルモルヴァン」には「ローレル桜」や「椰子」のように「異郷」を感じさせる植物が現れるが、竹もまた「異郷」にあって生命力豊かに生い茂る植物として詩人に感じとられたのだろうか。ツェラーンの詩は現実の伝記的体験を土台にして書かれていることが多い。、この詩のモチーフも実際に息子エリックと竹を切って遊んだ体験に由来しているのかもしれない。この竹を切るモチーフを通して詩人は幼い「息子」に向かって、自己のこれまでの生き方、ユダヤ人の生き方、そして子供の未来について語りかけている。

[注釈]
1　わたしは竹を切った。
　幼い「息子」に語りかけるこの詩には完了形の単純な文がくり返し用いられている。「竹を切った」という完了形は「竹を切って生きてきた」ということも意味する。「竹を切った」ということはおそらく「詩を書いた」、詩を書くことで生きてきたということでもある。「おまえのために」は「竹を切った」にも「わたしは生きた」にも関連づけ

ることができ、一見単純な詩句は決して単純ではない意味をもつことになる。

4－5　この明日にとり―／去られた仮小屋、

「仮小屋（Hütte）」は竹で作られるような粗末な小屋のことであるが、「この」とあるのは詩人が「息子」とともに作り上げた小屋を具体的に指していると考えられる。Hütte はまた古代ユダヤ民族が住居としていた「幕屋」でもある。「明日にとり去られた (morgen fort/getragene)」はドイツ語として奇妙な言い方であるが意味の重層が考えられる。「仮

城館ケルモルヴァン付近の竹やぶ
〔1999年9月3日　関口裕昭　撮影〕

小屋」は明日にはとり片付けられる一時的な小屋であるとともに、次の日の朝にひきつづいて運ばれていく「幕屋」でもあるのである。そのような「仮小屋」がこの詩では「立っている」。「立つ (stehen)」はツェラーンの詩全体において独特の意義深さをもつ重要な基本語のひとつである。この詩と類似のモチーフをもつ同じ詩集の「二つの家に分かれた、永遠のもの」〔1，247 NR〕でも「立つ」は「建てる (bauen)」と近接的関係に置かれている。あえて結論的にいえばツェラーンの「立つ」は根源的な意味で「存在する」に近いのであるが、その「存在」はそれを否定する無、非在の力に対立し抵抗して「立つ」のである。

7　わたしはともに建てたのではない。

意表をつくような展開であるが、この第3連には詩の新しい展開がある。ここで詩人は現在から過去へと遡っている。そこでは「息子」の知らない父親としての詩人の過去の体験が打ち明けられている。「わたしはともに建てたのではない」は現在についても

過去についても言われている完了形であると考えられる。8行以下の詩行については、ツェラーンの最初の詩集『骨壺からの砂』との関連性を指摘する解釈があるが [KNR, 257]、息子エリック自身のコメントによれば大戦末期に強制収容所で道路建設に駆り出された体験を述べたものとされている [KG, 699]。「ともに建てたのではない」という言葉は、暗い時代にあって歴史の共犯者ではなかったという詩人の言明であったのかもしれない。詩人は「その昔」にも「ともに建てる」行為をしたのではなく、「自分のまわりの砂」をある「器」のなかに、すなわち詩作品のなかに「入れた」のである。「砂」は「骨壺からの砂」、死の「砂」であるとともに、耐え難い時間の「砂」であったともいえる。「器（Gefäβe）」とは不断に流れ行くもの、失われていく「砂」を保存する容器であるが、ドイツ語の Gefäβe にはほかに「血管」、あるいは動植物の「脈管」という意味もある。

10　命令と掟に従って。

「命令と掟（Geheiβ und Gebot）に従って」を詩作という行為に「使命の威厳」を与える詩句とする解釈があるが、むしろ強制収容所で繰り返された「命令と掟」と考えられる。Ge- にはくり返される行為について否定的なニュアンスを与えることのある前つづりである。

10−11　おまえの／砂は自由な外部からくるもの、

「自由な外部」の原語は das Freie でふつうは家の外、野外を意味する語であるが、ここでは囲われていない開かれた空間を意味している。ブレーメン講演のなかでツェラーンは詩人についてこの言葉を用いて、詩人とは「このかつて予感すらされえなかった意味において庇護する天幕を失い、したがって自由な外部にあって不気味さにさらされながら自らの存在とともに言語のもとにおもむく者」であると述べている [Ⅲ, 186]。

13　ここに地歩を固める竹の管は

第3連が詩人の過去の体験を語る詩節であったとすると、この第4連の時制はいわば「息子」の時制であり、現在から未来へと広がっている。ここでツェラーンは、「根を下ろす」という詩集の基本モチーフを取り上げているとする指摘があるが [KNR, 257]、

ここではむしろ「根を下ろす」ことと、「地歩を固める（Fuβ fassen）」の相違に注目したい。「竹の管」は詩の冒頭で切られた竹であり、第2連の「仮小屋」を形作る竹である。根をもたない「竹の管（Das Rohr）」が現在詩人と息子の前に立ち、それは「明日も／なお立ち続ける」のである。詩人がこの詩でくり返し息子に語りかけていることは「立つ」ことであり、「立ち続ける」ことである。

15−16　どこに向かって／魂がおまえを運び去ろうとも、その無—／拘束のなかで。

　「（魂が）おまえを運び去る（dich hinspielen）」という言い回しには子供らしい無邪気で自由な生が表現されている。hinspielen には目的もなく無邪気に遊んで時を過ごすという意味があるが、ここではそうした遊びの中でどこかへ連れ出してしまうという意味であろう。「無拘束のなかで（im Ungebundnen）」という言葉も子供だけに許された遊びの空間を言い表していると考えられる。「無／拘束のなかで」という分かち書きは拘束／無拘束という対立が絶対的なものではないことを示唆している。「ハヴダラー」では、詩人は「一筋の糸」を紡ぎ出しながら、「自由な外部へ、彼方へ／拘束のなかへ」入っていくと歌われている［Ⅰ, 259］。「拘束された（gebunden）」というドイツ語は「結びつけられている、縛られている」状態を意味しているが、ばらばらではないまとまりをもったもの、束ねられたものを意味する言葉でもある。「拘束された言葉（Gebundene Rede）」とは韻律を与えられた言葉、詩のことである。

　　　　　　　　　　　　　　　　　　　　　　　　　　　　（水上藤悦）

41/53

KOLON　　　　　　　　　　　コロン

Keine im Licht der Wort-　　　1　言葉の
Vigilie erwanderte　　　　　　2　不寝番の光のなかで　さまよいながら獲得された
Hand.　　　　　　　　　　　　3　手がない。

Doch du, Erschlafene, immer sprachwahr in jeder der Pausen :	4 けれど　眠りによって獲得された女よ　おまえは
für	5 休止のたびに　いつも
wieviel Vonsammengeschiedenes	6 真実の言葉を語る—
rüstest du's wieder zur Fahrt :	7 どんなに多くの
das Bett	8 束ねられ引き離されたもののために
Gedächtnis !	9 おまえは　ふたたび旅の支度をすることか—
	10 記憶という
	11 ベッドをととのえて！
Fühlst du, wir liegen	12 わかるかい　ぼくたちが横たわっているのが、
weiß von Tausend-	
farbenem, Tausend-	13 千の
mündigem vor	14 色の　千の
Zeitwind, Hauchjahr, Herz-Nie.	15 口の　白さで、
	16 時の風　息の年　心の決してないの前で。

[**詩の理解のために**]

　1962年2月5日成立。手書き原稿とタイプ原稿がそれぞれひとつずつある。第1連、第2連には、行分けにいくつかの異同が見られるのみであるが、第3連に加筆が見られる。決定稿の14行目から15行目の「千の／口で」と16行目の「心の決してない　の前で」が決定稿で書き足されている。手書き原稿に記入されている「ユルム通り」は、ツェラーンが勤めていたエコール・ノルマル・スュペリュールの所在地であり、詩が成立した場所であると推定される［TCA, 101］。この詩は、詩集『誰でもない者の薔薇』第3部の最後に配置されているが、ブルターニュ地方で書かれた詩が集められている第3部の中で、この詩だけがパリで成立している。手稿の日付によると、詩「コロン」は、先行する詩「わたしは竹を切った」［I, 264 NR］の成立（1961年8月23日）から約5ヵ月後に書かれている。その間、ツェラーンは、『誰でもない者の薔薇』

第2部の「扉の前に立ったひとりの男に」［Ⅰ, 242 NR］と第1部の「詐欺師と泥棒の歌」［Ⅰ, 229 NR］を改稿し、第4部所収の「ひとつになって」［Ⅰ, 270 NR］の初稿を書いているが、ブルターニュでの旺盛な創作期に比べると、詩作の休止期あるいは転換期と呼びうるのではないか。語集団と中断を示唆するタイトルを持ったこの詩は、詩の創造とその中断そのものをテーマとしていると考えられる［KNR, 258］。

[注釈]
コロン

　「コロン」は、ギリシア語の肢、手足あるいは、文の成分、文肢に由来する語。ドッペルプンクト（：）と同義。実際この詩の第2連には、二つの「コロン（：）」が見られる。また、コロンには、息つぎによる休止、中間休止によって区切られた語集団という修辞的な意味もある。リズムの最小単位であり、具体的に感じとられるリズム上の単位として、コロンは詩を読む場合大きな意味を持つ［KNR, 260：KG, 699］。約1年半前に書かれた『子午線』の草稿に、「コロン」に触れた箇所（「モーラ（単位音量）とコロンにおいて詩は頂上を極める」［TCA/M, 102］、「モチーフではなく、休止が、インターヴァルが、押し黙る息の中庭が、コロンが、詩におけるそのような出会いの真実を保証する。」［TCA/M, 128］）という言葉があり、この詩と関連している可能性がある［KG, 699］。

1-3　言葉の／不寝番の光のなかで　さまよいながら獲得された／手がない。

　「Vigilie（不寝番）」は、ラテン語のvigiliaに由来する語で、古代ローマの軍隊における、晩の6時から朝の6時までの3時間交代の不寝番を意味し、カトリックでは大祝日前夜の徹夜の祈りを意味した。この語は、教会の祈りの実践のさまざまな形態を指し、埋葬前夜の通夜の祈りの意味もある。また、ツェランは第4部の「コントルスカルプ広場」［Ⅰ, 282 NR］、マンデリシュタームの翻訳［Ⅴ, 97］でこの語を使っている［KNR, 260］。さらに、『子午線』草稿にも、「詩—果てしない不寝番」［TCA/M, 91］、「夢幻状態の性質ではなく、不寝番」［TCA/M, 120］という用例が見られる［KG, 700］。覚醒に関わる「不寝番」と「言葉」が合成語として示され、それが放つ「光」によってさぐりあてられた「手」という文脈から、この詩の第1連が詩作を示唆していることがわかる［佐藤 1995, 168］。特徴的なのは、それが否定詞Keineによっ

て不在を強調されている点である。ヴェーガーバウアーは、この第1連について詩的創造力の枯渇が表明されていると指摘している［KNR, 259］。過去分詞で使われているerwandern は「（土地、風物などを）旅して知る、体験する」の意であるが、ここでは前つづり er- は、獲得の意味を持ち、erheiraten「（財産などを）結婚によって手に入れる」、erreichen「到達する」と同系統の動詞と考えられる。この語は、第2連の「Erschlafene（眠りによって獲得された女）」に関連してくる。

4　けれど　眠りによって獲得された女よ　おまえは

　グリム辞典は、erschlafen を自動詞 entschlafen「（しだいに）眠り込む、（安らかに）永眠する」と同義の意と、他動詞「眠りを通じて、眠りの中で獲得する」の意の二つを提示している［Grimm 3, 963］。erschlafen の女性名詞化である Erschlafene は、「永眠した女、故人」あるいは「眠りによって獲得された女」ということになる。この語を「眠りのなかで得られた手」と訳し、「覚醒の中で〈さまよい得られた手〉に対し、〈眠りのなかで得られた手〉が対として第2連で提示される。」という解釈［鍜治 1997, 172］もあるが、この詩の第2連、第3連を性愛行為に寓意化された詩の創造過程と考えて、「眠りによって獲得された女」と訳した［KNR, 260］。第1連の覚醒状態における詩の創造の不可能と、眠りの領域への下降は、第1詩集『ケシと記憶』から持続的に散見される。

5－6　休止のたびに　いつも／真実の言葉を語る―

　「sprachwahr（真実の言葉を語る）」は、ツェランの造語である。ベッシェンシュタインからの情報として、『子午線』の草稿に「Sprachwahr sind nur die Pausen.（真実の言葉を語るのは休止だけである。）」という箇所が見られる［KNR, 260］というが、少なくともテュービンゲン版には当該箇所は見当たらない［KG, 700］。「休止」という語の用例として、『子午線』草稿には、「そしておまえは、おまえの押し黙る思考と共に休止の中に立つ。それはおまえにおまえの心を思い出させるが、おまえはそれについて何も語らない。そしておまえは、あとになっておまえについて語る。この〈あとになって〉の中で、あちらで思い出された休止の中で、モーラとコロンの中で、おまえの言葉は頂上を極める。」［TCA/M, 127］という箇所がある［KG, 700］。

　タイトルを受けて、ここでの「休止」は、「コロン＝ドッペルプンクト（：）」の機能

を果たし、第2連を中断して二つに分けている。この「休止」は、2通りに受け取れるが、ひとつは、この時期の詩作の休止状態を示唆し、もうひとつは、詩を生み出す間隙、「中断、休止そのものが言葉を真に表す」[鍛治 1997, 172]一瞬を示唆していると考えられる[KNR, 260]。この「休止」という語とその含意から、『子午線』のみならず、第5詩集のタイトルとなる「Atemwende（息の転回）」との関連、「Zäsur（中間休止）」との関連が想起される。

7-11 どんなに多くの／束ねられ引き離されたもののために／おまえは ふたたび旅の支度をすることか―／記憶という／ベッドをととのえて！

ヴェーガーバウアーの解説によると、vonsammen は voneinander（お互いに離れた）の意で、18世紀の時点ですでに古風で地方色の強い語であり、Vonsammenscheidung の語も過去の用例に見られるという[KNR, 261]。しかしこの語は、メニングハウスが指摘するように、voneinander-geschieden（引き離された）と zusammen（一緒に）から構成されているツェラーンの造語であると考えられる[Menninghaus 1980, 247]。相反するものを結合するという意味で、錬金術における卑金属の解体を暗示しているとする指摘もある。錬金術では、Vonsammenscheidung（分離）あるいは separatio は、錬金術師の発展過程のある階梯を示している[KNR, 261]。

9行目の das Bett rüsten（ベッドをととのえる）と sich zur Abreise rüsten（旅の支度をする）が重ねあわされたこの表現は、これまで続けられて来たこの詩における造語術と関連がある。「ベッドをととのえる」とは通常眠るための準備作業であり、旅の支度をすることとは別方向の行為である。それをあえて重ね合わせることによって、眠りとエロスと言葉の可能性をひとつのものとして提示しているのではないか。シュールレアリスムの手法を想起させるこの箇所は、「眠りによって獲得された女」との「ふたたび」の愛の交歓を示している。「眠りによって獲得された女」の抱擁によって、詩人にとって自らの詩の由来する場所である「記憶」に、詩人は身を投じることができるのである。ギリシア神話で記憶の女神ムネモシュネが詩の女神ミューズたちの母であることを考えれば、「眠りによって獲得された女」とはミューズのことかもしれない[KNR, 261]。ヤンツは、「記憶というベッド」を「過去のさまざまな証言が現実のものとなる場、Logos spermatikos（精液の言語）が受精力を持つ場」であると指摘している[Janz 1976, 159]。

12−15　わかるかい　ぼくたちが横たわっているのが、／千の／色の　千の／口の　白さで、

　ここでの「ぼくたち」とは、「休止」状態のさなかにある詩人と「眠りによって獲得された女」であると考えられる。彼らは空白状態にふさわしく「白く」横たわっているが、その白さは「千の色の、千の口の」によって充満している。まさに、詩の発語寸前の状態を示す撞着話法である。この白を、ヴェーガーバウアーは錬金術の最終段階である婚姻と関連していると見ている。ヨーハン・ヴァレンティン・アンドレアの『クリスティアン・ローゼンツヴァイクの化学的結婚』が、ツェラーンの蔵書にあることをその論拠としている [KNR, 261]。しかし、その「白さ」も、一瞬の間隙であるがゆえに、絶対的なものとして扱われない。その相対化は、ここでは「千の色の　千の口で」という語によって表明されているが、この「Tausend-（千の）」を「polychrom（多彩さ）」に通底すると考えれば、1961年の次のようなツェラーンの発言は、その否定的要素を鮮明にしている [KNR, 261]。「詩における二国語性を私は信じません。二枚舌—それは存在します。同時代のさまざまな言語芸術や曲芸の中に。とりわけ、流行の文化コスチュームに嬉々として身を包み、多国語的で多彩な意匠を凝らした言語芸術や曲芸の中に。」（フリンカー書店への回答）[Ⅲ, 175] さらに、この否定性は、「das Tausendjährige Reich（千年王国）」と関連しているとの指摘もある [KNR, 261]。第1部所収の「堰」[Ⅰ, 222 NR] の第2連「ひとつの言葉が千の言葉である／口のために／私は　失った—／ひとつの言葉を　失った／私に残されていたひとつの言葉—／妹」との関連も考えられる。

16　時の風　息の年　心の決してない　の前で。

　Zeitwind を「時の風」と訳したが、グリム辞典には「periodischer Wind（季節風）」の意とある [TCA, 101；Grimm 31, 579]。この語を、航海用語の「vor Wind liegen（追風を受ける）」からの借用とする指摘もある [KNR, 262]。第2の語「Hauchjahr（息の年）」は、ツェラーンの造語であるが、第2連の「休止」との関連を考えなければならないだろう。最終行に並べられたこの二つの語は、Windhauch（風の息吹き、そよ風）から分岐した語とも考えられる。第3の語「Herz-Nie（心の決してない）」も同様にツェラーンの造語で、最終稿で書き加えられている。この語は、「存在しない心、心臓」とも訳しうるが、第2連の「記憶」と関連して死者を想起させる。

第3部末尾のこの詩の寡黙さは、第4部で展開される饒舌な長詩群の前の、暗示に富んだ沈黙を含んでいるように思われる。

(冨岡悦子)

詩集第4部

42/53

WAS GESCHAH ?   Der Stein trat
　　　　　　　　　aus dem Berge.
Wer erwachte ? Du und ich.
Sprache, Sprache. Mit-Stern. Neben-
　　　　　　　　　　　　Erde.
Ärmer. Offen. Heimatlich.

Wohin gings ? Gen Unverklungen.
Mit dem Stein gings, mit uns zwein.
Herz und Herz. Zu schwer befunden.
Schwerer werden. Leichter sein.

1　何が起きたのか？　石が山から出たのだ。
2　誰が目覚めたのか？　お前と私。
3　言葉、言葉。　星の朋。地の裔。
4　うらぶれゆき。開けて。故郷を思って。

5　どこに行ったのか？　鳴りやまない場所へ。
6　石とともに行ってしまった、我々ふたりとともに。
7　心と心。あまりに重くなってしまって。
8　さらに重くなる。さらに軽い。

[詩の理解のために]
　初めのタイプ原稿には1962年4月7日パリとあるが、そのあとの手書きの原稿には「決定稿　モアヴィル62年6月14日」と加筆されている。刊行されたテクストは公刊前の雑誌掲載がなされている（Neue Rundschau, 74. Jg., 1963, H. 1, 60. WAS GESCHAH の題名で掲載）。1962年には詩人はモアヴィルに別荘を購入している[KG, 700]。手書きの原稿までは題名がReim und Aberreimであった[TCA, 104–105]。『神曲』地獄篇第23歌第1行のように、死者との交流を継続する詩人としての人間は、もうひとりの同伴者であるべき死者の顔すら認識せずに闇のなかを歩みつづけるしかない。

［注釈］
1　何が起きたのか？　石が山から出たのだ。
　第4部の巻頭詩であり、「何が起きたのか？」という最終的な希望を暗示しているという解釈がある［Meuthen 1983, 275］。過去形で問いかけられることで、現実はかわりようのないものとして捉えられる、それが善悪のどちらであろうとも。「石」が詩の燃えるような火の「山」［Oelmann 1980, 336］として理解され、天地創造の映像を重ねる［Voswinckel 1974, 57］のは誕生［KNR, 265］、さらに復活の錬金術的な過程［Naaijkens 1986, 190］とも結びつくからだろう。或いは火山は『息の転回』［Ⅱ, 29 AW］におけるように言葉を堆積させたものとしても理解される［Oelmann 1980, 336］。「石」のような死んだものが生けるものとして2行目のような二人の存在を照射しているという意見もある［KNR, 265：Naaijkens 1986, 190］。この詩が「石」が生まれる誕生の瞬間［Olschner 1985, 230］であるとすれば、それは Reim という生と Aberreim という死との結合である。

2　誰が目覚めたのか？　お前と私。
　復活ではなく、むしろ「誰」という問いによって既に不安定な現象となっている。復活であれば主語は確定されるべきであろう。それはひとつの未知の存在の侵入である［Olschner 1985, 230］。「目覚める」というモティーフはこの詩集の「私の両手に」の第1連で認められるが［Ⅰ, 219 NR：KNR, 267］、交替脚韻・不完全韻などの使用がマンデリシュタームとの共通性をも示唆する［KNR, 267］。「お前と私。」ではいまだに相互の関わりの有り様が茫漠としている。「目覚める」という現実が過去形で語られていることで、客体化された「お前と私」がそこにいるわけだが、それでもなお「私」でさえ誰であるのか確認されていない。地獄篇 第1歌64行以下において深い森のなかに迷ったダンテがウェルギリウスに問いかける場では、相手に助けを求めながらもなお自分がどのような状況にあるのか判明せず、なお相手が誰であるのかも定かではない。そこで死者との関わりが初めて生まれ出てくる（地獄篇 第1歌67行の「わたしはもはや人間ではない」というウェルギリウスの台詞を想起されたい）。山から出る石はキリストの墓から転がされた扉なのであろうか。そうであればその扉は死者の国への入り口である。死者こそが詩人にとっての媒介である［『倣古抄』, 167-171］ことを覚えるべきである。その死との対面では、「お前と私」だけが詩のなかでは言語として存在

しているのである［Voswinckel 1974, 58］。

3　言葉、言葉。星の朋。地の裔。
　初めのタイプ原稿では Mit-Stern. Neben-Erde. の代わりに大文字のHが削除されて heimatliche Erde となっていた。これが4行目の Königlich と入れ代わった［TCA, 104］。新しい世界の可能性［Naaijkens 1986, 190］、「星の朋」が言語によってのみ人間が住むことのできる場であること［Oelmann 1980, 333］を暗示するという解釈がある。過去形の欠落によって時間の制約のない場である［Oelmann 1980, 333］ということも言える。「言葉、言葉」は「お前と私」であろうが、その関わりは言葉によってのみ存在を証明することしか許されない者の断末魔の叫びであり、動詞が欠落していることがそれを暗示している。さらに「星の朋。地の裔。」という、この世界の次元ではなく、彼岸的な表現形態で先程のダンテとウェルギリウスとの死者の国での関わりが想起される。

4　うらぶれゆき。開けて。故郷を思って。
　初めのタイプ原稿では Ärmer の代わりに Offen が二回続けて書かれていた。また Heimatlich となる初めの二つのタイプ原稿、そして次の手書き原稿では Königlich となっていた［TCA, 104 f.］。ユダヤ人ではないが詩人の魂をもつがゆえに故郷を追われたドイツ語詩人アルフレート・マルナウ（1918–）の処女詩集の題名でもある「法律の保護のない」（vogelfrei）状態であろうか［Marnau, 1988］。故郷喪失者はダンテだけでなくしばしば多くの詩人の共有するものである。「王のように」（Königlich）が消されて「故郷を思って」となったのは貴種配流なのであろうか、それとも言葉という故郷にのみ身を寄せることの過酷な生［Naaijkens 1986, 190］を言うのか。言葉はその調和された状態へと語る者を誘うが［Meuthen 1983, 275］、その実現が故郷帰還へと繋がっているのか判明しない。むしろ帰還とは詩的言語が、詩の世界を形成してこの世のなかに異境を残して去っていった死者の言葉と遭遇することを言うのだろうか。「うらぶれてゆき」つつあるのは、この異境のなかに足を踏み入れれば踏み入れるほどに人間はこの現実の世界のなかでは忘却されていくことを示すのである。

5　どこに行ったのか？　鳴りやまない場所へ。

　初めのタイプ原稿では「どこに響いたのか」(Wohin klangs?) となっていた [TCA, 104]。言葉の「響き」というものを視野に入れたためであろうか。今まで知られなかった存在の生への侵入 [Olschner 1985, 230]、さらに鳴りやまぬ場とは希望である [Broda 1988, 214] とも解釈されるが、「どこに行ったのか？」という問いかけじたいが既に過去形であり、認識の彼方へと去って行ってしまった存在への冷静な再確認である。「鳴りやまない場所へ。」とあるように、空気と光の満ちる場である黎明の故郷、つまり死の世界における、言葉のひびきあいの秘儀がここに見られるのである。「どこへ」という問いはバッハのマタイ受難曲のなかのSeht/Wohin?/auf unsre Schuld. という箇所をも想起させる。受難曲が十字架の闇のなかでの神の子の「おやすみ」(Mein Jesu, gute Nacht!) をもって終幕に向かいつつある (「鳴りやまない場所へ。」) ことを考えると、詩人の屈折した海のうねりのような果てしのない闇への開眼 (「開けて」) が垣間見える。この詩集の巻頭詩「かれらの中には土があった」[I, 211 NR] では同じような表現 (Wohin gings, da's nirgendhin ging?) が認められる [KG, 700]。

6　石とともに行ってしまった、我々ふたりとともに。

　初めのタイプ原稿では Mit dem Stein klangs, となっていた [TCA, 104]。「石」を恒常的なものとして認め [Mayer P. 1969, 31]、マンデリシュターム処女詩集の題名であり [Broda 1988, 214]、「我々」とはツェラーンとマンデリシュタームを指すのだ [Olschner 1985, 229] という解釈がある。転喩として「石」がマンデリシュタームを指示するという解釈、また「三人で、四人で」[I, 216 NR] というかつてのリノクスとの対話にマンデリシュタームとの出会いを交差させている [KNR, 268] とも考えられる。しかしながら仮に「石」が表情のないものであるとすれば、それはまさに記憶の茫漠たる闇のなかで手探りでお互いの存在を確かめ合う「我々ふたり」であるはずである。

7　心と心。あまりに重くなってしまって。

　「心と心。」が神秘的合一 [Koch 1971, 464] であり、ダニエル書のメネテケルにおけるベルシャツァール王の罪が「軽すぎた」という記事の暗示である [KNR, 268] と

いう解釈がある。3行目「言葉、言葉」と対応していることは確かだが、「心と心。」という表現は二重になることで心痛（Herzeleid）という表現へと繋がる。重さはメムリンクの描く最後の審判のように善と悪の秤をもった大天使ミカエルの属性である。秤は黄道十二宮のなかの星座（Sternbild）のひとつである。秤についてはさらに「言葉の秤」（Sprachwaage）［Ⅰ, 288 NR］、「世界の秤」（Weltenwaage）［Ⅰ, 291 NR］を参照［KNR, 268］。

8　さらに重くなる。さらに軽い。

　過去、または「私」への依存［Mayer P. 1969, 32］であるという説、命令形として理解し未来への方向性があるという意見［Oelmann 1980, 333］もある。werden と sein を使い分けており、それが動と静を表す。現実世界のなかで揺れ動く価値観の動揺であるのか、それとも存在すること自体の既に持つ悪への傾きを言うのか。または「言葉、言葉。」が「お前と私。」として理解されて、蝶のような翼を持って軽くなる、つまり言葉の異境への侵入という「重い」行為によって、「軽い」死者の魂と交流することを示唆するのか、それがこの詩では秤のようにして「審判」されている。

（富田　裕）

43/53

IN EINS

ひとつになって

Dreizehnter Feber. Im Herzmund erwachtes Schibboleth. Mit dir, Peuple de Paris. *No pasarán*.	1　2月13日。心臓の口のなかに 2　呼び覚まされたシボレート。おまえとともに、 3　民衆たち 4　パリの。*彼らを通り抜けさせはしない。*
Schäfchen zur Linken : er, Abadias,	5　左側にいる小羊—彼、　アバディア

der Greis aus Huesca, kam mit den
                                Hunden
über das Feld, im Exil
stand weiß eine Wolke
menschlichen Adels, er sprach
uns das Wort in die Hand, das wir
                        brauchten, es war
Hirten-Spanisch, darin,

im Eislicht des Kreuzers »Aurora« :
die Bruderhand, winkend mit der
von den wortgroßen Augen
genommenen Binde-Petropolis, der
Unvergessenen Wanderstadt lag
auch dir toskanisch zu Herzen.

Friede den Hütten!

6　ウエスカの老人であり、犬と一緒に
　　やって来た
7　野原をわたって、亡命には
8　白い雲がひとひら浮かんでいた
9　人間的な貴族の、彼は語った
10　我々の手の中に言葉を、それは我々
　　が必要としたものだった、それは
11　牧人のスペイン語だった、そこに
　　は、

12　クロイツァーの"黎明"の氷の光の
　　なかには—
13　兄弟の手が、合図をしながら
14　言葉の大きな目から
15　取り去られた覆いによって—ペトロ
　　ポリス、その
16　忘れがたい者たちの放浪の都市が
17　おまえの心臓にもまたトスカーナ風
　　にのしかかっていた。

18　*陋屋に平和あれ！*

[**詩の理解のために**]
　様々な試行錯誤を経て題名をはじめとして書き直された痕跡が認められる。成立時期は1962年1月23日から同年5月24日の間と見られる。最終稿が完成するまでにかなりの経過があり、5月24日の原稿も決して完成されたものとは言えない。題名は一番初めの手書きのヴァリスの悲歌（1961年に既にヴァリスの悲歌という詩が幾つかの草稿段階で書かれ、さらに62年から63年まで詩集の第4部を構成するパリの悲歌としての構想が練られたが、結局はこの詩 In Eins が他の4詩とともに詩集の最後部に置かれることと

なった［TCA，Ⅷ-Ⅸ］)が、62年2月20日の日付のある原稿まで手書き及びタイプ原稿で三種類残されており、第二段階のタイプ原稿（1962年1月23-28日という日付がある）ではそのタイプ打ちの Walliser Elegie の下に手書きのロシア語で「ペテルブルク――それは我々を新たに一つにする」（マンデリシュタームの詩集 Tristia のなかにある詩の冒頭の引用。詩人自身が1967年にドイツ語に訳している。［Ⅴ，159：KNR，270］）と書かれ、さらに O. M. とマンデリシュタームの名前の頭文字が挿入されていた。1962年5月24日の日付のあるタイプ原稿では新たに手書きのルーマニア語で「君達の一人が僕だ、君達の一人が。」とあり、さらに「君達のような人々がまだいる、君達のような人々が。」と訂正されている。IN EINS と決まったのは刊行されてからである［TCA，106-107］。

［注釈］
ひとつになって
　この詩のなかで語られる様々な歴史的現実がひとつの「言葉」（9-10行目）を探そうとする試みであり［KNR，271］、対極するものがひとつになるという動的な過程を示すことであり、それが他者（詩のなかの歴史的現実、場所、諸言語）を自己のうちに迎えることになるのである［Jakob 1990，374-375］。そうした試みはこの詩集における特徴である、多くの引用がテクスト内で用いられることによって新たな詩的言語が創造される証しでもある［Jakob 1990，376-377］。

1　2月13日。心臓の口のなかに
　まず Feber (Februar) というオーストリア方言を敢えて使うところは Tübingen, Jänner［Ⅰ，226 NR］を連想させる。オーストリア方言からは1934年2月13日のヴィーンにおける労働者蜂起が繋がる。或いは1945年2月13日のドレスデンにおける爆撃が行われた日でもある［Menges 1987，74］。13という数字が不幸を暗示するものであるという指摘もある［Brierly 1984，408］。13. Feber 62 の日付があるヴァリスの悲歌の束のある詩からは、この日にパリでアルジェリア系フランス人の民族主義機関の犠牲者が埋葬されたことも詩人が知っていたことを推測させる［TCA，106：KG，701］。シュピーゲル誌のアンケート「革命は不可避か」に答えた詩人の姿勢は革命が個人のなかで起こるべきことを語っている［Ⅲ，179：Brierly 1984，413］。こうした事実から

ユダヤ人にとっても不穏な時代の変遷のなかで詩人が革命そのものを言葉を媒介とした内面的な現実として理解しようとしていたことが伺われる。「心臓の口のなかに」では「心臓」という言葉が「シボレート」［Ⅰ,131 SS］というように「２月」「彼らを通り抜けさせはしない」というこのテクストでも用いられた表現と共に出てきており、次の行で現れた「シボレート」と「心臓」との離れがたい関わりを示唆している。それは「シボレート」というギレアド人の合言葉が死を前提とした掟であったことを考えれば、「心臓」が「２月」という革命の激動期と、「彼らを通り抜けさせはしない」という死への傾きを含んだ、人間存在の内面におけるドラマ、つまり革命を問題とした詩人の「心臓」の鼓動であったはずである。「心臓」はこの詩集ではさらに im Herzsinn［Ⅰ, 276 NR］、mit Herzfingern［Ⅰ, 278 NR］、Herzteile［Ⅰ, 280 NR］でも使われ、人間存在の本質を語る比喩として無視できない言葉である［KNR, 272］。

2 呼び覚まされたシボレート。おまえとともに、

「シボレート」とは稲穂のことである。士師記12章4－6節におけるギレアド人がイスラエルを苦しめるエフライム人をこの単語を発音させることで見分けようとした記事からきた言葉だが、この箇所は旧約聖書のなかで唯一、歯擦音（Sch-）の違いを積極的に評価したところであり［JL Ⅳ/2, 203］、発語による生と死の境界を、生命を与えるものである稲穂に掛けて叙述している。またこの合言葉が発音されてこそ適応できる言葉であることから「おまえとともに」という対話のなかで初めて生かされる行為、つまり人間の内面における革命（「２月13日」）であるとも考えられる［Jakob 1990, 370］。それは対話というメリディアン的な相互関係への呼応であり［Brierly 1984, 407］、詩の言葉がつまり人間同士の「シボレート」の発語に他ならないことを仄めかしている［Derrida 1996, 73］。

3－4 民衆たち／パリの。彼らを通り抜けさせはしない。

「民衆たち／パリの。」は「シボレート」と重なってこの文脈ではギレアド人の連帯を示す。それは1871年のパリ・コミューンとも重なり［KNR, 272］、フランス語でわざわざ表現されたことがヘブライ語の「シボレート」、スペイン市民戦争の合言葉であるスペイン語の「彼らを通り抜けさせはしない」（No pasarán）と同じく、外国語が複数使用されることで起こる言葉の相互の連関性が狙われているのである［Jakob 1990,

374]。このスペイン語（No pasarán）の響きは「民衆たち／パリの。」（Peuple de Paris）と似て、pとrとの連続が特徴的で、ここにも言語間の親近性が求められているとも考えられる。「彼らを通り抜けさせはしない。」のスペイン語が既に述べたように「シボレート」［I, 131 SS］に「心臓」「2月」（Februar）と共に用いられていることで、以前の詩集における「シボレート」への想起がこのテクストでもテーマとなっていることが確認される［Jakob 1990, 375］。

5－6　左側にいる小羊―彼、アバディアスは、／ウエスカの老人であり、犬と一緒にやって来た

　「左側にいる小羊」については、妻ジゼルの話によればツェラーンが信じていたとされる迷信（羊がそこを通り過ぎる人間の左右どちらにいるかによって幸運が決まる）の影響とも考えられ［KG, 701］、また、政治的な左翼であるとの説［Menges 1987, 75］もある。マタイ25章33節では右側にいる羊に対して最後の審判における救済が与えられ、一方で左側にいる山羊に向かっては裁きが下る、という記事があるが、テクストでは左側にいるのは羊、しかも小羊である。「小羊」の Schäfchen という発音が2行目「シボレート」の Sch- という音と重なり合って、稲穂を意味する合言葉と牧羊の景色がここで交感する。これは周到に準備された詩人の「彼、アバディアス」に対する敬意の過程である。「アバディアス」についてはエドムに対して裁きの言葉を語った旧約聖書の預言者オバデヤであるという説［Menges 1987, 76］がよく見受けられる一方で、またさらにシュティフターの『アプディアス』［Abdias：手書きの原稿では初めはこの題名と同じく Abdias となっていた）］からの引用であるという説［Jakob 1990, 382：Parry 1978, 163］、エルナンデス（Miguel Hernandez, 1910-42）という内乱で共和政府側について戦った詩人である［Jakob 1990, 381：MEL 11, 745］、または詩人の友人であるノルマンディーに住んで牧畜に携わっていたスペインの亡命革命家アバディアスのことである［KNR, 273：KG, 701］など諸説ある。1936年に共和国派によって占拠された「ウエスカ」の「老人」によってスペイン内乱の亡命者であることが伺われ、また「老人」の Gr-eis は音韻的に12行目の「氷の光」（Eis-licht）との協調が認められる。1936年の軍事蜂起が内乱においてユダヤ人への対抗処置でもあったという事実［平凡社大百科 8, 143］、またフランコ（Francisco Franco Bahamonda, 1892-1975）の勝利が40年間の独裁者政治と何十年にも及ぶ政治亡命者をも産みだして

しまったこと［MEL 22, 236］をも思い合わせれば、ユダヤ人であるうえに亡命者でもある詩人自身にとってもこの「ウエスカの老人」は自分の現在置かれている姿を投影する存在としてテクストのなかに嵌め込まれている。「犬と一緒にやって来た」は勿論、文脈上からは牧羊犬であることが連想されるが、「犬」という旧約世界でもネガティヴなイメージを持つ動物をここで敢えて使用しているのは、もし預言者オバデヤであるとするならば、タルムードにおいて犬の吠えることに一種の預言の言葉を聞き取ろうとしたことにも関係があるだろう［JL Ⅱ, 599-600］。或いはヘレニズムにおいて家畜の番だけでなく、地所の安全を図るためにも犬が登場することも注目しておきたい［DkP 2, 1245-1249］。

7-9　野原をわたって、亡命には／白い雲がひとひら浮かんでいた／人間的な貴族の、

　「野原をわたって」は既に述べた2行目「シボレート」の原意である「稲穂」との関わりがあるだろう。野原を歩いてこちらに向かってくる老牧人の姿は、『イーリアス』において古代ギリシアの戦いに備えて眠りに就かずに、「犬」のように神経を研ぎ澄ます老いた賢人［DkP 2, 1246：Ilias 10, 181-195.］のような風貌を伝える。牧歌的というよりはむしろ警戒、注意といった雰囲気がある。「亡命」という語が詩集に使われたのはこの箇所が初めてである［KNR, 273］。この語は1-4行目にかけて現れた革命、そして生と死とを分ける言葉「シボレート」の延長線上にある。「白い雲」は5行目「左側にいる小羊」を連想させるだけでなく、犠牲として神殿で捧げられる運命にあった「小羊」の血をも取り込む。「雲の民」（die Menschen-und-Juden,/das Volk-vom-Gewölk,）［Ⅰ, 278 NR］でも雲の柱によって守られながら砂漠を彷徨った選民の姿が想起され［KNR, 273］、その「雲」が所有格である「人間的な貴族の、」によって修飾されている。men-schlichen はその発音が Sch-ibboleth の sch- とも共通し、やはり生と死を分ける稲穂の風景を湛える。Adel について言えば Abel とも音韻的には近いものを持つが、それはカインが農夫となったのに対して、アベルが牧人となったこととも繋がるかもしれない［創世記 4, 2］。そして「野原」に出ていったアベルがカインによって殺される記事も生と死とを分ける稲穂の風景である［創世記 4, 8］。

406　第Ⅱ部　詩集『誰でもない者の薔薇』注釈

9-11　彼は語った／我々の手の中に言葉を、それは我々が必要としたものだった、それは／牧人のスペイン語だった、そこには、

「彼は語った」の er sprach も「シボレート」の Sch- という音韻効果を出している。「我々の手の中に言葉を」は、「亡命」の途上にある人間を養うパンとしての「言葉」であったことを示唆する。「牧人のスペイン語だった」という箇所は、4行目のスペイン語 No pasarán が繋がるが、ここでは敢えて「牧人の」という条件がついている。それはアベルの後継者としてのキリスト［ヘブル 12, 24］かもしれないし、或いは17行目「トスカーナ風に」(toskanisch) という再び「シボレート」を彷彿とさせる sch- の音が響きわたるための準備であるかもしれない。

12　クロイツァーの"黎明"の氷の光のなかには—

11行目の「そこには、」に対する説明の形として置かれた箇所である。「クロイツァー、」つまり巡洋艦「アウローラ(黎明)号」のペテルスブルク宮殿への1917年11月7日の砲撃によってロシア革命が勃発するという歴史的事実［TCA, 107］を下敷きにして、このマンデリシュタームも参加した革命運動を、詩人は11行目までの「シボレート」を底流とするテクストの新たな「黎明」として書こうとしている。R. Lazurick によって違法な日刊新聞『黎明』(L'Aurore) が1942年にレジスタンスのために創刊され、1944年9月から刊行された［MEL 3, 85］事実もある。マンデリシュタームの詩「ペトロポリス」を詩人はドイツ語に訳しているが (PETROPOLIS, DIAPHAN)［V, 92］、15行目に現れる「ペトロポリス」と相まって、このドイツ語訳の冒頭にある語 diaphan は durchscheinend, durchsichtig という意味であり、「氷の光」との連想が働く。

13-15　兄弟の手が、合図をしながら／言葉の大きな目から／取り去られた覆いによって—

エイゼンシュテイン監督「戦艦ポチョムキン」(1925年) において多くの水兵たちが「合図をして」いる様子が思い出される［KNR, 274］。この「兄弟の手」は非常に革命的連帯に満ちた表現であるが、それは10行目「我々の手の中に言葉を(…)」の手であり、「我々が必要とした」「言葉」を与えられるべき窮乏した手なのである。そのしるしとして「手」は「合図」、つまり「言葉」を知らせる行為をしているのである。「合図」

は2行目「シボレート」の合言葉でもある。「言葉の大きな目から／取り去られた覆いによって一」はその「覆い」という語によって多くのことを語るが、目隠しをされたシナゴーグ（ユダヤ教）のうなだれた様子と、それに対して勝利のエクレシア（キリスト教会）が十字架の杖を手にして冠を被った様子が擬人化されたストラスブール大聖堂の彫刻が想起される。これは旧約聖書の真理がユダヤ教徒には啓示されず、新約聖書をもって初めてキリスト教徒に明らかにされた、ということを比喩的に示したものである［LThK 3, 438：新潮世界美術辞典, 179：Hofstätter, 68-69］。「言葉の大きな目」とは、そこでは真理を語ろうとするが、語ることが出来ないでいる躊躇、または「言葉の格子」［I, 167 SG］として立ち現れる目の苦痛であり、「覆い」を取り去られることでむしろ目は痛みにさらされる、つまり死への目覚めを感じるのである。

15-17 ーペトロポリス、その／忘れがたい者たちの放浪の都市が／おまえの心臓にもまたトスカーナ風にのしかかっていた。

「ペトロポリス」の直前にダッシュが入っているのは12-15行目前半にかけての死への意識の深化のなかで、このペテロ（岩または石）の都が水没しつつある古都のように眼の前に浮かび上がってくるからである。まず「ペトロポリス」はユダヤ人が多く亡命先として選んだブラジルの町の名前である［Menges 1987, 75］。さらにロシアの帝都ペテルスブルクが認められるのであれば、そこには夢想者の記憶が埋まったドストエフスキー的な「白夜」［Weiβe Nächte, 1848］が望めるはずである。マンデリシュタームが詩のなかでロシア語の憧憬を表す語toskaをトスカーナに掛けて言葉遊びをしているという事実も指摘されている［KNR, 275］。敢えてザクセン2格を使用したことで「ペトロポリス」は「忘れがたい者たち」そのものの形象として記憶のなかで甦る。そのために「のしかかっていた」という過去形が使われているのである。それは過去のものをそのまま過去として捉えることで、現象を固定化し、「石の都」として結晶させようとする詩人の意図があるかもしれない。「おまえの心臓にも」は1行目の「心臓の口のなかに」と繋がり、「シボレート」の生と死を握る合言葉が「おまえ」、つまりこの詩のテクストにおける言葉の連帯のなかでようやく死への意識を目覚めさせた「シボレート」そのものへと変容し、toskani-schのschとして「心臓」に刻印されることである。

18　陋屋に平和あれ！

フランス革命におけるジャコバン派の戦いの狼煙である「陋屋に平和あれ！」はG.ビュヒナーの『ヘッセンの急使』(Der Hessische Landbote, 1834)で用いられている[KNR, 275]。16行目「放浪の都市」と同じくこの「陋屋」は安定していない人間存在の比喩である。さらにユダヤ人の砂漠の四十年間の心の拠り所であった移動する幕屋[出エジプト33, 7]でもある。或いはユダヤ人が収穫祭として祝う仮庵の祭りのことであるかもしれない。この祭りは仮庵に象徴される砂漠での苦難のなかで神がユダヤ人に与えた祝福を覚えるためになされるようになった[JL IV/2, 772-775]。皆が集まるという側面からはこの詩の冒頭で暗示されたような（「民衆たち／パリの。」）連帯がこの庵に見ることができるだろうが、しかしこの庵が実は人間が個人として入るべき天幕のようなものだとすれば、それは孤独なものであり、この安定していない「放浪の都市」としての「陋屋」に籠もる人間のなかで起こる死への意識の深化がむしろ前面に出てくる。

（富田　裕）

44/53

HINAUSGEKRÖNT,	1	冠をかぶらされて引き出され、
hinausgespien in die Nacht.	2	夜のなかへ　吐き出され。
Bei welchen	3	なんという
Sternen! Lauter	4	星たちのもと！　さらなる大音響で
graugeschlagenes Herzhammersilber.	5	灰色に打たれた心のハンマーの
Und		銀。　そして
Berenikes Haupthaar, auch hier, – ich	6	ベレニケの髪、ここにも、— 私は
flocht,		編んだ、
ich zerflocht,	7	私は　ほどいた、
ich flechte, zerflechte.	8	私は　編む、ほどく。
Ich flechte.	9	私は　編む。

Blauschlucht, in dich
treib ich das Gold. Auch mit ihm, dem
bei Huren und Dirnen vertanen,
komm ich und komm ich. Zu dir,
Geliebte.

Auch mit Fluch und Gebet. Auch mit
        jeder
der über mich hin-
schwirrenden Keulen: auch sie in eins
geschmolzen, auch sie
phallisch gebündelt zu dir,
Garbe-und-Wort.

Mit Namen, getränkt
von jedem Exil.
Mit Namen und Samen,
mit Namen, getaucht
in alle
Kelche, die vollstehn mit deinem
Königsblut, Mensch, - in alle
Kelche der großen
Ghetto-Rose, aus der
du uns ansiehst, unsterblich von soviel
auf Morgenwegen gestorbenen Toden.

(Und wir sangen die Warschowjanka.
 Mit verschilften Lippen, Petrarca.
 In Tundra-Ohren, Petrarca.)

10　青の狭間よ、おまえのなかに
11　私は黄金を打ちこむ。この黄金も、
12　娼婦や売女のもとで費やされた黄金
　　もたずさえ、
13　私は　来た、私は　来た。おまえの
　　もとへ、
14　恋人よ。

15　呪いと祈りもたずさえて。
16　私の頭上を　うなりをあげて
17　飛んでゆく棍棒もみなたずさえて
　　　― それらもひとつに
18　溶かされ、それらも
19　陰茎のように束ねられ　おまえのも
　　とへ、
20　束―と―ことばよ。

21　あらゆる亡命の
22　水を飲まされた名たちをたずさえ
　　て。
23　名たちと精液をたずさえ、
24　人間よ　おまえの
25　王の血で満ちた
26　すべてのうてなに浸された、
27　大輪のゲットーの薔薇の　すべての
28　うてなに浸された
29　名たちをたずさえて、ゲットーの薔
　　薇のうてなから
30　おまえは私たちを見つめる　朝の道
　　で

Und es steigt eine Erde herauf, die
unsre,
diese.
Und wir schicken
keinen der Unsern hinunter
zu dir,
Babel.

31 死んだあれほど多くの死によって不死となり。
32 (そして私たちは ワルシャワ労働歌をうたった。
33 葦でおおわれた唇で、ペトラルカを。
34 ツンドラの耳たちのなかへ、ペトラルカを。)

35 そしてひとつの大地がのぼる、私たちの、
36 この。
37 そして私たちは
38 誰ひとりとして送らない
39 おまえのもとへ、
40 下方のバベルよ。

［詩の理解のために］
　1962年7月30日、モワヴィルで成立。日付と場所が書き込まれた4つのタイプ原稿には、推敲の跡が相当残っている。原稿の手直しは全体に及んでいるが、目を引くのは、初稿にあった『パリの悲歌 Pariser Elegie』というタイトルとツヴェターエワの詩句からとったモットーの削除である。『パリの悲歌』というタイトルは、同じ第4部の7番目に置かれた「小屋の窓」にも当初考えられていたものである。『パリの悲歌』あるいは『ヴァリスの悲歌』は、第5部として詩集『誰でもない者の薔薇』に組み入れられる予定だったという。また、「すべての詩人はユダヤ人である」というツヴェターエワの詩句は、第4部11番目にある詩「そしてタルーサの書をたずさえて」［Ⅰ，287 NR］のモットーに掲げられることになる。この詩の世界空間は、第1部の「こんなに多くの星が」［Ⅰ，217 NR］と同様、「はじめから宇宙空間に、しかも異次元の虚空に出てしまっている」［生野，102］が、明確な相違点がある。それは、先行する詩「ひとつに

なって」[Ⅰ, 270 NR]を引き継ぐ形で展開されている鮮明な歴史性である。排斥され、迫害された存在としての体験を、一方はユダヤ人の歴史と思想に重ね合わせ、他方、詩人の運命の想起へ促す手法は、詩集『誰でもない者の薔薇』第4部の長詩全体の特質である。この詩は、第4部の長詩群の最初に置かれているが、他のすべての長詩と同様、悲歌的な調子とともに叙事詩風の色合いも帯びている[KNR, 277]。リルケの『ドゥイノの悲歌』第10歌、ユダヤ神秘思想との関連が指摘されているほか、ツェラーン自身の初期作品とのつながりも指摘されている。

[注釈]
1-2 冠をかぶらされて引き出され、／夜のなかへ 吐き出され。

　第1連に相当する冒頭の2行は、初稿では、「罵られ引きずり出され、／夜のなかへほめたたえられ引きずり出され。」となっていた。また、「おまえの背に投げつけられた賞賛者と誹謗者」という言葉が書き加えられていたが、削除されている。1行目「冠をかぶらされ引き出されて（Hinausgekrönt）」で過去分詞になっている動詞「冠をかぶらせる krönen」が、「ほめる loben」「ほめそやす rühmen」から連想され、2行目「吐き出され（hinausgespien）」で同様に過去分詞になっている動詞「唾を吐きかける（speien）」が、「罵る schimpfen」から連想されたことを、以上の推敲過程が示している[TCA, 108]。

　第1連では主体は明示されず、明らかなのは、外に出されるという受動的な動きである。そこからともかくも、「排斥される存在」が主体であることは読み取れる。しかも、ここで外に出され排斥される存在は、毀誉褒貶にさらされたアンビヴァレントな状態にある。こういう状態は、この詩が書かれた頃の詩人の伝記的背景を想起させる。1962年には、ツェラーンは詩人として高名な存在となっていたが、自分の作品の評価が正当ではないと感じ、西ドイツで復活している反ユダヤ主義に警戒心を強めていたという。また、「冠をかぶらされて」という語と、削除されたツヴェターエワのモットー、33, 34行の「ペトルルカ」を考え合わせ、詩人の戴冠を想起することもできる。また、「吐き出され」という語に、詩集『誰でもない者の薔薇』第4部の他の詩「不滅だった、言葉が私から、落下したところへ」[Ⅰ, 273 NR]「コントルスカルプ広場」[Ⅰ, 282 NR]との比較から、言葉の産出を関連づけることもできる[KNR, 278]。また、このような状態に置かれた存在として、茨の冠をかぶらされ嘲られたイエスもまた、ここ

で喚起されているはずである［生野, 103］。第1部の「頌歌（プサルム）」［Ⅰ, 225 NR］との関連も当然想起されるが、旧約聖書「詩篇（プサルム）」の「神に僅かに劣るものとして人を造り／なお、栄光と威光を冠としていただかせ」［詩篇8, 6］との関連も指摘されている［Stadler 1989, 180］。さらに、ユダヤ神秘思想では神の流出形態であるセフィロートは、10の王冠で表象されるが、この詩のカバラ思想との関連を1行目が暗示しているという指摘［Schulze 1993, 214］、巨大な魚の口から吐き出されたヨナの暗示を読む指摘がある［Schulze 1993, 207］。

3－5　なんという／星たちのもと！　さらなる大音響で／灰色に打たれた心のハンマーの銀。

　第2連全体に、推敲過程で大きな変更は見られないが、3行目の「なんという／星たちのもと！（Bei welchen/Sternen!）」は、初稿では「それらの星たちのもと、（Bei den Sternen,）」という感嘆符のない平板な形であった［TCA, 108］。

　外に出され排斥された主体が、放り出された、あるいは向かった位置が示されている。しかしその主体が、「星たち」のあいだを宙吊りになって移動しているのか、どこかの「星たち」のもとに空間的に接触しているのか、簡単に同定できない。一方、「星たちのもと」でなされる行為は、硬貨の鋳造に擬せられた言葉の産出である。ただし、鼓動の寓喩である「心のハンマー」によって打ち出された「銀」の硬貨は、灰色で輝くことがない。排斥された者たちと星との組み合わせから、識別の烙印としてのユダヤの星も連想させる［KNR, 279］。また、「さらなる大音響で／灰色に打たれた心のハンマーの銀」の詩句は、リルケの『ドゥイノの悲歌』第10歌冒頭「澄み切って打たれた心のハンマー（槌）の／どのひとつも　かよわな弦　ためらいがちな弦　あるいは／切れそうな弦のために　音を損なうことがないように。（Daß von den klar geschlagenen Hämmern des Herzes/keiner versage an weichen, zweifelnden oder/ reißenden Saiten.）」［Rilke 1987, Ⅰ, 721］が下敷きであったと考えられる［KNR, 279：KG, 702；生野, 116］。さらに、この箇所については、ツェラーンの初期の詩「茨の冠」［Ⅵ, 40 FW］の「夜が／時刻の鼓動を正しく打つ（Die Nacht ／hämmert den Herzschlag der Stunde zurecht；）」との類似が指摘されている［Schulze 1993, 206］。

5−9 そして／ベレニケの髪、ここにも、― 私は 編んだ、／私は ほどいた、／私は 編む、ほどく。／私は 編む。

　この箇所の推敲過程の異同として、6行目の「ここにも（auch hier）」が初稿では「もういちど（noch einmal）」となっている点、9行目の「私は 編む。」があとで書き加えられた形跡がある点が挙げられる［TCA, 108］。

　「ベレニケの髪」は、ツェラーンの初期詩篇「星たちの歌」［Ⅵ, 131 FW］あるいは、『エドガー・ジュネと夢の夢』［Ⅲ, 159］に見られたように、ベレニケの髪座（かみのけ座）を示していると考えられる［Schulze 1993, 206：KNR, 279：KG, 703］。エジプトの王妃ベレニケ二世の名にちなんで名づけられたというこの星座には、次のような神話がある。王妃ベレニケは、第3シリア戦争での勝利とひきかえに、神々に自慢の美しい髪の毛を捧げたが、王の帰還後、祭壇から王妃の髪が消えていたことから、詩人たちは「神々が王妃のブロンドの髪の美しさを愛でて、星のあいだに飾られた」と賞賛したといわれている。双眼鏡で見ると、細かい星が50か60、まるで露の玉のように光っているといわれる星座であるが、この詩のコンテキストでは、先行する「灰色」という語のために、読者は伝説のブロンドの髪を連想できない。「灰色に打たれたハンマーの銀」と同格の形で置かれていることから、ここでは「ベレニケの髪」は、「死のフーガ」［Ⅰ, 41 MG］にあらわれる「ズラミートの灰色の髪」を連想させながら、言葉の生成を暗示しているのではないか。

　「zerflechten（ほどく）」という語は、zer- という接頭語をつけたツェラーンによる造語であるが、第1連に続いて、ここにも背馳する語の並列が見られる。構築と解体を繰り返す主体の行為は、恋の戯れにも見えるし、徒労に終わる作業にも見える。このような表現方法に、ロシアの詩人ヴェリミール・フレーブニコフの影響を感知する見方もある［KNR, 280］。ところで、ここで編んではほどかれる物とはいったい何か。テキストの流れから読めば、直前に置かれている「ベレニケの髪」ということになる。だが、この形象は前述の通り、神話とともに星座を暗示している。ここではじめて言及される詩的主体は、宇宙的な広がりを持つ空間の中で動くことのできる宇宙的な規模のものとも読めてくる。先に触れたように「ベレニケの髪」が、言葉の生成と関連しているのであれば、ここで並列される二つの動詞は言葉の生成と解体に関わっているだろう。「flechten」という語が、ラテン語の texere を語源とし、織物（ラテン語で textura）がテキストの語源であることからも、この語が詩作のメタファーとなっていることは断

定してよいだろう。リルケの『ドゥイノの悲歌』第10歌の冒頭にも、髪を編むモチーフが見られる［Rilke 1987, I, 721］。

10−14　青の狭間よ、おまえのなかに／私は黄金を打ちこむ。この黄金も、／娼婦や売女のもとで費やされた黄金もたずさえ、／私は　来た、私は　来た。おまえのもとへ、／恋人よ。

　詩全体の構成から見ると、第3連を構成するこの箇所は第5連までひとつのまとまりを見せている。推敲過程での異同はほとんどないが、12行目の「費やされた（vertanen）黄金」は初稿では「失われたもの（Verlorenen）」さらに「失われた時間（Verlorenen Stunden）」となっており、「おまえのもとへ、／恋人よ」は、初稿で書き加えられた跡がある［TCA, 108］。

　ここで「おまえ」と呼びかけられる「青の狭間 Blauschlucht」は、宇宙的規模に肥大した詩的主体に見合う広大な女性性そのものと考えられる。第2連の「灰色に打たれたハンマーの銀」に続く金属加工を描写する10行目の表現は、性行為の寓意となっている。第2連では「銀」は言葉の寓意となっていたが、第3連の「黄金」は生命の生成をもたらす精液の寓意となっている［KNR, 280］。「黄金」はむろん、錬金術の卑金属による金の生成の奇跡をも示しているだろう。また、この箇所に関して、初期詩篇の「そして　空の秤から沈んだ黄金は／私たちの隣に漂うために　翼を夢みる」（「星たちの歌」［VI, 131 FW］）といった表現との類似を示唆する指摘［Schulze 1993, 207］、同じ詩集内の「沈黙　黄金のように煮えたぎって／炭化した両手で」（「ヒューミッシュ」［I, 227 NR］）という詩句との関連を示唆する指摘［KNR, 280］がある。特に、「ヒューミッシュ」との関連は、錬金術のモチーフと詩の生成過程が連関しているという点で重要である。

　これに続く「…をたずさえて」という語は、第3連から第5連にかけて首句反復の形で繰り返される。最初に呼び出されるのは「黄金」であるが、それが精液の寓意であることを読者に確認させるように、「娼婦や売女のもとで費やされた」という修飾語を詩はたたみかけてくる。さらに、「黄金」をたずさえた詩的主体の動作が描かれる。「恋人」のもとへ向かう詩的主体は、流浪の身ひとつで災禍を生き延びて来たツェラーン自身の境遇をここでも想起させる。ここで寓意化された性行為を、カバラ神秘思想の観点から神とシェキナー（＝イスラエル共同体）との「聖なる婚姻」に結びつける解釈もあ

る [Schulze 1993, 210 f.：Firges 1999, 116 f.]。また、「来る (kommen)」という動詞は、『山中の対話』および詩集『誰でもない者の薔薇』の他の詩においても頻繁に使われ、執拗に反復されることが多いが、14行目でも念をおすかのように繰り返されている [KNR, 281]。

15-20　呪いと祈りもたずさえて。／私の頭上を　うなりをあげて／飛んでゆく棍棒もみなたずさえて ― それらもひとつに／溶かされ、それらも／陰茎のように束ねられ　おまえのもとへ、／束―と―ことばよ。

　詩の第4連を構成するこの箇所では、移動する詩的主体の所有する物が、さらに列挙されてゆく。「呪いと祈り」という背馳する語の並列がここで再度繰り返される。「反対の一致」という錬金術的な読み方もできるが、それと同時に排斥された者の運命を生きざるをえないツェラーンの生の座標軸とも読める。次に列挙される「棍棒」は、詩的主体がさらされた脅威と試練を示している [KNR, 281]。棍棒と訳した「Keule」は、先の太い棒を第一義に意味するが、先端が膨らんだ棒状の打撃ないしは投擲用武器の意もある。かろうじて当たらずに頭上を飛んだ棍棒をすべてたずさえて、とはつまり、迫害と試練の記憶をすべて背負ってということになる。一方、「棍棒」という語に、セクシュアリティを連想する読者の期待を裏切らず、「陰茎のように phallisch」という語があらわれてくるが、これは詩の生成の寓意でもあり、「束―と―ことば (Garbe-und-Wort)」がそれを裏付けることになる。「棍棒」、「陰茎」、「束」という意味的な連関とツェラーンの言語観をつなぐものは、先行する詩「ひとつになって」[Ⅰ, 270 NR] との深い結びつきからも読み解くことができる。17行目の「ひとつに (in eins)」によって、先行する詩のタイトルを想起させた上で、ツェラーンは読者に、発音の正確さを試して敵と見方を見分ける合言葉「シボレート (Schibboleth)」を喚起することを要請している。先行する詩の4行目の「奴らを通すな (No pasaran)」は、第2詩集『閾から閾へ』の「シボレート」[Ⅰ, 131 SS] にも用例が見られる語で、スペイン内戦でファシズムに対抗して戦う人々の合言葉であったという。また、シボレートはヘブライ語で「麦の穂」の意があり、束ねられた「束―と―ことば」との連関はこの点でも浮かび上がってくる。詩的主体が向かう先である「束―と―ことば」とは、レジスタンスの言葉であると同時に、排斥された運命を生きた死者と連帯する詩の言葉でもあるということになる [Janz 1976, 154：Olschner 1980, 285：Derrida 1986, 60 f.：KNR, 281 f.：

KG, 703］。なお、この箇所の推敲過程については、特に指摘すべき点はない。

21-31 あらゆる亡命の／水を飲まされた名たちをたずさえて。／名たちと精液をたずさえ、／人間よ　おまえの／王の血で満ちた／すべてのうてなに浸された、／大輪のゲットーの薔薇の　すべての／うてなに浸された／名たちをたずさえて、ゲットーの薔薇のうてなから／おまえは私たちを見つめる　朝の道で／死んだあれほど多くの死によって　不死となり。

　この第5連でも引き続き、移動する詩的主体がたずさえてゆくものが示されている。初稿からの推敲プロセスにおいて、この箇所にはいくつかの手直しが見られる。当初第5連の冒頭には、「私は　来た」という詩的主体の動きがもう一度繰り返されていた。それが削除され、「…をたずさえて」という首句反復が第5連の冒頭に置かれることになる。また、決定稿の23行目にあたる部分が、初稿では「名たちを（身ごもり）、陣痛に苦しみながら」という語になっていた。その後の草稿にもこの箇所には手直しの跡があり、括弧でくくられた「（なぜなら分散の中で、そのように私たちは生きる／私たちがどこへ向かおうと、／時の整える渦巻きのなかで／あちこちに吹き飛ばされながら。）」という書き込みが見られるが、これも決定稿では削除された。さらに、29行目の「ゲットーの薔薇」のあと、「民族たちの」という複数2格が置かれていたが、これも削除された［TCA, 110］。

　ここで詩的主体がたずさえるものは、「名たちと精液」である。これはどちらも、創造と継承と記憶に関わる語であるが、血で満ちた「ゲットーの薔薇」のうてなに浸されている「名たち」とは、排斥された人々の受難を記憶する語の寓意となっている。その受難には、イエス・キリストの受難も含まれている。「血」と「うてな」（ここで「うてな」と訳した「Kelch」の第一義は、杯、足つきグラスである）という語の結びつきが、マタイ伝が伝える最後の晩餐の記述「また杯をとり、感謝して彼らに与えて言われた。〈みな、この杯から飲め。これは、罪のゆるしを得させるように、多くの人のために流すわたしの契約の血である。〉」［マタイ 26, 27-28］を想起させるからである［KNR, 282］。ただし、ここで照準が当てられているのは、神の子としての特権性を与えられているキリストではなく、「ユダヤの王」と罵られ、唾吐きかけられた人間の子イエスである。また、29行目の造語「ゲットーの薔薇」という語は、詩的主体の営為が詩人個人にとどまらず、迫害されたユダヤ人すべての歴史を抱え込んでいることを印象

づける［Janz 1976, 150］。「ゲットー」という語を、ツェラーンはこの詩集ではじめて使っているが、これについて却下されたツヴェターエワの詩句のモットーとの関連を指摘する論者もいる［KNR, 282］。さらに、この箇所をユダヤ神秘思想の文脈から読むと、先にも触れた「聖なる婚姻」の成就が語られていることになる。王としての人間を生み出そうとする男性原理が「ゲットーの薔薇のうてな」に到達することは、神の女性的形姿の顕現であるシェキナーの再生を実現するからである［Meuthen 1983, 275：Schulze 1993, 201：Firges 1999, 118］。第5連末尾の複数形で書かれた「朝の道」からは、排斥された死者たちの「永遠なる救済」への希望を読み取ることができるとする指摘もある［Mayer P. 1969, 161］。

32－34（そして私たちは　ワルシャワ労働歌をうたった。／葦でおおわれた唇で、ペトラルカを。／ツンドラの耳たちの中へ、ペトラルカを。）

　括弧に入れることによって、詩人の地声を聞かせる効果を持つこの第6連は、「ワルシャワ労働歌」、「ペトラルカ」、「ツンドラ」という語によって特徴づけられている。初稿では、「そしてウラジオストックで」という語が見られるが［TCA, 110］、これらはすべて詩集『誰でもない者の薔薇』が捧げられているオシップ・マンデリシュタームに関連している。マンデリシュタームは、ワルシャワ生まれのユダヤ人であり、1934年に逮捕後、シベリアに流刑され、1938年ウラジオストック近郊の通過収容所で死去した。流刑地でのマンデリシュタームの様子を伝えるイリヤ・エーレンベルクの証言によると、マンデリシュタームはペトラルカのソネットを朗誦していたという。ペトラルカは流刑を体験している詩人でもあり、その完璧な詩空間の反復は、過酷な現実から精神の破壊を防ごうとするマンデリシュタームの闘いであったのかもしれない［KNR, 283：KG, 703］。

　さらに、この箇所について、ツェラーンは妻ジゼル宛の1965年10月26日付けの手紙で、次のように書き記している［CGBⅠ, 280 f.］。「アヴィニョン、ぼくらの新婚時代の町——ぼくは自分の結婚指輪を見つめて思う。あなたがいなければ、あの町でぼくは何をできたというのだろう。前にも言ったよね、ぼくはあなたと一緒にあの町に戻る、ぼくらの愛をふたたび見出しながら。……それから、ヴォクリューズの泉の方向では、おぼえているかい。〈…そして私たちは　ワルシャワ労働歌をうたった。／葦でおおわれた唇で、ペトラルカを〉それは、亡命者たちと詩のシベリアに向けられた、人間の誇

りの亡命と大地の歌、あの〈ユダヤ人の巻き毛　それは白くならない〉に向けられた歌だった。それは、エリックを含めたぼくらの歌、ぼくらの執拗な存在正当性の歌だったのだ。」ツェラーン自身が語るように、括弧でくくられたこの第6連は、迫害され排斥された者たち、とりわけ亡命を強いられた詩人たちの運命が何重にも重ねられている。それは、ペトラルカのフランスへの亡命であり、マンデリシュタームのシベリア流刑であり、あるいはワルシャワ・ゲットーの蜂起であり、ツェラーン自身のパリへの亡命を指していると考えられる［Janz 1976, 162：綱島 1997, 199：Firges 1999, 119］。「葦でおおわれた唇」、「ツンドラの耳たち」というツェラーンの造語は、シベリアの酷寒に苦しむマンデリシュタームへのツェラーンの共苦を伝えるものとなっている。

35-40　そしてひとつの大地がのぼる、私たちの、／この。／そして私たちは／誰ひとりとして送らない／おまえのもとへ、／下方のバベルよ。

　最終連を構成するこの箇所は、初稿からこのままの形でまったく手は加えられていない。第5連までは、受難の歴史を負って「夜のなかへ」排斥され、それを引き受けて進む詩的主体の営為を示していたが、ここでは第6連を受けて、ある達成が語られていると考えられる。「私たちの大地」とは、迫害され排斥された者たちの連帯によって獲得される「生きることができる故郷」［Oelmann 1980, 285］であり、そこでは亡命者たちもその存在が正当化される。それと対立する「下方のバベル」とは、たがいに理解できない言語によって混乱をきわめる世界、相互不信と武力闘争のきわみにある二十世紀の世界の現実を示す語である［Janz 1976, 162］。先に引用したジゼルへの手紙に引き寄せて考えれば、ツェラーン自身の家族を含め、亡命者たちの人間の尊厳を守ろうとする詩人の強い想いがここにあらわれていると読むことができる。

　　　　　　　　　　　　　　　　　　　　　　　　　　　　　　（冨岡悦子）

45/53

WOHIN MIR das Wort, das unsterblich war, fiel:
in die Himmelsschlucht hinter der

1　不滅だった、言葉が私から、落下したところへ―

2　額のうしろにある天のはざまに、

	Stirn,	3	そこまで行くのは、唾と塵によって伴われ、

dahin geht, geleitet von Speichel und
　　　　　　　　　　　　　　　Müll,
der Siebenstern, der mit mir lebt.

4　私とともに生きる、プレイアデスである。

Im Nachthaus die Reime, der Atem im
　　　　　　　　　　　　　　　Kot,
das Auge ein Bilderknecht –
Und dennoch: ein aufrechtes
　　　　　　　　　Schweigen, ein Stein,
der die Teufelsstiege umgeht.

5　羅針盤のなかの押韻、糞便のなかの息、
6　目は影像の使用人―
7　しかしそれでもなお―泰然とした沈黙、一個の石、
8　それが悪魔の梯子を回避する。

[詩の理解のために]
　タイプ打ちの第一草稿には1962年8月15日　モアヴィルの日付が入っている [TCA, 113]。この日はカトリック教会の聖母被昇天祭であり、「不滅の言葉」であるキリストをこの世にもたらしながらも、その子が十字架にかかるという「落下」を見届けなければならなかったマリアの面影が現れる。それは言葉の喪失という終末の世界の様相である。そこにはサルヴァドール・ダリの描く「十字架の聖ヨハネのキリスト」の足下に広がる果てし無い闇があるが、その闇から救いの光が差し込むかどうかはわからない。

[注釈]
1　不滅だった、言葉が私から、落下したところへ―
　頭韻である Wohin, Wort, war [Meinecke 1970, 30] によって、重いwの音が「不幸な」(Weh) という風景を同時に醸し出す。「落下した」には原罪としての連関性 [KNR, 287] が指摘されている。「落下した」は3行目「塵」とも連想される [Voswinckel 1974, 40]。「不滅」という表現は救済された世界への示唆を含むが、それは存在そのものがいまだに完成されていない [Meinecke 1970, 31] という余地をも取り込んで、終末論的な色彩を与える [Voswinckel 1974, 39]。「どこに」という意味でも取られうるこの Wohin は「ひとつになって」[I, 270 NR] の冒頭と同じくマタイ受

難曲の第一部における「見よ、どこを、われらの罪を。」(Seht Wohin? auf unsre Schuld.) を連想させる。この鋭利な調子は存在そのものの持つ暗黒への眼差しを物語る。殊更に「不滅だった」と過去形で括られた関係文はその暗黒をさらに増す。不滅の言葉とはいったい何か。「私から」という所有または結果の3格が、人間の言葉であることを暗示する。アダムのように存在する者の言葉として永遠性を持っていたのは事物を名付ける力［創世記 2, 19］であったはずだ。つまり自分と同じく存在する現実の物事の本質を摑み、その本質を瞬間的に（生と死を超えて）認識する知性の働きであったはずである。過去形「落下した」がその働きの消失を既に起こってしまったものとして描き出しているので、ここでの「私」は生ける言葉における死者である。死者がしかしそれでも言葉を持つのは、未来から現在を見ることができる、という点においてではないか。歴史が死者の物語であるとすれば、未来から現在への眼差しは梯子のように続いている。それは関係文を区切った二つのコンマによっても読み取れる。

2 額のうしろにある天のはざまに、

「額のうしろ」の部分は眼球であろうか。眼窩（Augenhöhle）または前頭洞（Stirnhöhle）にあたる。それを「天のはざま」と言うのは言語中枢を司る部分［Voswinckel 1974, 40］を示唆しているのかもしれない。脳内を地下の天というように考えるのは［Voswinckel 1974, 40］中世の宇宙観である漏斗の形をした地獄絵図のようでもある。もしも言葉が落下したのが原罪と係わるならば詩人が読んでいた『神曲』の宇宙観もここで影響を与えているだろう。天国篇第33歌第55行のように真理の認識において「見る」ことは「言葉」とは引き離されて判断の最高手段となり、言語中枢の最たるものでもある「記憶」でさえもそこでは消失してしまう。「額のうしろ」が眼球であるならば、詩人としての「言葉」はいまや「見る」行為によってのみ不滅性を取り戻せるのであろうか。「冠をかぶらされて引き出され」［Ⅰ, 271 NR］には Blauschlucht とあるのが思い出され、「深淵としての天」［Ⅲ, 195］との繋がりも考えられる［KNR, 280］。「巨石記念碑」［Ⅰ, 260 NR］には Himmelsschlucht が用いられている。「額」（Stirn）は4行目の Siebenstern（ツマトリソウ、または Siebengestirn プレアデス星団）と響き合うばかりでなく、「天」とも連関する。

3　そこまで行くのは、唾と塵によって伴われ、

　dahin は Wohin と響き合う。ここでは「天のはざまへ」を示唆するために使われているのであろう。受難曲の最終唱（人の子の安息を祈る神秘の歌）の直前の叙唱（Sie gingen hin und verwahreten das Grab mit Hütern und versiegelten den Stein.）を連想させる。また「死ぬ」という分離動詞の意味で（dahin│gehen）理解したとすれば受難曲と重なり、さらに「唾」を吐きかけられたキリストの風景も浮かぶ。「唾」と言えばこの詩集のなかでは「冠をかぶらされて引き出され、／夜の中に唾をもって追われ。」［Ⅰ，271 NR］（Hinausgekrönt,／hinausgespien in die Nacht.）という箇所が見られ、追放という風景が重層的に存在することが注目される。第一草稿では「伴われ」の代わりに「癒され」（verarztet）［TCA，113］となっていたが、この場合はイエスによる盲人の癒し［マルコ 7，33］が連想される。「塵」は死の象徴である。「唾と塵」に先導されるのは1行目の「不滅だった」言葉の対義語である。「唾と塵」を、言葉を発音する過程として捉えることもできる［Kummer 1987，170］。

4　私とともに生きる、プレイアデスである。

　古代ギリシャでの船出の時期がプレイアデスの昇る5月であったことからも、詩人としての新たな出発のイメージが与えられる［KNR，288］。詩人の言葉を生かすべきプレイアデスが「唾と塵によって伴われ」ている限り、「生きる」という表現はそのまま受け取れない。この星は2行目「額」との響きでやはり「見る」という行為に繋がっているのではないか。「唾と塵」は視覚的である。存在することそのものの受難に、「言葉」が発せられることの道程を重ねるようである。

5　羅針盤のなかの押韻、糞便のなかの息、

　「押韻」「息」は詩人としての生き方に関わる表現だが、ここではそれが抑圧されていることを暗示するという考えもある［KNR，288］。グリム辞典［Grimm 13，184］に反して「夜の家」とした場合には4行目の「プレイアデス」星座と繋がる。いずれにしても「言葉」が永遠性を失ったとしても、いまだに価値あるものとして「羅針盤」「糞便」に対比されている。「糞便」は「塵」とも相似している。ダンテ『神曲』の地獄篇第18歌第112行以下で描写されている「糞便」のなかで苦しむ人間の姿を彷彿とさせる。

6　目は影像の使用人―

　「言葉」よりも「見る」という行為がここでは前面に立っている。しかし「影像の使用人」による風景が醸し出すのはこの Knecht という過酷な状況にある立場である。fiel（1行目），Müll（3行目），Kot（5行目）と行末が下り，ここで「使用人」（Knecht）という言葉が使われたのは，こうしたネガティブな表現を敢えて選ぶことで地獄巡りのような言葉の落下によって，詩人ダンテに倣った「見る」ことの苦しさ，現実を「見る」行為自体が持つ矛盾，そこから生まれる自己内省を語ろうとしたためではないか。ボッティチェリの描いた白黒の淡い神曲の世界が様々な場面を同時に見せる，つまり画家が過去と未来とを交差させる技法で構成するように［Botticelli, 31-33］，詩人も時空を超えた「目」の記憶とそれを克服する苦悩を負う「格子」のような縞をテクストのなかで求めようとするのである。ハイフンはそれゆえにこの状況を認めようとはしない，或いは躊躇する存在の見方を示している。「言葉」が永遠性を失ったのはやはりこの「目」のためだったのだろうか。ダンテが「見ること」を「言葉」以上に認めたのは［天国篇第33歌第106〜114行），言葉を貶めるためではなく，自らの存在の内側に目を向けることで，存在の本質に相応しい真理の姿を捉えることに成長させられた「見る」行為を強調したからである。

7　しかしそれでもなお―泰然とした沈黙、一個の石、

　この詩集においては「巨石記念碑」［Ⅰ, 260 NR］が「石」という主題に最も強く繋がる［KNR, 289］。「泰然とした沈黙」は，「しかしそれでもなお」という抵抗に比べうる剣の一撃のような直線的な連想（aufrechtes）をかきたてる。沈黙は「一個の石」（または星である「プレイアデス」）と重なり合い，「天のはざま」である奈落，深淵への「落下」の直線的な運動を暗示する。それは漏斗のような地獄に落ちることで，かえって天界に昇った詩人ダンテの星のような姿でもある。

8　それが悪魔の梯子を回避する。

　「影像の使用人」である「目」の渡る道を表現している［KNR, 289］。「悪魔の梯子」は「天のはざまに」落下するために必要である。なぜなら「悪魔」つまり地獄への，様々な道程を経て成長した「目」が，不滅の「言葉」を摑むダンテ的な旅路に向かうからである。だから「悪魔の梯子」は，そうした過程を経ないで，直接に「影像」を

見ようとすること、つまり見られた対象に「言葉」が十分に成長していない、という未熟な現実を告発するしるしなのである。

(富田　裕)

46/53

LES GLOBES　　　　　　　　　　　レ・グロブ

In den verfahrenen Augen-lies da :　　1　行詰まった眼たちの中に―そこに読め。

die Sonnen-, die Herzbahnen, das　　2　太陽の―、心の軌道たち、
sausend-schöne Umsonst.　　　　　　3　ざわめきつつ走る―美しい無駄。
Die Tode und alles　　　　　　　　　　4　死たちとすべての
aus ihnen Geborene. Die　　　　　　　5　そこから誕生したもの。あの
Geschlechterkette,　　　　　　　　　　6　種族の鎖、
die hier bestattet liegt und　　　　　　7　それはここに埋葬されてある、そして
die hier noch hängt, im Äther,　　　　　
Abgründe säumend. Aller　　　　　　　8　ここにまた懸かっている、エーテルの中、
Gesichter Schrift, in die sich　　　　　　
schwirrender Wortsand gebohrt―　　　9　数々の深淵を縁取りながら。すべての
　　　　　　　Kleinewiges,　　　　　　
Silben.　　　　　　　　　　　　　　　10　顔に書かれた文字、そこへ
　　　　　　　　　　　　　　　　　　11　唸りをあげて飛ぶ言葉の砂がくいこむ―小さな永遠が、
Alles,　　　　　　　　　　　　　　　12　音節たちが。
das Schwerste noch, war　　　　　　　
flügge, nichts　　　　　　　　　　　　13　すべてのもの、
hielt zurück.　　　　　　　　　　　　14　最も重いものまでが、

15　飛べるようになった、何も
16　ひきとめるものはなかった。

[詩の理解のために]
　行わけに異同のある３種のタイプ原稿があるが、11行目から12行目にかけてのKleinewiges/Silben が、元来、Silben, Lappili, あるいは Lappili-Spur になっていたことを除くと、大きな違いはない。火山礫を意味する Lappili が、Kleinewiges/Silben に変えられた理由のひとつには、Lappili が「ブーメラン」で使われていることも関係があるのかもしれない。Lappili が使われているのは、全作中、その一個所だけだった。
　なお、最も早い時期のタイプ原稿に、「6.10.61」という成立の日時が記載されており、あわせて「ブルターニュ旅行の前に」と書かれているのは、もちろん、ブルターニュ旅行が、1961年７月であったことを考えれば、明白に誤りであろう。ヴィーデマンは、1961年６月10日から16日にかけてを成立時期としている。
　また、この作品については参考文献が少なく、KNR の担当者ヴィンクラーは一つもあげていない。参考文献の少なさも、作品の性格の一面を語っているのかもしれない。

[注釈]
レ・グロブ
　LES GLOBES とフランス語をタイトルにした理由は、たしかにヴィンクラーがいっているように、フランス語の globe が多義的であり、天体（globe céleste)、地球〔儀〕(globe terrestre)、眼球（globe de l'œil)、そして球一般を同時に意味することができるからと考えられよう。
　それに関して KG には、1961年にツェラーンがブルターニュ旅行に関連して、ベータ・アレマンにあてて書いた書簡が引用されている。
　「わたしが、あなたにトレバビュで、ダルムシュタットからの帰途に知ったケプラーの引用について話したことを覚えていますか？　ここに原文に忠実に書いてみます。〈神というものは、球（die Kugel）に象徴される。球を切断すると円（der Kreis）が生ずる。この円が人間を示すのである〉[KG, 704]」。

1　行詰まった眼たちの中に──そこに読め。

　verfahren を形容詞にとると、行詰まったの意になる。間違った方法のために抜け道がない状態をいう。たとえば eine verfahrene Situation は動きのとれない状態である。ただし再帰動詞 sich verfahren になると、乗り物で、車で道に迷うの意になる。lies は lesen の命令形で「読め」であるが、4格の目的語がなく、自動詞的に使われている。眼に読む、は、当然、同じ詩集の第二番目にある「深みに沈むという言葉」の「おまえの眼の中に書かれたものが」を思わせる［KNR, 292］。

　「読め」の目的語にあたるものが、以下に並列される。

2-3　太陽の──、心の軌道たち、／ざわめきつつ走る──美しい無駄。

　太陽の軌道は、要するに地球を不動と仮定して、動くと見える太陽の軌道、いわゆる黄道である。従って複数は存在しないが、ここでは「心の軌道」と共に複数になっている。Herzbahnen はツェラーンの造語で、「心の軌道」という日本語としてのおさまりの良さは多少気になる。ツェラーン自身、そのようなおさまりの良さを嫌う人だったから、たとえば「心臓の軌道たち」とでも訳すべきか。もちろん、Herz は、心でもあり、心臓でもあるのだから、これは、もっぱら日本語の問題ではあるが。太陽と心、もしくは心臓という懸隔の大きいものが、軌道を媒介として対立させられる、或いは結びつけられる。宇宙と人間の内部の照応。

　「無駄（Umsonst）」から、ツェラーンの読者は、『子午線』の「詩、みなさま、死すべき運命とか空虚（Umsonst）とかについてのこのはてしないお喋り！」［Ⅲ, 200］を想起するだろう。sausen はザワザワ、ゴーゴー、ピューピューなどの音をたてる意。或いはうなりを立てて走るの意。「美しい無駄」が「ざわめきつつ走る」のは、前行との関連でいえば、「軌道」を走ることになって、「太陽」、「心」が「美しい無駄」ということになる。

4-5　死たちとすべての／そこから誕生したもの。

　この2行は、むしろそのあと6行目の「種族の鎖」をあわせ読むことによって、連続性のイメージが浮上する。ユダヤ民族という「種族の鎖」である。「死」と「誕生」は、一般に対比的に扱われる概念だが、それを連続性によって結びつけた逆説的な表現。この連続性は、当然、個人の誕生と死を越えて歴史の流れにつながる。

書き手がユダヤ民族と限定しないものを、つまりテキストそのものに直接書かれていないことを、伝記的事実に依拠して読者が限定してしまうのは、大きな問題であるが、「すべての詩人はユダヤ人である」を引用したツェランであればこそ、その事実を無視してしまう方が、はるかに大きな問題だろう。

6−9　種族の鎖、／それはここに埋葬されてある、そして／ここにまた懸かっている、エーテルの中、／数々の深淵を縁取りながら。

　「埋葬されてある」の「ある」は、liegen であり、「懸っている」は、hängen である。原義でいえば、liegen は横になっている、寝ている、水平に置かれているであり、hängen は掛かっている、ぶら下がっているである。もう一歩進めれば、前者には安定、後者には不安定の感触がある。対立するふたつの言葉が、副詞「ここに」と、並列の接続詞「そして」で結ばれる。この種族は、「埋葬されている」と同時に「ぶら下がっている」。それは、いわば成仏していないと、我々になじみやすい概念に置換してしまうのは危険か。

　危険ついでに、補助線としてもうひとつ危険をおかせば、歌舞伎の「仮名手本忠臣蔵・六段目」で、早野勘平は、誤解のために、切腹を余儀なくさせられるが、結局、誤解と判明して、立ち会った同志から「仏果を得よや、早野勘平」と呼びかけられる。仏果を得るとは、成仏を意味する。それに対して勘平は「仏果を得よとは穢らわしい。死なぬ、死なぬ。魂魄この土（ど）にとどまって、敵討ちの御供なさで措くべきか」と反駁する。

　テキストの「種族」もまた成仏していない、あるいは成仏させてはならないとの思い。

　7行目と8行目で反復された「ここに」が、8行目末で「エーテルの中に」と明確化される。「エーテル」は、ツェランの全作品を通して三度使われているが、そのいずれもが、詩集『誰でもない者の薔薇』に限られ、前置詞 in を伴っている。

　「漂移性の」の項で書いたことを繰返せば、エーテルは、ギリシャ哲学では、宇宙・世界の原素であり、天空を充たすとされた。一種の霊気である。近代では一般的に空や宇宙空間の広がりを示すという。

　「ここに」の示す此岸性が、エーテルによって一挙に逆転する。in とのつながりが空間を暗示し、それに従えば、7行目は空間への埋葬である。『子午線』で、ビュヒナー

の「レンツ」から、「逆立ちをして歩けないことだけが、彼には時として不愉快だった」をひき、「逆立ちして歩くものは、みなさま――逆立ちして歩くものは、足下に空を深淵として持ちます」[Ⅲ, 195, 飯吉光夫訳] と語った詩人らしい措辞である。

レンツにことよせて空を深淵（den Himmel als Abgrund）と語った詩人は、ここでもエーテル（天空）に続いて深淵（Abgründe）を呼び出す。

「縁取る säumen」は、衣類などに関して使うと装飾的な意味になる言葉だが、「深淵を縁取りながら」で、「深淵」と装飾性のアンバランスな組合せ。全くの偶然だが、日本語では、上記のように訳すと、深淵の「淵」と縁取るの「縁」が、音の上では、第一にエン、第二にフチとなって二重に対応する結果になる。同音意義のなせる奇妙な悪戯である。ツェラーンは言語遊戯で関心の強い人だったのであえて。

9-12　すべての／顔に書かれた文字、そこへ／唸りをあげて飛ぶ言葉の砂がくいこむ—小さな永遠が、／音節たちが。

「すべての顔に書かれた文字」とは、その顔がユダヤ人であることを示す、たとえばナチの時代にユダヤ人の住居の戸口に書かれたユダヤの星のようなものか。「唸りをあげて飛ぶ言葉の砂」は、「小さな永遠」、さらに「音節たち」といいかえられる。これを詩、もしくは詩語と解することができよう。

13-16　すべてのもの、／最も重いものまでが、／飛べるようになった、何も／ひきとめるものはなかった。

「すべてのもの」が、「飛べるようになった」とは、前行の飛ぶ砂で詩、詩語が示唆されたことを思えば、すべてを詩でとらえる可能性への志向か。「最も重いものまでが飛べるようになった」というような、重さと軽さの逆転は、当詩集の第4部で二度あらわれている [KNR, 294]。「何が起きたのか？」では、「より重くなること、より軽いこと」という形で。さらに、最後を締めくくる位置に置かれた「宙に漂って」には、「あのあまりも軽く、あまりにも重く、あまりにも軽く」とある。

1970年に《メルクーア》誌に「パウル・ツェーンの思い出」を寄せたハンス・マイアーは、その一文の結びに、「レ・グロブ」全体をかかげた。先ず、このフランス語の標題が同時に地球と地球儀を意味すると、その多義性に注目したあとで、「レ・グロブ」の結尾もまた、最後の三つの言葉の圧迫するような多義性を、ほとんど楽しんでい

るといっていいほどに、味わいつくしているようだと書いている [Mayer H. 1970, 1163]。

　最後の三つの言葉とは「何もひきとめるものはなかった（nichts hielt zurück.）」である。三つの言葉自体が、それほど多義的かどうか判断がつきかねるが、前段でツェラーンの死を語っている以上、そこに関連づけてみれば、俄かに多義性のニュアンスが濃くなることは確かである。動かしようのない過去の出来事、或いは過去の作品が、その後に起った現実の事件のために、印象や意味を急変させてしまったかに見えることがある。ツェラーンと同じ1970年に衝撃的な死をとげた三島由紀夫の場合など、その好例である。1970年11月25日以後に、彼の死の状況を度外視して、彼の作品を読むことはむずかしい。ツェラーンをそれと同一視していいかどうかもちろん問題だが、マイヤーの言葉に、もう少々立止まってみたい。

　マイヤーは練達のエッセイストとして、すべてを書きつくすことは控えたが、彼が留意した三つの言葉の直前の単語は flügge（飛べるように）だった。この言葉は、当詩集の6篇あとにある「そしてタルーサの書をたずさえて」に出てくる [KNR, 294]。

Von der Brücken-	橋の—
quader, von der	角石から、そこから
er ins Leben hinüber-	彼は生へと
prallte, flügge	飛びこんだ
von Wunden, -vom	傷から—、
Pont Mirabeau.	ミラボー橋から。

　ツェラーンは、ミラボー橋から投身したと推定されている。「レ・グロブ」の flügge から、「そしてタルーサの書をたずさえて」の一節を思い浮かべた読者なら——それにはあえて注意深い読者である必要はない。インデックスをひきさえすれば、この言葉が、ツェラーンの全作品中で三度しか使われていない事実をたちどころに教示してくれる。もちろん、その二例が、今、取り上げている二作品である。——マイヤーのいう多義性を素直に受け入れるだろう。たしかに、その多義性は、作者ツェラーンのあずかり知らぬところではあったろうが。

（佐藤俊一郎）

47/53

HUHEDIBLU　　　　　　　　ユエディブリュ

Schwer-, Schwer-, Schwer-　　　　1　重く、重く、重
fälliges auf　　　　　　　　　　　2　苦しくのしかかるもの、
Wortwegen und -schneisen.　　　　3　言葉の道の途上にある、言葉の防火
　　　　　　　　　　　　　　　　　　 用林道の上にある。

Und — ja —
die Bälge der Feme-Poeten　　　　4　そして — そう —
lurchen und vespern und wispern und　5　秘密裁判の詩人たちのふいごが
　　　　　　　　　　　　vipern,　　6　ヒキガエルの声をあげ、午後のお や
episteln.　　　　　　　　　　　　　 つを食べ、ひそひそささやき、マ
Geunktes, aus　　　　　　　　　　　 ムシの声をあげ、
Hand- und Fingergekröse, darüber　7　使徒書簡を朗読する。
schriftfern eines　　　　　　　　　8　手と指の腸間膜から、
Propheten Name spurt, als　　　　 9　不吉な予言をされたものが、その上
An - und Bei - und Afterschrift,　　　を
　　　　　　　　　　　　 unterm　10　聖書の教えに則さずに、ある
Datum des Nimmermenschtags im　11　ひとりの予言者の名がシュプールを
　　　　　　　September — :　　　　描いてゆく、
　　　　　　　　　　　　　　　　　12　宛名、追伸、偽伸として、
Wann,　　　　　　　　　　　　　　13　九月のけっして人間の日ではない日
wann blühen, wann,　　　　　　　　　付の下に——
wann blühen die, hühendiblüh,
huhediblu, ja sie, die September-　14　いつ、
rosen?　　　　　　　　　　　　　 15　いつ花咲くのか、いつ、
　　　　　　　　　　　　　　　　　16　いつ花咲くのか、ヒューエンディブ
Hüh — on tue... Ja wann?　　　　　　リュー、
　　　　　　　　　　　　　　　　　17　ユエディブリュ、そう、それら、9
Wann, wannwann,　　　　　　　　　　月の

Wahnwann, ja Wahn, —	18　薔薇たちは？
Bruder	
Geblendet, Bruder	19　ヒュー——誰カガ殺ス…でもいつ？
Erloschen, du liest,	
dies hier, dies:	20　いつ、いついつ、
Dis-	21　狂気のいつ、そう狂気、—
parates—: Wann	22　盲目にされた
blüht es, das Wann,	23　兄弟よ、消えた
das Woher, das Wohin und was	24　兄弟よ、おまえは読む、
und wer	25　これをここで、これを—
sich aus‐ und an‐ und dahin‐ und zu	26　本来異質な
sich lebt, den	27　ものを—いつ
Achsenton, Tellus, in seinem	28　それは花咲くのか、いつは、
vor Hell-	29　どこからは、どこへは、
hörigkeit schwirrenden	30　したい放題、表面的に、漫然と、そ
Seelenohr, den	して自分に戻って生きること
Achsenton tief	31　そして生きる者、
im Innern unsrer	32　地軸の音を、テルスよ、
sternrunden Wohnstatt Zerknirschung?	33　耳ざといために
Denn	34　ぶんぶんうなっている
sie bewegt sich, dennoch, im Herzsinn.	35　心の耳のなかで、
	36　地軸の音を
Den Ton, oh,	37　わたしらの星のように丸い
den Oh-Ton, ah,	38　住まいである悔恨の心のなか深く
das A und das O,	で？　なぜなら
das Oh-diese-Galgen-schon-wieder,	39　それでも住まいは心の感覚のなかで
das Ah-es-gedeiht,	動いているのだから。
auf den alten	40　その音を、おー、
Alraunenfluren gedeiht es,	41　おー音、あー、

als schmucklos-schmückendes
                    Beikraut,
als Beikraut, als Beiwort, als
                    Beilwort,
ad-
jektivisch, so gehn
sie dem Menschen zuleibe, Schatten,
vernimmt man, war
alles Dagegen −
Feiertagsnachtisch, nicht mehr, − :

Frugal,
kontemporan und gesetzlich
geht Schinderhannes zu Werk,
sozial und alibi-elbisch, und
das Julchen, das Julchen:
daseinsfeist rülpst,
rülpst es das Fallbeil los, − call it
                    (hott!)
love.

Oh quand refleuriront, oh roses, vos
                    septembres?

42 このああと、このおお、
43 オーコノ絞首台ガマタフタタビガ、
   アーガ繁茂スル、
44 昔の
45 マンドラゴラの畑に、繁茂する、
46 飾らなく飾っている添え野菜として、
47 添え野菜として、形容詞として、斧の言葉として、
48 形
49 容詞的に、それらは
50 人間に攻めかかる、影らは、
51 気がつくと、すべては
52 敵対するものだった─
53 祝日のデザート、もはやそうではない、─

54 質素に、
55 同じ時代に、法にかなったやり方で
56 シンダーハンネスは仕事にかかる、
57 社会的に、妖精のように現場不在的に、そして
58 ユリアの存在、ユリアの存在─
59 脂ぎったゲップをする、
60 ゲップでギロチンが落ちる、─ソレヲ呼べ（シッ！）
61 愛ト。

62　オー、イツフタタビ花咲クノカ、
オー薔薇ヨ、キミラノ九月ハ？

［詩の理解のために］
　1962年9月13日、モアヴィルで成立。この日が、詩の中で言われている「九月の、けっして人間の日ではない日付」(13行目)とどの程度まで同一視できるかは不明。
　この詩は一方で、現代文学といわゆる「文学産業」の状況、他方で、ネオナチズム勃興の問題と取り組んでいる。この両者の結びつきをツェランがいかに驚きをもって知ったのかは、この詩の言語身振りの激烈さが説明している。この頃のA.マルグル＝シュペルバーに宛てた手紙には、ツェランが、ドイツでばかりでなく、フランスにおいても強い敵視にさらされていると感じているといったことが、書かれている。テーマとして扱われているゴル剽窃事件の現実とともに、反ユダヤ主義のいくつもの歴史的な局面が暴かれ、近い過去よりもさらに以前へと眼差しが向けられている。

［注釈］
ユエディブリュ
　タイトルは、詩の結びの詩句との関連ではじめて説明可能となる。結びは、(変更を加えられた) ヴェルレーヌの詩「叡智 (Sagesse)」のフランス語の詩句の引用である。正確な引用の翻訳は第3連の中にあり、その連が同時にタイトルの言葉の成立を示している。「ユエディブリュ」は擬音的なナンセンス語であり、フランス語に基づいていることは、省略して縮められたドイツ語訳 ("hühendiblüh") のフランス語的な書き方にしめされている。従ってこの語は、フランス語とドイツ語の両方に関っている。両言語に関ることでこの語は、その意味内容が空疎化されているが、その効果は保持されている。

1-3　重く、重く、重／苦しくのしかかるもの、／言葉の道の途上にある、／言葉の防火用林道の上にある。
　この表現は、この詩の前に置かれた詩「レ・グロブ」[Ⅰ, 274 NR] の終わりの詩句と直接結びついている。

5　秘密裁判の詩人たちのふいごが

多様な素材からできているふいご（Bälge）は、バッグパイプ（風笛）、アコーディオン、パイプオルガン、足踏み式オルガンのような楽器の空気を補給する。同様にこの言葉は軽蔑的な意味で使われ、ののしりの言葉である。第1には、ふしだらな女に対してであるが、普通はしつけの悪い子供、悪童に対しても用いられる。秘密裁判は中世にヴェストファーレンで行なわれたフェーメ（秘密裁判）であり、この秘密裁判のように、「秘密裁判の詩人たち（Feme-Poeten）」は、他の詩人たちに対して、裁判官のように、偉そうに大口をたたく詩人たちであると理解することができる。ゴル剽窃事件として公開で論議されたことと直接関わっている。

6　ヒキガエルの声をあげ、午後のおやつを食べ、ひそひそささやき、マムシの声をあげ、

"lurchen" は Lurch（ヒキガエル、両生類）から作られた言葉。"vespern" は南ドイツにおける午後の間食（Vesper）の類推で午後のパンを食べることを意味する。この語はまた、'vesperieren'、つまり、しかりとばす、神学のドクター論文執筆中の者をドクター学位授与式の前夜に酷評する、という意味でもある。また、「秘密裁判の詩人たち」に数え入れることができるナチ詩人ヴィル・ヴェスパー（Will Vesper）との関連も考えることができる。"wispern" は、「ささやく（flüstern）」、「こそこそささやく（zischeln）」の意味を持った擬音的な自然音を示している。vipern はグリムによれば、邪悪な人物に転用される。この語はまた、Vippernatterschlange（マムシに似た毒蛇（？））から導き出されたのかもしれない。

7　使徒書簡を朗読する。

ラテン語の epistula、つまり手紙という語からの派生語である。これは、使徒書簡のように、クレール・ゴルが様々な方面に「公開書簡」という形で、ツェラーンに対する誹謗・中傷文書を、53年、56年、60年の3回も送ったいわゆるゴル事件を喚起させる。

8-9　手と指の腸間膜から、／不吉な予言をされたものが、

跳躍類（カエルなど）の発生音の擬音的な命名としての「スズガエル（Unken）」は、転義的な意味で、ものすべてを悲観的（否定的）に見ること。「腸間膜」は臓物

で、たいていは腹膜の小腸を固定するものを指す。非キリスト教の占い師と予言者たちは、好んで、臓物から将来を占った。

10-11　聖書の教えに則さずに、ある／ひとりの予言者の名がシュプールを描いてゆく、

　最後の稿で初めて「予言者」と書かれる。それ以前の稿では予言者の名前は Samuel（サムエル［紀元前11世紀後半に活動したイスラエル最後の士師で、最初の予言者］）と書かれている。サムエル（ザームエール）はフィッシャー書店の創設者の洗礼名でもあった。ツェラーンはこの人物の後継者ゴットフリート・ベルマン・フィッシャーとは、この詩の成立時期にゴル事件のことで危機的な関係にあった。このことは、ツェラーンのR.フェーダーマンおよびA.マルグル゠シュペルバー宛の手紙のアイロニカルな表現から読み取れる。

12　宛名、追伸、偽伸として、

　After を持つ造語の意味は、例外なくたいへんネガティヴである。たとえば After-werk は似非作品という意味。その意味でこの個所は、ツェラーンの伝記的コンテキストから、つまり、徹頭徹尾、ゴル剽窃事件との関連で理解されるべきである。

13　九月のけっして人間の日ではない日付の下に──

　九月といえば、キリスト教のカレンダーでは示されていないユダヤ教の新年も、九月である。「けっして人間の日ではない」という言葉に対する連想は広範囲に及ぶ。しかし、ある史的な日付を思い浮かべるのが妥当であるように思われる。すなわち、人間がその尊厳を剥奪される様々な日付を現わしている、と。たとえばナチ党のニュルンベルク党大会での民族諸法が布告された1935年9月15日がある。あるいは、キエフ近郊バービイ・ヤールでドイツ軍がユダヤ人を大量虐殺した1941年9月19日（ツェラーンはこの大量虐殺を想起させるエフトゥシェンコの詩「バービイ・ヤール」を翻訳している［V, 281］）。ヒトラーがポーランドに侵攻して第二次大戦がはじまった1939年9月。さらにこれら以外のたとえばゴル事件に関わる様々な暗示も考えられる。「九月」が表題となっている詩には、［III, 22 SU］、［I, 26 MG］、［II, 114 FS］などがある。

17-18 九月の／薔薇たちは？

詩の結びの、変更が加えられた形で引用されているヴェルレーヌの詩句と関係づけられる。一語が分割されることで、もう一度「けっして人間の日ではない」日付へ目を向けさせる。この連にあらわれる「花咲く」という語の、分割、逆結合による過激な造語から、詩集のタイトル『誰でもない者の薔薇』のひとつの意味も想像できる。

19 ヒュー——誰カガ殺ス…

"Hüh" は外見上、遊戯的な擬音のヴァリエーション "blühen" — "hühendiblüh" の中核部分が取り出され、続くフランス語の tue に継続されている。

20 いついつ、

「けっして人間の日ではない」日付である「ユダヤ人問題」の最終的解決が決定されたヴァンゼー会議 Wannseekonferenz（1942年1月20日）を想起させる。そしてそれは Wahn（狂気）と重なってゆく。

22-24 盲目にされた／兄弟よ、消えた／兄弟よ、

この詩の初期の草稿には、「兄弟アルノルト、兄弟オシップ」と書かれている。つまり「兄弟」とはまず第1に、反ファシズムの長編小説『ヴァンツベックの斧（Das Beil von Wandsbeck）』を書いたユダヤ人作家アルノルト・ツヴァイク（1887-1968）と、マンデリシュタームである。また盲目にされた兄弟たちはとりわけ、オルフェウスからヘルダリーンを経てマンデリシュタームに至る詩人の系譜を表しているのであろう [KNR, 301]。

26-27 本来異質な／ものを―

語彙分割により、ダンテの地獄の町ディス（Dis）［地下界、冥府、死者の国］が想起される [KNR, 301]。

32-35 地軸の音を、テルスよ、／耳ざといために／ぶんぶんうなっている／心の耳のなかで、

"Achsenton" は続く第6連の中心テーマとなるAとOの音を含んでいる。「テルス」

は、種まき用の耕地、ローマの女神（Terra Mater [母なる大地、大地の女神］）として、ギリシアの女神デメーテル（農産の女神）に対応している。「心の耳（Seelenohr）」は、「精神聾（Seelentaubheit）」という概念からの類推で作り出されたものであろう。この精神聾というのは、認知不能のひとつの形で、聴覚の刺激は受け入れることができるが、騒音の連続としてしか感知できない。従って伝達が不可能となる。

39　それでも住まいは心の感覚のなかで動いているのだから。

「それでも地球は回っている」という名言は、ガリレオ・ガリレイの発言とされている。この言葉は知られているように、ガリレイが、1633年6月22日に教皇の宗教裁判で、コペルニクス的宇宙体系に関する自分の確信を、プトレマイオスの天動説という宇宙体系のことを考えて撤回した後に述べたものである。引用の変更は、一方で外面と内面の逆転を導き、他方でこの名言で明らかとなる「心的態度」を強調する。

42　このあぁと、このおぉ、

A（アルファ）とO（オメガ）は、ギリシア語のアルファベットに従えば、初めと終わりを意味する。この意味で、"A und O" は、神の名の総括概念。

43　オーコノ絞首台ガマタフタタビガ、アーガ繁茂スル、

「絞首台」は、「詐欺師と泥棒の歌」［Ⅰ, 229 NR］の中にあらわれているように、殺害されたユダヤ人との関連を喚起する。

44－45　昔の／マンドラゴラの畑に、繁茂する、

マンドラゴラ（ナス科の有毒植物で根は小人のような形をし、種々のまじないに用いられる）は、「目に見えないものの中で活動する古代ゲルマンの神話的存在に対する太古の名前」である。古代においてマンドラゴラは、アルラウネ（魔力を持つ小妖精）の植物だった。掘り出してそれを取り出すことは、死の危険と結びつけられている。掘り出すことにいったん成功すれば、マンドラゴラは幸福をもたらすものとして、多くの場面に用いられる。アルラウネは民間信仰において、絞首刑にされたばかりの童貞の者の尿か精液から生育する、「絞首台の小男」とも呼ばれている。「マンドラゴラの畑（Alraunenflur）」は、ツェランが一時、詩集のタイトルにしようと考えた。ヒトラーに

宣誓した作家ハンス・ハインツ・エーヴァースの小説『マンドラゴラ』も暗示しているのかもしれない。[Colin 1993, 102]

47 添え野菜として、形容詞として、斧の言葉として、

　Beikraut という語は、Beifilm（併映映画）、Beikoch（副料理人、コック助手）、Beigabe（添加、付加、添え物）といった語彙から類推できる（グリムでは、"Bei-kraut" は、「料理で、野菜の添加物（調味料、香辛料など）」）。Beikwort（形容詞）という語は、今日ではまれにしか使われない。この語は "Bei-/schrift（追伸）"（12行目）と、Beikraut のすぐ後に続く ad-/jektivisch（形容詞的に）との関連を作り出す。Beilwort（斧の言葉）は、添え物、付随的なものから、脅かすものへの急変を描き出す。アルノルト・ツヴァイクの長編小説『ヴァンツベックの斧』（22-24行の注参照）を暗示しつつ、この語は、随伴的に殺害が起こりうるのだということを明らかにする。

50-52 影らは、／気がつくと、すべては／敵対するものだった—

　影という語には明らかに、ネガティヴなものが想定されている。ゴル事件での、ツェラーンの孤立無援意識を表わしているのかもしれない。

56 シンダーハンネス

　市民名ヨハン・ビュックラー（Johann Bückler）で、彼はしばらくの間、皮はぎ職人（Schinder）、獣皮加工業者（Abdecker）として働いていたのでそういう名で呼ばれた。長い間、ラインラントで人殺しや強盗をはたらき、フランス人とドイツ人に恐怖を撒き散らし、1803年、盗賊の首領としてマインツで処刑された。伝説では彼は、金持ちに対してだけ暴行し、抑圧されている者を助けた高貴な盗賊ないし復讐者として様式化されている。アポリネールの詩集『アルコール（Alcools）』の中に、ツェラーンが翻訳した詩「シンダーハンネス」がある [Ⅳ, 786 ff.]。シンダーハンネスが反ユダヤ主義者の典型として描かれているその詩の中に、この詩のモチーフが含まれている。たとえば、ゲップしながら愛を求めるユールヒェン（ジュリエッテ）。

58 ユリアの存在、ユリアの存在—

　ユーリエ・ブレージウス（Julie Bläsius）という市民名を持つシンダーハンネスの恋

人。法廷でシンダーハンネスは、とりわけユーリエ・ブレージウスとふたりの間の子供に対して、自分の打算的な心遣いでもって、裁判官に同情を得ようとした。「わが哀れなユリア！」というドラマチックな叫び声で。

60－61　—ソレヲ呼ベ（シッ！）／愛ト。

ハンス・マグヌス・エンツェンスベルガーの詩集『狼たちの弁護（verteidigung der wölfe）』（1957年）の中の詩のタイトル。外国語であること、言葉の使用の無造作さが、引用が置かれているコンテキストとコントラストをなす。と同時に、愛はここで、死ないし、殺害ないし、処刑に向かい合わされている。シンダーハンネスの文脈中での「アリバイ機能」を備えているひとつの愛。英語での「要請」は、それがにせものの語りのあり方であることを示している。

62　オー、イツフタタビ花咲クノカ、オー薔薇ヨ、キミラノ九月ハ？

すでに触れたヴェルレーヌの詩、詩集『叡智』中の「希望は厩の藁の…」3．の最終行が変形されたもの。ヴェルレーヌは、正しくは次のように歌っている。"Ah, quand refleuriront les roses de septembre!"（ああ、九月の薔薇がふたたび花咲くのはいつだろう…）。この変形は、花咲く時期を問い、その返答がすぐにできる、というような表現を回避している。ヴェルレーヌの「アー」が「オー」に変えられて、前者が希望に満ちているのに対し、後者はその正反対となっている［Meinecke, 226 ; Schärer, 67］（40－43行参照）。

（相原　勝）

48/53

HÜTTENFENSTER　　　　　　　小屋の窓

Das Aug, dunkel :　　　　　　　1　眼は、暗い——
als Hüttenfenster. Es sammelt,　　2　小屋の窓として。眼は集める
was Welt war, Welt bleibt : den　　3　かつて世界であったもの、世界であ

Wander-		り続けるものを──彷徨う
Osten, die	4	東方を、
Schwebenden, die	5	宙に漂う者たちを、
Menschen- und-Juden,	6	人間-にして-ユダヤ人であるものを、
das Volk-vom-Gewölk, magnetisch	7	雲-の-民を、磁石のように
ziehts, mit Herzfingern, an	8	引き寄せる、心の指で、
dir, Erde :	9	お前のもと、地球へと──
du kommst, du kommst,	10	お前は来る、お前は来る、
wohnen werden wir, wohnen, etwas	11	私たちは住むだろう、住む、何かが
- ein Atem ? Ein Name ? -	12	──ひとつの息？　ひとつの名前？──
geht im Verwaisten umher,	13	それは孤児のなかで徘徊する、
tänzerisch, klobig,	14	踊りながら、不恰好に、
die Engels-	15	天使の
schwinge, schwer von Unsichtbarem,	16	翼となったそれは、見えないものに
am		よって重く、
wundgeschundenen Fuß, kopf-	17	傷つき皮を剥がされた足元で、頭を
lastig getrimmt	18	逆さに錘にして均衡を保っている、
vom Schwarzhagel, der	19	あそこ、ヴィテブスクにも降った
auch dort fiel, in Witebsk,	20	黒い雹の重さに耐えて。
und oio, die ihn säten, sie	21	──そして、雹を撒いた者たちは、
schreiben ihn weg	22	対戦車ロケット砲を模倣した鍵爪で
mit mimetischer Panzerfaustklaue ! -,	23	それを書き消す！──
geht, geht umher	24	翼は徘徊する、徘徊する、
sucht,	25	捜す、
sucht unten,	26	下に捜す、
sucht droben, fern, sucht	27	上に捜す、遠方を捜す、

mit dem Auge, holt		28	その眼で、
Alpha Centauri herunter, Arktur, holt		29	アルファ・ケンタウリ星を、アルクトゥルスを、
den Strahl hinzu, aus den Gräbern,		30	光線を、墓地から、手繰り寄せる、
geht zu Ghetto und Eden, pflückt		31	ゲットーへ行く、エデンへ行く、
das Sternbild zusammen, das er,		32	彼が、人間が、ここで、人間たちのもとで、
der Mensch, zum Wohnen braucht, hier,		33	住むために必要な
unter Menschen,		34	星座を摘み取り集める、
schreitet		35	文字を
die Buchstaben ab und der Buchstaben sterblich-		36	死すべき運命の、だが不死でもある文字の
unsterbliche Seele,		37	魂を、歩測する
geht zu Aleph und Jud und geht weiter,		38	アレフへ行く、ユートへ行く、さらに遠くへ行く、
baut ihn, den Davidsschild, läßt ihn		39	ダヴィデの星の盾を作り、それを
aufflammen, einmal,		40	いちど燃え上がらせ、
läßt ihn erlöschen- da steht er,		41	消す―そこに彼は立っている、
unsichtbar, steht		42	眼にも見えず、立っている
bei Alpha und Aleph, bei Jud,		43	アルファのもとに、アレフのもとに、ユートのもとに、
bei den andern, bei		44	他のものたちのもと、
allen : in		45	すべてのもののもとに――
dir,		46	お前の中に、
Beth, - das ist		47	ベート、それは

das Haus, wo der Tisch steht mit	48	光また光を載せた
dem Licht und dem Licht.	49	テーブルのある家だ。

[詩の理解のために]
　成立は1963年3月30日で、詩集の中では最後に完成した。「パリの悲歌」というチクルスに収める予定で書かれた長詩の一篇。東欧ユダヤ人の彷徨と受難の運命を、第二次世界大戦での戦火の回想を織り交ぜて書いた詩である。天使の形象はリルケの「ドゥイノの悲歌」からの影響が色濃いが、他にもシャガールの絵画、ユダヤ神秘主義思想、ジョイスの『ユリシーズ』など多くの典拠からの引用や暗示がちりばめられている。夫人の回想によると、ツェラーンがシャガールの絵葉書を見ていて、そのうちある一枚（どの絵かは言及されず）に心を揺り動かされ、それをきっかけにこの詩が書かれたという［Bollack, 226］。しかし以下の注釈で述べるように、シャガールの数枚の絵が重層的に影響を及ぼしていると考えられる。
　ビールスはさらにツェラーンが1959年に手紙を交換し、当時ドイツ詩壇で注目を集めていた自然抒情詩人ヨハネス・ボブロフスキー（1917～1965）への目配せを指摘している［KNR, 307 ff.］。ボブロフスキーの詩「画家シャガールの故郷」とは共通する多くの形象が見られること、この詩が草稿段階では「ある人へのオマージュ（Hommage à quelqu'un）」「目配せに代えて（Statt eines Winks）」などのタイトルを持っていたこと、また以下に述べるさまざまな符合が認められることを考え合わせると、ビールスの説には説得力がある。

[注釈]
1-3 眼は、暗い——／小屋の窓として。眼は集める／かつて世界であったもの、世界であり続けるものを——
　冒頭から鮮烈なイメージである。死人のように暗い眼は、すぐに「小屋の窓」と言い換えられることによって、いったんその身体性を失って風景と化すが、全体に代わる部分（Pars pro toto）として、かえって知覚の集中力を得る。「眼は精神の窓」というトポスは、ヨーロッパの伝統的な思考のひとつであり、ゴットフリート・ケラーも「夕べの歌」で「眼よ、私のいとしい小窓よ、／私にすばらしい像を与えよ、／優しくさまざ

まな像を導きいれよ」と歌う［KNR, 309］。ツェラーンはさらにそれを一歩押し進め、「眼」と「小屋」に共通する、何かを「集める」という特質に注目し、詩の出発点とする。

　小屋は何かが集約され、保護される場所であると同時に、放浪の民ユダヤ人にとっては、天幕と同じように仮の住まいともなる。これは最終行の「家」を先取りしており、それとほぼ同義に取ってよい。また眼で見ること、それは「読む」ともみなしうるが、ハイデガーによれば、「読む（lesen）」ことは「集める」ことである（『形而上学入門』）。これは lesen に「拾い集める、収穫する」といった別の意味があることからも首肯できるが、31行目の「摘む」という表現はこれとも関連している。

　「集める」についてはすでに初期の詩「ブルターニュの海岸」で「わたしたちが見たものが集められた、／（…）／その中に世界が私たちに生起した」［Ⅰ, 99 SS］とあるが、見ることによって「世界」が立ち現れるという点で、上述の詩と共通している。

シャガール　燃える家　1913年　カンヴァス　油彩、107×120cm
ニューヨーク・グッゲンハイム美術館蔵
©ADAGP, Paris & SPDA, Tokyo, 2005

ところでこの冒頭のイメージは、バイヤーデルファーが指摘しているように、シャガールの絵「緑色の眼のある家」(1944)——小屋の前面の三角形の破風に巨大な眼が描かれている——からインスピレーションを受けたと考えられる［Bayerdörfer, 341］。小屋の2つの窓は開け放たれ、前景には牝牛とその乳を搾っている女が描かれている。見開かれた眼はこの世界の出来事をじっと見つめている。まるでこの牧歌的な世界の一方で、同時に行われている残虐な戦争をも見通しているかのように。さらに、シャガールの「燃える家」(1913)からも何らかの刺激を受けたと推測される。これは真っ赤に燃え上がるユダヤ人の家を描いた、黙示録的雰囲気の漂う絵で、小屋の扉の上にはΛAB の文字（詩の後半の「アルファ」と「ベータ」にも対応する）が掲げられている。シャガールには他にも「窓」をモチーフにした絵も多く、「窓から見たパリ」(1913)では、ヤヌスに擬人せられた自画像が西方と東方（故郷）の両方を見つめている。

3-5 彷徨う／東方を、／宙に漂う者たちを、

「彷徨う／東方」とは、ディアスポラの運命を負わされた、「宙に漂う」ように放浪を続ける東方ユダヤ人のことを指す。これはまた、中を浮く人物を好んで描いたシャガールの絵、例えば「恋人たち」(1918)を想起させる。

この詩が書かれた1962年、「ゴル事件」が紛糾した結果、ツェラーンは周囲の人間が信じられなくなり、多くのドイツの友人と絶縁状態に陥った。その孤独感からルーマニアやソビエトなど「東方」に残る旧友たち——ペートレ・ソロモン、アルフレート・マルグル＝シュペルバー、エーリヒ・アインホルンら——に理解と救いを求める手紙を頻繁に書き、故郷である東欧との連帯感をいっそう強めていった。

ところで、東プロイセンのティルジット出身の詩人ボブロフスキーは、自分と「東方」の関連について次のように述べている。

「私は詩を、1941年イルメン湖畔でロシアの風景について、異邦人として、ドイツ人として書き始めました。そこからひとつのテーマが生まれました。つまり、ドイツ人と東欧諸民族（der europäischen Osten）の関係です。なぜなら私の育ったメーメル河近郊にはポーランド人、リトアニア人、ロシア人、ドイツ人、とりわけ多くのユダヤ人が一緒に生活していたからです。ドイツ騎士団以来の不幸と罪過の長い歴史が、わが民族の書物に記録されています。その罪を抹消することも贖うことも不可能かもしれません

が、それを正しくドイツの詩に書き記そうとする試みは、ある希望に値するものと思います。」[Bobrowski Ⅳ, 335]

　ボブロフスキーは詩「ニワトコの花」や短編「舞踏家マーリゲ」「鼠の祭り」、それに国際的にも評価された長編「レヴィンの水車」(1963) などで、東方ユダヤ人とドイツ人の不幸な関係を繰り返し、誠実に描こうとしている。ツェラーンもそれに関心を抱きつつも、ボブロフスキーの融和的な態度に近づこうとはしなかったことが、ペーター・ヨコストラへの手紙などからうかがえる。

6－8　人間-にして-ユダヤ人であるものを、／雲-の-民を、磁石のように／引き寄せる、心の指で、

　「人間‐にして‐ユダヤ人であるもの (Menschen-und-Juden)」はハイデガーなどに影響を受けたツェラーンが、しばしばハイフンで幾つかの語を並列的に接続した造語のひとつ。「人間」と「ユダヤ人」を等置することによって——ユダヤ人が人間として扱われていないこと、ユダヤ人以外の人間は実は「人間」ではないこと、などさまざまな暗示が読み取れる——挑発的な問題提起をしている。ツェラーンにとってユダヤ人であるかそうでないか以上に、「人間」であること、人間の良心を持つことが最も重要なことであり（例えばジークフリート・レンツ宛の1962年1月27日付の手紙 [GA, 556 ff.] を参照)、この「人間」が現在いかに少なく、また分断・破壊されていることを憂えているのである——「私たちは暗い空の下に生きています——人間はわずかしかいません」[Ⅲ, 178]。

　「雲の民」は放浪するユダヤ人のメタファーであるが、絶滅収容所から焼かれて煙になってしかそこを脱出できなかった、無数のユダヤ人犠牲者と惨劇も想起されている。「死のフーガ」には「するとお前たちは煙となって空中へ上る。／そこでお前たちは雲の中に墓を得るそこは寝るのに狭くない」[Ⅰ, 42 MG] とある。

　「心の指」はグリム大辞典には「金の指輪をはめた指」と出ている [Grinmm 10, 1244]。あるいは詩集の冒頭を飾る「かれらの中には土があった」の最終行「僕らの指には指輪が目覚めている」[Ⅰ, 211] を思い出してもよい。それは心の繋がりを持つもの同士の連帯のシンボルである。「指」は他者との接触と結合を求める器官である。

9–11 お前のもと、地球へと──／お前は来る、お前は来る、／私たちは住むだろう、住む、何かが

離散した、あるいは亡くなったユダヤ人（の魂）を、小屋からの「眼差し」──すなわち「読むこと」──によって集める（「引き寄せる」）ことが述べられているわけだが、それは第5連（24行以下）で顕著になるように、広大な宇宙空間の中でとらえられている（「地球へと／お前は来る」）。「磁石のように」はおそらく地球の重力を指すが、それだけでなく、離散したユダヤ人同士を引き寄せあう、見えない神秘的な力でもある。

「住む」からはハイデガーの『ヘルダーリンの詩作の本質』における「詩的にこそ人間は地上に住む」という言葉が思い出される [Heidegger Ⅳ, 42 ff.]。「住む」ことは、詩人の使命なのである。一方これを「定住」ととれば、放浪の民ユダヤ人にとって念願であった安住の地が呼び出されていることになる。死者の安らぎの地が、煙となって上った空中ではなく、地上に求められているのか（その際、詩人によって墓標としての詩が地上に立てられることになる）。あるいは「住む」とは「生きる」ことであり、死者たちの魂の召喚とその再生も求められているのか、いずれにせよ詩作を通して死者たちは地球（大地）へ呼び寄せられる。

「何か（etwas）」は次の12行目をはさんで、第3連以下の主語になり、それが次々と姿を変えていくと考えられる。具体的に何を指しているのかは断定できないが、ここまでの詩の展開によれば、おそらく死者たちの痕跡、霊的存在であり、『子午線』での次の用例から判断すると、ふたつのものを「結びつけるもの」すなわち〈子午線〉とも理解できる。「私は何か（etwas）を見つけます、(…) 結びつけるもの、詩のように出会いへ導くものを。私は何かを見つけます、言葉のように、非物質的なもの、しかも地上的であり、円を描くもの、ふたつの極を超えて自らに立ち戻るものを。(…)」[Ⅲ, 202]

12 ─ひとつの息？　ひとつの名前？─

おそらく両方とも「小屋の眼差し」に「引き寄せ」られた死者たちの存在の証。「何か」の正体を、留保を置きながらも、まずこう呼んでいる。「息」はギリシア語でpneuma、ヘブライ語でruach という魂に関わる霊的な存在。『子午線』では「息とは方向と運命です」[Ⅲ, 188] あるいは「詩は、息の転回を意味するのかもしれません」

[Ⅲ, 193] と述べる。「名前」は言葉以前の、弁別能力を持たない、ただ「名づける」だけの最も根源的な言語的行為で存在の根本に関わる。ユダヤ教ではその人の「名前」に霊魂が宿ると考えられている。この挿入句をきっかけに詩は大きく展開する。

13–16　それは孤児(みなしご)のなかで徘徊する、／踊りながら、不恰好に、／天使の／翼となったそれは、見えないものによって重く、

　肉親や親戚を失った「孤児」——ツェラーン自身もそうであった——は、その前行までに描かれた死者に対する生者でもある。ネリー・ザックスの詩「孤児たちの合唱」[Sachs, 54 f.] に代表されるように、「孤児」はアウシュヴィッツを生き延びたユダヤ人の生き残りと位置づけられる。死者の霊的存在である「何か（それ）」は、地上の「孤児」たちの中に降りてくるのであろう。

　「不恰好に（klobig）」は、Kloben（丸太）から派生した語であるが、中高ドイツ語klobeは「鎖、足枷」を意味した（Grimm）ことから、ここでも「鎖（足枷）で繋がれて」とも解しうる [KNR, 312]。「天使の翼」は、天使が主題となるリルケの「ドゥイノの悲歌」への追憶。これも11行目の「何か」が具体的な姿をとったものと考えられる。

　「眼に見えないもの」は、少し後で「黒い雹」と置き換えられるが、ここでは必ずしも同じものを受けていると取らなくてもよい。「ドゥイノの悲歌」には次のようなくだりがある。「それらの物は望む、われわれが彼らを眼に見えない心の中で変身させることを。／（…）／大地よ、これがお前の望むことではないか。眼に見えず (unsichtbar)／われわれの中に蘇ることが？——それがお前の夢ではないか、／いつか眼に見えなくなることが？　大地よ、眼に見えないものよ！」(第9悲歌) [Rilke Ⅰ, 719 f.]

17–20　傷つき皮を剝がされた足元で、頭を／逆さに錘にして均衡(バランス)を保っている、／あそこ、ヴィテブスクにも降った／黒い雹の重さに耐えて。

　「皮を剝がされて」は19世紀初頭にライン地方を荒らし回った殺し屋シンダーハンネス（皮剝ぎハンネス）——「ユエディブリュ」[Ⅰ, 276 NR] でナチの再来として登場する——を暗示するのであろうか。「足もとで」は、靴に翼をつけていた神の使者ヘルメスを思い起こす [KNR, 313]。

　天からさかさまに落ちてくる天使のイメージは、シャガールの大作「天使の墜落」

(1947)に負っている。これはシャガールが完成までに24年を費やした畢生の大作で、ユダヤ人の受難がテーマになっている。燃えるように赤く、一般市民も巻き込んで、大きなギザギザの翼で「バランスを保」ちながらヴィテブスクの町に落ちてくる天使の表情は、恐怖に引きつっている。地上ではラビがトーラの巻物を守って走り去ろうとしている。牛のような黄色い動物だけが、あどけない表情で、何が起こったのか分からないように眺めている。

　ヴィテブスクは画家シャガールが生まれた都市であり、当時人口5万人のうち半数がユダヤ人であった。1941年と1944年にはドイツ軍の空襲と撤退により徹底的に破壊された。「黒い雹」は弾丸の雨のことである。ビールスも関連を指摘しているボブロフスキーの詩「画家シャガールの故郷」を以下に引いてみる。「まだ家々の周りには／森の乾いた香り、／クロマメノキの実とヒゲノカズラ。／そして夕暮れ、雲は／ヴィテブスクの周りに沈みゆき、(…)／／私たちは夢に浸っていった。／しかし私たちの先祖の故郷の星を／なつかしい思いが巡り、／天使のように髭をつけ、口をふるわせながら、

シャガール　天使の墜落　1923-1947年　カンヴァス　油彩、148×189cm
バーゼル美術館蔵　　　　©ADAGP, Paris & SPDA, Tokyo, 2005

／小麦畑の翼をはばたかせた──／／すぐ先の未来から、この／燃えている角笛の響きが聞こえる、／あたりは暗くなり、町は雲の中を漂う、／赤く。」[Bobrowski Ⅰ, 56] これも難解な詩であるが、「家」「雲」「ヴィテブスク」「天使」「翼」「暗（くなる）」など、多くの共通する形象が認められ、ツェラーンはこの詩を意識しつつ「小屋の窓」を書いたと推測される。ただしボブロフスキーの自然形象が、神と人間を媒介する有機的なものと位置づけられている──例えば「雲」はボブロフスキーにおいては神の顕現と関連する（「ハーマン」を参照[Bobrowski Ⅰ, 92]）──のに対し、ツェラーンでは、自然はいったん死に（「煙」はアウシュヴィッツの死者の隠喩）、無機的な形象となっているという相違がある。ツェラーンにとっては、言葉そのものが精神であったといえる。

　ツェラーンの蔵書には、何冊かのボブロフスキーの詩集や小説集が見られる。第一詩集『サルマチアの時代』には著者の署名が入っており、第二詩集『影の国　河』には、「1962年5月20日」という入手した日付と、表紙に「シャガール」とメモがある[KNR, 708]。また同年1月21日アドルノに宛てた手紙にも、「プルッツェン人風に」「ツェラーンの理想像(イマーゴ)の新たな分散」といったボブロフスキーを強く意識した表現が記されている。（後者は『影の国　河』の広告を見て、その著者が自分と同じ「東方」をテーマにしていることを知った反応として用いた言葉。ツェラーンのメモに「ツェラーン・イマーゴの局面──ボブロフスキーは私の特性で作品を意匠している」とある。）[GA, 548 f.]

21－23　―そして雹を撒いた者たちは、／対戦車ロケット砲を模倣した鉤爪で／それを書き消す！―

　「それ（黒い雹）を撒いた者たち」は、人称代名詞でsieとだけ記され、特定化を避けている。おそらくそれは「人間」（6行目）とは対蹠的な存在であるからであろう。「書き消す」は、グリムでは「書くことによって取り消す」とあるが、ここではもっと否定的に「抹消する」という意味であろう[KNR, 315]。いずれにせよ行為者は書くことに携わる者、作家であると推測される。ここにも「ゴル事件」に対する非難と怒りが表れている。

　この短い連は草稿段階ではもう少し具体的に、「そしてそれを撒いた者どもは、それを白いと嘘をつく！　そして言う、／それはただの雪／だったと、実際の手から撒かれ

たのだと！」となっていた。これは「ツェラーンから影響を受けて」（1959年5月21日のヨコストラ宛手紙）書いたボブロフスキーの詩「砂の中の痕跡」への痛烈な批判である。「白い手で／お前は雪の種子を／納屋の屋根の上に撒いた」[Bobrowski Ⅰ, 28]。「黒い雹」とはこの「雪の種子」を批判的に変容させた形象と考えられる。

「対戦車ロケット砲」は　対戦車用の携帯用ロケット兵器。「模倣」に走る文学者たちを皮肉っているのだろう。「鍵爪」は猛禽、例えば鷲などを想起させ、さらにそれを紋章にしたナチスとも繋がっていく。言葉の暴力を批判した激しい表現である。

24-30 翼は徘徊する、徘徊する、／捜す、／下に捜す、／上に捜す、遠方を捜す、／その眼で、／アルファ・ケンタウリ星を、アルクトゥルスを、／光線を、墓地から、手繰り寄せる、

　「アルファ・ケンタウリ」は地球に最も近い恒星（4・3光年）。ケンタウロス座はすでに「千金花（セントリューム）」として詩集に暗示されている（「ケルモルヴァン」）。[Ⅰ, 263 NR]。弓を射る半馬の姿は、ツェラーン自身の星座である射手座とも関連がある。「アルファ」はヘブライ語のアルファベットの最初の文字「アレフ」ともかけられている。「アルクトゥルス」はギリシア語で「熊の番人」を意味し、全天で3番目に明るい、牛飼い座に属する一等星。古来、方角を知る星として重要である。田代崇人はこの2つの星に「シャガールへの挨拶」がこめられていると読む [田代, 11]。すなわち、ケンタウルスは馬を、アルクトゥルスは牛を連想させるが、馬も牛もシャガールの絵に頻繁に登場する動物である。ヴィテブスクの農民生活と大地に直結したこの家畜たちを、「ツェラーンは逆に家畜たちの星からも、暗い地上への愛と庇護の光を招き戻そうとする」[田代, 12] と解釈する。

　「光線」は星からの光だけでなく、「墓地」から発せられた死者からの「心の光」[Ⅰ, 286 NR] でもある。この光は「すべては違っている」[Ⅰ, 284 ff. NR] では「アルバ」と呼ばれるものの中に収斂されていくのと同じ光であろう。人間と星々を結びつける例は、聖書には「目覚めた人々は大空の光のように輝き、多くの者の救いとなった人々は永遠に輝く」[ダニエル 12, 3] とある。またこの「光」にユダヤ神秘主義思想、特にゾハールの神の降臨としての光を見ることもできるだろう。

31−34 ゲットーへ行く、エデンへ行く、／彼が、人間が、ここで、人間たちのもとで、／住むために必要な／星座を摘み取り集める、

ユダヤ人の共同体ゲットーは、ユダヤ人が強制的に住まされた市内の狭い地区で、ワルシャワのゲットーは特に有名である。強制収容所へ移送される前の基地ともなり、ナチによる迫害の記憶と結びつき、楽園エデンとは対照をなす。

「摘み取り集める」は、星座をある統一体として集め、「読む」行為と重なる。と同時にそれは散らばったユダヤ人を、死者の屍あるいは灰を、集めることを暗示する。あるいはナチのユダヤ人狩りによって、連行されることをいっているのかもしれない。「ドゥイノの悲歌」にも「おお天使よ、取れ、摘めよ、小さく咲いたこの薬草を」（第5悲歌）として「摘む」が使われている［RilkeⅠ，703］。

ツェラーンが詩で引用する星座は少なくないが、「ベレニケの髪座」（髪をそがれてガス室に送られた犠牲者を暗示）や「オリオン座」（その真ん中の3星は「ヤコブの杖」）など、ユダヤ民族の運命を象徴することが多い。

35−38 文字を／死すべき運命の、だが不死でもある文字の／魂を、歩測する／アレフへ行く、ユートへ行く、さらに遠くへ行く、

星々をアルファベットに見立てるのはマラルメに代表されるヨーロッパ文学の伝統のひとつ。死すべき人間は星になって不死の存在となるという信仰がある。

「アレフ」はヘブライ語の第1文字で息だけの音（א）。「アレフという子音は、語頭にある母音に先立つ咽頭開始音である。したがってアレフとは、そこからすべての分節された音が出てくる基本語ということになる。事実、カバラ主義者たちは、常に子音アレフを他のすべての文字の精神的根源と考えていた。」［Sholem，47］

「ユート」はその第10文字（י；声門閉塞音）であると同時に、「ユダヤ人（Jude）」の語尾eを落とした省略形（イデッシュ語の「ユダヤ人」でもある）。ツェラーンは散文『山中の対話』で「ユダヤ人」を表すのに、この形を用いている［Ⅲ，169 ff.］。

39−41 ダヴィデの星の盾を作り、それを／いちど燃え上がらせ、／消す—

「ダヴィデの盾」とはヘブライ語でMagen David、一般に「ダヴィデの星」と呼ばれる、逆向きの2つの三角形が組み合わされた六芒星（✡）で、ユダヤ人の徽章。フランツ・ローゼンツヴァイクは『贖罪の星』でこの印をシンボルとして、3つの章の表題の

下に、それぞれ△、▽、✡という印をつけ、星の完成と贖罪の成就を重ね合わせている。錬金術的には、片方の三角は水のしるし、もう一方の三角は火のしるしで、組み合わされた図形は対立する諸要素の調和を表す。この星が「燃え上が」るということは、ユダヤ民族が未曾有の受難（ホロコースト）に直面することを暗示する。

einmal には「一度」の他に未来や過去の不定の時を表して「いつか」「かつて」という意味もある。しかしここでは「ドゥイノの悲歌」に一回性を強調して Ein Mal と記されているように、「たった一回限り」のことを指す。「すべては一度だけだ、たった一度だけ。一度、それきり。そしてわれわれもまた／一度だけ。繰り返すことはできない。しかしたとえ一度でも、一度存在したということは／地上に存在したということは、取り消しようがないようだ」（第9悲歌）[Rilke Ⅰ, 717]。惨劇が取り返しのできない出来事であったことが強調される。「消す」というのは民族の殲滅のことに他ならない。

41−46 (…)―そこに彼は立っている、／眼にも見えず、立っている／アルファのもとに、アレフのもとに、ユートのもとに、／他のものたちのもと、／すべてのもののもとに／お前の中に、

「眼にも見えずに立っている」というのは、「彼」が死者であること、あるいは生誕前の存在を暗示する。「立っている」ことは、「存在する」と同義語であるだけでなく、ツェラーンにおいては「抵抗」も暗示する。「アルファ」と「アレフ」については、ジェイムス・ジョイス『ユリシーズ』の次の部分を参照。「もしもし。こちらキンチ。エデンの園市につないでくれ。アレフ、アルファ、001番だ」[ジョイス, 97]。ジョイスにおいてこの箇所は無からの創造を意味する。「ユート」はヘブライ語の第10文字。終局を意味する。「アレフ」から「ユート」は起源から終局となり、これはエデンからゲットーの道のりにも重なる。

「彼」――「何か」が起源（エデン）から終局（ゲットー）を過ぎ、さらにその先を進んで変化した最終的な姿――は、「お前」の中で、言葉を通して蘇ろうとする。

47−49 ベート、それは／光また光を載せた／／テーブルのある家だ。

「ベート」はヘブライ語の第2字母（ב）で、「家」をも意味する。トーラーでは第1字母。

「アルファ」に「ベート」が加わり「アルファ・ベート」、すなわちすべての文字がここで完成する［生野，160］。光を載せた「テーブル」は家庭の団欒、幸福な幼年時代の思い出に繫がる。サバトの夜には、2本のメノーラ（燭台）が置かれる風習があるという（「光また光」）［KNR，798］。テーブルはこのように、ペサハ（過ぎ越しの祭り）やスコット（仮庵の祭り）などのユダヤ教の儀式が行われる祭壇にもなった。草稿では「ベート、それは／家だ」以下が、「お前たち兄弟よ、お前たち／姉妹よ——あの／暗い眼／そこに光また光を載せた／テーブルがある」となっていた。「ベート」と「兄弟／姉妹」が同一視されていることに注意したい。言葉を通して、死んだユダヤ人たちが召喚されている。

　「家」については、上述したユダヤ教の文脈の他に、ハイデガーの『ヒューマニズム書簡』にある「言葉は存在の家である。（…）思索するものと詩作するものがその番人である」［Heidegger 1949，5］が想起される。家は詩作の根拠地でもある。

（関口裕昭）

49/53
DIE SILBE SCHMERZ　　　　　**痛みという音綴**

Es gab sich Dir in die Hand:	1　それがおまえ自身をおまえの手に与えた—
ein Du, todlos,	
an dem alles Ich zu sich kam. Es	2　不死の、一人のおまえが、
fuhren	3　そのおまえの許で私のすべてが自分にもどった。
wortfreie Stimmen rings, Leerformen,	
alles	4　あたり一面に言葉から解き放たれた音、空虚な器、が広がり、すべてが
ging in sie ein, gemischt	
und entmischt	5　その中に入り込んだ、混ぜ合わされ
und wieder	6　また分離され
gemischt.	7　また再び

	8 　混ぜ合わされて。
Und Zahlen waren	9 　しかも数字までが
mitverwoben in das	10　共に織り込まれた
Unzählbare. Eins und Tausend und	11　その数えられぬものの中へ。一と千
was	そして
davor und dahinter	12　その前にあるものとその後にあるも
größer war als es selbst, kleiner, aus-	の
gereift und	13　それ自身より大きかったもの、小さ
rück- und fort-	かったもの、十分に
verwandelt in	14　熟し、また
keimendes Niemals.	15　後方に、あるいは前方に向かって、
	16　胚胎しつつある「決してない」に
	17　変容しながら。
Vergessenes griff	18　忘れ去られたものが
nach Zu-Vergessendem, Erdteile,	19　忘れ去られるべきものへと手を差し
Herzteile	伸べ、大地の破片たち、心の破片
schwammen,	たちが
sanken und schwammen. Kolumbus,	20　泳ぎ、
die Zeit-	21　沈み　そして　泳いだ。コロンブス
lose im Aug, die Mutter-	は、
Blume,	22　イヌサフラン、母の—
mordete Masten und Segel. Alles fuhr	23　花、
aus,	24　を眼に留めつつ、
	25　マストと帆を殺した。すべてのもの
	が出航した、
frei,	26　自由に、
entdeckerisch,	27　探検家のように、

453

	blühte die Windrose ab, blätterte ab, ein Weltmeer	28	羅針盤（風の薔薇）は枯れ、花びらが散った、
	blühte zuhauf und zutag, im Schwarzlicht	29	大洋が
		30	山のように盛り上がり白日の下で花咲いた、
	der Wildsteuerstriche. In Särgen, Urnen, Kanopen	31	荒々しく動く羅針盤の目盛りの黒い光の中で。柩や、
	erwachten die Kindlein	32	骨壺、カノーペの中で
	Jaspis, Achat, Amethyst-Völker,	33	幼な子の姿で
	Stämme und Sippen, ein blindes	34	碧玉、瑠璃、紫水晶ら—民族、
		35	部族、氏族らが目覚めた、盲目の
	Es sei	36	「在れ！」と言う命令が
	knüpfte sich in	37	蛇の頭をした解き放たれた—
	die schlangenköpfigen Frei-Taue-: ein	38	とも綱に結えられた——一つの
	Knoten	39	結び目
	(und Wider- und Gegen- und Aber- und Zwillings- und Tau-	40	（抗いながら、敵対しながら、にもかかわらず結ばれる、双子の、
	sendknoten), an dem	41	千もの、結び目）、そこに
	die fastnachtsäugige Brut	42	深淵の貂の星らの
	der Mardersterne im Abgrund	43	断食眼をした幼な子が
	buch-, buch-, buch-	44	文字を—，文字を—，文字を—，
	stabierte, stabierte.	45	綴った、綴った。

[詩の理解ために]

　1962年9月16日から9月19日にかけて書かれた。詩集上の配列は必ずしも書かれた順にはなっておらず、この詩は実際には「ユエディブリュ」と「そしてタルーサの書をたずさえて」の間に書かれている。当初タイトルとして「〈痛み〉という言葉（Das Wort

"Schmerz")」が考えられていた［TCA, 124］。

　言葉の模索、発語の過程の記録とも言うべき詩論的な詩であり、取り上げられた言葉が「痛み」であるのが象徴的である。不死のDuの周りに言葉を離れた音声が広がり漂い、その空虚な形式にすべてのものが入り込む。このDuは「あらゆる自我の自己回帰のための触媒のようだ」［生野, 162］。冒頭から航海が暗示され、空間は時間軸に沿って広がり、記憶また歴史に分け入り、死者が目覚め、ユダヤの民の歴史も想起される。大海に変じた世界（Weltmeer）に言葉を求め出航し、その漂流の航海に身を揉まれながら、祈りのようにして発せられる「在れ！」。それにこたえるように模索を助け支える感知器官としての結び目において、言葉が綴られた。

　言葉を求めての漂流は詩集第2部の初めの「きらめく樹木」で始まる。「おお、この漂流。（中略）ひらかれて／君は横たわっていた、ぼくの／航行する魂の前に」。直後の詩「漂移性の」において「おまえの眼の奥深く／夕暮れが穴を穿つ。唇によって／集められた音綴が」と、言葉になる以前の、言葉の破片ともいうべき音綴が姿を現わしてくる。「アナバシス」において「音綴の—／突堤、海の—／色をして、遠く／未航海の地に向かって。」と続き、「レ・グロブ」で「羽鳴りのごとき音たてて言葉の砂が—ささやかな永遠、／音綴が／言葉のあらゆる表情へと貫入した」と表現される。

　本詩集最後の長詩群とリルケの『ドゥイノの悲歌』（とりわけ第10悲歌）の関連が指摘されている［Rolleston 1987, 40：生野, 156］。ツェランはラーロンのリルケの墓詣で（1961年4月1日）の翌日から同年12月にかけて「ヴァリスの悲歌」を書いていた［HKA, 9］。

　詩集のモットーとして、ヘルダーリンの詩句「というのもおまえは始めたときと同じようにこれからも変わらずにいることだろうから、例えどれほどの苦しみが降りかかろうとも｜」が考えられていた［HKA, 27］。まさにこの詩を包み込むモットーである。

　この時期ツェランはシェストフの著作を読み続けていた。この詩を書いていた当日にも「未来に向かっての後退（Zurück in die Zukunft）」に下線を付し「誰でもない者の薔薇！」と書き込んでいる［Ivanović 1996, 154］。

[注釈]

1-2　それがおまえ自身をおまえの手に与えた—／不死の、一人のおまえが、
　　　sich geben と言う用法は辞書には見当たらない。主語 es は次行の ein Du, todlos

(不死の、一人のおまえ）を指す。Dir は所有の3格で、おまえ（が所有する）手となる。「それがおまえの手に与えられた」となるが sich を強調するためにこう訳出した。「自分の身を任せる」ところからエロス的関係と解し神とシェキナーの関係を連想する者もいる［Schulze 1993, 235］。

リルケのドゥイノの悲歌第10番に「不死という苦いビール」が出てくる。

この時期ツェラーンはネリー・ザックス宛書簡の中で（1962年9月7日）「あなたの詩をすべて読み返してみたい」［CSB, 85］と語っていた。ザックスの詩「逃亡の途上にて（In der Flucht）」に相似の表現「この石が／私の手に与えられた―（Dieser Stein／（中略）／hat sich mir in die Hand gegeben-）／／故郷の代わりに／変容する世界を私は手にした」［Sachs, 262］がある。

詩集の題名 Niemandsrose の Niemand は、単に「誰も…ではない」という否定のみを示すものではない。ツェラーンは否定的なものから肯定的なものを奪い取ろうとしているのであり、この詩において単なる niemand ではない、まったく別の人間的なるものが、du として現れてきたのだとする解釈がある［Broda, 214］。

4-8 あたり一面に言葉から解き放たれた音、空虚な器、が広がり、すべてが／その中に入り込んだ、混ぜ合わされ／また分離され／また再び／混ぜ合わされて。

詩「エングフユールング（Engführung）」［Ⅰ, 200 SG］の Partikelgestöber（粒子の吹雪/不変化詞の吹雪）が想起される。粉々に砕け散った言葉である。

Schmerz を語源に分解するとゲルマン系で「擦り傷を作る・擦り減らす」、ロシア語系で「死」、ラテン語系で「記憶」、パロノマジーでフランス語の「海・母」など様々に分離される［Perels 1979, 57］。混合・分離にはこういった位相も含まれるのか。

9-11 しかも数字までが／共に織り込まれた／その数えられぬものの中へ。

数字は空虚な容器とは異なり、一義的に規定される意味を持つ。これがテキストの中へ織り込まれるが、しかし織り込まれた先は「数えられぬもの」であり、数字が織り込まれてもなお明晰な意味を形成しない。

11 一と千そして

千に、ナチズムの千年王国の色合いを見る論者もいる［KNR, 325］。用例に「千年

の色彩をした（tausendjahrfarbene）」［Ⅰ，248 NR］、「千年の間（ein Tausendjahrlang）」［Ⅰ，258 NR］、「千年の色彩をした、千の口を持った（Tausendfarbenem, Tausendmündigem）」［Ⅰ，265 NR］など。

16　胚胎しつつある「決してない」に

「きらめく樹木」の Nimmer（決してない）がすぐ想起される。「私が、その言葉ゆえにあなたを失ってもいいと思った一つの言葉、決してない」「決してない。世界を下降しつつ。ぼくは歌わなかった。」［Ⅰ，233 NR］。

過去や未来を行きつ戻りつしながら「決してない・一度たりともない」を孕んでゆく。肯定的にこの事態を見るなら、変容の行き着いた先に期待されているのは、時間や存在の全否定のはてに夢想されたユートピア的な「一度たりとも（それが）起こらなかった世界」、つまりは「新たな世界における新たな始まり」の希求なのか。否定的に見るなら事がもはや生起することのない「無の世界」である。

18-19　忘れ去られたものが／忘れ去られるべきものへと手を差し伸べ、大地の破片たち、心の破片たちが

記憶の中で忘却に沈んでいたものが、忘却されるであろうものへと手を差し伸べる。〈記憶〉ないし〈想起〉、その中で改めて流れ始める〈時〉はツェラーンの主題の一つである。忘却ないし無意識の広大な領土の中に入り込むのは、大地ないし心の破片である。Erdteil は字義通りでは大陸を指すが、次に来る Herzteil とあわせ考え、語源に沿って「大陸の部分」すなわち「破片」とした。時空を超えて広がる広大な世界、その海の中を泳ぎあるいは沈む。大地は自然、心は人間を指すのか。Erde を地球と読めば、「地球の破片」ということになる。

21-25　コロンブスは、／イヌサフラン、母の一／花、／を眼に留めつつ、／マストと帆を殺した。

コロンブスは未知の世界の探検家。しかしアメリカ原住民にとっては恐るべき災厄をもたらした人間である。マストと帆の殺害から、死を付随させた不吉な影が暗示される。もはや目的地を目指した航海が不能となったのか、あるいはより積極的にマストと帆を倒して、何ものからも影響を受けぬ自由な航海（漂流）ができるようにしたのか。

Zeitlose は、Herbstzeitlose（イヌサフラン）の省略形。文字通りの字義は「時期が定まらぬ」ということであり、イヌサフランが本来開花するべき時に開花せず、時期はずれに花を咲かせることからくる命名である。中世植物学者から「父に先立って花を咲かせ実をつける息子」と呼ばれていた［KNR, 327］。コルキスとも呼ばれる。時間秩序を破壊し再構成しようとするこの詩に相応しい花である。

イヌサフランは、ツェラーンの母が好んだ花なのか、あるいは母を想起させる花なのか。イヌサフランは「悲しみの聖母」を表している［Perels 1979, 57］。またツェラーンが訳したアポリネールの詩に「コルキス」があり、そこでコルキスは母であり娘であるとされている［Ⅳ, 792］。なおコロンブスの旗艦は「サンタ・マリア号」であった［KNR, 327］。

ツェラーンのジゼル宛の手紙に以下の一節がある。「イヌサフランの詩（痛みという音綴）を書いた後でアインホルンからの手紙を受け取り、コルキスの詩（そしてタルーサの書をたずさえて）を書いた。コルキスという詩句はイヌサフランのこだまだったのではないか。アインホルンの手紙に触発されてコルキスという詩句を使ったのだが、秘密のうちにかげでイヌサフランがコルキスを呼んでいたのではないか。昨日実際にイヌサフランを目にしたときにそう思った」。［CGB Ⅰ, 126］

25−27　すべてのものが出航した、／／自由に、／探検家のように、

「すべてのもの」とは、船に擬せられた「言葉から解き放たれた音」であり、「数字」であり、「大地や心の破片」でもあろう。「自由に」から連がかわり、それまでの受動的な運動や変化と異なり、探検家の能動的な自由な航海（漂流）が主題となる。

28　羅針盤（風の薔薇）は枯れ、花びらが散った、

Windrose は羅針盤の羅牌であり、また逐語訳なら「風の薔薇」である。Windrose の縮小形 Windröschen は、アネモネを指す。アネモネと題する詩が初期詩篇にはある［Ⅵ, 103 FW］。Windrose に示される世界に代わりいまや荒々しい大洋に変じた終末的世界が盛り立つのであろうか。Rose は詩集の題名 Niemandsrose を指示することばでもあるが、「ついには世界そのものとなる薔薇、神秘の薔薇、深淵の薔薇、を求めての探索は du を求めての探索となったのである」［Broda, 214］とするなら、ここで Windrose が枯れたのは、新たな次元が開かれたことを示すのか。

31　荒々しく動く羅針盤の目盛りの黒い光の中で。

　「荒々しく動く羅針盤の目盛り」は、草稿では「創造の瞬間」となっていた。この「創造の瞬間・自らの進む方向の認知の瞬間」は実に危険に満ち満ちた激しい動きの中にあることになる。しかもそれは不吉な死を思わせる黒い光の中にある。

31-35　柩や、／骨壺、カノーペの中で／幼な子の姿で／（…）目覚めた、

　カノーペ（カノーポス壺）は、エジプトでミイラにする遺体から取り出した臓腑を収めた壺をいう。様々な埋葬方法の列挙は、この詩が歴史地理上の異なる時空をその射程に入れていることを示しており、詩の広がりの大きさを表している。甦る死者が幼な子であることは、甦りそのものが新たな始まりに直結していることを意味している。

34-35　碧玉、瑠璃、紫水晶ら─民族、／部族、氏族らが目覚めた、

　碧玉以下、イスラエル12部族を象徴している。「裁きの胸当てを織りなさい。…これらの宝石はイスラエルの子らの名を表して12個あり、それぞれ宝石には、12部族に従ってそれぞれの名が印章に彫るように彫り付けられている」［出エジプト記 28, 15-16］。「都の城壁の土台石はあらゆる宝石で飾られていた。第一の土台は碧玉、第二はサファイア、…」［ヨハネの黙示録 21, 19］。

35-36　盲目の／「在れ！」と言う命令が

　斜字で強調されている例は詩集『誰でもない者の薔薇』の他の詩にも見られるが、隔字で書かれているのはここ一箇所だけである。「在れ！」という命令は一体誰が発しているのか？　詩人自身が祈りとしてあるいは救いを求めて発しているのか？単なる合言葉ないし呪文と解する説もある［KNR, 328］。あるいは講演『子午線』のルシールが叫ぶ「国王万歳！」と同じくGegenwort（抵抗の言葉）であるのか。過去時制で語られている詩全体の中で現れ方が唐突なこの命令形を超越的なものと解するなら、この言葉の帰属先は最終的に神となろう。しかし「盲目の」命令であることがこの解釈に矛盾する。あるいは神に対する皮肉をこの形容詞によって顕在化させているのか。

　「盲目」でしか発語できぬこのアスペクトは、「テュービンゲン、一月」を想起させる。

37－38　(盲目の／「在れ！」という命令が)蛇の頭をした解き放たれた―／とも綱に結えられた―

　蛇は創世記によれば最も賢い野の生き物であり、また認識の木の実を食べるよう人間を誘惑した［創世記 3, 1－7］。見る人を石に変えるメドゥーサの髪は蛇であり、認識の持つ危険性を表している。なお詩集『骨壺からの砂』の「死のフーガ」に添えたジュネのリトグラフは、ここでいわれている「蛇の頭をしたとも綱」のイメージに似ている。とも綱は「解き放たれた (frei)」ものであり、探索の自由さ (frei) と危うさが同時に示されている。

39－41　結び目／(抗いながら、敵対しながら、にもかかわらず結ばれる、双子の、／千もの、結び目)、そこに

　Knoten（結び目）は海語で索の結び目。長さを測る尺度でもある。現れた結び目は言葉を求める探索にあたっての一つの手掛かり、ときに抗い敵対する二つの相反する力にもてあそばれながら、にもかかわらず現れ、またその歩んだ行程を表すものともなっているのか。千もの結び目が、行程の際限のなさを表しているのか稔りの豊かさを表しているのか逆に千や百がツェラーンにあっては否定的な意味を表すことがあるので貧しさを示しているのか。「在れ！」という命令それ自体を一つの「結び目」とする解しかたもある。

42－45　深淵の貂の星らの／断食眼をした幼な子が／文字を―，文字を―，文字を―、／綴った、綴った。

　Morder は獰猛な肉食獣である貂や鼬の仲間である。喰いちぎられ血を流している獲物の姿と、捜し求められた言葉の破片とがそのイメージを重ね合わせられているのか。星といわれる以上深淵もすでに宇宙的な広がりの中にある。Brut には「一腹の子」あるいは「一味徒党」の意があるが、草稿で「死産された」などが「断食眼をした」のヴァリアンテとなっていることから「幼な子」と解している。「断食眼をした」から Hungerkerze［Ⅱ, 12 AW］が直ちに想起されるが断食は真実の言葉を探り当てるための苦行である。文字は現実に綴られたのか，綴ろうとする営みだけが在ったのか。また綴られた（綴られようとした）言葉は「痛み」だったのか［生野, 158］。Buch にツェラーンの故郷 Buchenland を重ね合わせ、自己の文学的伝統を痛みを持って確認し

ようとしたのだとする説もある [KNR, 330]。その仮説をとるなら故郷を綴る、すなわち帰郷を果たした（果たそうとしたのだ）と解しえるのかもしれない。

(北　彰)

50/53

LA CONTRESCARPE　　　　　コントルスカルプ広場

Brich dir die Atemmünze heraus　　1　息のコインを抜き取れ
aus der Luft um dich und den Baum:　2　おまえと木のまわりをとりまく大気
　　　　　　　　　　　　　　　　　　　から—

so
viel　　　　　　　　　　　　　　　　3　そんなに
wird gefordert von dem,　　　　　　4　多くが
den die Hoffnung herauf- und　　　 5　心が瘤となった道を希望という荷車
　　　　　　　　herabkarrt　　　　　　で上へ下へと運ぶ
den Herzbuckelweg — so　　　　　　 6　者に求められる—
viel　　　　　　　　　　　　　　　　7　そんなに
　　　　　　　　　　　　　　　　　　8　多くが

an der Kehre,
wo er dem Brotpfeil begegnet,　　　 9　その者がみずからの夜のワインを、
der den Wein seiner Nacht trank, den 10 悲惨さと王の、
　　　　　　　　　　　　　　　Wein　11 不寝番のワインを飲んだ、
der Elends-, der Königs-　　　　　　12 その者がパンの矢印に出会う
vigilie.　　　　　　　　　　　　　　13 急カーブのところで。

Kamen die Hände nicht mit, die
　　　　　　　　　　　wachten,　　 14 共にやって来なかったのか、覚醒し
kam nicht das tief　　　　　　　　　　 た両手は、

in ihr Kelchaug gebettete Glück?
Kam nicht, bewimpert,
das menschlich tönende Märzrohr, das Licht gab,
damals, weithin?

Scherte die Brieftaube aus, war ihr Ring
zu entziffern? (All das
Gewölk um sie her — es war lesbar.) Litt es
der Schwarm? Und verstand,
und flog wie sie fortblieb?

Dachschiefer Helling, — auf Tauben-
kiel gelegt ist, was schwimmt. Durch die Schotten
blutet die Botschaft, Verjährtes
geht jung über Bord:

 Über Krakau
 bist du gekommen, am Anhalter Bahnhof
 floß deinen Blicken ein Rauch zu,
 der war schon von morgen. Unter Paulownien
 sahst du die Messer stehn, wieder,
 scharf von Entfernung. Es wurde
 getanzt. (Quatorze
 juillets. Et plus de neuf autres.)

15 やって来なかったのか、両手の聖杯形の目のなかに深く
16 埋め込まれた幸せは？
17 やって来なかったのか、繊毛をつけて、
18 光を発した人間的に響く三月の葦は、
19 当時、いたる所に？

20 伝書バトは群れを離れたか、そのハトの足輪を
21 解読できたか？（そのハトをとりまくすべての
22 雲の集まり——それは読むことができた。）群れは
23 それに耐えたか？　そして理解したか、
24 そしてハトがいない間に飛び去ったか？

25 かしいだ船架、—漂うものが
26 ハトの羽幹の上に置かれ。防水障壁をぬけて
27 知らせが出血する、時効になったものが
28 新たに波にさらわれる—

29 クラクフ経由で
30 おまえはやって来た、アンハルター

Überzwerch, Affenvers,		31	駅で
Schrägmaul		32	おまえの視線に一条の煙がながれ
mimten Gelebtes. Der Herr			込んだ、
trat, in ein Spruchband gehüllt,		33	その煙はすでに明日からのもの
zu der Schar. Er knipste			だった。桐の木々の
sich ein		34	下で
Souvenirchen. Der Selbst-		35	いくつものナイフが立っているの
auslöser, das warst			をおまえは見た、ふたたび
du		36	遠くからはっきりと。ダンスパー
			ティーが
O diese Ver-		37	催された。(十四回ノ
freundung. Doch wieder,		38	七月。ソシテ九回ヨリ多イ別ノ七
da, wo du hinmuβt, der eine			月)
genaue		39	ひねくれて、猿真似の詩、ゆがん
Kristall.			だ口が
		40	生きたものを演じた。主が
		41	横断幕にくるまれて、
		42	群集に向かって歩み出た。彼は記
			念にと、
		43	早撮り写真を
		44	とった。自動
		45	シャッター、これが
		46	おまえだった。
		47	おお　この血縁
		48	関係。だがふたたび、
		49	おまえが行かなければならぬ場所に
			は、あのひとつの
		50	正確な
		51	結晶。

464　第Ⅱ部　詩集『誰でもない者の薔薇』注釈

[詩の理解のために]

　成立は、1962年9月29／30日（ニヨン、サンセルグ、ジュネーブ）〜1963年3月13日。1962年9月29日、ジュネーブ湖（レマン湖）畔の小さな町ニヨン、サンセルグ（ニヨンの北方）へ旅行し、ニヨンで書き始められた（1962年9月26日〜10月26日まで、ジュネーブ国際労働局で期間契約の翻訳者として働く）。ツェラーンはこの詩で、1938年に初めてパリに来たときのことを思い起こし（「十二年」[Ⅰ, 220 NR] 参照）、自分の詩作の目標を再確認している。

[注釈]

コントルスカルプ広場

　コントルスカルプ広場は、ツェラーンの職場エコール・ノルマル・スュペリュール（高等師範学校）の比較的近くにある。カフェやレストランが多く、パリではよく知られた場所であり、ホームレス、浮浪者たちの溜まり場でもある。

1-2　息のコインを抜き取れ／おまえと木のまわりをとりまく大気から―

　おそらく、まわりに木の生えているこの広場で、大道芸人がコインを使った手品をし

パリのコントルスカルプ広場。仮設舞台が置かれている。
〔1996年7月14日　相原　勝　撮影〕

ているのであろう。それを見ながら、自分の詩のあり方を考えている。

9-12 その者がみずからの夜のワインを、／悲惨さと王の、／不寝番のワインを飲んだ、／その者がパンの矢印に出会う

　この個所の語彙は明らかにヘルダーリンを指している。「道」（7行目）、「出会い」は散文『山中の対話』（1960年）を、従って、自己との出会いという重要なテーマを喚起させる。「夜」はまさにヘルダーリンとの関連では、精神的な諸力の喪失、狂気を意味する。現実には、自分がコントルスカルプ広場の酒場で夜中までワインを飲み、パンをかじっているという光景と、イエスの肉と血を示す「パンとワイン」というイメージが重なる、ということだろう。ワインについては「ワインと喪失のときに」［Ⅰ，213 NR］、「ヒューミッシュ」［Ⅰ，227 NR］参照。「王」については「大光輪」［Ⅰ，244 NR］参照。

13　急カーブのところで。

　「急カーブ」は、山道の急カーブを示している。例えば、ニヨンの北、サンセルグの山道。転用的な意味で、"Kehre" はもしかすると、実存主義的な意味を持つハイデガーの術語をも指しているのかもしれない。"Kehre" と、その道（ツェラーンによれば、詩はその道を進んで行かねばならない）との関係というイメージに、すでにビューヒナー賞講演の中で展開されている「息の転回（Atemwende）」という考えが対応している。この「息の転回」という考えは、「ブーメラン」［Ⅰ，258 NR］でも同様に表現されており、そこでは「帰郷」の意味で使われている。

14-16　共にやって来なかったのか、覚醒した両手は、／やって来なかったのか、両手の聖杯形の目のなかに深く／埋め込まれた幸せは？

　道連れとして――あるいは先駆者として――精神的な亡命（精神病）の中のヘルダーリンへの新たな指示。「おまえの両手という、生けにえの祭壇」（「旅の途上で」［Ⅰ，45 MG］）としての、ツェラーン自身のパリが暗示されている。問いはまた手によって示されている自分自身の創作にも向けられる。すなわち、詩は共にやって来なかったのか、挫折なのか、ということ。詩「コロン」の冒頭、「言葉の／不寝番の光のなかでさまよいながら獲得された／手がない」［Ⅰ，265 NR］参照。両手の「聖杯形の目」、

つまり手相の中に幸せが書き込まれていたにちがいないのだが。

17－19　やって来なかったのか、繊毛をつけて、／光を発した人間的に響く三月の葦は、／当時、いたる所に？

　「当時」という言葉から、この個所がチェルノヴィッツと関係があるとすれば、ロシア軍による町の解放のための三月攻勢（1944年）が意味されているのであろう。三月という月はまた、「三月前期（Vormärz）[三月革命以前の時代。1815年頃－48年頃]」のユートピア的な希望を持っている1848年の三月であることをうかがわせる（第7連の1789年7月14日のフランス革命のモチーフ設定、参照）。「光」については、「やって来なかったのか」という表現とともに、ヘルダーリンを歌った詩「テュービンゲン、一月」[Ⅰ，226 NR]第3連を参照。

20－22　伝書バトは群れを離れたか、そのハトの足輪を／解読できたか？（そのハトをとりまくすべての／雲の集まり—それは読むことができた。）

　かつて軍事報告のための使者として使われていた伝書バトは、通常、その故郷の町の暗号化された報告が書かれている輪をはめている。判読可能性は従って、手紙の中の知らせに関わるものではなく、ハトの出所に関わるものである（この詩句の詩人の伝記的な内容については、第7連を見よ）。従って、「群れ」とは、ルーマニアの友人たち、知人たちを指しているのであろう。「足輪」は、さらに広い意味では、ひとつの共同体の構成員であることの印であると読むこともできる。「雲の集まり」は「雲の集まり-の-民（das Volk-vom-Gewölk）」[Ⅰ，278 NR]＝ユダヤ人、を指している。

25－28　かしいだ船架、一漂うものが／ハトの羽幹の上に置かれ。防水障壁をぬけて／知らせが出血する、時効になったものが／新たに波にさらわれる—

　Helling［船架］（これは、造船所で、船の建造のために斜めにしてある）と auf Kiel legen［船を起工する］という表現は、両方とも造船の専門用語である。その際、"Kiel" は二重の意味を引き受けており、船の一番下の部分（船底）と、かつて筆記用具として使われていた鳥の羽の硬い部分（羽幹）を示している（詩人の自己描写としての伝書バトとも考えられる。20－24行）。パリでは、町の紋章—一艘の浮かんでいる船（「漂うもの」）—が多くの建物の屋根に見られるということである。パリという町のモッ

トー「漂えど沈まず（fluctuat nec mergitur）」は、青・赤色の町の紋章の下にしばしば書かれている。赤い文字で書かれた知らせが、文字通り、船の防水隔壁をぬけて出血する。ナチ犯罪の「時効」がそれとともに明白に喚起されるということを示している。

29-33　クラクフ経由で／おまえはやって来た、アンハルター／駅で／おまえの視線に一条の煙がながれ込んだ、／その煙はすでに明日からのものだった。

　前連の「知らせ」の内容。ツェラーンはトゥールの「医学準備学校」で勉強するため、1938年11月9日、クラクフ、ベルリーン、パリ経由の旅へ出発。ベルリーン・アンハルター駅に到着したのは11月10日で、「水晶の夜（1938年11月9日、ナチスが行なったユダヤ人に対する組織的迫害、虐殺。そのとき破壊された窓ガラスの破片にちなむ）」の翌日であった。駅の機関車の煙が、ベルリーンで燃えている家々の煙に代わり、それは絶滅収容所での死体焼却の煙をあらかじめ先取りしている。「アンハルター／駅」と行分けすることで、anhalten（[人をそこに]とどめる）という語を喚起させる。「クラクフ」も、その西54キロにあるアウシュヴィッツ絶滅収容所の位置確認への暗示を含んでいるのであろう。

33-36　桐の木々の／下で／いくつものナイフが立っているのをおまえは見た、ふたたび／遠くからはっきりと。

　コントルスカルプ広場の桐の木々の下で（1行目の「木」も参照）、大道芸人が今度はナイフを使った手品をしているのであろう。帝政ロシア皇帝パウル一世の娘アンナ・パウロヴナにちなむ「Paulownia（桐）」のスラヴ的な語尾とパウルという名前が、ナチの暴虐によって失われた故郷チェルノヴィッツを詩人パウルに思い起こさせる。「ふたたび」は、ヨーロッパに増大している、反ユダヤ主義、ネオ・ナチズムが暗示されているのであろう。

36-38　ダンスパーティーが／催された。（十四回ノ／七月。ソシテ九回ヨリ多イ別ノ七月）

　7月14日は革命記念日。その前夜にパリでは、至る所で人々は夜を徹して歌い踊る。コントルスカルプ広場でもそのようなダンスパーティーが行なわれたのであろう。1789年7月14日のバスチーユ牢獄の急襲と勝利のうちに終わったフランス革命を想起させる

が、その際、ツェランが使っている一般には用いられない、発音ではその区別が知覚できない複数形（"quatorze/juillets"）は、7月14日（quatorze/juillet）を14回の7月の意味に転移させる。「ソシテ九回ヨリ多イ別ノ七月」という付け加えがそのことを一層強調している。1948年7月13日、2回目のパリ、そして定住。1回目（1938年11月）と2回目の間の7月は9回、それ以降が、この詩が成立した1962年9月までに14回、ここで言われている通りである（散文『山中の対話』では、ユダヤ人にとって「七月は七月ではない」という言葉がでてくる [Derrida 1986, 76] 参照）。この詩集のひとつのモチーフであるパリ定住が正しかったのかという反省と、故郷回帰願望が現れている。そして続く2行は、自分自身への自嘲であろう。

40－46　主が／横断幕にくるまれて、／群集に向かって歩み出た。彼は記念にと、／早撮り写真を／とった。自動／シャッター、これが／おまえだった。

まずはイエスと群集の場面を想起させるが、パリの文脈では、7月14日の祝典と、その参加者の具体的な描写であろう。続く「自動シャッター」の表現はやはり、これまでの自分（「おまえ」）の詩作に対する自嘲であろう。

47－48　おお　この血縁／関係。

この個所もやはり、39-46行で描かれている、自嘲の続きであろう。

48－51　だがふたたび、／おまえが行かなければならぬ場所には、あのひとつの／正確な／結晶。

自嘲の後に、「だが」と転回し、自分の詩の到達すべき目標である「正確な結晶」を置く。詩「結晶（Kristall）」[Ⅰ, 52 MG] はツェランがパリに定住して最初に書かれた詩群に属するとともに、ゴル事件の発端となった1953年のクレール・ゴルの「公開書簡」で、「夫ゴルの剽窃」であるとしてとりあげられた6編のうちの1編である。また29-33行の「水晶の夜（Kristallnacht）」も考慮に入れられるべきであろう [Baumann 1970, 284]。

（相原　勝）

51/53

ES IST ALLES ANDERS, als du es dir denkst, als ich es mir denke,
die Fahne weht noch,
die kleinen Geheimnisse sind noch bei sich,
sie werfen noch Schatten, davon
lebst du, leb ich, leben wir.

Die Silbermünze auf deiner Zunge schmilzt,
sie schmeckt nach Morgen, nach Immer, ein Weg
nach Rußland steigt dir ins Herz,
die karelische Birke
hat
gewartet,
der Name Ossip kommt auf dich zu, du erzählst ihm,
was er schon weiß, er nimmt es, er nimmt es dir ab, mit Händen,
du löst ihm den Arm von der Schulter, den rechten, den linken,
du heftest die deinen an ihre Stelle, mit Händen, mit Fingern, mit Linien,

—was abriß, wächst wieder zusammen—
da hast du sie, da nimm sie dir, da hast du alle beide,
den Namen, den Namen, die Hand, die Hand,
da nimm sie dir zum Unterpfand,
er nimmt auch das, und du hast
wieder, was dein ist, was sein war,

Windmühlen

stoßen dir Luft in die Lunge, du ruderst
durch die Kanäle, Lagunen und Grachten,
bei Wortschein,

am Heck kein Warum, am Bug kein Wohin, ein Widderhorn hebt dich
— *Tekiah!* —
wie ein Posaunenschall über die Nächte hinweg in den Tag, die Auguren
zerfleischen einander, der Mensch
hat seinen Frieden, der Gott
hat den seinen, die Liebe
kehrt in die Betten zurück, das Haar
der Frauen wächst wieder,
die nach innen gestülpte
Knospe an ihrer Brust
tritt wieder zutag, lebens-,
herzlinienhin erwacht sie
dir in der Hand, die den Lendenweg hochklomm, —

wie heißt es, dein Land
hinterm Berg, hinterm Jahr?
Ich weiß, wie es heißt.
Wie das Wintermärchen, so heißt es,
es heißt wie das Sommermärchen,
das Dreijahreland deiner Mutter, das war es,
das ists,
es wandert überallhin, wie die Sprache,
wirf sie weg, wirf sie weg,
dann hast du sie wieder, wie ihn,
den Kieselstein aus
der Mährischn Senke,
den dein Gedanke nach Prag trug,
aufs Grab, auf die Gräber, ins Leben,

längst

ist er fort, wie die Briefe, wie alle

Laternen, wieder

muβt du ihn suchen, da ist er,

klein ist er, weiβ,

um die Ecke, da liegt er,

bei Normandie-Njemen - in Böhmen,

da, da, da,

hinterm Haus, vor dem Haus,

weiβ ist er, weiβ, er sagt:

Heute — es gilt.

Weiβ ist er, weiβ, ein Wasser-

strahl findet hindurch, ein Herzstrahl,

ein Fluβ,

du kennst seinen Namen, die Ufer

hängen voll Tag, wie der Name,

du tastest ihn ab, mit der Hand:

Alba.

1 **すべては違っている、**あなたが思っているのとは、私が思っているのとは、
2 旗はまだ翻っている、
3 ささやかな秘密たちはまだ己れにとどまって
4 彼らはまだ影を投げかけている、そうすることで、
5 あなたは生きている、私は生きている、私たちは生きている。
6 あなたの舌の上で銀貨が溶ける、
7 それは明日の、永遠の味がする、
8 ロシアへの道があなたの心の奥に降りてくる、
9 カレリアの白樺が
10 待ち
11 受けていた、
12 オシップという名前があなたのもとに届く、あなたは彼に語る、

13 彼がすでに知っていることを、彼はそれを取る、あなたから奪う、両手で、
14 あなたは彼の腕を肩からはずす、右腕を、左腕を、
15 あなたは両腕をその場所に、手と、指と、さまざまな線とともに、取りつける、

16 ―もぎ離されたものが、再び癒着する―
17 そこにあなたの腕がある、それを取るがよい、そうすれば、あなたは両方を持つ、
18 名前と名前、手と手を、
19 それらを証として取るがよい、
20 彼もまたそれを取る、そうすればあなたは再び、
21 あなたのもの、彼のものであったものを所有する。

22 風車たちが

23 あなたの肺に風を吹き送る、あなたは
24 運河を、潟、水路を抜けて漕ぎ進む、
25 言葉の輝きを受けて、
26 艫（とも）に〈何故〉はなく、舳に〈何処へ〉はない、牡牛の角があなたを突き上げる
27 ―テキア！―
28 ラッパの響きのごとく、夜を潜り抜けて昼のなかへと、鳥占い師たちは
29 噛み裂きあって、人間は
30 人間の平和を手にし、神は
31 神の平和を手に入れる。愛は
32 寝台に戻る、女の髪は
33 再び伸び始め、
34 女の胸の内側に
35 折り返されていた蕾が
36 再び日にさらされる、生命線と、
37 心の線に沿って、
38 腰の道をよじ登ってきたあなたの手の中でそれは再び目覚める――

39 何というのかあなたの国は、
40 山の向こうの、歳月の向こうの国は？
41 私は知っている、それが何というのかを。
42 冬のメルヒェンのようなその名、
43 夏のメルヒェンのようなその名、
44 それはまた、あなたの母が3年いた国だった、
45 その国なのだ、
46 それは何処へでも彷徨する、言葉のように。
47 それを投げ捨てよ、投げ捨てよ、
48 そうすればあなたはそれを再び手に入れる、ちょうどあの、
49 メーレン地方の低地にある
50 小石のように、
51 その小石をあなたの想念はプラハへと、
52 墓へと、墓地へと、生命へと運んだのだった。

53 とうに、
54 その小石は消え去った、手紙の束のように、あらゆる
55 街灯のように、再び
56 あなたはそれを捜さねばならない、石はそこにある
57 小さく、白い石は、
58 隅っこに、横たわっている、
59 ノルマンディー＝ニェメン河畔に、ベーメンに
60 そこに、そこに、そこに、
61 家の後ろに、家の前に、
62 白い、その石は白い、石は言う──
63 「今日、すべてがかなえられる」
64 白い、白い石、水の
65 光線が貫き走る、心の光線が、
66 一筋の川が
67 あなたはその名前を知っている、岸は

68　昼の光に溢れている、その名前のように、
69　あなたは手で、それを探り当てる——
70　アルバ（白）。

[**詩の理解のために**]
　詩の成立は1962年6月5日、パリ。63年4月25日の日付入りで、幾つかの改稿の跡が見られる。草稿には「パリの悲歌」と記されている。
　オシップ・マンデリシュタームとその故郷ロシアへの追憶。東欧の様々な地名に言及され、それにまつわるユダヤ人迫害と犠牲者たちが回想され、ツェランの母についても間接的にではあるが言及されている。「白」を基調にした形象（「白樺」「白い石」等）が次々に展開し、最終行の「アルバ」へ、すべてが収斂していく求心的な構造をとっている。反復が多用され、歌の要素が認められるが、それは「アルバ」がトルバトゥールが明け方に歌う詩を意味するからでもある。
　70行に及ぶこの長詩は、20行目に1行（1語）だけ独立した「風車たちが」の前後を繋げると、オルシュナーがいうように次の5部に分類される［KNR, 341 f.］。
Ⅰ．（1〜5行）：導入部。悲歌の装いを取っている。3度反復される「まだ」が基調音。
Ⅱ．（6〜21行）：ロシアへの思い出。手足を交換することによる、マンデリシュタームとの出会い。
Ⅲ．（22〜38行）：蘇った生命の復権。
Ⅳ．（39〜52行）：死者たちへの追憶と結びついた場所の探索。
Ⅴ．（53〜70行）：短い、反復の多いパッセージを多用してテンポを速めながら、最終行へ収斂されてゆく。

[**注釈**]
1-2　すべては違っている、あなたが思っているのとは、私が思っているのとは、／旗はまだ翻っている、
　見かけ上の世界を否認し、その背後に真実の世界があると信じるのは、ツェランの詩作の基本姿勢のひとつ。「私」と「あなた」はそうした想念の世界で神秘的な出会いをとげる。「旗」はおそらく、ロシアの国旗など革命のシンボル。同じくマンデリシュ

タームへの追憶を歌った詩「サーカスと城砦のある、午後」にも、「私は三角旗にロシア語で挨拶する」[Ⅰ, 261 NR] とある。また「帰郷」でも「あそこで――ある感情が／氷の風に吹き寄せられて／鳩の色をした、雪の色をした、／旗の布を探り当てる。」[Ⅰ, 156 SG]「まだ」は、抵抗と連帯のシンボルとしての旗が、今でも存在することを強調する。

一方、これとは全く逆に、ネオ・ナチが台頭してきた当時の背景を考えると、ナチスの旗を暗示するとも考えられる。こうした文脈から生野幸吉は「ホルスト・ヴェッセルの歌」の「旗を掲げて」をあげている［生野, 164］。

3-5 **ささやかな秘密たちはまだ己れにとどまって／彼らはまだ影を投げかけている、そうすることで、／あなたは生きている、私は生きている、私たちは生きている。**

「ささやかな秘密たち」とは何か。「私」と「あなた」を結びつける秘密であると推測される。ゲーテにはアンドレーエの影響を受けて錬金術の神秘を描いた叙事詩（断片）「神秘（Die Geheimnisse）」がある。ツェランはアンドレーエに関心を抱いており、その影響から「ヒューミッシュ」[Ⅰ, 227 NR] を書いている。また蔵書にあるエルンスト・ブロッホ『希望の原理』(Die Prinzip Hoffnung, Leipzig 1955) にはアンドレーエの錬金術を扱った章でゲーテ「神秘」を扱った部分に下線と傍線が引かれている[Bloch, 743]。この叙事詩の末尾近くには「彼にははっきりと白い衣装が光るのが見える／それは彼らの体にぴったりと良く似合っていた」(345-346行) [Goethe Ⅱ, 280] とあるが、「白い衣装」は「アルバ」と関連する。もしかすると「秘密たち」は、無名のまま死んでいったユダヤの死者たち、錬金術的によって蘇らされる可能性を秘めた灰のようなそれらの残滓、物質と非物質の間にある揺らめくようなよるべなき存在なのかもしれない。「影」はそうした死者たちが実体を失いながらも、かろうじて存在を主張している証であり領域である。「影」はツェランの詩ではしばしば言葉と結びつけられる。「お前の言葉に意味も与えよ――／それに影を与えよ。」[Ⅰ, 135 SS]「私」と「あなた」はその影の言葉と不即不離の関係で生きている。

6-11 **あなたの舌の上で銀貨が溶ける、／それは明日の、永遠の味がする、／ロシアへの道があなたの心の奥に降りてくる、／カレリアの白樺が／待ち／受けていた、**

「舌の上で溶ける銀貨」は、冥界で死者の魂がカロンの川を渡るために支払った銀の

硬貨（オボルス）を暗示する。この死から連想されるユダヤ人の大量虐殺は、過去のものではなく、未来にも（「明日の」）起こりうる、過去・現在・未来を貫く「永遠の」出来事としてとらえられる。この受難の歴史はさらに、シベリアのラーゲリで悲劇的な最期をとげたロシア系ユダヤ人の詩人マンデリシュタームへの回想に繋がっていく。「カレリア」はロシアとフィンランドの中間地帯で、ロシア兵によってたびたび蹂躙された受難の地であると同時に、フィンランドの民族叙事詩『カレワラ』発祥の地でもある。「カレワラ」には、殺されてバラバラになった英雄レンミンカイネンが再び繋ぎ合わされ蘇る話がある。「白樺（Birke）」はツェラーンがこよなく愛した木で、モワヴィルにある別荘に4本植えられていた。エセーニンの詩「夢の顔」では「おお白樺よ、ロシアの木よ」（ツェラーン訳）[V, 265]とある。「白い」樹皮は最後の「アルバ」への伏線ともなる。また Birke からは絶滅収容所ビルケナウ（Birkenau）も連想される。草稿では「白樺」が「ポプラ」となっていたが、ポプラは語源的に見ても「人間（people）」に近く、初期の詩「僕は言うのを聞いた」[Ⅰ, 85 SS]でもその意味で使われていることとから、「白樺」にも人間の姿が重ね合わされていると見てよい。

12-15 オシップという名前があなたのもとに届く、あなたは彼に語る、／彼がすでに知っていることを、彼はそれを取る、あなたから奪う、両手で、／あなたは彼の腕を肩からはずす、右腕を、左腕を、／あなたは両腕をその場所に、手と、指と、さまざまな線とともに、取りつける、

　ロシアへの、ユダヤ人迫害の歴史への案内人、そして詩作そのものへの偉大なる先達として、ここで初めて「オシップ（・マンデリシュターム）」という名前が現れる。ではなぜ、その「名前」なのか。このすぐ後その肉体（「腕」）に言及されることを考えれば、「名前」と「肉体」の一致がここで求められていることになる[Lenker, 221]。「名前」の持つ恣意性・抽象性は失われ、一回限りの肉体存在と結びつくのである。

　マンデリシュタームとツェラーンの出会いは「両腕」を付け替えるという、いささかグロテスクな形式で行われるが、この「傷口」を通して、両者は一層深い、「（詩を）書く」行為で結びつく。これ以降、「あなた」は両者が合一した詩人存在を指していると考えられる。「さまざまな線（Linien）」は、人生の運命が刻み込まれた手相（Handlinien）——ツェラーンは自分の手相で、生命線が二度切れていることを、ディート・クロース宛の手紙（1949年9月21日）に書いている[CKB, 73]——であるだけでな

く、ユダヤ人としての「血筋」、さらには言葉の線をも暗示するのかもしれない。

16-21 ——もぎ離されたものが、再び癒着する——／そこにあなたの腕がある、それを取るがよい、そうすれば、あなたは両方を持つ、／名前と名前、手と手を、／それらを証として取るがよい、／彼もまたそれを取る、そうすればあなたは再び、／あなたのもの、彼のものであったものを所有する。

　オルシュナーはこの部分を、ドイツ語圏に古くから伝わる民謡「刃物研ぎ師（Scherenschreifer）」の翻案と見る［KNR, 345］。実際、両者は驚くほど似ている。「刃物研ぎ師、刃物研ぎ師、それこそ本物の芸術、右手、左手、わたしはお前に証としてくれてやる、そうすればお前はそれを持つ、お前はそれを取る、そうすればお前は両方を持つ」(Scherenschreifer, Scherenschreifer, / Das ist die rechte Kunst. / Die rechte Hand, die linke Hand, / Die gab ich dir zum Unterpfad ; / Da hast du sie, da nimm du sie, / Da hast du alle beide.)

　またヘブライ語の yed が「手」や「記念碑」を、schem が「名前」をそれぞれ意味することから、「名前と手」が、イスラエルのホロコースト記念碑 Yed Vaschem を暗示しているのではないかと、とオルシュナーは述べる［KNR, 344］。『カレワラ』では、身体をバラバラに切り刻まれトゥオネラの川に捨てられたレンミンカイネンの遺体が、母によってかき集められ、軟膏を塗って元通りにされる話がある。

22-28 風車たちが／／あなたの肺に風を吹き送る、あなたは／運河を、潟、水路を抜けて漕ぎ進む、／言葉の輝きを受けて、艫に〈何故〉はなく、舳に〈何処へ〉はない、牡牛の角があなたを突き上げる／―テキア！―／ラッパの響きのごとく、夜を潜り抜けて昼のなかへと、鳥占い師たちは

　死者たちの霊が送る風を受けて、「あなた」すなわち詩人を乗せた船——コルキスへ向かうアルゴ号を髣髴とさせる——は、順風満帆の言葉の航海を続ける。「風車」からは、風車に突進していったドン・キホーテが思い出される。

　「運河」と「潟」と「水路」はそれぞれ、ベネチア（ゲットー）、サンクト・ペテルスブルク（マンデリシュタームの育った都市）、アムステルダム（スピノザやレンブラントと由緒の深い都市）が想起されるとオルシュナーはいう［KNR, 345］。

　26行以下は詩「瓦礫舟」の「水の刻。／瓦礫舟が私たちを夕べへと運ぶ、／私たち

夕べと同じく急いではいない。／死んだ〈何故〉が爐に立っている」[I, 173 SG] を受けている。ただし行く手のおぼつかない「瓦礫舟」の暗さは否定され、目標が定まり、明るさ（「言葉の輝き」）に満ちている。「爐（Bug）」は、チェルノヴィッツを流れていたブーク川（der Bug）も暗示する。この川は1942年にツェラーンの両親も収容され、そこで死んだミハイロフカ強制収容所のほとりにも流れている。

「牡羊の角（Widderhorn）」は、ユダヤの「新年の祭り（ローシュ・ハシャナー）」で吹奏される角笛ショファルのこと。「テキア」はその響きのひとつで、長い一吹きから出る。（他に3連続の短い音シェヴァリーム、9連続の短い音テルアーと合わせて、3種の音の組み合わせでショファルは演奏される。）ユダヤ教では正月の1日から「贖罪の日（ヨーム・キップール）」までの10日間を、罪の悔い改めの準備期間として「恐れの日」と呼び、「すべてこの世に生を受けたものは、羊の群れのように神の前を通る」と考えられ、その警告にショファルを吹き鳴らした。またショファルは、戦争で軍隊を集めるときや、攻撃の合図として、その他、危険が近づいたときや重要な出来事、例えば支配者の即位のときなどにも鳴らされた［JL 4, 236：NLJ, 413］。草稿では「テキア」の前に、「コール・ニドレイ（kol nidre）」（すべての誓い）と書き込まれていた。これは贖罪に先立って宗教的な誓いを取り消す祈りの歌である［ウンターマン, 252 f.］。

「鳥占い師（Auguren）」は古代ローマ時代の神官で、重要な国家行政に際して神々の意思を民衆に伝えた。占う方法は、最初は鳥のしるし（種類、数、飛び方など）から読み取ったのでこう呼ばれた。政治的に乱用され、時代とともに滅びた［Brockhaus 1997, 1, 325］。

29-38 噛み裂きあって、人間は／人間の平和を手にし、神は／神の平和を手に入れる。愛は／寝台に戻る、女の髪は／再び伸び始め、／女の胸の内側に／折り返されていた蕾が／再び日にさらされる、生命線と、／心の線に沿って、／腰の道をよじ登ってきたあなたの手の中でそれは再び目覚める——

「鳥占い師たち」が争い合うことによって、「人間」に平和が戻る。女性と思われる死者が、冥界から戻り、蘇生する（「女の髪は／再び伸び始め」）。「胸の内側に／折り返されていた蕾（gestülpte Knospe）」とは、その女性の（内側に反転させた）乳房のイメージから発していると思われるが、銃殺されたときにできた銃創をも髣髴させる。過

去分詞 gestülpt のもとになった動詞 stülpen には、「折り返す」以外に「上に向ける」「歪める」といった意味もある［Grimm 20, 371 ff.］ことから、苦痛に歪んだ口をイメージしているのかもしれない。この蕾（＝傷口）が長い死の闇、「死をもたらす発話の千もの闇を潜り抜けてきた」［Ⅲ, 186］言葉として、詩人の手の中で蘇り、蕾を開かせようとしている、つまり詩を生み出そうとしている。「日にさらされる（zutage treten）」は、「地下に埋もれていた鉱石が地表に現れる」のがもともとの語義で、言葉が闇から救い出されて上ってくるイメージに重なる。

「生命線」は先に述べたように、手相の生命線のこと。言葉（文字）の線としてもとらえられる。「腰の道（Lendenweg）」は女性の子宮や胎盤、そして誕生あるいは復活に繋がる形象であるが、同時に「苦難の道（Leidenweg）」もエコーしていると思われる。

39-46　何というのかあなたの国は、／山の向こうの、歳月の向こうの国は？／私は知っている、それが何というのかを。／冬のメルヒェンのようなその名、／夏のメルヒェンのようなその名、／それはまた、あなたの母が３年いた国だった、／その国なのだ、／それは何処へでも彷徨する、言葉のように。

「私は知っている、それが何と呼ぶかを」は表題にもなっている冒頭の「すべては違っている」にも対応しており、その国の名前だけでなく歴史的背景とも関連する。この「国」は、マンデリシュタームの故郷ロシアとも、ツェラーンの故郷ブコヴィーナとも、その母が詩人が生まれる直前の３年間を疎開生活を送ったチェコであるとも解釈可能である。

1962年３月２日、ツェラーンはラインハルト・フェーダーマン宛の手紙で、フェーダーマンの祖母がエルベ河畔のリボホヴィッツで生き延びたことを受けて、自分の母も第一次大戦中、エルベ河畔のアウシッヒ（Aussig）で疎開生活を送ったことがあると述べている（「あなたの母が３年いた国」）。また手紙の最後で、自分の祖母がロシア系ユダヤ人であったことを告白している。ある意味ではドイツ系ユダヤ人であったともいえるマンデリシュターム――彼の父はほとんどロシア語を解せず、ドイツ語を話していたという――と、ツェラーンの人生は、このように交差しているともいえる。

「冬のメルヒェン」はハイネの『ドイツ―冬物語（Deutschland－Ein Wintermärchen）』を念頭に置いた表現。パリで長らく亡命生活を送っていたハイネは、13年ぶり

にドイツに里帰りして愛憎混じる気持ちでこの長編詩を書いた。しかしここでの「国」はドイツではなく、「ドイツ語が話されている」土地である。「何処へでも彷徨する」のはそのためである。現実にはないユートピア的な言語空間——「子供の地図」[Ⅲ, 202] にしかない——をいっていると思われる。ボヘミアが舞台となり、現実と仮象の相違がテーマとなるシェイクスピアの『冬物語』とも関係がある。

47-52 それを投げ捨てよ、投げ捨てよ、／そうすればあなたはそれを再び手に入れる、ちょうどあの、／メーレン地方の低地にある／小石のように、／その小石をあなたの想念はプラハへと、／墓へと、墓地へと、生命へと運んだのだった。

「言葉」（＝「小石」）をいったん「投げ捨て」ることにより、逆にそれを再び手に入れることができるというパラドックスの背景には、一度死んだ人間を、言葉を通して蘇らせようという詩人の願いがあるのだろう。「メーレン（モラヴァ）地方」は、チェコ中東部のモラヴァ川に沿う地域。9世紀にモラヴィア王国が建てられ、10世紀以降からユダヤ人が入植した。その西にあるプラハは東欧ユダヤ人の中心都市となり、カフカを始め多くのドイツ系ユダヤ人作家を輩出した。この地域にはゲットーやユダヤ人墓地が多い。さらに次のクラウス・ヴァーゲンバッハ宛の手紙（1962年6月9日）を参照。「私もまた〈ベーメンに繋ぎ止められている〉ことはあなたもご存知でしょう。いやむしろ、私はエルベ河畔のリーベンツとアウシッヒで始まったと言った方がいいでしょう。そこは私の母が、後で私を産むことになる重要な数年間をカフカ的な逃亡生活を送った場所です。」[KNR, 712]

ユダヤ教の儀式には、死者への哀悼のしるしに白い石を墓石の上に載せる伝統がある。

ツェラーンはプラハを訪問したことはなかったが、「プラハで」[Ⅱ, 63 AW] という詩を書いている。「プラハ (Prag)」と「墓 (Grab)」は韻を踏み、ユダヤ人墓地とそこに眠るラビ・レーヴ（「扉の前に立ったひとりの男に」[Ⅰ, 242 NR]）への回想となる。

53−61 とうに、／その小石は消え去った、手紙の束のように、あらゆる／街灯のように、再び／あなたはそれを捜さねばならない、石はそこにある／小さく、白い石は、／隅っこに、横たわっている、／ノルマンディー＝ニェメン河畔に、ベーメンに／そこに、そこに、そこに、／家の後ろに、家の前に、

　「あなた」（詩人）は、消えうせた「石」（＝言葉、死者たちの想念）を捜し出さねばならない。しかし石たちは、すぐそばの目につく場所（「そこに、そこに」「家の後ろに、家の前に」）にもあることがわかる。

　「ニェメン」はソ連とリトアニア国境を流れる川（メーメル川）。1962年8月6日のペートレ・ソロモン宛の手紙には、ツェラーンがフランス・ソビエト合作のドキュメンタリー映画（ジャン・ドレヴィル監督）「ノルマンディー＝ニェメン」――これはナチに対し果敢に戦ったフランスの飛行隊の名前でもある――を見たと記されている［PC/PS, 223］。

62−70 白い、その石は白い、石は言う――／「今日、すべてがかなえられる」／白い、白い石、水の／光線が貫き走る、心の光線が、／一筋の川が／あなたはその名前を知っている、岸は／昼の光に溢れている、その名前のように、／あなたは手で、それを探り当てる――／アルバ（白）

　「今日――すべてがかなえられる（Heute — es gilt）」は、詩がここでひとつの目標に達したことを示す。これは「チューリヒ、シュトルヒェンにて」の「私たちは／わからないのです、／何が／正しいのか（Wir/wissen ja nicht, /was/gilt.）」［Ⅰ, 214 NR］に対する明確で肯定的な応答とも読める。ただし神の存在をテーマにした前者の詩に対し、ここで「通じる」のは神とではなく、「石」すなわち死者たちとの連携である。

　70行に及ぶ長詩は、エピファニーの顕現とでもいえるような、「白い石」「水の光」「一筋の光」が一体になった、白い強力なエネルギー光の出現とともに閉じられる。この光は無数の死者たちの想念と、詩人のそれとの合一によって初めて現れる、詩の言葉の生成そのものでもある。

　「アルバ（Alba）」は、ドイツのエルベ川（Elbe）とも、セーヌ川に合流する、フランスのオーヴ川（Aube）ともみなしうる。アルバはまた、今日チェラーノ（Celano）と呼ばれる都市の古名 Alba Fucentis あるいは Albensium Alba をも想起させる。チェ

ラーノ出身のトンマーゾ（Tomaso de Celano：?～1260頃）はアッシジの聖フランシスコの最初の伝記を書いた人物で、筆名 Celan の成立にも一役買っていたといわれる。そもそも「アルバ」はラテン語で「白」を意味する albus に由来し、ミサのとき司祭が着る白衣もこう呼ぶ。さらに「夜をともに過ごした恋人たちの明け方の別れをうたったトルバトゥールの詩」［ニューグローヴ，1，337 f.］をも表わす。その際、顕著な特徴として、「アルバ」という言葉が、おおむね各詩節の終わりの目立つところに置かれている。これから派生したオバード（夜明けの歌）は、17世紀から18世紀にかけて、フランスの宮廷で君主をたたえて演奏された音楽である。ツェラーンの初期の詩に、「オバド（Aubade）」という表題を持つものがある。さらにユダヤ教の儀式で贖罪の日（ヨーム・キップール）には、白衣キッテルを着る習慣があったことも関係する。この白は清浄と罪の許しを表すという。

「白い（weiβ）」はこの詩のもうひとつのテーマである「知っている（weiβ＜wissen）」とも重なりながら、詩人と死者の両方に「覚醒」を呼び起こしてもいる。

（関口裕昭）

52/53

UND MIT DEM BUCH AUS TARUSSA	そしてタルーサの書をたずさえて
Все поэты жиды	スベテノ詩人ハ　ユダヤ人デアル
Marina Zwetajewa	マリーナ・ツヴェターエワ

Vom	1	犬座
Sternbild des Hundes, vom	2	について、
Hellstern darin und der Zwerg-	3	そのなかの明るい星と、
leuchte, die mitwebt	4	地球にむかって映しだされた道を
an erdwärts gespiegelten Wegen,	5	ともに織りなす小人のような星について、
von		
Pilgerstäben, auch dort, von	6	やはりそこにある、巡礼杖の星座

Südlichem, fremd
und nachtfasernah
wie unbestattete Worte,
streunend
im Bannkreis erreichter
Ziele und Stelen und Wiegen.

Von
Wahr- und Voraus- und Vorüber-zu-
　　　　　　　　　　　　　　dir-,
von
Hinaufgesagtem,
das dort bereitliegt, einem
der eigenen Herzsteine gleich, die man
　　　　　　　　　　　　　ausspie
mitsamt ihrem un-
verwüstlichen Uhrwerk, hinaus
in Unland und Unzeit. Von solchem
Ticken und Ticken inmitten
der Kies-Kuben mit
der auf Hyänenspur rückwärts,
aufwärts verfolgbaren
Ahnen-
reihe Derer-
vom-Namen-und-Seiner-
Rundschlucht.

Von
einem Baum, von einem.
Ja, auch von ihm. Und vom Wald um

7　について、
8　到達した目的地と石碑と揺籃の地の
9　魔圏のなかで
10　うろつきまわる
11　葬られていない言葉たちのように、
　　なじみのない、
12　夜の繊維の近くの南方の星座につい
　　て。
13　予言されたこと、予告されたこと、
　　通りすがりにおまえに語られたこ
　　と
14　について、
15　その破壊
16　できぬ時計仕掛けもろとも
17　不毛の地と不都合な時のなかへ
18　吐きだされた特異なハート形の石に
　　も似た
19　彼方に用意されている
20　天にむかって語られたこと
21　について。
22　ハイエナの足跡をたどって後方へ、
23　上方へ追跡できる、
24　名前と名前の
25　円形の穴からきた人々の
26　家
27　系を持つ
28　砂利の立方体の
29　なかでカチカチ鳴る時計について。

ihn her. Vom Wald
Unbetreten, vom
Gedanken, dem er entwuchs, als Laut
und Halblaut und Ablaut und Auslaut,
                              skythisch
zusammengereimt
im Takt
der Verschlagenen-Schläfe,
mit
geatmeten Steppen-
halmen geschrieben ins Herz
der Stundenzäsur—in das Reich,
in der Reiche
weitestes, in
den Großbinnenreim
jenseits
der Stummvölker-Zone, in dich
Sprachwaage, Wortwaage, Heimat-
waage Exil.

Von diesem Baum, diesem Wald.

Von der Brücken-
quader, von der
er ins Leben hinüber-
prallte, flügge
von Wunden,— vom
Pont Mirabeau.
Wo die Oka nicht mitfließt. Et quels
amours! (Kyrillisches, Freunde, auch

30　一本の
31　樹木について、一本の。
32　そう、その樹木についても。そして
　　それをとりまく森について。
33　人跡未踏地という森について、その
34　森が生まれでてきた想念について、
　　音声として、
35　小声として、転母音として、尾音と
　　して、
36　打ちのめされた人々の顳顬（こめかみ）の
37　拍子で、スキタイ風に
38　押韻され、
39　息づく草原の
40　草の茎
41　で、
42　時の中間休止の
43　心臓部へ書きつけられ、―世界の
　　なかへ書きつけられ、
44　諸々の世界のうちでもっとも広い世
　　界のなかへ書きつけられ、
45　無声の民の地域の
46　かなたの
47　大行内韻のなかへ、流謫の身の
48　おまえ自身である言葉の秤、語の
　　秤、故郷の
49　秤のなかへ。

50　この樹木、この森について。
51　かれが死ぬほどに突き

                              das
ritt ich über die Seine,
ritts übern Rhein.)

Von einem Brief, von ihm.
Vom Ein-Brief, vom Ost-Brief. Vom
                              harten,
winzigen Worthaufen, vom
unbewaffneten Auge, das er
den drei
Gürtelsternen Orions — Jakobs-
stab, du,
abermals kommst du gegangen! —
zuführt auf der
Himmelskarte, die sich ihm aufschlug.

Vom Tisch, wo das geschah.

Von einem Wort, aus dem Haufen,
an dem er, der Tisch,
zur Ruderbank wurde, vom Oka-Fluß
                              her
und den Wassern.

Vom Nebenwort, das
ein Ruderknecht nachknirscht, ins
                  Spätsommerohr
seiner hell-
hörigen Dolle :

52　あたり、その傷によって
53　飛ぶことができた
54　橋の
55　角石について、— ミラボー橋
56　について。
57　オカ川がともに流れていない場所。
　　ソシテナントイウ
58　イクツモノ愛！（キリル文字に、友
　　らよ、キリル文字に乗って
59　わたしはセーヌ川を越えた、
60　ライン川を越えたのだ。）

61　一通の手紙について、その手紙につ
　　いて。
62　手紙一通について、東からの手紙に
　　ついて、硬い
63　ごくわずかな言葉のかたまりについ
　　て、
64　肉眼の目について、その目をかれは
65　オリオン座の三つの
66　帯星に— ヤコブの
67　杖、おまえは
68　また歩いてやってきたのだ！
69　開いた星図の上で
70　さしむける。

71　このことが生じたテーブルについ
　　て。

72　そのテーブルが

Kolchis.

73　漕手席になった場所、言葉のかたまりからの
74　ひとつの言葉について、オカ川からの、
75　ほかの河川からの。

76　ひとりの漕ぎ手が、きしませた音の響きを響かせながら、
77　じぶんの耳ざといオール受けの
78　晩夏の耳のなかへ吐く
79　副次的な語について──
80　コルキス。

[**詩の理解のために**]

　草稿段階の表題にはまず、「九月の報せ、遠くへ (Septemberbericht, in die Ferne)」があり、次に、「九月の手紙、東方へ (Septemberbrief, ostwärts)」がある。最終的な表題を持つテキストには、成立の場所と日付が以下のように書きとめられている。「モアヴィル、1962年9月20日」(「痛みという音綴」[Ⅰ, 280 NR] は前日の9月19日に成立)。

　詩集のうちで最も長い「長詩」である。ツェランはこの長詩の中で、流謫、遍歴、ユダヤ性など、この詩集の中心テーマを、アポリネール、リルケ、ツヴェターエワ、ブローク、マンデリシュタームのような詩人のモチーフと詩法に結びつけている。そして、個々のモチーフが〈星座状配置 (Konstellationen)〉の中で現れ、間テキスト的な多くの連関を用いて形成される。すなわち、ヤコブの遍歴(「創世記」28章)、アルゴナウテス[イアソンとともにアルゴ号に乗ってコルキスに航海した隊員]神話、20世紀初頭ロシア文学におけるスキタイ人の文学(ブローク、エセーニン、ツヴェターエワ、パウストフスキー、マンデリシュターム等々)。そしてこの遍歴の目的地として、どこでもない場所が現れる。この「どこでもない場所」は、ここでは通常とちがって東方の中

に置かれる（「コルキス」）。もともとの表題「九月の手紙、東方へ」はそのようなコンテクストの中にある。詩は11連80行から成り、最後の連はただ1語「コルキス」だけである。詩全体の構造は、von（ないし vom）という前置詞による、あるときは長い、あるときは短い首句反復の表現法によって、結びの言葉「コルキス」に向かって進行するというというもの。つまり、「〜について」という表現のくり返しによって、いわば外から包み込むようにして、この表題の「書」を説明するという形をとっているのである。

[注釈]
タルーサ
　モスクワ南西、オカ川河畔にある小さな町、モスクワの芸術家たちに好まれている夏の別荘地。マリーナ・ツヴェターエワの両親はここに夏の別荘を持っていた。この女性詩人は幼年時代の一時期をここで過ごし、彼女の母親はここで亡くなり、彼女自身はこの地に葬られることを望んだ（散文小品「鞭身教の娘たち」で述べている）。タルーサは彼女の楽園だった［イヴァンスカヤ、195］。

モアヴィル別荘
〔2003年8月28日　相原　勝　撮影〕

488　第II部　詩集『誰でもない者の薔薇』注釈

タルーサの書

　多くの作家の作品を一冊に集めた作品集。『タルーサの書。文学・芸術画報年鑑』1961年、総頁数318頁。コンスタンチン・パウストフスキーらのソヴィエト作家グループによって編集された［Böschenstein 1988, 167］。モスクワから数十キロ南の田舎町カルーガの出版所で発行され、ソヴィエトの文化政策のいわゆる「雪解け」の時期の重要なドキュメントとみなされている。この本は、その時点までソヴィエト連邦から追放されていた詩人たちの一連の作品、とりわけマリーナ・ツヴェターエワの作品（41編の詩とタルーサの思い出に捧げられた散文「鞭身教の娘たち」1編）が収められている。この本はツェラーンの若い頃の友人エーリヒ・アインホルンよりモスクワから直接贈られたものである［Ivnović 1996, 122］。

スベテノ詩人ハ、ユダヤ人デアル

　このモットーは、ツェラーンが当時読んでいたソヴィエトの雑誌「新世界（ノーヴィ・ミール）」（1961年）に掲載されていたエレンブルクの『わが回想』の中で引かれているツヴェターエワの言葉、「世界の中で最もキリスト教的なこの世界では、詩人たちはユダヤ人だ」からわずかに変更が加えられて引用されたものであろう［相原 1992, 50 f.］。1962年6月1日にアインホルンから送られた選集『宝の小箱』から、ツェラーンはこの言葉を知ったという指摘もある。当該個所の隅に下線が引かれているという［KG, 714］。この言葉はツヴェターエワの連作詩『終わりの詩』にある詩「外にいなさい！」の最終詩行である。その詩では、ユダヤ人の運命と、迫害、永遠のユダヤ人、選民性の結果としてのゲットー化というテーマとの戦闘的な取り組みをしている（「タルーサの書」には収められていない）。このモットーはもともとは、「冠をかぶらされて引き出され」［I, 271 NR］のためのものであった［KNR, 355］。キリル文字での引用は、ツェラーンのこの詩自体が、ロシア語の声をラテン文字に置きかえて、ドイツ語の声で伝えようとした、とみなすことができる［Olschner 1985, 206］。

マリーナ・ツヴェターエワ

　ロシアの女性詩人。1892年モスクワに生まれ、1941年、ドイツ軍の進駐によって引き起こされた流刑生活（タタール自治共和国、エラブガ）で自殺。ロシア・ユダヤ家系の出身である夫セルゲイ・エフロンが銃殺されてほどなくのことである。彼女の人生行路

は孤立、絶えざる転居、亡命に刻印づけられており、ロシア、イタリア、チェコスロヴァキア、ドイツ、フランスで生活した。彼女は、ロシア、ドイツ、フランスのそれぞれの文学に同等の結びつきを感じていて、この三カ国語で書いた。女性詩人として彼女は、20年代と30年代のロシアのいかなる文学傾向にも組み込むことができない。そのため、ロシアの象徴主義者ブリュソフによって「誰でもない者（Niemand）」と名づけられた。彼女の中心テーマには、敗者たちの運命、現実にはけっして出会わない者たちとの出会い、神話と童話の人物たち（たとえば、ハーメルンのねずみ取り伝説）、〈亡命と文学〉がある。ツェランの詩法に符合することは、たとえば日付の重視、ポリフォニー、対話的な特性、省略的な語り方、句読法と行空けに意味を持たせることなどである。ツェランの蔵書のなかにあるツヴェターエワの作品集は、このロシア女性詩人との集中的な取り組みを証明している。特に、上に挙げた連作詩『終わりの詩』との取り組みである。ジゼル・ツェラーン゠レトランジュによれば、ツェランはツヴェターエワを翻訳する計画を持っていたという［KNR, 355］。

1-5 犬座／について、／…／ともに織りなす小人のような星について、

"von"は由来、出所、起源（～から）と同時に、話題、考察などの対象（～について）に適用できる前置詞。それぞれ各連の冒頭に置かれている（「チューリヒ、シュトルヒェンにて」［Ⅰ, 214 NR］も同じ構造。参照せよ）。"von"で始められた連、章句は、省略された不完全な形で構成され、その暗示的な構文は結局は実現されず、文章論的規範の不履行がこの詩の構造原理となる。

「犬座」。これは、冬の夜空を飾る大犬座のことである。そしてこの大犬座のなかの「明るい星」と「小人のような星」は、その主星シリウスとその伴星である。この星座はオリオン座に従ってあとについてゆくので、ホメロスでは「オリオンの犬」と呼ばれる。全天で最も明るいシリウスは禍の徴とされ、人間にひどい熱病の気をもたらすものとされている（『イーリアス』22巻24）。他方、つねに、反革命軍に身を投じた夫セルゲイを追って、ベルリン、プラハ、パリへと激しく絶望的な光芒を放ちながら娘とともに亡命生活を続けたツヴェターエワの姿が、オリオンのあとに従ってゆくシリウスと矮星として正確にここに描きだされていることがわかる（ツヴェターエワとリルケの往復書簡で犬が重要な役割を演じていることも興味深い。ツヴェターエワは手紙の中で何度も自分を犬と同一視する）。これに加えて重要なコンテクストは、ツェランが翻訳した

マンデリシュタームの詩「上昇してゆく時代に」［V，153］と、パウストフスキーの小説『南への跳躍』の次のような文章である。「私は何についてマリアに語るつもりなのだろう？　大犬座についてだろうか、予言者の墓のところに行く巡礼者たちの導きの星についてだろうか？」。この小説を収めている巻（選集［モスクワ，1962］、）をツェラーンはこの詩の成立する直前に、モスクワにいるアインホルンから受け取っており、上記の章句はその個所だけツェラーンによってマークが付けられている。さらに見落とすことができないのは、1962年の初めの特異な状況との関連である。そのことはたとえば1962年3月のマルグル＝シュペルバー宛の手紙の中で述べられている（「素性のわからぬコヨーテ」として生き続けてゆくこと）。また、マンデリシュタームが、自らの死の一年前に、自分の状況について述べている事柄と驚くほど一致している。

6－12　やはりそこにある、巡礼杖の星座／について、／…／…南方の星座について。

「巡礼杖の星座」は第7連で、「オリオン座の三つの帯星」である「ヤコブの杖」と言いかえられており、流浪の民ユダヤ人たち（「巡礼杖の星座」は複数形となっている）の徴とみてよいであろう。方向の指示としては、東方と並んで強く南方を視野に入れており、両方が結びの言葉「コルキス」の中で融合する。初期の草稿のいくつかには、「石碑（Stelen）」のかわりに、「墓（Gräber）」と書かれている。「石碑と揺籃」は死と誕生の結合を表現し、また——"wiegen（目方を量る、重さがある）"を"Waage（秤）"（48行以下）と関連づけるなら——記憶とそれに結びついた重荷との関係も表現されている。『マンデリシュターム詩集』に付された訳者ツェラーンによる短い解説によれば、「葬られていない言葉たちのように」は、最後の安息を見出さなかった死者たちの言葉、たとえばツヴェターエワあるいはマンデリシュタームの言葉であり、「死によって黙らされた」、しかし「（その）破滅からふたたび地上に現れる詩」［V，623］である。「夜の繊維の近くの」は、三つの中心的なテーマ領域を結びつける三つの部分からなる合成語のひとつである。星（言葉、詩）が現れるための前提としての「夜」（絶滅、死）、「夜の繊維—」は闇あるいは死（煙の糸という形象）、それらの、詩作との密接な結びつきをはっきりと表現している。

13−29　予言されたこと、予告されたこと、通りすがりにおまえに語られたこと／について、／…／なかでカチカチ鳴る時計について。

　第3連では、語られたことの対象物、方向、受取人、種類への指示で始まっている。ダッシュの多用は、ツヴェターエワの詩を思わせる。「ハート形の石（心の石）」――リルケを想起させる合成語。「吐き出された」――石と言葉のこの結合については「冠をかぶらされて引き出され」［Ⅰ，271 NR］と「シベリアの地の」［Ⅰ，248 NR］も参照せよ。マンデリシュタームはツヴェターエワに3編の詩を捧げ、その1編に次のような詩句がある。「復活の奇跡を信じられぬまま／わたしたちは墓地を歩いていた／…／わたしたちに残されたのは名前だけ――／いつまでも奇しきひびきを持つ名前／わたしの掌がまく砂を／さあうけとるのだ」。第3連の中心をなす形象である墓地（円形の穴）、名前、砂（石、砂利）とのつながりが感得される。ツェラーンも訳している、引用した詩と同時期に書かれたマンデリシュタームの詩の以下の詩句も参照。「透明なペトローポリ――ここでわたしたちは死んでゆく／…／時計が時を刻むごとに、死亡時刻を刻む」［Ⅴ，93］、［相原 1992, 38-39］。「ハイエナの足跡をたどって」は、ハイエナのような秘密警察の足跡を、「後方へ、上方へ」たどってゆくと、そこには名前があり、名前を口にすることで、逮捕、流刑、そして死がおとずれるということである。「砂利の立方体」とは、マンデリシュタームの言う「建築家としての詩人」が作りあげた詩のこと［相原1992, 41］。

30−49　一本の／樹木について、一本の。／…／…故郷の／秤のなかへ。

　「人跡未踏地」という森のなかの「一本の樹木」。マンデリシュタームの詩集『石』の冒頭の詩とつながる。「樹より落ちる木の実ひとつ、／そのうつろな、用心深き音、／それをとりまく森の沈黙の／はてしなき旋律…」（ツェラーン訳からの重訳）［Ⅴ，49］。この森は言語がそこから成立してくる〈有声性〉を示している［Olschner 1985, 209］。その「人跡未踏地」という「森の沈黙のはてしなき旋律」から樹木（の実）が「音声として、小声として、転母音として、尾音として」「想念」となって発せられる［相原1992, 42］（「人跡未踏地という森について」は、ヴァルター・ベンヤミンの『翻訳者の使命』の中の詩と翻訳の関係についての発言を思い起こさせる［KNR, 360］。）「スキタイ風」は、ツェラーンがマンデリシュタームについて語った次の言葉を参照。「10月革命の5年後、1922年に、マンデリシュタームの第二詩集『トリスティア』が出

版された。詩人——言葉がすべてであり、起源であり、運命である人間——はみずからの言葉とともに流謫の身にあった、〈スキタイ人たちとともに〉あったのだ」[DOM, 75]。アジアの気候的特徴を示す南ロシアのステップ地帯の遊牧民「スキタイ人たちとともにあった」マンデリシュタームが、「息づく草原の草の茎」で言葉を書きつけたのであろう（1917年のロシア革命の直前に創設されたブローク、エセーニンの文学グループ「スキタイ人」、ブロークの詩「スキタイ人」などとの関係も想起される［KNR, 361］）。「時の中間休止の／心臓部へ書きつけられ」も、次のツェラーンの言葉を参照。「マンデリシュタームの詩に、あの苦痛にみちて押し黙ったビブラートをあたえ、それをてがかりにわたしたちが認識するものは、固有の時と、なじみでない時との緊張関係なのです。（このビブラートは、至るところにあります。語や節の中間に、韻や半韻のある〈中庭〉に、句読法のなかに。これらすべては、意味論的な重要性をもっています。）」[DOM, 72]。「諸々の世界のうちでもっとも広い世界のなかへ書きつけられ」は、この詩のモットーがでてくるツヴェターエワの詩句「世界のうち、このもっともキリスト教的世界のなかで、／詩人たちはユダヤ人である」を念頭に置いているのであろう。「無声の民（Stummvölker）」という語のなかに、スラブ語が隠されている[Parry, 186]。Stumm のロシア語 Nemoj は、「ドイツの」を意味しており、従って、「無声の民の地域」とは、ドイツ語圏を指す。その「かなた」ということは、マンデリシュターム、ツヴェターエワのようなロシアの詩人たちの地域ということ。このタルーサの詩と同じ年に書かれたラインハルト・フェーダーマン宛の手紙（1962年2月23日）[CFB, 18] の中でツェラーンは、"Russkij poet in partibus nemeckich infidelium（ドイツないし、無声の不信心者たちの領域のなかのロシア詩人）と自分自身を記している[Felstiner 1986, 120]。「大行内韻（Großbinnenreim）」はリルケの「世界内面空間（Weltinnenraum）」への暗示 [Holthusen, 1964]。その韻のなかでは、リルケの純粋連関のように、固有な人々の一回的な運命との出会いがあらわれる [相原 1992, 43]。「言葉の秤、語の秤、故郷の秤」で表現されている「故郷としての言葉、ないし詩」という考えは、ツェラーンとネリー・ザックスとの往復書簡で重要な役割を果たしている。

51−60　かれが死ぬほどに突き／あたり、その傷によって／…／ライン川を越えたのだ。)

　ツェラーンがマンデリシュターム翻訳に付した解説文には、「マンデリシュタームの詩は、みずからの没落からふたたび現れてくる、ひとりの没落者の詩である」[V, 623]、と書かれている。「死ぬほどに突きあたり」とは、没落からふたたび上昇するための条件であり、「その傷によって飛ぶことができた」のである。「オカ川がともに流れていない場所」(オカ川とセーヌ川はだいたい正反対の方向を流れる) ということから、パリ亡命生活のツヴェターエワも示されている。さらに、ツェラーンのミラボー橋からセーヌ川への入水自殺 (「その傷によって飛ぶことができた」) が先取りされている。これら三人の詩人の運命がここに重ねられて表現されているのであろう。「ソシテナントイウイクツモノ愛!」は、アポリネールのよく知られた詩「ミラボー橋」の詩句が、距離をおいたイロニーとも感嘆ともとれる第三者的な視点に変形されて引用されたもの [Mayer H. 1970, 1153]。括弧でくくられた〈キリル文字〉(つまりロシア文字) に乗ってとは、自分のこれまでの道、東から西への道、フランス (セーヌ川) とドイツ (ライン川) への道を示していると同時に、みずからが「ロシア詩人」であることの確認、つまり、自分自身との出会いの地点 (起源) がそこにあるのだということも示している。また、「キリル文字に乗って」という表現から、ツェラーンがずっと翻訳し続けているロシア詩人たちも暗示しているのであろう。

61−70　一通の手紙について、その手紙について。／手紙一通について、東からの手紙について、硬い／…／開いた星図の上で／さしむける。

　「手紙一通」とは、若い頃の友人で、いわばロシア (「東」) で流謫の身にあるエーリヒ・アインホルンからの手紙。その手紙には、黒海沿岸のコルキスで休暇を過ごしたい旨が述べられている。また「タルーサの書」に収められているツヴェターエワの詩「手紙一通」も暗示されているのであろう [Perels 1979, 64]。「一通の手紙」から、肉眼の目を、ふたたび「オリオン座の三つの帯星」にさしむける。第1連で示されているように、流浪のユダヤ人に目を向ける、ということであろう (なお全集版 [I, 289] では、68−69行の間に一行あきがあるが、タイプ原稿、校正刷り、初版のいずれもそうなってはおらず、おそらく間違いであろう)。

71-80　このことが生じたテーブルについて。／／そのテーブルが／…／副次的な語について—／／コルキス。

　まず「オカ川から」の、つまり「タルーサの書」からの「テーブル」。エレンブルクは『わが回想』のなかで、ツヴェターエワについてこう語っている。「マリーナが生涯を通じて親友とよんでいた人は、かなりたくさんいた。(中略) しかし最後まで節を守り通した親友が一人だけあった。〈たしかに、愛した人があった。それは文机であった〉。彼女の文机とは、つまり、詩のことである」。このことは、パリの亡命生活のなかで、窮乏の最も極みにあった時期のツヴェターエワの詩「わたしの書き物机」にはっきり記されている［相原 1992, 46］。こうしたツヴェターエワの「テーブル」は、明らかにここでもパリのツェランのテーブルと重なりあっているのであり、同じ運命をになったマンデリシュターム、アインホルンらの、「ほかの河川」からの「テーブル」とも結びあっている。ところで、第7連に現れた、アインホルンの「一通の手紙」がここでふたたび問題となる。彼が、黒海沿岸の「コルキス」で休暇を過ごす計画が述べられている手紙には、こう書かれている。「コルキス、…これはイヌサフラン (die Zeitlose) に対するひそかな共鳴にすぎなかったのです。実際の経験によってもたらされた共鳴だったのです」［Böschenstein 1988, 167］。Kolchis という語から響いてくる「副次的な語」、フランス語の colchique、ドイツ語で die Zeitrose、つまり、晩夏に咲くイヌサフラン。この共鳴は、実際の経験、つまり自分の亡命という運命から、コルキスという「きしませた音の響きを響かせながら」、必然的にもたらされたものだというのである。コルキスとは、ギリシア神話と関わっている。イアソンらが呪いをとくために、前人未到のはるかな回路をアルゴー船に乗って、黄金の羊毛皮を求めてコルキスへ赴くという物語である。一方で、コルキスという語の第一義的な意味にみられる船乗り、航海、「コルキス」を目指すというイメージも、この詩の終結部をかたちづくっているのであろう。しかし、この詩はコルキスの「副次的な」、もうひとつの意味に耳を傾けるよう (「耳ざとい耳」) 指示している。die Zeitrose。zeitlos とは時を超越したという意味であるから、die Zeitrose とは、「時を超越した女性」ということになる (「痛みという音綴」［Ⅰ, 280 NR］のなかの die Zeitrose も参照せよ)。従ってこれは、「タルーサの書をたずさえて」いるツェランが、この詩全体で讃えている、ツヴェターエワということになろう。コルキスという消え去った土地「どこでもない場所」の名前を示すことで、ツヴェターエワの存在を指示しようとしている。ここで、詩の表題の「タ

ルーサ」という地名と、「コルキス」という地名が重なり合うのである。

（相原　勝）

53/53
IN DER LUFT, da bleibt deine Wurzel, da,
in der Luft.
wo sich das Irdische ballt, erdig,
Atem-und-Lehm.

Groß
geht der Verbannte dort oben, der
Verbrannte : ein Pommer, zuhause
im Maikäferlied, das mütterlich blieb,
sommerlich, hell-
blütig am Rand
aller schroffen,
winterhart-kalten
Silben.

Mit ihm
wandern die Meridiane :
an-
gesogen von seinem
sonnengesteuerten Schmerz, der die Länder verbrüdert nach
dem Mittagsspruch einer
liebenden
Ferne. Aller-
orten ist Hier und ist Heute, ist, von Verzweiflungen her,

der Glanz,
in den die Entzweiten treten mit ihren
geblendeten Mündern:

der Kuß, nächtlich,
brennt einer Sprache den Sinn ein, zu der sie erwachen, sie-:
heimgekehrt in
den unheimlichen Bannstrahl,
der die Verstreuten versammelt, die
durch die Sternwüste Seele Geführten, die
Zeltmacher droben im Raum
ihrer Blicke und Schiffe,
die winzigen Garben Hoffnung,
darin es von Erzengelfittichen rauscht, von Verhängnis,
die Brüder, die Schwestern, die
zu leicht, die zu schwer, die zu leicht
Befundenen mit
der Weltenwaage im blut-
schändrischen, im
fruchtbaren Schoß, die lebenslang Fremden,
spermatisch bekränzt von Gestirnen, schwer
in den Untiefen lagernd, die Leiber
zu Schwellen getrümt, zu Dämmen, -die

Furtenwesen, darüber
der Klumpfuß der Götter herüber-
gestolpert kommt-um
wessen
Sternzeit zu spät?

1 **宙に漂って**、おまえの根はそこに留まる、そこ、
2 大気の中に。
3 そこで地上的なるものが球体となる、土くれが、
4 息-と-粘土が。

5 大きな姿をして
6 追放された者がその上空を行く、あの
7 焼き殺された者が— 一人のポンメルン人が、
8 母から伝えられた、コガネムシの歌を住みかとして、夏の日のように、明るく—
9 花咲く、
10 あらゆる　そそり立つ、
11 過酷な冬の—冷たい
12 シラブルの縁で。

13 追放された者と共に
14 渡り行く子午線—
15 太陽に舵を取られ進み行く追放された者の痛みに
16 吸い—
17 寄せられながら、
18 愛する
19 遥かな地の
20 南中時の決まった言葉にしたがって
21 その追放された者の痛みは国と国を兄弟としてしまう。あらゆる—
22 場所がここであり、今日であり、絶望によって、
23 輝きとなる、
24 その輝きの中へ仲違いし離反した者たちが入り込んでいく、その
25 眩んだ口をもって—

26 夜毎、口づけが、
27 一つの言語に意味を焼き付ける、その言語へとこの仲違いし離反した者たちが目覚

める―
28 不気味な破門の光の中への
29 帰郷、
30 四散させられた者たちを集め、あの
31 魂の荒野を通り抜けてきた者たちを集め、
32 仲違いし離反した者たちのまなざしと舟がつくる空間の上のほうに、あの
33 幕屋を設ける者たちを集め
34 わずかな希望の光の束を集める、
35 その中で大天使のかすかな羽ばたき、悲運の響きが聞こえ、
36 兄弟たち、姉妹たち、あの
37 あまりにも軽く、あまりにも重く、あまりにも軽く
38 近親―
39 相姦の、
40 稔り豊かな胎にある世界の秤によって計られた者たち、生涯異邦人である者たち、
41 星が精液のように冠となってかぶさり、重く
42 浅瀬に横たわりながら、肉体が
43 盛り上がり、堰となる―あの

44 浅瀬にすむ者たち、それを越えて
45 びっこを引きながら神々がこちらへ―
46 よろけながらやってくる―
47 誰の
48 恒星時に遅れて？

[詩の理解のために]

詩の成立は1962年3月19日の妻ジゼルの誕生日。この詩より後に書かれた詩がこの詩より前に置かれているので、詩集構成上意識的に巻末に置かれたものと考えられる。

ユダヤ性・流浪や亡命・詩の言語の省察など、この詩集の中心的な複数のテーマがこの一編の詩に流れ込み、また子午線講演を詩的に明示している。

草稿には「パリの悲歌。子午線、半円―おまえはそれを補わなければならぬ、ほか

の、心の目に留まる魂の太陽のもとで、そこでは誰でもない者の薔薇の〈かつて〉そして〈いつでも〉によって、あらゆる遠さが等しい距離に止まる」[TCA, 144] との書き込みがあった。この時期構想されていた「パリの悲歌」の一部であることがわかる。

この時期書かれたツェランの手紙からは、ゴル事件により自分が抹殺される、との極度に追い詰められた精神状態にいたことが推測される [GA, 569]。

[注釈]

1-2　宙に漂って、おまえの根はそこに留まる、そこ、／大気の中に。

大地に根をおろすことができず宙に漂っているというイメージは、ユダヤ人の亡命や流浪、ディアスポラの状況を示す。Luftmensch という言葉は、東欧ユダヤ人の労働者貧民階級を示していた [NLdJ, 635]。

絶滅収容所のガス室煙突から煙となって送り出された死者たちが留まっているのは「大気の中」である。「死のフーガ」[Ⅰ, 41 MG] で in der Luft と繰り返されていた。(生き延びた)ユダヤ人であるおまえの根はこの死者たちのもとにある。

カバラの樹は、逆さに生える。「超越的な本質」は後期カバリストから die obere Wurzel (宙にある根) と名付けられていた。セフィロートの木とする解釈もある [Schulze 1993, 238]。

逆立ちした樹木のイメージは「わたしはポプラの根が天に向かい夜を願って祈るのを見た」[Ⅰ, 85 MG] など、他の詩においてもその用例が見られる。

3-4　そこで地上的なるものが球体となる、土くれが、／息-と-粘土が。

「主なる神は、土 (アダマ) の塵で人 (ア ダム) を形づくり、その鼻に命の息を吹き入れられた。人はこうして生きる者となった」[創世記 2, 7]。また伝説上のゴーレムも粘土で作られ誕生や再生のシンボルであった [Pöggeler 1980, 242]。土と息、息と粘土、いずれも人間を指す。摩擦や張力が最小の球体はディアスポラのユダヤ人にとって生活上最適な形態である。

創世記やゴーレムの事例から、詩人が根をおろしている大気が再生や創造に関係していると考えるなら、詩人は絶滅収容所のガス室の煙から生命を再生させたことになる [Pögeller 1980, 242]。カバラ的解釈では、この場の大気は、死者の国に満ちている大気ではなく、命を生み出す神のプネウマが満ちている大気である [Schulze 1993,

238]。

5−12 大きな姿をして／　追放された者がその上空を行く、あの／　焼き殺された者が―　一人のポンメルン人が、／母から伝えられた、コガネムシの歌を住みかとして、／夏の日のように、明るく―／花咲く、／あらゆる　そそり立つ、／過酷な冬の―冷たい／シラブルの縁で。

　追放された者、焼殺された者、共にユダヤ人の形姿である。「コガネムシの歌」に続く das mütterlich blieb, を、(1)「母親のようなものとして留まった（コガネムシの歌）」と解釈するなら、歌の中でポンメルン人が我が家にいるように感じる、ということになる。(2) das als mütterliches Erbe blieb（母親の遺産として残った）と解釈するなら、わらべ歌は母から伝えられた、ということになる。母から習い覚えたとする者もいる [Schulze 1993, 239]。

　ポンメルン人は、ドイツ全土を荒廃させた30年戦争当時の童謡「コガネムシ」の歌詞に現れる。「コガネムシよ飛べ！　おまえのお父ちゃんは戦争に行ってる、おまえのお母ちゃんはポンメルンにいる。ポンメルンは焼かれちゃった。コガネムシよ飛べ！」。「ポンメルン人」のように悲惨な運命に置かれた数多い人間たち、故郷から「追放された者」たちや「焼き殺された者」たちが巨大な姿となって空に浮かんでいる。

　次の sommerlich 以下について二つの解釈がある。(1) sommerlich 以下 Silben までを一まとまりとして、ein Pommer につなげて読む解釈。「ポンメルン人が、母から伝えられたコガネムシの歌を我が家として、あらゆるそそり立つ過酷な冬の―冷たいシラブルの縁で、夏の日のように明るく花咲いている」となる。(2) sommerlich 以下 Silben までを一まとまりとして、関係代名詞 das の文章内にあるものとする解釈。「あらゆる　そそり立つ、過酷な冬の―冷たいシラブルの縁で夏の日のように、明るく―花咲いていた母のような存在であるコガネムシの歌をポンメルン人は自分の家としていた」となる。

　「夏のように明るく花咲く」という表現は、「コガネムシの歌」の悲惨な運命とは正反対の印象を呼び起こす。「カランと明るい夏」が逆に悲しみを強めるのか。矛盾した要素の対決の中で真実への回路を発見していくツェラーン特有の撞着的方法の表現なのか。

　詩的言語が展開されていく様を「花が咲く（blütig）」と比喩的に表現している。

blütig を花（Blüte）の派生語、血（Blut）の派生語、いずれに解するか、二つの可能性がある。血の派生語と解するなら、悲惨な運命に置かれたポンメルン人が「明るい（淡い）血の色をして」いる、つまり殆ど死者として存在していることになる。winterhart（過酷な冬の）以下は、過酷な冬のために言葉として結実することを阻害されたと解釈することも、また逆に、寒さに強く越冬して結実を見ることができると解釈することも可能である。

　「そそり立つ、過酷な冬の冷たいシラブルの縁で」とは、自己の体験を言語化することの困難さの表現と考えられる。草稿では「冷たい（kalt）」のかわりに、「明晰な、はっきりした（klar）」という形容詞が付されていた。シラブルは「冷たいがしかし明確」なシラブルなのであろう。単語以前の破片であるシラブルはツェラーンの詩に頻出する用語である。

13-21　追放された者と共に／渡り行く子午線―／太陽に舵を取られ進み行く追放された者の痛みに／吸い―／寄せられながら、／愛する／遥かな地の／南中時の決まった言葉にしたがって／その追放された者の痛みは国と国を兄弟としてしまう。

　ihm が何を指すか2通り考えられる。(1)追放された者、焼殺された者。(2)「コガネムシの歌」というわらべ歌。

　「子午線」という言葉から子午線講演や、ネリー・ザックスのツェラーン宛の言葉「パリとストックホルムの間には苦悩と慰めの子午線がかかっているのです」［CSB, 25］が想起される。この時期のツェラーンの手紙では「子午線的なるもの」が「運命的なるもの」と相似の意味で何度か使われている［CGB Ⅰ, 325］。子午線が複数形なのは、様々な人間の様々な痛みを体現しているのか。

　草稿の「魂の太陽（心の太陽）」を参照し、太陽を心ないし魂と同じものと解するなら、追放された者ないし「わらべ歌」の心の痛みによって「子午線」が舵を取られている、ということになる。なお草稿段階では、「子午線」が、「磁石にひきつけられるように痛みに吸い込まれていく」［TCA, 144］という表現になっていた。それほどに痛みと子午線とは不可分なのであろう。

　「決まった言葉」と訳した Mittagsspruch の Spruch は、ツェラーンが詩集『ケシと記憶』以来使用してきた用語である。草稿では、Mittagsspruch ではなく Spruch も選択肢のひとつだった。Mittag を「子午線」と取ることも可能である。このとき Mittagsspruch は、「子午線の決まった言葉」という意味になる。

21－23　あらゆる—／場所がここであり、今日であり、絶望によって、／輝きとなる、
　子午線上の地点はどこも同時刻である。子午線が移り行くとき、子午線は地球上のあらゆる地点を通り過ぎる。あらゆる地球上の地点は「ここ」となり「今日」となる。その場所は絶望によって輝いている。詩「アツシジ」に、「輝き、慰めようとはしない輝き」［Ⅰ，108 SS］という表現がある。通常の連想による輝きとはその質を異にしていることが推察される。
　草稿では、「絶望によって（von Verzweflungen）」の部分が、「絶望的なものによって（von Verzwefeltem）」とか「致命的なもの、死に至るようなものによって（von Tödlichem）」となっており、それによって、明るさが目に見えるものとなり、その明るさが私たちに光を投げかけ、その光が輝くのだ、と記されていた［TCA, 144］。

24－25　その輝きの中へ仲違いし離反した者たちが入り込んでいく、その／眩んだ口をもって—
　眩んだ、と訳した geblendet には、目を潰されて、という意味もある。潰された目がまるで開いた口のように見えるのか。目が眩むのであるから「口」がくるのは不自然である。目はもはや眩んで、あるいは抉り潰されて認識機能を失い、口が目に代わるものとなっているのか。草稿では、geblendeten のあとに、tastenden と書かれていた。手探りしている様子が示されている。
　geblendet の用例には、「おまえが言葉に目眩まされたので」［Ⅰ，73 MG］、「眼をえぐられたはらからよ」［Ⅰ，275 NR］などがある。Mund はツェランの詩における頻出語。草稿では、「いずれのものとも似つかぬ一つの顔が」とか、「絶望的なもの（絶望したもの）の中に住処を得ていたもの、それと同じものが、これまで」とか、あるいはまた「われわれは、おまえの星の軌道を」［TCA, 144］といった言葉が記されていた。

26－27　夜毎、口づけが、／一つの言語に意味を焼き付ける、その言語へとこの仲違いし離反した者たちが目覚める—
　夜の闇を背景にした口づけから死神を想起することもできる。草稿においては確定稿で sie、すなわち「仲違いし離反した者たち」となっている部分が、wir「私たち」と

なっていた。「私たち」と「仲違いし離反している者たち」とは同根の者たちと考えてよいのであろう。すなわち「私たち」が「輝き」の中へ入り込み、口づけをし、その行為によって、言語に意味付与したことに目覚めるのである。「仲違いし離反した者たち」は、言語探索の認識過程で遭遇せざるを得ぬ自己自身内部での相対立する二つの要素、ほぼ無限運動にも似た対話過程を歩むその二つの要素であろうか。

28-34　不気味な破門の光の中への／帰郷、／四散させられた者たちを集め、あの／魂の荒野を通り抜けてきた者たちを集め／仲違いし離反した者たちのまなざしと舟がつくる空間の上のほうに、あの／幕屋を設ける者たちを集め／わずかな希望の光の束を集める、

　unheimlich（不気味な）という言葉は全詩集の中でここ一箇所だけにあるが、講演『子午線』の中で芸術を語る際に多用されている。「それは、人間的なるものからの〈踏み出し〉であり、人間的なるものに向けられた不気味な領域へと自身が赴くことなのです」「芸術はここにおいてもビューヒナーにとっては何かしら不気味なものを保持しています」「おそらく―私はただ問うだけなのですが―おそらく詩とは、芸術と同じように、自身のことを忘れ去った自分と共に、あの不気味なもの、違和感を感じさせるものへと向かい、そこで再び自己を解き放つのでしょうか？　―しかしどこで？　一体どんな場所で？　そもそも何によって？　またどんなものとして？」［Ⅲ, 192 f.］

　Bannは、魔力や魅力を持つもの、という意味と同時に、破門や追放の意味を持つ。故郷から追放されしかもユダヤ人としてディアスポラの運命を甘受しているツェラーンは、正統的なユダヤ教徒でもキリスト教徒でもなく、いわば破門された者として詩作という魔力を持つ芸術行為に身を寄せ生き延びている。しかもそれは「不気味な」芸術行為なのだ。Bannstrahl の辞書的訳語としては「破門」であるが、ツェラーンが Bann ではなく、光を意味する Strahl を付随させた Bannstrahl という言葉を選んでいるので訳語としてあえて「光」のイメージを喚起させる「破門の光」としてある。

　「破門の光」をまがまがしいものととり、帰郷先を死と考え、その象徴的表現としてこの「破門の光」を解釈する者もいる［KNR, 372］。

　「四散させられた者たち」は、ディアスポラにあるユダヤ人たちを指すと考えられる。なお草稿においては、「われわれ四散させられた者たち」［TCA, 146］と記されていた。

「星の荒野である魂を通り導かれてきた者たち」は、ブレーメン文学賞講演の「闇を通り抜けて来た」者［Ⅲ, 186］であり、また、ショアを生き延びてきた者たちであり、詩作を拠り所に生きてきた者たちである。この「星の荒野」という言葉からは即座に本詩集中の「こんなに多くの星」「私の両手に」「小屋の窓」などに見られる星座、その宇宙的広がりの中できらめく銀河が連想させられる。

　ihrer が何を受けているか三つの可能性が考えられる。(1)「仲違いし離反した者たち」(2)「四散させられた者たち」(3)「星の荒野である魂を通り導かれてきた者たち」である。

　彼らのまなざしや、いくつかの（あるいは数多い、無数の？）舟によって形成される空間、その上の方に幕屋を設営する者たちがいる。

　「幕屋を設営する者たち」という言葉から、出エジプト記のモティーフが感じ取れる。ユダヤ民族全体の運命を重ね合わせることも可能であろう。Zelt を Himmelszelt と考え、大空（蒼穹）を幕屋と解釈する者もいる［KNR, 373］。

　「わずかな希望の束」と訳した「束（Garben）」は、「冠をかぶらされて引き出され」においては、取り入れの実りとしての言葉とつながって Garbe-und-Wort となっている。

　草稿では「まなざしと舟がつくる空間」のあとに、「夢と感情の釣り合いを調整しながら」という文言が付随していた［TCA, 146］。

35-40　その中で大天使のかすかな羽ばたき、悲運の響きが聞こえ、／兄弟たち、姉妹たち、あの／あまりにも軽く、あまりにも重く、あまりにも軽く／近親—／相姦の、／稔り豊かな胎にある世界の秤によって計られた者たち、

　「世界の秤」は最後の審判か。先に宇宙への広がりが示唆されていることから星座天秤座とも考えられる。「テケルは量を計ることで、すなわち、あなたは秤 Waage にかけられ、不足とみなされました」［ダニエル 5, 27］がある。

　あまりにも軽く、重く、といった本質的な逆説的表現はツェラーン特有のものである。例えば詩「何が起きたのか？」の「心と心。あまりに重い在りよう。もっと重くなること。さらに軽やかにあること」。1949年8月23日付ディート宛手紙の末尾「すべてが軽すぎるから、すべてが重いのです」など。この詩の冒頭部分でショアの犠牲者たちが、人間としては軽すぎる煙として空中に出ていることもあわせ考えられよう。「宙に

漂っている」ごときディアスポラのユダヤ人たちの人生についても同様のことが言われ得る。草稿では当初「あまりにも軽く世界の秤によって計られた」とあり、現実の重みよりも軽く計られている、という思いが先行していたことを窺わせる。

40－48　生涯異邦人である者たち、／星が精液のように冠となってかぶさり、重く／浅瀬に横たわりながら、肉体が／盛り上がり、堰となる—あの／／浅瀬にすむ者たち、それを越えて／びっこを引きながら神々がこちらへ—／よろけながらやってくる—／誰の／恒星時に遅れて？

　生涯異邦人である者たち、とはユダヤ人であろう。精液のようにかぶさっている、という表現からは受胎と実りのイメージが与えられる。「星が冠となっている」ところから宇宙への広がりが示唆されている。

　「盛り上がっている肉体」からは、例えばショアの犠牲者たち、収容所の死体の山が連想される。ギリシャ神話の神、びっこを引くヘパイストスは、鍛冶屋として犠牲者をつないでおく鎖の鍛冶仕事をするように神から委託を受けていた。ゲッベルスもびっこを引く男であったことから、「神」とゲッベルスの姿を重ね合わせる解釈もある［KNR, 375］。

　「誰の恒星時に遅れて？」は草稿で「一恒星時遅れて」となっており、その前段では「千年の姿をとった神々のよろけ足がこちらに向かってやってくる」と書かれ、そのまた前段では「千年遅れてよろけながらこちらにやって来る」となっていた［TCA, 146 f.］。

　詩集『誰でもない者の薔薇』のコンセプトが「救済史の見直しであり反聖書である」［Janz, 129］とするならショアの歴史的事実ないしユダヤ民族全体の歴史的運命を踏まえた上でのキリスト教に対する痛烈な皮肉ということになる。

　　　　　　　　　　　　　　　　　　　　　　　　　　　　　（北　　彰）

詩の成立日時一覧

(1) 詩集配列順による成立日時一覧
　第1部
　　1. かれらの中には土があった ………………………… 1959年 7月27日
　　2. 深みに沈むという言葉 ……………………………… 1959年 3月 5日
　　3. ワインと喪失のときに ……………………………… 1959年 3月15日
　　4. チューリヒ、シュトルヒェンにて ………………… 1960年 5月30日
　　5. 三人で、四人で ……………………………………… 1960年 6月11日
　　6. こんなに多くの星が ………………………………… 1960年 6月19日
　　7. おまえは彼方にいる ………………………………… 1960年 6月20日
　　8. 私の両手に …………………………………………… 1960年 7月 1日
　　9. 十二年 ………………………………………………… 1960年 7月27日
　　10. あらゆる想念を抱いて ……………………………… 1960年 8月14日
　　11. 堰 ……………………………………………………… 1960年 9月13日
　　12. 沈黙する秋の香り …………………………………… 1960年10月 5日
　　13. 氷、エデン …………………………………………… 1960年11月 8日
　　14. 頌歌 …………………………………………………… 1961年 1月 5日
　　15. テュービンゲン、一月 ……………………………… 1961年 1月29日
　　16. ヒューミッシュ ……………………………………… 1961年 1月31日
　　17. 詐欺師と泥棒の歌 …………………………………… 1961年 2月26日
　第2部
　　18. きらめく樹木 ………………………………………… 1961年 3月16日
　　19. 漂移性の ……………………………………………… 1961年 4月15日
　　20. いくつかの　手に似たものが ……………………… 1961年 4月15日
　　21. …泉がざわめく ……………………………………… 1961年 4月30日
　　22. それはもはや ………………………………………… 1961年 5月 7日

詩の成立日時一覧　　*507*

　　23. ラディックス、マトリックス ……………………… 1961年5月11日
　　24. 黒土 ………………………………………………… 1961年5月18日
　　25. 扉の前に立ったひとりの男に ……………………… 1961年5月23日
　　26. 大光輪 ……………………………………………… 1961年5月23日
　　27. 誰でもない者に頬ずりして ………………………… 1961年5月25日
　　28. 二つの家に分かたれた、永遠のもの ……………… 1961年5月25日
　　29. シベリアの地の …………………………………… 1961年5月31日
　　30. ベネディクタ ……………………………………… 1961年6月6日
　　31. 研ぎすまされた切先で ……………………………… 1961年6月16日

第3部
　　32. 明るい石たちが …………………………………… 1961年7月10日
　　33. アナバシス ………………………………………… 1961年7月28日
　　34. ブーメラン ………………………………………… 1961年7月30日
　　35. ハヴダラー ………………………………………… 1961年7月31日
　　36. 巨石記念碑［メンヒル］ ………………………… 1961年8月4日
　　37. サーカスと城塞のある、午後 ……………………… 1961年8月15日
　　38. 日のあるうち ……………………………………… 1961年8月18日
　　39. ケルモルヴァン …………………………………… 1961年8月21日
　　40. わたしは竹を切った ……………………………… 1961年8月23日
　　41. コロン ……………………………………………… 1962年2月5日

第4部
　　42. 何が起きたのか？ ………………………………… 1962年4月7日
　　43. ひとつになって …………………………………… 1962年5月24日
　　44. 冠をかぶらされて引き出され ……………………… 1962年7月30日
　　45. 不滅だった、言葉が私から、落下したところへ ………… 1962年8月15日
　　46. レ・グロブ ………………………………………（1961年10月6日）
　　47. ユエディブリュ …………………………………… 1962年9月13日
　　48. 小屋の窓 …………………………………………… 1963年3月30日以前
　　49. 痛みという音綴 …………………………………… 1962年9月19日
　　50. コントルスカルプ広場 ……………………………… 1962年9月30日

51. すべては違っている ……………………………… 1962年6月5日
52. そしてタルーサの書をたずさえて ……………… 1962年9月20日
53. 宙に漂って ……………………………………… 1962年3月19日以降

　＊（　　　）で示された日時は不確定なもの。出典は TCA, 168 f.。

(2) 詩の成立順による成立日時一覧
　第1部
　　2. 深みに沈むという言葉 ……………………… 1959年3月5日
　　3. ワインと喪失のときに ……………………… 1959年3月15日
　　1. かれらの中には土があった ………………… 1959年7月27日
　　4. チューリヒ、シュトルヒェンにて ………… 1960年5月30日
　　5. 三人で、四人で ……………………………… 1960年6月11日
　　6. こんなに多くの星が ………………………… 1960年6月19日
　　7. おまえは彼方にいる ………………………… 1960年6月20日
　　8. 私の両手に …………………………………… 1960年7月1日
　　9. 十二年 ………………………………………… 1960年7月27日
　　10. あらゆる想念を抱いて ……………………… 1960年8月14日
　　11. 堰 ……………………………………………… 1960年9月13日
　　12. 沈黙する秋の香り …………………………… 1960年10月5日
　　13. 氷、エデン …………………………………… 1960年11月8日
　　14. 頌歌 …………………………………………… 1961年1月5日
　　15. テュービンゲン、一月 ……………………… 1961年1月29日
　　16. ヒューミッシュ ……………………………… 1961年1月31日
　　17. 詐欺師と泥棒の歌 …………………………… 1961年2月26日
　第2部
　　18. きらめく樹木 ………………………………… 1961年3月16日
　　19. 漂移性の ……………………………………… 1961年4月15日
　　20. いくつかの　手に似たものが ……………… 1961年4月15日
　　21. …泉がざわめく ……………………………… 1961年4月30日

22. それはもはや	…………………………	1961年 5 月 7 日
23. ラディックス、マトリックス	………………	1961年 5 月11日
24. 黒土	………………………………………	1961年 5 月18日
25. 扉の前に立ったひとりの男に	…………	1961年 5 月23日
26. 大光輪	………………………………………	1961年 5 月23日
28. 二つの家に分かたれた、永遠のもの	………	1961年 5 月25日
27. 誰でもない者に頰ずりして	………………	1961年 5 月25日
29. シベリアの地の	……………………………	1961年 5 月31日
30. ベネディクタ	………………………………	1961年 6 月 6 日
31. 研ぎすまされた切先で	……………………	1961年 6 月16日

第 3 部

32. 明るい石たちが	……………………………	1961年 7 月10日
33. アナバシス	…………………………………	1961年 7 月28日
34. ブーメラン	…………………………………	1961年 7 月30日
35. ハヴダラー	…………………………………	1961年 7 月31日
36. 巨石記念碑［メンヒル］	…………………	1961年 8 月 4 日
37. サーカスと城塞のある、午後	……………	1961年 8 月15日
38. 日のあるうち	………………………………	1961年 8 月18日
39. ケルモルヴァン	……………………………	1961年 8 月21日
40. わたしは竹を切った	………………………	1961年 8 月23日
46. レ・グロブ	…………………………………	(1961年10月 6 日)
41. コロン	………………………………………	1962年 2 月 5 日

第 4 部

42. 何が起きたのか？	…………………………	1962年 4 月 7 日
43. ひとつになって	……………………………	1962年 5 月24日
51. すべては違っている	………………………	1962年 6 月 5 日
44. 冠をかぶらされて引き出され	……………	1962年 7 月30日
45. 不滅だった、言葉が私から、落下したところへ	………	1962年 8 月15日
47. ユエディブリュ	……………………………	1962年 9 月13日
49. 痛みという音綴	……………………………	1962年 9 月19日

52. そしてタルーサの書をたずさえて ………………… 1962年9月20日
50. コントルスカルプ広場 …………………………… 1962年9月30日
48. 小屋の窓 …………………………………………… 1963年3月30日以前
53. 宙に漂って ………………………………………（1962年3月19日以後）
　＊（　　　）で示された日時は不確定なもの。出典はTCA, 168 f.。

引用文献一覧

1. ツェラーンの著作および手紙

Celan, Paul : Die Niemandsrose. Frankfurt am Main, S. Fischer, 1963.

Celan, Paul : Gesammelte Werke in 7 Bänden. Hrsg. von Beda Allemann und Stefan Reichert unter Mitwirkung von Rolf Bücher, Frankfurt am Main, Suhrkamp, 2000. ＝［I, 251 NR］のように表示

Celan, Paul : Werke. Historisch-kritische Ausgabe. Bd. 6. Die Niemandsrose. Begründet von Beda Allemann. Besorgt von der Bonner Arbeitsstelle für die Celan-Ausgabe, Frankfurt am Main, Suhrkamp, 2001. ＝［HKA］

Celan, Paul : Werke. Tübinger Ausgabe. *Die Niemandsrose. Vorstufen-Textgenese-Endfassung*. Bearbeitet von Heino Schmull unter Mitarbeit von Michael Schwarzkopf. Hrsg. von Jürgen Wertheimer. Frankfurt am Main, Suhrkamp, 1996. ＝［TCA］

Celan, Paul : Werke. Tübinger Ausgabe. *Der Meridian. Endfassung-Entwürfe-Materialien*. Hrsg. von Bernhard Böschenstein und Heino Schmull unter Mitarbeit von Michael Schwarzkopf. Hrsg. von Jürgen Wertheimer. Frankfurt am Main, Suhrkamp, 1999. ＝［TCA/M］

Celan, Paul : Die Gedichte. Kommentierte Gesamtausgabe in einem Band. Hrsg. und kommentiert von Barbara Wiedemann, Frankfurt am Main, Suhrkamp, 2003. ＝［KG］

Celan, Paul : Die Dichtung Ossip Mandelstams, In : Im Luftgrab, Zürich, Amann, 1988, S. 69-81. ＝［DOM］

Celan, Paul-Einhorn, Erich : Einhorn-du weißt um die Steine—, Breifwechsel, Berlin, 2001. ＝［CEB］

Briefe an Reinhard Federmann. In : R. F. : In memoriam Paul Celan. In : Die Pestsäule I, 1972/73. ＝［CFB］

Celan, Paul-Celan Lestrange, Gisèle : Briefwechsel. Mit einer Auswahl von Briefen Paul Celans an seinen Sohn Eric, Aus dem Französichen von Eugen Helmlé, hrsg. und kommentiert von Bertrand Badiou in Verbindung mit Eric Celan, Anmerkungen übersetzt und für die deutsche Ausgabe eingerichtet von Barbara Wiedemann. Bd. I, Bd. II, Frankfurt am Main, Suhrkamp, 2001. = [CGB]

Celan, Paul-Celan Lestrange, Gisèle : Correspondance (1951-1970) Avec un choix de lettres de Paul Celan à son fils Eric, éditée et commentée par Bertrand Badiou avec le concours d'Eric Celan ; tome I, tome II, Paris, Editions du Seuil, 2001. = [Correspondance]

Celan, Paul : "Du mußt versuchen, auch den Schweigenden zu hören" Briefe an Diet Kloos-Barendregt. Handschrift-Edition-Kommentar, Hrsg. von Paul Sars unter Mitwirkung von Laurent Sprooten, Frankfurt am Main, Suhrkamp, 2002. = [CKB]

Celan, Paul-Hanne und Hermann Lenz : Briefwechsel. Mit drei Briefen von Gisèle Celan-Lestrange. Hrsg. von Barbara Wiedemann in Verbindung mit Hanne Lenz, Frankfurt am Main, Suhrkamp, 2001. = [CLB]

Celan, Paul-Sachs, Nelly : Breifwechsel. Hrsg. von Barbara Wiedemann. Frankfurt am Main, Suhrkamp, 1993. = [CSB]

Celan, Paul-Soloman, Petre : Briefwechsel mit Paul Celan 1957-1962, In : Neue Literatur, 32 Jahrgang, Heft 11, November, 1981. = [PC/PS]

Celan, Paul-Margul Sperber, Alfred : Briefe an Alfred Margul-Sperber, In : Neue Literatur, 26 Jg. H. 7. Juli, 1975. = [PC/AMS]

Celan, Paul-Wurm, Franz : Briefwechsel. Hrsg. von Barbara Wiedemann in Verbindung mit Franz Wurm, Frankfurt am Main, Suhrkamp, 1995. = [CWB]

2. 基本文献

Emmerich, Wolfgang : Paul Celan. Reinbek bei Hamburg, 1999.

Felstiner, John : Paul Celan, Eine Biographie, München, Beck, 2000.

Lehmann, Jürgen (Hrsg.) : Kommentar zu Paul Celans "Die Niemandsrose", Unter Mitarbeit von Christine Ivanović. Heidelberg, Universitätsverlag C. Winter,

1997. = [KNR]

Wiedemann, Barbara : Paul Celan-Die Goll Affäre. Dokumente zu einer "Infamie". Zusammengestellt, herausgegeben und kommentiert von Barbara Wiedemann, Frankfurt am Main, Suhrkamp, 2000. = [GA]

3．ツェラーン以外の文学者・思想家の著作

Benn, Gottfried : Gesammelte Werke in vier Banden. Bd. 3. Hg. von Dieter Wellershoff. Stuttgart, 1996.

Bloch, Ernst : Das Prinzip Hoffnung. Leipzig, 1959.

Bobrowski, Johannes : Gesammelte Weke in sechs Bänden, hrsg. von Eberhard Haufe. Berlin, 1987 ff.

Dostojewskij, Fjodor : Weiβe Nächte, 1848. Aus dem Russischen übertragen von Johannes von Günter, Stuttgart, 1969/1999.

George, Stefan : Werke in zwei Bänden. München, 1958.

Goethe, Johann Wolfgang von : Werke in fünfzehn Bänden hrsg. v. Eduard von der Hellen, Cotta, 1981.

Hebel, Johan Peter : Sämtliche Schriften. Bd. 2, hrsg. von Adrian Braunbehrens, Gustav Adolf Benrath und Peter Pfaff. Karlsruhe, 1990.

Heidegger, Martin : Über den Humanismus. Frankfurt a. M., Klostermann, 1949.

Heidegger, Martin : Holzwege. Gesamtausgabe, Bd. 5. Frankfurt a. M. Klostermann, 1950.

Heidegger, Martin : Vorträtge und Aufsätze. Pfullingen, Neske, 1954.

Heidegger, Martin : Hebel— der Hausfreund. Pffulingen, Neske, 1957.

Heidegger, Martin : Vom Wesen des Grundes. In : Wegmarken. Frankfurt a. M., Klostermann, 1967.

Heine, Heinrich : Der Rabbi von Bacherach. Hrsg. v. H. Kircher, Stuttgart, 1988.

Heine, Heinrich : Historisch-kritische Gesamtausgabe der Werke. Hrsg. von Manfred Windfuhr. Bd. 2. Neue Gedichte. Hamburg, 1983.

Heraklit : Fragment 51. In : Die Fragmente der Vorsokratiker. Griechisch und Deutsch von Hermann Diels. Bd. I. Weichmannsche Verlagsbuchhandlung, 1956,

S. 162.

Hofmannstahl, Hugo von : Gesammelte Werke in Einzelausgaben. Prosa IV. Frankfurt a. M. 1977.

Hofmannstahl, Hugo von : Aufzeichnungen, Frankfurt am Main, S. Fischer, 1973.

Hofmannstahl, Hugo von : Erzählungen, Frankfurt am Main, S. Fischer, 1968.

Hölderlin, Friedrich : Sämtliche Werke, Stuttgart, 1946.

Homer :Ilias. Neue Übersetzung, Nachwort und Register von Roland Hampe. Stuttgart, 1979.

Kafka, Franz : Der Ausflug ins Gebirge. In Ders. : Gesammelte Werke, Bd. 4 Taschenbuchausgabe, Fischer, 1976.

Landauer, Gustav : Die Revolution. Münster. 1907 (2003).

Marnau, Alfred : Vogelfrei. Frühe Gedichte 1935-1940, Nördlingen, 1988.

Mozart, Wolfgang Amadeus : Exsultate, jubilate. K. 165. Leipzig (Breitkopf), Pl. no. 28793.

Paul, Jean : Werke in sechs Bänden. Bd. 4. Hg. von N. Miller. München, 1962.

Paul, Jean : Der Komet. In Ders. : Sechster Band, Hg. v. N. Miller, München : Carl Hanser, 1963.

Perse, Saint-John : Anabase. In Ders. : Oeuvres complètes. Bibliothèque de la Pléiade, Paris 1986.

Rilke, Rainer Maria : Werke., Frankfurt a. M., Insel, 1987.

Rilke, Reiner Maria : Sämtliche Werke. Hg. von Rilke-Archiv. In Verbindung mit. Ruth Sieber-Rilke besorgt durch Ernst Zinn. Frankfurt a. M. 1987.

Sachs, Nelly : Fahrt ins Staublose, Frankfurt a. M., Suhrkamp, 1988.

Scheler, Max : Die Stellung des Menschen im Kosmos, München 1947.

Scholem, Gershom : Zur Kabbala und ihrer Symbolik, Frankfurt a. M., Suhrkamp, 1973.

Scholem, Gershom : Zur Kabbala und ihrer Symbolik., Zürich, 1960.

Scholem, Gershom : Von der mystischen Gestalt der Gottheit, Studien zu Grundbegriffen der Kabbala. Frankfurt a. M., 1977.

Scholem, Gershom : Die jüdische Mystik in ihren Hauptströmungen, Frankfurt a.

M., 1980.

クセノフォン(松平千秋訳):『アナバシス』岩波文庫、1993年。

ジョイス、ジェイムス(丸谷才一・永川玲二・高松雄一訳):『ユリシーズⅠ』集英社、1996年。

ショーレム、ゲルショム(小岸昭/岡部仁訳):『カバラとその象徴的表現』法政大学出版局、1986年。

リョンロット編(小泉保訳):『カレワラ(上・下)』岩波文庫、1976年。

4．辞書・事典類

Bauer, Walter : Griechisch-deutsches Wörterbuch zu den Schriften des Neuen Testaments und der frühchristlichen Literatur. 6., völlig neu bearbeitete Aufl., Berlin-New York, 1988. = [Bauer]

Dauthendey, Max : in : Heuschele, Otto (Hrsg.) : Blumen und Schmetterlinge. Deutsche Gedichte. Zürich, 1996. = [BS]

Sachs, Hannelore/Badstubner, Ernst/Neumann, Helga ; Christliche Ikonographie in Stichworten, Leipzig, 1988. = [ChI]

Der kleine Pauly. Lexikon der Antike. 5 Bde. München, 1979. = [DkP]

Duden. Das große Wörterbuch der deutschen Sprache in acht Bänden. 1993 = [Duden]

Die Entwichlungsgeschichte der Erde. Mit einem ABC der Geologie. Leipzig, 1955. = [EG]

Henkel, Arthur; Schöne, Albrecht (Hrsg.) : Emblemata. Handbuch zur Sinnbildkunst des 16. und 17. Jahrhunderts. Stuttgart-Weimar, 1967-96. = [Emblemata]

Deutsches Wörterbuch von Jacob und Wilhelm Grimm. München, 1984. = [Grimm]

Hofstätter, Hans H. : Spätes Mittelalater, Baden-Baden, 1967. = [Hofstätter]

Elbogen, Ismar u. a. (Hrsg.) : Jüdisches Lexikon. Ein enzykloädisches Handbuch des Jüdisches Wissens in 4 Bänden, 2. Aufl. Frankfurt am Main, 1987. = [JL]

Krauss, Heinrich : Geflügelte Bibelworte. Das Lexikon biblischer Redensarten. München, 1993. = [LbR]

Lexikon des Mittelalters. 9 Bde. Stuttgart-Weimar, 1999. = [LMA]

Lexikon für Theologie und Kirche. 3 Aufl. 10 Bde. 1993-2001. = [LThK]

Meyers enzyklopädisches Lexikon. 25 Bde. Mannheim-Wien-Zürich, 1971-79. = [MEL]

Schoeps, Julius H. (Hrsg.) : Neues Lexikon des Judentums. Gütersloh-München, 1998. = [NLdJ]

Steputat, Willy : Reimlexikon. Stuttgart, 1963. = [Steputat]

Marzell, Heinrich : Wörterbuch der deutschen Pflanzennamen. Bd. 2, Leipzig, 1972. = [WPf]

アラン・ウンターマン(石川耕一郎・市川裕訳):『ユダヤ人　その信仰と生活』筑摩書房、1983年。

新潮世界美術辞典、新潮社、1985年。

『ニューグローヴ世界音楽大事典』講談社、1993年。

春山行夫:『花ことば　花の象徴とフォークロアⅠ』平凡社、1986年。

麓　次郎:『四季の花事典』八坂書房、1985年。

平凡社大百科事典、15巻、1984-85年。

H&A・モルデンケ(奥本裕昭訳):『聖書の植物』八坂書房、1981年。

ラーンジュ、ニコラス・デ(柄谷凛訳):『ユダヤ教入門』岩波書店、2003年。

5．その他の文献

(1)　外国語文献（アルファベット順）

Allemann, Beda : [Rezension zu : "Die Niemandsrose"]. In : Die Neue Rundschau 75 (1964), Nr. 1, S. 146-151.

Arendt, Dieter : Zwischen Wirklichkeit und Wahrheit. Zu Paul Celans neuesten Gedichten. In : Zeitwende. 35. (1964), H. 8, S. 541-546.

Bahr, Ehrhard : Paul Celan und Nelly Sachs. Ein Dialog in Gedichten. In : Shoham, Ch./Witte,B., Datum und Zitat bei Paul Celan. Akten des Internationalen Paul Celan-Colloquiums Haifa 1986, Bern, Lang, 1987. = [Bahr, 1986]

Baumann, Gerhard : "……durchgründet vom Nichts……". In : Hommage à Paul Celan. Etudes Germaniques (Paris) 25 (1970) Nr. 3, S. 277-290. Ders : Entwürfe zu Poetik und Poesie. München 1976, S. 122-142.

Bayerdörfer, Hans-Peter : "Landnahme-Zeit". Geschichte und Sprachbewegung in Paul Celans "Die Niemandsrose". In : Hüppauf, Bernd/Sternberger, Dolf (Hrsg.) : Über Literatur und Geschichte. Festschrift für Gerhard Storz. Frankfurt a. M. 1973, S. 333-352.

Bayerdörfer, Hans-Peter : Poetische Sarkasmus. "Fadensonnen" und die Wende zum Spätwerk. In : Text+ Kritik 53/54 (1977), S. 42-54.

Bayerdörfer, Hans-Peter : Celan auf der Bühne. In : Celan-Jahrbuch 3 (1989), S. 155-160.

Beese, Henriette : Nachdichtung als Erinnerung. Allegorische Lektüre einiger Gedichte von Paul Celan. Darmstadt, 1976.

Bleier, Stephan : Körperlichkeit und Sexualität in der späten Lyrik Paul Celans. Frankfurt a. M. 1998.

Bollack, Jean : Chanson à boire. Über das Gedicht "Bei Wein und Verlorenheit". In : Celan-Jahrbuch 3 (1989), S. 23-35.

Bollack, Jean : Paul Celan. Poetik der Fremdheit, Paul Zsolnay, Wien, 2000.

Böschenstein, Bernhard : Paul Celan : "Tübingen, Jänner". In : Meinecke, Dietlind (Hrsg.) : Über Paul Celan. Frankfurt a. M. 1973 (1968) (BB1973)

Böschenstein, Bernhard : Umrisse zu drei Kapiteln einer Wirkungsgeschichte Jean Pauls : Büchner-George-Celan. In : Jean-Paul-Jahrbuch, 10, 1975, S. 187-204. Wieder In : Ders. : Leuchttürme. Von Hölderlin zu Celan. Wirkung und Vergleich. Frankfurt a. M. 1977, S. 171-177.

Böschenstein, Bernhard : Drostische Landschaft in Paul Celans Dichtung. In : Kleine Beiträge zur Droste-Forschung. 1972/73, S. 7-24. Wieder In : Ders. Leuchtüurme. : Von Hölderlin zu Celan. Frankfurt a. M. 1977, S. 273-296.

Böschenstein, Bernhard : Hölderlin und Celan. In : Hölderlin-Jahrbuch 23, 1982/ 1983 (1988), S. 147-155.

Böschenstein, Bernhard : Celan und Mandelstamm. Beobachtungen zu ihrem Verhältnis. In : Celan-Jahrbuch 2 (1988), S. 155-168.

Böschenstein, Bernhard : Tübingen, Jänner In : Lehmann, Jürgen (Hrsg.) : Kommentar zu Paul Celans "Die Niemandsrose", Heidelberg, 1997.

Botticelli, Sandro : Der Bilderzyklus zu Dantes Göttlicher Komödie. London, 2000.

Brierley, David : "Der Meridian". Ein Versuch zur Poetik und Dichtung Paul Celans. Frankfurt a. M., 1984.

Broda, Martine : "An Niemand gerichtet". Paul Celan als Leser von Mandelstams "Gegenüber". In : Hamacher, Werner/Menninghaus, Winfried (Hrsg.) : Paul Celan. Frankfurt a. M., 1988, S. 209-219.

Burger, Hermann : Paul Celan. Auf der Suche nach der verlorenen Sprache. Diss. Zürich/München, 1974.

Cameron, Esther : The Distant Earth. Celan's Planetary Vision. In : Sulfur (Los Angeles) 11 (1984), S. 61-70.

Chalfen, Israel : Paul Celan. Eine Biographie seiner Jugend. Frankfurt a. M., Insel, 1979.

Colin, Amy D. : Geschichte und Innovation : Paul Celans "Huhediblu". In : Celan-Jahrbuch 5 (1993), S. 89-114.

Derrida, Jacques : Schibboleth pour Paul Celan. Paris, 1986.

Derrida, Jacques : Schibboleth : für Paul Celan, übersetzt von Wolfgang S. Baur, Wien, 1996.

Dinesen, Ruth : Naturereignis-Wortereignis. Übereinstimmung und Nicht-Übereinstimmung in Gedichten von Nelly Sachs und Paul Celan. In : Text & Kontext. Bd. 13, Heft 1, 1985.

Dinesen, Ruth : Paul Celan und Nelly Sachs. In : Shoham Ch./Witte, B., Datum und Zitat bei Paul Celan, Akten des Interenationalen Paul Celan-Colloquiums Haifa, Bern, 1986, 1987.

Felstiner, John : Mother tongue, holy tongue. On translating and not translating Paul Celan. In : Comparative Literature (Eugene, Ore.) 38 (1986) Nr. 2, S. 113-136.

Firges, Jean : Vom Osten gestreut, einzubringen im Westen. Jüdische Mystik in der Dichtung Paul Celans. Annweiler am Trifels, Sonnenberg, 1999.

Foot, Robert : The Phenomenon of Speachlessness in the Poetry of Marie Luise Kaschnitz, Günter Eich, Nelly Sachs and Paul Celan. Bonn 1982.

Frey, Hans-Jost : Zwischentextlichkeit von Celans Gedicht "Zwölf Jahre" und "Auf Reisen". In : Hamacher, Werner/Menninghaus, Winfried (Hrsg.) : Paul Celan. Frankfurt a. M. 1988. S. 139-155.

Gebhard, Walter : "FADENSONNEN" - "LICHTZWANG" - "IMMERLICHT". Zum Bewahrenden Abbau einer absoluten Metapher bei Paul Celan. In : Gebhard, W. (hrsg.) : Licht : religiöse und literarische Gebrauchsformen., Frankfurt a. M./Bern/New York/Paris, Peter Lang, 1990,S. 99-141.

Geier, Manfred : Poetisierung der Bedeutung. Zu Struktur und Funktion des sprachlichen Zeichens in einem Gedicht von Paul Celan. In : W. Hamacher u. a. (Hrsg.), Paul Celan. Frankfurt/M., 1988, S. 239-271.

Gellhaus, Axel : Erinnerung an schwimmende Hölderlintürme. Paul Celan "Tübingen, Jänner" Spuren 24. Marbach a. N., 1993.

Glenn, Jerry : Paul Celan. New York, 1973.

Goltschnigg, Dietmar : Das Zitat in Celans Dichtergedichten. In : J. Strelka (Hrsg.), Psalm und Hawdalah. Zum Werk Paul Celans. Akten des Internationalen Paul Celan-Kolloquiums New York 1985. Bern 1987. S. 50-63. = [Goltschnigg, 1985]

Günzel, Elke : Das wandernde Zitat. Paul Celan im jüdischen Kontext, Würzburg, Königshausen & Neumann, 1995.

Hamm, Heinz Toni : Poesie und kommunikative Praxis. Heidelberg, 1981.

Höck, Wilhelm : Von welchem Gott ist die Rede ? In : Über Paul Celan, Hrsg. v. Dietlind Meinecke, Frankfurt a. Main, Suhrkamp, 1970, S. 265-276.

Holthusen, Hans Egon : Das verzweifelte Gedicht. In : Frankfurter Allgemeine Zeitung, 2. Mai Nr. 102. Literaturblatt, 1964.

Horn, Peter : Die Verwandlung des Zufalls. Montage in der Lyrik Paul Celans. In : Sprachkunst (Wien) 5 (1974) Nr. 1/2, S. 49-56.

Ingen, Ferdinand van : Das Problem der lyrischen Mehrsprachigkeit bei Paul Celan. In : Strelka, Joseph P. (Hrsg.) : Psalm und Hawdalah. Zum Werk Paul Celans. Akten des Internationalen Paul Celan-Kolloquiums New York 1985. Bern 1987, S. 64-78.

Ivanović, Christine : Die Metamorphose des Kranichs. Beobachtungen zu einem poetischen Verfahren im Gedicht Celans. In : Jahrbuch der Deutschen Schillergesellschaft. 38. 1994, S.311-336.

Ivanović, Christine : »Kyrillisches, Freunde, auch das......«. Deutsche Schillergesellschaft Marbach am Neckar,. 1996.

Ivanović, Christine : Das Gedicht im Geheimnis der Begegnung, Dichtung und Poetik Celans im Kontext seiner russischen Lektüren, Tübingen, 1996.

Ivanović, Christine : »Im Grunde bin ich wohl ein russischer Dichter......« Dichtung und Poetik Celans im Kontext seiner russischen Lektüren. In : Celan wiederlesen, München, 1998.

Jackson, John E. : Paul Celan's Poetics of Quotation. In : Colin, Amy D. (Hrsg.) : Argumentum e Silentio. Internationales Paul Celan-Symposium Seattle 1984. Berlin 1987, S. 214-222.

Jakob, Michael : In-Eins-Bildung. Zur poetischen Verfahrensweise in einem Gedicht Paul Celans. In : D. Goltschnigg/A. Schwob (Hrsg.), Die Bukowina. Studien zu einer versunkenen Literaturlandschaft. Tübingen, 1990, S. 367-384.

Janz, Marlies : Vom Engagement absoluter Poesie. Zur Lyrik und Ästhetik Paul Celans. Frankfurt a. M., 1976.

Kim, Dorothea : Paul Celan als Dichter der Bewahrung. Versuch einer Interpretation. Diss., Sauerländer, Aarau, 1969.

Koch, Walter A. : Der Ideolekt des Paul Celan. In : Ders. (Hg.) : Varia Semiotica. Series Practica 3. Hildesheim 1971, S. 460-470.

Konietzny, Ulrich : Sinneinheit und Sinnkohärenz des Gedichts bei Paul Celan. Bad Honnef 1985.

Könneker, Sabine: "Sichtbares, Hörbares". Die Beziehung zwischen Sprachkunst und bildender Kunst am Beispiel Paul Celans. Bielefeld, 1995.

Krämer, Heinz Michael : Eine Sprache des Leidens. Zur Lyrik Paul Celans, München/Mainz, 1979.

Kummer, Irene Elisabeth : Unlesbarkeit dieser Welt. Spannungsfelder moderner Lyrik und ihr Ausdruck im Werk von Paul Celan, Frankfurt a. M., 1987.

Kuschel, Karl-Josef : "Wir wissen ja nicht, was gilt." Möglichkeiten der Rede von

Gott anhand von Paul Celans "Zürich, Zum Storchen." In : Literaturwissenschaftliches Jahrbuch 32., 1991, S. 275-293.

Lacoue-Labarthe, Philippe : La Poésie comme expérience., Paris, Christian Bourgois, 1986.

Lehmann, Jürgen : "Dichten heißt immer unterwegs sein". Literarische Grenzüberschreitungen am Beispiel Celans. In : arcadia 28 (1993) H. 2, S. 113-130.

Lehmann, Jürgen : Karnebaleske Dialogisierung, Anmerkungen zum Verhältnis Mandel'stam-Celan. In : Birus, Hendrik (Hrsg.) : Germanistik und Komparatistik, DFG-Symposion 1993, Stuttgart, 1995, S. 541-555.

Loewen, Matthias : Der Heimat ins Garn. Zu einem Gedicht von Paul Celan. In : Germanisch-Romanische Monatsschrift. Bd. 32, 1982, Heft 3, S. 315-332.

Lönker, Fred : Überlegungen zu Celans Poetik der Übersetzung. In : Shoham, Chaim/Witte, Bernd (Hrsg.) : Datum und Zitat bei Paul Celan. Akten des Internationalen Paul Celan-Colloquiums Haifa 1986. Bern 1987, S. 211-228.

Lyon, James K. : Paul Celans Language of Stone, The Geology of the Poetic Landscape, In : Colloquia Germanica 3/4, 1974, S. 298-317.

Lyon, James K. : "Ganz und gar nicht hermetisch" Überlegungen zum "richtigen" Lesen von Paul Celans Lyrik.In : J. P. Strelka (Hrsg.), Psalm und Hawdalah. Zum Werk Paul Celans. Akten des Internationalen Paul Celan-Colloquiums New York 1985, Bern, 1987, S. 171-191.

Mackey, Cindy : Dichter der Bezogenheit, A study of Paul Celan's poetry with special reference to Die Niemandsrose, Stuttgart, Hans-Dieter Heinz, 1997.

Mayer, Hans : Sprechen und Verstummen der Dichter. In : Mayer, Hans : Das Geschehen und das Schweigen. Frankfurt a. M., 1969.

Mayer, Hans : Erinnerung an Paul Celan. In : Merkur 24. Nr. 272. 1970, S. 1150-63.

Mayer, Hans : Exkurs. Erinnerung an Paul Celan. In : Mayer, Hans : Ein Dichter auf Widerruf. Erinnerungen. Bd. 2 Frankfurt a. M. 1984, S. 312-328. Wieder in : Mayer, Hans : Augenblicke. Ein Lesebuch. Frankfurt a. M., 1987, S. 99-116.

Mayer, Peter : Paul Celan als jüdischer Dichter. Diss. Heidelberg, 1969.

Mayer, Peter : "Alle Dichter sind Juden". Zur Lyrik Paul Celans. In : Germanisch-

Romanische Monatsschrift, N. F. 23 (1973), S. 32-55.

Meinecke, Dietlind : Wort und Name bei Paul Celan. Zur Widerruflichkeit des Gedichts. Bad Homburg v. d. H./Berlin/Zürich, 1970.

Menges, Karl : Das Private und das Politische. Bemerkungen zur Studentenliteratur, zu Handke, Celan und Grass., Stuttgart, 1987.

Menninghaus, Winfried : Paul Celan. Magie der Form. Frankfurt a. M., 1980.

Menninghaus, Winfried/Hamacher, Werner (Hrsg.) : Paul Celan, Frankfurt am Main, 1988.

Menninghaus, Winfried : Meridian des Schmerzens. Zum Briefwechsel Paul Celan/ Nelly Sachs. In : Poetica. Bd. 26, 1994, Heft 1-2, S. 169-179.

Meuthen, Erich : Paul Celan. "Die Niemandsrose". In : Ders. : Bogengebete. Sprachreflexion und zyklische Komposition in der Lyrik der "Moderne". Interpretationsansätze zu George, Rilke und Celan. Frankfurt a. M., 1983., S. 213-280.

Naaijkens, Ton : Paul Celan. Nicht zu dir, Babel. In : Ders. : Lyrik und Subjekt. Pluralisierung des lyrischen Subjekts bei Nicolas Born, Rolf Dieter Brinkmann, Paul Celan, Ernst Meister und Peter Rühmkorf. Diss. Utrecht, 1986, S. 171-218.

Neumann, Peter Horst : Zur Lyrik Paul Celans. Eine Einführung. Göttingen 1968, 2., erw. Aufl. 1990.

Neumann, Peter Horst : Was muß ich wissen, um zu verstehen ? Paul Celans Gedicht "Die Schleuse" ein Gedicht für Nelly Sachs. In : Celan-Jahrbuch, Nr. 4 (1991), 1992, S. 27-38.

Oelmann, Ute Maria : Deutsche poetologische Lyrik nach 1945. Ingeborg Bachmann, Günter Eich, Paul Celan. Stuttgart, Hans-Dieter Heinz, 1980.

Olschner, Leonard Moore : Der feste Buchstab. Erläuterungen zu Paul Celans Gedichtübertragungen. Göttingen/Zürich, 1985.

Oppens, Kurt : Blühen und Schreiben im Niemandsland. Paul Celan, Hans Magnus Enzensberger. In : Merkur 19 (1965), S. 84-88. Wieder in : Meinecke, Dietlind (Hrsg.) : Über Paul Celan. Frankfurt a. M., 1973, S. 106-112.

Parry, Christoph : Mandelstam der Dichter und der erdichtete Mandelstamm im

Werk Paul Celans. Versuch zur Beleuchtung einer literarischen Beziehung. Diss. Marburg, 1978.

Parry, Christoph/Speier, Hans-Michael/Pajević, Marco : Bogengebete-In der Luft, Kommentare zu zwei Gedichten aus Celans "Die Niemandsrose", In : SAXA, Reihe A : Germanistische Forschung zum Literarischen Text, (Hrsg. v. Kelletat, A. F./Parry, Christoph) H. A 23/24, 2001, S. 9-65.

Perels, Christoph : Erhellende Metathesen. Zu einer poetischen Verfahrensweise Paul Celans. In : Sprache im technischen Zeitalter (1977), S. 158-166. Wieder in : Hamacher, Werner/Menninghaus, Winfried (Hrsg.) : Paul Celan. Frankfurt a. M., 1988, S. 127-138.

Perels, Christoph : Zeitlose und Kolchis. Zur Entwicklung eines Motivkomplexes bei Paul Celan. In : Germanisch-Romanische Monatsschrift, N. F. 29 (1979), S. 47-74.

Perels, Christoph : Eine Sprache für die Wahrheit. In : Marcel Reich-Ranicki (Hg.) : 1000 Deutsche Gedichte und ihre Interpretationen. Bd. 8, Frankfurt a. M., 1994, S. 351-353.

Pöggeler, Otto : Kontroverses zur Ästhetik Paul Celans (1920-1970), In : Zeitschrift für Ästhetik und Allgemeine Kunstwissenschaft, Bd. 25/1, Bonn, 1980, S. 202-243.

Pöggeler, Otto : "Schwarzmaut", Bildende Kunst in der Lyrik Paul Celans. In : Ders : Die Frage nach der Kunst. Von Hegel zu Heidegger. Freiburg/München 1984, S. 281-375.

Pöggeler, Otto : Spur des Worts. Zur Lyrik Paul Celans. Freiburg, 1986.

Pöggeler, Otto : Die göttliche Tragödie. Mozart in Celans Spätwerk. In : Pöggeler, Otto/Jamm, Christoph (Hrsg.) : Der glühende Leertext, München, 1993, S. 67-85.

Pöggeler, Otto : Der Stein hinterm Aug. Studien zu Celans Gedichten. München, Wilhelm Fink, 2000.

Robinson, Donna : Ambivalenz und verhinderte Bewegung in Paul Celans "Flimmerbaum", In : Studia neophilologica 60, 1988, S. 215-229.

Rolleston, James : Consuming History, An Analysis of Celan's "Die Silbe Schmerz", In : Strelka, Joseph P. (Hrsg.) : Psalm und Hawdalah, Zum Werk Paul Celans, Akten des Internationalen Paul Celan-Kolloquiums New York 1985, Bern, 1987, S. 37-48.

Ryan, Judith : Monologische Lyrik, Paul Celans Antwort auf Gottfried Benn, In : Basis, Jahrbuch für deutsche Germanistik, 1971, S. 260-282.

Schärer, Margit : Negationen im Werke Paul Celans. Zürich, 1975.

Schöne, Albrecht : Dichtung verborgene Theologie. Versuch einer Exegese von Paul Celans 〉 Einem, der vor der Tür stand. 〈 , Göttingen, Wallstein, 2000.

Schulz, Georg-Michael : Negativität in der Dichtung Paul Celans. Diss. Tübingen, 1977.

Schulz, Georg-Michael : "fort aus Kannitverstan". Bemerkungen zum Zitat in der Lyrik Paul Celans. In : Text+ Kritik (München) 53/54 (1977), S. 26-41.

Schulze, Joachim : Celan und die Mystiker. Motivtypologische und quellenkundliche Kommentare. Bonn, 1976.

Schulze, Joachim: Rauchspur und Sefira. Über die Grundlagen von Paul Celans Kabbala-Rezeption. In : Celan-Jahrbuch 5 (1993), S. 193-246.

Schumacher, Theo : "aber er bäumt sich, der Baum. Er/auch er." Notizien zu einem Liede aus der "Niemandsrose" Paul Celans. In : H. Delbrück (Hrsg.), Sinnlichkeit in Bild und Klang. Festschrift für Paul Hoffmann zum 70. Geburtstag, Stuttgart, 1987, S. 481-490.

Schwarz, Peter Paul : Totengedächtnis und dialogische Polarität in der Lyrik Paul Celans. Düsseldorf, 1966.

Schwerin, Christoph : Bitterer Brunnen des Herzens. Erinnerungen an Paul Celan. In : Der Monat. Nr. 279 (1981). S. 73-81.

Silbermann, Edith : Paul Celan. "Huhediblu". Versuch einer Deutung. In : Literatur für Leser. Zeitschrift für Interpretationspraxis und geschichtliche Texterkenntnis 2 (1988), S. 84-97.

Simon, Lili : Sprache als Brücke. Paul Celan-für wen blüht "Die Niemandsrose". In : Neue Deutsche Hefte 34 (1987), Bd. 195, H. 3, S. 468-496.

Sparr, Thomas: Poetik des hermetischen Gedichts. Zur Lyrik Paul Celans. Diss. Hamburg, 1986.

Speier, Hans-Michael : Musik—Sprache—Raum. Zu Paul Celans Gedicht 'Anabasis'. In : Celan-Jahrbuch 5 (1993), S. 53-88.

Stadler, Arnold : Das Buch der Psalmen und die deutschsprachige Lyrik des 20. Jahrhunderts. Zu den Psalmen im Werk Bertolt Brechts und Paul Celans. Köln /Wien 1989 (=Kölner Germanistische Studien 26).

Steiner, George : Das lange Leben der Metaphorik, Ein Versuch uber die "Shoah", In : Akzente, H. 3, Juni 1987, S. 194-212.

Strack, Friedrich : Wortlose Zeichen in Celans Lyrik, In : Buhr, Gerhard/Reuß, Roland (Hrsg.) : Paul Celan, "Atemwende", Materialien, Frankfurt am Main 1989, S. 167-185.

Szondi, Peter : Celan-Studien. In : Schriften II, hrsg. von Jean Bollack u. a. Frankfurt a. M. 1978.

Terras, Victor/Weimar, Karl S. : Mandelstamm and Celan. Affinities and Echoes. In : Germano-Slavica (Waterloo) 4 (1974), S. 11-29.

Theobardy, Jürgen : Die Dichtung ist unterwegs, In ; Reich-Ranicki, Marcel : 1000 Deutsche Gedichte und ihre Interpretationen, Bd. 8, Frankfurt am Main, 1994, S. 347-350.

Tück, Jan-Heiner : Gelobt seist Du, Niemand. Paul Celans Dichtung-eine theologische Provokation. Frankfurt am Main, 2000.

Victta, Silvio : Sprache und Sprachreflexion in der modernen Lyrik. Bad Homburg v. d. H., 1970.

Voswinckel, Klaus : Paul Celan. Verweigerte Poetisierung der Welt. Versuch einer Deutung. Heidelberg, 1974.

Voswinckel, Klaus : 〉 Die Niemandsrose 〈 -eine Wiederbegegnung. In : Celan wiederlesen, München, 1998.

Waterhouse, Peter : Auf dem Weg zum "Kunst-Freien". Anmerkungen zur Utopie in der Lyrik Paul Celans. Wien, 1984.

Waterhouse, Peter : Im Genesis—Gelände. Versuch über einige Gedichte von Paul

Celan und Andrea Zanzotto. Urs Engler Editor, 1998.

Weissenberger, Klaus : Zwischen Stein und Stern. Mystische Formgebung in der Dichtung von Else Lasker-Schüler, Nelly Sachs und Paul Celan. Bern/München, 1976.

Winkler, Manfred : Die dichterische Wandlung Paul Celans. In : Shoham, Chaim/ Witte, Bernd (Hrsg.) : Datum und Zitat bei Paul Celan. Akten des Internationalen Paul Celan-Colloquiums Haifa 1986. Bern 1987, S. 49-59.

Witte, Bernd : Der zyklische Charakter der "Niemandsrose" von Paul Celan. Vorschläge zu einer Lektüre. In : Colin, Amy D. (Hrsg.) : Argumentum e Silentio. Internationales Paul Celan-Symposium Seattle 1984. Berlin 1987, S. 72-86.

Wolosky, Shira : Mystical Language and Mystical Silence in Paul Celan's "Dein Hinübersein", In : Colin, Amy D. (Hrsg.) : Argumentum e Silentio, Internationales Paul Celan Symposium, Berlin/New York, 1987, S. 364-374.

Zbikowski, Reinhard : "schwimmende Hölderlintürme". Paul Celans Gedicht "Tübingen, Jänner" -diaphan. In : Jamme, Christoph/Pöggeler, Otto (Hrsg.) : "Der glühende Leertext", München , 1993, S. 185-211.

Züfle, Manfred : Die Frage nach Gott. Interpretaion ausgewählter später Gedichte Paul Celans. In : Hochland. 63. 1971. S. 451-466.

(2) 日本語文献（50音順）

相原　勝：「ツェラーンとリルケ（Ⅳ）― ツェラーンの第四詩集『誰でもない者のバラ』を中心にして―」（RUNENの会『RUNEN』第25号、1992年）20-60頁。

相原　勝：「ツェラーンのいわゆる〈ゴル事件〉について」（日本ツェラーン協会『ツェラーン研究』創刊号、1999年）19-41頁。

イヴァンスカヤ、オリガ（工藤正広訳）：『パステルナーク　詩人の愛』新潮社、1982年。

鍛治哲郎：『ツェラーン　言葉の身ぶりと記憶』鳥影社、1997年。

金子英雄：「〈東〉の扉を開け放ちたまえ―ツェラーンの詩（扉の前に立った者に）をめぐって」（日本ツェラーン協会『ツェラーン研究』第5号、2003年）26-50頁。

小海永二：「解説」（『ミショー詩集』ほるぷ出版、1982年）247-269頁。

佐藤信行：「パウル・ツェラーンの『無き者の薔薇』（上）」（新潟大学教養部研究紀要第

21集、1990年)、161-175頁。

佐藤信行:「パウル・ツェラーンの詩集『無き者の薔薇』(詩群Ⅲ)」(新潟大学人文学部「人文科学研究」第88輯、1995年) 157-170頁。

サン＝ジョン・ペルス:「遠征(抄)」(『フランス詩体系』青土社、1989年) 562-563頁。

生野幸吉:『闇の子午線』岩波書店、1990年。

高橋睦郎:『倣古抄』 邑心文庫、2001年。

高橋睦郎:『地獄を読む』駸々堂、1977年。

田代崇人:「歴史意識と聖なるもの ― パウル・ツェラーン詩の一注釈―」(『独仏文学研究』第43号、九大独文学研究会、1993年)、1-19頁。

綱島寿秀:「〈松葉杖よ、おまえ翼よ…〉"Die Niemandsrose"の空間についての一考察」(東京都立大学大学院独文研究室『METROPOLE』第19号、1997年)、181-203頁。

冨岡悦子:「ツェラーンの中のヘルダーリン」(明治大学文学部紀要『文芸研究』第55号、1986年)、1-23頁。

ハルフェン、イスラエル(相原 勝・北 彰 訳):『パウル・ツェラーン ― 若き日の伝記』未來社、1996年。

平野嘉彦:『ツェラーンもしくは狂気のフローラ』未來社、2002年。

森 治:『ツェラーン』清水書院、1996年。

『ツェラーン研究の現在―詩集〈息の転回〉第1部注釈』中央大学出版部、1998年。

第III部　ツェラーン年譜

ツェラーン年譜
(詩集『誰でもない者の薔薇』成立時期を中心に)

1920年
　11月23日　チェルノヴィッツ（現ウクライナ）に一人息子として生まれる。

1942年（22歳）
　秋から冬　父母がナチの強制収容所で死亡。

1945年（25歳）
　4月　ブカレストに出る。秋から出版社「ロシア書籍」で働く。

1947年（27歳）
　12月　非合法裏に国境を越えウィーンにたどり着く。

1948年（28歳）
　7月13日　パリ到着。

1952年（32歳）
　12月23日　ジゼル・ド・レトランジュと結婚。
　12月末　第1詩集『ケシと記憶』刊行。

1955年（35歳）
　6月6日　エリック誕生。
　6月中旬　第2詩集『閾から閾へ』刊行。
　7月8日　フランス国籍取得。

1959年（39歳）
　1月21日　E. M. シオランと会う。以後何度か会う。
　1月（2月？）アンリ・ミショーとの初めての出会い。
　3月　第3詩集『言葉の格子』刊行。
　3月17日－20日　ドイツに滞在。
　3月19日　フランクフルトのフィッシャー書店で詩を朗読。
　4月10日　ペーター・ソンディとの出会い。

4月26日　ペーター・ソンディの仲介でジャン・ボラックと会う。

5月23日－7月24日　家族でドイツ、オーストリア、スイスに滞在。

6月5日－12日　ウィーンでミーロ・ドーア、クラウス・デームス夫妻と会う。

6月22日－24日　インスブルック滞在。ルートヴィヒ・フォン・フィッカーと会う。

7月1日ごろ　ギュンター・グラスらと共にチューリヒ湖でヨット乗船。

7月　シルス・マリーアで Th. W. アドルノと会う予定（ソンディの仲介）を果たせず。

8月　アドルノとの果たされなかった出会いを想起し、散文『山中の対話』執筆。

8月5日　ボワンニィ・ラ・フォレ（イヴリーヌ県）でドイツ＝フランス作家会議に参加。

8月16日－18日／8月22日－23日　ノルマンディー海岸で夏期休暇を家族と過ごす。

10月1日　E. M. シオランの強い勧めで、ソルボンヌ大学ドイツ文学科教授クロード・ダヴィッドに仲介を依頼、彼の斡旋でパリのエコール・ノルマル・スュペリュールのドイツ語・ドイツ文学講師の職を得る（1970まで年金受給資格のない嘱託契約）。

10月11日　ギュンター・ブレッカーの詩集『言葉の格子』評がベルリンの新聞《ターゲスシュピーゲル》に掲載される。

10月22日　パリ国立図書館で、ゲッベルスの週刊新聞《帝国》（1940－44）に目を通し、ドイツ戦後文学の著名人の名前を探す。

11月　『オシップ・マンデリシュターム詩集』（S. フィッシャー書店）刊行。

11月23日　ハンス・コーン『マルティーン・ブーバー作品とその時代』購入精読。

年末　ヴァルター・ベンヤミンのヘルダーリン論とカフカ論を読む。

［翻訳］（英語からドイツ語へ）エミリィ・ディキンスンの詩1編（フランス語からドイツ語へ）ギヨーム・アポリネールの詩「イヌサフラン」、ジャン・バゼーヌの手記『現代絵画についての覚書』、ルネ・シャールの詩文、ポール・エリュアールの詩「夜が歩きまわる」、ステファヌ・マラルメの詩「ロンデル」、ジュール・シュペルヴィエルの詩「雰囲気」、ポール・ヴァレリーの詩「若きパルク（1～173行まで）」（ロシア語からドイツ語へ）、オシップ・マンデリシュタームの『詩集』ほか詩4編、セルゲイ・エセーニンの詩12編（ヘブライ語からドイツ語へ）、ダーヴィト・ロケーアハの詩1編。

1960年（40歳）

- **1月4日−20日** メリベル゠レ゠ザリュ（フランス南東部サヴォワ県）で妻ジゼルが息子エリックと共にスキー休暇。
- **1月11日** フランスの評論家ルネ・フェリオが、雑誌《批評》の記事執筆のため自宅（ロンシャン通り）に来訪（記事、7月に発表される）。
- **1月12日** ジャン・ボラックの仲介でジュール・シュペルヴィエルと会う。
- **1月15日−18日** ドイツのフランクフルト、ヴィースバーデンに滞在。フィッシャーおよびインゼル書店関係者と翻訳の件で会う。
- **2月初め** ハンス・マイヤーがエコール・ノルマル・スュペリュールでビューヒナーのゼミを開講。ツェラーンも参加。
- **3月19日** 北ドイツ放送から「〈たそがれゆく自由〉—オシップ・マンデリシュタームの詩、パウル・ツェラーンによるロシア語からの翻訳と解説」の放送。
- **4月4日−16日** メリベル゠レ゠ザリュで一家揃ってスキー休暇。
- **5月3日** 文学風刺雑誌《飯場詩人》第5号（3月／4月）にクレール・ゴルの誹謗文書（「知られざるツェラーン」）が掲載されたことを知る。
- **5月10日−14日** ドイツに滞在（ケルン、ボン、フランクフルト）。クレール・ゴルの誹謗文書に対する対応をめぐって、オットー・ペゲラー、クラウス・デームス、Th. W. アドルノ、フィッシャー書店およびその顧問弁護士らと話し合う。
- **5月14日** 妻からの電話でビューヒナー賞受賞を知る。
- **5月23日** 北ドイツ第3放送の深夜ラジオ番組で、ツェラーン訳・ヴァレリーの『若きパルク』が初めて朗読される。
- **5月25日−28日** 家族でチューリヒ滞在。ドロステ賞受賞のためメールスブルクに向かっていたネリー・ザックスとチューリヒで初めて会う。
- **5月25日** チューリヒのレストラン「クローネンハレ」で、ネリー・ザックスと彼女の女友達エーファ゠リーサ・レナットソン、インゲボルク・バッハマン、マックス・フリッシュと夕食を共にする。
- **5月26日** チューリヒのホテル「ツム・シュトルヒェン」でネリー・ザックスと会う。家族でサーカス見物。その後インゲボルク・バッハマンと夕食。
- **5月30日** ネリー・ザックスに捧げられた詩「チューリヒ、シュトルヒェンにて」成立。

6月13日－17日　ネリー・ザックスがパリのツェラーンを訪問。パリ市内の観光名所を案内。モンマルトルにあるハイネの墓も訪れる。

6月15日　ブレッカーのツェラーン酷評とゴル事件について、ザックスらとハンス・マグヌス・エンツェンスベルガー同席のもと話し合う。

7月10日－24日　家族と共にブルターニュ地方トレバビュ（フィニステール県ル・コンケ港の近く）で休暇を過ごす。

7月14日　詩「十二年」の初稿成立。ツェラーンが12年前パリに到着した日（7月13日）を想起させる。

8月4日－7日　クレール・ゴルへの「反論」準備のためウィーン（クラウス・デームス宅）に滞在。

8月末　散文『山中の対話』を雑誌《ノイエ・ルントシャウ》第71巻第2号に発表。

9月1日－8日　精神状態が悪化したザックスを見舞うためストックホルムに滞在。病院を毎日訪ねるが病室に入ることを許されなかった。

9月9日　帰路ケルンで途中下車。オットー・ペゲラーとゴル事件について話し合う。

9月14日　パリ訪問中の82歳のマルティーン・ブーバーと会う。対話が成立せずツェラーンを深く失望させた。彼の蔵書から1952年から60年にかけてブーバーに強い関心を抱いていたことが推察される。

10月20日－25日　ドイツ滞在（フランクフルト、ダルムシュタット）。

10月21日　ダルムシュタットで詩の朗読。

10月22日　ゲオルク・ビューヒナー賞授与される（ダルムシュタット、オットー・ベルント・ホールにて、賞金8000マルク。受賞講演『子午線』）。

10月25日　Th.W.アドルノと会う。

11月11日　全国紙《ヴェルト》がライナー・カーベルの剽窃疑惑記事掲載。

11月18日　ソンディが《新チューリヒ新聞》にツェラーン擁護記事掲載。

11月20日頃　ツェラーンの協力のもとクラウス・デームスが書いたクレール・ゴルへの「反論」が、雑誌《ノイエ・ルントシャウ》第71巻第3号に載る。マリー・ルイーゼ・カシュニッツ、インゲボルク・バッハマンが連署。

11月25日－27日　チューリヒ滞在。《新チューリヒ新聞》に掲載するゴル関連記事について、インゲボルク・バッハマン、ヴェルナー・ヴェーバーと話し合う。

12月15日－1961年1月4日　モンタナ（スイスのヴァリス州）で妻ジゼルと息子エ

リック、スキー休暇。12月20日−29日にかけてツェラーンがそれに加わる。
12月16日　《ヴェルト》がエンツェンスベルガーのツェラーン擁護記事を掲載。
12月23日　結婚記念日。詩「そして重く（Und schwer）」を贈る。
[翻訳]（英語からドイツ語へ）ウィリアム・シェイクスピアの詩2編、ルイス・キャロル『鏡の国のアリス』中のナンセンス詩（フランス語からドイツ語へ）、シャルル・ボードレール、モーリス・メーテルリンク、アルテュール・ランボーの詩それぞれ1編ずつ、ポール・ヴァレリーの詩『若きパルク』、ジュール・シュペルヴィエルの詩7編（ロシア語からドイツ語へ）、セルゲイ・エセーニンの詩4編。

1961年（41歳）

1月　ジゼルがゴル事件の影響を避けるため少なくとも1年間パリから離れることを提案。オーストリア・ペンクラブに入会。
1月28日　週刊新聞《ツァイト》にツェラーン擁護記事を書く予定のヴァルター・イェンスをテュービンゲンに訪問。翌日、詩「テュービンゲン、一月」成立。
1月30日　《シュツットガルト新聞》にビューヒナー受賞者によるツェラーン支持声明。
3月15日　コレージュ・ド・フランスでのアドルノ講演を聴く。
3月17日　パリ、フリンカー書店のアンケートに対する短い回答が書店年報に載る。
3月20日頃　講演『子午線』と、セルゲイ・エセーニン『詩集』の翻訳を出版。
3月22日　ツェラーン訳 ランボー『酔いどれ船』初めてラジオ・ブレーメンで放送。
3月26日−4月7日　モンタナ（スイスのヴァリス州）に家族で滞在。リルケゆかりの場所（ラーロン、シエール、ミュゾット）を訪問。
4月頃　「1960年5月18日付、ハンス・ベンダー宛の手紙」刊行。
5月頃　ラインハルト・デールのゴル事件報告書が出る。
5月20日　ハノーファーで詩を朗読。
6月2日　《ヴェルト》にゴル事件の「決算」記事が掲載される。
6月9日　イェンスのツェラーン擁護記事が《ツァイト》に載る。
6月10日−13日　ゴル事件対処準備のためロルフ・シュレーアスがパリ訪問。
6月30日　秋からエコール・ノルマルの授業をしないことに決め、校長ジャン・イポリットと事務総長ジャン・ブリジャンにその旨伝える。パリを去りゴル事件から逃

れるためである。しかしこの決断は夏の間に取り消された。

7月初め－9月5日　家族でトレババユ（ブルターニュ半島）滞在。後に詩集『誰でもない者の薔薇』第3部に収められる一連の詩が成立。

7月30日　南西ドイツ第2放送でツェラーン訳 ヴァレリー『若きパルク』朗読される。

8月　マンデリシュタームもまた剽窃事件（「オイレンシュピーゲル事件」）に巻き込まれた事実を知り、マンデリシュタームとの「子午線」のつながりを感じる。

秋　ゴル事件との関連で重い精神的な困難。精神科受診を考慮。

11月2日　若い頃の女友達リーア・フィンガーフートの入水自殺を知る。

11月9日　イヨネスコ夫妻とツェラーン宅で会食。

12月18日－1962年1月2日　モンタナで家族と冬季休暇を過ごす。

年末　西ベルリン芸術アカデミー会員となる。

[翻訳]（英語からドイツ語へ）エミリィ・ディキンスンの詩8編、ジョン・アップダイクの小説中の詩（フランス語からドイツ語へ）、ジャン・ケロールの長編小説『一夜の間』（ロシア語からドイツ語へ）、セルゲイ・エセーニンの『詩集』、オシップ・マンデリシュタームの詩1編。

1962年（42歳）

年初　西ベルリン芸術アカデミーから脱会。クレール・ゴルを支持したハンス・エーゴン・ホルトゥーゼンとクルト・ホーホフが会員であることを知ったためである。

1月7日頃（?）　ジャン＝ポール・サルトル宛ゴル事件について未送付に終わった手紙を書く。

2月28日－3月4日　クラウス・デームスがパリに来る。ゴル事件に関する意見の衝突によって、6月には関係が断絶することになる。

4月2日　入手したばかりのモアヴィル（フランス北西部ユール県）の別荘に移り住む。

5月26日　ボラック夫妻から夕食に招かれた折りゲルショム・ショーレムと会う。

5月28日－30日　フランクフルト、シュトゥットガルト滞在。フィッシャー書店クラウス・ヴァーゲンバッハと学校教科書版のツェラーン詩選集および『3人のロシア詩人—アレクサンドル・ブローク、オシップ・マンデリシュターム、セルゲイ・エ

セーニン』発刊について相談。ジークフリート・ウンゼルトとも会う。

6月22日　ツェラーン訳『マンデリシュターム詩集』と第3詩集『言葉の格子』をマンデリシュターム未亡人に送る。

6月30日　ミショー作品選集の件で、S. フィッシャー書店の原稿審査係クリストフ・シュヴェリーン、アンリ・ミショーと会う。

7月5日－9日　教科書版ツェラーン詩選集の準備のためフランクフルトのクラウス・ヴァーゲンバッハ宅に滞在。ハイデルベルク、シュトラースブルクを経由してパリに戻る。

8月21日頃　家族でノルマンディー海岸に休暇滞在。

9月　〈教科書版・現代作家のテキスト〉シリーズで、『ツェラーン詩選集』刊行される。

9月26日－10月26日　ジュネーブの国際労働局で臨時の翻訳者として働く。

秋　アンリ・ミショーの詩「コントラ！」とエヴゲニー・エフトゥシェンコの詩「バービイ・ヤール」の翻訳を、詩「頌歌」とともにフィッシャー書店の《年報》第76号に発表。「バービイ・ヤール」の翻訳と、詩「かれらの中には土があった」「…泉がざわめく」「扉の前に立ったひとりの男に」を東ドイツの《意味と形式》誌、第14巻5/6合併号に発表。

10月13日　ベルン美術館を訪れ、クレー、カンディンスキー、シャガールをみる。

10月14日　ヌーシャテル（スイス）にフリードリヒ・デュレンマットを訪問。

10月19日－22日　妻ジゼル、ジュネーブのツェラーンを訪ねる。

10月25日　ジャン・スタロバンスキーとロシア出身の批評家マルク・スロニムと会食。

11月・12月　ゴル事件のために深刻な精神的困難に陥る。

12月19日－30日　家族、ヴァロワール（フランス南東サヴォワ県サン＝ミシェル＝ド＝モリノメの近く）でスキー休暇。初めての精神異常。ツェラーンは無関係な通行人をゴル事件の関与者とみなして襲った。予定を早めてパリに戻る途中、列車の中で妻の首から黄色いスカーフを剥ぎ取った。ナチ時代ユダヤ人に着用が義務付けられていた黄色いダビデの星を思い起こさせたからである。

12月31日－1963年1月17日　エピネ＝スュール＝セーヌ（現在はセーヌ＝サン＝ドニ県）にある私立精神病院で、初めて入院治療をする。

[翻訳]　（英語からドイツ語へ）エミリィ・ディッキンスン、アルフレッド・エドワー

ド・ハウスマンの詩それぞれ1編ずつ、（フランス語からドイツ語へ）アンリ・ミショーの詩1編、ジュール・シュペルヴィエルの詩11編、（ヘブライ語からドイツ語へ）ダーヴィト・ロケーアハの詩1編、（ロシア語からドイツ語へ）セルゲイ・エセーニン、エヴゲニー・エフトゥシェンコ、コンスタンチン・スルチェフスキーの詩それぞれ1編ずつ。

1963年（43歳）

1月前半 マルセル・グラネとマルガレーテ・ズースマンのエッセイを読む。

1月17日 エピネ＝スュール＝セーヌの精神病院を退院。

1月29日 P.博士のもとで対話による精神療法のための入院治療開始（概ね規則的に1965年まで継続）。

2月14日 アンリ・ミショー宅でミショーと会う。

3月4日 北ドイツ放送でツェラーン訳 ヴァレリー『若きパルク』朗読再放送。

春 マンデリシュタームの詩2編（「山の心臓部で」、「私が存在しない場所」）の翻訳を、後に『誰でもない者の薔薇』に収められる6編の詩とともに、文学評論雑誌《ノイエ・ルントシャウ》第74巻第1号に発表。

5月9日 マルガレーテ・ズースマンと彼女の友人で彼女の本の出版者マンフレート・シュレッサー、およびフランツ・ヴルムとチューリヒで会う。

6月16日−26日 妻ジゼルと一緒にドイツに滞在（ケルン、ハノーファー、ゲッティンゲン、フランクフルト、テュービンゲン）。

6月18日 ゲッティンゲン教育大学で詩の朗読。

8月25日 外国人ゲルマニストのためテュービンゲン大学夏季講習会で詩を朗読。

9月 『三人のロシア詩人―アレクサンドル・ブローク、オシップ・マンデリシュターム、セルゲイ・エセーニン』のポケット版刊行。

10月16日−1964年1月9日 のちに連作詩『息の結晶』となる21編の詩が成立する（妻ジゼルは『息の結晶』の諸詩に添えることになるエッチング制作）。

10月19日−21日 フランクフルトに滞在。

10月22日−23日 チューリヒでマルガレーテ・ズースマン、フランツ・ヴルム、ヴェルナー・ヴェーバー、ペーター・ソンディと会う。

10月末 第4詩集『誰でもない者の薔薇』刊行。

12月3日－7日　ドイツに滞在。

12月19日－1964年1月2日　妻ジゼルが息子エリックと共にクラン・スユール・シェール（スイス、ヴァリス州）でスキー休暇。

[翻訳]（英語からドイツ語へ）ロバート・フロストの詩3編、（フランス語からドイツ語へ）アンリ・ミショーの詩2編、（ロシア語からドイツ語へ）オシップ・マンデリシュタームの詩2編、『三人のロシア詩人―アレクサンドル・ブローク、オシップ・マンデリシュターム、セルゲイ・エセーニン』のポケット版刊行。

1965年（45歳）

11月24日　妻ジゼル殺害未遂。

1967年（47歳）

1月30日　自殺未遂。ナイフで心臓を突き刺すもわずかにそれジゼルに救助される。

11月20日　別居開始。

1968年（48歳）

11月15日　隣人に襲い掛かり警察の精神科救急に収容される。

1970年（50歳）

4月19日から20日にかけて　セーヌ川に投身自殺。

（相原　勝・北　彰）

パリのフリンカー書店（ポン・ヌフのすぐ近く。写真中央1階）。ドイツ書籍を扱っていたが、書店主はツェラーンと同じチェルノヴィッツ生まれのマルティーン・フリンカーだった。

〔2003年8月27日　相原　勝　撮影〕

あとがき

　この本の刊行までに、実は紆余曲折があった。本来なら2004年春に出版を予定していたのである。それが予期していなかった翻訳権の処理の問題が浮上して刊行延期となった。完成原稿が手許に集まり、それに編集責任者として目を通し終え、印刷所に回す直前だった。一時は中央大学人文科学研究所からの刊行断念を覚悟し、編集責任者として辛い思いをした時もあった。それがこのような形で出版できることになったのは、ひとえに人文科学研究所所長上坪正徳先生、人文科学研究所出版委員会ならびに運営委員会の諸先生方、中央大学出版部副部長平山勝基さん、同じく研究所合同事務室事務長細井孝雄さんをはじめとする事務室スタッフのお力添えのおかげである。まず何よりもこの点について深い感謝を申し述べたい。

　こういった事情があるため、本書に収められた論文および注釈の中には、2004年までにすでに書き終えられていたものに手を加えることなく、そのままの形で収められたものもある。これは「すでに書かれたものは書かれたものである」としてあえて手を入れることをしなかったためである。しかし殆どの執筆者は、新しい文献などを援用して、何らかの形で手を入れている。

　本書は以前に同じく中央大学人文科学研究所から刊行した『ツェラーン研究の現在』のいわば姉妹編といえよう。前回は『息の転回』第1部のみの注釈であったが、今回はツェラーンの代表的詩集『誰でもない者の薔薇』全編の注釈と詩集に関する論文が収められている。

　「パウル・ツェラーン研究」チームは、およそ2ヶ月に1度の割合で、ほぼ7年にわたり規則的に開かれた。その席上、発表担当者が本書に収められた2、3倍の量の草稿を持参し、それに基づいて発表をおこない、参加者から批

判を受けて、草稿に手を入れていった。本書原稿は、この草稿をできるだけ削り簡略化したものである。

すでに確立された研究を追いかけ、それをなぞるのではなく、ドイツ本国であらたに公表された資料や研究成果を、ドイツ本国とほぼ同時期に知り、新たに切り拓かれていくツェラーン研究に、いわば伴走しながら仕事を進めることができたのは楽しいことだった。新たな資料や研究が引きも切らず陸続として現れてくるのがツェラーン研究の現況であり、それはそれで追いかけ切れぬほどの量にふくらみ、研究者として大変といえば大変なことである。しかしにもかかわらず、ツェラーンの詩に孕まれている「謎」を解く、いわば「謎解き探偵」になった気分で楽しむことができたといえよう。

なお本書論文の中には、2003年5月に日本独文学会春季研究発表会でおこなったシンポジウムでの発表をもとに編まれた、日本独文学会研究叢書25号『詩人はすべてユダヤ人』［2004年］の原稿に加筆訂正を施したものがあることをお断りしておきたい。

最後になったが表紙写真（パウル・ツェラーン，1960年）の使用を快諾してくださったドイツの写真家ヴォルフガング・オシャッツ氏にお礼を申し上げたい。また貴重な提言をしてくださり、のみならず実に丁寧に校正してくださった中央大学出版部編集係の小川砂織さんにもお礼を申し述べたい。小川さんどうもありがとう。

2006年2月

中央大学人文科学研究所「パウル・ツェラーン研究」チーム

責任者　北　　　彰

引用詩索引

凡　　例

1. ドイツ語原文タイトルのみの索引とした。
2. 引用詩は詩集別に区分されている。詩集の順番は7巻本全集の配列による。各詩集内における詩の配列は、詩集で取られていた配列による。
3. 本書で注釈対象となった53編の詩の注釈部分を示す頁数は太字で示してある。
4. 詩のタイトルの前、先頭にきているローマ数字は7巻本全集の巻数を、次のアラビア数字は全集版の頁数を示している。
5. 詩のタイトルの後に続いているアラビア数字が、本書における引用個所を示す頁数となっている。

Mohn und Gedüchtnis (1952)

DER SAND AUS DEN URNEN
I　17　Halbe Nacht　*319*
I　19　Espenbaum　*16,188,262,308*
I　23　Die letzte Fahne　*256*
I　26　Dunkles Aug im September　*434*
I　34　Das ganze Leben　*273*
I　35　Spät und Tief　*368*

TODESFUGE
I　41　Schwarze Milch der Frühe　*13,16, 51,169,413,444,499*

GEGENLICHT
I　45　Auf Reisen　*16,213,465*
I　52　Kristall　*16,277,278,279,468*

HALME DER NACHT
I　68　Die Ewigkeit　*224*
I　71　Unstetes Herz　*381*
I　73　Da du geblendet von Worten　*502*
I　75　Stille!　*502*
I　78　Zähle die Mandeln　*306,361*

Von Schwelle zu Schwelle (1955)

SIEBEN ROSEN SPÄTER
I　85　Ich hörte sagen　*266,476,499*
I　90　Das Schwere　*282*
I　99　Bretonischer Strand　*442*

MIT WECHSELNDEM SCHLÜSSEL
I　108　Assisi　*177,502*
I　110　Vor einer Kerze　*306*
I　121　Andenken　*306*

INSELHIN
I　128　Flügelnacht　*325*
I　130　In memoriam Paul Eluard　*275*
I　131　Schibboleth　*16,403,404,415*
I　135　Sprich auch du　*475*
I　138　Argumentum e silentio　*104,140*

Sprachgitter (1959)

第Ⅱ部
I　156　Heimkehr　*325,475*

第Ⅲ部
I　163　Tenebrae　*186,320,330,331,363*
I　164　Blume　*16,273,343*
I　165　Weiß und Leicht　*349,368*
I　167　Sprachgitter　*178,407*
I　168　Schneebett　*320*
I　171　Matière de Bretagne　*383*
I　173　Schuttkahn　*477,478*

第Ⅳ部
I　182　Aber　*196,354*

第Ⅴ部
I　195　ENGFÜHRUNG　*456*

Die Niemandsrose (1963)

第Ⅰ部
I　211　Es war Erde in ihnen　*10,11,16,42,*

58,*167-171*,198,215,232,269,
278,298,317,399,444

I 212 Das Wort vom Zur-Tiefe-Gehn
11,14,*171-175*,269,425
I 213 Bei Wein und Verlorenheit
175-179,350,465
I 214 Zürich, Zum Storchen
11,42,*179-186*,187,192,198,
288,481,489
I 216 Selbdritt, selbviert 16,*187-190*,
192,194,281,328,361,399
I 217 Soviel Gestirne 11,187,*191-199*,
209,400,504
I 218 Dein Hinübersein 42,*199-206*,209,
217,317
I 219 Zu beiden Händen *206-212*,217,
225,268,397,504
I 220 Zwölf Jahre 16,97,209,*212-215*,
318,464
I 221 Mit allen Gedanken 209,
215-219,247,264,265,269,344
I 222 Die Schleuse 42,*219-223*,394
I 223 Stumme Herbstgerüche *223-226*,
288,380
I 224 Eis, Eden *226-230*,281
I 225 Psalm 43,147-151,193,197,199,
230-235,256,274,278,302,305,
319,359,363,412
I 226 Tübingen, Jänner 104,141-147,
235-244,382,402,459,466
I 227 Chymisch *244-251*,414,465,475
I 229 Eine Gauner-und Ganovenweise
12,21,43,236,*251-258*,261,262,
279,317,373,382,391,436

第Ⅱ部

I 233 Flimmerbaum 16,*259-267*,455,457
I 235 Erratisch 193,217,*267-272*,344,
426,455
I 236 Einiges Handähnliche 16,*272-276*,
294
I 237 ...rauscht der Brunnen 12,16,168,
256,*276-281*,298,303,326,366,
376
I 238 Es ist nicht mehr 199,*282-284*
I 239 Radix, Matrix 16,43,193,232,280,
285-291,293-295,345

I 241 Schwarzerde 12,26,27,*291-296*
I 242 Einem, der vor der Tür stand 12,
168,193,214,278,*296-303*,305,
391,480
I 244 Mandorla 12,16,43,51,193,199,
234,236,258,302,*304-310*,465
I 245 An niemand geschmiegt 16,214,
278,*311-315*
I 247 Zweihäusig, Ewiger 43,214,
315-321,387
I 248 Sibirisch 218,*321-326*,457,491
I 249 Benedicta 295,*326-332*,367,376
I 251 À la pointe acérée 12,*332-341*,381

第Ⅲ部

I 255 Die hellen Steine 13,217,218,247,
271,287,334,*342-345*,365,386
I 256 Anabasis 178,*345-353*,455
I 258 Ein Wurfholz 193,*353-358*,424,
457,465
I 259 Hawdalah 354,*358-363*,389
I 260 Le Menhir 43,197,246,287,359,
363,*364-370*,371,420,422
I 261 Nachmittag mit Zirkus und Zitadelle 20,30,44,281,*370-374*,
379,475
I 262 Bei Tag 29,224,280,309,371,
374-378
I 263 Kermorvan 44,371,375,*378-385*,
449
I 264 Ich habe Bambus geschnitten
361,371,*385-389*,390
I 265 Kolon 3,13,*389-395*,457,465

第Ⅳ部

I 269 Was geschah? 13,171,218,287,
396-400,427,504
I 270 In eins 10,16,391,*400-408*,410,
411,415,419
I 271 Hinausgekrönt 43,192,193,197,
209,233,234,264,268,295,
408-418,420,421,488,491,504
I 273 Wohin mir das Wort 193,197,411,
418-423
I 274 Les Globes 218,269,*423-428*,432,
455
I 275 Huhediblu 326,403,*429-438*,446,

I 278 Hüttenfenster *14,43,50-62,193,*
*219,403,405,410,***438**-***452****,466,*
504
I 280 Die Silbe Schmerz *43,193,403,*
452-461*,486,494*
I 282 La Contrescarpe *97,219,368,391,*
*411,***461-468***
I 284 Es ist alles anders *14,20,43,247,*
*248,325,449,***469-482***
I 287 Und mit dem Buch aus Tarussa *7,*
8,43,193,326,400,410,428,449,
*454,***482-495***
I 290 In der Luft *10,43,58-61,169,193,*
*276,290,294,400,427,***495-505***

Atemwende (1967)*

第Ⅰ部
Ⅱ 12 Von Ungeträumtem *460*
Ⅱ 23 Stehen *233*
Ⅱ 26 Fadensonnen *178,271,361,362*
Ⅱ 27 Im Schlangenwagen *25*
Ⅱ 29 Wortaufschüttung *397*

第Ⅱ部
Ⅱ 51 Hafen *381*

第Ⅲ部
Ⅱ 63 In Prag *179,480*

第Ⅳ部
Ⅱ 82 Solve *266*
Ⅱ 88 Schaufäden, Sinnfäden *174*

第Ⅴ部
Ⅱ 99 Schlickende *221*

Fadensonnen (1968)

第Ⅰ部
Ⅱ 114 Frankfurt, September *434*
Ⅱ 115 Gezinkt der Zufall *280*
Ⅱ 122 Spasmen *368*

第Ⅱ部
Ⅱ 138 Die Wahrheit *235,280*

第Ⅳ部
Ⅱ 201 ...auch keinerlei *366*

Lichtzwang (1970)

第Ⅱ部
Ⅱ 255 Todtnauberg *103,104,151,152*
Ⅱ 262 Highgate *367*

第Ⅴ部
Ⅱ 303 Mit Traumantrieb *326*

Schneepart (1971)

第Ⅱ部
Ⅱ 353 Stückgut *294*

第Ⅴ部
Ⅱ 400 Steinschlag *294*

Der Sand aus den Urnen (1948)

AN DEN TOREN
Ⅲ 20 Nähe der Gräber *188*
Ⅲ 22 Septemberkrone *434*
Ⅲ 25 Schwarze Flocken *331*
Ⅲ 27 Am letzten Tor *377*

MOHN UND GEDÄCHTNIS
Ⅲ 34 Harmonika *325*
Ⅲ 38 Halbe Nacht *319*

Das Frühwerk (1989)

第Ⅰ部 Bukowina
Ⅵ 39 AUS DEM DUNKEL *39*
Ⅵ 40 DORNENKRANZ *412*
Ⅵ 50 SCHWARZE KRONE *255*
Ⅵ 103 WINDRÖSCHEN *458*
Ⅵ 131 STERNENLIED *190,191,413,414*
Ⅵ 158 Harmonika *325*

Die Gedichte aus dem Nachlass (1997)

Zeitraum Die Niemandsrose

Nicht aufgenommene Gedichte

VII 45 WOLFSBOHNE *98-100,279*
VII 53 ERZÄHLUNG *261*
VII 54 JUDENWELSCH, NACHTS
 297
VII 71 WALLISER ELEGIE *233,299,455*
VII 83 Wir werden *203,204*
VII 129 Die leere Mitte *211*

執筆者紹介および執筆分担（50音順）

相原　勝（あいはら まさる）　客員研究員、長岡工業高等専門学校教授
　　　　［論文1、注釈1、9、10、24、37、47、50、52、年譜］

北　　彰（きた あきら）　研究員、中央大学法学部教授
　　　　［論文5、注釈8、11、14、21、29、49、53、年譜］

佐藤　俊一郎（さとう しゅんいちろう）　研究員、中央大学経済学部教授
　　　　［注釈7、16、19、31、34、46］

関口　裕昭（せきぐち ひろあき）　客員研究員、愛知県立芸術大学助教授
　　　　［論文2、注釈3、12、33、36、39、48、51］

高橋　慎也（たかはし しんや）　研究員、中央大学文学部教授
　　　　［注釈13］

冨岡　悦子（とみおか えつこ）　客員研究員、鶴見大学文学部教授
　　　　［論文3、注釈5、6、15、25、26、35、41、44］

富田　裕（とみた ひろし）　客員研究員、中央大学商学部兼任講師
　　　　［注釈4、17、28、30、38、42、43、45］

古田　裕清（ふるた ひろきよ）　研究員、中央大学法学部教授
　　　　［論文6］

水上　藤悦（みずかみ とうえつ）　客員研究員、千葉大学文学部教授
　　　　［論文4、注釈2、18、20、22、23、27、32、40］

ツェラーンを読むということ
中央大学人文科学研究所研究叢書　39

2006年3月10日　第1刷発行

編　者　　中央大学人文科学研究所
発行者　　中 央 大 学 出 版 部
　　　　　代表者　中　津　靖　夫

〒192-0393　東京都八王子市東中野742-1
発行所 中 央 大 学 出 版 部
電話 042（674）2351　FAX 042（674）2354
http://www.2.chuo-u.ac.jp/up/

Ⓒ　2006　　　　　　　　　　　　　奥村印刷㈱
ISBN4-8057-5328-5

中央大学人文科学研究所研究叢書

1 　五・四運動史像の再検討　　　　　　　　　Ａ５判　564頁
　　　　　　　　　　　　　　　　　　　　　　　　（品切）

2 　希望と幻滅の軌跡　　　　　　　　　　　　Ａ５判　434頁
　　　　反ファシズム文化運動　　　　　　　　定価 3,675円
　　　　様々な軌跡を描き，歴史の壁に刻み込まれた抵抗運動
　　　　の中から新たな抵抗と創造の可能性を探る．

3 　英国十八世紀の詩人と文化　　　　　　　　Ａ５判　368頁
　　　　　　　　　　　　　　　　　　　　　　　　（品切）

4 　イギリス・ルネサンスの諸相　　　　　　　Ａ５判　514頁
　　　　演劇・文化・思想の展開　　　　　　　　　（品切）

5 　民衆文化の構成と展開　　　　　　　　　　Ａ５判　434頁
　　　　遠野物語から民衆的イベントへ　　　　定価 3,670円
　　　　全国にわたって民衆社会のイベントを分析し，その源
　　　　流を辿って遠野に至る．巻末に子息が語る柳田國男像
　　　　を紹介．

6 　二〇世紀後半のヨーロッパ文学　　　　　　Ａ５判　478頁
　　　　　　　　　　　　　　　　　　　　　　定価 3,990円
　　　　第二次大戦直後から80年代に至る現代ヨーロッパ文学
　　　　の個別作家と作品を論考しつつ，その全体像を探り今
　　　　後の動向をも展望する．

7 　近代日本文学論　　大正から昭和へ　　　　Ａ５判　360頁
　　　　　　　　　　　　　　　　　　　　　　定価 2,940円
　　　　時代の潮流の中でわが国の文学はいかに変容したか，
　　　　詩歌論・作品論・作家論の視点から近代文学の実相に
　　　　迫る．

中央大学人文科学研究所研究叢書

8 ケルト　伝統と民俗の想像力

古代のドイツから現代のシングにいたるまで，ケルト文化とその稟質を，文学・宗教・芸術などのさまざまな視野から説き語る．

A 5 判　496頁
定価 4,200円

9 近代日本の形成と宗教問題〔改訂版〕

外圧の中で，国家の統一と独立を目指して西欧化をはかる近代日本と，宗教とのかかわりを，多方面から模索し，問題を提示する．

A 5 判　330頁
定価 3,150円

10 日中戦争　日本・中国・アメリカ

日中戦争の真実を上海事変・三光作戦・毒ガス・七三一細菌部隊・占領地経済・国民党訓政・パナイ号撃沈事件などについて検討する．

A 5 判　488頁
定価 4,410円

11 陽気な黙示録　オーストリア文化研究

世紀転換期の華麗なるウイーン文化を中心に20世紀末までのオーストリア文化の根底に新たな光を照射し，その特質を探る．巻末に詳細な文化史年表を付す．

A 5 判　596頁
定価 5,985円

12 批評理論とアメリカ文学　検証と読解

1970年代以降の批評理論の隆盛を踏まえた方法・問題意識によって，アメリカ文学のテキストと批評理論を多彩に読み解き，かつ犀利に検証する．

A 5 判　288頁
定価 3,045円

13 風習喜劇の変容
　　　王政復古期からジェイン・オースティンまで

王政復古期のイギリス風習喜劇の発生から，18世紀感傷喜劇との相克を経て，ジェイン・オースティンの小説に一つの集約を見る，もう一つのイギリス文学史．

A 5 判　268頁
定価 2,835円

14 演劇の「近代」　近代劇の成立と展開

イプセンから始まる近代劇は世界各国でどのように受容展開されていったか，イプセン，チェーホフの近代性を論じ，仏，独，英米，中国，日本の近代劇を検討する．

A 5 判　536頁
定価 5,670円

中央大学人文科学研究所研究叢書

15　現代ヨーロッパ文学の動向　中心と周縁
A5判 396頁
定価 4,200円

際立って変貌しようとする20世紀末ヨーロッパ文学は，中心と周縁という視座を据えることで，特色が鮮明に浮かび上がってくる．

16　ケルト　生と死の変容
A5判 368頁
定価 3,885円

ケルトの死生観を，アイルランド古代／中世の航海・冒険譚や修道院文化，またウェールズの『マビノーギ』などから浮び上がらせる．

17　ヴィジョンと現実
十九世紀英国の詩と批評
A5判 688頁
定価 7,140円

ロマン派詩人たちによって創出された生のヴィジョンはヴィクトリア時代の文化の中で多様な変貌を遂げる．英国19世紀文学精神の全体像に迫る試み．

18　英国ルネサンスの演劇と文化
A5判 466頁
定価 5,250円

演劇を中心とする英国ルネサンスの豊饒な文化を，当時の思想・宗教・政治・市民生活その他の諸相において多角的に捉えた論文集．

19　ツェラーン研究の現在
詩集『息の転回』第1部注釈
A5判 448頁
定価 4,935円

20世紀ヨーロッパを代表する詩人の一人パウル・ツェラーンの詩の，最新の研究成果に基づいた注釈の試み，研究史，研究・書簡紹介，年譜を含む．

20　近代ヨーロッパ芸術思想
A5判 320頁
定価 3,990円

価値転換の荒波にさらされた近代ヨーロッパの社会現象を文化・芸術面から読み解き，その内的構造を様々なカテゴリーへのアプローチを通して，多面的に解明．

21　民国前期中国と東アジアの変動
A5判 600頁
定価 6,930円

近代国家形成への様々な模索が展開された中華民国前期(1912〜28)を，日・中・台・韓の専門家が，未発掘の資料を駆使し検討した国際共同研究の成果．

中央大学人文科学研究所研究叢書

22 ウィーン　その知られざる諸相
もうひとつのオーストリア
A5判 424頁　定価 5,040円

20世紀全般に亙るウィーン文化に，文学，哲学，民俗音楽，映画，歴史など多彩な面から新たな光を照射し，世紀末ウィーンと全く異質の文化世界を開示する．

23 アジア史における法と国家
A5判 444頁　定価 5,355円

中国・朝鮮・チベット・インド・イスラム等アジア各地域における古代から近代に至る政治・法律・軍事などの諸制度を多角的に分析し，「国家」システムを検証解明した共同研究の成果．

24 イデオロギーとアメリカン・テクスト
A5判 320頁　定価 3,885円

アメリカン・イデオロギーないしその方法を剔抉，検証，批判することによって，多様なアメリカン・テクストに新しい読みを与える試み．

25 ケルト復興
A5判 576頁　定価 6,930円

19世紀後半から20世紀前半にかけての「ケルト復興」に社会史的観点と文学史的観点の双方からメスを入れ，その複雑多様な実相と歴史的な意味を考察する．

26 近代劇の変貌
「モダン」から「ポストモダン」へ
A5判 424頁　定価 4,935円

ポストモダンの演劇とは？　その関心と表現法は？　英米，ドイツ，ロシア，中国の近代劇の成立を論じた論者たちが，再度，近代劇以降の演劇状況を鋭く論じる．

27 喪失と覚醒
19世紀後半から20世紀への英文学
A5判 480頁　定価 5,565円

伝統的価値の喪失を真摯に受けとめ，新たな価値の創造に目覚めた，文学活動の軌跡を探る．

28 民族問題とアイデンティティ
A5判 348頁　定価 4,410円

冷戦の終結，ソ連社会主義体制の解体後に，再び歴史の表舞台に登場した民族の問題を，歴史・理論・現象等さまざまな側面から考察する．

中央大学人文科学研究所研究叢書

29 ツァロートの道
　　ユダヤ歴史・文化研究
　　　18世紀ユダヤ解放令以降，ユダヤ人社会は西欧への同化と伝統の保持の間で動揺する．その葛藤の諸相を思想や歴史，文学や芸術の中に追究する．
A 5 判 496頁
定価 5,985円

30 埋もれた風景たちの発見
　　ヴィクトリア朝の文芸と文化
　　　ヴィクトリア朝の時代に大きな役割と影響力をもちながら，その後顧みられることの少なくなった文学作品と芸術思潮を掘り起こし，新たな照明を当てる．
A 5 判 660頁
定価 7,665円

31 近代作家論
　　　鴎外・茂吉・『荒地』等，近代日本文学を代表する作家や詩人，文学集団といった多彩な対象を懇到に検討，その実相に迫る．
A 5 判 432頁
定価 4,935円

32 ハプスブルク帝国のビーダーマイヤー
　　　ハプスブルク神話の核であるビーダーマイヤー文化を多方面からあぶり出し，そこに生きたウィーン市民の日常生活を通して，彼らのしたたかな生き様に迫る．
A 5 判 448頁
定価 5,250円

33 芸術のイノヴェーション
　　モード，アイロニー，パロディ
　　　技術革新が芸術におよぼす影響を，産業革命時代から現代まで，文学，絵画，音楽など，さまざまな角度から研究・追求している．
A 5 判 528頁
定価 6,090円

34 剣と愛と
　　中世ロマニアの文学
　　　12世紀，南仏に叙情詩，十字軍から叙情詩，ケルトの森からロマンスが誕生．ヨーロッパ文学の揺籃期をロマニアという視点から再構築する．
A 5 判 288頁
定価 3,255円

35 民国後期中国国民党政権の研究
　　　中華民国後期(1928-49)に中国を統治した国民党政権の支配構造，統治理念，国民統合，地域社会の対応，そして対外関係・辺疆問題を実証的に解明する．
A 5 判 656頁
定価 7,350円

中央大学人文科学研究所研究叢書

36　現代中国文化の軌跡

A5判 344頁
定価 3,990円

　　　文学や語学といった単一の領域にとどまらず，時間的にも領域的にも相互に隣接する複数の視点から，変貌著しい現代中国文化の混沌とした諸相を捉える．

37　アジア史における社会と国家

A5判 354頁
定価 3,990円

　　　国家とは何か？　社会とは何か？　人間の活動を「国家」と「社会」という形で表現させてゆく史的システムの構造を，アジアを対象に分析．

38　ケルト　口承文化の水脈

A5判 528頁
定価 6,090円

　　　アイルランド，ウェールズ，ブルターニュの中世に源流を持つケルト口承文化──その持続的にして豊穣な水脈を追う共同研究の成果．

定価は消費税5％含みます．